MIRA®

Der Preis dieses Bandes versteht sich einschließlich
der gesetzlichen Mehrwertsteuer.

Umwelthinweis:
Dieses Buch wurde auf chlor- und säurefreiem Papier gedruckt.

Ein Traummann kommt selten allein

MIRA®

MIRA® TASCHENBUCH
Band 25443
1. Auflage: Juli 2010

MIRA® TASCHENBÜCHER
erscheinen in der Cora Verlag GmbH & Co. KG,
Valentinskamp 24, 20350 Hamburg
Deutsche Taschenbucherstausgabe

Titel der nordamerikanischen Originalausgaben:
Sawyer

Morgan

Gabe

erschienen bei: Harlequin Enterprises Ltd., Toronto
Published by arrangement with
HARLEQUIN ENTERPRISES II B.V./S.àr.l.

Konzeption/Reihengestaltung: fredebold&partner gmbh, Köln
Umschlaggestaltung: pecher und soiron, Köln
Redaktion: Ivonne Senn
Titelabbildung: pecher und soiron, Köln
Autorenfoto: © by Harlequin Enterprises S.A., Schweiz; Don Schenk
Satz: Buch-Werkstatt GmbH, Bad Aibling
Druck und Bindearbeiten: CPI – Ebner & Spiegel, Ulm
Printed in Germany
Dieses Buch wurde auf FSC-zertifiziertem Papier gedruckt.
ISBN 978-3-89941-726-5

www.mira-taschenbuch.de

Ein Traummann kommt selten allein

MIRA®

MIRA® TASCHENBUCH
Band 25443
1. Auflage: Juli 2010

MIRA® TASCHENBÜCHER
erscheinen in der Cora Verlag GmbH & Co. KG,
Valentinskamp 24, 20350 Hamburg
Deutsche Taschenbucherstausgabe

Titel der nordamerikanischen Originalausgaben:
Sawyer

Morgan

Gabe

erschienen bei: Harlequin Enterprises Ltd., Toronto
Published by arrangement with
HARLEQUIN ENTERPRISES II B.V./S.àr.l.

Konzeption/Reihengestaltung: fredebold&partner gmbh, Köln
Umschlaggestaltung: pecher und soiron, Köln
Redaktion: Ivonne Senn
Titelabbildung: pecher und soiron, Köln
Autorenfoto: © by Harlequin Enterprises S.A., Schweiz; Don Schenk
Satz: Buch-Werkstatt GmbH, Bad Aibling
Druck und Bindearbeiten: CPI – Ebner & Spiegel, Ulm
Printed in Germany
Dieses Buch wurde auf FSC-zertifiziertem Papier gedruckt.
ISBN 978-3-89941-726-5

www.mira-taschenbuch.de

Lori Foster

Vier Männer um Honey

Roman

Aus dem Amerikanischen von
Christian Trautmann

MIRA®

1. KAPITEL

Einen Augenblick zuvor hatte Sawyer noch die Spätnachmittagssonne genossen und gespürt, wie der Schweiß auf seinen Schultern und seinem Hals trocknete, ehe er ihn wegwischen konnte.

Und dann war sie plötzlich da.

Er hatte gerade zu seinem Sohn Casey gesehen, der mit seinen fünfzehn Jahren groß und stark war und schon so hart arbeitete wie ein Mann. Stolz hatte Sawyer gelächelt.

Die letzten beiden Wochenenden hatte er mit Patienten zugebracht, und es hatte ihm gefehlt, mit Casey im Freien zu arbeiten, bis die körperliche Anstrengung ihn ermüdete.

Die Luft war erfüllt von Sommerdüften. Sawyer legte ein weiteres Brett zum Ausbessern des Zauns an und nagelte es fest. Der warme Wind fuhr ihm durch die Haare. Er atmete tief ein und dachte, wie herrlich das Leben war.

In diesem Moment schrie sein Sohn: „Oh, verdammt!"

Überrascht drehte Sawyer sich in die Richtung, in die sein Sohn mit dem Hammer zeigte. Eine Limousine raste mit halsbrecherischer Geschwindigkeit den unbefestigten Weg entlang, der an ihr Grundstück grenzte. Die letzte Kurve am Ende, die sich sanft in die Hügel Kentuckys schmiegte, war scharf. Der Wagen würde niemals heil hindurchkommen.

Sawyer erhaschte nur einen flüchtigen Blick auf das blasse, erschrockene Frauengesicht hinter dem Steuer, bevor der Wagen mit quietschenden Reifen und Staub aufwirbelnd in den frisch reparierten Zaun krachte. Mit einem Hechtsprung brachte Sawyer sich vor dem splitternden Holz und den umherfliegenden Nägeln in Sicherheit. Durch den Schwung flog der Wagen durch die Luft, bevor er einige Meter weiter scheppernd auf der Wiese landete und mit der Motorhaube voran in den See rollte. Der vordere Teil des Wagens sank unter Wasser, während der hintere Teil noch auf festem Boden stand.

Sawyer und Casey standen sekundenlang wie erstarrt da, bevor sie zum Ufer des Sees rannten. Ohne zu zögern, watete Casey ins hüfttiefe Wasser und spähte durch das Fenster der Fahrertür. „Es ist ein Mädchen!“

Sawyer drängte ihn zur Seite und schaute selbst hinein. „Mädchen“ war nicht ganz die passende Bezeichnung für die bewusstlose Frau im Innern des Wagens. Mit raschen Blicken musterte er sie von Kopf bis Fuß. Als Arzt suchte er nach Anzeichen von Verletzungen, doch als Mann registrierte er ihre wundervollen Rundungen. Er schätzte die Frau auf Mitte zwanzig. Sie war sehr zierlich, aber eindeutig mit allen weiblichen Attributen ausgestattet.

Zum Glück war das Fenster offen, sodass er leicht an sie herankam. Doch das Wasser drang rasch in den Wagen ein und reichte ihr bereits bis zu den Schienbeinen.

„Lauf zum Pick-up, und ruf Gabe an. Sag ihm, er soll uns vor dem Haus erwarten!“

Casey rannte davon, während Sawyer die Situation einschätzte. Die Frau war bewusstlos, ihr Kopf über das Lenkrad gesunken, ihr Körper schlaff. Auf dem Rücksitz stapelten sich zugeklebte Pappkartons und Gepäck. Einige von den Sachen waren durch den Unfall nach vorn gegen die Frau geschleudert worden. Ein paar offene Körbe waren umgekippt, und ihr Inhalt – Nippes, Bücher und gerahmte Fotos – lag verstreut herum. Offenbar hatte sie für eine lange Reise gepackt – oder für einen Umzug.

Sawyer nahm ihre Hand und stellte fest, dass der Puls der Fremden normal und ihre Haut warm war.

Es kostete einige Mühe, die Fahrertür aufzubekommen. Wäre der Wagen noch tiefer in den See geraten, hätte er sie nicht mehr öffnen können. Noch mehr Wasser strömte herein. Die Frau stöhnte, drehte den Kopf und stieß sich vom Lenkrad ab, bevor sie dann erneut nach vorn fiel. Ihre Bewegungen zeigten Sawyer, dass sie keine Rücken- oder Nackenverletzungen hatte. Nachdem er die auf sie gefallenen Sachen weggeräumt hatte, überprüfte er ihre Arme, Ellbogen, Handgelenke und Schultern. Dann fuhr er mit seinen Händen über ihre Beine, die in Jeans steckten. Auch dort fand er keine Verletzungen vor. Sie teilte die Lippen und stöhnte vor Schmerz. Skeptisch untersuchte Sawyer die größer werdende Beule an ihrem Kopf. Es gefiel ihm gar nicht, dass sie noch immer bewusstlos war. Ihre Haut fühlte sich ein wenig zu warm an, fast fiebrig.

Casey rannte wieder zu ihm ins Wasser und verursachte kleine Wellen, die gegen Sawyers Hüfte schwappten. Besorgt betrachtete er das Gesicht der Frau. „Gabe bot an, dir deine Tasche zu bringen, aber ich habe ihm gesagt, dass ich ihn wieder anrufe, falls du sie brauchst." Casey flüsterte, als hätte er Angst, die Frau zu stören. „Wir nehmen sie mit ins Haus, oder?"

„Sieht ganz so aus." Falls sie unterwegs nicht wieder zu Bewusstsein kam, würde er sie ins Krankenhaus bringen. Er würde entscheiden, was zu tun war, sobald er das Ausmaß ihrer Verletzungen untersucht hatte. Doch eins nach dem anderen. Zuerst musste er sie aus dem Wagen und dem kalten Wasser herausbekommen.

Zum Glück waren sie nicht allzu weit vom Haus entfernt. Sawyer besaß fünfundzwanzig Hektar Land, dicht mit Bäumen, Büschen und Wildblumen bewachsen. Ein langer Abschnitt des Sees, der schmal wie ein Fluss war, gehörte zum hinteren Ende seines Besitzes. Die fünf Hektar, die das Haus umgaben und an den See grenzten, bestanden aus Rasen. Ein unbefestigter Weg, auf dem sie oft mit dem Pick-up an den See fuhren, um zu schwimmen oder zu angeln, schlängelte sich zu der kleinen Bucht hinunter. Heute waren sie hergefahren, um den Zaun zu reparieren.

Ein schiefes Lächeln erschien auf Sawyers Gesicht. Dank der Lady war die Reparatur des Zaunes nötiger denn je.

Vorsichtig schob er einen Arm unter ihre Beine und einen hinter ihren Rücken. Ihr Kopf fiel an seine nackte, schweißbedeckte Schulter. Ihr Haar war honigblond, mit einigen von der Sonne gebleichten helleren Strähnen, die ihr Gesicht einrahmten. Es duftete nach Sommer und Sonne. Sawyer atmete unwillkürlich tief ein. Ihr Haar war so lang, dass es über den Sitz schleifte, als er sie aus dem Wagen hob. „Schnapp dir ihre Handtasche und die Wagenschlüssel. Dann hol das Hemd, das ich beim Zaun gelassen habe." Er musste sie unbedingt zudecken, und zwar nicht nur wegen der Kälte des Wassers.

Fast schämte er sich, es zuzugeben, doch er hatte sofort bemerkt, dass ihr weißes T-Shirt durch das Wasser so gut wie durchsichtig geworden war. Außerdem trug sie keinen BH.

Auch mit klitschnasser Kleidung wog die Frau fast nichts. Trotzdem war es schwer, mit ihr auf dem Arm die Böschung hinaufzusteigen, ohne sie noch mehr durchzuschütteln. Eine ihrer Sandaletten hatte sie im Autowrack verloren, die andere fiel jetzt ins Wasser. Der Schlamm quietschte unter Sawyers Stiefeln und bot nur unsicheren Halt. Casey watete zunächst voraus und hielt dann Sawyers Ellbogen, um ihn zu stützen. Sobald sie alle an der grasbewachsenen Uferböschung waren, rannte Casey los, um das Hemd zu holen. Er half Sawyer, es ihr um die Schultern zu legen, wobei Sawyer sie so an seine Brust gedrückt hielt, dass der Anblick ihres durchsichtigen T-Shirts seinen Sohn nicht in Verlegenheit bringen konnte.

„Soll ich fahren?" Casey lief, ohne zu stolpern, rückwärts und ließ die Frau nicht aus den Augen.

„Ja, aber langsam. Fahr nicht unnötig durch Schlaglöcher, verstanden?"

Casey lernte gerade erst das Fahren und nutzte jede Gelegenheit, um sich hinters Steuer zu setzen.

„Kein Problem, ich werde ..." Er verstummte, da die Frau sich bewegte und eine Hand an die Stirn hob.

Sawyer blieb stehen, betrachtete ihr Gesicht und wartete darauf, dass sie vollständig zu Bewusstsein kam. „Ganz ruhig."

Sie hatte lange, dichte Wimpern, die jetzt flatterten, bevor sie die Augen langsam öffnete und direkt in seine sah. Ihre waren von einem tiefen Blau.

Mehrere Dinge gleichzeitig wurden Sawyer bewusst: ihr beschleunigter Atem an seinem Hals, ihre festen Oberschenkel an seinen nackten Armen, ihre Brüste, die sich durch den nassen Baumwollstoff des T-Shirts an seine Brust schmiegten. Er fühlte den gleichmäßigen Herzschlag der Frau und wie sich ihr Körper anspannte. Ein sinnlicher Schauer durchlief ihn, was angesichts der Umstände eine völlig unpassende Reaktion war. Schließlich war er Arzt und nahm normalerweise eine Frau nicht einmal als solche wahr, wenn medizinische Hilfe erforderlich war.

Doch jetzt tat er es unwillkürlich. Diese Frau in den Armen zu halten war etwas ganz anderes, und er reagierte nicht wie ein Arzt auf sie, sondern wie ein Mann. So etwas war ihm noch nie passiert, und es verwirrte ihn und machte ihn beinah verlegen. Einen Moment lang, während sie sich ansahen, war es ganz still.

Und dann gab sie ihm eine Ohrfeige.

Obwohl sie völlig kraftlos war und ihre Hand ihn kaum streifte, war Sawyer so perplex, dass er sie um ein Haar fallen gelassen hätte. Während Casey verblüfft zusah und keine Anstalten machte, ihm zu helfen, hatte Sawyer Mühe, mit der zappelnden Frau auf dem Arm das Gleichgewicht zu behalten.

Aus reinem Selbstschutz stellte er sie auf den Boden,

musste sie jedoch festhalten, da sie schwankte. Sie wäre gestürzt, wenn Casey und er sie nicht gestützt hätten – was allerdings erneut zur Folge hatte, dass sie nach den Männern schlug.

„Nein!“, rief sie mit rauer, krächzender Stimme, als bekäme sie in ihrer Panik nichts anderes heraus.

„He, ganz ruhig“, sagte Sawyer beschwichtigend. „Es ist alles in Ordnung.“

Sie versuchte wieder nach ihm zu schlagen, doch er wich aus, sodass sie herumwirbelte und Caseys Schulter traf. Erschrocken sprang Casey zurück und rieb sich den Arm.

Genug war genug.

Sawyer schlang von hinten die Arme um sie, sowohl um sie zu stützen, als auch um sie festzuhalten. „Ganz ruhig, es ist alles in Ordnung.“ Sie wirkte desorientiert. „Beruhigen Sie sich, bevor Sie sich noch selbst wehtun.“

Seine Worte riefen nur noch mehr Zappeln hervor, das jedoch wirkungslos blieb.

„Lady“, flüsterte er sanft, „Sie machen meinem Sohn Angst.“

Erschrocken sah sie zu Casey, der jung und kräftig aussah, aber keineswegs ängstlich.

Sawyer lächelte und fuhr im gleichen ruhigen Ton fort: „Jetzt hören Sie mir zu, ja? Ihr Wagen ist in unserem See gelandet, und wir haben Sie herausgefischt. Sie waren bewusstlos. Höchstwahrscheinlich haben Sie eine Gehirnerschütterung, zusätzlich zu allem, was Ihnen sonst noch fehlt.“

„Lassen Sie mich los.“

Sie zitterte am ganzen Körper, zum Teil wegen des Schocks, zum Teil wegen ihrer Verletzung. „Wenn ich Sie loslasse, werden Sie hinfallen. Oder Sie gehen wieder auf meinen Sohn los.“

Sie schien noch mehr in Panik zu geraten und schüttelte wild den Kopf. „Nein.“

Nach einem Blick auf Sawyer streckte Casey beide Arme aus. „He, Lady, mir ist nichts passiert. Sie haben mir nicht wehgetan. Wirklich. Dad will Ihnen nur helfen.“

„Wer sind Sie?“

Diese Worte waren nicht an Casey gerichtet, sondern an Sawyer. Obwohl er sie stützte, schwankte sie. „Sawyer Hudson, Ma'am“, antwortete er. „Mir gehört dieses Land. Mir und meinen Brüdern. Wie ich schon sagte, Sie sind in meinem See gelandet. Ich bin Arzt und werde Ihnen helfen.“ Er wartete darauf, dass sie sich ebenfalls vorstellte. Doch von ihr kam nichts.

„Lassen Sie mich los.“

Langsam, ohne den Griff zu lockern, drehte er sich mit ihr zum See um. „Sehen Sie Ihren Wagen? Damit können Sie ohnehin nirgendwo mehr hinfahren, Honey. Nicht ohne Abschleppwagen und einige größere Reparaturen.“

Sie erstarrte. „Sie kennen meinen Namen.“

Er verstand nicht, was sie meinte. Doch er kannte sich mit Schocks aus. „Noch nicht, aber bald. Und jetzt …“ Er hielt inne, da sie leichenblass wurde und sich eine Hand vor den Mund presste. Rasch ließ er sie auf die Knie sinken und hielt sie von hinten fest. „Ist Ihnen übel?“

„O Gott!“

„Atmen Sie ein paar Mal tief durch. Ja, genau so.“ Zu Casey gewandt, meinte er: „Hol Wasser.“ Sein Sohn rannte mit langen Schritten los.

Dann sagte Sawyer mit beruhigender Stimme: „Ihnen ist übel wegen des Aufpralls mit dem Kopf.“ Zumindest glaubte er, dass das die Ursache war. Sie fühlte sich außerdem fiebrig an, was jedoch nicht auf eine Gehirnerschütterung zurückzuführen sein konnte. Nachdem er eine Weile beobachtet hatte, wie sie tief durchatmete, fragte er: „Besser?“

Sie nickte. Ihr langes blondes Haar verbarg ihr Gesicht

wie hinter einem seidenen Vorhang. Er strich ihre Haare zur Seite, damit er ihr Gesicht sehen konnte. Ihre Augen waren geschlossen, ihre Lippen zusammengekniffen. Casey kam mit der Wasserflasche, und Sawyer hielt sie ihr an die Lippen. „Trinken Sie ein paar Schlucke. Ja, so ist es gut. Schön langsam." Er sah, wie sie um Beherrschung rang, und hoffte, dass ihre Übelkeit nachließ. „Lassen Sie uns aus der heißen Sonne gehen, einverstanden?"

„Ich brauche meinen Wagen."

Erinnerte sie sich nicht daran, dass sie in den See gefahren war? Sawyer runzelte die Stirn. „Kommen Sie, ich werde Sie ins Haus bringen, Sie abtrocknen und Ihrem Magen die Gelegenheit geben, sich zu beruhigen. Einer meiner Brüder wird Ihren Wagen aus dem Wasser ziehen und dafür sorgen, dass er in die Werkstatt kommt, um …"

„Nein!"

„Was nein?", fragte er, inzwischen leicht gereizt.

„Nein, ich will nicht, dass der Wagen abgeschleppt wird."

„Na schön." Sie wirkte, als würde sie jeden Moment zusammenbrechen. Ihr Gesicht war gerötet, ihre Lippen waren farblos. Am wichtigsten war es jetzt, erst einmal festzustellen, wie schwer sie verletzt war. Daher probierte er eine neue Taktik aus. „Was halten Sie davon, wenn Sie mit in mein Haus kommen und erst mal trocken werden? Sie können das Telefon benutzen und jemanden anrufen, der Ihnen hilft."

Ihre Nasenflügel bebten, als sie tief die Luft einsog. Dann begann sie zu husten. Sawyer lockerte den Griff und hob ihre Arme über den Kopf, um ihr das Atmen zu erleichtern. Sobald sie sich beruhigt hatte, schloss er sie erneut in die Arme, um sie zu wärmen, da sie immer noch zitterte.

Sie schluckte und fragte: „Wieso wollen Sie mir helfen? Ich glaube Ihnen nicht."

Ihre offenkundige Angst machte ihn neugierig. Sawyer sah

zu Casey, der ebenso verwirrt schien wie er, und versuchte zu entscheiden, was er als Nächstes tun sollte. Die Frau nahm ihm diese Entscheidung ab.

„Wenn ... wenn Sie mich gehen lassen, gebe ich Ihnen Geld."

Er zögerte nur kurz, bevor er Casey befahl: „Los, hol den Wagen."

Erneut versteifte sie sich, schloss die Augen und flüsterte: „Nein."

Entschlossen half er ihr auf die Beine und führte sie behutsam, damit sie nicht stolperte. „Ich fürchte, ich kann Sie in Ihrem Zustand nicht allein lassen."

„Was werden Sie tun?"

„Sie haben die Wahl. Entweder kommen Sie mit zu mir nach Hause, oder ich bringe Sie ins Krankenhaus. Entscheiden Sie sich. Ich werde Sie hier jedenfalls nicht allein lassen."

Sie machte noch zwei weitere schleppende Schritte, dann hielt sie sich den Kopf und lehnte sich erschöpft an Sawyer. „Zu Ihnen."

Erstaunt und unerklärlicherweise froh, hob er sie erneut auf die Arme. „Dann vertrauen Sie mir also doch ein wenig?"

Sie schüttelte den Kopf, wobei sie gegen sein Kinn stieß. „Niemals."

Er musste unwillkürlich lachen. „Ich bin nur das geringere von zwei Übeln, was? Allerdings frage ich mich natürlich, wieso das Krankenhaus nicht infrage kommt." Sie zuckte bei jedem Schritt, den er machte, zusammen. Um sie abzulenken, sprach er mit ihr. „Haben Sie vielleicht eine Bank ausgeraubt? Sind Sie eine gesuchte Verbrecherin?"

„Nein."

„Wird Sie jemand wiedererkennen, wenn ich Sie ins Haus bringe?"

„Nein."

Das Hemd, das er ihr um die Schultern gelegt hatte, war nun um ihre Taille gewickelt. Er versuchte nicht hinzusehen, aber schließlich war er auch nur ein Mensch. Und so wanderte sein Blick zu ihren Brüsten.

Was sie bemerkte.

Sie errötete, daher beeilte er sich, sie zu beruhigen. „Schon gut, ich habe nur überlegt, das Hemd wieder etwas hochzuziehen."

Sie wehrte sich nicht mehr gegen ihn, als er sie wieder hinstellte und ihr das Hemd anzog. Es war ein altes, verwaschenes Chambrayhemd mit abgeschnittenen Ärmeln und fehlendem obersten Knopf. Sawyer zog es oft zur Arbeit an, weil es weich und zerschlissen war. Die Frau sah bezaubernd darin aus, da das viel zu große Hemd ihre feminine Zierlichkeit betonte.

„Besser?"

„Ja." Sie zögerte kurz, hielt das Hemd zu und sagte leise: „Danke."

Auf den letzten Schritten zum Wagen meinte er: „Sie haben sicher Schmerzen, nicht wahr?"

„Nein, ich bin nur …"

Er unterbrach sie, da sie offensichtlich log. „Na ja, zum Glück bin ich tatsächlich Arzt. Vorerst können Sie also Ihren Namen und den Grund für Ihre Angst ruhig für sich behalten. Ich will Ihnen nur helfen."

Sawyer öffnete die Tür des Pick-ups, dessen Motor bereits lief, und legte der Frau die Hand auf die Stirn. „Sie haben Fieber. Wie lange sind Sie schon krank?"

Casey legte den Gang ein und fuhr so hart an, dass sie zusammenzuckte. Er murmelte eine Entschuldigung.

Die Frau bedeckte mit einer Hand ihre Augen und erklärte: „Es ist nur eine Erkältung."

Sawyer schnaubte. Ihre Stimme klang so rau, dass er sie

kaum verstehen konnte. „Was für Symptome haben Sie?“

Sie schüttelte den Kopf.

„Schwindel?“

„Ein wenig.“

„Kopfschmerzen? Das Gefühl, als sei Ihre Brust eingeschnürt?“

„Ja.“

Er berührte ihren Hals und prüfte ihre Lymphdrüsen. Sie waren geschwollen. „Tut das weh?“

Sie versuchte die Schulter zu zucken, doch es wirkte nicht so gleichgültig wie wahrscheinlich beabsichtigt. „Ein bisschen. Ich habe Halsschmerzen.“

„Atembeschwerden?“

Seine Beharrlichkeit entlockte ihr ein ersticktes Lachen. „Ein wenig.“

„In dem Zustand mussten Sie natürlich Auto fahren, wie?“ Bevor sie protestieren konnte, sagte er: „Sehen Sie mich an.“ Behutsam setzte er die Untersuchung fort, indem er ihre Lider hob. Sie musste ins Bett und brauchte Pflege. Außer einer Gehirnerschütterung vermutete er bei ihr eine Infektion der oberen Atemwege, vielleicht sogar eine Lungenentzündung. Wie aufs Stichwort hustete sie erneut heiser. „Wie lange haben Sie den Husten schon?“

Mit müden, misstrauischen Augen sah sie ihn an. „Sie sind ein echter Arzt?“

„Wollen Sie meine Tasche sehen? Alle Ärzte haben so eine.“

„Er ist wirklich einer“, mischte sich Casey ein. „Sogar der einzige, den es in Buckhorn gibt. Manche Frauen in der Gegend schützen Krankheiten vor, nur um ihn zu sehen.“ Er lächelte der Frau zu. „Sie brauchen also keine Angst zu haben.“

„Casey, achte lieber auf die Straße“, ermahnte Sawyer ihn.

Die Frau sah ihn nervös an und befeuchtete mit der Zungenspitze ihre Lippen, was Sawyer erschauern ließ. Das machte ihn wütend. Wieso weckte sie männliche Instinkte in ihm, von denen er nicht einmal geahnt hatte, dass er sie besaß?

„Auf Ihrem Rücksitz befanden sich viele Sachen“, bemerkte er. „Wollten Sie umziehen?“

Nervös wickelte sie einen Hemdzipfel um ihren Finger. Es war deutlich, dass sie nicht antworten wollte. Nach einem erneuten Hustenanfall, bei dem sie die Hand auf die Brust legte und geduldig wartete, bis er vorbei war, fragte sie: „Woher kennen Sie meinen Namen?“

Sawyer hob die Brauen. „Ich kenne ihn nicht.“

„Aber …“ Mit schmerzverzerrtem Gesicht rieb sie sich die Schläfen.

„Sie sind durcheinander. Kein Wunder, wenn man bedenkt, wie krank Sie sind. Von dem Aufprall mit dem Kopf bei Ihrem Sturz in den See ganz zu schweigen.“

„Es tut mir leid“, murmelte sie. „Ich werde den Schaden an Ihrem Zaun bezahlen.“

Sawyer erwiderte darauf nichts. Sie machte sich Sorgen wegen des Zauns? Sie sollte sich lieber um sich sorgen.

Vorsichtig steuerte Casey den Pick-up auf den Hof unter eine riesige Ulme. Gabe kam von der Vorderveranda gerannt, wo er auf sie gewartet hatte. Noch bevor Casey den Motor abgestellt hatte, riss Gabe die Tür auf. „Was, zur Hölle, ist hier los?“ Beim Anblick der Frau stieß er einen Pfiff aus.

Sawyer beugte sich zu ihr. „Mein kleiner Bruder, Gabe.“ Die Frau nickte, schwieg jedoch. Zu Gabe gewandt, sagte er: „Der Wagen der Lady ist mitsamt der Fahrerin in den See gerauscht.“

„Das hat Casey mir schon erzählt.“ Mit undurchdringlicher Miene musterte Gabe die Frau. „Was fehlt ihr? Und wieso bringst du sie nicht ins Krankenhaus?“

„Weil sie nicht dorthin will.“ Sawyer schaute auf die Frau, die das Gesicht abgewandt hatte. Sie scheute vor Gabe zurück, was schon an sich ein Phänomen war, da Gabe der beliebteste Junggeselle in Buckhorn County war. Normalerweise schmolzen die Frauen nur so dahin, sobald er sie anlächelte.

Allerdings lächelte Gabe jetzt auch nicht. Dafür war er viel zu besorgt. Und die Frau sah nicht einmal in seine Richtung. Sie hatte ihm einen kurzen Blick zugeworfen und war sofort enger an Sawyer herangerutscht.

Er nahm sie wieder auf die Arme und hob sie aus dem Wagen. Diesmal wehrte sie sich nicht, sondern barg das Gesicht an seinem Hals. Sawyer schluckte hart, da sich in ihm ein Gefühl ausbreitete, das er nicht benennen konnte. Er wusste nur, dass es besser wäre, wenn er dieses Gefühl nicht hätte.

„Casey, mach ein Bett zurecht, und hol meine Tasche", befahl er schroff.

Casey lief eilig davon, doch Gabe blieb an Sawyers Seite. „Das ist eine verdammt merkwürdige Sache."

„Ich weiß."

„Sag mir wenigstens, ob sie schwer verletzt ist."

„Hauptsächlich krank, glaube ich. Aber wahrscheinlich hat sie auch eine Gehirnerschütterung." Er warf seinem jüngeren Bruder einen Blick zu. „Falls ich sie hier nicht behandeln kann, werden wir sie ins Krankenhaus bringen. Jetzt aber genug mit dem Verhör. Ich könnte deine Hilfe gebrauchen."

Gabe hob eine Braue und verschränkte die Arme vor der Brust. „Inwiefern?"

„Die Lady hatte eine Menge Sachen auf dem Rücksitz ihres Wagens. Könntest du sie holen, bevor sie davonschwimmen oder völlig ruiniert sind? Und versuch Morgan zu erwischen, damit er ihren Wagen aus dem See zieht." Die Frau hob ihren Kopf und ballte eine ihrer kleinen Hände an seiner Brust zur Faust. Bevor sie protestieren konnte, fügte Sawyer hinzu: „Bring ihn nicht in die Werkstatt, sondern hierher. Wir können ihn im Schuppen unterstellen."

Gabe dachte einen Moment darüber nach. „Ich hoffe, du weißt, was du tust."

Langsam wandte die Frau ihr Gesicht wieder ab und schmiegte sich an Sawyer. Er stieg die Verandastufen zum Haus hinauf und sagte leise vor sich hin: „Das hoffe ich auch. Allerdings habe ich so meine Zweifel."

2. *KAPITEL*

Wenn sie eine Wahl gehabt hätte, hätte Honey Malone sich weiter an den warmen männlichen Hals geschmiegt und sich so lange wie möglich versteckt. Zum ersten Mal seit über einer Woche fühlte sie sich einigermaßen in Sicherheit, und sie hatte es nicht besonders eilig, sich wieder der Realität zu stellen. Nicht wenn diese Realität aus Schurken und Bedrohungen bestand, einem schmerzenden Kopf und einem Schwächegefühl, das jeden Muskel ihres Körpers erfasst zu haben schien. Hinzu kamen in unregelmäßigen Abständen Übelkeit und ein Pochen hinter den Schläfen. Ihr Magen war so in Aufruhr, dass sie nicht einmal an Essen denken konnte, ohne das Gefühl zu, sich übergeben zu müssen. Außerdem war ihr schrecklich kalt, innerlich wie äußerlich.

Im Moment jedenfalls wollte sie nichts sehnlicher, als die Augen zu schließen und ausgiebig zu schlafen. Aber das ging natürlich nicht.

Es war einfach unfair, dass sie ausgerechnet jetzt krank wurde. Doch sie konnte sich nicht länger etwas vormachen. Es stimmte, sie war tatsächlich krank, und es war pures Glück, dass sie bei dem Unfall nicht sich selbst oder jemand anders getötet hatte.

Noch immer war sie nicht sicher, ob sie diesem Mann trauen konnte. Zuerst hatte er sie Honey genannt, sodass sie glaubte, er kenne ihren Namen. Daher hatte sie gedacht, er sei einer von ihnen. Aber dann hatte er es so überzeugend bestritten, dass sie ihn wahrscheinlich nur missverstanden hatte. Bis jetzt hatte er zumindest nicht den Eindruck gemacht, als wollte er sie bedrohen. Was sie mit Sicherheit sagen konnte, war, dass er groß und stark war und behauptete, er wolle ihr nur helfen. Solange er sie auf den Armen hielt, fand sie keine

Kraft, ihm zu widersprechen.

Doch dann wurde sie auf ein weiches Bett gelegt. Erschrocken öffnete sie die Augen und starrte ihn an. Sofort drehte sich wieder alles um sie herum. „Oh, ist mir schlecht." Stöhnend sank sie zurück.

„Ruhen Sie sich einen Moment aus."

Noch wachsamer als vorher beobachtete Honey ihn. Der Mann, der gesagt hatte, sein Name sei Sawyer, nahm ein weißes T-Shirt vom Fußende des Bettes und zog es an. Es war hauteng und betonte seine Schultern und seine Brust. Er war nicht muskelbepackt, aber schlank und athletisch. Seine breiten Schultern verjüngten sich zu einer schmalen Taille. Er trug eine verwaschene Jeans, die tief auf seiner Hüfte saß.

Errötend wandte sie den Blick ab. Ihre nasse, verdreckte Jeans machte das ganze Bett dreckig. „Der Quilt …"

„Der ist alt. Machen Sie sich deswegen keine Sorgen. Ein bisschen Wasser aus dem See wird ihm nicht schaden." Mit diesen Worten nahm er eine andere kunstvoll gesteppte Decke vom Fußende des Bettes und legte sie Honey um die Schultern. Dankbar kuschelte sie sich hinein.

Sawyer schaute über die Schulter zur Tür, durch die wie auf Kommando sein Sohn mit der Arzttasche kam. Casey schien verblüfft über den Ort, an den sein Vater sie gebracht hatte. „Dad, ich habe schon ein Bett für sie gemacht, im vorderen Zimmer."

Sawyer nahm ihm die Arzttasche ab und sagte: „Sie kann dieses Bett nehmen."

„Aber wo wirst du schlafen?"

Alarmiert verfolgte Honey den Wortwechsel zwischen Vater und Sohn. Casey wirkte ernst, doch Sawyers Gesicht konnte sie nicht sehen, da er ihr den Rücken zugewandt hatte. „Casey, du kannst jetzt Gabe helfen."

„Aber …"

„Geh schon."

Widerstrebend gehorchte der Junge und schaute mehrmals kurz auf Honey. „Na schön. Aber falls du etwas brauchen solltest ..."

„Dann rufe ich dich."

Der Junge ging und schloss die Tür hinter sich. Nervös schaute Honey sich um. Das Zimmer war geschmackvoll eingerichtet. Der Fußboden bestand aus poliertem, golden glänzendem Kiefernholz. Mit demselben Holz waren drei der Wände und die Decke getäfelt. Die Möbel waren alle rustikal und offenbar qualitativ sehr hochwertig. An den Fenstern, die eine ganze Wand einnahmen, hingen schwarz-weiß karierte Baumwollvorhänge. Eine gläserne Schiebetür führte hinaus auf eine kleine Terrasse. Die Glasfront bot eine fantastische Aussicht auf den dahinter liegenden See.

In dem Zimmer gab es außerdem eine Anrichte aus Kiefernholz, eine Kommode mit einem riesigen Spiegel und zwei gepolsterte Korbsessel. In einer Ecke standen ein Paar Skier und ein Tennisschläger, in einer anderen verschiedene Angelruten. Über den Bettpfosten und Sessellehnen hingen Kleidungsstücke – ein Smokinghemd mit Fliege, ein Anzugjackett, eine Jeans. Auf der glänzenden Kommode befanden sich einige Rechnungen, Wechselgeld, eine kleine Flasche Aftershave, Quittungen und ein aufgeschlagenes Buch. Es war ein aufgeräumtes Zimmer, wenn auch nicht penibel ordentlich.

Und es war ganz offensichtlich das Zimmer eines Mannes. Sawyers Zimmer. Honey schluckte.

Sie versuchte trotz der ungewöhnlichen Situation logisch zu denken und fragte: „Was wird Ihre Frau ..."

„Ich habe keine Frau."

„Oh." Sie wusste nicht recht, was sie davon halten sollte angesichts der Tatsache, dass er einen Sohn im Teenageralter hatte. Aber jetzt war nicht der Zeitpunkt, um sich danach zu erkundigen. Außerdem war sie viel zu erledigt, um sich darüber Gedanken zu machen.

„Sie werden Ihre Kleidung ausziehen müssen."

Der Ausdruck in seinen Augen war warm und vertrauenerweckend, und so empfand sie keine Angst. „Ich ..."

Die Tür ging auf, und ein Mann kam herein. Dieser sah anders aus als Sawyer und der jüngere Mann, Gabe. Sawyer hatte schwarzes Haar und fast ebenso dunkle, funkelnde Augen. Seine Wimpern waren lang und dicht, und sie hatte bemerkt, dass auch sein Körper behaart war. Nicht zu sehr, aber genug, dass es ihr aufgefallen war. Allerdings hatte sie einige Minuten lang an dieser breiten Brust gelegen, also wäre es schwierig gewesen, es nicht zu bemerken. Und seine Haut duftete unglaublich gut.

Gabe, der gerade ihre Sachen aus dem Wagen holte, war hingegen blond und auf ganz andere Art gut aussehend. Mit seinem nackten Oberkörper und der zu Shorts abgeschnittenen Jeans erinnerte er sie an einen Surfer. Seine blassblauen Augen hätten eigentlich kühl wirken müssen. Stattdessen lag eine Glut in ihnen, die von innen zu kommen schien, sodass Honey instinktiv vor ihm zurückwich. Seine überwältigende männliche Ausstrahlung war ihr ziemlich unbehaglich gewesen. Sawyers ruhige, beherrschte Art hingegen war tröstlich. Er strahlte Geduld und Sicherheit aus, und als Frau sprach sie unweigerlich darauf an. Es kam ihr richtig vor, seine Hilfe anzunehmen. Gleichzeitig war sie alarmiert. Sie durfte niemanden in ihre Probleme mit hineinziehen.

Von diesem Mann nun, mit seinen hellbraunen Haaren und freundlichen grünen Augen, gingen eine sanfte Neugier und gezähmte Kraft aus. Er war mindestens so gut aussehend wie der blonde Mann, aber auf zurückhaltendere Art, sodass er ihr weniger als Bedrohung erschien. Er sah zuerst sie an, dann Sawyer.

„Casey erzählte mir, dass wir einen Gast haben?“

„Sie ist mit ihrem Wagen in den See gefahren. Gabe und Casey versuchen gerade, so viel wie möglich von ihren Sachen zu retten.“

„Ihre Sachen?“, fragte der Mann mit den hellbraunen Haaren.

„Anscheinend wollte sie umziehen.“ Sawyer warf einen skeptischen Blick auf Honey, doch sie ignorierte seine unausgesprochene Frage.

„Würde es dir was ausmachen, mich vorzustellen?“

Sawyer zuckte die Schultern und deutete auf sie, nachdem er das Stethoskop aus seiner Tasche genommen hatte. „Honey, dies ist mein Bruder Jordan.“

Jordan lächelte ihr zu. Und wartete. Sawyer beobachtete sie ebenfalls. Dabei hatte er sie doch erneut mit ihrem Namen angesprochen. Wieso schien er dann darauf zu warten, dass sie sich vorstellte? Sie presste die Lippen zusammen.

Nach einer Weile runzelte Jordan die Stirn und meinte: „Ist sie etwa …?“

Sawyer seufzte. „Sie kann reden, aber es geht ihr nicht gut. Gib ihr ein bisschen Zeit.“

Jordan nickte verständnisvoll. Dann schaute er zu Boden und lächelte. „Hallo, Honey, du solltest nicht hier drin sein.“

Honey erschrak, als sie ihren Namen schon wieder hörte. Doch Jordan sprach gar nicht mit ihr. Er hob eine kleine Katze auf den Arm, und Honey bemerkte, dass das Tier einen bandagierten Schwanz hatte. Als Jordan sie kraulte und sanft mit ihr sprach, begann sie laut zu schnurren. Jordan besaß eine samtig raue, erotische Stimme, die Honey faszinierte. Es war die Stimme eines Verführers.

Gütiger Himmel, dachte sie und starrte ihn noch immer an. Hatte etwa jeder Mann in dieser Familie eine so intensive männliche und erotische Ausstrahlung?

„Ein Neuzugang", erklärte Jordan. „Ich fand das arme Ding heute Morgen vor meiner Praxis."

Sawyer verdrehte die Augen und erklärte Honey: „Mein Bruder ist Tierarzt und hat eine Schwäche für jedes umherstreunende oder verletzte Tier, das ihm über den Weg läuft."

Jordan sah demonstrativ auf Honey herab und sagte zu seinem Bruder: „Ach, und du bist da ja ganz anders, nehme ich an?"

Die beiden grinsten – während Honey wütend wurde. Es gefiel ihr überhaupt nicht, mit einer streunenden Katze verglichen zu werden.

„Jordan, wie wäre es, wenn du die Katze nach nebenan bringst und Tee für unseren Gast holst? Sie ist durchgefroren und hat Husten."

„Klar, kein Problem."

Doch ehe er gehen konnte, kam ein weiterer Mann herein. Honey starrte ihn unwillkürlich an. Dieser Mann war der größte von allen, sogar ein wenig größer als Sawyer, und an Schultern, Brust, Armen und Oberschenkeln mit viel mehr Muskeln bepackt. Wie Sawyer hatte auch er schwarzes Haar, nur war seines länger und ein wenig zerzaust. Seine Augen waren blau, aber nicht blassblau wie Gabes, sondern dunkelblau, fast wie ihre, aber durchdringender und intensiver. Sie blickten weder sanft noch nachgiebig, sondern kühl und hart.

In seinem Gesicht waren frische Bartstoppeln zu sehen, und seine ernste Miene ließ Honey unwillkürlich erschauern.

Sawyer ging sofort zu ihr und legte ihr beruhigend die Hand auf die Schulter. Trotzdem war sie noch immer sprachlos, als er erklärte: „Das ist mein Bruder Morgan, der Sheriff der Stadt."

Grundgütiger! Ein Sheriff? Wie viele Brüder hatte dieser Kerl eigentlich?

„Achten Sie nicht auf seinen finsteren Blick, Honey. Wir haben ihn anscheinend von der Arbeit geholt, und er ist ein wenig … verstimmt."

Jordan lachte. „Von der Arbeit weggeholt? Wohl eher von einer Frau."

„Fahr zur Hölle, Jordan!" Dann sah Morgan zu Honey, obwohl er zu Sawyer sprach. „Gabe hat mich benachrichtigt. Würdest du mir vielleicht erklären, was hier los ist?"

Allmählich war Honey es leid, sich Sawyers Erklärungen anzuhören. Daher fragte sie mit heiserer Stimme: „Wie viele Brüder haben Sie eigentlich?"

Jordan grinste. „Sie kann ja tatsächlich sprechen."

Morgan runzelte die Stirn. „Wieso sollte sie das nicht können?"

„Weil sie die ganze Zeit nichts gesagt hat", meinte Sawyer. „Sie ist krank, durcheinander und natürlich von euch übergroßen Rüpeln eingeschüchtert." Zu Honey gewandt, sagte er: „Wir sind zu fünft, einschließlich meines Sohnes, Casey. Wir leben alle hier, und da es ganz so aussieht, als würden Sie auch eine Weile hierbleiben, ist es gut, dass Sie alle schon kennengelernt haben."

Seine Worte lösten unterschiedliche Reaktionen aus. Honey war entsetzt, denn sie hatte nicht die Absicht, irgendwo zu bleiben. Es war einfach nicht sicher genug.

Jordan dagegen wirkte besorgt, Morgan misstrauisch.

Und dann kam Gabe und schleppte einen Karton herein. „Fast alles war bereits nass, bis auf diesen Karton mit Fotos, den sie hinter der Heckscheibe verstaut hatte. Ich fand, er ist im Haus sicherer aufgehoben. Casey hilft mir gerade, alles andere vom Pick-up zu laden. Aber es ist ein ziemliches Durcheinander, deshalb lagern wir es erst einmal im Stall. Außerdem sieht es aus, als würde es bald regnen. Der Himmel bezieht sich immer mehr. Ich fürchte, wir kriegen ein heftiges Gewitter."

Honey sah zur Fensterfront. Der Himmel war tatsächlich voller dunkler Wolken.

Sawyer nickte. „Danke, Gabe. Casey soll ins Haus kommen, sobald es anfängt zu blitzen."

„Das habe ich ihm schon gesagt."

„Morgan, könntest du morgen den Abschleppwagen holen und ihren Wagen aus dem See ziehen? Ich will ihn im Schuppen unterstellen."

Morgan rieb sich die Bartstoppeln am Kinn. „Wieso im Schuppen und nicht in Smitty's Werkstatt, um ihn reparieren zu lassen?"

„Das ist eine lange Geschichte, die ich dir besser erzähle, nachdem ich herausgefunden habe, was mit unserem Gast los ist. Und das kann ich erst, wenn ihr alle verschwunden seid."

Die Brüder verstanden den Wink und verließen widerstrebend das Zimmer. Bevor sie alle draußen waren, rief Sawyer: „Befand sich unter ihren Sachen trockene Kleidung, Gabe?"

„Nein, ich habe keine Kleidungsstücke gesehen. Hauptsächlich bestanden ihre Sachen aus Büchern, Kosmetikartikeln und so." Er stellte den Karton mit den gerahmten Fotografien auf den Boden vor den Schrank.

„Ich nehme nicht an, dass einer von euch einen Morgenrock besitzt, oder?"

Die drei schnaubten verneinend.

Wenn Honey sich nicht so elend gefühlt hätte, hätte sie gegrinst. Und sie hätte Sawyer erklärt, dass die Sachen, die sie trug, ausreichend seien, da sie nicht die Absicht hatte, sich auszuziehen.

„Vielleicht einen Pyjama?"

Diesmal lauteten die Antworten: „Du machst wohl Witze!" und „So was zieh ich nicht an."

Morgan lachte nur laut.

Honey kniff die Augen zu und dachte: Oh, nein, das heißt

auch noch, dass sie alle nackt schlafen! Sie tat ihr Bestes, um sich nichts auszumalen. Doch sie war von männlicher Perfektion in verschiedenster Größe und Ausstattung umringt, und so stellte sie sich Sawyer unwillkürlich in seinem Bett vor, nackt wie eine griechische Statue. Hitze durchströmte sie und machte sie erneut benommen. Sie erschauerte. Wahrscheinlich war es auf ihren Gesundheitszustand zurückzuführen, dass sie so durcheinander war, denn noch nie war sie sich ihrer Sexualität so bewusst gewesen.

Sie schlug die Augen auf und hätte am liebsten den Kopf geschüttelt, um wieder klar denken zu können. Leider ging das nicht, weil sie Angst hatte, dass ihr davon sofort wieder übel werden könnte.

Casey steckte den Kopf zur Tür herein. „Ich habe ein altes Sportshirt, das ihr passen könnte."

„Nein, vielen Dank …"

Sawyer ließ sie gar nicht erst ausreden. „Sehr gut, bring es her."

Die Brüder tauschten grinsend Blicke untereinander, dann gingen sie endlich. Sawyer beugte sich zu ihr herunter, die Hände in die Hüften gestemmt. „So."

„Was ‚so'?" Sie hustete, und ihre Brust schmerzte dabei, ganz zu schweigen von ihrem Kopf. „Ich werde mich bestimmt schnell erholen. Ich … ich wäre sehr dankbar, wenn Morgan den Wagen aus dem See ziehen könnte. Ich werde Ihnen alles bezahlen."

Sawyer unterbrach sie, indem er sich auf die Bettkante setzte. „Sie werden nichts bezahlen, und Sie werden auch nirgendwo hingehen."

„Aber …"

„Honey, selbst wenn er Ihren Wagen morgen herauszieht, werden einige Reparaturen nötig sein. Im Übrigen ist es fraglich, ob es ihm überhaupt gelingt, so tief, wie der Wagen im

Schlamm sitzt. Vom aufziehenden Gewitter ganz zu schweigen."

„Dann gehe ich eben zu Fuß."

„Wieso wollen Sie so etwas tun, wo Sie kaum allein stehen können?" Bevor sie etwas erwidern konnte, schob er ihr ein Thermometer unter die Zunge. „Wir haben genug Platz hier, und Sie brauchen jemanden, der sich um Sie kümmert, bis es Ihnen wieder besser geht."

Sie nahm das Thermometer aus dem Mund. „Es ist hier nicht sicher."

„Für Sie?" Honey wollte sich aufsetzen, doch Sawyer drückte sie sanft, aber bestimmt zurück aufs Bett. „Jetzt hören Sie mir mal zu", meinte er leicht verärgert. „Entweder verraten Sie mir, was los ist, oder ich fahre Sie ins Krankenhaus. Sie haben die Wahl."

Seine Miene verriet Entschlossenheit, und Honey war nicht in der Lage, sich mit ihm zu streiten. Nicht jetzt.

„Es ist hier nicht sicher, weil …" Sie befeuchtete sich die Lippen, wählte sorgfältig ihre Worte und flüsterte: „Jemand will mir etwas antun."

Sawyer starrte sie einen Moment perplex an.

„Ist das etwas, was ich wissen sollte?", fragte Morgan plötzlich.

Sawyer stöhnte und drehte sich zu seinem Bruder um. „Hast du etwa gelauscht?"

„Eigentlich wollte ich nur den Tee bringen." Zum Beweis hob er die Tasse. „Ihr Geständnis habe ich nur nebenbei gehört."

„Es war kein Geständnis. Sie ist durcheinander vom …"

„Nein." Zitternd setzte sie sich auf und hielt sich die Decke vor die Brust. Nach einem heftigen Hustenanfall erklärte sie: „Ich bin weder durcheinander, noch erfinde ich das."

Ihre Worte und ihr Zittern beunruhigten Sawyer. „Also, wer will Ihnen etwas antun?"

„Ich weiß es nicht."

Morgen stellte den Tee auf den Nachtschrank. „Wieso will jemand Ihnen etwas antun?"

In ihren Augen funkelten Tränen, gegen die sie heftig anblinzelte. Sie zuckte die Schultern und machte mit der Hand eine hilflose Geste. „Ich ..." Sie brach ab und räusperte sich. Es war ihr deutlich anzusehen, wie ungern sie sich ihre Verletzlichkeit anmerken ließ. „Ich weiß es nicht."

Sawyer schob seinen Bruder zur Seite. „Honey ..."

In diesem Moment öffnete der Himmel seine Schleusen, und es begann sintflutartig zu regnen. Innerhalb von Sekunden verfinsterte sich der Himmel so sehr, als sei es Mitternacht und nicht früher Abend. Blitze flackerten am Himmel, gefolgt von ohrenbetäubendem Donner, der das ganze Haus erschütterte und Honey so sehr erschreckte, dass sie zusammenzuckte.

Sawyer legte ihr instinktiv beruhigend eine Hand auf die Schulter. „Ganz ruhig, es ist alles in Ordnung."

Sie lachte nervös und verlegen. „Tut mir leid. Normalerweise bin ich nicht so ängstlich."

„Sie sind krank und verletzt." Sawyer sah kurz zu seinem Bruder. „Und Sie werden heute Abend nirgendwo mehr hingehen. Schlagen Sie sich das aus dem Kopf."

Morgan stimmte ihm prompt zu, doch die Art, wie er die Lippen verzog, zeigte, dass ihn Sawyers Worte amüsierten. „Genau. Wir können alles Weitere morgen Früh klären, nachdem Sie sich ausgeruht haben." Er klopfte Sawyer auf die Schulter. „Lassen Sie sich vom Doc hier versorgen, und im Nu werden Sie sich besser fühlen."

Casey kam mit dem Baseballshirt herein. „Tut mir leid, ich brauchte eine Weile, bis ich es gefunden hatte."

Sawyer nahm es von ihm entgegen. „Gut. Jetzt können wir Ihnen endlich die nassen Sachen ausziehen."

Inzwischen lungerte auch Jordan grinsend im Türrahmen. „Brauchst du Hilfe?“

Zum zweiten Mal musste Sawyer seine Brüder aus dem Zimmer scheuchen. So wie sie sich benahmen, hätte man meinen können, sie hätten noch nie vorher eine attraktive Frau gesehen. Dabei bekam jeder von ihnen genügend weibliche Aufmerksamkeit und Bewunderung. Doch als Sawyer sich umdrehte und die Frau in seinem Bett liegen sah, ihre langen blonden Haare fächerartig um ihren Kopf auf dem Kissen ausgebreitet, ihre Augen groß und wachsam, wurde ihm klar, dass er sich genauso seltsam benahm wie seine Brüder. Vielleicht noch seltsamer. Noch nie zuvor war er sich der Gegenwart einer Frau so bewusst gewesen. Das war schlecht, denn schließlich war er ihr Arzt.

Entschlossen legte er das Sportshirt ans Fußende des Bettes. „Also los.“ Er schlug die Decke zurück, griff der Frau unter die Arme und richtete sie auf. Dann begann er, ihr das geliehene Hemd aufzuknöpfen, als würde er so etwas jeden Tag machen. Es dauerte höchstens eine halbe Sekunde, bis sie zum Leben erwachte und seine Hände wegschlug.

„Das kann ich selbst!“, rief sie mit ihrer heiseren, krächzenden Stimme.

Er umfasste ihr Gesicht mit beiden Händen. „Sind Sie sicher?“

Einen Moment lang sahen sie einander in die Augen, und gerade als sein Herz anfing, schneller zu schlagen, nickte sie.

Sawyer nahm sich zusammen und meinte seufzend: „Na schön.“ Er war gleichermaßen enttäuscht und erleichtert. „Ziehen Sie die Jeans und den Slip aus. Sie sind nass bis auf die Knochen und müssen erst einmal ganz trocken werden. Werfen Sie die Sachen auf den Boden, ich werde sie später waschen.“ Er zog eine Kommodenschublade auf und nahm für sich eine trockene Jeans und Boxershorts heraus. Bevor er das Zimmer verließ, fügte er noch hinzu: „Ich werde draußen warten. Rufen Sie mich, sobald Sie fertig sind oder falls Sie Hilfe brauchen."

Er trat in den Flur hinaus, wo er alle seine Brüder antraf. Sogar sein Sohn war da und grinste. Sawyer sah von einem zum anderen, während er den Reißverschluss seiner nassen Jeans herunterzog. „Habt ihr nichts zu tun?"

„Doch", erwiderte Gabe mit einem breiten Grinsen. „Und wir tun es gerade."

„Manchmal bist du wirklich amüsant, Sawyer", bemerkte Jordan lachend.

Sawyer zog sich in der Mitte des Flurs um, da die anderen ihm kaum Platz ließen. Er war wütend, wollte es sich jedoch nicht anmerken lassen. Gabe hob automatisch seine nassen Sachen auf und reichte sie an Jordan, der sie an Morgan weitergab, der sich wiederum umsah und, da er sonst niemanden mehr entdeckte, an den er sie weitergeben konnte, unter den Arm klemmte.

Nachdem er die trockenen Sachen angezogen hatte, verschränkte Sawyer die Arme vor der Brust. „Und was, bitte schön, soll das heißen?"

Morgan schnaubte. „Nur, dass du dich wie ein Stier zur Paarungszeit benimmst. Du scharwenzelst um die Frau herum, als könnte sie jeden Moment wieder verschwinden. Es ist so offensichtlich, dass du ihr ebenso gut dein Brandzeichen auf die Stirn drücken könntest." Morgan stieß sich von der Wand ab und fuhr sich durch die Haare. „Das Problem ist nur, dass wir nicht wissen, wer sie ist und was sie zu verbergen hat."

Sawyer ignorierte die anzüglichen Bemerkungen seines Bruders und ging nur auf dessen Bedenken ein. Morgan brauchte ihm nicht zu erklären, dass es mit dieser Frau Komplikationen geben würde. „Was erwartest du von mir? Soll ich sie vielleicht wieder in ihren Wagen setzen? Oder willst du sie die Nacht über einsperren, bis du die Sache geklärt hast? Die Frau ist krank und braucht Pflege, bevor ihr Zustand kritisch wird."

„Geht es ihr wirklich so schlecht, Dad?"

Sawyer rieb sich den Nacken. „Ich vermute, sie hat eine Bronchitis, womöglich sogar eine Lungenentzündung. Bis jetzt hatte ich allerdings noch nicht die Gelegenheit, sie gründlich zu untersuchen."

In diesem Moment erschütterte ein weiterer heftiger Donner das Haus, und die Lichter gingen aus. Im Flur war es stockdunkel, und die Männer fluchten – bis sie im Schlafzimmer einen dumpfen Aufprall hörten, gefolgt von einem Schmerzensschrei.

Sawyer reagierte als Erster und griff nach dem Türknopf. „Wartet hier!", befahl er, ehe er ins Zimmer eilte und seinen neugierigen Brüdern die Tür vor der Nase zuschlug.

Durch die Fensterfront in seinem Zimmer fiel wegen der beinah unaufhörlichen Blitze etwas Licht. Trotzdem war es noch so dunkel, dass er sich vorsichtig vorantasten musste. Die Frau saß benommen vor dem Bett auf dem Boden. Ihre Jeans und ihr Seidenslip waren bis zu den Knöcheln heruntergezogen, und ihr Oberkörper war vollkommen nackt.

Er hielt einen Moment inne und betrachtete sie fasziniert. Sie wirkte so verletzlich und feminin. Ein Blitz beleuchtete die glatte Haut ihrer Schultern, ihre vollen runden Brüste und die harten Knospen. Ihr helles Haar fiel wie ein seidiger Schleier an ihrem schlanken Körper herab und ergoss sich über ihre Brüste. Sawyer empfand beinah schmerzhaftes Verlangen.

Dann gab sie einen leisen Laut von sich und schlug die Hände vors Gesicht. Das riss ihn aus seiner sinnlichen Benommenheit. Sofort verdrängte er seine primitiven Instinkte und war wieder ganz Arzt.

Eines jedoch ließ sich nicht verdrängen – die Tatsache, dass es ihn schwer erwischt hatte. Und dabei kannte er noch nicht einmal ihren Namen.

3. KAPITEL

Am liebsten wäre Honey auf der Stelle gestorben. Mit jeder Sekunde, die verging, wurde die Situation peinlicher. Ohne den Kopf zu heben, sagte sie: „Haben Sie mich jetzt genug angestarrt?"

„Tut mir leid." Sawyer bückte sich und hob sie mit einer Leichtigkeit hoch, als wöge sie nicht mehr als die Katze, die Jordan auf dem Arm gehabt hatte. Äußerst behutsam setzte er sie auf die Bettkante und streifte ihr Jeans und Slip ab, sodass sie vollkommen nackt war. Dann zog er ihr das Sportshirt über den Kopf. „So, das dürfte bequemer sein."

Er schlug die Decke zurück, hob Honeys Beine auf das Bett und drückte sie sanft in die Kissen. „Bleiben Sie schön liegen. Ich werde Licht holen."

Als er das Zimmer verließ, hörte sie draußen im Flur Männerstimmen, einige besorgt, andere amüsiert. Grundgütiger, was mussten sie von ihr denken? Sie war ein Eindringling und eine Mitleid erregende Kranke, und es war ihr zuwider.

Sawyer kehrte mit einer altmodischen Messinglaterne, einer Taschenlampe und einem kleinen Plastikbeutel voller Medizinfläschchen zurück. Er schloss die Tür hinter sich, damit seine Brüder keine neugierigen Blicke ins Zimmer werfen konnten. Wenigstens dafür war sie ihm dankbar.

„Weiter geht's." Er stellte die Sachen auf den Nachtschrank und zündete die Laterne an, sodass das Zimmer in einen weichen Lichtschein getaucht wurde. „Die Stadt ist so klein, dass wir bei fast jedem Gewitter Stromausfall haben. Das ist für uns schon nichts Besonderes mehr. Morgen Früh wird der Strom wieder da sein." Er schüttelte das Thermometer und schob es ihr in den Mund. „Behalten Sie es diesmal drin." Seine Miene wurde ernst. „Ich werde jetzt Ihre Lunge abhorchen. Atmen Sie ganz normal durch die Nase, ja?"

Sie nickte, und er schob die Hand in den Ausschnitt ihres Shirts. Er sah sie nicht an, sondern schaute zur gegenüberliegenden Wand, als sei er hoch konzentriert. Doch sein Handgelenk war heiß, eine glühende Berührung auf ihrer sensiblen Haut, die Wärme ein starker Kontrast zum kalten Stethoskop.

Sie vergaß zu atmen, vergaß alles und konnte nur noch sein Profil ansehen, seine langen, dichten Wimpern, die gerade Nase, die dunklen Haare, die aufreizend zerzaust über seine Brauen fielen. Das Licht der Laterne bildete einen Glorienschein um seine Haare und ließ seine Haut wie blank polierte Bronze schimmern. Sein Mund verriet Entschlossenheit und war überaus sexy.

„Normal atmen, Honey."

Ach ja. Sie sog tief die Luft ein und atmete aus Versehen auch seinen wundervollen Duft ein. Sofort bekam sie einen Hustenanfall.

Sawyer zog ihr rasch das Thermometer aus dem Mund und hielt es unters Licht. „Fast neununddreißig." Er runzelte die Stirn. „Können Sie sich einen Moment aufsetzen?"

Ohne auf ihre Antwort zu warten, beugte er sie vor und stützte sie mit seiner breiten Brust. Er war so warm, dass sie sich am liebsten an ihn geschmiegt hätte. Doch für ihn schien die Intimität dieser Situation gar nicht zu existieren.

Er schob das Sportshirt auf dem Rücken hoch, um sie weiter abzuhorchen. „Dachte ich's mir doch", murmelte er dann.

Vorsichtig ließ er sie wieder aufs Bett zurücksinken und deckte sie zu. „Sie haben eindeutig eine Bronchitis. Wenn Sie noch einen oder zwei Tage so weitergemacht hätten, wäre garantiert eine Lungenentzündung daraus geworden. Außerdem bin ich mir ziemlich sicher, dass Sie eine Gehirnerschütterung haben." Sanft berührte er mit dem Zeigefinger eine Beule an ihrer Stirn. „Sie sind hart auf das Lenkrad geprallt, als der Wagen in den See fuhr. Sie können froh sein, dass Sie angeschnallt waren."

Er klang ein wenig tadelnd, doch sie nickte nur, da sie inzwischen so erschöpft und müde war, dass es sie nicht mehr interessierte.

„Sind Sie gegen irgendwelche Medikamente allergisch?"

„Nein."

„Schaffen Sie es, eine Pille zu schlucken?"

Erneut nickte sie, da ihr das Sprechen zu schwer fiel.

Er wollte noch etwas sagen, sah jedoch ihr Gesicht und seufzte. „Honey, ich weiß, dass es schwer ist für Sie, in diesem fremden Haus mit so vielen eigenartigen Männern zu sein, aber …"

„Ihre Brüder sind ein wenig überwältigend", unterbrach sie ihn mit ihrer heiseren Stimme, „aber eigenartig würde ich sie nicht nennen."

Er grinste. „Na ja, ich schon." Zur Tür gewandt, rief er: „Ich würde sie eigenartig, widerlich, anmaßend und ungehobelt nennen!"

Honey hörte einen seiner Brüder – sie vermutete, dass es Gabe war – zurückrufen: „Ich kenne eine Menge Frauen, die das mit dem ‚widerlich' anders sehen!" Gedämpftes Gelächter folgte.

Sawyer lachte ebenfalls leise. „Sie meinen es nur gut. Aber sie sind genau wie ich besorgt." Er tätschelte ihr Knie unter der Decke und reichte ihr den Tee. „Schlucken Sie damit die Pillen. Er ist kaum noch warm."

Honey betrachtete skeptisch die Pillen, die er ihr hinhielt. Schließlich kannte sie ihn überhaupt nicht und sollte ihm einfach so vertrauen. Obwohl ihr kaum eine andere Wahl blieb, zögerte sie.

Geduldig erklärte er: „Es sind Antibiotika und Schmerzmittel. Außerdem müssen Sie etwas gegen den Husten nehmen."

„Wunderbar." Sie schluckte brav alle Pillen, trank fast den ganzen Becher Tee aus und ließ nur noch einen Rest zum Nachspülen des Hustensaftes, den er ihr nach den Pillen verabreichte.

Sawyer nahm ihr den Becher aus der Hand, stellte ihn beiseite und musterte sie. „Die Tür neben dem Schrank führt ins Bad. Müssen Sie hinein?"

„Nein", krächzte sie. „Danke."

„Falls doch, sagen Sie mir Bescheid, damit ich Ihnen helfen kann. Ich möchte nicht, dass Sie aufstehen und wieder stürzen."

Ganz bestimmt nicht, dachte sie bei der Erinnerung an den peinlichen Zwischenfall. Sie würde es allein ins Bad schaffen, koste es, was es wolle. „Es ist alles in Ordnung, wirklich. Ich bin nur schrecklich müde."

Sawyer stand auf und nahm die Quilts weg. Da sie feucht waren, protestierte Honey nicht, obwohl sie sofort anfing zu frösteln. Sekunden später deckte er sie mit einem sauberen Laken und einer Wolldecke aus dem Schrank zu.

„Schlafen Sie jetzt. Ich komme in zwei Stunden wieder, um nach Ihnen zu sehen – wegen der Gehirnerschütterung", fügte er hinzu, als sie erstaunt zu ihm aufsah. „Tut mir leid, Honey, aber ich werde Sie alle ein bis zwei Stunden wecken müssen, um sicherzugehen, dass mit Ihnen alles in Ordnung ist. Sie brauchen bloß jedes Mal Ihre großen blauen Augen zu öffnen und Hallo zu sagen. Einverstanden?"

„Ja." Die Vorstellung gefiel ihr nicht, denn jetzt würde sie nicht mehr schlafen können, weil sie befürchtete, er könnte sie schnarchen hören. Normalerweise schlief sie tief und fest, und es gab nur wenig, was ihren Schlaf stören konnte. Doch seit ihre Schwierigkeiten angefangen hatten, lebte sie in ständiger Sorge und musste wachsam bleiben.

„Rufen Sie, wenn Sie etwas brauchen", sagte Sawyer. „Das

Wohnzimmer ist nah genug, einer von uns wird Sie also bestimmt hören." Er trug die Laterne zur Kommode und drehte den Docht herunter, sodass gerade genügend Licht blieb, damit Honey in dem fremden Zimmer nicht orientierungslos aufwachte. Draußen tobte noch immer das Gewitter mit grellen Blitzen und lautem Donner.

Sawyer nahm die Taschenlampe und die feuchten Quilts und ging hinaus. Die Tür ließ er einen Spaltbreit offen. Honey rollte langsam auf die Seite und schob die Hände unter ihre Wange. Sein Bett war so bequem, die Laken waren so weich und kuschelig. Und alles duftete aufregend nach ihm. Seufzend schloss sie die Augen. Es wäre herrlich, jetzt zu schlafen, doch das wagte sie nicht. Sobald das Unwetter nachließ, musste sie darüber nachdenken, was sie tun sollte.

Zwanzig Minuten später spähte Sawyer ins Zimmer – wieder einmal. Anscheinend konnte er sich nicht länger als ein paar Minuten von ihrem Anblick losreißen. Aus seinen Gedanken bekam er sie gar nicht mehr.

Es hatte kaum zwei Minuten gedauert, bis sie tief und fest eingeschlafen war. Seitdem hatte er alle paar Minuten nach ihr gesehen. Fasziniert beobachtete er, wie das schwache Licht der Laterne ihren wundervoll geformten Körper umschmeichelte.

„Ist alles in Ordnung mit ihr?"

Rasch zog Sawyer die Tür zu und drehte sich zu Jordan um. „Sie schläft, und ihre Atmung scheint sich zu bessern. Aber sie ist wirklich krank. Am dringendsten braucht sie Ruhe, da sie völlig erschöpft ist."

„Wenn du willst, können wir uns alle damit abwechseln, sie heute Nacht aufzuwecken."

„Nein."

Jordan kniff die Augen zusammen. „Es wäre unsinnig, es ganz allein zu tun. Wir könnten …"

„Ich bin der Arzt, also werde ich es tun." Sawyer war entschlossen, seinem Bruder diese Selbstlosigkeit auszureden und ihn von dem Zimmer wegzubekommen. „Ihr braucht euch keine Sorgen zu machen. Es ist alles unter Kontrolle."

Jordan musterte ihn einen langen Moment, ehe er endlich die Schultern zuckte. „Wie du willst. Aber ich finde, du benimmst dich verdammt merkwürdig."

Sawyer widersprach nicht. Sein Benehmen musste tatsächlich seltsam wirken. Als Jordan gegangen war, machte Sawyer erneut die Tür auf. Nein, er wollte absolut nicht, dass seine Brüder sie so sahen.

Auf dem Rückweg von seinem Zimmer begegnete er Morgan.

„Wir müssen uns unterhalten."

„Wenn du mir deine Hilfe anbieten willst, vergiss es", entgegnete Sawyer. „Ich werde ganz gut allein …"

„Nein. Wenn du die ganze Nacht um die süße kleine Lady herumschwirren willst, ist das deine Sache. Aber ich will dir etwas zeigen."

Erst jetzt fiel Sawyer auf, dass Morgan eine Damenhandtasche in der Hand hielt. „Gehört die unserem Gast?"

„Allerdings. Mir gefällt diese Geheimniskrämerei nicht, und da sie nun mal hier übernachtet, ist es absolut gerechtfertigt …"

„Du hast herumgeschnüffelt, nicht wahr?"

„Ich habe nur kurz in ihre Handtasche geschaut, um zu sehen, ob ich einen Ausweis finde. Immerhin bin ich hier der Sheriff und hatte allen Grund dazu, nachdem sie erzählt hat, man würde sie verfolgen."

„Und?" Sawyer konnte seine Neugier nicht leugnen. Er fragte sich, ob der Name wohl zu der Frau passen würde. „Spann mich nicht so auf die Folter."

„Du wirst es kaum glauben, aber sie heißt Honey Malone."

Morgan lachte leise. „Das klingt ganz nach einem weiblichen Mafioso, oder?“

Sawyer stutzte einen Moment, dann musste er lachen. Honey, das englische Wort für Schätzchen oder Süße. Kein Wunder, dass sie geglaubt hatte, er kenne ihren Namen.

„Ich habe sie per Funk überprüfen lassen. Nichts, weder eine Anzeige noch eine Aussage. Falls jemand ihr etwas antun will, hat die Polizei jedenfalls keine Kenntnis davon.“

Sawyer dachte darüber nach. Dann sagte er: „Das muss nichts heißen.“

„Oder es bedeutet, dass sie sich das alles nur ausgedacht hat.“ Morgan fügte zögernd hinzu: „Vielleicht hat sie bei dem Unfall aber auch mehr abbekommen, als du gedacht hast, und leidet jetzt unter Wahnvorstellungen. Wie auch immer, sei auf der Hut.“

„Ich bin nicht dumm.“

„Nein.“ Morgan grinste. „Aber du benimmst dich ziemlich besitzergreifend. Pass auf, dass deine Gefühle nicht deinen Verstand vernebeln.“

Sawyer starrte ihn an, doch Morgan hatte sich bereits abgewandt und marschierte davon.

Lächerlich. Gut, er fühlte sich zu ihr hingezogen. Na und? Er war schließlich auch nur ein Mensch, und so etwas passierte nicht zum ersten Mal. Allerdings war es bisher nie so heftig gewesen. Aber das spielte keine Rolle. Er hatte nicht die Absicht, sich mehr mit ihr zu befassen, als für ihre Genesung notwendig war. Sie war eine Patientin, und so würde er sie behandeln, basta.

Doch noch während er diesen Vorsatz fasste, machte er schon wieder die Tür zu seinem Schlafzimmer auf, angezogen von einem unerklärlichen Verlangen, in ihrer Nähe zu sein.

Sie sah so süß und verletzlich im Schlaf aus. Und wieder hatte sie die Decke weggestrampelt, sodass er ihren wohlgerundeten Po sah.

Honey erwachte nur langsam und registrierte mühsam die fremde Umgebung. Irgendwo hörte sie einen Vogel zwitschern, das Tropfen von Wasser und ein leises Schnarchen.

Ihr Hals brannte, und sie hatte Schwierigkeiten beim Schlucken. Mit einiger Anstrengung gelang es ihr, die schweren Lider ein wenig zu öffnen. Sofort durchzuckte ein stechender Schmerz ihren Kopf, sodass sie die Augen wieder zukniff. Sie hielt die Luft an, bis der Schmerz verebbte.

Irgendetwas Schweres und Warmes lag auf ihr, und ein Summen dröhnte in ihrem Kopf. Es dauerte eine ganze Weile, bis sie sich daran erinnerte, wo sie war und weshalb.

Sie lag auf dem Bauch, was eine normale Schlafposition für sie war. Diesmal machte sie die Augen vorsichtiger auf, um sich ans Tageslicht zu gewöhnen. Aus irgendeinem Grund konnte sie die Beine nicht bewegen. Verwirrt schaute sie sich im Zimmer um. Es regnete nur noch schwach. Die Tropfen rannen in glänzenden Spuren über die Fensterfront, sodass der See und der von ihm aufsteigende Nebel nur verschwommen zu erkennen waren. Der Tag war grau, aber es war eindeutig morgens, und die Vögel zwitscherten um die Wette.

Honey ließ den Blick weiter durchs Zimmer schweifen und hielt erschrocken inne, als sie Sawyer entdeckte.

Nur mit einer Jeans bekleidet, deren Bündchenknopf offen war, saß er in einem der Korbsessel und hatte die Füße aufs Bett gelegt. Seine nackten Füße spannten Honeys Laken und die Wolldecke so sehr, das sie unterhalb von Honeys Taille ganz stramm saßen. Kein Wunder, dass sie ihre Beine nicht bewegen konnte.

Sie erinnerte sich daran, wie er sie im Lauf der Nacht mehrmals geweckt hatte, an seine sanften Berührungen, seine weiche Stimme, mit der er sie aufforderte, ihm zu antworten. Bei dem Gedanken an seine warmen Hände auf ihrer nackten Haut, als er sie wieder zugedeckt hatte, durchlief sie ein warmer Schauer.

Dieses Erschauern wurde noch sinnlicher, als sie ihn genauer betrachtete. O ja, jetzt war sie hellwach. Sie brauchte zwar dringend etwas zu trinken und musste ins Bad, doch hätte sie ewig so daliegen und ihn ansehen können. Langsam ließ sie den Blick über seinen muskulösen Körper gleiten, die verlockenden dunklen Haare auf seiner Brust, die auf seinem Bauch zu einer Linie zusammenliefen und in seiner Jeans verschwanden. Honey stellte sich vor, ihn dort zu berühren, die weichen Haare und die harten Muskeln zu spüren. Leise seufzte sie.

„Guten Morgen."

Erschrocken hob sie den Blick wieder zu seinem Gesicht. Er wirkte noch völlig verschlafen. Honey nahm sich zusammen. „Guten Morgen." Ihre Stimme klang nach wie vor rau.

Sawyer neigte den Kopf. „Tut der Hals weh?"

Sie nickte. „Sie halten meine Decke fest."

„Ja, ich weiß", erwiderte er amüsiert und nahm die Füße vom Bett. Er stand auf und streckte sich, sodass Honey deutlich das Spiel seiner Muskeln beobachten konnte. Sie rollte sich auf den Rücken, um ihm besser zusehen zu können, hatte die Wolldecke und das Laken jedoch bis zum Kinn hochgezogen.

Sawyer hob einen Arm über den Kopf, und sein Bizeps wölbte sich. Als er sich streckte, zog sich sein Bauch zusammen, sodass der Abstand zwischen seinem Körper und dem Hosenbund sich noch weiter vergrößerte. Er fuhr sich mit beiden Händen durch die Haare und lächelte.

Honey versuchte zurückzulächeln. Doch dann kratzte er sich am Bauch und lenkte ihre Aufmerksamkeit darauf. Sie erkannte, dass seine Jeans noch tiefer gerutscht war. Und dass er erregt war.

Sie wollte ihn nicht anstarren, aber da er nur wenige Schritte vom Bett entfernt stand, war es kaum möglich, es zu ignorieren. Ein prickelnder Schauer überlief sie.

Sawyer legte ihr die Hand auf die Stirn. „Ihr Fieber scheint zurückgegangen zu sein. Zum Glück kam in der Nacht der Strom wieder, sonst wäre das Haus jetzt ohne Klimaanlage ziemlich stickig. Es soll sehr heiß werden, falls dieser Regen jemals aufhört. So krank, wie Sie sind, hätte die Hitze Ihnen zusätzlich zu schaffen gemacht." Er strich ihr die langen Haare aus dem Gesicht. „Möchten Sie die Toilette benutzen?"

Seine freundlichen Worte verwirrten sie angesichts ihrer lüsternen Fantasien dermaßen, dass sie nicht antworten konnte. Er löste das Problem, indem er einfach die Decke und das Laken zurückschlug und ihr half, sich aufzusetzen. Hastig zupfte sie das weite Sportshirt zurecht.

„Kommen Sie, ich werde Ihnen helfen und hier warten."

Sie wollte nicht, dass er irgendwo wartete, doch er drängte sie aufzustehen und führte sie zum Badezimmer. Er brachte sie direkt bis zur Toilette, bevor er sie losließ. „Falls Sie etwas brauchen, seien Sie nicht zu schüchtern zu rufen."

Niemals, dachte sie, nickte aber, damit er das Bad verließ. Er streichelte ihre Wange und zog lächelnd die Tür hinter sich zu.

Nachdem sie dem Ruf der Natur gefolgt war, wusch sie sich die Hände, spritzte sich Wasser ins Gesicht und trank ausgiebig. Dann sah sie in den Spiegel über dem Waschbecken und hätte fast geschrien. Sie bot einen entsetzlichen Anblick. Ihre Haare waren völlig zerzaust, ihr Gesicht war blass bis auf die violette Beule an ihrer Stirn. Du liebe Zeit, sie sah genauso krank aus, wie sie sich fühlte!

Sie warf einen sehnsüchtigen Blick zur Dusche, doch dann hörte sie Sawyer ungeduldig rufen: „Alles in Ordnung?"

Es würde jetzt viel zu aufwendig sein, ihr Aussehen zu verbessern. Seufzend tastete sie sich zur Tür, wobei sie sich auf das Waschbecken stützte. Kaum hatte sie die Tür geöffnet, war er da, groß, mit nacktem Oberkörper und überwältigender Kraft. Wortlos legte er den Arm um sie und trug sie ins Bett zurück.

Er deckte sie zu und fragte: „Möchten Sie Tee oder Kaffee?“

Ihr lief das Wasser im Mund zusammen. Jetzt, wo sie nicht mehr so müde war, meldeten sich andere Bedürfnisse. Kaffee würde ihre Benommenheit vertreiben und ihre Halsschmerzen lindern. „Für Kaffee würde ich töten.“

„Obwohl Sie nicht einmal die Kraft haben, einer Fliege etwas anzutun? Keine Sorge, so drastische Maßnahmen sind gar nicht nötig. Der Kaffee ist bereits fertig. Morgan und Gabe sind nämlich beide Frühaufsteher. Möchten Sie Ihren Kaffee mit Milch und Zucker?“

„Beides, bitte.“ Er wandte sich zum Gehen, doch Honey sagte: „Sawyer?“

„Hm?“

„Meine Sachen …“

„Die sind in Sicherheit. Gabe und Casey haben alles im Stall untergestellt, bevor das Gewitter losbrach. Aber wenn Sie wollen, werde ich selbst noch mal nachschauen, sobald ich angezogen bin.“

„Ich hätte gern meine Zahnbürste. Und ich würde gern duschen.“

Er musterte sie skeptisch. „Ich weiß nicht. Warten wir mal ab, wie Sie sich nach dem Essen fühlen. Ich will nicht, dass Sie es übertreiben. Sie krächzen noch immer, und ein bisschen Fieber haben Sie bestimmt auch noch. Aber eins nach dem anderen. Jetzt hole ich erst mal den Kaffee. Der wird Ihnen guttun.“

Seine entschiedene Art machte sie wütend. „Es ist nicht Ihre Sache, zu entscheiden, was ich kann und was nicht.“

„Doch, es ist meine Sache.“

„Nein."

Mit zwei Schritten war er bei ihr. Mit der einen Hand stützte er sich am Kopfende des Bettes ab, die andere lag neben ihrer Wange auf dem Kissen. Ihre Nasen berührten sich fast.

„Sie sind ernsthaft krank, und ich bin nicht die ganze Nacht wach geblieben und habe nach Ihnen gesehen, damit Sie heute Morgen so störrisch sind und riskieren, dass es Ihnen wieder schlechter geht."

„Ich weiß, dass ich nicht hundertprozentig fit bin …"

Er schnaubte. „Es ist ein Wunder, dass Sie es allein ins Bad geschafft haben. An Ihren geröteten Wangen und Lippen kann ich ablesen, dass Sie noch immer Fieber haben. Was Sie brauchen, sind viel Ruhe und Medizin."

„Aber ich rieche nach diesem schrecklichen See."

„Unsinn", versicherte er ihr und streichelte ihre Wange. „Seien Sie deswegen unbesorgt."

„Ich bin es nicht gewohnt, einen ganzen Tag lang nicht zu duschen. Ich werde mich besser fühlen, wenn ich mich gewaschen habe."

Er seufzte. „Irgendwie bezweifle ich das. Aber was weiß ich schon? Ich bin bloß der Arzt." Als sie protestieren wollte, fügte er hinzu: „Wenn Sie sich stark genug fühlen, sich zu waschen – gut. Aber nicht jetzt, sondern später. Ich werde Ihnen helfen. Und schütteln Sie nicht den Kopf. Ich werde Sie nicht allein lassen und riskieren, dass Sie ertrinken."

„Sie werden mir aber auch nicht beim Duschen zusehen!"

Er unterdrückte ein Grinsen und rieb sich das Kinn. „Nein, selbstverständlich nicht. Die Dusche kommt ohnehin nicht infrage, da Sie noch viel zu unsicher auf den Beinen sind. Aber sobald ich heute Nachmittag ein paar Patientenbesuche gemacht habe, bringe ich Sie ins große Bad, wo Sie sich in die Wanne legen können. Bis dahin habe ich Ihre Wäsche gewaschen und getrocknet, dann können Sie Ihre eigenen Sachen wieder anziehen."

„Sawyer, ich möchte nicht, dass Sie meine Wäsche waschen."

„Es macht sonst niemand. Morgan muss ins Büro, und Jordan macht ein paar Hausbesuche. Casey hat den Dreh mit dem Wäschewaschen noch nicht raus, obwohl ich daran arbeite, es ihm beizubringen, und wie ich Gabe kenne, ist er irgendwo unterwegs."

Sie schüttelte den Kopf. „Sie haben mich nicht verstanden. Ich will nicht, dass irgendjemand von Ihnen meine Wäsche wäscht."

„Ihre Sachen sind aber nass und dreckig. Wenn Sie nicht die ganze Zeit Caseys Sportshirt tragen wollen, muss sich nun mal jemand um die Wäsche kümmern. Und Sie können es nicht." Sie wollte etwas sagen, doch er hob die Hand. „Geben Sie auf. Ein bisschen Wäschewaschen wird mich nicht umbringen."

Ihr blieb offenbar keine andere Wahl. „Danke", sagte sie leise.

„Nichts zu danken."

Seine gute Laune entnervte sie. Um das Thema zu wechseln, fragte sie: „Sehen Sie jeden Tag nach Ihren Patienten?"

Er richtete sich auf. „Krankheiten haben keinen Respekt vor Wochenenden oder Ferien. Und da ich der einzige Arzt weit und breit bin, habe ich mich daran gewöhnt."

Nervös faltete sie den Rand ihres Lakens und überlegte, ob dies ihre Chance war zu entkommen. „Ist Ihre Praxis in der Nähe?"

Er verschränkte die Arme vor der Brust. „Ganz in der Nähe."

„Ach, tatsächlich?" Sie bemühte sich, nur mäßig interessiert zu klingen.

„Sie gehen nirgendwo hin, Honey."

Das verschlug ihr die Sprache.

„Machen Sie nicht so ein entsetztes Gesicht. Ich kann förmlich sehen, wie es in Ihrem Kopf arbeitet."

„Wie bitte?"

„Ich weiß, was in Ihnen vorgeht."

„Sie kennen mich ja nicht einmal!"

„Mag sein. Aber irgendwie ahne ich, welcher Film bei Ihnen abläuft. Was haben Sie ausgeheckt? Wollten Sie per Anhalter in die Stadt, sobald wir alle unterwegs sind?"

Das hatte sie nicht vorgehabt, denn so weit hatte sie noch gar nicht gedacht. Es schien ihr allerdings keine schlechte Idee zu sein. An den Nummernschildern würde sie erkennen können, ob der Fahrer aus der Gegend kam oder nicht. Auf diese Weise vermied sie das Risiko, an die Leute zu geraten, die hinter ihr her waren.

„Frauen", murmelte er, da sie nichts sagte, und verließ das Zimmer.

Honey war es nur recht, da es noch vieles gab, worüber sie nachdenken musste. Dies war vielleicht ihre einzige Chance, Sawyer und seine Familie davor zu bewahren, in die Sache hineingezogen zu werden. In erster Linie war sie geflohen, um ihre Schwester zu schützen. Jetzt noch weitere Menschen in Schwierigkeiten zu bringen war das Letzte, was sie wollte.

Besonders nicht so einen fantastischen Mann wie Sawyer.

4. KAPITEL

Sawyer klopfte an die Tür und trat ein. Honey lag im Bett und hatte den Kopf dem Fenster zugewandt. Sie wirkte sehr angespannt, sah ihn jedoch an, als er eintrat. Beim Anblick des Tabletts, das er trug, hellte sich ihre Miene auf.

Er grinste. „Sie sind also hungrig?"

Sie setzte sich auf. „Ehrlich gesagt, ja. Was haben Sie da?"

Er stellte das Tablett mit Kaffee und anderen Sachen auf die Kommode und trug ein anderes zu ihr, dessen kurze Beine er aufklappte, damit es über ihren Schoß passte. „Gabe hat gerade Zimtbrötchen gebacken. Sie sind noch heiß."

„Gabe kocht und backt?"

Sawyer reichte ihr den Kaffee und wartete ab, ob dieser ihr schmeckte. Ihrem verzückten Gesichtsausdruck nach zu urteilen, war er genau richtig. „Wir kochen alle. Wie meine Mom gern sagt, sie hat keine Deppen großgezogen. Wenn ein Mann nicht kochen kann, vor allem in einem Haushalt ohne Frauen, bleibt er hungrig."

Da Honey bereits die Tasse zur Hälfte geleert hatte, schenkte Sawyer ihr nach, gab Milch und Zucker dazu und reichte ihr einen Teller mit einem Zimtbrötchen. Die Glasur war an einer Seite zerlaufen, und Honey fuhr mit dem Finger darüber und seufzte genüsslich, als sie ihn ableckte.

Fasziniert beobachtete Sawyer diese Szene, die sofort wieder erotische Fantasien in ihm auslöste. Seine Reaktionen auf diese Frau gerieten allmählich außer Kontrolle. Natürlich hatte er sie von Anfang an nicht richtig unter Kontrolle gehabt. Und letzte Nacht, als sie sich aus den Laken gestrampelt hatte, war er fast verrückt vor Begehren geworden. Dass er ihre Decke mit seinen Füßen festgeklemmt hatte, war reiner Selbstschutz gewesen.

Er räusperte sich und freute sich, dass ihr das Brötchen schmeckte. „Gut?“

„Ja, sehr gut. Beste Grüße an den Küchenchef.“

Er lachte. „Es ist eine Fertigpackung. Aber Gabe kann wirklich großartig kochen, wenn er in der Stimmung dazu ist. Normalerweise isst jeder hier nach dem Aufstehen eine Kleinigkeit und frühstückt dann gegen acht in Ceily’s Diner.“

„Wenn alle kochen können, wieso essen sie dann nicht hier?“

Es gefiel ihm, dass sie heute Morgen gesprächiger war und sich offenbar besser fühlte. „Tja, mal überlegen. Gabe fährt in die Stadt, weil er das immer macht. Er treibt sich gewissermaßen dort herum.“

Sie hob die Brauen. „Ständig?“

Er zuckte die Schultern. „So ist Gabe. Er bezeichnet sich selbst als außergewöhnlichen Universalhandwerker. Auf diese Weise hat er stets Geld. Irgendwer ruft ihn immer an, um etwas reparieren zu lassen. Und es gibt fast nichts, was er nicht wieder in Ordnung bringen kann.“ Einschließlich ihres Wagens, obwohl Sawyer ihn noch nicht darum gebeten hatte. „Er hat zu tun, wenn er es will. Wenn er nichts zu tun hat, ist er am See und lümmelt in der Sonne herum.“

Gabe streckte den Kopf zur Tür herein. „Das nehme ich dir übel. Das klingt gerade so, als wäre ich unheimlich faul.“

Wegen ihres Gastes hatte Gabe sich wenigstens eine ausgefranste Jeansshorts angezogen, statt in seiner Unterwäsche herumzulaufen. Sawyer hoffte, dass Jordan und Morgan ebenfalls daran gedacht hatten. Sie hatten alle genug weibliche Gesellschaft, doch nie über Nacht. Daher waren sie es nicht gewohnt, mit einer Frau im Haus aufzuwachen.

Gabe hatte sich noch nicht rasiert. Er trug zwar ein Hemd, doch war seine nackte Brust zu sehen, da er es nicht zugeknöpft hatte. Sawyer runzelte die Stirn über seinen nachlässigen Aufzug. „Du bist faul, Gabe.“

Gabe lächelte Honey zu. „Er ist bloß neidisch, weil er so viel Verantwortung trägt.“ Zu Sawyer gewandt, sagte er: „Wenn ich wirklich faul wäre, hätte ich dann vor, heute Morgen das Leck in der Spüle in deiner Praxis zu reparieren?“

Sawyer überlegte, trank einen Schluck Kaffee und nickte dann. „Ja, denn du kannst wegen des Regens ohnehin nicht an den See.“

„Das stimmt nicht. Im Regen kann man am besten angeln.“

Darüber konnte er nicht diskutieren. „Wirst du tatsächlich die Spüle reparieren?“

„Klar.“

Sawyer begann ihm die genaue Stelle des Lecks zu erklären, doch Honey unterbrach ihn. „Wo ist denn die Praxis?“

Gabe deutete mit dem Kopf zum Ende des Flurs. „Im hinteren Teil des Hauses. Er und mein Dad haben sie gebaut, nachdem Sawyer sein Studium beendet hatte.“

Honey legte den letzten Bissen ihres Zimtbrötchens beiseite. „Ihr Dad?“

„Ja, er war nicht beim Militär wie Sawyers Vater. Dafür ist er ein sehr guter Handwerker, wenn auch nicht so gut wie ich.“

Sawyer stand auf und drängte Gabe aus dem Türrahmen. Er registrierte Honeys fragende Miene, aber es war viel zu früh für ihn, um sich auf lange Erklärungen zur Familiengeschichte einzulassen. „Geh, und lass meine Patientin in Ruhe ihren Kaffee trinken. Sobald ich geduscht und mich angezogen habe, komme ich in die Praxis.“

„Na schön. Ich suche mein Werkzeug zusammen.“

Sawyer machte die Tür zu und deutete auf den Rest von Honeys Brötchen. „Sind Sie fertig?“

„Oh.“ Sie schaute auf ihren Teller, als hätte sie das Brötchen ganz vergessen. „Ja.“ Sie wischte sich die Finger an der Serviette ab und tupfte sich auch den Mund ab. „Vielen Dank. Das war köstlich. Ich habe gar nicht gemerkt, wie hungrig ich bin.“

Konnte man das als hungrig bezeichnen, wenn jemand nicht einmal ein ganzes Brötchen aß? „Möchten Sie noch Kaffee?“

„Ja, bitte.“

Ihre höfliche, förmliche Art amüsierte ihn. Denn hier lag sie in seinem Bett, nackt bis auf Caseys Sportshirt, und sagte nach jedem Wort Danke. Sie klang noch immer heiser, wirkte jedoch nicht mehr so verängstigt wie gestern Abend. Wahrscheinlich hatte sie ausgiebigen Schlaf am dringendsten gebraucht. Er leerte die Kanne Kaffee in ihre Tasse und meinte: „Ich habe in meiner Praxis eine Ersatzzahnbürste, die ich Ihnen geben kann. Ich würde ja Ihre holen, aber ich weiß nicht, in welchem Karton sie sich befindet.“

„Ich auch nicht.“

„Gut, dann bringe ich Ihnen meine.“ Er trank seinen Kaffee aus. „Möchten Sie mir nicht verraten, wer Sie sind, bevor ich mich für den Tag fertig mache?“

Sie senkte den Blick. „Ich glaube, es wäre einfacher, wenn ich Sie da nicht mit hineinziehe.“

„Haben Sie kein Vertrauen zu mir?“

„Soll ich einem Mann vertrauen, den ich erst einen Tag kenne?“

„Wieso nicht? Ich habe Ihnen nichts getan, oder?“

„Darum geht es nicht. Es ist nur … ich kann nicht hierbleiben. Ich möchte Sie, Ihren Sohn und Ihre Brüder nicht in Gefahr bringen.“

„Ach, meinen Sie etwa, eine zierliche Frau ist eher in der Lage, sich zu verteidigen, als vier Männer und ein kräftiger Fünfzehnjähriger?“

Sein Spott ärgerte sie. „Ich beabsichtige nicht, in eine körperliche Auseinandersetzung zu geraten."

„Nein? Wollen Sie einfach weiter vor dem davonlaufen, wovor Sie geflohen sind?"

„Das geht Sie nichts an."

Sawyer presste die Lippen zusammen. „Mag sein, aber es würde die Dinge viel einfacher machen, wenn Sie mit Ihrer Geheimniskrämerei aufhören würden."

Plötzlich wirkte sie unsicher. „Ich wollte die Situation nicht kompliziert machen."

„Das glaube ich Ihnen. Aber früher oder später werden Sie mir einiges erklären müssen."

Einen Moment lang zögerte sie. Dann holte sie tief Luft. „Nein, das werde ich nicht. Meine Pläne gehen Sie nichts an."

„Immerhin sind Sie in meinem See gelandet."

„Und ich habe Ihnen angeboten, für den Schaden aufzukommen."

„Vergessen Sie den Schaden. Deswegen mache ich mir keine Sorgen."

„Mehr bin ich Ihnen aber nicht schuldig. Ich habe Sie nicht darum gebeten, mich hierherzubringen oder mir zu helfen."

„Ich habe Ihnen trotzdem geholfen." Er ging wieder zu ihr. „Kein anständiger Mann hätte eine kranke, verängstigte Frau allein im Gewitter gelassen. Vor allem keine, die Wahnvorstellungen hat."

„Ich hatte keine ..."

„Sie haben meinen Sohn geschlagen und hatten Angst vor mir." Er setzte sich zu ihr auf die Bettkante. „Honey, Sie können mir und uns allen hier vertrauen. Und es wäre am besten, wenn Sie mir jetzt erzählen, was los ist, damit ich weiß, was wir zu erwarten haben."

Ihr Blick wirkte gehetzt. Daher überraschte es ihn nicht, als sie flüsterte: „Ich könnte einfach verschwinden."

„Nein, das können Sie nicht."

„Sie dürfen mich nicht gegen meinen Willen hier festhalten."

„So? Morgan ist der Sheriff, und er hat gehört, was Sie gesagt haben. Er wird Sie zumindest deswegen noch befragen wollen. Ich bin bereit, Ihnen ein wenig Zeit zu geben. Aber bevor Sie mir die Sache nicht erklärt haben, gehen Sie nirgendwohin."

„Und Sie wollten, dass ich Ihnen vertraue", murmelte sie.

Er reagierte nicht darauf, sondern ging zur Kommode und nahm eine Shorts aus einer der Schubladen. „Ich muss duschen und mich anziehen, bevor meine Patienten auftauchen. Wieso schlafen Sie nicht noch eine Weile? Vielleicht sieht am Nachmittag alles schon ganz anders aus."

Sawyer sah im Frisierspiegel, dass sie die Augen demonstrativ geschlossen hatte. Statt noch etwas zu sagen, verließ er das Zimmer und zog leise die Tür hinter sich zu.

Honey schlief den Großteil des Tages hindurch. Sawyer verließ mehrmals seine Praxis und schaute nach ihr. Nachdem Casey seine Aufgaben erledigt hatte, beauftragte Sawyer ihn damit, in ihrer Nähe zu bleiben, falls sie etwas brauchte.

Am späten Nachmittag ging er in ihr Zimmer und trat hinaus auf die Terrasse, wo Casey mit Jordans Katze spielte. „Hat sie die ganze Zeit geschlafen?"

„Wie eine Tote." Casey schrie auf, da die Katze seinen Knöchel attackierte. „Ich habe noch nie jemanden so tief und fest schlafen sehen. Einmal ist die Katze ins Zimmer gerannt und auf ihr Bett gesprungen, aber die Frau hat sich nicht gerührt."

„Ja, sie hat einen tiefen Schlaf. Außerdem war sie sehr erschöpft. Danke, dass du auf sie aufgepasst hast."

Aus den Augenwinkeln bemerkte Sawyer eine Bewegung

und drehte sich um. Honey hatte sich auf den Ellbogen gestützt. Ihre Haare hingen ihr ins Gesicht, und sie blinzelte wegen der Sonne. Den ganzen Tag über hatte es geregnet, und jetzt, wo die Sonne herauskam, war es unerträglich schwül.

Honey sah etwas durcheinander aus, deshalb ging Sawyer sofort zu ihr. Casey und die Katze folgten ihm.

„Hallo, Schlafmütze."

Honey schaute sich um, als müsste sie erst die Orientierung wiedergewinnen. Die kleine Katze sprang auf das Bett und rollte sich am Fußende zusammen. „Wie spät ist es?"

„Fünf Uhr. Sie haben das Mittagessen verpasst. Dafür ist das Abendessen bald fertig."

Casey wollte das neue Haustier vom Bett nehmen, doch Honey winkte ab. „Lass sie ruhig dort liegen, sie stört mich nicht."

Casey grinste. Dank Jordan liebten alle hier Tiere, und es freute Casey, dass ihr Gast ebenso empfand. „Möchten Sie etwas zu trinken?"

„Ja, bitte."

„Bring ihr Orangensaft", trug Sawyer seinem Sohn auf.

„Geht klar."

Nachdem Casey fort war, gähnte sie hinter vorgehaltener Hand und entschuldigte sich. „Ich kann es nicht fassen, dass ich so lange geschlafen habe."

„Sie haben eine Bronchitis. So etwas kann viel Kraft kosten. Ganz zu schweigen davon, dass Sie eine Gehirnerschütterung auskurieren. Schlaf ist die beste Medizin für Sie."

Sie lehnte sich zurück und steckte die Decke um ihre Taille fest. „Tut mir leid, dass ich mich heute Morgen mit Ihnen gestritten habe. Ich weiß, Sie meinen es nur gut."

„Aber Sie vertrauen mir nicht, oder?"

Sie zuckte die Schultern. „Vertrauen ist schwierig. Ich besitze leider keine ausgeprägte Menschenkenntnis."

Das klang interessant, deshalb zog er sich einen Korbsessel heran und machte es sich bequem. „Wie kommt das?"

Da Casey in diesem Moment zurückkam, blieb ihr eine Antwort erspart. Er reichte ihr ein Glas kalten Orangensaft und eine Serviette. „Danke."

„Gern geschehen." Er wandte sich an Sawyer. „Ich werde noch ein bisschen am Zaun arbeiten."

„Nicht länger als eine Stunde, dann ist das Abendessen fertig."

„Einverstanden."

Sobald Casey gegangen war, sagte Honey: „Sie haben einen wundervollen Sohn."

Der Ansicht war Sawyer auch. „Danke."

„Er sieht Ihnen nicht ähnlich. Hat er das Aussehen seiner Mutter geerbt?"

„Nein."

Seine prompte Antwort verwirrte sie, und Sawyer ärgerte sich über sich selbst. Er wollte nicht, dass sie anfing, ihm unliebsame Fragen zu stellen. Doch genau das würde sie jetzt tun, wenn er nicht aufpasste.

„Ich habe Ihre Sachen gewaschen. Wenn Sie jetzt baden möchten, können wir das vor dem Dinner erledigen, damit Sie sich danach umziehen können." Nicht, dass er so erpicht darauf gewesen wäre, sie vollständig anzuziehen, wo sie in diesem knappen Sportshirt so sexy aussah. Doch für seinen Seelenfrieden war es besser, wenn sie wenigstens einen Slip trug. Allerdings hatte er den winzigen Seidenfetzen, den sie als Unterwäsche bezeichnete, schon gesehen, und zu wissen, dass sie das trug, war möglicherweise noch schlimmer.

„Ich würde sehr gern baden. Ich fühle mich geradezu eklig."

Sie sah alles andere als eklig aus, aber das behielt er lieber für sich. „Wir werden das große Bad benutzen. Dazu müssen wir durch Morgans Zimmer, aber er ist momentan nicht da. Ich glaube, er hat ein Date. Und Gabe benutzt nur die Dusche im Keller."

„Du meine Güte, wie viele Bäder haben Sie denn?"

Sawyer grinste. „Ich glaube, so viele, wie ich Brüder habe. Wir haben nach und nach angebaut, als alle erwachsen wurden und mehr Platz brauchten."

„Es ist erstaunlich, dass Sie alle noch zusammenwohnen."

„Mein Vater hat uns das Haus hinterlassen, und meine Mom zog nach Florida, als Gabe sein Studium hinter sich hatte. Morgan wohnt hier mit mir und Casey im Haupthaus. Er baut jedoch gerade sein eigenes Haus am südlichen Ende des Grundstücks. Gegen Ende des Sommers müsste es eigentlich fertig sein."

„Wie viel Land besitzen Sie?", wollte sie wissen.

„Etwa fünfundzwanzig Hektar. Das meiste davon ist ungenutzt und dicht mit Bäumen bewachsen, damit man ungestört wohnt oder falls irgendwer aus der Familie bauen will. Morgan wird ein eigenes Grundstück haben, aber noch ganz in der Nähe sein, so wie wir es alle mögen. Jordan hat mit zwanzig die Garage in ein Apartment umgebaut, denn er ist ein ziemlicher Einzelgänger. Bei seinen Studienkosten konnte er es sich gar nicht leisten, ganz auszuziehen. Jetzt könnte er es natürlich, da ein Tierarzt in dieser Gegend mehr zu tun hat als ein Hausarzt. Aber er hat sich hier niedergelassen. Und Gabe bewohnt den Keller, der sich über die gesamte Länge des Hauses erstreckt. Er hat es sich ganz hübsch eingerichtet da unten, mit eigener Küche, eigenem Bad und Wohnzimmer sowie einem separaten Eingang. Normalerweise kommt er jedoch durchs Haus, außer er schmuggelt eine Frau herein."

„Darf er keine Frau über Nacht bei sich haben?"

„Nein, aber das ist keine offizielle Regel. Wir halten uns nur alle daran, vor allem Caseys wegen. Er ist zwar schon alt genug, aber er war auch immer ein neugieriger Junge. Man kann also kaum etwas tun, ohne dass er es mitbekommt. Er hat eine gesunde Einstellung zum Sex, aber ich will auch nicht, dass er zu unbekümmert damit umgeht."

Honey winkelte die Knie an und schlang die Arme darum. „Es hätte Ihrer Frau sicher auch nicht gefallen, wenn ständig so viele Frauen im Haus ein und aus gegangen wären."

Er stand abrupt auf und ging zur Terrassentür. „Meine Frau hat nie in diesem Haus gelebt."

Sie erwiderte nichts darauf, doch er wusste, dass sie jetzt erst recht neugierig war. Wieso hatte er seine Frau überhaupt erwähnt? Normalerweise sprach er mit niemandem über seine Exfrau.

„Ich wurde noch während meines Studiums geschieden. Einen Monat nach Caseys Geburt, um genau zu sein. Sie war sehr jung und noch nicht so weit, Mutter zu werden. Daher übernahm ich das volle Sorgerecht. Meine Mutter und Gabes Vater halfen mir sehr, bis ich mit dem Studium fertig war. Eigentlich halfen alle. Morgan war damals ungefähr neunzehn, Jordan fünfzehn und Gabe zwölf. In vieler Hinsicht sind Casey und Gabe wie Brüder."

Honey hörte ihm fasziniert zu, hungrig nach mehr Informationen. Er kam wieder zu ihr und setzte sich auf die Bettkante. „Was ist mit Ihnen? Haben Sie eine große Familie?"

„Nein." Sie verzog das Gesicht. „Da sind nur mein Vater, ich und meine Schwester. Meine Mutter starb, als ich noch klein war", berichtete Honey.

„Das tut mir leid." Er konnte sich nicht vorstellen, wie er das Leben ohne seine Mutter bewältigt hätte. Sie war der Rückhalt der Familie, der stärkste Mensch, den er kannte, und zugleich der liebevollste.

Honey tat es mit einem Schulterzucken ab. „Es ist schon lange her. Ich habe kein sehr enges Verhältnis zu meinem Va-

ter; meine Schwester und ich stehen uns dagegen sehr nahe."
„Wie alt ist Ihre Schwester?"
„Vierundzwanzig."
„Und wie alt sind Sie?"
Sie wirkte misstrauisch, als hätte er sich nach ihrer Sozialversicherungsnummer erkundigt. Nach einigem Zögern sagte sie: „Ich bin fünfundzwanzig."
Er pfiff. „Das muss hart für Ihren Vater gewesen sein, zwei Töchter ohne Mutter großzuziehen."
Honey winkte ab. „Er hat jede Menge Hilfe eingestellt."
„Was für Hilfe?"
„Kindermädchen, Köche, Lehrer. Mein Vater verbringt viel Zeit mit Arbeit."
„Hat er sich nicht persönlich mit Ihnen beschäftigt?"
Sie lachte bitter. „Nicht viel. Dad war nicht gerade begeistert davon, zwei Töchter zu haben. Ich glaube, das hat ihn an Moms Tod am meisten zu schaffen gemacht – dass sie ihm noch keinen Sohn geboren hatte. Er dachte oft daran, wieder zu heiraten. Doch war er so mit seinem Unternehmen beschäftigt und fürchtete, dass die nächste Frau im Falle einer Scheidung die Hälfte seines Besitzes beanspruchen könnte. In dieser Hinsicht litt er ein wenig an Verfolgungswahn."
„Das klingt nach einer schrecklichen Kindheit."
Honey errötete. „Ich wollte nicht jammern. Wir hatten mehr als viele andere Kinder."

Nur klang es nicht so, als hätten sie besonders viel Liebe, Zuneigung oder Aufmerksamkeit bekommen. Sawyer war immer froh über seine Familie gewesen, über ihre Unterstützung und ihre Nähe. Doch erst jetzt wurde ihm klar, dass diese Dinge etwas Besonderes waren.

Honey wirkte verlegen, deshalb beschloss er, das Thema „Familie" fürs Erste fallen zu lassen. „Falls Sie noch baden wollen, sollten wir es jetzt in Angriff nehmen, sonst verpassen wir das Abendessen. Und Jordan hat sich Ihretwegen heute Abend selbst übertroffen."

„Jetzt kocht Jordan?"

„Wir wechseln uns ab. Es gibt nichts Extravagantes. Ich habe ihm gesagt, er soll etwas Leichtes zubereiten, da ich nicht wusste, wonach Ihnen ist. Er hat Hähnchen und Nudeln gemacht, dazu gibt es selbst gebackenes Brot."

Sie schüttelte den Kopf. „Erstaunlich. Männer, die kochen."

Sawyer lachte und half ihr aus dem Bett. Sie zog am Laken, wodurch die Katze aufwachte. Honey entschuldigte sich bei dem Tier, das sie abschätzig ansah und sich wieder zum Schlafen zusammenrollte.

„Sie werden Katzenhaare im Bett haben", bemerkte Sawyer.

„Das macht mir nichts aus, wenn es Sie nicht stört. Es ist Ihr Bett."

„Aber Sie schlafen darin."

Sie sahen sich einen elektrisierenden Augenblick lang an. Dann wandte Honey den Blick ab. Ihre Hände zitterten, als sie sich das Laken um die Schultern legte. Es reichte bis zum Boden und verdeckte sogar ihre Füße.

Sawyer fand es besser so, denn er wollte nicht, dass seine Brüder sie anstarrten. Und das würden sie. Schließlich waren sie sich der Gegenwart einer attraktiven Frau ebenso bewusst wie er. Und seiner Ansicht nach war Honey weitaus attraktiver als die meisten Frauen. Seine Brüder würden vielleicht keine Bemerkungen machen zu ihrem sexy Aussehen mit ihren zerzausten Haaren, den nackten Füßen und ihrer schlanken Figur in dem zu großen Sportshirt. Nichtsdestotrotz würden sie es aber registrieren.

Sie schien jetzt sicherer auf den Beinen zu sein. Trotzdem legte Sawyer den Arm um sie und stützte sie. Es gefiel ihm, sie so zu halten.

Um seine Gedanken in weniger gefährliche Bahnen zu lenken, fragte er: „Kennen Sie keine Männer, die kochen?"

Sie sah ihn ungläubig an. „Mein Vater hat sich nicht einmal selber Kaffee gekocht. Ich bezweifle, dass er überhaupt weiß, wie das geht. Und mein Verlobter setzte voraus, dass Kochen meine Angelegenheit ist."

Sie hatten fast die Tür erreicht, als Sawyer abrupt stehen blieb. „Sie haben einen Verlobten?"

Erschrocken stellte Honey fest, dass er sie regelrecht an sich drückte. Sie stemmte die Hände gegen seine Brust und war sich seiner Nähe übermäßig bewusst. „Sawyer", flüsterte sie.

Er zog sie noch ein wenig näher zu sich heran, bis ihre Körper sich berührten und er ihren Herzschlag spürte. „Antworten Sie mir. Sind Sie verlobt?"

Seine barsche Art schien sie keineswegs einzuschüchtern. Das war gut, da er nicht das Gefühl hatte, sich so rasch wieder unter Kontrolle zu bekommen. „Nein … nicht mehr."

„Was?" Vor lauter Verwirrung war er nicht sicher, ob er sie richtig verstanden hatte. Plötzlich erkannte er mit erschreckender Klarheit, wie viel ihm ihre Antwort bedeutete.

Er betrachtete ihre geöffneten Lippen, die leicht zitterten, und war verloren. Er neigte den Kopf, spürte, wie sie erschauerte.

Und dann küsste er sie.

5. KAPITEL

Honey klammerte sich an Sawyer, ohne sich darum zu kümmern, dass das Laken auf den Boden glitt. Überwältigt von purem Empfinden und einem nie gekannten Verlangen, wollte sie Sawyer nur so nah wie möglich sein. Dabei hatte sie schon befürchtet, die Anziehung sei einseitig. Jetzt, wo sie sich eng an seinen muskulösen Körper schmiegte, wusste sie jedoch, dass sie sich in dieser Hinsicht keine Gedanken machen musste.

Sawyers Lippen waren warm und fest. Er küsste sie zunächst ganz zart und spielerisch, als wolle er ihr Zeit geben, ihre Meinung zu ändern und sich zurückzuziehen. Bis sie leise aufstöhnte.

Er hielt sie so fest in den Armen, dass sie kaum Luft bekam und ihn hart an ihrem Bauch spürte, während ihre Zungen miteinander spielten. Ein heißes Prickeln überlief ihre Haut, und Honey schien zu glühen. Ihr Fieber war wieder da, diesmal stärker als je zuvor.

Jemand klopfte an die Tür.

Erschrocken lösten sie sich voneinander. Um ein Haar wäre Honey gestürzt, da sich ihre Füße in dem Laken verfingen. Doch Sawyer verhinderte es, indem er sie erneut an sich drückte. Er starrte sie an. Seine Miene war hart, sein Blick kühl.

„Ja?“, rief er.

Die Tür ging auf, und Jordan streckte den Kopf herein. Nach einem kurzen Blick auf sie beide wollte er die Tür wieder zumachen.

Sawyer hielt den Türknopf fest. „Was gibt es?“

Honey wickelte sich wieder in das Laken und hätte sich am liebsten komplett darin versteckt.

„Das Abendessen ist in zehn Minuten fertig.“ Jordan beobachtete lächelnd Honeys Kampf mit dem Laken.

„Kannst du zwanzig Minuten daraus machen?", bat Sawyer ihn. Offenbar war ihm das Ganze nicht im Mindesten unbehaglich. „Sie wollte gerade ein Bad nehmen."

Mühsam fand Honey ihre Stimme wieder. „Ich möchte nicht, dass Sie meinetwegen das Abendessen verschieben."

„Unsinn", erwiderte Jordan. „Wir warten natürlich. Morgan kommt sowieso etwas später. Es gab Ärger in der Stadt."

„Was für Ärger?", wollte Sawyer wissen.

„Nichts Ernstes. Eine Kuh ist ausgebrochen und auf den Friedhof marschiert. Der Verkehr staute sich eine Meile."

Honey war froh über den Themenwechsel. „Die Kuh hat den Verkehr blockiert?"

„Nein, alle haben angehalten, um zu gaffen. Eine entlaufene Kuh ist hier in unserer Gegend schon ein großes Ereignis."

Honey musste grinsen.

In diesem Moment sprang die Katze vom Bett und strich um Jordans Beine. Er hob sie auf und drückte das schnurrende Tier an sich. Zu Honey sagte er: „Nehmen Sie Ihr Bad, und lassen Sie sich Zeit."

Sie traten alle zusammen hinaus in den Flur und wären fast mit Casey zusammengestoßen. Er zog seine Schuhe aus, um keinen Matsch hereinzuschleppen, doch der Schlamm zog sich bis zu seinen Knien hinauf.

Er hob beide Hände und meinte: „Kommt mir bloß nicht zu nahe. Die Weiden sind aufgeweicht, und jetzt klebt der ganze Matsch an mir."

Jordan klopfte ihm auf den Rücken. „Du wirst Gabes Dusche benutzen müssen, weil die kleine Lady ein Bad nehmen will."

Casey starrte sie an.

Honey nahm an, dass eine Frau, die in diesem Männerhaushalt ein Bad nahm, mindestens so ein großes Ereignis war wie eine entlaufene Kuh.

Die Haustür fiel zu, und gleich darauf erschien Morgan im Flur. Er war bereits dabei, sich frustriert das Hemd vom Leib zu zerren. Mächtige Muskeln wölbten sich an seinen breiten Schultern und seiner Brust. Erst als er schon den Knopf seiner Uniformhose öffnen wollte, bemerkte er, dass er Publikum hatte. Es schien ihm jedoch nicht im Mindesten peinlich zu sein.

„Tut mir leid", murmelte er, was nicht sehr glaubwürdig klang, und öffnete den Gürtel. „Ich bin auf dem Weg unter die Dusche. Draußen müssen es über dreißig Grad sein, und durch die Luftfeuchtigkeit ist es wie in der Sauna." Er zeigte vorwurfsvoll auf Jordan. „Nur der Gedanke an eine kalte Dusche hielt mich davon ab, dieser verdammten Kuh einen Tritt zu geben. Egal. was ich auch versucht habe, sie wollte sich nicht von der Stelle rühren."

Jordan lachte. „Mit dem Duschen wirst du noch warten müssen."

Morgan musterte Honey halb amüsiert, halb mürrisch. „Sie wollen ein ausgiebiges Bad nehmen, was? Na, dann werde ich eben Gabes Dusche benutzen."

„Aber erst nach mir", protestierte Casey. „Ich habe mich zuerst angemeldet."

„Ich bin älter, Kleiner."

„Das spielt keine Rolle!" Und dann rannte Casey los, Richtung Dusche. Fluchend nahm Morgan die Verfolgung auf.

„Ich kann wirklich warten", versicherte Honey noch einmal.

Sawyer betrachtete ihren Mund.

Jordan trat auf sie zu und schob sie beide den Flur hinunter, als müsste er ihnen die Richtung weisen. „Unsinn. Nehmen Sie Ihr Bad, dann werden Sie sich besser fühlen."

Honey saß bis zum Kinn im warmen Wasser und seufzte zufrieden. Endlich fühlte sie sich wieder sauber.

Woher Sawyer das Schaumbad hatte, wusste sie nicht, doch sie bezweifelte, dass es einem seiner Brüder gehörte. Sie lächelte und fragte sich, was sie alle von ihr dachten. Nach dem, was sie bis jetzt von ihnen gesehen hatte, gab es viele Ähnlichkeiten zwischen ihnen. Zugleich aber waren sie auch völlig unterschiedlich.

Das war natürlich logisch, da ihre Mutter offenbar noch einmal geheiratet hatte. Honey konnte sich nicht vorstellen, überhaupt zu heiraten, geschweige denn gleich zwei Mal. Nach dem, was sie mit ihrem Verlobten erlebt hatte, wollte sie von der Ehe nichts mehr wissen.

Während sie sich abtrocknete, hörte sie, wie Sawyer sich vor der Tür räusperte. „Ist alles in Ordnung bei Ihnen?"

Rasch zog sie sich ihre Jeans und ihr T-Shirt an. Beides hatte Sawyer frisch gewaschen auf den Toilettendeckel gelegt. „Ja, alles bestens." Sie ging zur Tür und machte sie auf.

Sein Blick glitt von ihren langen Haaren, die sie oben auf dem Kopf zusammengebunden hatte, über ihr T-Shirt und ihre Jeans bis zu ihren nackten Füßen.

„Ich habe keine Ahnung, was mit meinen Sandaletten passiert ist", erklärte sie.

„Sie sind weg."

„Weg?"

Er nahm sich zusammen und sah ihr ins Gesicht. „Ja. Eine fiel in den See und versank. Die andere ist vielleicht noch in Ihrem Wagen. Ich weiß es nicht. Ich habe nicht darauf geachtet, weil ich eine bewusstlose Frau in meinen Armen hielt."

„Aha."

„Sie tragen keinen BH."

„Können Sie das sehen?" Sofort verschränkte sie die Arme vor der Brust und wich ins Badezimmer zurück, um sich im Spiegel zu betrachten. Doch Sawyer hielt sie fest.

Langsam nahm er ihre Arme herunter. Sie ließ es geschehen. Sie standen mitten im Flur, nur einen Schritt voneinander getrennt, und Honey hatte das Gefühl, als existierten ihre Krankheit und ihre Sorgen nicht mehr. Alles, woran sie jetzt noch denken konnte, war, ob er sie noch einmal küssen würde.

Mit heiserer Stimme sagte er: „Sie haben eine Gänsehaut." Sanft rieb er mit seinen großen Händen ihre nackten Arme.

„Es … es ist kühl im Haus."

„Um diese Jahreszeit ist die Klimaanlage auf eine ziemlich niedrige Temperatur eingestellt. Männer haben ein anderes Temperaturempfinden als Frauen. Hinzu kommt, dass Sie so zierlich sind. Ich werde Ihnen eins von meinen Hemden geben."

Die Art, wie er sie ansah, erregte sie so sehr, dass sie kein Wort herausbrachte und nur nickte.

„Wollt ihr zwei euch den ganzen Tag anstarren? Ich sterbe vor Hunger."

Erschrocken drehte Sawyer sich zu Gabe um, ohne Honey loszulassen. „Wie kannst du so hungrig sein, wenn du den ganzen Tag nichts getan hast?"

„Ich habe heute Morgen Brötchen gebacken, das Leck in deiner Spüle repariert und anschließend drei Frauen besucht. Ich finde, das ist ein ausgefüllter Tag." Grinsend fragte er: „Soll ich den Tisch hierher bringen, damit wir uns alle im Flur treffen können?"

Sawyer setzte eine schlaue Miene auf. „Darlene hat morgen einen Termin bei mir, um sich die Grippeimpfung abzuholen. Vielleicht erwähne ich ja deine Vorliebe für Mississippi-Mud-Pie. Ich hörte, Darlene sei eine gute Köchin."

Gabe wich entsetzt zurück. „Du kämpfst unfair, Sawyer!" Und damit marschierte er davon.

„Was hatte das schon wieder zu bedeuten?", wollte Honey wissen.

Sawyer lächelte. „Darlene hat es auf Gabe abgesehen und

will unbedingt heiraten. Sie stellt ihm schon eine ganze Weile nach. Gabe hat altmodische Ansichten darüber, wie galant ein Mann einer Frau gegenüber zu sein hat. Daher bringt er es nicht übers Herz, ihr zu sagen, dass sie ihn in Ruhe lassen soll. Er ist weiterhin höflich zu ihr, und sie bleibt entschlossen."

„Wenn Sie also ihr gegenüber erwähnen würden, dass er eine Vorliebe für Kuchen hat ..."

„Würde sie ihm jeden Tag einen backen." Langsam führte er Honey den Flur hinunter. Das Bad hatte sie stärker ermüdet, als sie zugeben wollte. Es fiel ihr sehr schwer, zu akzeptieren, dass sie krank und schwach war.

„Wieso mag Gabe sie nicht?"

„Er mag sie schon. Sie ist eine sehr attraktive Frau. Gabe ging mit ihr zusammen zur Schule. Manchmal glaube ich, dass genau darin das Problem besteht. Gabe will nichts Ernstes mit jemandem anfangen, also meidet er die Frauen, die ihr Interesse zu deutlich zeigen."

„Und das ist bei Darlene der Fall?"

Sawyer zuckte die Schultern. „Wenn es um Gabe geht, ist es bei allen offensichtlich. Darlene war nur die Erste, die mir einfiel."

„Dann kommt sie morgen also gar nicht zur Impfung?"

„Nein." Er legte ihr den Arm um die Taille, um sie zu stützen. „Kommen Sie, holen wir Ihnen ein Hemd, damit wir zum Abendessen können und die Hungrigen nicht länger warten müssen. Wenn wir sie zu lange warten lassen, gehen sie noch gegenseitig aufeinander los."

Sawyer beobachtete, wie vornehm Honey aß. Und er registrierte amüsiert, dass seine Brüder sie ebenfalls beobachteten. Honey hingegen schien all die Aufmerksamkeit unangenehm zu sein.

„Wie kommt es eigentlich, dass Ihr Wagen vollgestopft mit

Sachen war, aber nicht mit Kleidungsstücken?", erkundigte sich Sawyer, nachdem sie eine Weile schweigend gegessen hatten.

Honey schluckte einen winzigen Bissen Huhn herunter. Sie hatte fast ein volles Glas Tee ausgetrunken, im Essen jedoch nur herumgestochert. „Ich bin in aller Eile aufgebrochen. Die Sachen befanden sich schon im Wagen."

In den Gesichtern seiner Brüder las Sawyer, dass sie ebenso verwirrt waren wie er.

Morgan schob seinen leeren Teller von sich und verschränkte die Arme auf der Tischplatte. „Wieso befand sich das Zeug schon in Ihrem Wagen?"

Sie hustete, trank einen Schluck Tee und rieb sich die Stirn. Dann sah sie Morgan scharf an. „Weil ich es noch nicht ausgeladen hatte." Vorsichtig legte sie die Gabel neben ihren Teller. „Wieso sind Sie Sheriff geworden?"

Einen Moment lang wirkte er perplex, und sein üblicher finsterer Gesichtsausdruck war verschwunden. „Es passt zu mir." Er kniff die Augen zusammen und fragte: „Was meinen Sie damit, Sie hätten die Sachen noch nicht ausgeladen?"

„Ich hatte in dieser Woche gerade meinen Verlobten verlassen. Zu dem Zeitpunkt hatte ich erst meine Kleidung ausgeladen und die Dinge, die ich unmittelbar brauchte. Bevor ich die restlichen Kartons ausladen konnte, musste ich wieder aufbrechen. Deshalb war das ganze Zeug noch im Wagen. Was meinen Sie damit, dass es zu Ihnen passte, Sheriff zu werden? In welcher Hinsicht?"

Ihre Frage wurde vorübergehend ignoriert, da plötzlich angespannte Stille herrschte. Niemand rührte sich, niemand sagte etwas. Die Blicke aller Brüder waren auf Sawyer gerichtet.

Er atmete tief ein. „Sie ist nicht mehr verlobt."

Gabe machte ein überraschtes Gesicht. „Nein?"

„Nein."

„Wieso nicht?", wollte Morgan wissen. „Was ist passiert?"

Bevor Sawyer eine Antwort fand, wurde Honey sehr sachlich. „Wie meinen Sie das, es hätte zu Ihnen gepasst, Sheriff zu werden?"

Mit einem kleinen Lächeln nahm Morgan ihr Spiel wieder auf und beugte sich vor. „Da ich der Sheriff bin, habe ich hier das Sagen. Die Leute müssen tun, was ich sage, und das gefällt mir. Wieso haben Sie Ihren Verlobten verlassen?"

„Ich fand heraus, dass er mich nicht liebt. Und wieso glauben Sie, die Leute müssten Ihnen gehorchen? Soll das heißen, Sie nutzen Ihre Position aus?"

„Gelegentlich. Liebten Sie Ihren Verlobten?"

„Wie sich zeigte, nein. Bei welchen Gelegenheiten?"

Morgan antwortete, ohne zu zögern. „Zum Beispiel als ich erfuhr, dass Fred Barker seine Frau schlägt, sie aber keine Anzeige erstatten wollte. Ich traf ihn betrunken in der Stadt und sperrte ihn ein. Jedes Mal, wenn ich ihn betrunken antraf, ließ ich ihn einen Alkoholtest machen. Da ich ihn nicht ins Gefängnis stecken konnte, fand ich einen Grund, ihm eine saftige Geldstrafe aufzubrummen. Er sah ein, dass das Trinken zu kostspielig wurde. Und nüchtern schlug er seine Frau nicht." Er legte den Kopf schräg. „Wenn Sie den Kerl nicht liebten, wieso haben Sie sich dann überhaupt mit ihm verlobt?"

„Ich hatte meine Gründe dafür. Wenn Sie …"

„Moment, die Antwort genügt mir nicht. Was für Gründe?"

„Die gehen Sie nichts an."

Seine Stimme wurde leise und bedrohlich. „Haben Sie etwa Angst, es mir zu verraten?"

„Nein. Ich lasse mich nur nicht gern provozieren. Und Sie tun es absichtlich."

Morgan brach in Gelächter aus – was selten genug vorkam – und lehnte sich zurück. Dass Jordan und Gabe ihn verblüfft anstarrten, brachte ihn noch mehr zum Lachen.

Sawyer gefiel es, wie Honey bei seinem dominanten Bruder den Spieß umgedreht hatte. So etwas passierte nicht oft, und schon gar nicht mit Frauen.

Jordan wandte sich an Sawyer. „Ich will ja nicht das Thema wechseln …“

Morgan schnaubte. „Kannst du auch nicht.“

„… aber gibt es etwas zum Nachtisch?“

„Ja“, knurrte Sawyer. „Schokoladenkekse.“

„Ist das etwa nicht in Ordnung?“, wollte Jordan wissen.

„Doch, schon. Und falls ihr es noch nicht mitbekommen habt, im Hof läuft auch ein neues Schwein herum.“

Honey runzelte die Stirn. „Ein Schwein?“

„Ja.“ Casey leerte sein Glas Milch und schenkte sich nach. „Manche der Familien können es sich nicht leisten, bar zu bezahlen. Also bezahlen Sie Dad anders. Das bedeutet, dass wir gewöhnlich Unmengen von Nachtisch haben, allerdings manchmal auch mehr Nutztiere, als wir unterbringen können. Wir haben Pferde, die sind kein Problem, aber die Ziegen und Schweine können schon ein Ärgernis sein.“

Jordan wandte sich an Sawyer. „Die Mensons können ein Schwein gebrauchen. Sie mussten in letzter Zeit eine Menge Vieh verkaufen, um einen neuen Stall bauen zu können, weil der alte zusammengebrochen ist.“

Sawyer beobachtete Honey. Buckhorn war ein wenig rückständig, aber es war eine starke Gemeinde, die zusammenhielt. Ihm gefiel das, doch Außenstehende mussten sich sicher erst daran gewöhnen. „Bedien dich ruhig, Jordan. Das Letzte, was ich jetzt brauche, ist ein weiteres Tier, um das ich mich kümmern muss.“

„Sie werden darauf bestehen, etwas zu bezahlen, aber ich werde es ganz billig machen.“

„Tausch es gegen ein paar von Mrs. Mensons selbst gemachten Pfefferminzstangen ein. Sag ihr, ich hätte fast keine mehr und brauchte sie für die Kinder."

„Gute Idee."

Honey schaute besorgt von einem zum anderen, während Casey die Schokoladenkekse vom Küchentresen holte. „Sie kennen jeden hier in der Gegend?"

Mit einem kurzen Kopfnicken bestätigte Sawyer ihre Vermutung. „Ja, die meisten Leute hier im Umkreis kennen wir. Buckhorn hat nur ungefähr siebenhundert Einwohner."

„Haben Sie jemandem von mir erzählt?" Die Frage war nicht nur an Sawyer, sondern an alle gerichtet. Wovor hat sie bloß solche Angst?, dachte Sawyer.

Casey legte ihr einen Schokoladenkeks neben den Teller, doch sie schien es kaum wahrzunehmen. Ihre Hände umklammerten die seitlichen Tischkanten, während sie auf eine Antwort wartete.

„Dad hat mich gebeten, mit niemandem darüber zu sprechen", erklärte Casey, da sonst keiner etwas sagte. „Ich glaube nicht, dass jemand von Ihrem Aufenthalt hier weiß."

„Wieso ist das so wichtig für Sie?" Sawyer wartete, wusste jedoch, dass sie es ihm nicht verraten würde. „Glauben Sie, dass die Leute, die Ihnen etwas tun wollen, Ihnen bis hierher gefolgt sind?"

Morgan rieb sich das Kinn. „Ich könnte Sie überprüfen lassen."

Honey schnaubte nur verächtlich. „Wenn Sie das können, haben Sie es längst getan. Aber Sie haben nichts gefunden, stimmt's?"

Jordan mischte sich ein. „Sie haben gesagt, jemand sei hinter Ihnen her. Könnte es Ihr Verlobter sein?"

„Exverlobter", korrigierte Sawyer ihn, was bei seinen Brüdern für Belustigung sorgte.

„Das nahm ich anfangs auch an. Er war nicht besonders

glücklich darüber, dass ich die Beziehung beendet habe. Er war sogar ziemlich aufgebracht, wenn ich ehrlich sein soll."

„Ehrlich wäre gut."

Sie warf Sawyer einen so grimmigen Blick zu, dass er fast grinsen musste.

„Ich glaube, es hat seinen männlichen Stolz verletzt", erklärte sie. „Doch ganz gleich, wie er es genommen hat, mein Vater ist überzeugt davon, dass mein ehemaliger Verlobter nicht dahinterstecken kann."

„Wieso?"

„Wenn Sie Alden jemals kennenlernen würden, würden Sie rasch feststellen, dass er keinen Funken Aggressivität besitzt. Auf etwas Gefährliches würde er sich nie einlassen. Er ist ehrgeizig und intelligent, einer der Topleute meines Vaters. Mein Vater wies mich darauf hin, wie wichtig Alden für sein Ansehen ist und er es daher nicht riskieren würde, Aufsehen zu erregen." Sie zuckte die Schultern. „Das gefällt meinem Vater am besten an ihm."

Die mangelnde Unterstützung ihres Vaters für seine Tochter ärgerte Sawyer. „Alden? Das klingt irgendwie, als wäre er sehr korrekt."

„Das ist er auch. Er fühlt sich sehr dem Firmenimage verpflichtet und ist ein gesellschaftlicher Aufsteiger. Mein Vater verspottete mich für die Vorstellung, Alden könnte mir etwas antun wollen. Trotz seiner Wut sei ich im Großen und Ganzen nicht wichtig genug für ihn."

Sawyer hatte den Eindruck, dass sie ihm etwas verschwieg. Nur was? Er drängte sie, in der Hoffnung, Antworten zu bekommen. „Immerhin haben Sie ihn sitzen lassen."

„Ich habe ihn verlassen, nicht sitzen gelassen."

„Wo liegt der Unterschied?"

Sie seufzte müde. „Aus Ihrem Mund klingt das nach einem dramatischen Abgang. Aber das war es nicht. Ich fand heraus, dass ich ihm nichts bedeute, packte meine Sachen, schrieb ihm eine höfliche Nachricht und verschwand."

„Wieso hat er Sie überhaupt gebeten, Sie zu heiraten, wenn Sie ihm nichts bedeuteten?", hakte Sawyer nach.

Sie wurde verschlossen, und Sawyer sah, dass sie weder ihm noch den anderen vertraute. Das machte ihn wütend. Er stand auf und begann auf und ab zu gehen. „Wie, um alles in der Welt, sollen wir die Sache klären, wenn Sie nicht einmal eine einfache Frage beantworten können?"

Morgan verschränkte die Arme hinter dem Kopf. Jordan stützte das Kinn in die Faust. Gabe hob eine Braue.

„Sie sollen überhaupt nichts klären." Honey atmete tief durch und hielt seinem Blick stand. „Sie sollen mich einfach nur gehen lassen."

6. KAPITEL

Sawyers dunkle Augen funkelten bedrohlich. Morgan betrachtete ihn fasziniert und murmelte: „Erstaunlich."

„Pscht", meinte Jordan, der die Szene ebenfalls verfolgte.

Honey ignorierte die anderen und wandte sich an Gabe. Sie räusperte sich und fragte: „Erstrecken sich Ihre handwerklichen Fähigkeiten auch auf Autos?"

„Klar."

Jordan trat ihn unter dem Tisch. Gabe rieb sich das Schienbein und warf seinem Bruder einen bösen Blick zu. Sawyer ging zu Honey. Ihr Herz schlug schneller, da sie sich seiner Nähe plötzlich sehr bewusst war. Sie spürte seine Wärme und atmete seinen Duft ein. Ein sinnliches Prickeln überlief ihre Haut, als hätten seine großen, starken Hände ihren Körper liebkost. In Wirklichkeit jedoch stand er bloß da und starrte auf sie herunter.

„Gabe kann Ihren Wagen zwar reparieren, aber Sie werden nirgendwohin fahren, ehe ich nicht der Meinung bin, dass es sicher genug ist. Und das bedeutet, dass Sie mit Ihren Ausflüchten aufhören und uns ein paar Dinge erklären sollten."

Allmählich hatte sie es satt, sich von diesen Männern verhören zu lassen. „Wie kann ich etwas erklären, was ich selbst nicht verstehe?"

„Vielleicht finden wir ja eine Erklärung, wenn Sie uns zumindest das erzählen, was Sie verstehen."

Honey schwieg einen Moment. Dann seufzte sie schwer und sagte: „Na schön. Aber es ist eine lange und komplizierte Geschichte. Kann das nicht bis morgen warten?" Sie bemerkte, wie Sawyer misstrauisch die Stirn runzelte, daher hustete sie demonstrativ und fügte hinzu: „Außerdem habe ich Halsschmerzen und bin schrecklich müde."

Sawyer gab nach. Er fasste sie unter den Arm und führte sie vom Tisch weg. „Einverstanden. Also morgen. Sie haben es heute ohnehin übertrieben."

Morgen Früh würde sie längst fort sein. Und sobald sie in die nächste Stadt gelangt war, würde sie Kontakt zu ihrer Schwester aufnehmen und sie darüber informieren, dass sie wohlauf war. Anschließend würde sie ihren ursprünglichen Plan in die Tat umsetzen und einen Privatdetektiv engagieren, um herauszufinden, was los war, während sie sich versteckt hielt, damit niemand sonst in die Sache hineingezogen wurde.

„Sawyer", meinte Morgan warnend, dem ihr Vorschlag offenbar nicht passte.

„Es ist alles unter Kontrolle." Sawyers Ton signalisierte, dass er darüber nicht diskutieren würde.

Morgan ließ sich jedoch nicht beirren. „Ich weiß, dass Honey noch nicht gesund ist, aber wir müssen unbedingt …"

Honey erstarrte und drehte sich langsam zu Morgan um. „Sie kennen meinen Namen."

Er wirkte nicht im Mindesten schuldbewusst.

Sawyer versuchte sie zu besänftigen. „Hier in der Gegend werden alle Frauen mit Honey angeredet."

Casey nickte. „Draußen auf dem Feld haben wir ein altes Maultier, das Jordan Honey genannt hat, weil es nur darauf reagiert."

Fast hätte sie über Caseys Gesichtsausdruck gelacht. Stattdessen machte sie sich von Sawyer los. „Er hat es nicht als Kosewort benutzt, sondern als meinen Namen."

Morgan runzelte die Stirn. „Okay, Honey Malone. Ich habe Ihre Handtasche durchsucht."

Ihre Augen weiteten sich. „Sie geben es also zu? Einfach so?" Sie erstickte fast an ihrer Wut und musste husten.

Während Sawyer ihr auf den Rücken klopfte und Casey ihr rasch ein Glas Wasser holte, sagte Morgan: „Wieso nicht?

Sie sind unter äußerst verdächtigen Umständen hier aufgetaucht und behaupten, jemand hätte es auf Sie abgesehen. Da wollte ich natürlich ein paar Fakten haben. Und wie sollte ich Sie überprüfen lassen, wenn ich nicht einmal Ihren Namen kenne?"

Sie machte den Mund auf, brachte jedoch keinen Ton heraus. Es hätte ihr klar sein müssen, dass er ihre Sachen durchsucht hatte. Heute Nacht, dachte sie, werde ich verschwinden. Sie hatte die Wagenschlüssel am Schlüsselbrett gesehen und beschloss, sich einen der Wagen auszuborgen, um in die Stadt zu gelangen. Von dort aus würde sie mit dem Bus weiterfahren.

Plötzlich fielen ihr ihre nackten Füße ein. Ohne Schuhe konnte sie schlecht den Bus besteigen. Vielleicht würde ihr ein Paar von Casey passen. Sie sah auf seine Füße und musste feststellen, dass sie so groß wie Sawyers waren. Du liebe Zeit, sie war in einem Haus voller Riesen!

Sawyer legte die Hand unter ihr Kinn. „Er hat doch nur in Ihre Handtasche gesehen, um Ihren Namen zu erfahren. Ihre Privatsphäre wurde nicht mehr als notwendig verletzt. Ihre Handtasche befindet sich im Schrank in meinem Zimmer, falls Sie nachschauen wollen, dass nichts fehlt."

„Das ist nicht der springende Punkt", entgegnete sie. Dass einer von ihnen stehlen könnte, war ihre geringste Sorge. Sie hatte ohnehin nichts Wertvolles bei sich.

„Was ist es dann?"

Sie überlegte fieberhaft. Doch war es fast unmöglich, ihr Verhalten vernünftig zu begründen, solange Sawyer ihr Gesicht berührte. Alles an ihm brachte sie aus der Fassung, aber ganz besonders seine Berührungen. „Ich ... ich habe keine Schuhe."

„Haben Sie kalte Füße?"

Gereizt wandte sie sich ab. Sie war viel zu durcheinander, um weiterzumachen. Wenn sie nicht bald von ihm fortkam, würde sie ihn noch anflehen, bleiben zu dürfen. „Ich gehe jetzt ins Bett. Danke für das Abendessen, Jordan."

„Es war mir ein Vergnügen."

„Ich würde Ihnen ja anbieten, beim Abräumen zu helfen …"

„Das Angebot würden wir ablehnen", unterbrach Sawyer sie und fügte hinzu: „Ich werde in ein paar Minuten nach Ihnen sehen."

Auf keinen Fall wollte sie schon wieder durch ihn in Versuchung geraten. „Danke, aber das ist nicht nötig."

Er ließ sich nicht beirren. „In ein paar Minuten, also erledigen Sie, was Sie zu erledigen haben, vorher. Die Antibiotika und die Aspirin habe ich auf der Ablage im Bad gelassen, damit Sie nicht vergessen, sie zu nehmen. Wenn Sie im Bett sind, möchte ich Sie noch einmal abhorchen."

Diese Bemerkung löste einige Macho-Heiterkeit unter den Männern aus. Jordan unterdrückte ein Lachen, und diesmal trat Gabe ihn.

Honey warf einen letzten Blick in die Runde und marschierte davon. Sie war wirklich müde und fragte sich, wo, um alles in der Welt, sie Schuhe finden sollte, um einen Wagen zu stehlen und vor diesen Männern, deren einziger Fehler ihr übertriebener Beschützerinstinkt war, zu fliehen.

Gütiger Himmel, das Leben war plötzlich äußerst kompliziert geworden.

Sawyer klopfte an ihre Tür, bekam jedoch keine Antwort. Er nahm an, dass Honey wütend war und ihn ignorierte. Allerdings würde er sie damit nicht durchkommen lassen. Er öffnete die Tür einen Spaltbreit.

Das Bett war leer. Sie war weg!

Seine erste Reaktion war pure Wut, gemischt mit Panik, absolut unverhältnismäßig und unerwartet. Er stieß die Tür ganz auf, marschierte ins Zimmer und blieb abrupt stehen, als er sie sah. Etwas in ihm zog sich zusammen, und sein Herz schlug schneller.

Honey saß auf der kleinen Terrasse vor seinem Zimmer. Sie hatte die Füße bequem auf den Sessel gelegt, den Kopf zur Seite geneigt und schaute auf den See. Vielleicht sah sie auch nirgendwohin, denn er konnte nur einen Teil ihres Profils sehen. Sie wirkte völlig erschöpft, und als er an ihre Weigerung dachte, sich von ihm helfen zu lassen, stieg Wut in ihm auf.

Niemand hatte sich jemals gegen seine Hilfe gesträubt. Mit sechsunddreißig war er der Älteste, und seine Brüder wandten sich an ihn, wenn sie etwas brauchten.

Mit leisen Schritten ging er zur Terrassentür und schob sie auf. Honey drehte sich um und sah ihn an.

Sawyer zog einen der Terrassenstühle dicht an ihren und setzte sich. „Sie sehen nachdenklich aus", bemerkte er leise.

„Hm." Sie sah wieder hinaus auf den See und legte den Kopf schräg, um dem Zirpen der Grillen zu lauschen. „Die Ruhe hier ist wunderbar. Man fühlt sich weit weg von allen Problemen und vergisst seinen Ärger."

„Sie sollten sich nicht ärgern, nur weil wir Ihnen helfen wollen."

Sie senkte die goldbraunen Wimpern. „Das Abendessen mit Ihrer Familie war interessant. Bei uns zu Hause gab es nur meine Schwester und mich. Es war immer leise, und wenn wir redeten, dann nur flüsternd, weil es im ganzen Haus so still war. Bei uns war das Abendessen kein lärmendes Ereignis."

„Wir können uns ein wenig zusammennehmen, damit Sie sich daran gewöhnen."

Sie lächelte. „Nein, es hat mir Spaß gemacht. Der Kontrast war herrlich, falls Sie verstehen, was ich meine."

Das amüsierte ihn, weil die Mahlzeiten zu Hause stets etwas waren, bei dem gelacht, gestritten und geredet wurde.

Honey würde wahrscheinlich noch viele „Kontraste“ entdecken, und er hoffte, dass sie ihr gefallen würden. Andererseits machte ihn die Vorstellung traurig, wie einsam ihr Leben gewesen sein musste. „Das verstehe ich sehr gut“, versicherte er ihr.

„Gut.“

Weil es ihn erstaunt hatte, fügte er hinzu: „Sie haben sich gegen meine Brüder behauptet.“

Sie lachte. „Ja, Morgan ist ziemlich einschüchternd, aber ich habe das Gefühl, dass er fair ist.“

Sawyer dachte über ihre Worte nach. „Ich würde ihn eher als grundehrlich bezeichnen. Wenn er von einer Sache überzeugt ist, setzt er sich hundertprozentig dafür ein.“

Die untergehende Sonne verlieh ihrem langen blonden Haar einen warmen goldenen Glanz. Honey hob ihr Gesicht dem lauen Wind entgegen. „Es war so kühl drinnen. Ich wollte die Sonne spüren und mich aufwärmen.“

Die Temperatur im Haus wurde niedrig gehalten, aber nicht so sehr, dass Honey es als unbehaglich hätte empfinden können. Mit skeptischer Miene legte er ihr die Hand auf die Stirn. „Möglicherweise haben Sie wieder ein wenig Fieber. Haben Sie das Aspirin genommen, das ich Ihnen ins Bad gelegt habe?“

„Ja, habe ich. Die Antibiotika auch.“ Sie seufzte. „Habe ich mich schon bei Ihnen dafür bedankt, dass Sie sich so rührend um mich kümmern, Sawyer?“

Ihm wurde warm ums Herz, und sein Puls beschleunigte sich, nur weil sie seinen Namen ausgesprochen hatte. „Keine Ahnung, aber das ist auch nicht nötig.“

„Für mich schon. Danke.“

Er schluckte. Am liebsten hätte er sie in die Arme geschlossen, sie zu sich auf den Schoß gezogen und stundenlang so gehalten, um sie einfach nur zu berühren und ihren betörenden, einzigartigen Duft einzuatmen. Aber er wollte ihr auch die Kleider abstreifen und mit ihr auf sein Bett sinken, um sie ausgiebig zu lieben, damit sie endlich aus seinen Gedanken verschwand.

Er wollte sie trösten und gleichzeitig besitzen, und diese beiden widersprüchlichen Gefühle machten ihn wütend, weil sie ein Zeichen von Schwäche waren.

Sawyer merkte, wie sie ihn beobachtete. Dann sagte sie: „Darf ich Ihnen ein paar Fragen stellen?"

Er verzog das Gesicht. „Ich wäre ein echter Mistkerl, wenn ich Nein sagen würde, nachdem meine Brüder und ich Sie heute Abend ausgefragt haben."

Sie lächelte. „Das stimmt." Sie zog die Füße noch ein wenig näher an sich und stützte die Wange auf ihre Knie. „Wieso ist Morgan wirklich Sheriff geworden?"

Das war ganz und gar nicht das, was er erwartet hatte, und ihr Interesse an seinem Bruder störte ihn. „Glauben Sie, dass es da einen geheimen Grund gibt?"

„Ich glaube, dass es da einen sehr persönlichen Grund gibt." Sie verscheuchte einen Moskito von ihrem Gesicht. „Außerdem macht er mich neugierig."

„Als Mann?"

Sie betrachtete seinen Mund. „Nein, als Ihr Bruder und somit als Teil von Ihnen."

Der unsinnige Anflug von Eifersucht verschwand sofort, und Sawyer sah hinaus auf den See. „Unsere Verwandtschaft ist nicht zu leugnen, was? Morgan und ich sind uns in vielem ähnlich. Allerdings ist er größer und breiter als ich. Außerdem habe ich die Augen meines Vaters geerbt, er die unserer Mutter."

„Sie beide sehen sich ähnlicher als die anderen."

„Wir hatten verschiedene Väter. Unser Vater starb, als Morgan noch ein Baby war."

„Oh.“ Sie stellte ihre Füße auf den Boden und setzte sich aufrecht hin. Dann berührte sie seinen Arm. Es war eine sanfte Berührung mit den Fingerspitzen, ein leichtes Streicheln nur, das jedoch eine enorme Wirkung auf ihn hatte. „Das tut mir leid. Ich dachte, Ihre Mutter sei nur geschieden.“

Er legte seine Hand auf ihre, damit diese aufreizenden Bewegungen ihrer Finger aufhörten. „Das war sie auch.“

„Aber ...“

Um die Gefühle, die sie in ihm geweckt hatte, in Schach zu halten, flüchtete er sich in eine leidenschaftslose Erklärung. „Sie heiratete Jordans Vater, als ich fünf war, und ließ sich kurz nach Jordans Geburt wieder von ihm scheiden. Ich erinnere mich kaum an ihn. Nach der Heirat verlor er seinen Job und begann zu trinken. Das wurde zum Problem. Zuerst versuchte meine Mutter, ihm zu helfen. Aber irgendwann war die Grenze dessen, was sie uns Kindern zumuten wollte, erreicht. Er schaffte es nicht, vom Alkohol loszukommen. Also verließ sie ihn. Besser gesagt, sie ließ sich von ihm scheiden, und er verschwand. Wir haben nie wieder etwas von ihm gehört. Meine Mutter forderte nie Unterhalt.“

„Der arme Jordan.“

„Ja, er war noch ein Baby, als sie sich scheiden ließen, deshalb kennt er seinen Vater überhaupt nicht. Er hat ihn nie erwähnt und war immer ein ruhiges Kind. Morgan verprügelte gern die Kinder, die Jordan ärgerten. Wir beschützten ihn früher beide. Irgendwie verstanden wir, dass er anders war, still, aber auch stark.“

„Jetzt ist er nicht mehr so still. Er ist nicht so grob wie Morgan, aber ich würde ihn nicht gerade schüchtern nennen.“

„Nein, das ist er auch nicht. Das ist keiner meiner Brüder. Aber Jordan ist auch nicht so gesellig wie die anderen.“

„Wann hat er sich verändert?“ Ein mutwilliges Funkeln lag in ihren Augen. „Nach seiner ersten Freundin?“

Sie neckte ihn, und Sawyer mochte diese Seite an ihr. „Es fing an, als er zehn war. Er begegnete ein paar Kids, die einen Hund quälten. Er forderte sie auf, den Hund in Ruhe zu lassen, doch stattdessen warf einer der Jungen mit einem Stein nach dem Tier. Der Hund, ein bemitleidenswert altes Tier, jaulte, und Jordan ging auf die Jungen los." Bei der Erinnerung an diesen Tag lachte er leise. „Er war wie ein Berserker. Alle, die zusahen, waren beeindruckt."

Honey schüttelte den Kopf. „Männer sind oft von den merkwürdigsten Dingen beeindruckt."

Sawyer sah sie an. „Was heißt hier merkwürdig? Diese Geschichte hat sein Leben verändert. In gewisser Hinsicht wurde er schon an diesem Tag erwachsen. Meine Mutter hat uns immer gelehrt, gut zu Tieren zu sein. Jordan konnte es einfach nicht ertragen, mit anzusehen, wie der alte Hund gequält wurde. Die Jungen waren zwei Jahre älter als Jordan, und sie waren zu dritt. Morgan und ich standen abseits, bereit einzugreifen, falls es nötig sein würde. Aber da wir beide so viel älter waren, konnten wir schlecht zwölfjährige Kids verprügeln."

„Zu schade, dass sie nicht älter waren."

Ihr leiser Spott entging ihm nicht, doch er tat so, als meine sie es ernst. „Allerdings. Keiner von uns hatte etwas für Idioten übrig, die Tiere quälten. Wir hatten schon Lust, auch ein bisschen Vergeltung zu üben. Doch Jordan behauptete sich und machte seinen Standpunkt ziemlich deutlich klar. Er trug ein blaues Auge und ein paar Prellungen davon. Außerdem musste sein Knie genäht werden. Meine Mutter bekam einen Anfall, als sie ihn sah, und Morgan und ich mussten uns einen langen Vortrag anhören, weil wir die Prügelei nicht gestoppt haben. Aber danach legte sich niemand mehr mit Jordan an. Und jedes Mal, wenn ein Tier krank oder verletzt war, sagte irgendwer es Jordan. Ich schwöre, dieser Mann kann ein Tier heilen, indem er ihm etwas ins Ohr flüstert."

„Das gab ihm also den Anstoß, Tierarzt zu werden. Was trieb Morgan dazu, Sheriff zu werden?"

Sawyer drehte ihre Hand um und verflocht seine Finger mit ihren. Ihre Hände waren klein, schmal und warm. Am Ufer des Sees watschelten ein paar Enten und glitten mühelos ins Wasser, wobei sie kaum Wellen verursachten. Der Duft von Pfingstrosen, die an der anderen Seite des Hauses wuchsen, lag in der Luft und vermischte sich mit Honeys wundervollem Duft.

Sawyer war heftig erregt – und sie wollte über seine Brüder sprechen.

„Morgan ist ein Kontrollfreak", erklärte er angespannt.

„Das habe ich schon bemerkt."

„Früher geriet er von einer Klemme in die andere. Er war von Natur aus ein Raufbold. In der Schule geriet er mehrmals in Schwierigkeiten, und meine Mutter war ständig bereit, ihm Hausarrest aufzubrummen. Gabes Dad war ein guter Einfluss für ihn."

Honey war verblüfft. „Ihre Mutter war drei Mal verheiratet?"

Sawyer fühlte sich von ihrem Erstaunen nicht beleidigt. Niemand war von dieser dritten Ehe mehr überrascht gewesen als seine Mutter selbst. „Ja." Er lächelte und erinnerte sich liebevoll. „Ich war acht Jahre alt, als Brett Kasper bei uns auftauchte. Meine Mutter wollte nichts mit ihm zu tun haben. Ich fragte sie, wieso nicht, wo er sich doch offensichtlich so um sie bemühte. Außerdem war er ein netter Kerl, und wir mochten ihn alle, sogar Morgan. Brett bot ihr an, ihre Dachrinne sauber zu machen, spielte Baseball mit uns und hielt meiner Mutter die Türen auf. Doch er war stets ehrlich, was seine Motive anging. Er verriet uns, dass er meiner Mutter den Hof machte, und bat uns um Hilfe." Sawyer lachte. „Wir redeten alle nur noch von ihm, bis meine Mutter drohte, es gäbe keinen Nachtisch mehr, wenn wir seinen Namen noch einmal erwähnen.

Heute verstehe ich, dass sie ein gebranntes Kind war. Den ersten Mann hatte sie bei einem Militäreinsatz verloren, der zweite war ein Fehler gewesen."

„Hat Ihr Verständnis damit zu tun, dass Sie selbst geschieden sind?"

Darüber wollte er mit ihr nicht reden, daher zuckte er nur die Schultern. „Meine Mutter arbeitete verdammt hart, um uns zu versorgen und großzuziehen. Die Pension meines Vaters half und ermöglichte mir zum Teil sogar mein Studium. Außerdem fassten wir alle mit an. Leicht war es trotzdem nicht für sie."

„Sie muss eine unglaubliche Frau sein."

„Brett sagte immer, sie sei störrisch wie ein alter Maulesel und doppelt so streitlustig."

„Was für ein Romantiker."

Sawyer lachte. „Er stand ihr in nichts nach. Das war auch gut so, denn meine Mutter ist eine starke Persönlichkeit und hätte keinen Mann gewollt, der ihr nicht gewachsen gewesen wäre. Brett wollte sie und umwarb sie, obwohl sie eine Beziehung scheute und es nicht noch einmal probieren wollte. Manchmal war sie wirklich grob zu ihm. Brett ließ jedoch nicht locker, und schließlich gab sie nach."

Honey lächelte verträumt. „Ein wahres Happy End."

„Ja, sie sind jetzt seit achtundzwanzig Jahren verheiratet. Brett ist großartig. Ich mag ihn sehr. Er behandelte uns stets gleich, als wären wir alle seine Kinder. Sogar Morgan, der verdammt schwierig sein kann."

„Sie sagten, er habe Morgan geholfen?"

„Er half, Morgans überschüssige körperliche Kräfte in andere Bahnen zu lenken, indem er ihn zum Boxen anmeldete. Und er richtete im Keller einen Fitnessraum ein, den wir alle benutzten, bis Gabe dort unten einzog."

Honey lachte erneut. Es war ein heiseres, sinnliches Lachen, das ihm durch und durch ging und ihm bewusst machte, wie nah sie zusammensaßen. Sie waren weit weg von den anderen, allein in der schwülen Sommerluft. Das alles betörte seine Sinne, und ehe er wusste, was er tat, hatte er ihre Fingerknöchel geküsst.

Sofort sehnte er sich nach mehr. Doch er nahm sich zusammen und fuhr fort: „Morgan wurde Sheriff, weil er gern die Kontrolle hat. Und für ihn bedeutet der Job des Sheriffs die ultimative Kontrolle. Aber ganz gleich, was er sagt, es geht dabei nicht um die Kontrolle über Menschen, sondern um die über sich selbst. Er weiß, dass er dazu neigt, wilder und aggressiver zu sein als andere Menschen. Indem er Sheriff wurde, war er gezwungen, sich ständig zu beherrschen."

Honey schnaubte. „Ich halte ihn für einen großen Schauspieler."

Sawyer grinste. „Das Komische daran ist, dass Morgan nie einen Streit anfängt, sondern ihn immer nur beendet. Schon mit seiner finsteren Miene schüchtert er seine Gegner ein. Fairerweise muss ich sagen, dass er ihnen immer die Chance zum Rückzug gibt. Andererseits hat er dieses spöttische Funkeln in den Augen. Morgan hatte schon immer überschüssige Energie. Um die abzubauen, kämpft er entweder, oder er …" Entsetzt über das, was er beinah gesagt hätte, hielt er inne. Er fühlte sich so wohl in Honeys Gegenwart und konnte sich so gut mit ihr unterhalten, dass er sich völlig vergessen hatte.

Sie sah ihn neugierig an. „Oder er macht was?"

„Schon gut."

„Von wegen! Sie können nicht erst meine Neugier wecken und es mir dann nicht verraten."

Sie wirkte müde und aufgebracht zugleich. Erneut empfand Sawyer jene ungewohnte Mischung aus Verlangen und Zärtlichkeit.

Ertappt von ihrem Blick, gestand er heiser: „Morgan kämpft entweder … oder er liebt eine Frau. Auf die eine oder andere Weise baut er Energie ab."

Honey errötete. „Oh, ja ... das funktioniert wahrscheinlich."

Ihre Unsicherheit machte ihn stutzig. „Das klingt nicht überzeugt."

Sie räusperte sich. „Na ja, das ... das bin ich auch nicht." Sie zog die Brauen zusammen. „Ist es denn so?"

Sawyer stand auf. Fragte sie ihn tatsächlich, ob Sex so intensiv sein konnte? Eine Frau, die so attraktiv war wie sie, müsste das doch wissen! Ihre Widersprüchlichkeit irritierte ihn wirklich. Einerseits sah sie so sinnlich und bodenständig aus, andererseits wirkte sie geradezu schüchtern.

Er sah einen Moment auf den See hinaus und versuchte, die in ihm aufsteigende Begierde unter Kontrolle zu bekommen. Er hörte, wie Honey hinter ihm ebenfalls aufstand.

„Sawyer?"

„Was?" Es war nicht seine Absicht, so brüsk zu klingen, aber er hatte das Gefühl, als würde sie Stück für Stück seine Entschlossenheit untergraben. Es war eine Qual und gleichzeitig äußerst erotisch.

„Kann ich Sie etwas fragen?"

Sie klang zögernd und scheu, und er hoffte, dass ihre Frage sich nicht um Sex drehte. Schließlich war er auch nur ein Mensch, und sie stellte eine zu große Versuchung dar.

Er nahm sich zusammen und sah über die Schulter. „Was ist das mit all den Fragen? Ich dachte, Sie hätten Halsschmerzen?"

„Habe ich auch. Aber Ihre Familie ist etwas ganz Besonderes. Ich fand immer, so sollte eine Familie sein. Es war sehr interessant, all diese Dinge über Sie und Ihre Brüder zu erfahren. Allerdings gibt es einiges, was mir keine Ruhe lässt."

„Zum Beispiel?" Er drehte sich zu ihr um. Die untergehende Sonne spielte in ihren Haaren, ließ das Blau ihrer Augen intensiver und ihre Haut glatter erscheinen. Noch immer war es draußen heiß und schwül. Honey hatte sein Hemd ausgezogen, und ihre vollen Brüste mit den harten Knospen zeichneten sich deutlich unter dem T-Shirt ab. Unwillkürlich überlief ihn ein heißer Schauer der Erregung. Sie hatte das T-Shirt zwar nicht in die Jeans gesteckt, doch die Rundung ihrer Hüften zeichnete sich dennoch aufregend ab.

Sie schützte die Augen mit der Hand gegen die Sonne und fragte rundheraus: „Wieso haben Sie mich geküsst?"

Die Frage traf ihn so unvorbereitet, dass er benommen blinzelte. „Was glauben Sie, weshalb ich es getan habe?"

Sie schaute verlegen auf ihre Füße. „Meine Schwester hat immer behauptet, ich sei hübsch."

Zu gern hätte er jetzt ihre Augen gesehen. „Sie sind sehr hübsch. Aber ich küsse wohl kaum jede hübsche Frau, die mir über den Weg läuft." Er hatte Frauen gekannt, die schöner waren. Doch sie hatten ihn nicht so interessiert; er hatte sich nicht so zu ihnen hingezogen gefühlt wie zu Honey. „Außerdem", fügte er scherzend hinzu, „haben Sie Prellungen im Gesicht, eine geplatzte Lippe und dunkle Ringe unter den Augen."

„Oh." Sie berührte ihre Wangen und runzelte die Stirn. „Alden meinte, meine Figur sei ganz in Ordnung."

„In Ordnung?"

Sie nickte ernst. „Ich weiß, dass Männer sich von körperlichen Reizen locken lassen."

Sie versuchte gleichgültig zu klingen, und Sawyer hatte Mühe, nicht zu lachen. Dieser Alden musste ein wahrer Trottel gewesen sein. Sie war ohne ihn viel besser dran. „Honey, Sie sind unglaublich sexy, und für einige Männer ist das sicher alles, was zählt. Aber, ich sage es noch einmal …"

„Sie küssen nicht jede sexy Frau, die Ihnen über den Weg läuft?"

„Exakt."

„Warum haben Sie es dann getan?"

„Ich hätte es nicht tun sollen", gestand er leise.

„Das beantwortet meine Frage nicht."

Er hob ihr Gesicht, damit er ihr in die Augen sehen konnte. Ihre Wange war von der Sonne gewärmt. „Wie lautet denn Ihre eigentliche Frage?"

Ihr Puls beschleunigte sich, doch diesmal wandte sie den Blick nicht ab. „Dachten Sie, Sie könnten vielleicht eine kurze Affäre anfangen? Weil ich frei bin, meine ich, und weil ich nicht lange bleiben werde?"

Er grinste. „Jeder, der mich kennt, könnte Ihnen bestätigen, dass ich nicht der Typ für eine kurze Affäre bin, schon gar nicht mit jemandem, der ganz andere Erwartungen hat."

„Sie glauben, ich will nicht ..."

„Ich glaube, Sie wissen momentan nicht, was Sie wollen. Aber bestimmt wollen Sie sich nicht benutzt fühlen."

Sie kniff misstrauisch die Augen zusammen. „Das heißt?"

„Das heißt, dass ich nicht immun bin gegen weibliche Reize. Aber ich habe einen Ruf hier, und viele Leute schauen zu mir auf. Also muss ich sehr vorsichtig sein." Honey wirkte beeindruckt. Sawyer kam sich wie ein Idiot vor, weil er so geschwollen daherredete. „Hören Sie, es tut mir leid, aber ich kann einfach nicht ..."

Entsetzt wich sie einen Schritt zurück. „Darum habe ich Sie auch gar nicht gebeten!"

Seine Mundwinkel zuckten erneut. „Wenn ich das Bedürfnis nach weiblicher Gesellschaft habe, gibt es ein paar Frauen außerhalb der Stadt, die ebenso wenig etwas Festes wollen wie ich. Ihnen genügt eine rein körperliche Beziehung ohne Verpflichtung."

Honey schwieg.

„Es sind nette Frauen", erklärte er, „die zwar zufrieden mit ihrem Leben sind, sich manchmal aber einsam fühlen. In dieser Welt ist es nicht einfach, jemand Anständiges zu finden, der dennoch nicht auf eine Ehe aus ist. Man ist sich sympathisch, und es ist für beide Seiten angenehm und …“

Ihr Gesicht war tiefrot.

Sawyer fühlte sich immer unwohler in seiner Haut.

„Ich verstehe. Sie vergnügen sich also mit diesen Frauen, die Ihnen eigentlich nichts bedeuten. Aber in diese Kategorie falle ich nicht?“

Sawyer biss die Zähne zusammen und hätte sie am liebsten an sich gedrückt, um sie seine Erregung spüren zu lassen. Entschieden schüttelte er den Kopf. „Nein, Sie fallen ganz eindeutig nicht in diese Kategorie. Sie sind jung, sehr durcheinander und verängstigt. Sie stammen nicht aus dieser Gegend, und Sie kennen mich nicht gut genug, um zu wissen, dass ich kein Interesse daran habe, noch einmal zu heiraten. Deshalb habe ich gesagt, dass ich Sie nicht hätte küssen sollen.“ Er schob die Hände in die Hosentaschen und wich einen Schritt zurück. „Es wird nicht wieder vorkommen, also brauchen Sie sich deswegen auch keine Sorgen zu machen.“

Einen Moment lang dachte sie über seine Worte nach. Dann holte sie tief Luft und sagte: „Ich war nicht besorgt. Ich war nur nicht sicher …“ Sie biss sich auf die Lippe. „Die meiste Zeit scheinen Sie mich nicht einmal leiden zu können. Aus irgendeinem dummen Grund fühlen Sie sich verantwortlich, und Sie sind auch einigermaßen freundlich, aber ich wusste einfach nicht, was ich von dem Kuss halten sollte.“

Offenbar hatte sie keine Erfahrung mit von Verlangen geplagten Männern. Sonst hätte sie sein Bemühen um Selbstbeherrschung nicht als Abneigung gedeutet. Sofort verdrängte er diese Überlegung, denn sie führte zu weiteren erotischen Gedanken. Zum Beispiel wie es wäre, ihr zu zeigen, wie sehr er sie tatsächlich mochte. Statt es ihr zu erklären, sagte er: „Ich würde Sie viel besser leiden können, wenn Sie mit Ihrer Geheimniskrämerei aufhören würden."

„Wir hatten abgemacht, dass wir uns morgen darüber unterhalten", erinnerte sie ihn.

„Stimmt." Er wollte das Thema auch lieber fallen lassen. „Am besten, Sie gehen jetzt ins Bett." Wenn sie noch eine Minute länger dort stehen blieb und ihn so ansah wie jetzt, würde er seinen Entschluss womöglich vergessen und sie leidenschaftlich küssen – trotz all der Versicherungen, die er ihr gerade gegeben hatte. Mit solchen unkontrollierten Gefühlsanwandlungen hatte er bisher noch nie zu kämpfen gehabt. „Sie sehen todmüde aus", fügte er rasch hinzu, in der Hoffnung, dass sie ihm nicht widersprach.

Seufzend wandte sie sich ab, um ins Bett zu gehen. „Ich fühle mich auch so."

Sawyer folgte ihr ins Zimmer. Drinnen war es durch die Klimaanlage angenehm kühl. Es war zwar schon Abend, doch die Sommer in Kentucky waren schwül und heiß, und manchmal sanken die Temperaturen auch nachts nicht unter dreißig Grad.

Honey blieb abrupt neben ihrem Bett stehen und deutete auf die frischen Laken. „Jemand hat das Bett gemacht."

„Das war ich. Ich dachte, Sie möchten vielleicht frische Laken."

Aus unerfindlichen Gründen warf sie ihm einen verdrießlichen Blick zu, setzte sich auf die Bettkante und griff nach der Katze. Bis zu diesem Moment hatte Sawyer gar nicht bemerkt, dass die Katze wieder im Zimmer war. Ihr buntes Fell fiel auf dem bunten Quilt nicht auf.

Honey nahm die Katze auf den Schoß und streichelte sie, wobei sie mit ihrem bandagierten Schwanz besonders behutsam war. „Jetzt weiß ich also, dass Sie mich nicht noch einmal küssen werden. Aber wieso Sie es überhaupt getan haben, weiß ich immer noch nicht."

Sawyer überlegte einen Moment, bevor er antwortete. „Ich habe Sie geküsst, weil ich nicht anders konnte."

„Aber wieso?"

„Weil Sie scharfsinnig und süß sind und mehr Mut besitzen, als gut für Sie ist. Außerdem sind Sie stur und machen mich mit Ihren Geheimnissen verrückt." Beinah widerwillig räumte er ein: „Und Sie riechen verdammt gut."

Verwirrt sah sie ihn an. „Sie haben mich geküsst, weil meine Sturheit Sie geärgert hat und mein … mein Mut?"

„Genau." Er wollte sie fragen, wieso sie den Kuss erwidert hatte, und zwar mit einer solchen Leidenschaft, dass es ihn fast um den Verstand gebracht hätte.

Stattdessen ging er zur Tür, da Flucht die beste Entscheidung war. Irgendwie spürte er, dass es besser war, nicht genau zu wissen, was ihre Motive gewesen waren. „Ich werde heute Nacht nicht in diesem Zimmer schlafen. Falls Sie jedoch etwas benötigen, rufen Sie mich. Ich bin im vorderen Schlafzimmer."

Sie stand auf. „Ich möchte Sie nicht aus Ihrem eigenen Zimmer vertreiben!"

„Das tun Sie nicht", beruhigte er sie. „Aber da Sie sich hier nun einmal eingerichtet haben …"

„Wir könnten die Zimmer tauschen", schlug sie vor. „Ich will Ihnen keine Unannehmlichkeiten bereiten."

Er zögerte einen Moment, hin- und hergerissen zwischen dem Wunsch, sie zu beruhigen, und dem Wissen, dass er auf Abstand zu ihr bleiben sollte. „Das ist kein Problem. Gute Nacht."

Bevor sie noch etwas sagen konnte, schloss er die Tür. Die Wahrheit war, dass es ihm gefiel, sie in seinem Bett zu wissen. Er hatte keine Ahnung, ob er jemals wieder darin würde schlafen können, ohne an sie zu denken und von ihr zu träumen.

7. KAPITEL

Im Haus herrschte eine fast unheimliche Stille, als Honey die Schlafzimmertür im Schein des Mondlichts, das durch die Terrassentür hereinfiel, öffnete. Es war zwar nicht gelogen gewesen, dass sie erschöpft war, doch hatte sie nicht geschlafen. Die sauberen Laken rochen nicht mehr nach Sawyer. Das vermisste sie.

Vorsichtig lauschte sie am Türspalt. Es war nichts zu hören. Vermutlich schliefen alle fest. Unwillkürlich stellte sie sich Sawyer vor, auf dem Rücken liegend, lang ausgestreckt auf dem Bett und erregt. Es überlief sie heiß.

Er hatte sie geküsst, weil sie klug war. Und süß und störrisch und … Diese unerwarteten Komplimente hatten sie fast zu Tränen gerührt. Um ein Haar hätte sie einen Mann geheiratet, dem diese Eigenschaften an ihr nie aufgefallen waren. Und wenn sie ihm aufgefallen wären, hätten sie ihm nicht gefallen. Für diesen Mann beruhte ihre Anziehung auf ihren sachlichen Vorteilen, den Möglichkeiten, die ihm eine Ehe mit ihr eröffneten, und dem Image, das sie als seine Ehefrau repräsentieren würde.

Gelegentlich hatte er ihr gesagt, sie sei hübsch, und ihren Körper zu benutzen hatte ihm auch keine Probleme bereitet. Aber nichts von dem, was er je getan hatte, selbst das Intimste nicht, war so leidenschaftlich und aufregend gewesen wie Sawyers Kuss. Grundgütiger, wie dumm war sie gewesen, dass sie um ein Haar Alden geheiratet hatte!

Ihr Vater hatte einmal behauptet, bei ihrem Aussehen und seinem finanziellen Einfluss würde sie jeden Mann kriegen können, den sie wollte. Beides hatte Honey nie so wichtig gefunden. Am finanziellen Einfluss ihres Vaters konnte Sawyer nicht interessiert sein, da er davon weder wusste noch ihn brauchte. Und seinen Worten nach zu urteilen, fand er sie auch nicht attraktiv. Lächelnd berührte sie ihre Wange. Sie war ein Wrack, doch es kümmerte sie nicht. Er hatte sie geküsst und ihr gesagt, dass sie gut rieche, dass er ihren Verstand ebenso mochte wie ihre Sturheit und ihren Mut. Solche schlichten Komplimente bedeuteten so viel. Ohne dass es ihr klar geworden wäre, hatte Sawyer ihr eine neue Perspektive im Leben gezeigt und ihr neues Selbstvertrauen gegeben. Dank seines widerstrebenden Geständnisses zweifelte Honey nicht länger an ihrem Wert und ihrer Anziehungskraft.

Sie musste unbedingt verschwinden, bevor sie sich ihm an den Hals warf. Je öfter sie in seiner Nähe war, desto mehr begehrte sie ihn.

Sie hatte eine Nachricht auf dem Bett hinterlassen, adressiert an Sawyer, in einem zugeklebten Umschlag, den sie auf seiner Kommode gefunden hatte. In gewisser Hinsicht war es ein Geständnis, das erklärte, weshalb sie verschwinden musste. Es war peinlich, doch hatte sie das Gefühl, ihm wenigstens so viel schuldig zu sein. Natürlich würde er von ihrer heimlichen Flucht nicht begeistert sein. Aber seinen Worten nach zu urteilen, würde er noch weniger begeistert sein, wenn sie ihn zu einer intimen Beziehung verführte, der er zu widerstehen versuchte.

Ihre Handtasche hatte sie im Schrank gefunden. Sämtliche Kreditkarten und ihr Ausweis befanden sich noch darin. Somit war sie bereit zum Aufbruch.

Kaum war die Tür offen, sprang die kleine Katze vom Bett und folgte ihr. Honey versuchte sie zu fangen, um sie im Schlafzimmer einzusperren, damit sie keinen Lärm machte. Doch die Katze entwischte ihr. Honey war unschlüssig, was sie jetzt tun sollte. Sicher keine Zeit damit verschwenden, dem Tier in der Dunkelheit nachzujagen.

Langsam und vorsichtig bewegte sie sich den Flur entlang und hatte schon die Hälfte der Strecke hinter sich, als die

Katze miaute. Honey erstarrte und wartete darauf, jeden Moment entdeckt zu werden. Nichts geschah. Die Brüder schliefen weiter.

Sie schaute hinter sich und entdeckte zwei glühende grüne Augen in der Dunkelheit. Erneut griff sie nach der Katze, die ihr wieder entwischte. Honey fluchte leise und hoffte, dass die Katze still blieb und sie nicht über das Tier stolperte und dabei womöglich etwas umwarf.

Das Haus war so groß, dass es eine Weile dauerte, bis sie die Küche erreicht hatte, vor allem da die Katze bei jedem Schritt um ihre Knöchel strich.

Ein winziges Lämpchen am Herd beleuchtete den gefliesten Küchenfußboden. Sie konnte zwar kaum sehen, aber sie wusste, dass die Schlüssel an einem Brett neben der Hintertür hingen. Daher orientierte sie sich an dem Licht. Vorsichtig wich sie auf ihrem Weg Richtung Tür den dunklen Umrissen von Tisch und Küchentresen aus. Sobald sie mit der Hand die Schlüssel ertastet hatte, stellte sich ein neues Problem: Welcher von den vielen Schlüsseln war der richtige?

Ihr Herz pochte heftig, ihre Hände waren schweißnass. Kurzerhand entschloss sie sich, einfach alle Schlüssel zu nehmen. Wenn sie den für das am nächsten stehende Auto gefunden hatte, würde sie die übrigen auf dem Rasen zurücklassen.

Sie klemmte sich die Handtasche unter den Arm und wischte sich die Hände an ihrer Jeans ab. Ganz vorsichtig, um nicht damit zu klimpern, nahm sie die Schlüsselringe vom Brett. Es waren fünf. Sie schluckte hart und schlich mit den Schlüsseln in der einen und ihrer Handtasche in der anderen Hand zur Tür. Die Katze schaute zu ihr auf, miaute und rannte plötzlich davon. Honey drehte sich um, um zu sehen, wohin die Katze lief, und entdeckte die Umrisse einer bedrohlich aufragenden Gestalt.

„Sie wollten meinen Wagen stehlen!“, stellte eine tiefe, grimmige Stimme fest.

Honey war so erschrocken, dass sie zuerst keinen Ton herausbekam. Das Herz schlug ihr bis zum Hals. Dann stieß sie einen lauten, schrillen Schrei aus. Die Katze floh aus dem Raum. Honey ließ die Schlüssel und ihre Handtasche fallen, deren Inhalt sich über den ganzen Boden verstreute.

Sofort war Sawyer bei ihr und packte sie an den Schultern. „Sie wollten meinen verdammten Wagen stehlen!“

„Nein“, flüsterte sie, noch immer außer Atem.

Sawyer drückte sie gegen die Tür und presste sich an sie. „Wenn ich nicht hier in der Dunkelheit gesessen hätte, würden Sie sich jetzt nach draußen schleichen.“ Er schüttelte sie leicht. „Geben Sie es zu.“

Sie schluckte und versuchte, die richtigen Worte zu finden. Doch stattdessen traten ihr heiße Tränen in die Augen. War er etwa die ganze Zeit hier gewesen? Hatte sie von Anfang an keine Chance gehabt? Sie schniefte und kämpfte gegen den Drang zu weinen an, während sie überlegte, was sie sagen konnte, um seinen Zorn zu dämpfen.

Sie zitterte am ganzen Körper und fand nicht die Kraft zu einer Erklärung. Deutlich hörte sie an Sawyers schwerem Atem, wie wütend er war. Aber dann stöhnte er, umfasste ihr Gesicht und wischte ihr mit den Daumen die Tränen fort, während seine warmen Lippen ihren Mund suchten. Das Gefühl der Erleichterung war überwältigend.

Honey schluchzte auf und schlang ihm die Arme um den Nacken. Er hatte gesagt, es würde nicht noch einmal geschehen und dass er nicht nur keine Affäre wollte, sondern gar nichts mit ihr. Und sie hatte sich eingeredet, dass es das Beste so war. Und dass es ihr egal war. Doch in Wahrheit hatte sie darunter gelitten.

Jetzt begehrte er sie, und sie war so schwach vor Angst und

Erregung, dass sie sich nur noch an ihn klammern konnte.

Hastig schob er ihr eine Hand unter das T-Shirt und biss ihr zärtlich in die Unterlippe. Als sie die Lippen teilte, fanden sich ihre Zungen zu einem erotischen Spiel, während sich seine langen, starken Finger um ihre Brust schlossen.

Honey löste sich von ihm und stöhnte lustvoll auf. Im nächsten Moment ging das Licht an.

Benommen blinzelte sie. Sawyer drehte sich zu dem Eindringling um und stellte sich schützend vor Honey.

„Was, zur Hölle, ist hier los?" Es folgten zwei Sekunden Schweigen. Dann: „Aha, schon gut. Dumme Frage. Aber wieso schreit sie deswegen?"

Es war Morgans Stimme. Grundgütiger! Vorsichtig spähte sie an Sawyer vorbei und stieß erneut einen kurzen Schrei aus. Der Mann war splitternackt und hielt eine Pistole in der Hand!

Sawyer schob Honey fluchend wieder hinter sich. „Verdammt, Morgan, steck die Waffe weg!"

„Das würde ich ja, wenn ich wüsste, wohin." Honey konnte seinen amüsierten Unterton hören und stöhnte.

„Du hättest dir wenigstens Shorts anziehen können", beschwerte sich Sawyer.

„Wenn ich gewusst hätte, dass du hier in der Küche nur herumturtelst, hätte ich das auch getan! Aber woher sollte ich das wissen? Sie hat geschrien, Sawyer. Ich wusste ja, dass du ein bisschen eingerostet bist, aber verdammt! Anscheinend bist du völlig aus der Übung."

Honey klammerte sich an Sawyers Rücken und presste das Gesicht an seine nackte Schulter. Das konnte alles nicht wahr sein.

Sawyer verschränkte die Arme vor der Brust. „Sie hat geschrien, weil ich sie bei dem Versuch erwischt habe, die Wagenschlüssel zu stehlen." Er schob Morgan einen Schlüsselbund mit dem Fuß zu. Die Schlüssel schlitterten rasselnd über die Fliesen. Honey sah nicht nach, ob Morgan die Schlüssel aufhob. Schließlich war der Mann splitternackt. Und es schien ihm nicht einmal etwas auszumachen! Verlegen schmiegte Honey das Gesicht fester an Sawyers warmen Rücken und versuchte das Bild des nackten Morgan aus ihren Gedanken zu verbannen.

„Ich verstehe", knurrte Morgan. „Sie wollte einen von unseren Wagen stehlen. Und du hast sie geküsst, um sie davon abzuhalten?"

„Sehr witzig."

Plötzlich hörte Honey Caseys Stimme. „Was ist denn hier los? Ich habe jemanden schreien gehört."

Wenn ich Glück habe, werde ich gleich ohnmächtig, dachte Honey. Leider geschah das nicht, sosehr sie es sich auch wünschte.

Sawyer seufzte schwer. „Schon gut, Casey. Honey wollte sich nur mitten in der Nacht davonschleichen. Sie hatte vor, einen Wagen zu stehlen."

„Das ist nicht wahr!" Sie konnte die Vorstellung nicht ertragen, dass sein Sohn so etwas von ihr dachte. Vorsichtig spähte sie an Sawyer vorbei und sah Jordan und Gabe in die Küche schlendern. Das hatte ihr noch gefehlt. Zum Glück hatte Morgan sich hinter den Küchentresen gesetzt, sodass sie nur noch seine Brust sehen konnte. Das war noch immer mehr als genug, vor allem da er die Pistole noch in der Hand hielt.

Gabe hob eine Hand. „Ich habe Sawyers Erklärung schon gehört. Mann, das war vielleicht ein schriller Schrei. Ich war zu Tode erschrocken."

Jordan beruhigte die Katze auf seinem Arm. „Ich habe sie sogar draußen in der Garage gehört. Als ich hereinkam, war die Katze völlig außer sich."

Honey registrierte erleichtert, dass sie nicht alle nackt waren. Casey hatte sich immerhin eine Jeans angezogen, und Gabe trug Boxershorts. Jordan hatte sich in eine Decke gewickelt, die er an der Hüfte mit der Faust zusammenhielt.

„Ich wollte keinen Wagen stehlen.“ Alle Blicke richteten sich auf sie. Angesichts Caseys vorwurfsvoller Miene wäre sie am liebsten im Erdboden versunken. Sie wischte sich die Tränen fort und räusperte sich. „Ich habe eine Nachricht auf dem Bett hinterlassen, in der ich alles erkläre. Ich wollte nur irgendwie in die Stadt kommen und dachte, dass es zum Laufen wahrscheinlich zu weit ist. Ich hätte den Wagen dort stehen lassen, damit Sie ihn abholen können.“

Jordan runzelte die Stirn. „Was wollten Sie denn in der Stadt, was wir nicht für Sie hätten erledigen können?“

„Sie verstehen mich nicht. Ich wollte den Bus nehmen.“

Morgan schüttelte bedauernd den Kopf. „In Buckhorn gibt es keine Buslinie. Sie hätten in der Stadt alles geschlossen vorgefunden. Hier werden um acht die Bürgersteige hochgeklappt.“

Ihr Mut sank. „Kein Bus?“

Gabe öffnete den Kühlschrank, nahm die Milch heraus und trank direkt aus dem Karton. „Die nächste Busverbindung existiert in der Nachbargemeinde, gute vierzig Meilen von hier.“

Honey warf ihm einen tadelnden Blick zu. „Sie sollten das nicht tun. Das ist ungesund.“

Sawyer drehte sich mit ungläubiger Miene zu ihr um. Leicht eingeschüchtert zuckte sie die Schultern. „Es stimmt nun mal.“

Gabe leerte den Karton. „Ich wusste ja, dass er fast leer ist.“

„Oh.“

Sawyers Wangenmuskeln zuckten. „Was ist mit Ihrem Wagen? Ihren Sachen? Außerdem besitzen Sie nicht einmal Schuhe. Wollten Sie barfuß fliehen?“

Er sah noch immer so wütend aus, dass sie unwillkürlich einen Schritt zurückwich. Obwohl Casey über ihr vermeintliches Vorhaben enttäuscht war, kam er jetzt schützend an ihre Seite. Honey schenkte ihm ein dankbares Lächeln, das er nicht erwiderte.

„Sobald ich alles geklärt hätte, wollte ich meine Sachen abholen lassen", antwortete sie.

„Was geklärt?" Ehe sie etwas sagen konnte, fügte er grimmig hinzu: „Und nein, es kann nicht bis morgen warten!"

Sie zuckte erschrocken zusammen. In der Küche herrschte Schweigen, während sie überlegte, wie sie auf seinen Zorn reagieren sollte. Zum Glück mischte Jordan sich ein und trat an ihre andere Seite. „Um Himmels willen, Sawyer, lass sie sich doch erst mal setzen. Du schüchterst sie ein."

Sawyer presste die Lippen zusammen. Fluchend wandte er sich ab und fuhr sich mit beiden Händen durch die Haare. Erst jetzt bemerkte Honey, dass er selbst nur Boxershorts trug – eine sehr enge, die seinen straffen Po wie eine zweite Haut umschmiegte.

Fasziniert starrte Honey ihn an, bis Jordan sie, nachdem er die Katze abgesetzt hatte, zum Tresen führte, wobei er weiter mit einer Hand das Laken um seine Hüften zusammenhielt. Gerade noch rechtzeitig erkannte sie, was er vorhatte, und blieb stehen, weil sie sonst neben Morgan gelandet wäre, der noch immer keine Hose trug.

„Mir geht es gut", flüsterte sie und wünschte, Sawyer würde sie ansehen, statt aus dem Fenster in die Dunkelheit zu starren.

Mit besorgter Miene ließ Jordan sie los. Sie ging zur Tür und begann, die Schlüssel und den Inhalt ihrer Handtasche aufzusammeln. Niemand sagte etwas, und als sie fertig war, hängte sie die Schlüssel sorgfältig wieder an ihren Platz. Mit dem Rücken zu den Brüdern sagte sie: „Ich wollte in die nächste Stadt gelangen. Ich habe eine Kreditkarte und hätte mir ein Zimmer nehmen können. Dann hätte ich meine Schwester angerufen und ihr mitgeteilt, dass mit mir alles in Ordnung ist."

„Sie haben eine Schwester?", fragten Jordan, Gabe und Morgan gleichzeitig. „Sieht sie aus wie Sie? Wie alt ist sie?"

Honey verdrehte die Augen. „Sie ist viel hübscher als ich, dunkelhaarig statt blond und ein Jahr jünger. Der Punkt ist jedoch, dass sie sich Sorgen machen wird. Ich habe ihr versprochen, anzurufen, sobald ich irgendwo untergekommen bin. Dann werde ich einen Privatdetektiv engagieren, um herauszufinden, wer es auf mich abgesehen hat."

Casey zog die Brauen zusammen. „Wieso konnten Sie das nicht von hier aus tun?"

Wie sollte sie ihm klarmachen, dass sie alle ihr bereits viel zu viel bedeuteten? Besonders Sawyer. Sie verdrängte diese Wahrheit und räumte stattdessen ein: „Ich wollte alles so unkompliziert wie möglich halten und niemanden in meine privaten Probleme hineinziehen."

Sawyer hatte sich bis jetzt weder umgedreht noch ein Wort gesagt. Das beunruhigte Honey.

Gabe suchte im Küchenschrank nach Keksen. „Wieso gehen Sie nicht einfach zur Polizei?"

Es widerstrebte ihr zutiefst, sich ihnen anzuvertrauen. Aber anscheinend blieb ihr langsam keine andere Wahl mehr. Sie umklammerte ihre Handtasche und sah Sawyers Rücken an. „Mein Vater ist ein einflussreicher Mann. Vor Kurzem hat er beschlossen, für den Stadtrat zu kandidieren. Er hat eine Wahlkampagne geführt, und alles sah vielversprechend aus. Als ich meine Verlobung löste, war er wütend, weil er die Hochzeit zur Unterstützung seiner Wahlkampagne nutzen und viele wichtige Leute einladen wollte. Unser Verhältnis war also bereits angespannt. Wir hatten die ganze Woche kaum ein Wort miteinander gewechselt. Na ja, und als ich ihm dann erzählte, ich hätte das Gefühl, jemand sei hinter mir her, ging er an die Decke. Er war der Ansicht, ich würde überreagieren und dass meine Fantasie mit mir durchginge, weil ich wegen der gelösten Verlobung durcheinander sei. Als ich ihm sagte, ich würde zur Polizei gehen, drohte er, mich zu enterben, weil ich ihm zu viel schlechte Publicity einbringen und wilde Spekulationen auslösen würde, die schädlich für seinen Wahlkampf seien."

Morgan wollte aufstehen, doch als Honey aufschrie und sich die Hand vor die Augen hielt, setzte er sich wieder. „Casey, hol mir was zum Anziehen, ja?"

„Wieso ich? Ich will nichts verpassen."

Morgan warf ihm einen strengen Blick zu. „Weil ich nichts anhabe, deshalb. Und da sie sich ein bisschen zimperlich anstellt, ist es ihr bestimmt nicht recht, wenn ich jetzt aufstehe und hier nackt umhermarschiere. Falls dir ihre Gefühle allerdings egal sind ..."

„Na schön", gab Casey missmutig nach. „Aber dafür schuldest du mir was." Er lief davon. Die Katze, der der mitternächtliche Rummel offenbar gefiel, rannte ihm nach.

Morgan verschränkte die Arme auf dem Küchentresen. „Also sind Sie weggelaufen, weil Ihr Daddy Ihnen den Geldhahn abdrehen wollte?"

Das war ja wohl die Höhe! Es war fast ein Uhr morgens. Sie war müde, erledigt, verlegen und besorgt. Das Letzte, was sie jetzt gebrauchen konnte, war Spott.

Honey knallte ihre Handtasche auf den Küchentresen, stützte sich mit beiden Händen auf und beugte sich vor, bis ihre Nasen sich fast berührten. „Um ehrlich zu sein, habe ich ihm gesagt, er soll sich sein Geld sonst wo hinstecken!"

Morgan wich erstaunt zurück. „Das haben Sie wirklich gesagt, oder?"

„Allerdings. Mein Vater und ich haben uns nie gut verstanden, und Geld wird daran nichts ändern."

Jordan applaudierte. „Gut für Sie!"

Sie fuhr herum und zeigte mit dem Finger auf Jordan. „Seien Sie bloß still! Ihr alle habt euer Bestes getan, um mich zu bevormunden, und das habe ich satt. Ich lasse mir nicht drohen, und das Geld meines Vaters ist mir völlig gleichgültig."

Jordan lachte leise, in keiner Weise irritiert von ihrem Angriff. „Was passierte dann?"

Honey seufzte resigniert. „Er drohte, auch noch meine Schwester zu enterben. Sie hätte zwar so reagiert wie ich, aber ich wollte nicht dafür verantwortlich sein. Daher blieb mir keine andere Wahl, als zu verschwinden."

„Nur dass Sie krank waren und deswegen nicht weit gekommen sind", sagte Sawyer mit sanfter Stimme hinter ihr. „Zumindest nicht weit genug, um sich sicher zu fühlen."

Sie drehte sich nicht zu ihm um. Stattdessen war ihr Blick auf Gabe gerichtet, der ihr ermutigend zulächelte. Solange sie nicht die Enttäuschung und den Groll in Sawyers Augen lesen musste, war beinah alles in Ordnung. „Jemand ist mir zwei Tage lang gefolgt. Das habe ich mir nicht eingebildet. Ich weiß es ganz genau." Sie sprach mit tonloser Stimme, denn sie wollte sich die Angst nicht anmerken lassen. „Am ersten Tag gelang es mir, ihnen zu entwischen."

„Sie sagen ‚ihnen'. War es mehr als eine Person?"

Sie sah zu Morgan. „Das ist nur so eine Redewendung. Ich habe ja nie in den Wagen gesehen. Es war ein schwarzer Mustang mit dunkel getönten Scheiben. Ich bemerkte ihn, einen Tag nachdem ich die Beziehung zu Alden beendet hatte. Als ich die Bank verließ, in der ich arbeitete, stand der Wagen auf dem Parkplatz und folgte mir. Ich hatte meiner Schwester versprochen, am Supermarkt zu halten. Dort wurde mir klar, dass ich verfolgt werde. Es war mir unheimlich, daher fuhr ich herum. Ich konnte ihn abschütteln, indem ich mich unvermittelt in den dichten Verkehr auf der Schnellstraße einfädelte und die nächste Abfahrt nahm."

Morgan rieb sich das Kinn. „Das kann kein Profi gewesen sein, wenn Sie ihn so leicht abschütteln konnten."

„Ich habe keine Ahnung, ob es Profis sind oder nicht. Ich weiß überhaupt nichts über diese Leute."

Gabe lehnte sich an den Küchentresen, die Beine an den Knöcheln übereinandergeschlagen, und aß Kekse. „Ich sage das nur ungern, aber es könnte doch sein, dass Sie einfach nur verängstigt waren. Wenn das alles war …"

„Das war nicht alles! Ich bin kein Idiot!"

Er hob beide Hände und murmelte: „Das wollte ich damit auch nicht andeuten."

Verstimmt fuhr sie fort: „Am nächsten Tag war der Wagen wieder da. Für meine Begriffe ist das ein bisschen viel, um ein Zufall zu sein."

Alle machten zustimmende Gesten, alle bis auf Sawyer, der sie einfach nur weiterhin mit zusammengekniffenen Augen ansah.

„Diesmal folgte er mir bis zum Haus meiner Schwester. Der Wagen wurde langsamer, wartete, und ich rannte praktisch ins Haus. Dann fuhr er einfach davon."

„Ich bin immer noch der Meinung, dass es Ihr Ex war", sagte Jordan. „Da Sie ihn verlassen haben, wollte er wahrscheinlich wissen, wohin Sie gegangen sind. Ich würde es jedenfalls wissen wollen."

„Ich auch", pflichtete Gabe ihm bei.

„Anfangs dachte ich auch, es könnte Alden sein. Aber das passt einfach nicht." Honey sah, wie Casey mit einer Jeans zurückkam, die er Morgan zuwarf. Völlig ungezwungen stand Morgan auf, um sich die Hose anzuziehen. Honey wandte sich rasch ab und errötete.

„Warum passt es nicht?“ Sawyer wirkte nicht mehr so wütend. Zumindest nicht mehr wütend auf sie, sondern eher auf die Umstände.

„Ich habe mit Alden gesprochen. Er machte einen Aufstand, weil ich ihn verlassen habe, schrie herum, wie demütigend das für ihn sei, da so viele seiner Kollegen von unserer Verlobung wussten. Er drohte mir sogar.“

„Er drohte Ihnen?“

„Alden meinte, er würde dafür sorgen, dass ich meinen Job verliere. Genauso kam es. Die Bank behauptete, man wolle lediglich die Mitarbeiterzahl reduzieren. Aber Alden hat einen Verwandten im Management der Bank.“

„Sie könnten ihn verklagen“, schlug Jordan vor.

„Das hätte ich ja vielleicht auch getan, aber in jener Nacht, als ich im Haus meiner Schwester war, brach dort jemand ein. Sie war noch unterwegs, sodass ich allein war. Ich konnte hören, wie die Schubladen und Schränke durchwühlt wurden. Ich wusste ganz sicher, dass es dieselben Leute waren, die mich verfolgt hatten. Sie hatten gesehen, wo ich wohnte, und waren zurückgekommen. Sie durchsuchten alles. Ich habe keine Ahnung, wieso und wonach sie suchten. Ich war wie erstarrt vor Angst. Erst als mir klar wurde, dass sie irgendwann auch mein Zimmer durchsuchen würden, zwang ich mich aufzustehen. Ich machte mir nicht mehr die Mühe, mich anzuziehen, sondern schnappte mir nur meine Handtasche, kletterte aus dem Schlafzimmerfenster und schlich zu meinem Wagen. Als ich den Motor anließ, sah ich, wie im vorderen Zimmer der Vorhang zur Seite geschoben wurde. Dann konzentrierte ich mich nur noch auf meine Flucht. Als ich bei meinem Vater ankam, war ich völlig aufgelöst.“

Verlegen senkte sie den Blick. Starke Hände klopften ihr tröstend auf die Schultern, streichelten ihre Haare, und aufmunternde Worte wurden gemurmelt. Honey war hin- und hergerissen zwischen Lachen und Weinen.

Sie nahm sich zusammen und hob den Kopf. Nachdem sie tief durchgeatmet hatte, fuhr sie fort, und die Männer kehrten an ihre Plätze zurück.

„Diesmal nahm mein Vater mich ernst, jedenfalls eine Weile. Er schickte ein paar Männer, um das Haus zu überprüfen, aber die sagten, dass dort alles an seinem Platz sei. Nur das Fenster, durch das ich geflohen war, stand offen. Niemand war dort, als die Männer eintrafen. Natürlich dachte mein Vater wieder, ich würde überreagieren. Er wollte Alden anrufen, weil er dachte, ich würde mich besser fühlen, wenn wir wieder zusammen wären." Sie seufzte laut auf.

Sawyer sagte nichts. Dafür knurrte Morgan: „Haben Sie ihm gesagt, dass dieser Mistkerl Sie den Job gekostet hat?"

Sie zuckte die Schultern. „Mein Vater meinte, er habe nur aus verletztem Stolz gehandelt."

„So ein Blödsinn." Gabe schob die restlichen Kekse zur Seite und ging in der Küche auf und ab. „Ein Mann bedroht einfach keine Frau, basta."

„Das hat meine Schwester auch gesagt. Mein Vater schickte seine Leute los, um sie abzuholen. Das war, bevor er zu der Einsicht gelangte, dass ich mir das alles nur einbilde. Zum Glück glaubte sie mir und versprach mir, nicht eher zum Haus zurückzugehen, bis eine Alarmanlage installiert war – ein Entgegenkommen meines Vaters, das meine Schwester allerdings ablehnte, weil sie selbst eine Anlage installieren lassen wollte."

Jordan grinste. „Ihre Schwester scheint Ihnen ziemlich ähnlich zu sein."

Honey hatte keine Ahnung, wieso ihn das amüsierte. „In gewisser Hinsicht."

Gabe hingegen wirkte angewidert. „Jemand verfolgt Sie, durchsucht das Haus, in dem Sie sich aufhalten, und Ihrem

Vater fällt nichts Besseres ein, als Ihnen eine Alarmanlage anzubieten?"

Honey hob in einer hilflosen Geste die Hände. „Als ich an diesem Nachmittag das Haus meines Vaters verließ, war der Wagen wieder da und folgte mir. Diesmal geriet ich in Panik und floh. Doch der Wagen folgte mir weiter und versuchte sogar, mich von der Straße zu drängen."

Jordan starrte sie an. „Grundgütiger!"

„Er fuhr neben mich, und als ich nicht anhalten wollte, rammte er mich von hinten. Beim ersten Mal gelang es mir noch, den Wagen unter Kontrolle zu halten. Doch beim zweiten und dritten Mal geriet ich ins Schleudern. Der Mustang musste ebenfalls hart bremsen, um nicht mit meinem Wagen zusammenzustoßen. Plötzlich kam uns ein Wagen entgegen, und der Mustang raste von der Fahrbahn in die Leitplanke. Der andere Wagen hielt, um zu sehen, ob jemand verletzt war, aber ich fuhr einfach weiter."

„Und hielten nicht mehr an."

Sie nickte. „Ich habe Alden vor einer Woche verlassen. Es kommt mir wie ein Jahr vor. Ich machte einmal Halt und tauschte meinen Wagen gegen den alten verrosteten Buick ein. Als ich einmal zum Tanken hielt, sah ich den Mustang wieder. Ich habe keinen Zweifel daran, dass ich verfolgt wurde, nur weiß ich nicht, wieso. Alden habe ich nicht wirklich etwas bedeutet, daher erscheint es mir unlogisch, dass er einen solchen Aufwand betreibt, um mich zu schikanieren. Außerdem würde er mich dadurch nicht dazu bringen, mir die Sache mit der Heirat noch einmal zu überlegen."

Sawyer zog einen Küchenstuhl heran und drängte sie sanft, sich zu setzen. Zu Jordan gewandt, sagte er: „Wie wäre es, wenn du Kaffee aufsetzt? Und Casey, du solltest wieder ins Bett gehen."

Casey, der am Tisch saß, den Kopf auf die Hand gestützt,

sah müde aus. „Auf keinen Fall."

„Morgen gibt es viel zu tun."

„Das schaffe ich schon."

Honey war froh zu sitzen und lächelte ihm zu. „Wirklich, Casey, du solltest schlafen gehen. Heute Nacht gibt es ohnehin nichts Neues mehr zu erfahren."

Sawyer kniete sich neben sie. Seine Miene war ernst, seine Nähe überwältigend. Honey konnte ihm nicht so nah sein, ohne ihn berühren zu wollen, ohne die Sehnsucht zu verspüren, ihm noch näher zu sein. Und jetzt war er auch noch warm und mit nacktem Oberkörper neben ihr. Sie wandte das Gesicht ab, doch er umfasste ihr Kinn, damit sie ihn wieder ansah. „Da irrst du dich, Süße. Du wirst mir erklären, wieso du diesen Mistkerl heiraten wolltest und wieso er dich heiraten wollte. Anschließend erzählst du mir, wieso du deine Meinung geändert hast. Und wenn wir die ganze Nacht hier sitzen müssen, um die Wahrheit zu erfahren."

Sie wusste, dass sie keinen Schlaf bekommen würde, ehe er nicht seinen Willen durchgesetzt hatte. „Na schön", lenkte sie ein. „Aber zieht euch wenigstens an. Wenn ich schon dieses Verhör über mich ergehen lassen muss, erwarte ich zumindest so viel Respekt."

„Einverstanden", gab Sawyer nach. „Aber Casey bleibt hier, um dich im Auge zu behalten. Denk nicht mal dran, wieder wegzulaufen."

Damit ging er davon, und Honey musste zugeben, dass sie sein Misstrauen verdient hatte.

8. KAPITEL

Als Sawyer, noch immer wütend und frustriert, in sein Zimmer marschierte, um sich eine Hose anzuziehen, fiel sein Blick als Erstes auf das zerwühlte Bett, in dem sie gelegen hatte. Er begehrte Honey so sehr, dass er es kaum aushielt. Er hatte nicht geahnt, dass diese Art von Verlangen existierte.

Er wollte nicht, dass sie verschwand.

Andererseits durfte sie nicht länger seine Gedanken beherrschen, denn er wollte endlich wieder zur Normalität zurückkehren. Er wollte seine ruhige, distanzierte Art wiederhaben. Nur wie?

Und dann entdeckte er den Brief auf dem Bett. Honey hatte eine Nachricht geschrieben, in der sie erklärte, weshalb sie sich davonschleichen musste. Sawyer ballte die Fäuste. Verdammt, sie vertraute ihm absolut nicht.

Die Neugier trieb ihn dazu, den Umschlag zu nehmen, auf dem sein Name stand. Hastig riss er den Umschlag auf.

Sawyer,
ich weiß, Du wirst nicht gerade glücklich sein über die Art, wie ich verschwunden bin. Aber es ist das Beste so. Ich habe festgestellt, dass ich Dich zu sehr begehre, um bleiben zu können. Da Du deutlich gemacht hast, dass Du Dich lieber nicht auf eine Beziehung einlassen willst und ich ebenfalls weiß, dass es nicht klug wäre, muss ich gehen. In Deiner Nähe kann ich mir selbst nicht trauen, und ich weiß nicht, wie ich damit umgehen soll. Ich hoffe, Du hast Verständnis.

Bitte vergib mir, dass ich Deinen Wagen genommen habe. Ich werde ihn an der Bushaltestelle stehen und die Schlüssel stecken lassen. Bring also einen Ersatz-

schlüssel mit, um den Wagen aufzubekommen. Sobald ich meine Angelegenheiten geklärt habe, schicke ich Dir einen Scheck für den Schaden am Zaun und Deine unglaubliche Gastfreundschaft. Ich werde Dich nie vergessen.
Honey

Am liebsten hätte er sie übers Knie gelegt. Nicht nur, weil sie sich selbst in echte Gefahr gebracht hätte, sondern weil sie auch aus den völlig falschen Gründen verschwunden wäre. Hinzu kam, dass sie ihm auch noch einen Scheck schicken wollte. Ihr Geld interessierte ihn nicht, das hatte er ihr schon mehrmals gesagt.

Morgan klopfte an die Tür und steckte den Kopf herein. „Hast du die Nachricht gefunden?"

Rasch faltete Sawyer sie zusammen. Da er noch keine Hose anhatte, wusste er allerdings nicht, wohin damit. „Ja … hm, sie schreibt, dass sie den Wagen an der Bushaltestelle stehen lassen wollte, genau wie sie es uns erzählt hat."

Morgan verschränkte die Arme vor der Brust und lehnte sich an den Türrahmen. Er trug nach wie vor nur seine Jeans, hatte aber wenigstens seine Pistole weggebracht. „Ich nehme nicht an, dass du mich die Nachricht lesen lässt, oder?"

„Du solltest nicht so neugierig sein."

„Dann hast du wohl etwas zu verbergen, was?"

Sawyer zog eine Kommodenschublade auf und nahm eine Khakihose heraus. „Wie kommst du denn darauf?", murmelte er.

„Zum Beispiel durch die Art, wie du ihren Brief zerknüllst und so geheimnisvoll tust?" Er lachte. „Keine Sorge, ich werde kein Wort verraten. Lass dir Zeit beim Anziehen. Ich werde versuchen, etwas zu essen aufzutreiben."

„Morgan?"

„Ja?"

„Sag ihr nicht, dass ich den Brief habe."

„Wie du willst, Sawyer." Lachend ging er davon.

Als Sawyer schließlich in die Küche kam, stand Honey am Herd und briet etwas. Er warf einen Blick auf seine Brüder, die artig am Küchentisch saßen und auf das Essen warteten. Seine Miene verfinsterte sich, doch sie machten nur hilflose Gesichter und zuckten die Schultern.

Fluchend ging Sawyer zu Honey. „Was, zur Hölle, machst du da?"

Ohne ihn anzusehen, erwiderte sie ebenso schroff: „Ich sorge dafür, dass wir etwas in den Magen bekommen."

Er hob die Brauen und hörte einen seiner Brüder kichern. „Würdest du mir vielleicht verraten, wieso?"

Honey drehte sich mit dem Bratenwender in der Hand um und richtete ihn drohend auf Sawyer, der hastig einen Schritt zurückwich. „Weil ich hungrig bin. Und sie auch." Sie zeigte mit dem Bratenwender auf die Männer, die zustimmend nickten. „Im Übrigen habe ich es satt, verhätschelt und wie ein armes hilfloses Wesen behandelt zu werden. Du willst, dass ich bleibe? Gut. Aber auf keinen Fall bleibe ich im Bett, lasse mich bedienen und habe das Gefühl, bei euch in der Schuld zu stehen."

Sawyer war verblüfft von dieser neuen, aufbrausenden Seite an ihr. „Niemand will, dass du das Gefühl hast, in unserer Schuld zu stehen."

„Nun, das habe ich aber nun einmal!"

„Schon gut, schon gut", versuchte er sie zu beruhigen. „Du willst kochen? Na schön."

„Ha! Ich habe dich nicht um deine Erlaubnis gebeten. Und lass diesen besänftigenden Ton. Damit hat Jordan es auch schon versucht. Und er beherrscht ihn weitaus besser als du."

Er sah zu seinem Bruder, dessen Ohren rot wurden. Sie schüchterte seine Brüder ein! Sawyer wollte endlich etwas sagen, wurde jedoch erneut von dem Bratenwender bedroht.

„Hör auf, mich zu schikanieren, denn das macht Morgan bereits, seit ich ihn kennengelernt habe, und das lasse ich mir nicht mehr bieten. Weißt du, dass er mir nicht erlauben wollte, mich hier nützlich zu machen, weil ich krank bin? Er wollte mich zwingen, mich wieder hinzusetzen. Nun, ich werde mich setzen, sobald ich fertig bin, nicht vorher."

Sawyer hatte keine Ahnung, was sie dieses Mal auf die Palme gebracht hatte. „Darf ich denn fragen, was du da brutzelst, oder wirst du wieder mit diesem Bratenwender auf mich losgehen?"

Sie hielt inne. „Gebratenen Speck mit Käse. Wusstest du, dass Gabe die Packung Kekse an Casey weitergeben wollte? Zumindest das, was davon noch übrig war. Wenn wir dieses Verhör fortsetzen wollen, sollten wir lieber vernünftig essen, statt uns mit Süßigkeiten vollzustopfen."

Sawyer sah zu Gabe, gerade als der sich heimlich einen Keks in den Mund schob, und musste lachen.

„Das findest du auch noch witzig? Ausgerechnet du als Arzt. Du solltest ihnen lieber mal etwas über gesunde Ernährung erzählen."

„Honey, hast du dir meine Brüder mal angesehen? Die sind alle in guter körperlicher Verfassung."

Sie runzelte die Stirn und errötete leicht. „Na ja, das habe ich bemerkt. Aber Casey wächst noch. Er braucht vernünftiges Essen." Sie legte ein weiteres Sandwich auf einen Teller. Sawyer fiel auf, dass es sechs Teller waren, was bedeutete, dass sie auch für ihn etwas gemacht hatte. Die Sandwiches waren hübsch geschnitten und mit Gurkenstückchen und Karottenkringeln verziert. Er bezweifelte, dass seine Brüder jemals zuvor in ihrem Leben Karottenkringel gegessen hatten.

Honey schaltete die Kaffeemaschine aus und schenkte allen Milch ein. Sawyer begann, die Teller zum Tisch zu bringen, da seine Brüder offenbar den Befehl erhalten hatten, dort sitzen zu bleiben. Sie schienen sich alle ein wenig unbehaglich zu fühlen, denn sie waren es nicht gewohnt, bedient zu werden. Ihre Mutter hatte aufgehört, sie zu verwöhnen, sobald sie ihr über den Kopf gewachsen waren, was zum Ende der Grundschule der Fall gewesen war.

Schließlich saßen alle gemeinsam am Tisch und warteten, bis Honey zu essen begann. Dann langten auch die anderen herzhaft zu. Sawyer musste zugeben, dass das Essen gut war, sogar die komischen Karottenkringel.

Da er Honey gegenübersaß, beobachtete er, wie sie von ihrem Sandwich abbiss. Erneut wanderten seine Gedanken zu der Nachricht. Sie begehrte ihn. Beim Anblick ihrer schmalen Finger, die den kleinen Karottenkringel aufhoben, vergaß er zu kauen. Fasziniert verfolgte er, wie sich ihre weichen Lippen darum schlossen, wie sie die Wimpern senkte und Strähnen ihres blonden Haars über ihre Schläfen fielen.

Gabe stieß ihn an, sodass er sich beinah verschluckt hätte.

„Ich reiße dich nur ungern aus deinen Grübeleien, aber wolltest du sie nicht etwas fragen? Deshalb sitzen wir doch alle hier um zwei Uhr morgens und essen, statt zu schlafen, oder?"

Sawyer trank einen Schluck Milch und nickte. „Also los, Honey."

Sie tupfte sich den Mund mit einer Serviette ab, straffte die Schultern und hob das Kinn. „Ich fand heraus, dass mein Verlobter mich nur heiraten wollte, um das Vermögen meines Vaters zu erben. All seine Aktien, sein Unternehmen und das Familienanwesen erbt mein zukünftiger Ehemann, wer immer das sein mag."

Am Tisch herrschte geschocktes Schweigen.

„Mein Vater und ich haben uns nie verstanden", erklärte sie. „Ich liebe ihn, aber ich mag ihn nicht besonders. Ich glaube, umgekehrt geht es ihm genauso. Er hat es nie verwunden, Töchter statt Söhne bekommen zu haben.“ Sie sah jeden von ihnen an und lächelte zaghaft. „So ein Haufen wie ihr hätte ihm gefallen. Meine Schwester und ich konnten seinen Ansprüchen nie genügen.“

„Ich muss gestehen, dass mir dein Vater nicht sehr sympathisch ist“, bemerkte Jordan.

Sie lachte. „Na ja, er hatte es auch nicht leicht mit mir. Wir haben uns seit meinem sechzehnten Lebensjahr gestritten. Als ich mich weigerte, in sein Unternehmen einzusteigen, das hauptsächlich Computer produziert, enterbte er mich. Es war mir egal. Was ich dabei nicht wusste, war, dass er das Testament zu Gunsten des Mannes geändert hatte, den ich eines Tages heiraten würde.“ Sie presste die Lippen zusammen. „Als Alden mir den Hof machte, dachte ich, er tut es, weil ich ihm etwas bedeute, nicht weil er die Absichten meines Vaters erfahren hatte.“

Sawyer stand auf und ging zu ihr. Er nahm ihre Hand und drückte sie.

Behutsam fragte Gabe: „Wieso wolltest du nicht in das Unternehmen deines Vaters einsteigen?“

„Es ist eine mörderische Welt. Ständig geht es um Betriebsspionage, Übernahmen, Karrieren. Unsere ganze Kindheit hindurch hat die Firma unseren Vater voll in Anspruch genommen. Ich hasse das Unternehmen. Ich würde mich nie für so etwas engagieren wollen. Und ich war auch nicht scharf darauf, einen Mann zu heiraten, der für meinen Vater arbeitet. Alden überzeugte mich jedoch davon, dass er mit dem Posten eines Regionalmanagers zufrieden sei und keinen höheren Posten anstrebe. Aber dann wollte ich ihn eines Tages im Büro besuchen, um die Hochzeit mit ihm zu besprechen. Seine Sekretärin war zum Mittagessen, und so hörte ich, wie er am Telefon über seinen neuen Status sprach, sobald er erst einmal verheiratet sei. Ich lauschte gerade lange genug, um mitzubekommen, dass er schon große Pläne schmiedete, weil die Hochzeit mit mir ihn in eine bessere berufliche und gesellschaftliche Position bringen würde. Es traf mich hart, und ich war wütend wegen meiner Dummheit. Aber ich … ich hatte keinen Liebeskummer deswegen. Im Gegenteil, in gewisser Hinsicht war ich sogar erleichtert, dass es vorbei war, so seltsam das vielleicht auch klingt. Also fuhr ich zu seinem Haus, packte meine Sachen und hinterließ ihm eine Nachricht."

Morgan rieb sich das Kinn. „Die Stellung im Unternehmen scheint mir ein guter Grund dafür zu sein, weshalb er dich zurückhaben will und dich möglicherweise verfolgt."

Sie zuckte die Schultern. „Aber wieso sollte er versuchen, mir etwas anzutun? Wieso sollte er mich mit dem Wagen von der Straße abdrängen? Ohne mich gäbe es keine Heirat. Damit würde er also gar nichts gewinnen. Und was wurde bei dem Einbruch bei meiner Schwester gesucht? Das ergibt doch alles keinen Sinn. Aldens finanzielle Situation ist bereits recht gut. Als Regionalmanager ist er auf dem Weg an die Führungsspitze des Unternehmens. Er muss mich nicht unbedingt heiraten, um voranzukommen. Es würde die Dinge nur beschleunigen."

„Mag sein." Morgan aß seinen letzten Karottenkringel und stand auf, um Papier und Stift zu holen. „Ich möchte, dass du mir Name und Adresse deines Vaters, des Unternehmens und von Alden aufschreibst. Außerdem alles, was dir sonst noch zu der Sache einfällt. Ich werde gleich morgen ein paar Nachforschungen anstellen." Bevor sie protestieren konnte, fügte er beruhigend hinzu: „Diskret natürlich. Das verspreche ich. Niemand wird durch meine Nachforschungen auf deine Spur kommen."

Sie drückte Sawyers Hand, und er ließ sie los, damit sie schreiben konnte. Gabe stand gähnend auf. „Morgen werde ich anfangen, deinen Wagen zu reparieren. Aber nur, wenn du versprichst, nirgendwohin zu gehen, ohne uns vorher zu informieren."

Sie nickte abwesend, ganz in die Liste für Morgan vertieft.

„Gut. Dann gehe ich jetzt ins Bett. Komm, Casey. Du siehst hundemüde aus."

Casey grinste, ging um den Tisch und gab Honey einen Kuss auf die Stirn. Sie sah zu ihm auf, erschrocken und erfreut zugleich über die Geste.

Casey lächelte. „Danke für die Sandwiches. Die waren viel besser als Kekse."

Morgan umfasste sanft ihren Nacken, als er den Zettel von ihr entgegennahm. „Ich verstehe jetzt dein Misstrauen. Aber damit ist ab sofort Schluss, ja?" Da sie nicht schnell genug zustimmte, schüttelte er sie freundschaftlich. „Ja?"

Sie warf ihm einen mürrischen Blick zu. „Ja."

„Braves Mädchen. Wir sehen uns am Morgen wieder. Sawyer, du solltest auch ins Bett gehen. Du hast letzte Nacht schon kaum geschlafen und siehst langsam aus wie ein Zombie."

Sawyer winkte ab. Er konnte es kaum erwarten, dass alle verschwanden, denn er wollte unbedingt noch ein paar Dinge mit Honey allein besprechen.

Jordan zog sie vom Stuhl, um sie zu umarmen. „Schlaf gut, Honey. Und mach dir keine Sorgen mehr. Alles wird wieder gut. Sawyer wird gut auf dich aufpassen."

Dann waren sie endlich allein in der Küche. Honey räumte die Teller ab und trug sie zur Spülmaschine. Ihre Bewegungen wirkten fahrig und nervös.

„Geht es dir besser?", erkundigte er sich, als sie zum Tisch zurückkam, um die Gläser zu holen. Ihre Unsicherheit war deutlich zu spüren. Er folgte ihr und blieb so dicht hinter ihr stehen, dass er ihren wundervollen Duft einatmen konnte.

Honey stützte sich mit beiden Händen auf den Küchentresen, ohne sich umzudrehen. „Ja. Mein … mein Hals tut noch etwas weh, aber ich fühle mich nicht mehr so erschöpft. Ich nehme an, der Schlaf hat geholfen."

Sawyer trat noch näher und stützte seine Hände neben ihre auf den Küchentresen. Seine harte Brust berührte ihre Schulterblätter. „Ich habe morgen Früh Patienten, aber am Nachmittag fahre ich dich in die Stadt, um ein paar Sachen zu besorgen."

„Sachen?"

„Was immer du benötigst." Er rieb seine Nase an der zarten Haut unter ihrem Ohr. „Kleidung und vor allem Schuhe." Seine Lippen streiften ihr Ohrläppchen. „Alles, was du willst."

Sie ließ den Kopf nach vorn sinken. „Einverstanden."

Er nahm die Hände vom Küchentresen und legte sie ihr auf den Bauch. Honey schnappte nach Luft und spürte ihn hart an ihrem Po. Zärtlich fuhr er mit seinen Fingern über ihren Bauch, und als sie leise stöhnte, schob er eine Hand hinauf zu ihren Brüsten, die sich verführerisch unter dem T-Shirt abzeichneten.

Wie beim letzten Mal, als er sie dort berührt hatte, zuckte sie auch diesmal zusammen, als sei die Berührung seiner Finger schmerzhaft elektrisierend und erregend zugleich. Er umfasste eine ihrer Brüste, und sein Herz schlug schneller. An seiner Handfläche spürte er die bereits harte Knospe, während die andere Hand mit gespreizten Fingern auf ihrem warmen Bauch lag.

„Ich habe deinen Brief gelesen", flüsterte er heiser. Wie erwartet, erschrak sie und versuchte, sich aus seiner Umarmung zu befreien. Doch er ließ sie nicht los. „Ganz ruhig. Es ist alles in Ordnung."

„Den Brief hatte ich ganz vergessen!"

„Ich weiß. Und ich sollte dich jetzt schlafen lassen und dir Zeit geben, darüber nachzudenken. Aber dafür will ich dich viel zu sehr. Und zwar jetzt."

Er fühlte, wie ein leichtes Beben ihren Körper durchlief und ihr Herz schneller schlug. Mit dem Daumen strich er vorsichtig über die hoch aufgerichtete Brustspitze, ein Mal, zwei Mal. Honey atmete schwer.

Sawyer presste die Lippen auf ihren Hals und saugte zärtlich an ihrer Haut. Seine Begierde wuchs ins Unerträgliche. Am liebsten wäre er über Honey hergefallen wie ein Wilder. Solche primitiven Impulse waren neu für ihn, doch er wollte nicht länger dagegen ankämpfen. Sie gehörte jetzt ihm, und es gab kein Zurück mehr.

Er nahm die Knospe zwischen Daumen und Zeigefinger und zog behutsam daran. Honey stöhnte auf und vergaß allen Widerstand.

„Du willst mich", flüsterte er.

Sie warf den Kopf zurück und hauchte mit vor Erregung heiserer Stimme: „Ja. Deswegen wollte ich auch fort. Es ist noch zu früh, aber trotzdem war ich so enttäuscht, als du sagtest, du willst mich nicht. Ich wusste, dass ich mir selbst nicht trauen kann."

Erneut presste er sich fest an sie und fragte sich, wie es wohl wäre, in dieser Stellung mit ihr zu schlafen, während er ihre Brüste umfasste und ihre Beine zitterten …

„Es geht nur um Sex, Süße. Mehr kann ich dir nicht geben." Eigentlich hatte er das nicht sagen wollen, aus Angst, sie könnte ihn zurückweisen. Doch sein Ehrgefühl zwang ihn, ihr die Wahrheit zu sagen.

Zu seinem Erstaunen nickte sie und wiederholte: „Nur Sex. Das ist wahrscheinlich am besten so."

Plötzlich empfand er eine eigenartige Empörung, obwohl er zugeben musste, dass diese Reaktion absolut unfair war. Schließlich hatte sie nur seinen Bedingungen zugestimmt. Trotzdem, er hatte geglaubt, sie würde mehr empfinden. Ihm erging es jedenfalls so, ob er es nun zugeben wollte oder nicht, und es gefiel ihm absolut nicht. Er durfte sich mit niemandem einlassen. Nie mehr.

Sawyer drehte sie um und hob sie auf die Arme. „So sei es. Wenigstens sind wir uns einig."

Sie klammerte sich an seine Schultern und sah ihn mit großen Augen an. „Was tust du?"

Sein Verlangen wuchs ins Unerträgliche, sodass er beinah zu ungestüm war. Eigentlich wollte er sich Zeit nehmen mit Honey. Doch als er die gleiche brennende Leidenschaft in ihren Augen sah, fragte er sich, ob er es überhaupt bis in sein Zimmer schaffen würde.

„Sawyer?"

Ihre Stimme bebte, und er presste einen kurzen, harten Kuss auf ihre weichen Lippen. „Ich bringe dich ins Bett. Dann werde ich dich ausziehen und dich lieben."

„Aber es ist schon spät", hauchte sie.

Die Schlafzimmertür stand bereits offen. Sawyer ging hinein und stieß die Tür mit dem Fuß zu. „Falls du glaubst, dass ich auch nur eine Sekunde länger warte, hast du dich getäuscht. Vor allem nachdem ich deinen Brief gelesen habe." Er legte sie auf die Matratze, streckte sich neben ihr aus und drängte ein Knie zwischen ihre Schenkel. Als er ihren wundervollen warmen Körper an seinem spürte, hätte er vor Lust fast laut gestöhnt. Wenn er nicht aufpasste, würde er die Kontrolle über sich verlieren, noch bevor er in sie eingedrungen war.

Er umfasste ihr Gesicht, damit sie ihn ansah. „Wenn du heute davongelaufen wärst, wäre ich dir gefolgt. Da ist etwas zwischen uns, gegen das ich nicht länger ankämpfen kann. Ich könnte es nicht ertragen, für den Rest meines Lebens nicht zu wissen, wie es ist, deinen Körper nackt an meinem zu spüren."

Ihr Atem ging schnell und unregelmäßig, und im nächsten Moment senkte er wieder die Lippen auf ihren Mund. Ihre Zungen fanden sich, und Sawyer gab jede Hoffnung auf, es langsam angehen zu können. Er kannte Honey erst wenige Tage, doch es kam ihm so vor, als hätte er sein Leben lang auf sie gewartet.

9. KAPITEL

Honey war sich Sawyers Nähe, seiner Wärme, seiner glühenden Küsse auf überwältigend sinnliche Weise bewusst. Die Intensität seines Kusses ließ keinen Zweifel mehr an seinen Absichten. Tief atmete sie seinen Duft ein und stöhnte voller Verlangen auf, als sie seine frischen Bartstoppeln an ihrer sensiblen Haut spürte. Jede Berührung, jede Bewegung trieb sie näher an den Rand der Ekstase. Nie zuvor hatte sie eine solche Begierde verspürt, und vermutlich hätte sie bis zu diesem Moment bezweifelt, dass es so etwas überhaupt gab. Doch jetzt war sie gefangen in einem Strudel erotischer Empfindungen. Dabei hatte Sawyer sie erst geküsst.

Sie fuhr mit den Händen über seinen nackten Rücken, ertastete die harten Muskeln unter der Haut. In den letzten zwei Tagen hatte sie mehr männliche körperliche Vollkommenheit gesehen, als manche Frau in ihrem ganzen Leben zu Gesicht bekam. Aber niemand konnte sich mit dem Mann messen, der sie in diesem Augenblick liebte.

„Sawyer …“, hauchte sie.

Alles schien viel zu schnell zu gehen. Ihr Körper war angespannt, ihre Brüste waren äußerst sensibel. Ein Schauer süßer Vorfreude überlief sie.

„Es ist alles in Ordnung“, flüsterte Sawyer. „Lass mich dein T-Shirt ausziehen.“

Noch bevor er zu Ende gesprochen hatte, hatte er das T-Shirt über ihre Brüste hinaufgeschoben. Er hielt inne, betrachtete sie mit glühendem Blick und umfasste mit einer Hand eine ihrer Brüste. Behutsam rieb er die harte Knospe zwischen Daumen und Zeigefinger. Honey schrie auf und bog sich ihm entgegen, überwältigt vom erotischen Zauber dieser Liebkosungen. Mit der Zungenspitze fuhr er ihre Halsbeuge entlang und glitt in das Tal zwischen ihren Brüsten. Dann begann er verführerisch an einer der hoch aufgerichteten Knospen zu saugen. Zärtlich knabberte er daran und umspielte sie mit der Zunge.

Honey stöhnte und hielt es kaum noch aus. Sein Mund war so heiß, seine Zunge fühlte sich rau an. Und dann begann er, an ihrer Brustspitze zu saugen, hart, während er sich an ihr rieb – eine Andeutung dessen, was kommen würde. Endlich verlor auch Honey den letzten Rest an Selbstbeherrschung und gab sich der puren Lust hin. Ohne nachzudenken, krallte sie ihre Nägel in seine nackten Schultern, schlang die Beine um seine Hüften und biss ihn in die Unterlippe, während sie zum Höhepunkt gelangte.

Benommen und verwirrt kam Honey wieder zu sich. Sawyer hob den Kopf und sah sie mit funkelnden Augen an. „Unglaublich!"

Dieser Ansicht war sie auch. Sie hatte nicht einmal gewusst, dass so etwas möglich war, ganz zu schweigen davon, dass ihr so etwas geschehen könnte. Normalerweise war sie keine übermäßig erregbare Frau, und sexuelles Vergnügen zu erfahren war eher schwierig gewesen. So schnell und heftig hatte sie noch nie reagiert.

Sawyer küsste sie zärtlich und strich ihr die Haare aus dem Gesicht, die sich aus dem Band, mit dem sie sie zusammengebunden hatte, gelöst hatten. „Das hatte ich nicht erwartet", gestand er ehrfürchtig.

Sie schluckte und versuchte, wieder zu sich zu kommen. „Was?"

Er streichelte ihre Wange und lächelte. Ohne ein weiteres Wort setzte er sich auf ihre Schenkel und zog ihr das T-Shirt über den Kopf. „Du bist so unglaublich süß."

Eine plötzliche Verlegenheit befiel sie, sodass sie ihre Brüste mit den Händen bedeckte. Sawyer ignorierte diese Geste und betrachtete voller Bewunderung ihren nackten Körper. Er ließ seine Hände über ihre Schultern, ihre Seiten bis zu ihrem Bauch gleiten, wo er mit dem kleinen Finger in ihren Nabel tauchte und am Bund ihrer Jeans zupfte.

„Ich will, dass du ganz nackt bist. Ich möchte dich ansehen." Lächelnd legte er sich wieder neben sie und knöpfte ihre Jeans auf. „Heb dein Becken an."

Trotz ihrer Verlegenheit tat sie, was er wollte, gespannt darauf, was als Nächstes passieren würde. Bis jetzt war nichts so gewesen, wie sie es erwartet hatte. Dann zog er ihre Jeans zusammen mit ihrem Slip herunter, und Honey kniff die Augen zu. Sie öffnete sie erst wieder erschrocken, als sie seinen Mund auf ihrem Oberschenkel spürte.

„Sawyer!"

Er drehte sich, sodass sein Kopf jetzt zum Fußende des Bettes wies. Mit beiden Armen umfasste er ihre Hüften und begann mit der Zungenspitze ihre weiche, glatte Haut zu erforschen. „Spreiz deine Schenkel für mich", bat er mit vor Erregung heiserer Stimme.

Sie nahm die Hände von ihren Brüsten und versuchte sich auf die unglaubliche Erotik dieser Aufforderung einzustellen. Er drängte sie nicht, noch wiederholte er die Aufforderung. Stattdessen wartete er, bis sie nach einigen Sekunden den Mut fand, zu tun, worum er sie bat. Eine Mischung aus Nervosität und Erregung durchflutete sie bei der Vorstellung, sich ihm auf diese Weise darzubieten.

Er gab einen heiseren, anerkennenden Laut von sich und flüsterte: „Noch mehr."

Benommen winkelte sie ein Knie an, und im nächsten Moment spürte sie seinen warmen Atem zwischen ihren Schenkeln. Ihr ganzer Körper war angespannt, und sie hörte das Blut in ihren Ohren rauschen. Als hätte ihr Körper einen eigenen Willen, hob sie sich Sawyer entgegen.

„Ruhig, Liebes." Er schob seine Hände unter sie, umfasste

ihre Schenkel und senkte den Kopf.

Honey fühlte den sanften Druck seiner Lippen, ehe er fand, was er suchte, und behutsam ihren intimsten Punkt mit der Zungenspitze zu umspielen begann.

Da er von ihrem letzten Höhepunkt noch empfindlich war, war diese Liebkosung für sie eine Mischung aus Erregung und süßer Qual. In einem kurzen Moment der Klarheit schnappte sie sich das Kissen und zog es sich über den Kopf, um ihre lustvollen Schreie zu ersticken, gerade rechtzeitig, bevor sie zu einem weiteren überwältigenden Höhepunkt gelangte. Sawyer genoss ihre Reaktion. Er hörte nicht auf, sie zu liebkosenn und eröffnete ihr nie gekannte Dimensionen der Ekstase.

Als er schließlich aufstand, nahm sie nicht schamhaft die Beine zusammen. Honey hatte Zweifel, ob sie sich überhaupt bewegen konnte. Schwer atmend lag sie da, mit gespreizten Schenkeln, völlig erschöpft und benommen.

Rasch zog Sawyer seine Jeans aus. Honey drehte den Kopf zur Seite, um ihm dabei zuzusehen und seinen wundervoll geformten Körper zu bewundern. Beim Anblick seiner pulsierenden Härte erschauerte sie. Sie fragte sich, ob sie noch die Kraft besaß, Sawyer zu geben, was er brauchte, solange diese süße, süße Trägheit sie erfüllte.

Er zog die Nachttischschublade auf und nahm eine kleine Packung heraus. Ungeduldig riss er sie auf, streifte sich das Kondom über und drehte sich zu Honey um.

„Ich weiß nicht … ich glaube …“, flüsterte sie, doch es gelang ihr nicht, die Gefühle in Worte zu fassen, die er in ihr ausgelöst hatte. Seine Miene verriet, dass er sie verstand und dass es ihm ähnlich ging. Sie wussten beide, dass diese Intensität schön, aber gefährlich war.

„Mir ist, als würde ich dich überall fühlen“, fügte sie beinah ängstlich hinzu, da sie nicht erwartet hatte, dass Sex mit ihm so wild und heftig sein würde, bis zu einem Punkt, an dem sie sich ihm völlig hilflos ausgeliefert hatte. Ihre Haut prickelte noch immer, und all ihre Sinne waren geschärft, trotz ihrer körperlichen Erschöpfung.

Sawyer blieb neben dem Bett stehen, den Blick auf ihr Gesicht geheftet. Dann beugte er sich vor und legte die Hand zwischen ihre Beine. Behutsam drang er mit dem Finger in sie ein. „Du bist wundervoll", flüsterte er. „Sinnlich und aufregend."

Honey biss sich auf die Lippe. „Sawyer …"

Endlich kam er wieder zu ihr aufs Bett. Honey hob ihm ihr Gesicht zu einem leidenschaftlichen Kuss entgegen, der ihre Erregung von Neuem voll entfachte.

„Bitte", flehte sie.

Sawyer umrahmte ihr Gesicht mit den Händen und sah ihr in die Augen. „Leg deine Beine um meine Taille. Ja, genau so. Und jetzt halt mich fest."

Seine Stimme war so heiser und gepresst, dass sie ihn kaum verstand. Sie fühlte ihn groß und hart zwischen ihren Beinen, und ihr Puls beschleunigte sich. Honey schluchzte leise auf, doch er küsste sie und sagte: „Sieh mich an."

Es war so wunderbar, dass es fast schmerzte, und Honey war völlig überwältigt. Ihr wurde klar, dass sie sich wahrscheinlich vom ersten Moment an in Sawyer verliebt hatte. Mit beiden Händen fuhr sie über seine breite, muskulöse Brust und strich über seine flachen dunklen Brustwarzen. Er presste die Lippen zusammen und drang unerträglich langsam in sie ein. Sie bog sich ihm entgegen, um ihn anzutreiben und ihn endlich ganz in sich zu spüren.

Sawyer schob die Finger in ihre Haare und begann sich in einem allmählich schneller werdenden Rhythmus zu bewegen. Mit jeder Bewegung streifte seine Brust ihre harten Knospen, und mit jeder Sekunde stiegen sie höher auf der Spirale der Lust, bis ihre Leidenschaft sich schließlich gleichzeitig entlud.

Auf dem Gipfel des wilden Liebesspiels stieß Honey einen lauten, heiseren Schrei aus, den Sawyer mit einem Kuss erstickte. Er hielt sie so fest an sich gedrückt, dass sie sich wie ein Teil von ihm fühlte. Er küsste und streichelte sie, bis sie sich entspannte.

Ein Geräusch im Flur ließ ihn hochfahren. Er starrte zur Tür. Honey konnte sich nicht mehr daran erinnern, ob er abgeschlossen hatte oder nicht. Eine Holzdiele im Flur knarrte, dann hörten sie Morgans leise Stimme: „Sawyer?"

Sawyer ließ den Kopf sinken und legte seine Stirn an ihre. Er atmete tief durch, fluchte leise und rief mit gespielter Ruhe: „Ja?"

„Ich … na ja, ich habe einen Schrei gehört. Schon wieder. Aber ich nehme an, du … du küsst sie nur wieder." Ein leises Lachen war zu hören. „Gut. Mach weiter." Dann hörten sie sich entfernende Schritte.

Honey schloss die Augen und driftete in den Schlaf. Sawyer gab ihr einen Kuss und rollte auf die Seite. Einige Minuten lang schwieg er. Bevor sie ganz eingeschlafen war, hörte sie ihn leise murmeln: „Gott weiß, dass ich mehr bekommen habe, als ich erwartet hatte. Aber solange du hier bist, werde ich es nehmen und genießen."

Wie lange würde das sein?, fragte sie sich. Zwei, vielleicht drei Tage? Wenn Gabe ihren Wagen repariert und Morgan seine Nachforschungen angestellt hatte, würde ihr keine Zeit mehr bleiben. Doch genau wie Sawyer wollte sie bis dahin jede Minute genießen.

Sawyer beobachtete Honey nachdenklich. Sie war jetzt seit zwei Wochen hier, und sie hatten sich jeden Tag mindestens zwei Mal geliebt. Trotzdem schien es nicht genug zu sein, und er fragte sich, ob es jemals genug sein würde.

Inzwischen hatte sie sich völlig in sein Leben und das seiner Brüder eingefügt. Sie übernahm ihren Anteil am Kochen und Putzen, auch wenn alle dagegen protestierten.

Es war spät am Nachmittag. Ein großer Andrang an Patienten hatte ihn seit einigen Stunden beschäftigt. Zwei Mal hatte Honey den Kopf zur Tür hereingestreckt und ihn gefragt, ob er etwas essen wolle. Selbst diese kurzen Momente, in denen er sie sah, hellten seinen Tag auf.

Das gefiel ihm überhaupt nicht. Noch nie vorher war es ihm lästig gewesen, so viele Patienten zu haben. Er war bekannt für seine Geduld und Freundlichkeit, nicht für seine scheinbar unstillbare Begierde. Und doch war es genau das, was ihn beherrschte – und zwar schon vom ersten Moment ihrer Begegnung an.

Jetzt spähte Honey gerade Gabe über die Schulter, während er den Motor ihres Wagens untersuchte. Gabe hatte großes Geschick darin bewiesen, die Reparatur auszudehnen. Er hatte unnötige Teile bestellt, Teile ausgetauscht, die nicht ausgetauscht werden mussten, und alles so weit wie möglich hinausgezögert. Aber allmählich wurde Honey unruhig.

Von den Männern, die sie verfolgten, gab es keine Spur, und Morgan hatte auch nichts herausfinden können. Er hatte einige Leute in der Stadt gebeten, sofort Bescheid zu sagen, falls Fremde auftauchten. Jetzt konnten sie nur noch warten. Nur fand Honey langsam, dass sie genug gewartet hatte. Außerdem hatte sie die fixe Idee, sie würde die Gastfreundschaft der Brüder ausnutzen.

Sawyer lehnte sich an die Schuppentür und sah Gabe und Honey zu. Seine Haare waren noch nass von der Dusche, doch die Hitze würde sie rasch trocknen. Sein T-Shirt klebte ihm bereits am Rücken.

Plötzlich richtete Honey sich auf und stemmte die Hände in die wohlgeformten Hüften. Sie musterte Gabe misstrauisch, während ein Sonnenstrahl durch das hohe Fenster im Schuppen auf ihre Haare fiel. „Bist du sicher, dass du weißt, was du da tust?"

Gabe grinste und tippte ihr mit einer ölverschmierten Fingerspitze auf die Nase, auf der ein Fleck zurückblieb. „Natürlich weiß ich, was ich tue. Bleib ruhig."

Honey trug heute Shorts, die Jordan ihr aus der Stadt mitgebracht hatte. Allerdings waren sie für Sawyers Begriff etwas zu kurz. Offenbar hatte sie genug davon, Gabe beim Herumschrauben zuzusehen, denn sie wandte sich um und wollte den Schuppen verlassen. Als sie Sawyer entdeckte, hellte sich ihre Miene auf. „He, ich habe dich gar nicht bemerkt!"

Wie üblich trat ein sinnliches Funkeln in ihre Augen, und sofort herrschte eine erotische Spannung zwischen ihnen. Doch berührte Honey ihn nie vor den anderen, um ihre intime Beziehung geheim zu halten. Sawyer brachte es nicht übers Herz, sie darauf hinzuweisen, dass seine Brüder keine Idioten waren und schon mehr mitbekommen hatten, als er ihnen freiwillig erzählt hätte. Abgesehen davon war es ziemlich auffällig, dass sie alle außer ihn anfasste. Honey gehörte zu den Frauen, die Menschen, die ihnen etwas bedeuten, gern tätschelten und in den Arm nahmen. Und dass alle Brüder ihr etwas bedeuteten, war unschwer zu erkennen.

Das war einer der Hauptgründe, weswegen Sawyers Brüder darauf bestanden, ihren Aufenthalt zu verlängern. Nicht, dass er sie gehen lassen würde, bevor feststand, dass sie nicht mehr um ihre Sicherheit fürchten mussten.

Und genau dieses Thema brachte er jetzt zur Sprache. Als sie näher kam, nahm er seinen Mut zusammen und sagte: „Ich finde, du solltest deinen Verlobten anrufen."

Ihr strahlendes Lächeln erstarb von einer Sekunde auf die andere. Abrupt blieb sie stehen. „Meinen Verlobten?"

„Deinen Exverlobten. Diesen Idioten Alden."

Gabe wischte sich die Hände ab und kam zu ihnen geschlendert. „Wovon, zur Hölle, redest du?“

Sawyer rieb sich den Nacken. Ihm gefiel die Idee selbst nicht. Aber er hielt den Druck nicht mehr aus, ständig darauf zu warten, dass etwas passierte, damit sie endlich handeln und die Sache klären konnten. Also hatte er beschlossen, die Geschichte voranzutreiben, und das war am ehesten zu erreichen, indem Honey ihren Exverlobten anrief.

„Morgan und ich haben darüber gesprochen“, erklärte er. „Wir sind beide nach wie vor davon überzeugt, dass Alden etwas mit der Geschichte zu tun hat. Du hast selbst gesagt, sein Verhalten sei merkwürdig gewesen. Wir müssen nur die Verbindung zwischen den Ereignissen finden. Wenn du ihn anrufst, können wir mithören. Vielleicht fällt uns dabei etwas auf, was dir entgangen ist.“

Ihre Miene wurde abweisend, daher fügte er rasch hinzu: „Ich will damit nicht andeuten, dass wir in solchen Sachen besser sind als du. Aber als du damals weggefahren bist, warst du sehr aufgebracht. Jetzt bist du ruhig. Und wir haben ohnehin eine größere Distanz dazu.“ Ich jedoch leider nicht, dachte Sawyer und wusste nicht, ob sich das jemals wieder ändern würde. Er räusperte sich und fuhr fort: „Vielleicht schnappen wir ein Detail auf, das plötzlich einen Sinn ergibt. Ich weiß, dass dir das Warten schwerfällt.“

Sie nickte langsam. „Ich habe Gabe gerade gesagt, dass ich euch nicht länger zur Last fallen sollte.“

Sein Magen zog sich zusammen. „Und Gabe hat dir zweifellos erwidert, dass das Unsinn ist.“

„Ja, das hat er.“

Gabe legte ihr den Arm um die Schultern. „Und ob ich das gesagt habe. Sie wird nirgendwohin gehen, bevor wir wissen, dass ihr nichts zustoßen wird.“

„Mein Vorschlag ist die beste Methode, um herauszufinden, ob du noch in Gefahr bist oder nicht“, meinte Sawyer.

„Planst du, einen Köder auszulegen?“, erkundigte sich Gabe und drückte Honey fester an sich, als wollte er sie beschützen. Und zwar vor Sawyer.

„Nicht direkt einen Köder. Ich würde Honey niemals gefährden. Aber ich will, dass sie sich bei dem Mistkerl meldet und ihm erzählt, dass sie verfolgt worden ist, sich jetzt versteckt hält und trotz des absurden Erlasses ihres Vaters zur Polizei geht, falls sie nicht ein paar Antworten bekommt. Die Chancen stehen nicht schlecht, dass Alden sich verplappert und wir auf diese Weise etwas erfahren.“

Gabe nickte nachdenklich. „Das ist kein schlechter Plan. Falls er unschuldig ist, müssten wir es merken, oder?“

„Das hoffe ich.“

„Habe ich eigentlich auch noch ein Wörtchen mitzureden?“, beschwerte sich Honey.

„Natürlich ...“

„Dann sage ich Nein. Was, wenn Alden tatsächlich der Drahtzieher ist und er den Anruf zurückverfolgt? Dann lockt ihr den Ärger direkt hierher zu euch.“

„Traust du uns noch immer nicht zu, dich zu beschützen?“, konterte Sawyer.

„Ich denke da nicht nur an mich“, rief sie aufgebracht, „sondern an dich und deine Familie!“

Gabe sah ungläubig zu Sawyer. „Versucht sie uns zu beschützen?“

Sawyer verschränkte die Arme vor der Brust und nickte düster. „Scheint ganz so.“

Honey warf verzweifelt die Hände in die Luft. „Ihr seid schließlich nicht unverwundbar!“

Sawyer verdrehte die Augen. „Wir haben es nicht mit organisierter Kriminalität zu tun. Buckhorn ist eine kleine Gemeinde ohne große Polizeipräsenz. Wir sind es gewohnt, unsere Probleme weitgehend selbst in den Griff zu bekommen.

Aber ehe wir nicht genau wissen, wer es auf dich abgesehen hat, können wir nichts unternehmen. Mehr Informationen zu beschaffen ist das einzig Vernünftige."

Einen Moment lang starrte sie ihn wütend an. Dann machte sie auf dem Absatz kehrt und marschierte zurück in den Schuppen. Gabe sah ihr nach. Sie ging zum Kofferraum ihres Wagens und öffnete ihn.

„Ich kann nicht länger an ihrem Wagen herumbasteln", flüsterte Gabe. „Sie wird langsam misstrauisch. Wenn ich ihn nicht bald repariere, kommt sie dahinter. Oder sie wird mich für einen unfähigen Trottel halten. Beides würde mir nicht gefallen."

Sawyers Miene war grimmig. „Ja, du musst inzwischen jedes auswechselbare Teil ersetzt haben."

„So ungefähr. Ich muss mich selbst loben. Ein paar Teile zu ersetzen, die erst bestellt werden mussten, war eine gute Idee." Er zuckte die Schultern. „Ich glaube nicht, dass sie weiß, dass der Wagen jetzt in besserem Zustand denn je ist. Aber um ganz sicherzugehen, habe ich ein paar Drähte noch nicht angeschlossen, für den Fall, dass sie einen weiteren Fluchtversuch unternimmt. Ich traue ihr noch immer nicht so ganz, dass sie hierbleibt."

„Wir können sie nicht ewig aufhalten. Sie hat ein Zuhause, und ihre Schwester will sie unbedingt wiedersehen." Honey hatte ihre Schwester Misty an dem Morgen nach ihrem Fluchtversuch angerufen. Misty war froh gewesen, dass ihre Schwester in Sicherheit war, und sehr neugierig auf die Männer, bei denen sie wohnte. Sawyer hatte ein paar Worte mit ihr gesprochen, um ihre Besorgnis zu zerstreuen. Misty hatte eine heisere Stimme und hielt fest zu Honey. Sawyer hatte sie auf Anhieb gemocht.

„Sie kann ihre Schwester noch mal anrufen. Das ist kein Problem. Oder noch besser, ihre Schwester kommt her."

Alle Brüder waren äußerst neugierig auf Misty Malone, sehr zu Honeys Belustigung. Sawyer seufzte. „Es gibt außerdem noch ein paar Dinge, die sie mit ihrem Vater klären muss."

„Ha! Ich finde, es wäre besser für sie, wenn sie mit diesem Kerl nie wieder etwas zu tun hat!"

„Falls alles wahr ist, was sie uns erzählt hat, dann stimme ich dir zu. Aber ich kenne den Mann nicht und habe daher keine Ahnung, welche Beweggründe er hat."

„Du verteidigst ihn auch noch?"

„Du hast Honey in den letzten Wochen kennengelernt", gab Sawyer zu bedenken. „Meinst du wirklich, sie könnte irgendeinem Mann völlig gleichgültig sein, noch dazu ihrem eigenen Vater?"

Gabe dachte darüber nach. „Ich verstehe, was du meinst. Sie ist so süß und wundervoll, man kann ihr kaum widerstehen. Nein, ich kann mir keinen Mann vorstellen, der sie nicht auf Anhieb liebt."

Für Sawyer waren diese Worte wie ein Schlag in den Magen. „Ich habe nicht von Liebe gesprochen, verdammt noch mal."

Gabe runzelte verwirrt die Stirn. „Sei doch froh, dass du zuerst Anspruch auf sie erhoben hast, denn jeder andere würde sich glücklich schätzen, von Liebe zu reden. Vielleicht solltest du in deiner Sturheit mal daran denken."

Sawyer baute sich bedrohlich vor seinem jüngsten Bruder auf und knurrte mit zusammengebissenen Zähnen: „Was, zur Hölle, soll das denn heißen?"

Gabe ließ sich nicht einschüchtern. Aber das hätte Sawyer auch überrascht. Stattdessen trat er einen Schritt näher, sodass sie sich fast berührten. „Das heißt, du sturer Bock, dass sie ..."

Plötzlich schob Honey sich zwischen die beiden Männer. Sie hielt einen großen Karton in den Händen. „Ihr zwei hört sofort auf! Ich habe schon genug Sorgen, auch ohne euer Gezanke."

Verunsichert warf Sawyer seinem Bruder einen letzten finsteren Blick zu, ehe er Honey den Karton abnahm. „Männer zanken nicht."

„Ha! Ihr beide habt euch angeknurrt wie zwei Hunde, die sich um einen Knochen streiten. So ein Theater ist absurd unter Brüdern."

Gabe blinzelte verstört. „Wir ... wir haben nur ein paar Dinge besprochen."

„Ach ja? Was denn zum Beispiel?"

Sawyer war einen Moment lang perplex. Dann wog er den Karton in den Händen. „Was ist da drin?"

„Meine CDs und Kassetten. Die waren im Kofferraum. Zum Glück ist davon nichts nass geworden, als ich in den See fuhr. Da ich in letzter Zeit keine Musik gehört habe, hätte ich die Sachen fast vergessen. Bis Casey und ich beschlossen zu tanzen."

Gabe musste lachen. „Was wollt ihr?"

Sie hob missbilligend das Kinn. „Tanzen. Zu meiner Musik. Was ihr Männer hört, ist ja entsetzlich."

Gabe lief neben ihnen her, da Sawyer mit dem Karton zum Haus ging. „Man nennt es Countrymusic, und die ist verdammt gut."

Honey verzog das Gesicht. „Meinetwegen. Ich mag jedenfalls Rock und Pop lieber."

„Da bin ich mal gespannt."

Sie sah zu Gabe. „Willst du etwa zusehen?"

„Na klar!"

„Wenn du zusehen willst, musst du aber auch tanzen", warnte sie ihn.

„Das will ich mir nicht entgehen lassen."

Sawyer marschierte durch die Küche, den Flur hinunter und ins große Wohnzimmer. Die Stereoanlage befand sich in einem Einbauregal neben dem großen Steinkamin. Die Lautsprecher hingen in allen vier Ecken an den getäfelten Wänden unter der Decke. Der Raum war nicht mit Teppichboden ausgelegt. Stattdessen lag in der Mitte auf dem Holzfußboden ein großer Teppich mit indianischen Motiven. Eine Wand des Zimmers bestand aus Fenstern, die vom Boden bis zur Decke reichten und im Schatten riesiger Ulmen lagen. Zu den Möbeln gehörten zwei bequeme Sofas, mehrere Sessel und ein von einem Bewohner der Gegend handgefertigter Tisch.

Als sich alle zum ersten Mal hier versammelt hatten, um Musik zu hören, Schach zu spielen und Armdrücken zu veranstalten, war Honey fasziniert gewesen von dem Trubel. Nach einer halben Stunde allerdings hatte sie Kopfschmerzen bekommen und war hinunter zum See gegangen, um die Abendstille zu genießen.

Sawyer war ihr prompt gefolgt und hatte die spöttischen Bemerkungen seiner Brüder ebenso ignoriert wie Caseys breites Grinsen. Da Sawyer wusste, dass sie nicht gestört werden würden, hatte er mit Honey unter den Sternen geschlafen. Feiner Dunst vom See hatte ihre erhitzten Körper gekühlt, und Honeys leises Stöhnen hatte sich mit dem sanften Plätschern des Wassers vermischt. Sawyer sah, dass sie sich in diesem Moment ebenfalls daran erinnerte.

Er stellte den Karton ab und ging zu ihr. Ihre Lider wirkten plötzlich schwer, die kleine Ader an ihrem Hals pulsierte heftig, und ihre Haut rötete sich leicht. Verlangen durchzuckte Sawyer wie ein Stromstoß.

Casey stieß ihn in den Rücken. „Reiß dich zusammen, Dad. Ich bin zu jung, um so etwas zu sehen, und Onkel Gabe lacht sich gleich schief."

Sawyer warf Gabe einen finsteren Blick zu. Sein Bruder hob jedoch nur unschuldig die Hände, obwohl er Mühe hatte, ein Lachen zu unterdrücken. Dann drehte sich Sawyer zu Casey um und musste grinsen. „Wo kommst du her?"

„Na ja, nach dem, was du mir erklärt hast, als ich sieben war ..."

Sawyer nahm ihn scherzhaft in den Schwitzkasten. „Witzbold. Du weißt, dass ich das nicht meinte."

In dem Moment, als Casey sich befreite, trat Honey auf ihn zu und strich ihm die Haare glatt. „Ich habe meine Musik hereingebracht", erklärte sie ihm, als käme es einer Begnadigung gleich, von Countrymusic verschont zu werden. Dabei hatte Casey ihr noch gar nicht verraten, dass er Countrymusic eigentlich ganz gern mochte. „Möchtest du einen Blick darauf werfen, um zu sehen, ob etwas für dich dabei ist?"

„Gern. Ich schaue sie durch, sobald ich mich gewaschen habe."

Gabe streckte sich. „Hast du alles erledigt, Casey?"

Casey nickte und wandte sich an Sawyer. „Als Mrs. Hartley heute wegging, sah ich, dass sie humpelte."

Sawyer riss seine Gedanken mühsam von Honey los. „Sie hat sich neulich den Knöchel verstaut. Sie hatte es zu eilig, beim Regen vom Wagen ins Haus zu kommen."

„Das hat sie mir auch erzählt. Daher bin ich zu ihr gefahren. Ich habe ihr den Rasen gemäht, ein bisschen Unkraut gejätet und bin für sie einkaufen gegangen." Zu Honey gewandt, sagte er: „Mrs. Hartley ist fast siebzig. Eine nette alte Dame. Sie ist die Bibliothekarin und bestellt mir die Bücher, die ich gern lese."

Honey lächelte. „Wie rücksichtsvoll von dir! Ich bin stolz auf dich."

Casey errötete. „Ach, das war doch keine große Sache. Das hätte doch jeder gemacht."

„Das ist nicht wahr." Honeys Lächeln war sanft und freundlich. „Diese Welt ist voller selbstsüchtiger Menschen, die sich nie Gedanken um andere machen."

Die Männer tauschten Blicke. Sie dachten wirklich nicht darüber nach, wenn sie jemandem halfen, da es für sie ganz selbstverständlich war. Im Vergleich zu den Männern, die Honey kannte, kam es ihr wahrscheinlich großmütig vor.

Gabe ersparte Casey weitere Verlegenheit, indem er ihm lachend den Arm um die Schulten legte und ihn mit sich zog. „Mach dich frisch, damit wir endlich Musik auflegen können. Ich bin schon ganz gespannt." Er zwinkerte Honey zu, dann verschwanden die beiden.

Statt Türen hatte das Wohnzimmer offene Rundbögen, sodass man nicht wirklich ungestört war. Trotzdem war Sawyer sehr nervös, weil er jetzt mit Honey allein war. Er beobachtete sie voller Verlangen, während sie einige gerahmte Fotografien an der Wand betrachtete. Es waren Familienfotos, die meisten von Casey in jedem Alter.

Sawyer trat hinter sie und küsste ihren Nacken. Er empfand eine verzweifelte Sehnsucht, sie an sich zu drücken und die Zeit anzuhalten. Daher legte er die Arme um sie. „Hm, du riechst gut."

„Das sagst du immer", erwiderte sie lächelnd.

„Weil es wahr ist." Er knabberte an ihrem Ohr. „Das macht mich ganz verrückt."

Sie lehnte sich an ihn und wurde ernst. „Du hast bei der Erziehung von Casey ausgezeichnete Arbeit geleistet. Ich glaube, ich habe noch nie einen so verständnisvollen, hilfsbereiten und reifen Teenager kennengelernt. Er ist ernst, aber auch fröhlich, eine Mischung aus deinen Eigenschaften." Lächelnd legte sie den Kopf zurück, um Sawyer anzusehen. „Aber da er dein Sohn ist, hat er ja auch nur die besten Gene geerbt."

Sawyer drückte sie noch einmal kurz und ließ sie dann los. Er schob die Hände in die Gesäßtaschen seiner Jeans und entfernte sich. Wenn er schon darauf bestand, dass sie ihren Verlobten anrief, sollte er vielleicht wenigstens ein paar Dinge erklären.

Honey berührte seinen Arm. „Was ist mit dir?"

„Casey ist nicht mein leiblicher Sohn. Weder ich noch seine Mutter kennen seinen Vater."

10. KAPITEL

Wie bitte?"

„Meine Frau betrog mich häufig", erklärte Sawyer. „Es passte ihr nicht, dass ich so eifrig studierte. Als Casey geboren wurde, hatte ich bereits die Scheidung eingereicht. Es war nicht leicht für sie. Sie hatte keine Familie, und sie war nicht besonders glücklich über die Scheidung. Um ehrlich zu sein, sie war am Boden zerstört. Sie flehte mich an, sie nicht zu verlassen. Aber ich konnte ihr einfach nicht vergeben, dass sie mit anderen Männern zusammen gewesen war. Ich konnte es verstehen, aber nicht verzeihen."

Honey legte von hinten die Arme um ihn und schmiegte das Gesicht an seinen Rücken. Sie sagte nichts, sondern hielt ihn nur.

„In gewisser Hinsicht habe ich mich ziemlich lange um sie gekümmert, etwa seit der Highschool. Ihre Eltern starben, als sie siebzehn war. Sie wuchs bei einer Tante auf, die schließlich auch starb, als Ashley neunzehn war. Sie hatte nie einen Job. Allein die Vorstellung versetzte sie in Schrecken. Es kam mir ganz logisch vor, sie zu heiraten und mich um sie zu kümmern. Wir gingen seit Ewigkeiten miteinander, und sie tat mir leid. Außerdem gab es sonst keine Frau, die ich wollte."

Honey küsste seinen Rücken, zum Zeichen ihres Verständnisses. „Wieso hat sie dich betrogen?"

Sawyer zuckte die Schultern. „Ich habe keine Ahnung. Eigentlich schien sie sehr zufrieden zu sein in …" Er hielt inne.

„Du meinst, sie schien sexuell mit dir sehr zufrieden zu sein? Das glaube ich gern. Du bist ein erstaunlicher Mann, Sawyer." Ihre Hände lagen auf seinem Bauch, was seine Begierde erneut weckte. Dabei streichelte sie ihn eher tröstend. Doch es genügte schon, dass sie einfach da war, um sein Verlangen zu wecken.

„Du bist außerdem ein unglaublicher Liebhaber“, fügte sie in verführerischem Ton hinzu. „Keine Frau würde sich bei dir beklagen.“

Er nahm sich zusammen, denn wenn sie solche Sachen sagte, hatte er den Wunsch, sie auf die Couch zu werfen und ihr die Kleider vom Leib zu reißen. Es waren die Reaktionen eines Höhlenmenschen. Er fühlte sich ein wenig unbehaglich wegen dieses Vergleichs, daher fuhr er rasch fort mit seinem Bericht. „Sie erklärte mir, dass sie sich vernachlässigt fühlte und mich deshalb betrogen habe. Sie konnte nicht begreifen, wieso ich ihr nicht verzeihen wollte, da es ihrer Ansicht nach meine Schuld gewesen war. Ich beantragte die Scheidung, bevor ich herausfand, dass sie bereits seit einigen Monaten schwanger war. Sie war wütend und verhöhnte mich damit, dass das Kind nicht von mir sei. Aber zu dem Zeitpunkt kümmerte es mich kaum noch. Es war ein wenig demütigend, mehr nicht.“

„Wusste jemand davon?“

„Anfangs nicht. Ihr Zorn ließ nach, bis sie mich schließlich nur noch anflehte, mit ihr zusammenzubleiben. Sie kämpfte verbissen gegen die Scheidung. Ich versuchte nachsichtig mit ihr zu sein. Andererseits steckte ich mitten im Studium und hatte alle Hände voll zu tun. Als die Wehen einsetzten, bat sie mich, mit ihr ins Krankenhaus zu fahren.“ Bei der Erinnerung an die Schuldgefühle damals und das Gefühl der Hilflosigkeit schwieg er einen Moment. Seine Familie hatte ihn unterstützen wollen, aber auch von ihnen hatte niemand gewusst, was er tun sollte. Die ganze Stadt hatte die Entwicklung des Dramas verfolgen können, was sehr schmerzhaft gewesen war.

„Es gab niemanden sonst“, fuhr er fort. „Ich konnte sie schlecht alleinlassen, also fuhr ich mit. Nachdem man mir Casey gegeben hatte, eröffnete Ashley mir, dass sie ihn zur Adoption freigeben wollte.“

Er schüttelte den Kopf. Nachdem er Casey nur ein paar Stunden auf dem Arm gehalten hatte, hatte er gewusst, dass er das Kind nicht mehr hergeben würde. Es war ja nicht die Schuld des Babys, dass seine Mutter mit ihrer Ehe unzufrieden gewesen war. Zwar gab es sicher gute Menschen, die das Kind nehmen würden, aber das wollte er nicht.

Sawyer löste sich von Honey und ging zu einem Bild, das Casey als Kleinkind zeigte. „Ich unterschrieb die Geburtsurkunde, erklärte ihn damit zu meinem Sohn und sagte, sie solle es ruhig wagen, dagegen anzukämpfen." Er schluckte, da seine Kehle wie zugeschnürt war. „Meine Familie ist nicht ganz ohne Einfluss hier. Ashley begriff, dass sie keine Chance haben würde. Sie hatte Casey nicht gewollt, und ich wollte ihn, also stimmte sie widerwillig zu. Eine Zeit lang war sie deshalb verbittert. Ich habe keine Ahnung, bei wem sie sich alles beklagt hat, aber jeder in der Gegend kannte innerhalb weniger Tage die ganze Geschichte. Sie wussten es, aber niemand wagte es, sich dazu zu äußern."

Diesmal ging Honey nicht zu ihm, sondern blieb, wo sie war. „Wo ist seine Mutter jetzt?"

„Ich bin mir nicht sicher. Sie wurde in der Stadt geächtet, nicht meinetwegen, denn ich habe wirklich versucht, ihr das Leben nicht schwer zu machen. Doch ihre Bitterkeit brachte jeden gegen sie auf. Schließlich zog sie fort. Das Letzte, was ich von ihr gehört habe, ist, dass sie wieder geheiratet hat und nach England gezogen ist. Das war vor Jahren. Casey kennt die Wahrheit. Ich habe mich bemüht, ihm ihre Entscheidung verständlich zu machen. Und natürlich meine eigene."

„Du fühlst dich verantwortlich."

Jetzt sah er sie an. „Ich bin nicht frei von Schuld. Ich habe eine große Rolle gespielt bei allem, was sie getan hat. Es gefiel ihr nicht, dass ich mich anderen Menschen verpflichtet fühlte, und mir gefiel nicht, wie sie sich in mein Leben mischte. Ich wollte Menschen helfen und deshalb Arzt sein, und genau das hat sie vertrieben. Ashley wollte mehr von meiner Zeit, und ich wollte sie ihr nicht geben, weil das bedeutet hätte, dass ich weniger Zeit mit meiner Familie und in der Gemeinde verbringen kann."

„Und seither wolltest du nicht, dass sich noch einmal eine Frau so in dein Leben mischt?"

„Ich will keinen zweiten Skandal riskieren, denn ich habe mich nicht geändert."

Lächelnd kam sie auf ihn zu und legte die Arme um ihn. „Dafür gibt es auch keinen Grund. Du akzeptierst den Einfluss deines Namens, aber auch die damit verbundene Verantwortung. Dass Ashley das nicht verstanden hat, ist nicht deine Schuld."

„Sie war meine Frau."

„Sie war außerdem eine erwachsene Frau, die ihre eigenen Entscheidungen getroffen hat. Ich kann mir ausmalen, wie du dich gefühlt hast, als alle die Wahrheit kannten. Aber ich bin sicher, dass niemand dir die Schuld gab."

„Ich habe mir selbst die Schuld gegeben."

Honey schmiegte sich an ihn, und sofort begehrte er sie wieder. Er war sein ganzes Leben lang von Nachbarn und Freunden umgeben gewesen. Daran würde sich auch nichts ändern. Aber wenn Honey ging, würde er sich sehr einsam fühlen. Zum ersten Mal in seinem Leben fühlte er sich verletzlich, und dagegen kämpfte er instinktiv an.

Er griff in ihre Haare, drückte sie fest an sich und küsste sie leidenschaftlich. Wie jedes Mal erwiderte Honey den Kuss voller Hingabe, bis Sawyer sich widerstrebend von ihr löste. „Ich hasse dieses Gefühl", meinte er heiser. Seine Worte bezogen sich auf das überwältigende Verlangen, denn es gab so viele andere Dinge, um die er sich jetzt kümmern musste.

Honey legte ihm zwei Finger auf den Mund. „Du fühlst

dich verantwortlich für mich und versuchst das Richtige zu tun. So bist du nun einmal. Du hilfst Menschen, indem du für sie da bist. Du nimmst Streuner bei dir auf, Tiere und Menschen."

„Für die Tiere ist Jordan zuständig."

„Aber du akzeptierst sie. Ihr alle tut das. Deine Frau war eine Streunerin. Ich bin eine."

Er umfasste ihre Oberarme und schüttelte sie sanft. „Ja, ich gebe es zu, ich fühle mich für dich verantwortlich."

Sie gab ein leises, trauriges Lachen von sich. „Du fühlst dich für jeden verantwortlich. Aber ich brauche und will niemanden, der sich für mich verantwortlich fühlt. Diesmal hast du nichts damit zu tun."

„Ich wollte keine Vergleiche anstellen", beteuerte er frustriert.

„Ich weiß." Sie umfasste sein Kinn und sah ihn zärtlich an. „Ich werde dich nicht anlügen und behaupten, dass ich keine Familie will. Dafür war ich sogar bereit, einen verachtenswerten Mistkerl wie Alden zu heiraten. Dabei hatte er nicht halb so viel zu bieten wie du mit deinen neugierigen, dominanten Brüdern, deinem wundervollen Sohn und deinem unerschütterlichen Ehrgefühl. Aber ich habe nicht die Absicht, mich an eine Beziehung ohne Liebe zu klammern. Das habe ich mit Alden versucht, und man sieht ja, wohin mich das gebracht hat." Sie schüttelte lächelnd den Kopf. „Ich bin zu der Einsicht gelangt, dass ich es verdient habe, geliebt zu werden. Ich verdiene es, eine eigene Familie zu haben und eine glückliche Ehe zu führen. Mit weniger würde ich mich jetzt nicht mehr zufriedengeben."

Bevor er etwas erwidern konnte, hob sie die andere Hand. „Du hast nichts falsch gemacht. Du hast mir weder falsche Versprechungen gemacht noch die Situation ausgenutzt. Du hast mir lediglich gezeigt, wie Männer sein können und sollten. Und dafür bin ich dir dankbar." Sie ließ ihn los, trat einen Schritt zurück und atmete tief durch. „So, da wir das nun geklärt hätten, werde ich den Anruf machen."

Am liebsten hätte er ihr gesagt, dass das alles nicht mehr wichtig war und sie ihre eigenen Gefühle nicht so leichthin betrachten sollte. Stattdessen sah er unbeteiligter, als er war, auf seine Uhr. „Morgan müsste bald zu Hause sein. Dann werden wir anrufen."

Vom Bogendurchgang knurrte Morgan: „Ich bin schon da."

Sawyer sah seinen Bruder lässig dort lehnen, die Arme vor der Brust verschränkt. Wie viel hatte er mit angehört? Seiner düsteren Miene nach zu urteilen, genug.

Zuerst Gabe und jetzt Morgan. Ihnen gefiel gar nicht, wie Sawyer die Sache anging. Morgan hatte ihn einen Dummkopf genannt, weil er sich nicht eingestehen wollte, dass Honey ihm etwas bedeutete. Sawyer hatte gekontert, dass er sie ja erst seit etwas über zwei Wochen kannte. „Du hast Ashley dein halbes Leben gekannt", hatte Morgan erwidert, „aber das hat die Beziehung nicht besser gemacht." Wahre Worte, über die er den ganzen Tag schon hatte nachdenken müssen.

Sawyer ging zum Türbogen, um Jordan und Casey zu rufen, entschlossen, Morgans Worte aus seinen Gedanken zu vertreiben. Sobald alle Brüder versammelt waren, fiel Sawyer auf, dass Honey seinen Blick mied, als würde sie sich innerlich bereits von ihm distanzieren. Es schmerzte ihn, aber er sagte sich, dass es so am besten war.

Die Brüder bauten zusätzliche Telefone im Zimmer auf, um mithören zu können, in der Hoffnung, auf einen Hinweis zu stoßen. Casey sah Honeys CDs und Kassetten durch und stieß sie an. „Was ist das?"

Stirnrunzelnd betrachtete sie eine Kassette mit der Aufschrift „Versicherung". „Ich habe keine Ahnung."

Casey ging mit der Kassette zur Stereoanlage und legte sie ein. Schon bei den ersten gesprochenen Worten, die vom Band kamen, herrschte Stille im Raum. Alle hielten inne und lauschten.

Honey starrte die Stereoanlage an und flüsterte: „Sawyer."

Sofort war er bei ihr und hielt ihre Hand, ebenso entsetzt wie sie. Er kannte die Männerstimmen auf dem Band nicht. Doch worüber sie sprachen, war klar: Mord. Und Honeys geschockte Miene verriet, dass sie die Stimmen kannte.

„Du wirst es also machen?"

„Kein Problem. Allerdings brauchen wir einen Vorschuss."

„Ich kann dir die Hälfte jetzt geben, den Rest, nachdem sie mich geheiratet hat und ihr Vater tot ist. Aber denk dran, du musst auf meine Instruktionen warten. Wenn du den alten Herrn umbringst, bevor die juristischen Details geklärt sind, werde ich gar nichts kriegen. Was bedeutet, dass du auch nichts bekommst."

„Über welchen Zeitraum reden wir?"

„Ein oder zwei Wochen. Es steht bereits in seinem Testament, aber ich will sichergehen, dass es keine Komplikationen gibt."

„Sorg du nur dafür, dass die Hochzeit reibungslos über die Bühne geht. Ich will nämlich meine Zeit nicht vergeuden."

„Mit der Braut werde ich schon fertig. Mach dir deswegen keine Sorgen."

„Was ist, wenn sie etwas dagegen hat, dass ihr Daddy umgebracht wird? Ändert sich etwas am Testament, nachdem sie sich von dir hat scheiden lassen?"

„Sie hat nicht die geringste Ahnung von meinen Plänen, also mach dir ihretwegen keine Sorgen. Sie wird nicht erfahren, dass ich hinter allem stecke, sondern höchstens von mir getröstet werden wollen."

„Das ist Aldens Stimme“, flüsterte Honey leichenblass.

Sawyer ballte die Fäuste. „Ich bringe ihn um.“

Morgan legte ihm die Hand auf die Schulter. „Sei nicht dumm.“

„Oder so menschlich“, verteidigte Gabe ihn und musterte seinen Bruder fasziniert. „Ich bin schockiert. Normalerweise bist du so ein Heiliger.“

„Ich … ich muss die Polizei informieren“, stieß Honey hervor.

Sawyer versuchte seine Beherrschung zu wahren. Gabe hatte recht, er benahm sich völlig untypisch.

„Ich finde, du solltest wie geplant den Anruf machen, Honey“, widersprach Morgan.

Sawyer nickte. „Ja, wir müssen herausfinden, wen Alden engagiert hat.“

Casey hatte den Arm um Honey gelegt. „Das Band ist genau das, was draufsteht: eine Versicherung. Dafür hat er es aufgenommen. Er wollte nicht riskieren, dass sich die Männer, die er angeheuert hat, gegen ihn wenden. Möglicherweise wollte er sie damit auch später erpressen.“

Morgan zuckte die Schultern. „Wer weiß. Der Kerl ist offenbar ebenso dumm wie hinterhältig.“

„Aber wieso hatten sie es auf mich abgesehen?“

Honey wirkte so verloren, dass alle für einen Moment schwiegen und überlegten, wie sie es ihr behutsam erklären konnten.

Sawyer räusperte sich und übernahm es. „Dadurch, dass du Alden verlassen hast, hast du sämtliche seiner Pläne zunichtegemacht. Du hast es ihm nicht nur unmöglich gemacht, durch die Heirat an das Geld zu kommen, sondern auch noch aus Versehen das Band eingepackt, als du gegangen bist.“

„Es befand sich bei meinen Sachen. Ich war wütend und habe alles einfach eingepackt.“

„Ganz recht. Ich weiß zwar nicht, wieso er das Band bei deinen Sachen versteckt hat ...“

„O Gott, das hat er nicht!“, rief sie. „Als ich die Stereoanlage einpackte, war dahinter eine Kassette eingeklemmt. Da Alden nur CDs besitzt, nahm ich an, es sei meine, und habe sie zu den anderen Sachen getan.“

„Jetzt ist sie jedenfalls in deinem Besitz und ein Beweis nicht nur gegen die Männer, die hinter dir her sind, sondern auch gegen Alden. Vermutlich musste er es ihnen gestehen, da er wusste, dass du es früher oder später finden würdest und sie damit alle ins Gefängnis bringen kannst. Also mussten sie dich bekommen, um an das Band zu gelangen.“

Honey schlug entsetzt die Hand vor den Mund. Dann schaute sie auf das Telefon. „Ich muss meinen Vater anrufen, um sicherzugehen, dass mit ihm alles in Ordnung ist. Und meine Schwester ...“

Sie wirkte so verängstigt, dass Sawyer sie an sich drückte. „Du hast doch gestern mit Misty telefoniert, oder? Wenn etwas nicht in Ordnung wäre, hätte sie es dir doch gesagt.“

Langsam entspannte sie sich ein wenig. „Du hast natürlich recht. Na schön, dann will ich Alden jetzt anrufen. Danach lassen wir ihn verhaften. Das Band wird Beweis genug sein, oder?“

„Und ob“, bestätigte Morgan, „besonders im Zusammenhang mit dem Einbruch bei deiner Schwester und der Tatsache, dass du verfolgt worden bist. Aber mit etwas Glück belastet er sich am Telefon selbst, und wir hören als Zeugen mit. Mach dir keine Sorgen, Honey. Die Sache ist fast ausgestanden. Ich habe hier Freunde beim FBI, die alles in die Hand nehmen werden.“

Honey setzte sich neben das Telefon und wählte Aldens Nummer. Es dauerte eine Weile, bis er sich meldete, und als er es tat, schloss Honey die Augen. „Hallo, Alden.“

Es entstand eine lange Pause. „Honey? Bist du das?"

„Ja."

Wieder entstand eine Pause. „Wo, um alles in der Welt, hast du gesteckt?"

„Hast du nach mir gesucht?"

„Und ob ich nach dir gesucht habe. Um Himmels willen, Honey, ich dachte, du seist tot!"

Honey starrte den Hörer an und zitterte am ganzen Körper. „Wie kommst du denn auf so was, Alden? Ich bin gegangen, weil ich dich nicht heiraten wollte. Hast du meine Nachricht nicht gelesen?"

Ihr ruhiger Ton schien auf ihn zu wirken. Sie hörte ihn schwer atmen, während er sich zu beherrschen versuchte. „Ja, die habe ich gelesen. Wo steckst du, Honey?"

„Ich habe Angst. Jemand hat mich verfolgt."

Er murmelte etwas und fragte dann vorsichtig: „Hast du mit irgendjemand gesprochen?"

„Worüber? Unsere Trennung?"

„Über … ach, schon gut. Wo wohnst du jetzt? Ich komme und hole dich."

„An keinem festen Ort", log sie. „Ich hatte solche Angst, dass ich ständig herumgefahren bin. Ich hatte bisher nicht einmal die Gelegenheit, meine Sachen auszupacken. Meine Kleidung ist noch bei meiner Schwester. Alles andere befindet sich in Kartons im Kofferraum meines Wagens. Ich hätte nicht weggehen dürfen. Mein Vater glaubt mir nicht, dass jemand hinter mir her ist, deshalb kann ich mich nicht an ihn wenden."

„Ich weiß", erwiderte er in beruhigendem Ton. „Er war nie übermäßig besorgt um dich. Ich schon, und das weißt du, Liebling. Ich wollte dich heiraten, schon lange bevor ich von seinem Testament erfuhr. Wenn du willst, bringen wir ihn dazu, dass er es ändert. Er kann alles deiner Schwester hinterlassen. Das Geld ist mir egal. Ich will dich nur wiederhaben, gesund und wohlbehalten. Also sag mir, wo du bist, damit ich dich abholen kann."

„Ich weiß nicht …" Sie bemühte sich, das richtige Maß an Zögern in ihre Stimme zu legen.

„Jetzt hör mir mal zu, verdammt!" Er stieß einen Fluch aus. „Es ist tatsächlich jemand hinter dir her, und diese Leute sind gefährlich. Ich weiß es, weil ich ihretwegen schon mal im Krankenhaus gelandet bin."

Honey sah zu Sawyer, der zufrieden nickte. Die Vorstellung, dass diese Leute Sawyers Familie etwas antun könnten, entsetzte sie. „Wieso sollte dir jemand etwas tun?"

„Keine Ahnung", antwortete Alden. „Ich vermute, es hat mit einem schäbigen Deal zu tun, den dein Vater gemacht hat, um firmeninterne Informationen zu erhalten." Honey hob die Brauen. Das war keine schlechte Lüge. Sie murmelte zustimmend, sodass Alden fortfuhr: „Sie würden nicht zögern, dir etwas anzutun. Lass dich von mir nach Hause bringen, wo ich dich beschützen kann, während wir das alles klären."

Sawyer hielt die Sprechmuschel zu. „Sag ihm, dass du dich morgen mit ihm hier triffst." Er reichte ihr ein Stück Papier, das Morgan ihm gereicht hatte. Es war eine Adresse ein Stück außerhalb von Buckhorn. Benommen schüttelte sie den Kopf, weil Sawyer sich in Gefahr bringen wollte. „Nein."

„Was nein?", fragte Alden in schmeichelndem Ton. „Honey, ich weiß, du fühlst dich betrogen, und das tut mir leid. Du bedeutest mir wirklich etwas und …"

„Lass mich nachdenken!"

Alle im Raum beobachteten sie abwartend. Dann sagte Jordan leise: „Entweder lässt du ihn hierherkommen, wo Morgan ihn festnehmen kann, oder wir fahren zu ihm. Es ist deine Entscheidung."

Honey sah einen nach dem anderen an. Sie waren Tyrannen, alle miteinander.

Plötzlich fragte Alden misstrauisch: „Wer ist denn bei dir?"

Ihr blieb keine andere Wahl, und dafür hasste sie Alden. Also tat sie, worum die Brüder sie baten. „Ich bin in einem Restaurant in einer Kleinstadt im Süden Kentuckys." Sie warf einen Blick auf den Zettel. „Du kannst mich in Buckhorn treffen, um neun Uhr morgen Früh an der Müllhalde. Sie ist außer Betrieb, es wird also niemand dort sein."

Sawyer nickte und flüsterte: „Gut gemacht", doch sie stieß ihm den Ellbogen in den Magen.

„Kannst du mir den Weg beschreiben, Liebling?" Alden schien es kaum erwarten zu können. Erneut packte Honey Angst. Trotzdem beschrieb sie ihm den Weg. „Halt durch bis morgen, Darling. Du wirst dich gleich sicherer fühlen, sobald ich dich nach Hause gebracht habe."

Obwohl sie an dem Wort fast erstickt wäre, sagte sie: „Danke." Dann legte sie auf und sah die Männer finster an. „Ich hoffe, ihr seid jetzt glücklich." Sie wollte wütend klingen, doch stattdessen brach sie in Tränen aus. Die Brüder sahen erschrocken aus, und Sawyer versuchte sie zu trösten. Honey wusste, dass sie völlig zusammenbrechen würde, wenn Sawyer sie jetzt berührte, daher rannte sie aus dem Zimmer.

Sie wollte keine Konfrontation zwischen ihm und Alden. Er durfte nicht in Gefahr geraten. In diesem Moment wünschte sie, sie wäre ihm nie begegnet. Dann wäre er jetzt wenigstens in Sicherheit. Denn sie liebte ihn so sehr – auch wenn er nicht das Gleiche empfand –, dass nur seine Sicherheit für sie zählte.

Als Sawyer Stunden später in ihr Zimmer schlich, wollte sie sich schlafend stellen. Aber ihr Zittern verriet ihm sofort, dass sie wach war. Er setzte sich auf die Bettkante und streichelte ihre Wange.

„Ist alles in Ordnung mit dir, Liebes?"

„Ja. Habt ihr eure Pläne geschmiedet?" Sein Zögern alarmierte sie, sodass sie sich aufsetzte. „Sag es mir, Sawyer."

„Du wirst hier bei Casey und Gabe bleiben."

„Nein. Wenn du darauf bestehst, diese Sache ..."

„Das tue ich. Morgan hat die Bundespolizei alarmiert. Sobald Alden auftaucht, schnappen wir ihn uns. Es gibt keinen Grund, sich Sorgen zu machen."

„Als würdest du dir keine Sorgen machen, wenn du derjenige wärst, der zurückbleiben müsste!"

„Honey ..."

Sie wollte nicht verzweifelt klingen, nur fühlte sie sich so hilflos. „Wenn Morgan und die Polizei die Sache im Griff haben, wieso musst du dann mit?"

„Weil er dir wehgetan hat."

Seine leisen Worte brachen ihr fast das Herz. Sie warf sich auf ihn und drückte ihn aufs Bett. „Sawyer."

Er konnte nichts mehr erwidern, denn sie küsste ihn, sein Gesicht, seinen Hals, sein Ohr. Sawyer lachte leise und versuchte sie festzuhalten, doch sie wich zurück und zog an seinem Hosenbund. Überrascht und mehr als bereitwillig hob er das Becken, sodass sie ihm Hose und Slip gleichzeitig ausziehen konnte. Honey streckte sich über ihm und genoss es, ihn zu berühren.

Sawyer stöhnte, als sie sich mit verführerischen Bewegungen an sein Becken presste. Deutlich spürte sie seine immer stärker werdende Erregung. Sein Atem ging bereits stoßweise. „Langsam, Honey."

Sie hatte nicht die Absicht, auf ihn zu hören. Rasch bewegte sie sich auf die Seite und streichelte ihn von den Schultern bis zu den Hüften. Seine Hände fielen auf die Matratze, und ein Schauer durchlief ihn. Honey beugte sich über ihn und küsste seine Brust. „Ich liebe es, wie du dich anfühlst, Sawyer, wie du duftest und ... wie du schmeckst."

Er sog scharf die Luft ein und atmete gepresst wieder aus,

als sie heiße Küsse auf seine Brust und seinen Bauch hauchte. Mit beiden Händen hielt er ihren Kopf fest. Seine Finger wühlten sich durch ihre langen Haare.

Ihre Hand schloss sich fest um seine pulsierende Härte und signalisierte ihm unmissverständlich ihre Absicht. Honey rieb ihre Wange an seinem Bauch und flüsterte: „Du weißt, wie du das mit mir gemacht hast?“

„Das?“, erwiderte er nach Luft schnappend.

„O ja, das.“ Mit der Zungenspitze vollführte sie erotische Bewegungen, die seine Lust ins Unerträgliche steigerten.

„Verdammt!“ Jeder Muskel seines Körpers schien angespannt, und der Griff in ihren Haaren wurde fester.

„Und das ...“ Sie biss ihn zärtlich und liebkoste ihn mit Lippen und Zunge.

„Honey!“

„Und das.“

Wild bäumte er sich auf, als ihre Lippen ihn umschlossen, und hielt ihren Kopf mit beiden Händen. Sie hatte keine Ahnung gehabt, dass es ihr solche Lust bereiten würde, ihn auf diese Weise zu verwöhnen. Doch seine Erregung übertrug sich auf sie.

Honey war sich nicht sicher, wie es weitergehen würde. Schließlich hatte sie so etwas noch nie getan. Aber er schien alles so zu genießen, also spielte ihre Unerfahrenheit wohl keine Rolle. Trotzdem dauerte es nicht lange, bis er sie wieder zu sich hinaufzog.

„Du bist eine Hexe“, meinte er mit vor Erregung heiserer Stimme und drehte sie um, sodass sie unter ihm lag, nachdem er sich rasch ein Kondom übergestreift hatte. Dann drang er tief in sie ein. Während er sich langsam zu bewegen begann, sah er ihr ins Gesicht. „Es hat dir gefallen, das zu tun, nicht wahr?“

Im Zimmer war es dunkel, nur das Bett war vom Mondlicht erhellt, das durch die Terrassentür hereinfiel. Honey sah den angespannten Ausdruck auf seinem Gesicht. Seine Augen schienen zu leuchten.

Sie befeuchtete sich mit der Zungenspitze die Lippen und spürte, wie er tiefer und stürmischer in sie eindrang. Sie streichelte seinen Rücken und fragte: „Gefällt dir, was du mit mir machst?"

Für einen kurzen Moment hielt er inne, um Beherrschung ringend. „Und wie." Seine Stimme war heiser vor Erregung, und der Rhythmus seiner Bewegungen wurde schneller und ungestümer, und als Honey schließlich ihre Lust laut herausschrie, zügelte auch er sich nicht länger.

Während der ganzen Zeit hielt er sie fest, und dann hörte sie ihn flüstern: „Es gefällt mir viel zu gut."

Jordan steckte den Kopf zur Tür herein, hielt den Blick jedoch klugerweise zur Decke gerichtet. „Ich störe diese außerplanmäßigen Aktivitäten ja nur äußerst ungern, aber ihr habt mein Klopfen nicht gehört. Wir haben nämlich Besuch."

Sawyer löste sich von Honey. „Wer ist es?"

„Ich bin mir nicht sicher. Ich war in meinem Zimmer und wollte gerade ins Bett, als ich ein Geräusch hörte. Ich schaute aus dem Fenster und sah jemanden im Schuppen. Wenn mich nicht alles täuscht, hat Alden seine Gangster geschickt. Wahrscheinlich suchen sie in Honeys Wagen nach der Kassette."

„Verdammt", zischte Sawyer, wütend auf sich selbst. „Daran hätten wir denken müssen." Im nächsten Moment war er aus dem Bett und zog seine Hose an.

Honey warf sich an seinen Rücken und schlang die Arme um ihn. „Nein, Sawyer! Bleib im Haus!"

Er brauchte einen Moment, bis er sich von ihr befreit hatte. Dann gab er ihr einen Kuss auf die Stirn und sagte: „Es ist alles in Ordnung, Liebes. Morgan hat die Polizei benachrichtigt, also reg dich nicht auf." Er wandte sich an Jordan. „Wo ist Casey?"

„Ich habe ihn in den Keller geschickt. Gabe ist bei ihm. Sie warten auf Honey."

Sawyer nickte. „Komm, Honey, zieh deinen Bademantel an."

„Tu es nicht, Sawyer", flehte sie.

„Wir haben jetzt keine Zeit für so etwas. Komm mit, und vertrau mir."

Widerstrebend schlüpfte sie in den Bademantel, den er ihr aufhielt. Nur mit einer Hose bekleidet, folgte Sawyer seinem Bruder. Honey blieb hinter ihm. „Woher wussten sie denn, dass Honey hier ist?"

„Vielleicht hat Alden den Anruf zurückverfolgt. Möglicherweise hat auch jemand aus der Stadt mitbekommen, dass sie hier ist, und es weitererzählt. Immerhin ist sie schon seit zwei Wochen hier, und du hattest jeden Tag eine Menge Patienten. Honey ist nicht gerade eine Frau, die man schnell vergisst, wenn man sie einmal gesehen hat."

Sawyer quittierte diese Bemerkung mit einem Brummen. Honey war so sexy, dass es ihm fast den Verstand raubte. Jordan hatte recht; niemand würde sie so schnell vergessen, und sie zu beschreiben war leicht.

Gabe erwartete sie bereits an der Treppe zum Keller. „Dafür schuldest du mir etwas, Sawyer. Du weißt, wie sehr ich es hasse, die ganze Action zu verpassen."

„Pass auf sie auf, dann kannst du alles von mir verlangen, was du willst."

Gabe grinste. „Falls du die Gelegenheit bekommst, verpass diesen Mistkerlen auch eine von mir."

Sawyer übergab Honey an Gabe. „Kommt unter keinen Umständen raus, bevor ich euch hole."

„Alles klar. Geh jetzt, aber sei vorsichtig."

Sawyer und Jordan eilten leise zur Hintertür hinaus und schlichen geduckt im Schatten zum Stall, von wo aus Morgan den Schuppen beobachtete.

„Ihr Superdetektive habt einen Lärm wie zwei Elefanten gemacht“, begrüßte Morgan sie flüsternd.

Sawyer ging nicht darauf ein. „Hast du etwas gesehen?“

„Zwei Männer, beide ziemliche Schränke. Es hört sich so an, als würden sie sich an Honeys Wagen zu schaffen machen.“

„Sie suchen nach der Kassette.“

„Vermutlich. Wenn sie sie dort nicht finden, werden sie sich das Haus vornehmen.“

„Konntest du erkennen, ob sie bewaffnet sind?“

Morgan knurrte etwas, doch es wurde übertönt von den nächtlichen Geräuschen der Grillen, Frösche und raschelnden Äste. Ein unheimlicher Nebel schwebte dicht über dem Boden. Morgan wischte sich die Stirn trocken, ohne den Schuppen aus den Augen zu lassen. „Die wären schön blöd, wenn sie nicht bewaffnet wären.“

„Was ist mit der Polizei?“

„Die wird nicht rechtzeitig hier sein.“

Sawyer verstand, was Morgan damit sagte, und ballte die Fäuste. Seine Muskeln waren angespannt. Er war bereit.

Morgan deutete mit seiner Waffe auf Jordan und gab ihm stumm zu verstehen, dass er ihnen Deckung geben sollte. Jordan murmelte einen Protest, nahm die Waffe jedoch.

Plötzlich waren Schatten zu sehen. Zwei Männer schlichen lautlos über den Hof. Sie flüsterten, und die Stimme des einen war leise zu hören. „Die kleine Schlampe hat uns schon mehr Ärger gemacht, als sie wert ist. Wenn ich sie zu fassen kriege …“

Ohne ein Wort stürzte Morgan sich auf den ersten der beiden Männer, der die Bewegung zu spät wahrnahm. Sawyer war direkt hinter ihm und brachte den zweiten Mann zu Fall. Zufrieden registrierte er, wie der Mann, der Honey bedroht hatte, vor Schmerz aufstöhnte. Sawyer verpasste ihm einen Kinnhaken. Der andere fluchte, stieß Sawyer zur Seite und rappelte sich hoch. Bereit zum Kampf und sich seiner Fähigkeiten bewusst, stand Sawyer ihm gegenüber.

Auf einmal hörte er Gabe schreien und sah Honey über den Hof auf ihn zurennen, sodass er für einen kurzen Moment abgelenkt war. Der Mann holte aus und traf Honey, die in seine Bahn geraten war.

Als Honey zu Boden fiel, packte Sawyer blinde Wut, und er stürzte sich wie ein Besessener auf den Mann. Morgan musste ihn festhalten, damit er aufhörte. „Das reicht, Sawyer", zischte sein Bruder ihm ins Ohr. „Die Polizei ist da."

Sawyer zitterte noch immer vor Wut. Seine Knöchel waren blutig, sein Herz pochte heftig. Langsam trat Honey auf ihn zu, und Morgan ließ ihn vorsichtig los.

Sie hatte eine Prellung unter dem linken Auge und wirkte unsicher. Er breitete die Arme aus, und sie warf sich schluchzend an ihn.

Er hatte keine Verantwortung für eine weitere Ehefrau gewollt, aber ironischerweise begehrte er Honey umso heftiger, je mehr sie darauf bestand, sich um sich selbst zu kümmern. Die Tatsache, dass sie ihn nicht brauchte, dass sie stark, kompetent und stolz war, machte sie für ihn nur noch anziehender.

Um sie herum erhoben sich Stimmengewirr und Lärm. Morgan gab Anordnung, Alden zu verhaften. Doch das alles interessierte Sawyer in diesem Moment nicht. Er drückte Honey fest an sich und küsste ihre verletzte Wange. „Ist alles in Ordnung mit dir?"

Ihr langes Haar verdeckte teilweise ihr Gesicht. „Ja. Tut mir leid, dass ich dir in die Quere gekommen bin. Gabe warnte mich, dass du ziemlich sauer sein würdest."

„Was wolltest du überhaupt hier draußen, Liebes? Ich habe dir doch gesagt, du sollst im Keller warten."

„Ich habe es nicht länger ausgehalten, mich zu verstecken,

während du dich der Gefahr aussetzt. Deshalb entwischte ich, als Gabe nicht aufpasste." Streitlustig zog sie die Brauen zusammen. „Du hättest mich gar nicht erst darum bitten dürfen."

Sawyer musste grinsen. „Wahrscheinlich hast du recht."

Sie löste sich von ihm und ging auf und ab. Die Katze kam aus dem Gebüsch und folgte ihr. Erst jetzt bemerkte Sawyer, dass Honey Jordans T-Shirt trug, das im grellen Licht der Scheinwerfer beinahe durchsichtig war. Er sah zu Jordan, der an der Scheunenwand stand, die Arme vor der nackten Brust verschränkt. Casey stand daneben und verfolgte fasziniert, wie die Gangster von den uniformierten Polizisten in Handschellen abgeführt wurden. Morgan war mitten im Geschehen, ganz der eine natürliche Autorität ausstrahlende Gesetzeshüter.

Gabe kam mit einem Eisbeutel in den Hof zurück und gab ihn Honey. „Hier, leg das auf deine Wange."

Sie ignorierte ihn und marschierte stattdessen noch immer auf und ab. Sawyer nahm den Eisbeutel von Gabe, umfasste Honeys Arm und führte sie ins Haus. Bald würden sie eine Menge Fragen zu beantworten haben. Aber fürs Erste konnte sich Morgan um alles kümmern.

Stunden später saß Honey wieder einmal mitten in der Nacht in der Küche und war das Zentrum der Aufmerksamkeit. Die Männer machten viel Wirbel um eine harmlose Prellung, über die Honey sich nur ärgerte, weil sie sich diese aus Dummheit eingehandelt hatte. Wenn sie nicht in Panik geraten wäre, wäre sie nicht verletzt worden. Und nachdem sie Morgans und Sawyers Knöchel gesehen hatte, kam ihr ihre Prellung lächerlich vor.

Sie seufzte laut auf, was zur Folge hatte, dass alle aufsprangen, um ihr zu helfen, weil sie ihren Seufzer für einen Schmerzenslaut hielten.

„Würdet ihr bitte aufhören, mich zu bemuttern?“, fuhr sie die Brüder an. „Ihr macht mich noch verrückt.“

Gabe grinste. „Es macht mir aber Spaß. Gewöhn dich ruhig daran.“

Honey wagte es nicht, Sawyer anzusehen. Sie versuchte zu lächeln, was ihr sofort Schmerzen verursachte. „Das wird wohl kaum nötig sein. Dank euch Machos bin ich meine Probleme los. Es gibt also keinen Grund mehr für mich, euch noch länger zur Last zu fallen oder mich gar an eure bevormundende Art zu gewöhnen. Die Polizei meinte, ich könnte gehen, und falls sie mich bräuchten, würde ich von ihnen hören. Außerdem klang meine Schwester außer sich am Telefon. Ich sollte also wirklich nach Hause fahren.“

Plötzlich herrschte Stille im Raum. Honey brachte mühsam ein Lächeln zustande. „Da ich nicht viel zu packen habe, werde ich morgen Früh verschwunden sein. Falls ich keinen mehr von euch sehe, bevor ihr euch auf den Weg zur Arbeit macht, möchte ich nur, dass ihr wisst …“ Ihre Kehle war wie zugeschnürt, und sie kämpfte gegen die aufsteigenden Tränen. Casey sah sie mit zusammengepressten Lippen an. Honey hätte ihn am liebsten in den Arm genommen. Sie schluckte und nahm einen neuen Anlauf. „Ich wollte nur, dass ihr alle wisst, wie viel ihr mir bedeutet und wie dankbar ich für alles bin, was ihr für mich getan habt.“

Jordan und Morgan sahen zu Sawyer. Gabe stand auf und lief in der Küche umher. Casey sagte entschlossen: „Geh nicht.“

Honey sah auf ihre gefalteten Hände herunter. „Ich muss. Ich bin jetzt nicht mehr in Gefahr, und meine Familie braucht mich.“

Morgan schnaubte verächtlich. „Deine Schwester vielleicht. Aber dein Vater? Ich kann nicht fassen, dass du ihm so schnell vergibst.“

„Das tue ich nicht. Aber er ist mein Vater, und fast hätte ich ihn verloren, weil ich den falschen Mann geheiratet hätte. Er ist von dieser ganzen Geschichte ebenso geschockt wie ich. Er sagt, seine Anwälte werden sich jetzt um alles kümmern. Trotzdem gibt es noch vieles, über das wir reden müssen."

„Du könntest wenigstens noch ein bisschen länger bleiben", schlug Jordan vor. Er schien auch wütend zu sein.

„Ich kann mich nicht weiter hier verstecken, Jordan. Das wäre nicht richtig."

Morgan baute sich mitten im Raum auf und verschränkte die Arme vor der Brust. „Was, wenn sie schwanger ist?"

Sawyer starrte Honey an.

„Ich bin nicht schwanger!", rief sie entsetzt.

„Woher weißt du das?"

„Verdammt, Morgan, meinst du nicht, eine Frau weiß solche Dinge?"

„Natürlich, nach einer gewissen Zeit. Aber nicht so früh."

Unter den Blicken dieser vier Brüder war es unmöglich, zu erklären, wie vorsichtig Sawyer gewesen war. Daher erwiderte sie nur mit zusammengebissenen Zähnen: „Du kannst mir ruhig glauben."

Sawyer stand so plötzlich auf, dass er fast seinen Stuhl umgeworfen hätte. Er stützte die Hände auf den Tisch und beugte sich zu Honey herunter. „Hättest du etwas dagegen, schwanger zu sein?"

Sie machte den Mund zwei Mal auf, bevor sie etwas sagen konnte. „Schon?"

Sawyer klang ungeduldig. „Endlich."

Sie antwortete zögernd, da sie sich nicht ganz sicher war, was Sawyer bezweckte. „Nein, ich hätte nichts dagegen. Ich will Kinder." Sie hielt seinem Blick stand. „Aber nur von einem Mann, der mich liebt. Und zwar für immer."

Sawyer richtete sich auf. „Hättest du etwas gegen Söhne? Die scheint unsere Familie nämlich hauptsächlich hervorzubringen."

Jetzt stand Honey ebenfalls auf. Ihr Herz floss über vor Gefühlen. „Ich gewöhne mich langsam an Männer und ihre Macken."

„Dein Vater wird sein verdammtes Testament ändern müssen, weil ich nämlich keinen Penny von ihm annehmen werde, weder jetzt noch sonst irgendwann."

„Natürlich. Das habe ich ihm bereits gesagt."

„Liebst du mich?"

Alle im Raum hielten den Atem an. Honey musste darüber lächeln, wie nervös diese großen Kerle auf ihre Antwort warteten. „Ja", sagte sie schließlich. „Aber ich will nicht, dass deine Brüder dich zu irgendetwas drängen."

Ein allgemeines Durcheinander war die Folge. „Ach was!" und „Von wegen!" und „Als ob wir das überhaupt könnten!", riefen Sawyers Brüder.

Sawyer kam um den Tisch, und seine Brüder wichen ihm lachend aus. Casey johlte. Sawyer blieb vor Honey stehen und flüsterte: „Ich liebe dich", was sie zum Lachen und zum Weinen zugleich brachte. Dann hob er sie auf die Arme, drehte sich zu den anderen um und verkündete feierlich: „Wenn ihr uns jetzt entschuldigen würdet, Honey und ich müssen Hochzeitspläne schmieden."

Morgan klopfte ihm auf die Schulter, als er vorbeiging, und zwinkerte Honey zu. Jordan hob den Daumen.

Casey rief: „He, Dad, überleg es dir bloß nicht anders, denn ich werde jetzt Grandma anrufen und es ihr berichten!"

Sawyer blieb stehen. „Jetzt? Draußen ist es noch nicht mal hell."

Gabe grinste. „Du weißt ganz genau, dass sie uns das Fell über die Ohren ziehen würde, wenn wir mit der Neuigkeit auch nur eine Minute länger warten."

Sawyer lachte. „Stimmt auch wieder. Also ruft sie an. Und beantwortet ruhig ihre unzähligen Fragen. Ich will nämlich nicht gestört werden." Er sah Honey lächelnd an. „Ich habe die Absicht, sehr, sehr lange beschäftigt zu sein."

– ENDE –

Lori Foster

Ein echter Mann für Misty

Roman

Aus dem Amerikanischen von
Christian Trautmann

MIRA®

PROLOG

Es war eines dieser heißen Wochenenden, an denen ein Mann nichts Besseres tun konnte, als draußen zu sitzen, zu schwitzen und auf eine Brise zu warten, die nicht kommen würde. Der Himmel war von klarstem Blau, keine einzige Wolke in Sicht. Morgan liebte Tage wie diesen und freute sich schon darauf, demnächst auf der Veranda seines eigenen Hauses sitzen zu können. Wenn alles gut lief, würde das zum Ende des Sommers der Fall sein.

Er lehnte sich behaglich in seinem Stuhl zurück und schloss die Augen. Alle waren heute unterwegs, sodass das Haus ihm seltsam ruhig vorkam, ja fast leer. Er hoffte, dass es ihm in seinem eigenen Haus nicht auch so ergehen würde. Wenn man mit drei Brüdern und einem Neffen im Teenageralter zusammenlebte, gewöhnte man sich ans Chaos. Besonders wenn es solche Brüder waren wie seine.

Sawyer, der Älteste, war der einzige Arzt im Umkreis von vielen Meilen. Er behandelte den ganzen Tag lang seine Patienten im hinteren Anbau des Hauses, manchmal bis spät in die Nacht. Sawyer war ein ausgezeichneter Vater, aber als Casey noch klein war, sprangen alle ein, damit Sawyer sein Medizinstudium abschließen und später seinen Aufgaben als Arzt gerecht werden konnte.

Jordan, sein jüngerer Bruder, war Tierarzt. Das bedeutete, dass es im Haus und im Garten ständig von streunenden Tieren wimmelte. Morgan machte das nichts aus. Meistens schloss er die bunte Mischung aus räudigen oder heimatlosen Kreaturen in sein Herz. Natürlich sagte er das Jordan nicht.

Gabe, der jüngste Bruder, war ein Herumtreiber, der nicht die Absicht hatte, sich so bald niederzulassen. Wieso sollte er auch, wenn die Hälfte der weiblichen Bevölkerung von Buckhorn, Kentucky, damit aller Hoffnungen beraubt wäre? Gabe war der Liebling der Frauen, und er liebte sie alle, ob jung oder alt, lieb oder frech.

Casey, Sawyers Sohn, war in jenem schwierigen Alter von fünfzehn Jahren, in dem weibliche Wesen ihn faszinierten und er mehr Unabhängigkeit für sich beanspruchte. Casey war ebenso wie die Brüder mehr als begeistert gewesen, als Sawyer sich entschlossen hatte, noch einmal zu heiraten, sodass eine Frau in diesen Haufen Männer kam. Alle hatten sich erstaunlich rasch an das Zusammenleben mit Honey Malone gewöhnt.

Morgan lächelte. Er mochte Honey wirklich sehr. Vor allem weil diese Frau seinen Bruder mit einem einzigen Blick eingefangen hatte. Sawyer hatte dagegen angekämpft, aber es hatte ihm nichts genützt. Vom ersten Tag an war er bis über beide Ohren in sie verliebt gewesen. Und dass Casey sie ebenfalls mochte, hatte sein Übriges dazu beigetragen.

Eines Tages wollte Morgan auch so einen Sohn wie Casey haben – vorausgesetzt, er würde jemals eine Frau finden, die er heiraten wollte. Da er inzwischen vierunddreißig war, hatte er seiner Meinung nach lange genug gewartet. Das Haus war fast fertig, und er war mittlerweile ruhig genug, auch wenn seine Brüder das vielleicht anders sahen. Außerdem hatte er einen respektablen Job und genügend Geld zur Seite gelegt. Seine wilden Tage waren endgültig vorbei.

Der Mann schlief tief und fest, als Misty vor dem Haus hielt. Es kam ihr riesig vor und lag inmitten einer idyllischen Landschaft. Auf dem Weg hierher hatte sie einen von bunten Wildblumen umgebenen See gesehen, einen großen Stall und mehrere kleinere Nebengebäude. Auf einer leichten Anhöhe in der Ferne stand ein weiteres Haus. Abgesehen davon lag das Anwesen jedoch in völliger Abgeschiedenheit.

Honey hatte ihr kaum etwas über das Haus erzählt, dafür umso mehr von ihrer Hochzeit. Sawyer, ihr zukünftiger Mann, hatte ihre Schwester gedrängt, sodass Honey in weniger als drei Wochen eine Hochzeit organisierte. Misty hatte ein paar Tage dafür gebraucht, ihre Sachen zu regeln und zu ihr zu fahren, um Honey bei den letzten Vorbereitungen zu helfen. Der Zeitpunkt hätte nicht besser sein können, und Misty schickte ein stilles Dankgebet zum Himmel, dass sie wenigstens vorläufig eine Bleibe hatte. Denn sonst wäre sie obdachlos geworden.

Honey hatte sie zwar vor dem Haufen beeindruckender Männer gewarnt, doch auf den überwältigenden Anblick dieses dunkelhaarigen Mannes auf der Veranda war Misty nicht vorbereitet gewesen. Er trug nichts weiter als enge, verwaschene Jeans. Misty betrachtete seinen Waschbrettbauch und schluckte.

Er war eine aufregende Erscheinung. Nicht, dass dies für Misty irgendeine Bedeutung hatte. Sie hatte die Männer abgeschrieben, und dabei würde es auch bleiben. Aber das hieß ja nicht, dass sie nicht mal hinschauen durfte.

Vorsichtig trat sie näher und fragte sich, ob sie ihn wecken sollte. Sie war einen Tag zu früh angekommen, daher erwartete Honey sie sicher noch nicht. Aber bestimmt war jemand im Haus, und wenn sie leise anklopfte …

Sie war gerade neben ihm und überlegte, was sie tun sollte, als er plötzlich die Augen aufschlug.

Der Mann schien ebenso überrascht zu sein wie sie. Er setzte sich abrupt auf, wobei er die Balance verlor und sein Stuhl nach hinten zu Boden krachte.

Sie beugte sich zu ihm herunter. „Alles in Ordnung mit Ihnen?“

Am Boden liegend fuhr er sich leise fluchend mit beiden Händen durch die welligen dunklen Haare. „Schleichen Sie aus einem bestimmten Grund auf meiner Veranda herum?“

„Ich schleiche nicht herum", verteidigte sie sich. „Sie haben bloß so laut geschnarcht, dass Sie mich nicht gehört haben."

Seine blauen Augen verdunkelten sich. „Ich schnarche nicht."

„Ach nein?" Unwillkürlich glitt ihr Blick über seinen nackten, muskulösen Oberkörper. Ihr Puls beschleunigte sich. „Haben Sie sich etwas gebrochen?"

Der Mann setzte sich neben dem Stuhl auf und sah sie herausfordernd an. Ein schwaches, aber sehr sinnliches Lächeln umspielte seine Mundwinkel. „Wollen Sie es überprüfen?"

Die Vorstellung, seine nackte Haut zu berühren, war verlockend. Um die Distanz zu wahren, richtete sie sich rasch wieder auf, was jedoch nur den Effekt hatte, dass sein Gesicht plötzlich nah an ihren Beinen war. Er hätte ihr Knie küssen können, einfach indem er sich ein Stück vorbeugte.

Und er sah aus, als hätte er vor, genau das zu tun.

Misty wich hastig einen Schritt zurück. Der Schweiß auf ihrer Haut ließ das T-Shirt an ihren Brüsten kleben. Es mussten über dreißig Grad sein, und die Luftfeuchtigkeit war so hoch, dass man kaum richtig durchatmen konnte.

Um die lastende Stille ein wenig aufzulockern, fragte sie: „Wie können Sie bei dieser Hitze nur schlafen?"

Er stand auf und stellte den Stuhl wieder hin. Er war gut einen Kopf größer als sie und hatte gebräunte Schultern, die doppelt so breit waren wie ihre. Misty war sowohl fasziniert als auch eingeschüchtert, und das gefiel ihr nicht. Niemals mehr sollte ein Mann diese Wirkung auf sie haben. Da er sie nachdenklich musterte, setzte sie ihr übliches unbekümmertes Lächeln auf und zwinkerte ihm zu. „Wahrscheinlich haben Sie die ganze Nacht durchgemacht, was?"

Er trat einen Schritt auf sie zu, und sie wich zurück, bis sie an das Verandageländer stieß. Wenn Misty nicht gewusst hätte, dass sie hier richtig war, hätte sie sich ernsthaft Sorgen gemacht. Aber Honey hatte ihr versichert, dass sie alle ehrenhafte Männer waren. „Ist sonst noch jemand da?"

„Nein."

„Nein?" Jetzt machte sie sich doch Sorgen. „Was ist mit Ihren Brüdern? Und sollte Ihre Mutter nicht zu Besuch kommen?" Er war ihr so nah, dass sie den Duft seiner Haut einatmen konnte.

„Meine Mutter hatte einen kleinen Notfall, daher schafft sie es nicht. Meine Brüder und mein Neffe sind in der Stadt und genießen ihren freien Samstag."

Sie waren also allein! Seine Nähe machte sie so nervös, dass sie kaum einen anständigen Satz zustande bekam. Sie hatte den Verdacht, dass er genau das beabsichtigte. Misty nahm sich zusammen. „Was ist mit Honey?"

Er zog die Brauen zusammen. „Sie ist mit ihnen unterwegs." Noch einmal musterte er sie von Kopf bis Fuß, diesmal sehr langsam. Er schien es zu genießen. Dann fragte er: „Wer sind Sie eigentlich, Lady?"

Seine Miene war nicht unfreundlich, doch in seinem Ton lag eine Mischung aus Gespanntheit und Erregung. Misty biss sich auf die Lippe, streckte ihm die Hand hin und stellte sich vor: „Misty Malone." Ihre Stimme versagte, sodass sie sich räuspern musste. „Ich bin Honeys Schwester."

Er erstarrte. „Verdammt!" Mit vorwurfsvollem Blick fügte er hinzu: „Das war absolut nicht das, was ich hören wollte."

1. KAPITEL

Ihr bloßer Anblick ließ Morgan in Schweiß ausbrechen.

Und in dem verdammten Smoking, den er zur Hochzeit seines Bruders angezogen hatte, war das mehr als unangenehm. Nicht einmal die Klimaanlage half. Er versuchte Misty nicht mehr anzusehen, doch es schien ihm nicht zu gelingen. Ihre sinnliche Art, sich zur Musik zu bewegen, ihre tiefschwarzen, seidigen Haare, die hin und her schwangen, ihr heiseres Lachen, all das machte ihn langsam verrückt. Morgan lockerte die Fliege um seinen Hals und öffnete die obersten beiden Knöpfe seines weißen Hemdes.

„Wenn du sie noch länger anstarrst, geht sie in Flammen auf."

Morgan zuckte zusammen und drehte sich zu Sawyer um. „Solltest du nicht bei deiner Braut sein?"

„Jordan tanzt gerade mit ihr."

Nach ihrer ersten Begegnung auf der Veranda hatte Morgan sein Bestes getan, um Misty aus dem Weg zu gehen. Schließlich hätte er beinah versucht, seine zukünftige Schwägerin zu verführen. Und was noch schlimmer war, sie hatte ihn auch noch dazu ermutigt! Welche Frau tat so etwas?

Jedes Mal, wenn er daran dachte, machte es ihn von Neuem wütend. Um seine Selbstbeherrschung schien es in letzter Zeit nicht besonders gut bestellt, vor allem nicht, wenn er mit ansehen musste, wie Gabe und Jordan diese Frau anhimmelten. Sie waren von Mistys sinnlichem Blick und ihrem unbekümmerten Lächeln ebenso fasziniert, wie Morgan es gewesen war. Nur schienen sie im Gegensatz zu ihm ernsthaft an ihr interessiert zu sein, und das störte ihn wirklich.

Morgan konnte sie nicht besonders leiden. Sie war so frech und ungezwungen, dass es fast unmöglich war, sich nicht in sexueller Hinsicht zu ihr hingezogen zu fühlen. Wo ihre Schwester taktvoll und sanft war, war Misty unverblümt und ausgelassen. Kein Wunder, dass er nicht gleich darauf gekommen war, wen er denn da vor sich hatte. Morgan hatte erwartet, dass Honeys Schwester ihr ähnlich war und nicht das genaue Gegenteil von ihr.

Mit ihrer offenen, ungehemmten Art konnte Misty jeden Mann um den Verstand bringen. Damit gehörte sie aber auch zu jener Sorte Frauen, an denen Morgan nicht interessiert war. Er wollte eine Frau wie Honey, mit der er eine Familie gründen konnte. Nicht, dass er einer gelegentlichen kurzen Affäre abgeneigt war, bevor er die Frau fürs Leben gefunden hatte. Aber nicht mit Honeys Schwester. Auf keinen Fall. Das gäbe nur Ärger.

In dem Versuch, eher desinteressiert als verärgert zu klingen, sagte er: „Ich bin erstaunt, dass Jordan sich von Misty losreißen konnte. Er und Gabe schwirren doch schon den ganzen Abend um sie herum." Morgan schüttelte den Kopf. „Sie laufen ihr schon die ganze Woche wie liebeskranke Welpen hinterher."

„Und das stört dich, oder?"

Morgan schnaubte verächtlich. „Ach was. Sie ist nur ganz anders als Honey, und ich will nicht, dass sie in eine peinliche Situation geraten."

Das brachte Sawyer zum Lachen. „Jordan und Gabe? Ich sage es dir ja nur ungern, aber die beiden sind erwachsen und haben schon seit einiger Zeit ihre Erfahrungen mit Frauen gemacht. Gabe hat sogar noch früher als du damit angefangen."

„Er hat gelogen."

Sawyer lachte erneut. „Nein, ich habe ihn ja selbst dabei erwischt, im Stall. Daher weiß ich, wie alt er beim ersten Mal war."

Für einen Moment abgelenkt, wandte sich Morgan grinsend an seinen Bruder. „Im Ernst?“

„Leider ja. Ich fürchte, das hat ihn erst zu diesem Leben voller Ausschweifungen gebracht.“

Morgan lachte leise. Ihr jüngster Bruder war ein regelrechter Casanova, zur Freude der weiblichen Bevölkerung von Buckhorn. „Irgendwelche Einzelheiten?“

Sawyer zuckte die Schultern und sagte: „Das Mädchen war vier Jahre älter. Seitdem wirkt er auf Frauen unwiderstehlich.“

„Honey hat ihm widerstanden.“

Sawyer grinste selbstzufrieden. „Ja, und das hat mich gefreut. Das dämpft sein Ego.“

„Allerdings hat er es auch nicht wirklich versucht, weil er sah, dass du bereits einen Anspruch geltend machtest.“ Bevor Sawyer widersprechen konnte, schaute Morgan zu Misty. „Ist es nicht erstaunlich, wie unterschiedlich zwei Schwestern sein können? Honey ist so gutherzig und unschuldig.“

Sawyer verschluckte sich bei dieser Bemerkung an seinem Champagner, doch als Morgan ihn misstrauisch ansah, hob er nur die Brauen und ermutigte ihn fortzufahren.

„Misty ist …“

„Was?“, bohrte Sawyer nach. „Sexy?“

„Verdammt, ja, sie ist sexy. Aber das ist Honey auch.“

Sawyers Miene verfinsterte sich. „Ich bin nicht sicher, ob mir das gefällt …“

„Ach komm schon, Sawyer. Ich bin nicht blind. Ich freue mich, dass sie so sexy ist – und zwar für dich.“

Sawyer leerte sein Champagnerglas. „Worauf willst du eigentlich hinaus?“

Morgan biss die Zähne zusammen. „Sieh dir Misty doch mal an.“

„Ich sehe mir lieber an, wie du sie beobachtest. Das ist viel amüsanter.“

„Honey ist so lieb und sanft. Misty dagegen ist wild und

heißblütig. Was ist eigentlich los mit ihr? Meint sie, sie müsste jeden Mann hier verführen?"

„Sie verführt niemanden, sie tanzt nur."

Morgan verzog das Gesicht. „So, wie sie tanzt, läuft das auf dasselbe hinaus."

„Für dich zumindest", erwiderte Sawyer amüsiert.

In diesem Moment löste Gabe Jordan beim Tanzen ab. Misty lachte und tanzte mit ihm ebenso bereitwillig wie mit Jordan. Morgan verfolgte das Ganze mit grimmiger Miene. „Es ist einfach nicht richtig. Sie spielt mit den beiden."

Sawyer kippte absichtlich Öl ins Feuer. „Immerhin scheint es ein Spiel zu sein, das ihnen Spaß macht." Er klopfte Morgan auf die Schulter. „Entspann dich. Sie tanzt doch nur. Oh, da kommt Honey, also bringe ich es lieber hinter mich. Sie findet, dass du Misty absichtlich aus dem Weg gehst. Ich sollte dich darum bitten, mit ihr zu tanzen."

„Ich werde nicht mal in ihre Nähe gehen", entgegnete er, denn er befürchtete, dass er andernfalls die Kontrolle über sich verlieren könnte. Er konnte sich nicht erinnern, jemals eine Frau so sehr begehrt zu haben.

Misty wohnte bei ihnen im Haus, und so sah er sie zum Frühstück, wenn sie verschlafen lächelnd in die Küche kam, und abends, wenn sie allen eine gute Nacht wünschte. Er sah sie sogar nachmittags, obwohl er alles tat, um das zu vermeiden. Denn dann lackierte sie sich entweder gerade die Zehennägel auf der Veranda oder machte sich in der Küche zu schaffen und wirkte beinah häuslich. Dabei hätte Morgan darauf gewettet, dass nicht ein Funke Häuslichkeit in dieser Frau steckte.

Es spielte auch keine Rolle, was sie tat, denn es gefiel ihm ein bisschen zu sehr. Doch das Ganze war rein körperlich, und eine heiße Affäre mit der Schwester seiner Schwägerin kam nun einmal für ihn nicht infrage. Durch die Heirat zwischen Sawyer und Honey war Misty für ihn tabu.

„Verdammt", zischte Morgan, während er beobachtete, wie Jordan sie auf der Tanzfläche herumwirbelte.

„Allerdings, denn jetzt bist du dran."

Morgan drehte sich überrascht um und sah, was Sawyer meinte. Honey stand vor ihm und sah wunderschön aus in ihrem weißen Hochzeitskleid. Ihre langen blonden Haare trug sie offen, und sie strahlte.

Morgan begrüßte sie lächelnd. „Habe ich die Braut eigentlich schon geküsst?"

„Ungefähr ein dutzend Mal." Sie grinste, wodurch Grübchen in ihren Wangen erschienen. „Ich möchte, dass du mit Misty tanzt."

Morgan erstarrte. „Also ich …"

„Ich habe fast den Eindruck, dass du ihr aus dem Weg gehst. Erst heute Morgen beim Frühstück hat sie mir erzählt, dass du sie nicht leiden kannst."

Sie hatten über ihn geredet? Morgan wollte fragen, was genau sie geredet hatten, aber dann hätte er einen viel zu interessierten Eindruck gemacht. „Das stimmt nicht", sagte er daher nur.

„Natürlich stimmt das nicht! Sie glaubt es aber, weil du so viel Zeit bei der Arbeit verbringst, seit sie hier ist, und kaum zwei Worte mit ihr gewechselt hast."

Morgan zupfte an seinem Ohrläppchen und fühlte sich langsam unbehaglich. Am liebsten hätte er Sawyer, der grinsend hinter seiner Braut stand, einen Kinnhaken verpasst. „Ich hatte wirklich viel zu tun diese Woche, und da ich der Sheriff bin, kann ich nicht einfach …"

„Jetzt hast du aber nichts zu tun. Das Lied ist gerade zu Ende. Das ist die perfekte Gelegenheit für euch beide, euch ein wenig zu unterhalten und besser kennenzulernen."

„Ja, der Zeitpunkt ist perfekt", stimmte Sawyer zu. „Und mit deinem umwerfenden Charme wirst du sicher das Eis brechen." Grinsend sah er zu seiner Braut. „Das wirst du doch für Honey tun, Morgan, oder?"

Honey spielte mit und setzte ihr gewinnendstes Lächeln auf.

Morgan suchte verzweifelt nach einer Ausrede, doch ihm fiel nichts mehr ein. „Ach, verdammt." Resigniert fügte er sich in sein Schicksal und marschierte davon. Misty sah auf, als würde sie plötzlich spüren, dass er auf dem Weg zu ihr war. Das passierte oft, sobald er einen Raum betrat. Sie wurde dann still und in sich gekehrt – aber nur ihm gegenüber.

Morgan blieb direkt hinter ihr stehen. Sie drehte sich nicht zu ihm um, wusste jedoch genau, dass er hinter ihr stand. Kaum merklich straffte sie die Schultern, und ihre wohltönende Stimme wurde plötzlich schrill, als sie die Junggesellen um sie herum fragte, wer als Nächster mit ihr tanzen würde.

Morgan warf jedem Einzelnen einen Blick zu und grinste – ein unmissverständliches Signal. Einige der Männer, die Misty umringten, murmelten Entschuldigungen und zogen sich zurück.

Morgan nutzte den Rückzug aus. „Das werde dann wohl ich sein, Malone."

Sie hasste es, wenn er sie mit ihrem Nachnamen anredete. Das hatte er bereits bei ihrer ersten Begegnung herausgefunden. Seitdem nannte er sie Malone, da es ihm half, Distanz zwischen ihnen zu wahren.

„Das glaube ich kaum, Hudson." Sie griff nach Gabes Hand. Er war einer der wenigen Männer, die sich von Morgans finsterer Miene nicht einschüchtern ließen. Im Gegenteil, Gabe wirkte im höchsten Maße amüsiert. Er war ein Gentleman und hätte Misty beigestanden, wenn Morgan ihm nicht zuvorgekommen wäre. Er trat dicht hinter sie und fing ihre Hand ab. Gleichzeitig atmete er ihren sinnlichen Duft ein. Ihr schlanker Rücken schmiegte sich an seine Brust, und ihr seidiges Haar streifte sein Kinn. Er hielt den Atem an und erschauerte.

Beide erstarrten.

Gabe lachte leise. „Wollt ihr zwei die ganze Nacht so dastehen oder auch noch tanzen? Ihr solltet wissen, dass Honey äußerst skeptisch beobachtet, was für eine Show ihr den Gästen bietet. Sie sieht aus, als würde sie gleich herkommen."

Morgan nahm sich zusammen. „Verschwinde, Gabe."

„Auf keinen Fall. Schließlich erlebe ich nicht oft, wie du aus der Fassung gerätst."

„Ich bin nicht aus der Fassung geraten." Er stellte schnell wieder einen Sicherheitsabstand zwischen ihr und ihm her, ließ Mistys Hand jedoch nicht los. „Deine Schwester möchte, dass wir tanzen", erklärte er.

Misty befeuchtete sich nervös die Lippen mit der Zunge, und Morgan hätte am liebsten laut aufgestöhnt. Er sah zu Gabe und registrierte, dass sein Bruder sie ebenso fasziniert beobachtete. Morgan zog Misty in die Mitte der Tanzfläche. Es war für alle deutlich, dass sie nur widerstrebend folgte. Das ärgerte Morgan, da er gesehen hatte, wie sie die anderen Tanzpartner begrüßt hatte.

„Komm schon, Malone, ich beiße nicht."

„Kann ich das schriftlich haben?" Behutsam versuchte sie ihre Hand aus seiner zu befreien. Morgan starrte sie an und ließ sie weder los, noch ging er auf ihren Sarkasmus ein. Misty seufzte. „Hör mal, Morgan, dies ist keine so gute Idee."

„Warum nicht?"

„Du kannst mich nicht leiden! Ich weiß nicht, was du gegen mich hast, und um die Wahrheit zu sagen, es ist mir egal."

„Tatsächlich?" Es war erstaunlich, wie schnell sie zur Sache kam. Die meisten Frauen wären nicht so direkt gewesen. Unwillkürlich fragte er sich, ob sie im Bett auch so ungeduldig war und drauflosstürmte.

„Allerdings. Die Wahrheit ist, dass ich auch nicht allzu verrückt nach dir bin."

Seltsamerweise merkte Morgan, dass er sich amüsierte. Abgesehen davon, dass sie ihn erregte, fühlte er sich herausgefordert, und das passierte ihm nicht oft bei einer Frau.

„Wieso nicht?"

Bevor sie etwas erwidern konnte, wechselte die Musik zu einem langsamen Song. Misty seufzte verzweifelt. „Das war's. Ich verschwinde." Erneut versuchte sie sich von Morgan zu befreien, doch er drückte sie nur fester an sich und legte den Arm um ihre Taille.

Dicht an ihrem Ohr flüsterte er: „Hör auf, gegen mich zu kämpfen, Malone. Es ist doch nur ein Tanz." Ein Tanz jedoch, der ihm eher wie ein Vorspiel zum Liebesakt vorkam. Allein sie in den Armen zu halten brachte sein Blut zum Sieden.

„Was ist eigentlich los mit dir? Du machst vielleicht ein finsteres Gesicht." Da er nicht antwortete, sagte sie: „Jetzt tu nicht so, als hätte meine Offenheit dich beleidigt."

„Du hast mich nicht beleidigt." Morgan entschloss sich, seinerseits direkt zu werden. „Willst du wissen, was mir an dir nicht gefällt, Malone?"

„Nein."

Ihre Stimme klang noch ein wenig höher als sonst. Wo Morgans Hand lag, fühlte er die Wärme ihrer Haut unter dem Satinstoff und die sanften Bewegungen ihrer Muskeln. Sie war schlank, ihre Taille schmal, doch ihre Brüste waren voll. Ihre Beine waren endlos lang und sexy, und ihr wohlgerundeter Po wackelte gerade so viel, dass Morgan jedes Mal unwillkürlich hinschaute, wenn sie an ihm vorbeiging. Er hatte bereits viel zu viele Stunden damit verbracht, über ihre niedliche Kehrseite nachzudenken.

Und dann diese Brüste. Er könnte mindestens eine Stunde damit zubringen, sie zu liebkosen. Unfähig zu widerstehen, warf er einen Blick in Mistys Dekolleté und stellte sich vor, wie er ihre wundervollen nackten Brüste küsste. So tief, wie ihr Kleid ausgeschnitten war, konnte sie unmöglich einen BH tragen, und wenn, dann nur einen äußerst knappen.

Benommen vor Verlangen knurrte er: „Du bist Honeys Schwester."

Sie blinzelte erstaunt. „Na und?"

„Damit bist du tabu für mich. Und das gefällt mir nicht."

Ihre Augen weiteten sich. „Gütiger Himmel! Das hört sich ja an, als wolltest du …"

„Genau das. Alles, was du dir vorstellen kannst, und noch ein bisschen mehr."

Ihr stockte vor Wut der Atem. „Als wenn ich einfach so verfügbar wäre! Krieg dich wieder ein, Morgan, denn die Antwort wäre ein klares Nein."

„Das kaufe ich dir nicht ab, Malone. Du flirtest die ganze Zeit. Nicht nur, wenn du redest, sondern auch, wenn du dich bewegst oder isst." Erneut sah er auf ihre Brüste, was ihren Zorn nur noch mehr anfachte. „Sogar wenn du nur atmest."

„Das ist doch absurd!"

„Ist dir eigentlich aufgefallen, dass jeder Kerl hier auf deine Brüste starrt?"

Sie machte den Mund auf und wieder zu. „Du bist widerlich."

„He, ich bin schließlich nicht derjenige, der hier so viel Haut zeigt!"

„Die anderen Frauen hier zeigen genauso viel Haut wie ich, du Idiot", zischte sie. „Wieso hältst du denen keinen Vortrag?"

Da sie recht hatte, erwiderte er leichthin: „Aber keine von denen sieht so aus wie du." Trotz ihres Widerstandes drückte er sie fester an sich. „Und ich begehre keine von ihnen."

Misty wirkte perplex. „Du arroganter Mist…"

„Leise“, ermahnte er sie. „Wir wollen doch die Hochzeitsfeier deiner Schwester nicht ruinieren.“ Ihre Augen funkelten, und ihre Wangen waren gerötet. Am liebsten hätte er sie jetzt geküsst, doch besaß er noch genügend Verstand, um sich zurückzuhalten.

Morgan wäre nicht überrascht gewesen, wenn sie ihn hier mitten im Saal geohrfeigt hätte. Und ehrlicherweise musste er zugeben, dass er es verdient hätte. Er hatte keine Ahnung, wieso er sie provozierte, aber er konnte es einfach nicht lassen.

Mit leiser, drohender Stimme sagte sie: „Wenn du nicht willst, dass ich eine Szene mache, dann nimm deine Pfoten von mir, und lass mich in Ruhe.“

Er genoss das Spiel. „Das geht nicht. Honey will unbedingt, dass wir uns näher kennenlernen.“

Misty verdrehte die Augen. „Du liebe Zeit! Ich werde mit ihr reden.“

„Wozu? Du wirst ohnehin nicht mehr lange bleiben, und dann spielt es keine Rolle mehr.“

Sie senkte den Blick und biss sich auf die Lippe.

Morgan wurde misstrauisch. „Misty?“

Abrupt sah sie auf, und er begriff, dass er sie mit ihrem Vornamen angesprochen hatte. Misty – neblig – passte zu ihr, weil sie etwas Geheimnisvolles an sich hatte. „Du fährst doch bald wieder, oder?“

Sie schluckte und wandte den Blick erneut ab. „Daran habe ich noch nicht gedacht.“

Morgan lenkte sie tanzend zur Terrassentür. Misty schien seine Absicht nicht zu durchschauen. Erst als er die Terrassentür öffnete und hinaustrat, wehrte sie sich. Doch nach kurzem Zögern straffte sie die Schultern und folgte ihm. Offenbar war auch sie der Ansicht, dass sie ein paar Dinge klären sollten.

„Komm mit“, sagte er und schloss die Tür hinter ihnen.

Die Nacht war warm und schwül. Mistys schwarzes Haar

schimmerte im Mondlicht. Sie ignorierte die Hand, die er ihr hinhielt, und fragte: „Wohin gehen wir?"

„Dorthin, wo wir ungestört sind. Ich kenne meine Brüder. Die sind in zwei Minuten hier draußen, um zu sehen, was ich mache."

„Du wirst ja nichts machen", sagte sie.

Statt einer Antwort zuckte er nur die Schultern und wartete.

Schließlich nahm sie seine Hand und folgte ihm vorsichtig. „Anscheinend trauen deine Brüder dir nicht mehr als ich."

Morgan grinste in der Dunkelheit und ging auf einen der Pavillons zu, die den Rasen hinter dem Gemeindesaal zierten. „Oh, sie vertrauen mir schon. Sie sind nur unglaublich neugierig und lassen sich keine Gelegenheit entgehen, mich zu provozieren."

Vor dem Pavillon blieb Misty stehen und atmete tief den Duft der Blumen ein, die sich an den Spalieren emporrankten. „Ich liebe Gartenpavillons. Sie sind so romantisch."

Morgan öffnete die Tür und trat vorsichtig ein. „Gabe empfindet sicher genauso, denn er hat einen an unseren See gebaut, nur noch größer."

„Den habe ich gesehen. Gabe hat ihn gebaut?"

„Ja. Er ist ein guter Handwerker." Die Tür fiel hinter ihnen zu, und Dunkelheit umfing sie. Sofort war die Atmosphäre wie elektrisch geladen. Morgan konnte sich nicht vorstellen, dass nur er das so empfand.

Es fiel gerade genug Mondlicht ins Innere des Pavillons, dass man die weiße Bank, die sich die Wände entlangzog, erkennen konnte. „Möchtest du dich setzen?", fragte Morgan.

„Ich möchte gern wissen, was du willst, damit ich wieder auf die Hochzeit meiner Schwester zurückkann."

Was er wollte? Das war eine Fangfrage. Seit sie seine Hand genommen hatte, empfand er heftiges Verlangen. Er setzte sich und streckte die langen Beine aus, sodass sie dazwischen gefangen war. Er verschränkte die Arme vor der Brust und betrachtete sie in dem schwachen Lichtschein. „Du und Honey, ihr seid völlig verschieden. Du denkst dir nichts dabei, einfach hierherzukommen, mit meinen Brüdern herumzuflirten und dich an sie heranzumachen …"

Sie beugte sich vor und zischte: „Ich habe mich an niemanden herangemacht! Ich habe getanzt wie jeder andere. Das ist völlig normal bei einer Hochzeitsfeier …"

Morgan packte sie an den Schultern und zog Misty dicht zu sich heran. Ihre Haut fühlte sich seidig und warm an. „Außerdem stolzierst du jeden Tag barfuß und ohne BH im Haus herum."

Sie kniff die Augen zusammen, und er spürte, wie sie erbebte. „Draußen sind über dreißig Grad. Fast alle Frauen, die ich seit meiner Ankunft gesehen habe, trugen Strandkleider oder knappe Tops ohne BH." Sie bohrte ihm den Zeigefinger in die Brust. „Bevor du mich verurteilst, solltest du vielleicht mal versuchen, bei dem Wetter einen BH zu tragen. Dann siehst du, wie unbequem das ist." Ehe er etwas entgegnen konnte, fuhr sie fort: „Und was ist mit meinen nackten Füßen? Sag nicht, dass du Fußfetischist bist."

Nein, das war er nicht – bis sie aufgetaucht war. Die Füße einer Frau waren ihm bis dahin nicht einmal besonders aufgefallen. Aber Misty hatte kleine, schmale Füße, und sie lackierte ihre Fußnägel in einem leuchtenden Kirschrot. Das sah unglaublich sexy aus. Und jedes Mal, wenn er einen Blick auf ihre hübschen kleinen Füße warf, stellte er sich vor, wie sie die Hacken in seinen Rücken grub, während er wild und stürmisch mit ihr schlief. Er wusste außerdem, dass er nicht der einzige Mann war, dem ihre Füße auffielen.

„Du benimmst dich viel zu unbekümmert in Gegenwart meiner Brüder."

„Ha! Ich glaube kaum, dass es deine Brüder sind, um die du dir Sorgen machst."

Bedrohlich langsam stand er auf. „Das glaubst du also nicht?"

Sie zögerte verunsichert. Dann reckte sie kampflustig das Kinn. „Nein. Ich glaube, du bist deinetwegen besorgt."

Er nickte und spürte das Blut durch seine Adern pulsieren. „Du hast recht. Ich bin meinetwegen besorgt. Aber auch deinetwegen."

„Nein, ich ..."

Er kam so nah, dass ihr Rücken sanft gegen die glatte Holzwand gedrückt wurde.

Sämtlicher Ärger und Frustration verwandelten sich plötzlich in pure sexuelle Anspannung. Morgan konnte keinen Augenblick länger widerstehen. Mit der Fingerspitze berührte er ihre Wange und ihre Lippen. Es kam ihm so natürlich vor, sie zu berühren. Misty stand wie erstarrt da.

„Es ist unmöglich", flüsterte er mit vor Erregung heiserer Stimme, „dass ich das ganz allein so empfinde."

„Was?", hauchte sie.

„Du bringst mich um den Verstand, Misty", erwiderte er. Und dann küsste er sie.

Sie blieb ganze zwei Sekunden lang starr, ehe sie die Lippen öffnete, sich an die Revers seines Jacketts klammerte und vor Verlangen stöhnte.

Morgan, der ihr die ganze Woche lang aus dem Weg gegangen war, war verloren.

2. KAPITEL

Das ist Wahnsinn, dachte Misty, während ihre Zunge Morgans umspielte und sie seine starken Hände auf ihrem Rücken spürte. Er hielt sie so fest an sich gepresst, dass ihre Körper miteinander zu verschmelzen schienen. Das hatte sie nicht erwartet. Sie hatte nicht einmal gewusst, dass es so etwas gab. Grundgütiger, dieser Mann konnte küssen! Alles, was er tat, fachte ihre Begierde noch weiter an. Und dabei hatte er seine Hände noch nicht einmal über ihren Körper wandern lassen.

Kaum hatte sie diesen Gedanken, als eine seiner großen Hände ihre Brust umschloss. Sofort richteten sich ihre Knospen auf.

„Nein", flüsterte sie, benommen von den starken Gefühlen, die der Kuss und Morgans Liebkosungen in ihr ausgelöst hatten.

Er hielt inne, und jeder Muskel seines Körpers schien sich anzuspannen. Misty fühlte seinen warmen Atem an ihrer Halsbeuge. Dann löste Morgan sich von ihr.

Trotz der spannungsgeladenen Atmosphäre hatte er sofort aufgehört, als sie ihn darum gebeten hatte. Misty kam nicht umhin, seine Selbstbeherrschung zu bewundern. Es wäre besser, jetzt sofort zu gehen. Aber ihre Füße gehorchten ihr nicht. Noch immer war sie von einer Erregung erfasst, die sie nicht für möglich gehalten hätte.

„Ich werde mich nicht entschuldigen." Er klang atemlos, frustriert und beinahe wütend.

Misty schluckte. „Das habe ich auch nicht verlangt."

„Aber wir haben ein Problem."

„Ach ja?"

Mehrere Sekunden vergingen in Schweigen. Dann löste er sich plötzlich von ihr und lachte. „Komm schon, Malone. Du spürst es doch ebenso wie ich." Er drehte sich zu ihr um und erwartete offenbar ihre Bestätigung.

Sie nahm an, dass er auf die erotische Spannung zwischen ihnen anspielte. „Wenn du meinst …"

„Ich meine die Art, wie du meinen Kuss erwidert hast. In diesem Raum hier knistert es dermaßen, dass der Pavillon eigentlich Feuer fangen müsste."

Zu ihrem neuen Umgang mit Männern gehörte schonungslose Offenheit. Die Hälfte ihrer Probleme war dadurch zustande gekommen, dass sie die Dinge verharmlost hatte. Den Rest ihrer Probleme hatten ihr ihre Zaghaftigkeit und Naivität eingebrockt. Um ihr Leben wieder in den Griff zu bekommen, würde sie sich den Tatsachen stellen müssen. Daher stritt sie Morgans Behauptung nicht ab.

„Du hast recht", erwiderte sie. „Und es tut mir leid. Du hast mich überrumpelt."

„Unsinn." Er stemmte die Hände in die Hüften und starrte sie an. „Ich wusste vom ersten Tag an, was passieren würde. Was glaubst du, wieso ich dir die ganze Zeit aus dem Weg gegangen bin?"

Das erklärt natürlich einiges, dachte sie. „Ich verstehe. Anscheinend bin ich nicht so schlau wie du, denn ich habe dich für einen widerlichen Idioten gehalten und war froh, dass du mich ignoriert hast. Ich hatte keine Ahnung, dass …" Sie versuchte, ein passendes Wort zur Umschreibung der Gefühle zu finden, die er in ihr ausgelöst hatte. „Ich hatte keine Ahnung von dieser Anziehung zwischen uns. Aber keine Sorge, jetzt, wo ich es weiß, werde ich keine weiteren Ausrutscher zulassen."

Morgan schien über ihre Worte nachzudenken. Dann kniff er die Augen zusammen und betrachtete ihre Brüste, deren Knospen noch immer hart waren. Sanft strich er mit den Fingerknöcheln über den seidigen Stoff des Kleides. Misty sog scharf die Luft ein, und ein heftiger sinnlicher Schauer überlief sie.

„Wenn du hierbleibst, wird es wieder geschehen, Süße", flüsterte Morgan. „Deswegen musst du deinen Besuch auch beenden und so schnell wie möglich aus der Stadt verschwinden. Auch meine Selbstbeherrschung hat ihre Grenzen, und du scheinst überhaupt keine zu besitzen."

Seine Worte waren wie eine Ohrfeige und erinnerten sie an all ihre Probleme und daran, wie naiv und dumm sie war.

Misty riss sich los und hatte Mühe, nicht in Tränen auszubrechen. Um keinen Preis der Welt sollte dieser Idiot sie weinen sehen. Sosehr sie auch gehofft hatte, in Buckhorn wieder Kraft zu sammeln – jetzt erkannte sie, dass das unmöglich war. Nur hatte sie keine Ahnung, was sie jetzt tun sollte. Aber er hatte recht, sie musste unbedingt von hier verschwinden. Sie hatte absolut keine Lust, sich wieder mit einem Mann einzulassen, aus welchen Gründen auch immer. Schon gar nicht mit einem Tyrannen wie Morgan Hudson, der sie offenbar verachtete.

Sie wandte ihm immer noch den Rücken zu. „Ich werde gleich morgen Früh abreisen." Obwohl sie entschlossen war, bebte ihre Stimme.

Es entstand eine kurze Pause.

„Misty …"

Sie öffnete die Tür, doch das brachte keine Kühlung. Draußen wehte kein Lüftchen. Misty trat auf den taufeuchten Rasen hinaus und fühlte Morgans Hand auf ihrer Schulter.

„Warte einen Moment", sagte er.

„Was ist denn noch?"

Bevor er etwas sagen konnte, war eine andere Stimme in der Dunkelheit zu hören. „Da seid ihr ja."

Morgan drehte den Kopf. „Casey, was machst du denn hier draußen?"

Mit seinen fünfzehn Jahren wirkte Casey schon wie ein richtiger Mann. Er war fast einen Meter achtzig groß und war bereits muskulös und breitschultrig.

„Dad wollte, dass jemand euch sucht und euch wieder reinbringt."

Morgan schüttelte den Kopf. „Da hast du dich natürlich gleich freiwillig gemeldet."

Casey grinste. „Jordan und Gabe sind mir zuvorgekommen. Sie wollten euch unbedingt wieder reinholen, aber Dad meinte, dass ich stattdessen gehen sollte, weil du mich nicht schlagen würdest."

Morgan legte einen Arm um seinen Neffen und nahm ihn kurz in den Schwitzkasten. Dann machten sich alle drei auf den Weg zur Tür. „Sei dir dessen nicht so sicher, Junge."

Lachend erwiderte Casey: „Das macht mir keine Angst, weil ich schneller renne als du."

„Das glaubst du wirklich, was?"

„Klar. Ich bin nämlich schnell, und du wirst alt." Casey duckte sich flink unter Morgans Arm weg und floh schnell auf Mistys Seite. Er hatte seinen Spaß daran, seinen Onkel zu ärgern. Misty lächelte ein wenig wehmütig über die Kameradschaft zwischen den beiden. Ihre eigene Familie bestand lediglich aus ihrer Schwester und ihrem Vater, da ihre Mutter gestorben war, als sie noch klein waren. Ihr Vater war übermäßig streng gewesen und ohne Liebe, die diese Charakterzüge erträglicher gemacht hätte.

Casey hatte einen ganz anderen familiären Hintergrund. Misty konnte gut verstehen, wieso Honey den ganzen Clan ins Herz geschlossen hatte.

Morgan blieb vor der Terrasse stehen, noch außerhalb des Lichtscheins. „Geh schon vor, Casey, und sag deinem Dad, dass wir gleich kommen."

„Dad hat mich gewarnt, dass du das sagen würdest, und

ich soll dir ausrichten, dass er in zwei Minuten Gabe und Jordan rausschickt."

Morgan tat, als wollte er Casey packen.

Der Junge sprang lachend zurück und hob die Hände. „He, das hat Dad gesagt, nicht ich!" Damit rannte er zur Terrassentür und rief: „Zwei Minuten!"

„Frechdachs."

Misty lächelte noch immer, obwohl eine große Traurigkeit in ihr war. „Ihr steht euch alle sehr nahe."

„Wir haben geholfen, ihn großzuziehen. Sawyer bekam das Sorgerecht zugesprochen, als Casey noch ganz klein war. Er wäre mit der Erziehung des Jungen und dem Medizinstudium überfordert gewesen, wenn wir nicht alle mit eingesprungen wären. Nicht, dass es uns schwergefallen wäre. Casey war ein fabelhaftes Kind, auch wenn sein Sinn für Humor manchmal ein wenig schräg ist." Morgan lachte, wurde jedoch sofort wieder ernst. „Sieh mal, was vorhin passiert ist …"

„Du hast dich schon deutlich genug ausgedrückt", unterbrach sie ihn. „Wir müssen es nicht noch mal durchkauen. Ich sagte, ich würde morgen Früh abreisen, und dabei bleibt es auch."

Er seufzte. „Malone, ich mag deine Schwester sehr und würde sie nur ungern gegen mich aufbringen."

„Hast du etwa Angst, ich könnte Honey etwas erzählen? Vergiss es. Ich würde nichts tun, was sie verletzt. Also werde ich ihr auch ihre Illusionen über ihre neue Familie nicht nehmen." Sie bohrte Morgan den Finger in die Brust. Ihr ganzes Leben ging den Bach hinunter, und dieser Kerl machte sich Sorgen um ihre Diskretion? „Was mich betrifft, kann Honey ruhig denken, dass wir beide die besten Freunde sind. Aber halt dich fern von mir, bis ich weg bin." Damit marschierte sie hoch erhobenen Hauptes davon.

Morgen würde sie Buckhorn verlassen. Hoffentlich fiel ihr bis dahin ein, wo sie dann bleiben konnte. Ihr ganzes Geld hatte sie dafür aufgewendet, ihre Vorstrafe zu verhindern. Vergeblich. Jetzt war sie obdachlos, ohne Job und ohne Zukunftsaussichten. Und das waren noch die kleineren Probleme.

Hätte Morgan nicht frustriert und von erotischen Fantasien geplagt wach gelegen, hätte er es wahrscheinlich nicht gehört. Aber er hatte die ganze Nacht kein Auge zugetan, weil er ständig an Misty und den leidenschaftlichen Kuss denken musste.

Erneut hörte er das Quietschen und begriff, dass es die Verandaschaukel sein musste, die an der riesigen Eiche hinter dem Haus hing. Er warf die Decke zurück, ging nackt zum offenen Fenster und lauschte.

Irgendjemand war dort draußen, und Morgans Instinkt sagte ihm, dass es Misty war. Er spürte es, und sein Herz schlug schneller. Der Mond war noch nicht ganz untergegangen, doch die Morgendämmerung zog bereits herauf. Die Uhr zeigte erst halb sechs, und er fragte sich, was Misty so früh dort draußen machte.

Er brauchte nur zwei Sekunden, um zu entscheiden, dass er zu ihr gehen würde. Es gab genügend Gründe, weshalb er das besser nicht tun sollte. Doch irgendetwas war stärker, ein elementares Bedürfnis, sich noch einmal mit ihr auseinanderzusetzen.

Er knöpfte noch seine verwaschene Lieblingsjeans zu, als er schon das Zimmer verließ und auf den Flur hinaustrat. Als er an der Küche vorbeikam, entschloss er sich, rasch Kaffee zu kochen.

Er maß den Kaffee ab und versuchte leise zu sein, um niemanden aufzuwecken, während er sich vorstellte, wie Misty wohl so früh am Morgen aussah, mit zerzausten Haaren und sanften Augen. Er stellte sich auch vor, dass sie noch ihr Nachthemd trug, das sicher hauchdünn und eng war, und hätte beinah die Kanne voll Wasser fallen lassen. Die Vorfreude war lächerlich – aber sie war da. Wenigstens für ein paar Stunden an diesem Morgen würde er Misty ganz für sich allein haben.

Jordan bewohnte ein Apartment über der Garage und würde vor zehn Uhr nichts von dem, was sich hier abspielte, mitbekommen. Er schlief an den Wochenenden gern lange, um sich von der anstrengenden Woche zu erholen.

Gabe war möglicherweise noch gar nicht wieder zu Hause. Als Morgan ihn zuletzt gesehen hatte, war er von weiblichen Singles umringt gewesen. Und falls er schon zu Hause war, würde er in seinen Räumen im Keller von den Geräuschen im Haus nichts mitbekommen.

Was Sawyer anging, so war er zweifellos mit seiner Braut beschäftigt. Morgan wäre nicht überrascht, wenn er den ganzen Tag nicht aus seinem Schlafzimmer herauskommen würde. Bei dieser Vorstellung grinste er und erinnerte sich daran, wie Casey seinem Dad angeboten hatte, ruhig liegen zu bleiben, weil er sich um alles kümmern würde.

Morgan grinste noch immer, als er barfuß und mit zwei Bechern dampfenden Kaffees ins Freie trat. Es war ein wenig kühl, und Nebel lag über allem. Misty saß mit dem Rücken zu ihm auf der Schaukel. Er war noch zwei Schritte von ihr entfernt, als er sie leise schluchzen hörte.

Er erstarrte und wusste nicht, was er tun sollte. Einen Moment lang horchte er, in der Hoffnung, dass er sich geirrt hatte. Doch dann schluchzte sie erneut und betupfte sich die Augen mit einem zusammengeknüllten Papiertaschentuch. Morgan fluchte im Stillen, und sein Herz zog sich zusammen. Die Tatsache, dass ihre Tränen ihm so viel ausmachten, war ein eindeutiger Beweis dafür, wie sehr die Dinge bereits außer Kontrolle waren.

Er nahm sich zusammen und räusperte sich.

Misty fuhr so erschrocken herum, dass sie fast von der Schaukel gefallen wäre. Sie trug eine Brille, die er noch nie an ihr gesehen hatte. Ihre Haare waren mit einem Gummiband zusammengebunden, aus dem sich ein paar lange Strähnen gelöst hatten. Selbst im schwachen Licht der heraufziehenden Dämmerung konnte er sehen, dass sie errötete.

Die Wahrheit war, dass sie schrecklich aussah. Morgan hätte nicht gedacht, dass so etwas möglich war. Ihre Nase war gerötet, und ihre Augen waren durch die Spiegelung der Brillengläser nicht zu erkennen. Sein Verlangen erstarb sofort, nicht wegen ihres Aussehens, sondern wegen ihrer offenkundigen Verzweiflung. Ihn beschlich eine schreckliche Angst, dass er der Grund dafür sein könnte.

Da er nicht wusste, was er sonst tun sollte, hielt er ihr einen Becher Kaffee hin. „Ich habe die Schaukel gehört und dachte, du könntest vielleicht einen Kaffee gebrauchen." Sie sah auf die Becher, als würden sie Arsen enthalten. Morgan seufzte. „Es ist nur Kaffee. Mit viel Milch und Zucker. Da Honey ihren so trinkt, dachte ich, du magst ihn auch so."

Sie nahm den Becher und dankte ihm leise. Dann wandte sie sich wieder ab und sah auf den See, der wegen des Nebels kaum zu erkennen war.

Morgan setzte sich vorsichtig neben sie und registrierte, dass sie einen alten weichen Morgenrock aus Baumwolle trug, ohne Gürtel, sondern mit Knöpfen. Behutsam stemmte er einen nackten Fuß in den Boden und brachte die Schaukel leicht zum Schwingen. „Du trägst ja eine Brille", bemerkte er.

Misty reagierte nicht.

„Das ist vermutlich das Geheimnis deiner blauen Augen, oder? Ich fand das Blau immer ein wenig zu klar und tief, um echt zu sein. Es waren farbige Kontaktlinsen, nicht wahr?"

Jetzt sah sie ihn über den Rand ihrer Brille mit ihren klaren tiefblauen Augen an.

„Da habe ich mich wohl geirrt", sagte er leise.

Sie wandte sich wieder ab und murmelte: „Nicht zum ersten Mal."

Er ignorierte ihre Bemerkung und berührte das Gummiband, das ihre Haare zusammenhielt. „Du hast wohl eine stürmische Nacht hinter dir, was?"

Mit der einen Hand hielt sie den Becher umklammert, mit der anderen das Taschentuch. Sie zögerte, ehe sie ihn erneut über den Rand ihrer Brille ansah. „Wenn es das ist, was du glauben möchtest, bitte sehr. Schließlich bist du vor mir gegangen, daher ist es ja durchaus möglich, dass ich danach eine kleine Orgie im Pavillon veranstaltet habe."

Morgan nippte an seinem Kaffee, ohne sie aus den Augen zu lassen. Den freien Arm hatte er über die Lehne der Schaukel gelegt. Seine Finger berührten sie fast. Aber nur fast. „Irgendwie bezweifle ich, dass deine Schwester das toleriert hätte."

Sie wollte aufspringen, doch Morgan hielt sie am Ellbogen fest. „Lauf nicht weg. Ich bin nicht hergekommen, um dich zu belästigen."

„Nein, du wolltest nur sehen, ob ich fertig zur Abreise bin. Keine Sorge. Sobald es hell ist, ziehe ich mich an und fahre. Ich habe letzte Nacht noch gepackt, damit ich früh los kann. Ich wollte mir vorher nur noch den Sonnenaufgang ansehen."

Sofort bekam Morgan ein schlechtes Gewissen. „Es ist das Beste so, das weißt du."

„Das bestreite ich auch gar nicht."

„Gut, denn ich bin nicht zum Streiten hierhergekommen."

„Sondern?"

Tja, wieso war er nach draußen gekommen? Was immer es für Gründe gewesen sein mochten, er hatte sie vergessen. Da er keine passende Antwort parat hatte, versuchte er das Thema zu wechseln. „Du siehst ein wenig … aufgebracht aus."

Sie schüttelte den Kopf. „Nein, das bin ich absolut nicht."

Aber da waren das zerknüllte Taschentuch in ihrer Hand, ihre gerötete Nase und die tränennassen Augen. Erneut meldete sich sein Gewissen, und das war etwas Neues. Normalerweise fühlte er sich nie wegen irgendetwas schuldig, sondern war stets felsenfest von der Richtigkeit seiner Entscheidungen überzeugt. „Ich habe nichts gegen dich persönlich, Malone."

Sie schnaubte verächtlich.

„Aber es ist wirklich für alle Beteiligten besser, wenn du rasch verschwindest."

„Anscheinend stehst du mit dieser Auffassung allein da", entgegnete sie. „Gabe hat die halbe Nacht versucht, mich dazu zu überreden, noch zu bleiben. Und Jordan hat mir sogar einen Job angeboten."

„Hast du ihnen etwa gesagt, dass ich dich darum gebeten habe zu gehen?"

„Nein, sie wussten, dass ich früher oder später gehen würde."

„Was hast du Jordan geantwortet?"

„Dass ich darüber nachdenken würde."

Seine Muskeln spannten sich an. „Von wegen. Vergiss den Job. Ich werde dich dafür bezahlen, dass du verschwindest."

Sie sah ihn perplex an.

„Wie viel willst du?", fragte er mit zusammengebissenen Zähnen.

„Das ist nicht dein Ernst."

„Warum nicht?" Morgan fühlte sich angestachelt, wütend und außer Kontrolle. Und das gefiel ihm absolut nicht.

„Schließlich wärst du bereit, dir einen Job zu ergaunern, indem du Jordans Vernarrtheit in dich ausnutzt. Wieso solltest du stattdessen nicht mich benutzen? Ich weiß wenigstens, worauf ich mich einlasse. Also nenn mir einen Preis."

„Hm, ich weiß, was Jordan für den Job wollte. Aber was genau erwartest du für dein Geld, Morgan? Oder erübrigt sich die Frage?"

Ihre spöttische Andeutung fachte seine Wut noch mehr an. Gleichzeitig wuchs sein Verlangen nach ihr ins Unerträgliche. Sein Magen zog sich zusammen. Doch als er sie an sich drücken wollte, sprang sie auf und ließ den Kaffeebecher ins Gras fallen. Sie hielt sich beide Hände vor den Mund und schwankte.

Morgan sprang ebenfalls auf und hielt sie trotz ihrer Gegenwehr fest. „He, ist alles in Ordnung mit dir?", erkundigte er sich alarmiert. „Was, um alles in der Welt, fehlt dir? Antworte!"

Entsetzt sah sie ihn an und stieß ihn von sich. Dann rannte sie zu einer Reihe von Büschen und sank auf die Knie.

Verblüfft verfolgte Morgan die Szene. Zuerst wollte er ihr nachgehen, hielt jedoch inne, als er das unmissverständliche Würgen hörte. Er kam sich wie ein kompletter Idiot vor. Schon wieder hatte er sie bedrängt, obwohl das überhaupt nicht seine Absicht gewesen war. Und zu allem Überfluss war ihr auch noch übel.

Wahrscheinlich hat sie letzte Nacht nur zu viel getrunken, dachte er, während er beobachtete, wie ihre schmalen Schultern sich hoben und senkten. Manche Leute konnten eben nicht mit Alkohol umgehen. Allerdings hatte er sie nichts trinken sehen. Die meiste Zeit über hatte sie nur getanzt und gelacht und ihn mit ihrer sinnlichen Art verrückt gemacht.

Offenbar übergab sie sich jetzt nicht mehr. Sie kniete vor den Büschen und hatte die Arme um sich geschlungen. Vorsichtig näherte Morgan sich ihr. Er wusste nicht, was er tun sollte, nur, dass er etwas tun musste. Sie hatte ihm den Rücken zugewandt und war zweifellos verlegen. Frauen waren in manchen Dingen eben komisch. Schließlich kniete er sich neben sie. „Soll ich dir etwas zu trinken holen?"

Sie stöhnte und schlang die Arme fester um sich. „Geh einfach weg."

Morgan zögerte. Dann legte er ihr eine Hand auf die Schulter und drückte sie sanft. Dadurch, dass er sie berührte, fühlte er sich schon besser, ob es ihr nun half oder nicht. „Ich wette, Sawyer kann dir etwas gegen den Kater geben."

Sie verzog gequält das Gesicht. „Gegen den Kater? Wo ich nicht einen Tropfen getrunken habe?"

Anscheinend hatte er falsch getippt. „Aha, also kein Kater."

Sie schüttelte den Kopf, wodurch sich weitere Strähnen ihres schwarzen Haars aus dem Gummiband lösten und sich an ihren Wangen kringelten. Einige verfingen sich im Brillengestell. Morgan strich sie behutsam zur Seite. Ohne ihn anzusehen, sagte sie: „Du unterstellst mir immer nur das Schlimmste, nicht wahr?"

Er wusste nicht, was er darauf erwidern sollte.

„Langsam sollte ich mich daran gewöhnen. Männer sind immer so. Ach, verschwinde einfach." Sie klang resigniert und zu erschöpft zum Streiten.

Das änderte jedoch nichts an seiner Besorgnis. „Wenn du krank bist …"

Plötzlich ballte sie die Fäuste und zischte: „Verdammt noch mal, wieso kannst du mich nicht einfach in Ruhe lassen?"

„Meine Mutter würde mir das Fell über die Ohren ziehen, wenn ich eine kranke Frau einfach so …"

„Ich bin nicht krank!"

Ihre Sturheit ärgerte ihn. Trotzdem streichelte er weiter ihre Schulter. „Ach, dann bilde ich mir nur ein, dass du dich übergeben hast? Spiel bloß nicht die Märtyrerin, Malone, denn …“

Wütend sah sie ihn an und schrie förmlich: „Ich bin nicht krank, du Idiot! Ich bin schwanger!“

3. KAPITEL

Misty starrte Morgan an, entsetzt über ihre Worte. Erneut stieg heftige Übelkeit in ihr auf. Sie schlug die Hand vor den Mund und atmete tief durch. Sie hatte gedacht, frische Luft würde helfen, und so war es auch gewesen – bis Morgan aufgetaucht war.

Ihre Miene verdüsterte sich, und sie vergaß ihre Übelkeit. Es war alles seine Schuld. „Ich nehme nicht an, dass du rasch wieder vergisst, was ich gerade gesagt habe, oder?"

Benommen schüttelte er den Kopf. Immerhin machte er mal kein finsteres Gesicht. Dazu war er viel zu verblüfft. „Ah … das ist sehr unwahrscheinlich."

„Natürlich. Das wäre ja auch zu einfach." Am liebsten hätte sie ihm eins auf seinen harten Schädel gegeben. „Wie dem auch sei, es geht dich nichts an. Und wenn du es meiner Schwester sagst, wirst du es bereuen, das schwöre ich dir."

Morgans Miene hatte sich nicht verändert. Es war eine komische Mischung aus Erstaunen, Verärgerung und Hilflosigkeit. Etwas anderes lag noch darin, das sie nicht definieren konnte. Möglicherweise war es Zorn, aber sie war sich nicht sicher.

Angewidert verdrehte sie die Augen und stand auf. „Es tut mir leid wegen der Büsche. Meinst du, jemand wird es merken?" Bevor er antworten konnte, fügte sie hinzu: „Aber in gewisser Hinsicht bist du selbst daran schuld. Wenn du mich nicht ständig provoziert hättest … Na ja, das spielt jetzt auch keine Rolle mehr. Ich fühle mich schon viel besser. Also werde ich mich anziehen und auf den Weg machen. Bitte sprich deinen Brüdern noch einmal meinen Dank aus für alles. Und sag Honey, dass ich mit ihr in Kontakt bleibe." Sie war durcheinander, sonst hätte sie nicht so drauflosgeplappert. Am liebsten hätte sie sich die Zunge abgebissen. Sie wollte mehr Kaffee. Und sie wollte weg von Morgan Hudson.

Langsam stand auch er auf und versperrte ihr den Weg. „Moment. Du kannst nicht einfach solche Sachen verkünden und dich dann davonschleichen."

Sie war zu müde und erschöpft, um sich jetzt noch mit ihm auseinanderzusetzen. „Mich davonzuschleichen, hatte ich auch nicht im Sinn. Eigentlich wollte ich mich anziehen, meine Taschen zur Vordertür hinaustragen und wegfahren. Das ist ein großer Unterschied."

„Du hast geweint. Deine Augen sind noch ganz geschwollen."

Sie winkte ab. „Sei nicht albern. Ich sehe morgens immer schrecklich aus. Sei froh, dass du dich nicht daran gewöhnen musst."

Sie versuchte an ihm vorbeizukommen, doch er hob sie kurzerhand auf die Arme. Sie war so wütend, dass sie hätte schreien können. Nur wollte sie nicht, dass seine Brüder sie so sahen.

Morgan setzte sie auf die Schaukel und beugte sich zu ihr herunter, sodass ihre Nasen sich fast berührten. „Ich werde dir Saft zu trinken holen. Wenn du dich von der Stelle rührst, bevor ich wieder da bin, gibt es Ärger. Das meine ich ernst, Malone." Eindringlich sah er sie an.

Er wirkte so ernst, wie sie es noch nicht bei ihm erlebt hatte. Nicht, dass sie sich vor seinen Drohungen fürchtete. Aber ein Streit hätte womöglich die anderen aufgeweckt. „Tyrann!", murmelte sie.

„Allerdings."

Nach wenigen Minuten war er wieder da, als würde er ihr nicht glauben, dass sie tatsächlich dort sitzen blieb. Er reichte ihr ein Glas Orangensaft, und sie nahm es dankbar entgegen.

Morgan setzte sich neben sie und beobachtete, wie sie

trank. Er verschränkte die Arme vor der Brust und machte ein so finsteres Gesicht, dass er beinahe feindselig wirkte.

Da sie wusste, dass es ihn aufregte, wenn sie sich frech benahm, und weil sie hoffte, ihn auf diese Weise vertreiben zu können, sagte sie: „Du solltest wirklich ein bisschen mehr Anstand wahren. Hier halb nackt herumzulaufen ist fast schon barbarisch. Besonders wenn ein Mann so gebaut ist wie du."

Er runzelte überrascht die Stirn. „So gebaut wie ich?"

„Ja, du weißt schon." Sie betrachtete seine muskulöse, behaarte Brust und verspürte ein jähes Kribbeln im Bauch. „So muskelbepackt. Machst du das, um Frauen anzulocken? Aber bei mir zieht diese Masche nicht, auch wenn ich den Anblick deines sexy Körpers zu schätzen weiß."

Er kniff die Augen zusammen. „Willst du mich ablenken, Malone?"

Sie seufzte. „Nein, ich bin nur ehrlich. Du bist ein unglaublich gut aussehender Mann, aber ich bin nicht im Geringsten an Männern interessiert. Ich bin fertig mit euch, und zwar endgültig. Außerdem fahre ich heute, und mit ein bisschen Glück bist du längst in dein Haus gezogen, verheiratet und hast Kinder, wenn ich das nächste Mal zu Besuch komme." Sie deutete auf seine Brust. „Der tolle Anblick ist an mich verschwendet."

„Oh, da wäre ich mir nicht so sicher, da das meiste von dem, was du gesagt hast, Unsinn ist. Kann sein, dass du nicht an irgendwelchen Männern interessiert bist – an mir jedoch schon." Er musterte sie von Kopf bis Fuß, und es war fast wie eine sinnliche Liebkosung. „Die letzte Nacht ist der Beweis."

Misty schluckte. Ein neues, nicht unangenehmes Gefühl breitete sich in ihr aus. „Das war ein Ausrutscher. Mir schwirrte so vieles im Kopf herum, sodass du mich einfach überrumpeln konntest."

„Deine gespielte Gleichgültigkeit erstaunt mich, besonders angesichts deines Zustands."

„Meines Zustands? Es handelt sich hier nicht um eine Krankheit."

Seine Miene verhärtete sich. „Wann wirst du heiraten, Malone?"

Sie schaute zu Boden. „Das ist nicht deine Angelegenheit."

„Ich mache es zu meiner Angelegenheit."

Der Orangensaft wirkte Wunder gegen ihre Übelkeit, und sie war schon wieder mehr sie selbst. Morgendliche Übelkeit war die Hölle. Sie konnte nur hoffen, dass sie dieses Stadium bald überwunden hatte. Nachdem sie sich vor Morgan übergeben hatte, würde alles andere schon eine Verbesserung sein.

„Du machst so was häufig, nicht wahr? Dich in die Angelegenheiten anderer einmischen? Ich wette, deshalb bist du Sheriff geworden. Das gibt dir das Recht, deine Nase in die Angelegenheiten anderer Leute zu stecken." Sie sah zur aufgehenden Sonne, die den See in glühend rotes Licht tauchte. Es war ein wunderschöner Anblick, bei dem Misty sich gleich besser fühlte. Sie seufzte und dachte daran, dass sie diesen Ort, der ihr so vollkommen erschien, niemals vergessen würde.

„Du gehörst jetzt zur Familie. Das gibt mir jedes Recht."

Für einen Moment war sie sprachlos. „Wie bitte? Bleib auf dem Teppich!"

„Und ob du zur Familie gehörst. Andernfalls hätten wir den Pavillon nicht eher verlassen, bis die Dinge ihren natürlichen Lauf genommen hätten. Und glaub mir, wir hätten es beide genossen."

Seine Worte lösten ein sinnliches Prickeln auf ihrer Haut aus. Verdammt, wieso reagierte sie so auf ihn, wenn er ihr doch gleichgültig war? Es war einfach nicht fair, dass von allen Männern auf der Welt ausgerechnet Morgan Hudson eine solche Wirkung auf sie hatte.

Andererseits war in letzter Zeit nicht viel in ihrem Leben fair gewesen.

„Du verdrehst da einiges …“, widersprach sie.

„Ich stelle nur Tatsachen fest.“

„Tatsache ist, dass du mich möglichst weit weg von deiner Familie haben willst.“

Er hob gleichgültig die Schultern, doch seine Miene war hart. „Wie du schon bemerkt hast, denkt hier jeder anders darüber. Jordan hat dir sogar einen Job angeboten.“

„Den ich abgelehnt habe.“

Er hob die Brauen. „Tatsächlich?“

Er klang überrascht, aber sie hatte ihn absichtlich in dem Glauben gelassen, es könnte anders sein. Sie seufzte. „Natürlich.“

„Warum?“

Sein misstrauischer Ton machte sie schon wieder wütend. „Es mag ja eine große Neuigkeit für dich sein, aber ich bin nicht das Partygirl, für das du mich anscheinend hältst. Ich habe schon gemerkt, dass deine beiden Brüder ein wenig herumgealbert haben. Aber ich beabsichtige nicht, etwas zu riskieren. Ich bin an einem Flirt nicht interessiert, und wie ich dir bereits erklärt habe, bin ich noch weniger an etwas Ernstem interessiert. Da ich keinen von beiden ermutigen wollte, habe ich Jordans Angebot dankend abgelehnt und Gabe gesagt, ich hätte noch andere Verpflichtungen und könnte daher nicht länger hierbleiben. Du kannst also beruhigt sein. Deine beiden Brüder sind vor mir sicher.“

Er ging auf ihren Sarkasmus nicht weiter ein, sondern wiederholte seine frühere Frage. „Wann wirst du heiraten?“

Sie zögerte einen Moment irritiert. Dann gab sie nach. „Gar nicht.“ Sie spürte, wie er sie beobachtete, daher sah sie ihm ins Gesicht. „Ich werde nicht heiraten, okay? Es gibt keinen Bräutigam, keine Hochzeit, kein gemeinsames Eheglück. Zufrieden?“

Sekundenlang herrschte Stille.

Morgans Miene wurde entspannter. „Du heiratest nicht?“

„Willst du es vielleicht noch schriftlich haben?“, meinte sie aufbrausend. „Nein, ich heirate nicht. Ich habe absolut kein Interesse daran.“

„Ich verstehe.“ Sein gereizter Ton war verschwunden, an seine Stelle war beinah so etwas wie Mitgefühl getreten. Für Misty war das nur noch schlimmer. „Was ist aus dem Vater des Babys geworden?“

„Als er erfuhr, dass er Vater werden würde, hat er mir Geld für eine Abtreibung angeboten.“ Sie erinnerte sich nur zu gut an den Schmerz und die Demütigung. Es war der schlimmste Verrat ihres Lebens gewesen – zumindest hatte sie das geglaubt, bis sie ihren Job verloren hatte. „Ich weigerte mich, er wurde wütend, und wir kamen zu einer Einigung.“

„Was für eine Einigung?“

„Ich würde ihn nicht mit dem Baby belästigen, und er würde mich in Ruhe lassen.“

Die Schaukel schwang leicht vor und zurück, während einen Moment lang nachdenkliche Stille herrschte. Schließlich fragte Morgan: „Wie lange dauert deine morgendliche Übelkeit schon?“

„Erst zwei Wochen. Und bevor du fragst: Ja, ich werde es Honey erzählen. Aber nicht jetzt. Sie neigt dazu, sich um mich Sorgen zu machen und die Rolle der großen Schwester zu spielen, obwohl ich nur ein Jahr jünger bin als sie. Sie ist gerade so glücklich mit Sawyer, dass ich sie mit meinen Problemen verschonen will.“

Zärtlich berührte er ihre Haare. Es war eindeutig nur eine gedankenlose Geste, als sei er sich dessen gar nicht bewusst. Doch als sie ihm ins Gesicht sah, betrachtete er sie intensiv.

„Wird das Baby ein Problem sein?“

„Nein! Ich will das Baby.“

Sein Blick wurde sanft. „Das meinte ich nicht.“

Misty hob das Kinn und sagte: „Wenn du wissen willst, ob ich eine gute Mutter sein werde, kann ich nur antworten, dass ich es hoffe. Ich besitze nicht viel Erfahrung, aber ich habe vor, mein Bestes zu geben."

„Ich wollte dir weder Vorwürfe machen noch deine Fähigkeiten als Mutter infrage stellen. Ich habe mich nur gefragt, ob du weißt, was auf dich zukommt. Babys sind ein Fulltime-Job. Wie willst du dich ohne Hilfe um dein Kind kümmern und gleichzeitig arbeiten?"

Da sie momentan keinen Job hatte, gab es auf diese Frage auch keine Antwort.

Morgan streichelte ihre Wange. „Malone?"

„Ist dieses Verhör bald beendet?"

„Ich glaube nicht. Wieso machst du es dir nicht leicht und beantwortest einfach meine Fragen?"

„Irgendwie habe ich das Gefühl, dass diese Unterhaltung sowieso nicht leicht für mich sein wird, ganz egal, was ich tue."

Er schwieg einen Moment. „Es ist nicht meine Absicht, es dir schwer zu machen."

„Ach nein?"

„Ich habe diese Situation nicht geschaffen, und die Anziehung ist nicht einseitig. Wirst du wenigstens das zugeben?"

Das wollte sie zwar nicht, aber sie sah auch keinen Grund mehr, es zu bestreiten. „Und wenn schon. Ich bin schwanger und habe keinen Ehemann, daher wird mein Urteilsvermögen ein wenig beeinträchtigt sein. Lass es dir also lieber nicht zu Kopf steigen."

Behutsam umfasste er ihren Hinterkopf. Die Zärtlichkeit dieser Berührung war nach seiner anfänglichen Haltung verstörend. „Jeder macht mal einen Fehler. Du bist nicht die Erste."

„Von welchem Fehler reden wir? Von meiner Schwangerschaft oder von meiner Reaktion auf dich?"

Er schwieg erneut.

Misty beschloss, dieses Gespräch zu beenden, bevor sie wieder wütend wurde. Sie klopfte sich mit den Handflächen auf die Oberschenkel und verkündete: „Na schön. Du hast mich geschafft. Außerdem ist die Sonne fast aufgegangen. Bald werden alle wach sein, und ich möchte vorher verschwinden, um lange Abschiede zu vermeiden. Also sag mir, Sheriff, welche Fragen hast du noch, bevor ich endlich entlassen bin?"

„Im wievielten Monat bist du?", fragte er rundheraus. „Du siehst nicht schwanger aus."

Sie lachte bitter. „Klar, wenn ich schwanger aussehen würde, hätten wir sehr wahrscheinlich diese Unterhaltung nicht."

„Also?"

„Im dritten Monat." Sie grinste schief. „Soweit ich weiß, wird es erst im fünften oder sechsten Monat zu sehen sein. Dann bin ich für dich längst nur noch eine ferne Erinnerung, Morgan."

„Aber du bist sicher, dass du …"

„Die Untersuchung hat es bestätigt. Außerdem fühle ich mich auch schwanger."

Sein Blick fiel unwillkürlich auf ihre Brüste, die jetzt unter dem Morgenrock verborgen waren. Misty verspürte das Bedürfnis, ihre Brüste mit den Händen zu bedecken, widerstand jedoch dieser verräterischen Reaktion. „Ja, ich bin ein wenig üppiger", gab sie zu und bemühte sich um einen unbekümmerten Ton. Ihre Brille rutschte ein wenig nach unten, und sie schob sie wieder zurecht.

„Was ist mit deinem Job?"

Zögernd erwiderte sie: „Was soll damit sein?"

„Ich habe den Eindruck, dass ich nicht viel über dich weiß."

Misty lachte. „Tja, dafür unterstellst du mir eine Menge."

Er berührte ihre Wange mit dem Fingerknöchel. „Ich gestehe, dass ich zu voreiligen Schlüssen neige. Dein Verhalten hat aber auch einiges dazu beigetragen."

„Das ist nicht wahr!"

„Doch." Die Andeutung eines Lächelns umspielte seine Mundwinkel, und ihr Herz schlug schneller. „Du hast mit jedem geflirtet."

Sie seufzte. „Das stimmt. Ich wollte mich fröhlich und unbekümmert geben, damit Honey keinen Verdacht schöpft. Vielleicht habe ich ein wenig übertrieben."

„Und vielleicht begehre ich dich so sehr, dass es schon verführerisch wirkt, wenn du nur Luft holst. Zumindest auf mich."

Sprachlos sah sie ihn an.

„Es ist die Wahrheit", fuhr er fort. „Ich glaube nicht, dass ich eine Frau jemals so begehrt habe wie dich." Er umfasste ihre Wange. „Selbst jetzt, in diesem alten Morgenrock und nachdem du dich übergeben hast. Ich begehre dich sogar, obwohl ich weiß, dass du von einem anderen schwanger bist."

Misty fehlten die Worte, daher schüttelte sie nur den Kopf.

„Ich weiß. Es ist eine knifflige Situation, nicht wahr?"

Endlich fand sie ihre Entschlossenheit wieder. „Nein, ist es nicht, denn ich werde heute Morgen von hier verschwinden. Also hör auf, mich aufzuhalten, indem du mich ausfragst."

„Das ist jetzt nicht mehr so einfach, nachdem ich weiß, dass du in Schwierigkeiten steckst."

„Was für eine altmodische Einstellung! Unverheiratete schwangere Frauen stecken nicht mehr in Schwierigkeiten. Sie sind einfach nur schwanger."

„Gut, wenn du meinst." Er wirkte keineswegs überzeugt. „Dann hör auf, mich hinzuhalten, und sag mir, wo du arbeitest."

Da sie wusste, dass er sie als Sheriff leicht überprüfen konnte und das zweifellos auch tun würde, erklärte sie: „Ich habe bis vor Kurzem bei ‚Vision Videos' gearbeitet."

„Vision Videos?"

„Eine kleine Videothek in der Stadt, in der ich ... gewohnt habe." Sie hoffte, dass er ihr Zögern nicht bemerkt hatte. Die Vorstellung, obdachlos zu sein, war ihr immer noch sehr fremd. „Es ist ein ganz kleines Unternehmen, mit nur drei Angestellten neben dem Besitzer. Der Umsatz war allerdings wirklich enorm. Der Besitzer hatte vor, am Ende des Sommers eine Filiale zu eröffnen, die ich für ihn leiten sollte."

„Aber das machst du jetzt doch nicht?"

„Jetzt bin ich gerade dabei, meine Möglichkeiten neu abzuwägen."

Er stutzte und fragte ungläubig: „Soll das heißen, dass du arbeitslos bist?"

„Im Moment ja."

Er kniff die Augen zusammen. „Freiwillig? Denn falls dein Boss dich gefeuert hat, weil du schwanger bist, verstößt das gegen das Gesetz."

„Nein, deshalb hat er mich nicht gefeuert."

Morgans Miene verfinsterte sich wieder. „Aber er hat dich gefeuert?"

„Um ehrlich zu sein, ja."

„Warum?"

„Weil ... weil er mich beschuldigt hat, etwas getan zu haben, was ich nicht getan habe."

„Verdammt, Malone! Lass dir nicht alles aus der Nase ziehen!"

„Schon gut, schon gut!" Misty sprang auf und stemmte gereizt die Hände in die Hüften. „Na schön. Ich wurde für schuldig befunden, ihn bestohlen zu haben. Und zwar um dreihundert Dollar. Aber ich habe es nicht getan! Es haben nur alle geglaubt!"

Morgan stand ebenfalls auf. „Wer?“

Sie winkte ab. „Der Besitzer, der Anwalt, den ich mir nehmen musste, der blöde Richter. Einfach alle.“

Behutsam legte Morgan ihr die Hände auf die Schultern. „Erzähl mir, was passiert ist.“

Misty schüttelte seine Hände ab und setzte sich wieder auf die Schaukel. Morgan fing den Schwung der Schaukel ab und setzte sich neben sie. „Ich warte.“

Sie verschränkte schützend die Arme vor der Brust. „Nicht lange nachdem ich von der Schwangerschaft erfahren und mein Ex sich verabschiedet hatte, stellte ich bei der Arbeit fest, dass die Kasse nicht stimmte. Die Frau, die ihre Schicht vor mir beendet hatte, hatte ihre Abrechnung gemacht, also musste das Geld während meiner Schicht verschwunden sein. Aber ich hatte es nicht genommen und wusste auch nicht, wo es geblieben war. Ich war auf der Toilette gewesen.“ Sie warf Morgan einen Blick zu. „Schwangere Frauen sind nun mal häufig auf der Toilette.“

Er verzog das Gesicht. „Erzähl weiter.“

„Wie dem auch sei, es war niemand im Laden, und so lief ich rasch auf die Toilette. Als ich wieder rauskam, tauchte mein Boss gerade mit seiner Freundin auf. Er war ziemlich verärgert, dass ich den Tresen verlassen hatte, obwohl ich ihm erklärte, dass niemand im Laden gewesen sei und ich mich beeilt hätte. Wir stritten uns, weil er mir vorwarf, ich würde neuerdings zu wenig arbeiten. Na schön, ich bin zwei Mal zu spät gekommen wegen der morgendlichen Übelkeit. Jedenfalls war er aufgebracht und meiner Ansicht nach auch ungerecht. Ich war vorher nie zu spät gekommen oder hatte gefehlt. Deshalb wollte er mich ja zur Geschäftsführerin seiner neuen Filiale machen.“

„Komm zur Sache, Malone.“

Am liebsten hätte sie ihn geohrfeigt. Stattdessen sagte sie:

„Er überprüfte die Kasse und merkte, dass Geld fehlte. Ich kann es bis heute noch nicht fassen, dass er mir vorwarf, es gestohlen zu haben. Ich hatte zwei Jahre für ihn gearbeitet und habe alles gemacht, von der Inventur, über die Dekoration bis zum Verkauf und den Bestellungen. Ich habe dazu beigetragen, dass das Geschäft so gut lief! Ich dachte, er würde mir vertrauen."

„Hat er die Polizei eingeschaltet?"

„Ja." Sie erschauerte bei der Erinnerung daran, denn jetzt wusste sie aus eigener Erfahrung, wie die Behandlung von Dieben aussah. Allerdings wollte sie diese Erinnerung nicht mit Morgan teilen. „Um es kurz zu machen: Der Anwalt, den ich mir nahm, erklärte mir, dass die Sache für mich schlecht aussehe. Ich war zur fraglichen Zeit allein in der Videothek gewesen. Außerdem sei ich schwanger, und der Vater des Babys habe sich aus dem Staub gemacht. Sie zeichneten das Bild einer verzweifelten Frau, die jede Menge Motive hatte, das Geld zu nehmen. Daher schlug mein Anwalt vor, ich solle mich schuldig bekennen, um mir hohe Anwalts- und Gerichtskosten zu ersparen. Ich weigerte mich. Daraufhin meinte mein Anwalt, ich sollte mich einem Richter stellen, da die Sache dann schnell erledigt sei."

„Ich vermute, das war nicht unbedingt die beste Entscheidung?"

„Nein. Eine Jury aus Geschworenen wäre wahrscheinlich nicht so selbstherrlich und sexistisch gewesen."

„Wieso sexistisch?"

„Der Richter war ein ziemlich verbissener alter Kerl, der mich als Femme fatale sah, nur weil ich jung bin und nicht unbedingt wie eine College-Professorin aussehe."

Morgan hob eine Braue. „Du meinst, weil du unglaublich sexy bist und ihm das nicht entgangen ist?"

„Das ist nicht witzig, Morgan."

„Nein, das ist es nicht."

Er wirkte dennoch amüsiert, und das machte sie wütend. Sie konnte sich noch genau daran erinnern, wie ausgeliefert sie sich vor diesem Richter gefühlt hatte.

Leise sagte sie: „Er verurteilte mich zu sechs Monaten auf Bewährung, ließ mich dreihundert Dollar zurückzahlen, die ich nie genommen hatte, außerdem die Gerichtskosten tragen und hielt mir einen Vortrag über meine moralischen Verpflichtungen. Anschließend brachte er seine Hoffnung zum Ausdruck, dass ich meine Lektion gelernt habe." Sie schnaubte verächtlich. „Die einzige Lektion, die ich bei der ganzen Sache gelernt habe, ist die, dass Männer die Dinge meistens anders sehen, und zwar selten richtig, und dass man ihnen nicht trauen kann."

„Misty ..."

„Hör auf mit diesem Ton, Morgan Hudson. Du hast bekommen, was du wolltest, in allen Einzelheiten. Das war's. Ich will weg von hier. Ich muss mir einen Job suchen und habe absolut keine Lust mehr, mich mit dir herumzustreiten. Wenn du mich also bitte entschuldigen würdest ..."

„Nein."

„Nein?", wiederholte sie ungläubig. „Was soll das heißen?"

Er stand auf und zog sie mit sich hoch. „Das soll heißen, dass du nirgendwohin gehst. Du bleibst hier."

4. KAPITEL

Du kannst jetzt nicht allein sein", erklärte Morgan. „Du hast selbst gesagt, dass du keinen Job hast und schwanger bist."

Misty starrte ihn benommen an, als stünde ein Fremder vor ihr.

„Verdammt, du weißt, dass ich recht habe!"

„Ich weiß nur, dass du verrückt bist. Ich leide an morgendlicher Übelkeit, das ist alles. Die meiste Zeit geht es mir gut. Und ich bin sehr wohl in der Lage, mir einen Job zu suchen. Das machen schwangere Frauen ständig."

Morgans Gehirn arbeitete fieberhaft. Er überlegte schon seit Langem, jemanden einzustellen, der sich im Sheriffbüro um den Schreibkram und das Telefon kümmerte. Allerdings gingen die meisten Anrufe direkt an ihn. Buckhorn war eine kleine Gemeinde und die Kriminalitätsrate sehr niedrig. Aber eine Sekretärin, die seine Termine und Einsätze koordinierte, wäre schon eine enorme Hilfe. Angesichts ihrer streitlustigen Haltung beschloss er jedoch, Misty erst später den Job anzubieten, wenn sie sich beruhigt hatte.

Er legte die Hände auf ihre Schultern und schüttelte sie leicht. „Was beabsichtigst du zu tun?"

„Ich beabsichtige, dir eins auf die Nase zu geben, falls du nicht aufhörst, mich so grob zu behandeln!"

„Ich finde mein Verhalten eher fürsorglich und rücksichtsvoll", konterte er.

„Von wegen." Misty versuchte ihm zu entkommen, doch er hielt sie an ihrem Morgenrock fest.

„He, wir sind noch nicht fertig!"

„Es gibt kein ‚wir', und wir sind fertig." Sie schlug seine Hand weg und hob das Kinn. „Ich werde jetzt duschen und mich anziehen, und dann werde ich fahren. Du brauchst dir keine Sorgen um mich zu machen, und deine Brüder sind auch vor mir sicher.“

Offenbar versuchte sie ihm Schuldgefühle zu verursachen. Dummerweise hatte sie damit Erfolg. „Du hast selbst dazu beigetragen, dass ich das Schlimmste annahm. Gib es wenigstens zu.“

„Du nimmst immer das Schlimmste an“, warf sie ihm vor. „Ich bin nicht dafür verantwortlich, wie dein Verstand arbeitet.“

„Nein, bist du nicht. Trotzdem ist es in gewisser Hinsicht deine Schuld.“ Bevor sie protestieren konnte, erklärte er: „Sobald ich in deiner Nähe bin, kann ich keinen klaren Gedanken mehr fassen. Falls du es nicht mitbekommen hast, ich bin ziemlich scharf auf dich.“

Für den Bruchteil einer Sekunde war ihre Miene völlig ausdruckslos, und Morgan stellte sich bereits auf einen neuen Wutausbruch ein. Doch dann zuckten ihre Mundwinkel, und sie lachte laut. „Ist das deine Art, Entschuldigung zu sagen?“

Es freute ihn, sie lachen zu hören. „Du denkst, das bin ich dir schuldig?“

„Nein.“ Ihre Brille rutschte ihr die Nase herunter, und noch mehr Haare lösten sich aus dem Band. Sie sah zerzaust, verletzlich und unbeschreiblich sexy aus. „Ich glaube, du bist mir nicht das Geringste schuldig, außer dich aus meinen Angelegenheiten herauszuhalten.“

„Das kann ich nicht.“

„Dir bleibt aber keine andere Wahl.“

„Ich kann dir helfen, Malone.“

„Du willst mir helfen?“ Sie wandte sich ab und sagte über die Schulter: „Dann lass mich in Ruhe.“

Wieso sollte sie Geld von ihrem Arbeitgeber stehlen, wenn sie sogar von ihm nichts annahm, obwohl Morgan es ihr angeboten hatte? Besonders in Anbetracht ihrer Situation. Sie hatte nicht nur sein Angebot abgelehnt, sondern war über seinen Vorschlag geradezu empört gewesen. Irgendwie passte das alles nicht zusammen, und Morgan hatte die feste Absicht, Klarheit in diese Sache zu bringen.

Aber erst später. Jetzt musste er sich zunächst etwas einfallen lassen. Misty hatte zwar sein Geld abgelehnt, aber möglicherweise würde sie Hilfe anderer Art annehmen, sobald er sie zum Bleiben überredet hatte. Es kam für ihn nicht infrage, eine Frau in einer solchen Lage im Stich zu lassen. Ganz abgesehen davon, dass sie jetzt tatsächlich zur Familie gehörte. Grund genug für ihn, sich um sie zu kümmern.

Er nahm die Kaffeebecher und das leere Saftglas und machte sich auf den Weg in die Küche. Bevor Misty mit dem Duschen fertig war, hatte er noch ein paar Dinge zu erledigen. Zuerst musste er sich ihren kleinen Wagen vornehmen. Ein paar Zündkabel zu lösen müsste eigentlich schon genügen. Seine Brüder zu wecken würde schon etwas schwieriger werden. Für eine gute Sache waren sie jedoch immer zu haben. Und Misty zu helfen war eine gute Sache. So vernarrt wie seine Brüder in sie waren, sahen sie das sicher genauso.

Zwanzig Minuten später saß Morgan mit einem verschlafenen Casey am Küchentisch, als Misty hereinkam. Die anderen hatten es noch nicht bis in die Küche geschafft. Aber sie würden jeden Moment auftauchen.

Casey hatte den Kopf in die Hand gestützt und begrüßte sie gähnend. „Morgen, Misty. Wieso bist du schon so früh auf?“

Misty blieb erschrocken stehen. Ihre Haare waren frisch gebürstet und zu einem kleinen Zopf hochgebunden, was ihr ein erstaunlich unschuldiges Aussehen verlieh. Die Brille hatte sie nicht mehr auf, und ihre Nase war auch nicht mehr gerötet. Sie trug ein gelbes Baumwolltop, dazu Shorts und Riemchensandaletten und sah einfach umwerfend aus.

Morgan holte tief Luft bei ihrem Anblick und verdrängte

seine erotischen Fantasien.

Statt Casey zu antworten, warf Misty Morgan einen vorwurfsvollen Blick zu.

Grinsend fragte er: „Was hast du denn mit dem Koffer vor, Malone?“

Casey war plötzlich hellwach. „Du reist doch nicht schon ab, oder?“

Misty biss die Zähne zusammen und wandte sich mit einem gezwungenen Lächeln an Casey. „Ich fürchte, doch. Ich habe ein paar Dinge zu erledigen. Aber mir hat der Besuch viel Spaß gemacht. Richte deinem Dad bitte meinen Dank aus.“

Sie wollte gehen, doch Casey sprang auf und versperrte ihr den Weg. Morgan stand ebenfalls auf und lehnte sich an den Küchentresen. „Dad wird mir nie verzeihen, wenn du gehst, ohne dich zu verabschieden. Bleib doch noch bis nach dem Frühstück, ja?“ Er sah um Unterstützung suchend zu seinem Onkel. „Sag es ihr, Morgan. Sollte sie nicht besser erst frühstücken und auf die anderen warten?“

Morgan nickte langsam. „Da hast du recht, Casey.“

„Ach nein, es ist besser, wenn ich …“, begann Misty.

In diesem Moment ging die Küchentür auf, und Jordan kam hereingeschlurft. Er trug lediglich Jeans und kratzte sich den Bauch. Seine Haare waren noch zerzaust, und er sah aus, als könnte er mindestens noch sechs Stunden Schlaf gebrauchen.

„Was ist denn hier los?“, wollte er wissen.

Morgan zuckte unschuldig die Schultern. „Misty will uns verlassen.“

„Und sie will sich nicht mal von jedem verabschieden“, fügte Casey hinzu.

„Was? Wieso willst du dich davonschleichen?“, wollte Jordan von ihr wissen.

„Ich glaube, sie wollte nicht, dass jeder ihre Abreise mitbekommt“, meinte Morgan.

Seufzend stellte Misty ihren Koffer ab und stemmte die Hände in die Seiten. „Ich schleiche mich nicht davon. Ihr wusstet alle, dass ich heute abreisen würde."

Von der Tür her meldete sich Gabe zu Wort, der unbemerkt von den anderen aufgetaucht war. „Das stimmt nicht." Er warf Morgan einen Blick zu, kam in die Küche und ließ sich mit einem theatralischen Gähnen auf einen Stuhl sinken. Auch sein Oberkörper war nackt, und er war nur mit einer Jogginghose bekleidet. „Du hast gesagt, du könntest nicht bleiben. Aber es war nicht die Rede davon, dass du morgens um halb sieben verschwindest. Die Vögel sind ja noch nicht einmal wach. Daher würde ich es schon als Davonschleichen bezeichnen. Was ist los?"

Misty sah aus, als wäre sämtliche Kraft aus ihr gewichen. Morgan hatte Mitleid mit ihr und zog ihr einen Stuhl heran. „Setz dich wenigstens, während du uns deine Gründe erklärst." Er wollte ihren Arm umfassen, doch sie wich ihm aus und starrte ihn wütend an. „Ich werde fahren, mehr gibt es dazu nicht zu sagen. Ich habe gepackt und wollte früh aufbrechen. Außerdem liegen mir lange Abschiede nicht. Wenn ihr mich daher entschuldigen wollt …" Sie schnappte sich ihren Koffer und stürmte aus dem Haus.

Sofort riefen alle bis auf Morgan wild durcheinander und folgten ihr. Amüsiert beobachtete er, wie Jordan ihr den Koffer abnahm, als er merkte, wie ernst es Misty war. Er warf Morgan vorwurfsvolle Blicke zu, als erwarte er von ihm, dass er sie irgendwie aufhalte.

Nachdem Jordan den Koffer auf dem Rücksitz ihres Wagens verstaut hatte, nahm er Misty fest in die Arme. Für Morgan sah diese Umarmung nicht besonders familiär aus, besonders da Jordans Oberkörper nackt war. Bevor er die beiden trennen konnte, löste Jordan sich von ihr und sah sie an.

„Wo wirst du wohnen?", erkundigte er sich. „Gibt es eine

Telefonnummer, unter der wir dich erreichen können?"

Misty wirkte einen Moment lang ratlos, was Morgans Misstrauen weckte. Doch dann hellte sich ihre Miene auf. „Ich bin vorläufig noch ständig unterwegs. Aber ich melde mich, sobald ich mich irgendwo niedergelassen habe."

Morgan durchschaute sofort, dass sie nicht wusste, wo sie bleiben würde.

Gabe trat vor und umarmte sie seinerseits. Er wagte es sogar, ihr einen Kuss auf die Wange zu geben, wie Morgan empört registrierte. „Falls du deine Meinung ändern solltest, dann komm wieder zurück", bot Gabe ihr an.

„Das werde ich. Danke."

Caseys Miene war skeptisch. „Deinetwegen wird mein Dad mir den Kopf abreißen."

Zufrieden nahm Morgan Caseys trauriges Gesicht zur Kenntnis. Leider kaufte Misty es ihm nicht ab. Im Gegenteil, sie grinste sogar. „Dein Vater wird dir kein Haar krümmen, das weißt du. Und jetzt komm her, und lass dich drücken."

Mit einem schiefen Lächeln gehorchte Casey.

Selbst diese Umarmung passte Morgan nicht, doch Misty schenkte ihm nicht einmal Beachtung. Er wartete, bis sie hinterm Steuer saß und die Tür zugemacht hatte. Geduldig lehnte er sich an die große Eiche vor dem Haus.

Zerknirscht gesellte sich Jordan zu ihm.

„Tut es dir leid, dass sie fährt?", fragte Morgan.

„Hast du mich nur aus dem Bett geholt, damit ich mich von ihr verabschiede? Ich dachte, du würdest sie irgendwie aufhalten. Honey wird ganz schön wütend sein, wenn sie erfährt, dass wir Misty einfach so haben gehen lassen."

„Sie wird nirgendwohin gehen", entgegnete Morgan trocken.

Ein letztes Mal winkte sie allen zu und drehte den Zündschlüssel. Der Motor stotterte, sprang aber nicht an. Sie runzelte die Stirn und versuchte es erneut. Vergebens.

Gabe kam mit Casey zu Morgan geschlendert. „Hast du an ihrem Wagen herumgebastelt?“

Morgan tat empört. „Na hör mal! Würde ich so etwas tun? Ich repräsentiere hier schließlich das Gesetz. Einen Wagen zu manipulieren ist illegal.“

Grinsend ging Gabe zum Wagen und klopfte an die Scheibe der Fahrertür. Als Misty das Fenster heruntergedreht hatte, sagte er: „Das klingt nicht, als würde er noch anspringen.“

Misty legte den Kopf aufs Lenkrad, ignorierte Gabe und drehte immer wieder den Zündschlüssel um. Sie wirkte so verzweifelt, dass Morgan es kaum noch ertragen konnte. In der Überzeugung, alles im Griff zu haben – bis auf den Aufruhr seiner Gefühle –, marschierte er zum Wagen, öffnete die hintere Tür und nahm den Koffer heraus. Dann schob er Gabe zur Seite, machte die Fahrertür auf und umfasste Mistys Arm. Gabe stand grinsend daneben, während Jordan und Casey das Schauspiel zufrieden verfolgten.

„Komm schon, Malone“, sagte er. „Hier herumzusitzen und Trübsal zu blasen nützt auch nichts.“

Erneut ließ sie den Kopf aufs Lenkrad sinken. „So viel Pech kann ich doch nicht haben!“

Morgan zögerte. Aber er wusste, dass er das Richtige getan hatte. Er brauchte ein wenig Zeit, um den Schaden wiedergutzumachen, den er dadurch angerichtet hatte, dass er auf ihrer Abreise bestanden hatte. Später einmal würde sie ihm dafür danken. „Komm mit ins Haus, dort werden wir uns etwas einfallen lassen.“

Sie lehnte sich zurück und starrte ihn an. „Ich hoffe, du bist jetzt glücklich.“

Ein flüchtiges Lächeln huschte über sein Gesicht. Sofort nahm er sich zusammen und half ihr aus dem Wagen. Auch auf dem Weg ins Haus ließ er ihren Arm nicht los. Er war froh, dass sie sich nicht loszureißen versuchte. Das war doch schon ein kleines Anzeichen von Vertrauen, oder?

Dummerweise passierte etwas, womit Morgan nicht gerechnet hatte: In der Küche trafen sie Sawyer und Honey, nur mit einem Bettlaken bekleidet, das sie sich teilten.

Morgan blieb unvermittelt stehen, sodass alle anderen im Türrahmen mit ihm zusammenstießen.

Beim Anblick ihrer Schwester stöhnte Misty auf und barg ihr Gesicht an Morgans Schulter. „Ich bin verflucht."

„Grundgütiger!", rief Honey erschrocken und hielt sich das Laken bis unters Kinn – sodass Sawyer nackt dastand. „Es ist gerade mal halb sieben! Wir dachten, alle sind noch im Bett!"

Sawyer schnappte nach einem Stück des Lakens, um sich vor Misty wenigstens notdürftig zu bedecken. „Was, um alles in der Welt, ist eigentlich los?", verlangte er von seinen Brüdern zu erfahren. Dann sah er den Koffer in Morgans Hand. „Willst du weg, Morgan?"

Casey stellte sich auf Zehenspitzen, um über Morgans Schulter zu spähen, und rief: „Misty wollte weg, aber Morgan hat sie aufgehalten."

Sawyer sah verwirrt seine Frau an, dann seinen Sohn. „Weg? Wohin?"

„Ich habe keine Ahnung", erwiderte Casey. „Nach Hause, nehme ich an, obwohl sie meinte, sie wäre erst mal viel unterwegs und würde sich melden, sobald sie sich irgendwo niedergelassen hat ..."

Morgan spürte, wie Misty zitterte. „Das reicht, Casey", unterbrach er daher seinen Neffen. Zu Sawyer gewandt, erklärte er: „Es handelt sich nur um ein Missverständnis. Was macht ihr beide eigentlich hier? Wir dachten, ihr würdet bis zum Nachmittag ... schlafen."

Grinsend entgegnete Sawyer: „Wir brauchten zwischendurch mal etwas zu essen."

Honey errötete und stieß ihrem Mann den Ellbogen in die Rippen.

Jordan drängte sich zwischen den anderen hindurch. „Wenn ihr beiden wieder ins Bett wollt, bringe ich euch in ein paar Minuten ein Tablett. Seid ihr mit Kaffee und Brötchen einverstanden?"

„Ausgezeichnet." Sawyer wollte Honey hinausschieben, doch sie rührte sich nicht von der Stelle. Stattdessen wandte sie sich an ihre Schwester.

„Misty? Du wolltest abreisen, ohne mir etwas zu sagen?"

Erfreut registrierte Morgan, dass Misty seine Hand ergriff. Sanft drückte er ihre Finger und antwortete für sie: „Keine Sorge, vorläufig kann sie nirgendwohin, weil ihr Wagen nicht anspringt."

Honey runzelte die Stirn. „Ihr Wagen springt nicht an?" Misstrauisch sah sie zu Gabe. „Hast du etwa an ihrem Wagen herumgespielt, wie du es bei meinem getan hast?"

„Ich habe ihn nicht angerührt!", rief Gabe empört. „He, ich bin gerade erst aufgestanden. Ich bin noch gar nicht wach genug, um an Motoren herumzufummeln."

Jordan meldete sich zu Wort, bevor sie ihren Vorwurf an ihn richten konnte. „Das Gleiche gilt für mich. Ich wusste nicht einmal, dass sie uns verlassen wollte, bis ich sie mit dem Koffer gesehen habe."

Misty sah ihre Schwester an. „Sie haben deinen Wagen manipuliert?"

Honey zuckte die Schultern. „Ich wollte abreisen, um ihnen nicht zur Last zu fallen und sie in Gefahr zu bringen. Aber sie waren besorgt um mich und fanden, es wäre besser, wenn ich bei ihnen bleibe. Sie taten es aus guter Absicht, also habe ich ihnen verziehen."

Misty ließ Morgans Hand los und warf ihm einen vorwurfsvollen Blick zu. „Hast du etwa …"

„Du hast mir keine andere Wahl gelassen", verteidigte er sich.

Misty boxte Morgan in den Magen. „Wie konntest du es nur wagen!"

„Du wolltest mir ja nicht zuhören."

Misty gab einen wütenden Laut von sich und sah aus, als würde sie ihn noch einmal schlagen. Doch dann schien sie es sich anders zu überlegen. „Na schön. Ich werde mir ein Taxi rufen, das mich zum Busbahnhof bringt."

Morgan warf ihr einen warnenden Blick zu. „Zwing mich lieber nicht …"

„Repariere meinen Wagen!", fuhr sie ihn an.

„Nein!" Morgan verschränkte die Arme vor der Brust.

Sawyer versuchte es diplomatisch und räusperte sich. „Äh, Morgan …"

„Sie kann nicht fahren", unterbrach Morgan seinen Bruder.

„Wieso nicht?"

„Wenn sie doch so entschlossen ist …", mischte sich Gabe ein.

„Mir wäre es auch lieber, wenn sie bleibt", meldete sich Jordan zu Wort. „Aber …"

Morgan schloss die Augen und überlegte, wie er aus der ganzen Sache herauskam. Aber es gab keinen anderen Weg. Als er Misty wieder in die Augen sah, wusste er, dass sie seine Absicht durchschaute.

„Wage es nicht", warnte sie ihn.

Er streichelte ihre Wange. „Es tut mir leid." Damit wandte er sich an alle und verkündete: „Ich kann sie nicht gehen lassen, weil sie schwanger ist."

Die Reaktion fiel nicht ganz so aus, wie er es erwartet hatte. Honey machte ein Gesicht, als hätte sie der Blitz getroffen, Gabe und Jordan verstummten völlig, Casey wurde rot, und Sawyer lehnte sich mit einem Seufzer an den Küchentresen, wobei er seinen Teil des Lakens festhielt.

Und Misty boxte Morgan erneut. Bevor sie sich noch selbst verletzten konnte, hielt er ihre Hände fest. Als Nächstes merkte er, dass ihn alle anstarrten – und zwar vorwurfsvoll.

„Ich bin nicht der Vater“, erklärte er trocken. „He, ich kenne sie gerade erst zwei Wochen, falls ihr das schon vergessen habt.“

Sawyer hustete. „Das ist lange genug.“

„In diesem Fall nicht!“

Alle atmeten sichtlich auf. Honey sagte zu Morgan: „Unter diesen Umständen hast du natürlich recht. Sie kann nicht weg. Halt sie fest, bis ich wieder da bin, ja?“ Damit sauste sie davon, wobei sie Sawyer hinter sich herzog.

Gabe setzte sich an den Tisch und entspannte sich. „Diese ganze Aufregung hat mich hungrig gemacht. Jordan, wenn du sowieso Frühstück machst, mach für mich auch was.“

Jordan nickte und begann mehrere Pfannen aus dem Schrank zu holen. „Dann mache ich statt Brötchen lieber Pfannkuchen. Casey, Misty, was ist mit euch? Seid ihr hungrig?“

Casey setzte sich ebenfalls. „Ich bin immer hungrig, das weißt du doch.“

Misty sah staunend in die Runde, als hätte sie eine ganz andere Reaktion auf Morgans Worte erwartet. Vielleicht etwas Dramatischeres als das Angebot, Frühstück zu machen. Hatte sie ihn und seine Brüder etwa für Ungeheuer gehalten, die sie mit Verachtung strafen würden?

Morgan umfasste zärtlich ihr Kinn und meinte: „Habe ich dir nicht gesagt, dass alles gut werden wird?“ Misty murmelte etwas zweifellos Abweisendes, doch er ließ sich davon nicht beirren. „Ich schwöre dir, ich hatte keine Ahnung, dass unser frisch verheiratetes Paar wach sein würde. Und ich hatte auch nicht die Absicht, die Katze aus dem Sack zu lassen und allen von deiner Schwangerschaft zu erzählen.“

Sie machte nach wie vor ein Gesicht, als könnte sie ihn umbringen.

Morgan beugte sich vor, sodass sie gegen die Küchenschränke gedrängt wurde und seine Brüder sie weder sehen noch ihn hören konnten. „Ich habe nicht die Absicht, deine anderen Geheimnisse zu verraten. Du kannst also in der Hinsicht ganz beruhigt sein." Sie standen so nah beieinander, dass er mit jedem Atemzug ihren Duft einatmete. Er hatte die Hände rechts und links von ihr auf den Küchentresen gestützt, und Mistys Hände lagen auf seiner Brust. Doch sie stieß ihn nicht weg, und er sah, wie ihre Lippen sich teilten. Die Anziehungskraft zwischen Misty und ihm erstaunte ihn. Selbst wenn sie wütend war, reagierte sie noch auf diese sinnliche Art auf ihn. Morgan ahnte bereits, wie explosiv es sein würde, wenn sie endlich zusammenkämen – und er hatte keinen Zweifel mehr daran, dass das früher oder später geschehen würde.

Sein Herz schlug schneller. „Misty?" Langsam sah sie auf, und ihre Blicke trafen sich. „Es gibt keinen Grund, weshalb irgendwer den Rest deiner Geschichte kennen sollte, solange du es nicht willst."

Misty erschauerte, doch ehe sie etwas sagen konnte, kam Honey in die Küche zurückgestürmt, diesmal im Kleid. Als sie sah, wie Morgan ihrer Schwester ins Ohr flüsterte, blieb sie abrupt stehen. „He, was soll das? Geh weg von ihr, Morgan. Ich will mit meiner Schwester sprechen, ohne dass du versuchst, eine von uns einzuschüchtern."

Morgan richtete sich langsam auf und fragte sich, ob Misty ihm glaubte. „Ich habe dich nie eingeschüchtert, Honey."

„Versucht hast du es aber oft genug." Sie nahm Mistys Arm und zog sie zur Seite.

Morgan bückte sich nach ihrem Koffer. „Ich bringe ihre Sachen wieder auf ihr Zimmer."

Misty schüttelte den Kopf, während Honey lächelnd erwiderte: „Vielen Dank, Morgan. Misty und ich gehen ins Wohnzimmer, um zu reden."

„Ich rufe euch, sobald das Frühstück fertig ist", sagte Jordan.

Nachdem die Schwestern gegangen waren, spürte Morgan, wie seine beiden Brüder ihn ansahen. „Was ist?"

„Nichts", meinte Gabe.

„Ich habe nichts gesagt", erklärte Jordan.

Casey tat, als würde er einen Vogel draußen vor dem Küchenfenster beobachten.

„Verdammte Bande", murmelte Morgan und verließ mit dem Koffer die Küche. Auf dem Rückweg von Mistys Zimmer kam er am Wohnzimmer vorbei und hörte ein verärgertes „Er hasst mich".

Mit pochendem Herzen blieb er stehen. Er wartete und lauschte, was Honey darauf entgegnen würde.

Sie sprach beruhigend auf ihre Schwester ein, genau wie Morgan es erwartet hatte. „Morgan hasst dich nicht. Er hat dich aufgehalten, weil das eben ihre Art ist. Sie haben alle etwas Ritterliches. Morgan will dich nur beschützen."

Misty lachte ungläubig. „Na klar, wenn du das sagst."

„Es stimmt wirklich", beharrte Honey. „Ich kenne sie alle viel besser als du."

„Es spielt keine Rolle, was Morgan denkt oder von mir hält. Ich wollte dich einfach nicht mit meinen Problemen belasten. Du solltest dir keine Sorgen um mich machen müssen."

„Begreifst du nicht? Solange du hier bist, werde ich mir keine Sorgen um dich machen, weil ich weiß, dass es dir dann gut geht. Vermutlich denkt Morgan ebenso."

„Aber …" Misty zögerte einen Moment lang. Dann erklärte sie: „Ich muss wieder arbeiten. Ich kann hier nicht auf unbestimmte Zeit bleiben."

Bevor Misty ihre Schwester davon überzeugen konnte, dass sie wirklich abreisen musste, betrat Morgan den Raum. Die beiden Frauen hatten es sich auf dem Sofa bequem gemacht. Misty sah ihn alarmiert an.

Es gab für ihn momentan keine Möglichkeit, sie zu beruhigen, daher versuchte er es gar nicht erst. Er hatte ihr bereits sein Wort gegeben, dass er nichts von ihrem Gesetzeskonflikt erzählen würde. Es konnte nicht schaden, wenn sie ihm ein wenig vertraute.

Er kam gleich zur Sache. „Ich hörte dich gerade deinen Job erwähnen."

„Morgan ...", meinte sie warnend.

Er ignorierte ihren drohenden Ton. „Ich habe die ideale Lösung für dich."

Misty stöhnte erneut auf.

Unbeeindruckt hob er die Hände und verkündete: „Du wirst für mich arbeiten."

Misty starrte ihn einen Moment lang perplex an. Dann stieß Honey sie in die Seite. „Ich habe bereits einen Job."

Morgan setzte sich in einen der Sessel. „Malone", sagte er ruhig, „du hast mir doch eben erst erzählt, dass du deinen Job hasst und sowieso vorhattest, dich nach etwas anderem umzuschauen. Wieso nicht hier, wo du nah bei deiner Familie sein kannst?"

„Ich habe nie ..." Sie biss sich auf die Lippe, da sie seine Lüge schlecht mit der Wahrheit widerlegen konnte. Er hatte sie in die Enge getrieben, und er wusste es. Misty räusperte sich und lächelte verkrampft. „Damit wollte ich nicht andeuten, dass du mir einen Job beschaffen sollst."

Morgan winkte ab. „Natürlich nicht. Das weiß ich doch. Dazu bist du viel zu aufrichtig und direkt. Aber ich möchte trotzdem, dass du den Job annimmst."

Misty sah zu Honey, erkannte, dass sie von ihrer Schwester

keinen Beistand zu erwarten hatte, und schüttelte den Kopf. „Nein."

„Wie kannst du ablehnen, wenn du noch nicht einmal weißt, was für ein Job das ist?"

„Und was ist das für ein Job?"

Morgan grinste. „Ich brauche eine Assistentin. Jemand, der die Aufgaben einer Sekretärin übernimmt. Hauptsächlich vormittags und nachmittags. Abends hast du frei. Bedenke, dass du so auch mehr Zeit mit Honey verbringen kannst."

Honey schien begeistert. „Morgan, das ist eine fabelhafte Idee!" Dann wandte sie sich an Misty. „Es wäre wirklich vernünftig, wenn du jetzt in der Nähe deiner Familie bist. Dies ist nicht der richtige Zeitpunkt für falschen Stolz."

„Ganz recht", stimmte Morgan zu.

Honey seufzte. „Habe ich dir nicht gesagt, dass er wundervoll ist?"

Fast hätte Misty sich verschluckt, besonders als sie Morgans amüsierte Miene sah. Sie holte tief Luft und versuchte ruhig zu klingen. „Ich habe nicht die geringste Ahnung von der Arbeit für einen Sheriff."

„Ich bringe dir alles bei, was du wissen musst."

Nur mühsam wahrte sie ihre Fassung und stand auf. Morgan und Honey erhoben sich ebenfalls, als könnte sie hinfallen. Dabei sah man nicht einmal etwas von ihrer Schwangerschaft. „Ich werde über dein Angebot nachdenken, Morgan."

Er nickte. „Fein. Aber beeil dich, ja? Du musst nämlich morgen anfangen."

Erschrocken sah sie ihn an. Sie wollte morgen nicht anfangen! Sie wollte überhaupt nicht anfangen. Im Gegenteil, sie hatte höchstens ein paar Pläne schmieden wollen, um alle zu beruhigen, sodass sie verschwinden konnte. „Aber …"

„Wirst du es tun, Misty? Bitte." Honey umarmte ihre Schwester, und Misty blieb nichts anderes übrig, als die Umarmung zu erwidern. Seit Honey Sawyer kennengelernt hatte, war sie überglücklich und wollte, dass alle anderen es auch waren. Misty warf Morgan über Honeys Schulter hinweg einen finsteren Blick zu. Morgan grinste nur.

Dann löste sich Misty von ihrer Schwester und lächelte beruhigend. „Wieso gehst du nicht schon mit deinem Mann frühstücken? Ich will mit Morgan noch den Job besprechen."

„Aber du hast mir noch gar nichts über das Baby erzählt oder im wievielten Monat du bist!"

Zu Mistys Überraschung umfasste Morgan Honeys Arm. „Eins nach dem anderen. Wenn sie den Job annimmt und hierbleibt, wirst du noch genug Zeit haben, dich ausführlich mit ihr darüber zu unterhalten."

Widerstrebend gab Honey nach. Sie warf Morgan noch einen warnenden Blick zu, was ihn zum Lachen brachte, und ging. Kaum war Honey aus dem Zimmer, trat er zu Misty und sagte: „Ich habe dir versprochen, kein Wort über deinen Job oder die Verurteilung zu verraten. Dabei bleibt es."

„Wieso sollte ich dir glauben?"

Er zögerte. Dann streichelte er ihre Wange, und die Berührung war so sanft und warm, dass sie nicht zurückweichen konnte. „Ich wollte dich nicht kränken, Malone. Das musst du wissen."

Sie lachte rau. „Werd nicht gefühlsduselig, sonst wird mir wieder schlecht."

„Du gibst dich wirklich hart, was? Kämpfst notfalls gegen die ganze Welt. Ich bewundere deinen Mut."

„Meine Beleidigungen haben also nicht den gewünschten Effekt? Anscheinend hast du ein dickeres Fell, als ich dachte."

Morgan stieß einen Pfiff aus. „Du bist wirklich sauer, wie?"

„Sauer? Ich bin außer mir vor Wut. Was du getan hast, war rücksichtslos."

Mit dem Daumen strich er über ihre Wange. „Ich habe doch

nur versucht, dich hierzubehalten, weil du meinetwegen wegwolltest."

Misty war erstaunt. Fühlte er sich etwa schuldig? Ging es darum? Sie hatte tatsächlich nicht weggewollt. Aber sie hatte auch nicht gewollt, dass die ganze Familie etwas von ihren persönlichen Problemen mitbekam. Es würde hart werden, ihnen jetzt wieder gegenüberzutreten, da sie sicher unzählige Fragen hatten – vor allem über den Vater des Babys.

Als hätte er ihre Gedanken gelesen, sagte Morgan: „Komm schon, Malone, es gibt keinen Grund, verlegen zu sein. Meine Brüder werden dich nicht verurteilen. Wenn überhaupt, werden sie dem Kerl die Schuld geben, der dich geschwängert hat und dann verschwunden ist. Wir haben ziemlich altmodische Ansichten über solche Dinge. Ein Mann sollte für seine Taten die Verantwortung übernehmen."

Sie war dankbar für seine Worte, wenn auch nicht für seine Einmischung. „Tja, das hat dieser Kerl nicht getan. Aber glaub mir, ich bin ohne ihn besser dran."

Morgan lachte. „Das will ich nicht bestreiten, denn wenn er in der Nähe wäre, würde ich in Versuchung kommen, ihn zu verprügeln."

„Wirklich?"

„Er hat dir wehgetan. Eine Tracht Prügel ist das Mindeste, was er verdient."

Misty war sprachlos. Morgan klang fast, als würde sie ihm etwas bedeuten, als würde er sie gar nicht verachten. „Wie süß von dir", sagte sie scherzhaft.

Doch seine Miene war ernst. „Sei froh, dass du diesen Mistkerl nicht geheiratet hast."

„Ich will überhaupt nicht heiraten. Ich habe genug von Männern."

„Du hast bisher nur mit den falschen Männern zu tun gehabt, das ist alles."

„Allerdings", bestätigte sie und sah ihn demonstrativ an.

Er ignorierte diese Andeutung und legte seine Stirn an ihre. Misty spürte die Zärtlichkeit, die von ihm ausging.

„Es ist außerdem offensichtlich, dass Honey dich sehr liebt", fuhr er fort. „Daran wird sich nichts ändern."

Wie konnte er nur solche Gefühle in ihr wecken, wo sie doch eigentlich wütend auf ihn war? „Ich weiß, dass meine Schwester mich liebt. Trotzdem lag die Entscheidung nicht bei dir, es ihr zu sagen."

„Kann sein. Dennoch war es die richtige Entscheidung. Du warst nur stur. Gib es zu."

„Niemals."

Er lachte erneut. „Wenigstens bist du auf diese Weise mit deiner Familie zusammen. Und damit meine ich uns alle. Wir sind jetzt deine Familie, ob es dir nun passt oder nicht. Du hast weder einen Job noch einen Ort, an dem du bleiben kannst."

Endlich fand sie die Kraft zurückzuweichen. „Sei nicht albern."

„Ach, und wohin wolltest du?"

Statt zu antworten, zuckte sie nur die Schultern.

„Das dachte ich mir. Wieso willst du dann nicht einfach hierbleiben?"

„Du wolltest doch, dass ich verschwinde, Morgan!"

„Das war vorher."

„Oh, ich verstehe. Eine schwangere Frau ist kein so großes Risiko. Jetzt hast du keine Angst mehr, dass ich deine Brüder verführen könnte, was? Das war ja schließlich deine Hauptsorge."

„Nein", widersprach er, „meine Hauptsorge war die Anziehung zwischen uns beiden. Und daran ändert eine Schwangerschaft nicht viel. Du bist noch immer viel zu sexy. Nur ein toter Mann käme nicht in Versuchung."

Misty wünschte, sie hätte mit dem Thema gar nicht erst angefangen. „Das ist lächerlich."

„Nein, es ist die Wahrheit. Du musst doch wissen, wie attraktiv du bist und welche Wirkung du auf Männer hast. Aber jetzt habe ich eine Idee, wie wir das in den Griff bekommen."

Seine Worte lösten ein Kribbeln in ihrem Bauch aus. Sie wollte sich nicht zu ihm hingezogen fühlen! Er war arrogant und stur. Aber er fühlte sich auch seiner Familie verpflichtet, war verantwortungsbewusst und unglaublich attraktiv. Vermutlich waren ihm die Frauen schon sein ganzes Leben lang nachgelaufen.

Sie setzte eine gelangweilte Miene auf. „Und was ist das für eine Idee?"

„Ich werde einfach allen erzählen, dass wir beide zusammen sind und du daher tabu bist."

„Wie bitte?"

Er grinste über ihre Reaktion. „Glaub mir, Malone, dann werden dich die Männer in Ruhe lassen. Und das wolltest du ja, oder?"

5. KAPITEL

Ich soll so tun, als wäre ich deine …“, stammelte Misty fassungslos.

„Als wären wir zusammen“, bestätigte Morgan. „Genau das ist der Plan. Ich sehe das Ganze so: Du brauchst einen Job. Nur wird es aufgrund deiner Verurteilung wegen Diebstahls nicht leicht sein, einen zu finden.“

„Kann sein.“

„Außerdem hast du noch Bewährung, oder?“

Zögernd nickte sie. „Noch ein paar Monate.“

„Das dachte ich mir. Der Job, den ich dir anbiete, wird von der Gemeinde bezahlt. Außerdem wird es in deinem Lebenslauf und bei deinem Bewährungshelfer gut aussehen, wenn du im Büro des Sheriffs gearbeitet hast. Wie gesagt, es ist keine schwere Arbeit …“

„Ich fürchte mich nicht vor schwerer Arbeit.“

„Das meinte ich auch nicht“, versuchte er sie zu beschwichtigen. „Ich meinte nur, dass du den Job problemlos machen kannst. Du brauchst keine besondere Ausbildung oder Fähigkeiten. Und wenn du den Job annimmst, kannst du auf unbegrenzte Zeit hierbleiben, was dir die Kosten für eine Unterkunft erspart.“

„Morgan, ich kann nicht hierbleiben.“

„Wieso nicht? Bevor ich dich gedrängt habe, hattest du es auch nicht eilig zu verschwinden.“

„Das stimmt nicht ganz“, widersprach sie. „Ich hatte gehofft, noch ein oder zwei Wochen länger bleiben zu können, während ich mir darüber klar werde, was ich tun soll. Aber dann wäre ich gegangen. Ich hatte nie vor, länger zu bleiben.“

„Honey möchte, dass du bleibst.“

„Aber es ist Sawyers Haus und …“

„Deine Schwester lebt jetzt hier und kann daher einladen,

wen sie will. Sie gehört jetzt zur Familie."

„Aber vielleicht ist es Sawyer ..."

„Sawyer würde sich freuen, wenn du bleibst", unterbrach er sie. „Außerdem gehört das Haus uns allen. Mein Vater hat es gebaut, als er und meine Mom heirateten. Als sie und Gabes Vater sich in Florida zur Ruhe setzten, übernahmen wir das Haus. Da erwachsene Männer ihre Privatsphäre brauchen, baute Gabe sich den Keller aus und Jordan die Räume über der Garage."

„Gabes Vater? Ist Gabe nur dein Halbbruder?", erkundigte sie sich.

Er grinste. „Setzen wir uns, dann erzähle ich dir eine hübsche lange Geschichte."

Sie wählte einen Sessel, damit er sich nicht neben sie setzen konnte.

„Mein Vater starb, als ich noch ein Baby war", begann er. „Ich war noch klein, als meine Mom wieder heiratete und Jordan bekam. Die Ehe ging nicht gut, und so ließ sie sich scheiden."

„Nachdem sie Gabe bekommen hatte?", fragte Misty.

„Nein. Mein Vater starb im Krieg. Er war die erste wahre Liebe meiner Mutter, und es fiel ihr sehr schwer, über seinen Verlust hinwegzukommen. Dann lernte sie Jordans Vater kennen. Sie war einsam und musste zwei Söhne großziehen. Sie dachte, sie würde ihn lieben, und heiratete deshalb noch einmal. Nicht lange danach verlor er seinen Job und fing an zu trinken. Von da an ging es bergab. Es war nicht leicht für meine Mom, einen Job und drei Kinder zu bewältigen und gleichzeitig in dieser Kleinstadt schief angesehen zu werden, weil sie eine geschiedene Witwe mit drei Söhnen war."

„Das kann ich mir vorstellen." Misty zupfte an einer Franse ihrer Shorts. „Selbst heute noch ist es als allein erziehende Mutter nicht so einfach. Ganz zu schweigen von einer

Mutter mit drei Kindern. Deine Mom muss ein sehr mutiger Mensch sein."

„Du bist auch mutig", sagte er mit sanfter Stimme. „Dass du dich für das Baby entschieden hast, zeugt von Mut und Entschlossenheit."

Sie versuchte ihn wieder auf das eigentliche Thema zu bringen. „Erinnerst du dich noch an Jordans Vater?"

„Nicht richtig. Ich war erst zwei, als sie ihn geheiratet hat, und habe meine Mutter nie über diese Zeit klagen hören. Sie sagte nur, dass sie von ihm Jordan bekommen hatte und sie daher keinen Moment der Ehe bedaure. Aber ich habe mein ganzes Leben hier verbracht, und die Leute reden nun mal. Hauptsächlich davon, was für eine starke Frau sie war und dass sie nach dem Verlust des einen Ehemannes und der Scheidung vom zweiten den Männern abgeschworen hatte." Er sah Misty an. „So ähnlich wie deine Behauptung, dass du mit Männern nichts mehr zu tun haben willst. Wenn eine Frau so verletzt wird, fällt es ihr schwer, jemals wieder einem Mann zu vertrauen."

„Ich versuche dir dauernd klarzumachen, dass ich nicht verletzt bin, sondern nur ein bisschen weiser. Meine vorrangigen Ziele sind jetzt ein Job und das Wohl des Babys. Und dazu brauche ich keinen Mann."

Aber er war nicht irgendein Mann, und er wollte unbedingt, dass sie das begriff. Er fuhr mit seiner Geschichte fort, als hätte Misty ihn nicht abgelenkt. „Weißt du, woran ich mich erinnere? Mit ihr am Abend zusammen zu sein und Bücher zu lesen, Malbücher vollzumalen oder manchmal auch Plätzchen zu backen. Sie arbeitete sehr hart, aber sie wurde es nie überdrüssig, mit uns zu reden oder uns die Hölle heiß zu machen, wenn wir uns untereinander mal wieder prügelten."

„Irgendwie kann ich mir nicht vorstellen, dass die anderen so viel Unsinn angestellt haben wie du", bemerkte sie trocken.

Morgan zuckte die Schultern. „Schon möglich. Ich war ein ziemlicher Unruhestifter. Meine Mutter behauptete manchmal, ich hätte es von meinem Vater geerbt. Allerdings habe ich sie ein paar Mal explodieren gesehen, deshalb bezweifle ich das. Was die anderen angeht, so war Sawyer immer ein echter Überflieger. Ich kenne nicht viele Männer, die sich um ein Baby kümmern und gleichzeitig ihr Medizinstudium fortsetzen würden. Selbst mit unserer Hilfe hatte er noch alle Hände voll zu tun, doch er beklagte sich nie."

Misty seufzte. „Sawyer ist eine Ausnahme. Die meisten Männer würden sich vor dieser Art von Verantwortung drücken."

Aus irgendeinem Grund ärgerte sich Morgan über diese Bemerkung. „Du hast noch nicht genug anständige Männer kennengelernt, um das zu beurteilen."

Sie lachte traurig. „Das stimmt sicher, und ich finde es wundervoll, dass ihr euch alle so nahesteht. Mein Vater ist da ganz anders. Wenn Honey nicht wäre …"

„Ich weiß. Sie hat mir viel über ihn erzählt." Morgan wünschte, sie würde sich ihm ein wenig mehr öffnen. Doch ihr Lächeln war schon wieder verschwunden, ihre Miene verschlossen. Vorsichtig sagte er: „Da ihr euch so nahesteht, müsste dir die Vorstellung doch gefallen, hier in Buckhorn zu sein."

Sie ging gar nicht darauf ein. Stattdessen fragte sie: „Was ist mit Gabe? Er wurde doch sicher nicht unter einem Felsen gefunden, oder?"

„Manchmal frage ich mich, ob es nicht wirklich so war. Aber meine Mutter ist noch immer mit Brett Kasper verheiratet. Er ist Gabes Vater."

„Ihr seht euch alle nicht allzu ähnlich. Na ja, du und Sawyer schon, mit dem Unterschied, dass du ein imposanter Riese bist und er nicht."

„Vielen Dank."

Sie winkte ab. „Ihr habt die gleichen dunklen Haare und das gleiche störrische Kinn."

„Das habe ich schon öfter gehört."

„Aber Gabe mit seinen blonden Haaren und diesen unglaublichen blauen Augen ..."

„Malone ...", unterbrach er sie warnend.

„Und Jordans braune Haare und grüne Augen, seine sinnliche Stimme ..."

„He, muss ich mir etwa schon wieder Sorgen um meine Brüder machen?"

Misty lachte wieder und musste sich eingestehen, dass sie ihn mochte, ob es ihr nun gefiel oder nicht. Sie war gern mit ihm zusammen.

„Dich lachen zu hören ist viel schöner, als dich weinen zu hören", meinte er.

Bei der Erinnerung daran errötete sie. „Wenn du heute Morgen nicht herumgeschlichen wärst, hättest du davon nichts mitbekommen."

Es war nicht seine Absicht gewesen, sie in Verlegenheit zu bringen. „Ich wollte mich auch nicht beklagen, Malone. Ich sehe nur nicht gern, wenn du unglücklich bist."

Sie beugte sich vor und hob spöttisch die Brauen. „Ah, ich verstehe. Und weil du dachtest, es würde mich glücklich machen, hast du dich hingestellt und allen verkündet, dass ich schwanger bin, nicht?"

„Nein. Aber ich wusste, dass es dich auch nicht glücklich machen würde, wenn du von hier verschwindest und auf dich allein gestellt bist. Du hättest dich höchstens noch elender gefühlt."

„Ich fühle mich nicht elend!"

Er hob kapitulierend die Hände. „Na schön, das nehme ich zurück. Willst du jetzt noch das Happy End der Geschichte von meiner Mutter hören, bevor du wütend davonläufst?"

„Ich bin mir nicht sicher, was du unter einem Happy End verstehst."

„Vertrau mir ein bisschen mehr, Malone."

„Niemals."

Ihre störrische Antwort frustrierte ihn. „Das sagst du anscheinend wirklich gern."

„Nur in deiner Gegenwart."

Er seufzte resigniert und fuhr fort: „Es dauerte sehr lange, und Brett Kasper hatte alle Mühe, meine Mutter zu überzeugen, nachdem sie bereits einen Ehemann durch Tod und einen durch Scheidung verloren hatte. Aber am Ende hatte er Erfolg. Man kann sich keinen hingebungsvolleren Mann als Brett vorstellen. Als meine Mom ihm die kalte Schulter zeigte, brachte er uns auf seine Seite. Von da an hatte sie keine Chance mehr."

„Soll das heißen, er hat deine Mutter genauso ausgetrickst, wie du es bei mir versucht hast?"

Er grinste. Seine Mutter war ebenso entschieden gegen eine Beziehung gewesen wie Misty. Der richtige Mann hatte ihre Meinung jedoch geändert. Morgan wollte daran glauben, dass ihm dasselbe bei Misty gelingen könnte. „Die beiden sind jetzt seit einiger Zeit verheiratet. Leider hat Brett einige gesundheitliche Probleme, sodass er nicht zu der Hochzeit kommen konnte. Und meine Mom wollte ihn nicht allein lassen."

„Deine Mutter scheint wirklich eine unglaubliche Frau zu sein."

„Verstehst du, was ich dir damit sagen will? Sie wollte auch nichts mehr mit Männern zu tun haben und hat am Ende ihre Meinung geändert. Irgendwann wirst du ebenfalls deine Vorbehalte vergessen." Bevor sie protestieren konnte, fragte er: „Was meinst du? Wollen wir zu den anderen gehen?"

Sie schloss die Augen und stöhnte. „Ich weiß nicht. Bei der

Vorstellung, ihnen jetzt gegenübertreten zu müssen, wird mir schon wieder flau im Magen."

„Dann lass es erst mal. Sag mir, dass du den Job annimmst. Dann fahren wir in die Stadt und klären alles Weitere für dich. Das wäre eine gute Entschuldigung, und du hättest ein paar Stunden Zeit, dich an die Vorstellung zu gewöhnen, heute mit allen zu Abend zu essen. Ich könnte dir die Stadt zeigen. Wir wären den Großteil des Tages unterwegs."

Misty biss sich auf die Lippe und überlegte. „Hast du sonst nichts zu tun?"

„Nein. Sonntag ist mein freier Tag. Falls etwas passiert, ruft jemand an. Ansonsten habe ich frei."

Sie zögerte noch. „Ich weiß nicht. Mir kommt es ziemlich verdächtig vor, dass plötzlich dieser Job zu haben ist."

Er nahm ihre Hand und stellte sich unwillkürlich vor, wie ihre zarten Hände über seinen Körper glitten. Seine Fantasien würden ihn noch um den Verstand bringen. Er nahm sich zusammen und räusperte sich. „Der Job ist schon länger zu haben, nur wollte ich niemanden dafür einstellen."

„Wieso nicht?"

„Weil sich zu viele nur deswegen beworben haben, um in meiner Nähe zu sein." Misty lachte ausgelassen, und Morgan hob eine Braue. „Es stimmt. Ich gelte als guter Fang. Allerdings fange ich lieber selbst, anstatt mich fangen zu lassen."

„Das glaube ich dir. Du sagtest, du suchst eine Frau zum Heiraten."

„Ich suche nicht fieberhaft, sondern denke darüber nach", erklärte er. Mit Misty wollte er seine Heiratspläne nicht besprechen, vor allem da diese Pläne seit ihrer Ankunft völlig in den Hintergrund getreten waren. „Und das Letzte, was ich während der Arbeit gebrauchen kann, ist eine Frau, die mich unbedingt verführen will."

„Ich nehme an, nach deiner Definition macht sie sich schon

an dich heran, wenn sie nur Luft holt, oder?“

„Ach, du hast kein Vertrauen zu mir, Malone. Ich habe dir doch schon erklärt, dass deine Wirkung einzigartig ist. Im Gegensatz zu dem, was du darüber denkst, stelle ich nicht jeder Frau in der Gegend nach. Immerhin bin ich hier der Sheriff. Das ist ein respektierter Posten. Ich muss den Leuten ein gutes Beispiel sein.“ Er drückte ihre Hand. „Dummerweise scheine ich das in deiner Gegenwart zu vergessen.“

Seine Aufrichtigkeit ließ sie erröten. „Wenn das alles stimmt und ich tatsächlich diese Wirkung auf dich habe, wieso willst du mich dann in deinem Büro haben?“

„Weil es uns beiden aus diesem Dilemma hilft“, erklärte er. „Du brauchst einen Job, und ich brauche eine Mitarbeiterin, die es nicht auf mich abgesehen hat und so einen Skandal heraufbeschwört. Schließlich hast du mir deutlich genug zu verstehen gegeben, dass es dir leichtfällt, mir zu widerstehen.“ Er verschwieg ihr seine Hoffnung, sie schon bald umstimmen zu können. „Das ist doch die ideale Konstellation.“

Misty dachte eine Weile darüber nach. Dann nickte sie. „Einverstanden. Ich kann es mit dem Job versuchen. Unter einer Bedingung.“

„Lass hören.“

„Ich will, dass du meinen Wagen reparierst. Ohne ein Fortbewegungsmittel werde ich nicht hierbleiben.“

„Das kann ich machen, aber ich habe auch eine Bedingung.“

„Wieso überrascht mich das nicht?“

Er zog sie ein kleines Stück näher zu sich und sah ihr in die Augen. „Ich will dein Versprechen, dass du es mir vorher sagst, falls du dich dazu entschließt abzureisen.“

„Du kannst mich nicht gegen meinen Willen hier festhalten.“

„Das ist mir leider auch klar. Daher werde ich das nicht

einmal versuchen. Aber wenn du dich entschließt, von hier wegzugehen, möchte ich es vorher wissen."

„Ich hatte nicht vor, mich davonzuschleichen …"

„Malone."

„Na schön. Ich verspreche es. Dafür reparierst du noch heute meinen Wagen."

„Gut. Und was ist mit meinem anderen Vorschlag?"

„Welchem anderen Vorschlag?"

Er betrachtete ihre verlockenden sinnlichen Lippen, ihre vollen Brüste unter dem hellgelben Top und ihre langen, leicht gebräunten Beine. „Dass ich uns als Paar ausgebe und damit interessierte Männer von dir fernhalte."

Sie senkte die Lider und wich seinem Blick aus. Dann zog sie ihre Hand zurück und stand auf. „Ich weiß nicht recht …"

Er stand ebenfalls auf und stellte sich dicht hinter sie. „Es ist ein Arrangement." Bevor sie ausweichen konnte, legte er ihr die Hände auf die Schultern. „Ein Arrangement, das niemanden außer uns etwas angeht. Ich werde dich nicht zwingen, mit mir ins Bett zu gehen."

„Als wenn du das könntest."

„Ist das eine Herausforderung?"

„Nein!"

Ihr ängstlicher Ton amüsierte ihn. „Wir werden so eine Art Partner sein. Du sagtest, du hättest genug von Männern."

„Absolut."

„Nun, wenn du so tust, als würdest du zu mir gehören, wird das die Männer abschrecken. Und ich hätte die dringend benötigte Hilfe im Büro." Dank ihrer hochgebundenen Haare konnte er ihren Nacken betrachten und stellte sich vor, wie es wäre, ihn zu küssen.

„Das ist eine altmodische Einstellung, Morgan."

Sanft massierte er ihre Schultern und spürte die Wärme ihrer Haut. „Sieh es mal von der Seite", sagte er leise. „All deine Probleme werden vorübergehend gelöst sein. Und wenn du denkst, dass es hart für dich wird, dann überleg dir, wie schwer es erst für mich wird."

„Was?"

„Ich will dich, also kannst du es dir selbst ausrechnen. Da du anscheinend eine sadistische Freude daran hast, mich leiden zu lassen, müsste die Aussicht für dich eigentlich verlockend sein."

Mit einem breiten Grinsen drehte sie sich zu ihm um. „Na ja, wenn man es so betrachtet." Sie klopfte ihm auf die Brust. „Dich leiden zu lassen hat natürlich etwas Verlockendes."

Er hielt ihre Hand fest und drückte sie an sich. „Du bist also einverstanden?"

„Du hast mich überzeugt."

Morgans Herz klopfte so heftig, dass er fürchtete, Misty würde es merken. „Was hältst du davon, wenn wir unseren Pakt mit einem Kuss besiegeln?"

Misty wappnete sich innerlich gegen den erotischen Anschlag. Doch statt sie stürmisch zu küssen, streifte Morgan nur sacht ihre Lippen. Sie schlug die Augen auf und sah die Leidenschaft in seinem Blick, aber auch eine Zärtlichkeit, die sie fast dahinschmelzen ließ.

Für einen Mann seiner Größe und Erscheinung konnte er manchmal erstaunlich sanft sein. Sie schenkte ihm ein kurzes Lächeln, das er erwiderte.

„Störe ich?"

Erschrocken lösten sie sich voneinander. Vom Türrahmen her grinste Jordan zufrieden zu ihnen herüber. „Das Frühstück ist fertig."

„Hast du jemals etwas vom Anklopfen gehört?"

„Wo wäre denn da der Spaß?"

Morgan wandte seinem Bruder den Rücken zu und sah dann Misty an. Seine breiten Schultern verdeckten Jordan die

Sicht auf Misty. Morgan hob ihr Kinn und fragte: „Was möchtest du? Frühstück mit der Familie oder in die Stadt?"

„Ich bin nicht sehr hungrig." Rasch fügte sie hinzu: „Ich bin kein Feigling. Ich habe nur keinen Appetit. Aber ich gehe trotzdem mit dir zum Frühstück. Es gibt keinen Grund, weshalb du nichts essen solltest, und irgendwann muss ich den anderen ja ohnehin gegenübertreten."

„Du willst es hinter dich bringen, was?"

„So ungefähr."

Er sah über die Schulter zu seinem Bruder. „Wir kommen gleich."

Jordan lachte leise und verschwand. Kaum war er fort, umfasste Morgan ihr Gesicht mit beiden Händen und küsste sie erneut. Bevor sie etwas sagen konnte, nahm er sie bei der Hand und verließ mit ihr das Zimmer.

Die ganze Familie saß in der Küche, als sie, noch immer Hand in Hand, hereingeschlendert kamen. Alle Blicke richteten sich zuerst auf Mistys und Morgans Hände, dann auf ihre Gesichter, bevor sich alle mit erhobenen Brauen gegenseitig ansahen.

Honey runzelte fragend die Stirn. „Ist alles in Ordnung mit dir, Misty?"

„Alles bestens." Sie versuchte ihre Hand unauffällig aus Morgans zu befreien, doch er ließ sie nicht los, und ihn abzuschütteln würde nur für noch mehr Spekulationen sorgen. Misty wusste, dass er die Absicht hatte, ihre Beziehung bekannt zu geben. Aber wollte er das jetzt schon tun? Unter diesen Umständen war es doch schon nicht mehr nötig!

Auf keinen Fall wollte sie weiter von allen besorgt betrachtet werden. Sie musste sich selbst und die Situation in den Griff bekommen. Daher wandte sie sich an die drei Brüder. „Morgan meint, es sei kein Problem, wenn ich noch eine Weile bei euch bleibe."

„Natürlich nicht", versicherte Sawyer ihr.

„Na klar!", pflichtete Gabe ihm bei.

„Du weißt, dass du hier willkommen bist", erklärte Jordan.

Misty war gerührt. „Das ist sehr großzügig von euch."

„Du gehörst jetzt zur Familie", stellte Sawyer klar, dessen Arm auf Honeys Stuhllehne lag. „Und die Familie ist uns stets willkommen. Vergiss das nicht."

Honey strahlte ihre Schwester an. „Habe ich dir nicht gesagt, dass sie unglaublich sind?"

Zu Mistys Erstaunen küsste Morgan sie geräuschvoll vor allen anderen. „Mach nicht so ein finsteres Gesicht, Malone. Du kriegst noch Falten."

„Genau", pflichtete Gabe ihm bei. „Oder, noch schlimmer – du fängst noch an, so bedrohlich auszusehen, dass wir dich mit Morgan verwechseln." Grinsend widmete er sich wieder seinen Pfannkuchen.

„Misty wird mir im Sheriffbüro helfen", verkündete Morgan.

Sawyer lehnte sich zurück. „Ich dachte, du wolltest keine Frau einstellen, um niemandem falsche Hoffnungen zu machen."

„In diesem Fall ist das hinfällig, da die Hoffnungen auf Gegenseitigkeit beruhen." Er sah seine Brüder an. „Irgendwelche Einwände?"

Jordan hob sein Glas Milch und meinte: „Wer würde das wagen, wo ihr beide um die finsterste Miene konkurriert?"

Casey stand auf und trug seinen Teller und sein Glas zur Spülmaschine. „Ich finde es klasse. Kann ich jetzt gehen? Ich will heute in die Stadt."

„Hast du ein Date?", erkundigte sich Sawyer.

„So ähnlich."

Morgan schnappte sich Casey und zerzauste ihm die Haare.

„Du kommst ganz nach deinem Onkel, Kleiner."

„Ach ja? Nach welchem denn?", konterte Casey mit einem übermütigen Funkeln in den Augen.

Gabe streckte die Arme aus. „Wenn sie toll aussieht, dann ja wohl nach mir!"

Honey gab Gabe einen Klaps auf den Arm. „Vielen Dank!"

Der Augenblick, den Misty gefürchtet hatte, war ohne viel Aufsehen verstrichen. Sie war ein wenig verwirrt darüber.

„Nichts gegen dich, Honey", verteidigte sich Gabe. „Aber du hast in die Familie eingeheiratet, deshalb kann ich über dich keine anzüglichen Bemerkungen mehr machen."

Morgan, der Casey noch immer festhielt, sagte: „Wir können dich mitnehmen. Misty und ich wollen in die Stadt."

„Danke, aber ich reite lieber auf Windstorm", erwiderte Casey. „Jordan meint, sie braucht die Bewegung. Ich wollte querfeldein mit ihr reiten."

„Windstorm ist ein neues Pferd", erklärte Morgan Misty. „Jordan hat es vor einiger Zeit mitgebracht."

„Ich treffe mich mit Freunden. Wir wollen alle an den See."

„Ist jemand dabei, den ich kenne?", fragte Morgan.

Casey unterdrückte ein Grinsen und zuckte die Schultern. „Hauptsächlich ein paar Mädchen."

Sawyer stöhnte über die Unschuldsmiene seines Sohnes. „Du liebe Zeit, er ist genau wie Gabe."

Darüber musste Casey lachen. „Wir gehen doch bloß schwimmen."

Erstaunt stellte Misty fest, wie wohl sie sich bereits in diesem Haus fühlte. In ihrer Familie hatte man sich nie zum Plaudern und Herumalbern in der Küche getroffen, sondern lediglich die Mahlzeiten in steifer Förmlichkeit eingenommen. Doch auch wenn sie sich jetzt sogar amüsierte, hatte sie nicht die Absicht, so lange zu bleiben, dass sie sich daran gewöhnte.

6. KAPITEL

Es dauerte noch fast eine Stunde, bis Morgan und Misty endlich das Haus verließen. Misty hätte sich nicht vorstellen können, dass sie das Frühstück so sehr genießen würde. Niemand bemerkte mehr etwas zu ihrer Schwangerschaft, außer dass sie gedrängt wurde, tüchtig zuzulangen und ein großes Glas Milch zu trinken. Und niemand fragte sie über den Vater des Babys aus.

„Bist du sicher, dass ich mich nicht noch umziehen soll?" Sie trug ihr gelbes Top und Shorts, doch Morgan hatte ihr versichert, dass sie gut so aussehe. Die Art, wie er sie langsam von Kopf bis Fuß musterte, verunsicherte sie jedoch. Sie trug, was die meisten Frauen an einem heißen Tag wie diesem tragen würden. Andererseits wollten sie zu seinem Büro, sodass sie wahrscheinlich ein paar Leute aus der Stadt treffen würden.

„Du siehst unglaublich sexy aus, was mein Verlangen nicht gerade dämpft. Aber ich werde schon damit fertig", erklärte er. „Wenn du morgen anfängst zu arbeiten, wirst du allerdings etwas Konservativeres anziehen müssen. Vielleicht eine Jeans und eine schlichte Bluse. Und natürlich einen BH. Wenn ich weiß, dass du keinen BH trägst, werde ich nicht zum Arbeiten kommen."

Misty lachte. Morgan war so offen und vollkommen anders als alle Männer, die sie kannte. Er versuchte gar nicht erst zu beschönigen, was er von ihr wollte – nämlich Sex. Sie hatte längst begriffen, dass er sich bald eine Ehefrau suchen würde und sie, Misty, nicht in diese Rolle passte.

In mancher Hinsicht war er sehr dreist und unverblümt, aber andererseits war es zur Abwechslung mal ganz schön, sich nicht ständig Gedanken über verborgene Motive und heimliche Absichten machen zu müssen. Im Vergleich zu Kent, der ihr ewige Liebe geschworen hatte, um sie dann doch zu verlassen, nachdem er von ihrer Schwangerschaft erfahren hatte, war Morgans Aufrichtigkeit erfrischend. Es war zwar auch beunruhigend, aber sie zog es falschen Versprechungen jederzeit vor.

Sie war noch immer in Gedanken versunken, als Morgan das Garagentor aufzog und sie einen Blick auf seinen Dienstwagen werfen konnte. Verblüfft hielt sie inne. „Das ist dein Wagen?“

Er deutete auf den glänzenden schwarzen Geländewagen mit Allradantrieb. „Klar, warum nicht? Gefällt er dir nicht?“

„Ich dachte immer, Polizisten fahren Limousinen.“

„Die Gegend hier ist ziemlich bergig. Wir haben zwar keine hohe Kriminalitätsrate, aber fast alles, was passiert, hat irgendwie mit den Bergen zu tun. Im letzten Herbst verschwand ein Mädchen. Wir suchten zwei Tage nach der Kleinen. Mit einem Geländewagen wäre die Suche viel einfacher gewesen. Danach versammelten sich die Leute in der Stadt und spendeten diesen Wagen.“

„Was wurde aus dem Mädchen?“, fragte Misty ängstlich.

„Ich fand sie zusammengekauert unter einem Felsvorsprung.“ Sein Ton wurde bitter. „Ihr Vater hatte die Suche bereits aufgegeben und befand sich auf der Wache, wo er Kaffee trank und sich bemitleiden ließ.“ Seine Miene war verächtlich. „Sawyer hatte fünfzig Leute zusammengetrommelt, mit denen wir den ganzen Tag und die ganze Nacht suchten. Als ich sie am Spätnachmittag des zweiten Tages fand, war sie völlig verängstigt, ausgekühlt und rief weinend nach ihrem Daddy.“

Misty legte ihre Hand auf seinen Arm und registrierte seine angespannten Muskeln. „Ihr Vater hätte bei dir sein sollen.“

„Er war ein Idiot. Obwohl er sich nicht auskannte, hatte er hier gezeltet. Dabei war es längst zu kalt dafür. Hinzu kam, dass er sich auch noch einen schlechten Platz für sein Zelt ausgesucht hatte. Das kleine Mädchen verlief sich, weil er nicht genug auf es aufgepasst hatte."

„Aber der Kleinen fehlte nichts?"

„Außer dass sie an Flüssigkeitsmangel litt und verängstigt war, hat sie es gut verkraftet. Ein süßes kleines Mädchen, ungefähr fünf." Mit funkelnden Augen fügte er hinzu: „Wenn es mein Kind gewesen wäre, hätte ich die Suche nicht eher aufgegeben, bis ich sie gefunden hätte."

„Du hättest sie bestimmt gar nicht erst aus den Augen gelassen", sagte Misty.

Morgan gab ihr einen Kuss auf die Nase. „Nein, das hätte ich nicht."

Misty überlegte, ob er in den zwei Tagen geschlafen hatte. Wahrscheinlich nicht. Sie lächelte ihn unsicher an. Plötzlich fiel es ihr gar nicht mehr so schwer, ihn zu mögen.

Morgan starrte auf ihren Mund, stöhnte und öffnete die Wagentür. „Steig ein, Malone, bevor ich meine guten Vorsätze vergesse."

Sie hob eine Hand ans Herz. „Du hattest gute Vorsätze, was mich betrifft? Ich hatte ja keine Ahnung!"

Er musterte sie. „Wieso steigst du nicht ein? Was ist los?"

Mit einem deutlichen Gefühl der Angst betrachtete sie erneut den Geländewagen. Dann stieg sie ein.

Morgan sah sie eine ganze Weile an, bevor er die Tür zuwarf und auf seiner Seite einstieg. „Möchtest du mir davon erzählen?"

„Ich habe keine Ahnung, wovon du sprichst." Mit gespielter Faszination betrachtete sie das Funkgerät und die Bedienungsfelder. Hinter ihr war der mit einem Gitter abgetrennte Laderaum – für Gefangene, wie sie wusste. Unwillkürlich erschauerte sie.

Morgan startete den Motor und nahm ihre Hand. „Hat man dir Handschellen angelegt, als du verhaftet wurdest?"

„Ich möchte nicht darüber sprechen."

„Ich kann mir vorstellen, dass es so war", meinte er beiläufig. „Heutzutage ist es aus Sicherheitsgründen gängige Polizeipraxis."

Misty biss sich auf die Lippe und schloss die Augen. „Es war der demütigendste Moment meines ganzen Lebens. Es war schon schlimm genug, dass Mr. Collins mir vorwarf, das Geld gestohlen zu haben. Ich konnte es nicht fassen, als er die Polizei rief."

„Mr. Collins?"

„Mein Boss bei Vision Videos. Irgendwie dachte ich die ganze Zeit, dass sich bestimmt alles klären und als Missverständnis entpuppen würde."

„Man fand das Geld nicht bei dir?"

„Nein, weil ich es nicht hatte." Sie sah ihn an. „Du hältst mich auch für schuldig, nicht wahr?"

Schweigend bog Morgan auf die Hauptstraße. Nach einer Weile sagte er leise: „Um ehrlich zu sein, ich bezweifle deine Schuld."

„Wirklich?"

Er sah sie an. „Aber wenn du es getan hast, könnte ich es verstehen."

Da war seine verdammte Aufrichtigkeit wieder. Er war von ihrer Unschuld nicht vollkommen überzeugt, räumte diese Möglichkeit aber durchaus ein. Fast hätte Misty gelacht. Für einen Mann, der etwas von einer Frau wollte, wählte er einen ungewöhnlichen Weg und verzichtete auf die üblichen Lügen und Schmeicheleien. „Sogar der Anwalt, den ich engagierte, glaubte mir nicht richtig."

„Die Beweise müssen ziemlich eindeutig gewesen sein."

„Ja, da ich eine schwangere und angeblich verzweifelte Frau bin, traute man mir durchaus zu, dass ich den Mann bestehlen würde, für den ich seit zwei Jahren arbeitete, obwohl ich nie vorher in meinem Leben in Schwierigkeiten gewesen bin."

„Dein Boss wusste also von deiner Schwangerschaft?"

„Morgendliche Übelkeit verrät einen. Das und die Tatsache, dass ich plötzlich an mehr Abenden Zeit hatte." Misty nahm die wunderschöne Landschaft, durch die sie fuhren, kaum wahr. „Ich traf mich nicht mehr mit Kent, und da ich wusste, dass das Baby kommen würde, brauchte ich mehr Geld. Daher bot ich an, öfter Überstunden zu machen. Natürlich wirkte ich dadurch im Nachhinein erst recht schuldig. Außerdem meinte mein Chef, an mehreren Abenden hintereinander hätten bereits kleinere Geldbeträge gefehlt. Ich hörte zum ersten Mal davon, aber er sagte, er sei aus diesem Grund unerwartet aufgetaucht. Er wollte mich überprüfen und stellte den fehlenden Betrag fest."

„Wann genau ist das alles passiert?"

Sie nannte ihm den Tag ihrer Festnahme.

Morgan hob ihre Hand an seine Lippen und küsste sie. „Tut mir leid, wenn du dich in diesem Wagen unwohl fühlst. Das war nicht meine Absicht."

Sie schluckte. „Nach allem, was ich durchgemacht habe, ist es albern, mich davon aus der Fassung bringen zu lassen. Aber du kannst dir nicht vorstellen, wie es war. Vor der Videothek wartete eine Menschenmenge, als ich verhaftet wurde. Man führte mich in Handschellen ab, und ich wäre am liebsten gestorben. Ich dachte, im Wagen wird es besser. Aber bei jeder roten Ampel starrten mich die Leute aus den anderen Fahrzeugen an."

Morgan bremste wegen eines Hirsches, der die Straße überquerte, was Misty für einen Moment ablenkte. „Süße, die Leute werden dich immer anstarren, weil du so gut aussiehst. Daran wirst du dich gewöhnen müssen."

Lachen half, die traurigen Erinnerungen zu vertreiben.

„Du wirst mir vielleicht nicht glauben, aber außer dir hat nie jemand ständig über mein Aussehen geredet. Die Männer waren immer auf Honey scharf. Männer stehen nun mal auf Blondinen."

„Sawyer bestimmt." Er grinste träge. „Aber ich bin nicht Sawyer. Und außerdem sind mir dunkelhaarige Frauen lieber, mit langen, sexy Beinen und einem unglaublichen …"

„Morgan!", warnte sie ihn.

„Lächeln", beendete er den Satz und lachte über ihren Gesichtsausdruck. „Du hast eine schmutzige Fantasie, Malone. Was dachtest du denn, was ich sagen wollte?"

Lachend boxte sie ihn. „Ich sehe nicht viel besser als der Durchschnitt aus."

„Von wegen. Du kannst jeden Mann fragen, und er würde dir das Gleiche sagen. Allein dich sprechen zu hören, finde ich sexy. Wenn auch nicht unbedingt das, was du zu sagen hast."

„Wenn du nicht sofort aufhörst, so schamlos zu sein, dann …" Seufzend gab sie es auf, da ihr keine passende Drohung einfiel.

„Was dann? Nein, sag nichts. Und nur zu deiner Information: Ich kann nichts dagegen tun."

„Komm mir mit deinen Lippen nicht mehr zu nahe. Das wäre schon ein guter Anfang."

„Ich schwöre dir, es wird nicht mehr lange dauern, bis du diese Worte zurücknimmst."

Misty lachte. „Du bist unverbesserlich."

„Und ich habe dich abgelenkt, stimmt's?"

Sie nickte. „Meine Fahrt damals war ein wenig anders. Ich saß hinten, mit Handschellen gefesselt, und zwei uniformierte und bewaffnete Polizisten saßen vorn."

„Die Gemeinde besteht darauf, dass ich den Wagen auch privat benutze, sozusagen als Sondervergünstigung. Du bist also nicht die erste Frau, die darin gesehen wird."

„Habe ich dich um diese Information gebeten?"

„Ich wollte dir damit nur zu verstehen geben, dass es diesmal eine andere Art von Neugier ist, falls dich jemand anstarrt. Normalerweise trage ich auch eine Uniform, wenn ich im Dienst bin, was jetzt nicht der Fall ist. Und bewaffnet bin ich aus Gewohnheit."

„Was meinst du damit? Hast du etwa eine Waffe bei dir?"

„Immer."

Sie musterte ihn von Kopf bis Fuß. „Die muss aber gut versteckt sein."

„Willst du eine Leibesvisitation durchführen?"

Die Vorstellung war verlockend. Aber das würde sie ihm nicht verraten. „Ich warte."

„Du bist eine Spielverderberin. Daran müssen wir noch arbeiten." Er beugte sich vor und hob ein Hosenbein seiner Jeans. „Ich trage eine Pistolentasche am Knöchel. Im Dienst trage ich ein Gürtelholster."

„Wissen die anständigen Bürger Buckhorns von dieser Waffe?"

„Machst du Witze? Sie bestehen darauf, dass ich mein Image wahre. Die wären empört, wenn sie mich für unbewaffnet halten müssten, da jeder in mir seinen ganz persönlichen Sheriff sieht."

„Vor allem die Frauen, was?"

Er grinste nur. „Männer und Frauen. Die Hälfte meines Jobs besteht darin, ihnen zuzuhören und zu versichern, dass die Kriminalität in der übrigen Gesellschaft noch nicht bis zu uns vorgedrungen ist."

„Was würden die braven Bürger denken, wenn sie wüssten, dass du mit einer verurteilten Kriminellen verkehrst?"

„Du meinst dich?"

„Kennst du noch andere?"

„Natürlich." Er überlegte einen Moment. Dann sagte er:

„Du könntest deinen Namen wieder reinwaschen."

„Ich wüsste nicht, wie das möglich sein soll. Sobald so etwas erst mal in den Akten steht …"

„Ich könnte dafür sorgen, dass es daraus verschwindet. Es ist ein ziemlicher juristischer Aufwand, den ich dir später erklären kann. Aber wenn du das Geld tatsächlich nicht genommen hast …"

Mistys Herz pochte. „Ich habe es nicht genommen." Sie hielt den Atem an und wartete auf seine Reaktion. Plötzlich war es ihr wichtig, dass Morgan ihr glaubte.

Nach einigen Sekunden nickte er. „Ich werde sehen, was ich tun kann."

Sie erreichten das Stadtzentrum mit den Geschäften. Vor den Gebäuden saßen und standen Leute, die miteinander plauderten.

„Es sieht alles aus wie aus einer vergangenen Zeit", bemerkte sie, während sie die Main Street hinunterfuhren und in eine enge Seitenstraße einbogen. Morgan hielt auf einer kreisförmigen Auffahrt vor einem Gebäude, das wie ein altes Farmhaus aussah. Es hatte zwei Stockwerke, eine Veranda, die um das ganze Haus herumreichte, zwei weiße Säulen vorm Eingang und schwarze Fensterläden vor jedem Fenster.

„Wieso halten wir hier?"

„Dies ist mein Büro", erklärte Morgan. „Früher war es im Gerichtsgebäude untergebracht. Aber es war zu klein, daher verlegte man es hierher. Es sieht ein bisschen sonderbar aus, nicht wahr?"

In dem Moment, als Morgan ausstieg, kamen zwei Männer ums Haus, um ihn zu begrüßen. „Hallo, Morgan! Wir haben heute gar nicht mit dir gerechnet. Ist was passiert?"

Morgan schien überrascht, die beiden zu sehen. „Nein, alles in Ordnung. Ich wollte nur der Lady die Stadt zeigen." Er öffnete ihre Tür und half Misty beim Aussteigen. „Das sind zwei der größten Klatschmäuler der Stadt", erklärte er leise. „Eigentlich sollten sie heute nicht hier sein, aber wenn sie schon mal da sind, können wir das auch ausnutzen."

„Und wie?"

„Alles, was sie sehen, spricht sich mit Lichtgeschwindigkeit in Buckhorn herum. Dies ist also eine gute Gelegenheit, die Leute wissen zu lassen, dass du in festen Händen bist."

Misty erstarrte. Er hatte doch wohl nicht die Absicht, sie vor diesen beiden netten alten Männern zu küssen! Doch sobald sie das Funkeln in seinen Augen sah, wusste sie genau, was er vorhatte.

Sie schüttelte den Kopf, doch er nickte bereits. Und grinste.

7. KAPITEL

Die Berührung ihrer Lippen genügte, um Morgan wieder einmal zu beweisen, dass Misty ihn ebenso begehrte wie er sie. Wohl wissend, dass Howard und Jesse ihnen zusahen, küsste er sie. Seine Lippen streiften ihre, ein Mal, zwei Mal. Misty erschauerte und schloss langsam die Augen. Doch sie hielt ihn nicht auf. Nachher würde sie ihm zweifellos Vorwürfe machen. Aber jetzt war sie genau wie er erfüllt von sinnlichem Verlangen.

„Misty?“, flüsterte er und beobachtete, wie sie benommen die Augen wieder aufmachte.

„Hm?“

„Wenn wir keine Zuschauer hätten, würde es nicht bei diesem Kuss bleiben.“

Erschrocken starrte sie ihn an und ließ ihn los. „Was, um alles …“

Morgan legte den Arm um sie und drehte sich mit ihr zu den beiden Männern um. „Hatte ich euch nicht gesagt, dass ihr an den Wochenenden nicht arbeiten sollt?“

„Wir hatten nichts Besseres zu tun.“

Morgan warf Jesse einen skeptischen Blick zu. „Wie geht die Arbeit denn voran?“

„Gut. Das meiste wird Mitte der Woche erledigt sein.“ Obwohl Jesse mit Morgan sprach, ließ er Misty nicht aus den Augen.

Howard kratzte sich am Kinn und musterte Misty ebenfalls interessiert. „Sie sieht wirklich gut aus.“

Amüsiert schob Morgan Misty ein Stück vor. „Dies ist übrigens Honeys Schwester, Misty Malone. Sie ist für einen längeren Aufenthalt hier und wird im Büro helfen. Misty, dies sind Howard und Jesse.“

Die beiden stutzten bei seiner Ankündigung. Morgan begriff, dass sie offenbar die falschen Schlüsse zogen. Er grinste und beschloss, das Missverständnis später klarzustellen.

Jesse tippte sich an den nichtexistenten Hut. „Freut mich, Sie kennenzulernen."

Howard streckte ihr die Hand hin und zog sie gleich wieder zurück, als er sah, wie schmutzig sie war. „Ich habe Unkraut gejätet", entschuldigte er sich. „Freut mich auch, Sie kennenzulernen, Miss Malone."

„Bitte nennen Sie mich Misty. Was genau machen Sie dort hinten?"

Es war Jesse, der antwortete. „Im Graben hinten wuchert schon seit Ewigkeiten das Unkraut. Es zieht Moskitos an und sieht einfach hässlich aus. Morgan will, dass wir es herausreißen und stattdessen eine Reihe Büsche anpflanzen."

„Ich liebe es, im Freien zu arbeiten." Misty ging an ihnen vorbei und schaute ums Haus, um zu sehen, wie weit sie waren. „Als ich klein war, half ich immer dem Gärtner meines Vaters. Es ist anstrengende Arbeit, besonders an einem so heißen Tag wie heute. Aber ich habe immer lieber draußen gearbeitet, als im Haus zu sitzen."

Howard nickte. „Geht mir genauso. Frische Luft ist gesund. In meinen jüngeren Tagen war ich Farmer. Es gibt nichts Vergleichbares."

Sie ging ums Haus, und Howard und Jeses folgten ihr. Misty plauderte mit ihnen, und sie hingen förmlich an ihren Lippen.

Morgan schloss die Vordertür auf, die nur er und sein Deputy benutzten, und ging durch das umgebaute Haus nach hinten, wo er aus dem großen Panoramafenster schaute.

Misty stand vor dem ausgerupften Unkraut, die Hände in die Hüften gestemmt, und unterhielt sich mit den beiden alten Männern. Sie zeigte zu den noch eingepackten Büschen, während Howard und Jesse anerkennend ihre langen Beine musterten. Grimmig biss Morgan die Zähne zusammen.

Es musste ihn wirklich schwer erwischt haben, wenn er auf diese beiden alten Knaben eifersüchtig war. Was war nur aus seiner viel gelobten Selbstbeherrschung geworden?

Er ging zum Getränkeautomaten im Flur und warf ein paar Münzen ein. Sekunden später trat er mit vier Dosen kalter Getränke in den Garten hinaus. Erfreut nahmen Howard und Jesse ihre Colas entgegen, rissen die Dosen auf und tranken. Obwohl Morgan ihnen schon oft gesagt hatte, dass sie sich Kühltaschen mit Getränken mitbringen sollten, vergaßen sie es ständig.

Misty nippte an ihrer Limonade und blinzelte in die Sonne. „Die Büsche werden toll aussehen", sagte sie zu Morgan gewandt. „Sie werden den Garten größer aussehen lassen, jetzt wo das Unkraut weg ist."

Morgan nickte. Er liebte das alte Farmhaus, seit er zum Sheriff gewählt worden war und er seine Sachen in den Schreibtisch eingeräumt hatte.

„Das Haus passt zu dir", sagte Misty, als könnte sie seine Gedanken lesen.

„Ja", stimmte er ihr zu. „Soll ich dir zeigen, wo du arbeiten wirst?"

„Gern." Sie wandte sich an Jesse und Howard. „Es hat mich gefreut, Sie kennenzulernen."

Die beiden nickten und grinsten selig. Morgan konnte es nicht fassen. War denn kein Mann immun gegen Mistys weiblichen Charme?

„Die zwei sind süß", bemerkte sie beim Hineingehen.

Er bedachte sie mit einem tadelnden Blick. „Klar. Sieh nur weiter alles durch deine rosa Brille."

„Du bist ein solcher Zyniker!", konterte sie empört. „Es sind zwei nette alte Männer, die hart für dich arbeiten. Das solltest du ein wenig zu schätzen wissen."

Morgan führte sie in sein Büro, das früher das Esszimmer gewesen war. Es hatte einen großen weißen Steinkamin, in dem sich jetzt üppige Farne befanden statt brennender Holzscheite. In den Türbogen hatte Morgan einen Rahmen mit Tür bauen lassen, um ungestört sein zu können. Und genau das wollte er jetzt mehr denn je.

Er lehnte sich gegen den Kaminsims. „Jesse wurde vor zwei Wochen wegen einer Schlägerei festgenommen. Er zerbrach zwei Billardqueues und mehrere Lampen, nachdem ein Mann ihn des Falschspiels beschuldigt hatte. Jesse würde niemals beim Spielen betrügen, er ist nur ziemlich aufbrausend."

Misty war perplex.

„Howard ist zwar nicht so aufbrausend. Er würde nie in eine Schlägerei geraten. Dafür hat er sich, ohne zu bezahlen, ins Kino geschlichen – fünf Mal hintereinander. Er liebt Filme, findet jedoch, dass das Kino zu teuer geworden ist. Arnold hat ihn immer wieder hinausgeworfen, und Howard schlich sich immer wieder hinein."

„Welche Strafe haben die beiden bekommen?"

„Sie sind zu gemeinnütziger Arbeit verurteilt worden. Deshalb machen sie den Garten fertig. Ich habe Büsche gekauft, und sie haben sich mit der Arbeit einverstanden erklärt. Jesse musste natürlich außerdem versprechen, die Billardhalle einen Monat lang nicht mehr zu betreten, und Howard musste für die Filme bezahlen, die er gesehen hat."

„Betrachten sie das als schlimme Strafe?"

„Die Gartenarbeit nicht, das andere schon. Hoffentlich ist es ihnen diesmal eine Lehre. Ich sehe es nur ungern, wenn die beiden in Schwierigkeiten stecken. Sie gehen beide auf die siebzig zu, und auch wenn sie noch rüstig genug sind, sich solchen Ärger einzuhandeln, wollen sie doch eigentlich niemandem Schaden zufügen. Ich nehme an, sie sind einfach einsam und langweilen sich."

Misty zögerte einen Moment. Dann fragte sie: „Als du sie verhaftet hast ...“

„Nein, ich habe ihnen keine Handschellen angelegt“, beruhigte er sie. „Sie mussten auch nicht hinten auf der Ladefläche sitzen, sondern vorn bei mir. Auf diese Weise konnte ich ihnen eine Standpauke halten. Sie hassen das.“

Misty lächelte ihn einen beinah endlosen Moment an. Dann hob sie ihre Coladose und trank sie aus. Sie stellte die Dose auf seinen Schreibtisch. „Ich bin beeindruckt, Morgan.“

„Wovon?“

„Von deinem Mitgefühl und von der Tatsache, dass du ganz offensichtlich eine weiche Seite hast, die du übrigens sehr gut versteckst.“

Er war nicht sicher, ob es ihm gefiel, dass sie seine weiche Seite entdeckt hatte. Seine Miene verfinsterte sich.

Misty seufzte. „Wieso machst du jetzt schon wieder so ein grimmiges Gesicht? Wenn ich dich beleidige, lachst du nur. Mache ich dir ein Kompliment, siehst du mich düster an.“

„Komm her, dann erzähle ich dir, wieso ich ein finsteres Gesicht mache.“

„Oh nein.“

„Hast du etwa Angst vor mir, Malone?“

„Von wegen. Du bist zwar groß und muskulös wie ein Bär, aber du würdest mir nichts tun.“

„Du weißt genau, was ich meine. Du hast Angst, dich zu vergessen, wenn du mir zu nahe kommst. Aber keine Sorge, dies ist mein Büro, und darin habe ich keine Abenteuer. Zumindest keine ernsten. Du bist also sicher.“

„Ab wo ist es denn ernst?“

Er betrachtete ihre Brüste. Sein Puls beschleunigte sich. „Unterhalb der Taille.“

Sie schluckte nervös. „Howard und Jesse sind dort draußen im Garten.“

„Nicht mehr lange. Ich lasse sie jeden Tag nur für ein paar Stunden arbeiten, hauptsächlich vormittags, weil am Nachmittag die Hitze zu viel ist für sie."

„Wieso lässt du sie überhaupt diese Arbeit machen?"

„Es geht um ihren Stolz. Sie haben längst allen erzählt, was für einen harten Job ich ihnen aufgebrummt habe. Also kommen sie her, lungern herum und beweisen sich, dass sie der Arbeit gewachsen sind. In Wahrheit beklagen sie sich bei mir, dass ich sie keine ganzen Tage arbeiten lasse. Immerhin war Jesse Bauarbeiter und Howard Farmer. Sie sagen, sie seien die Hitze gewohnt, aber …" Er hielt inne, da ihm plötzlich auffiel, dass er drauflosredete.

„Manchmal bist du wirklich wundervoll, Sheriff. Weißt du das?"

Er ließ die Arme sinken und sagte mit leiser, rauer Stimme: „Komm her."

Sie machte einen Schritt auf ihn zu und blieb wieder stehen. „Das ist verrückt."

Morgan nickte zustimmend. Verrückt waren die Gefühle, die sie in ihm auslöste.

Misty wirkte unentschlossen. Gespannt wartete er. Doch dann wandte sie sich ab und schob Interesse an seinem Büro vor. Ein leichtes Beben schwang in ihrer Stimme mit, als sie wieder sprach. „Ist das dein Schreibtisch?" Sie nahm ein gerahmtes Schulfoto von Casey und betrachtete es.

„Ja, weil das hier mein Büro ist. Die Zellen sind im Keller, obwohl sie nur selten benutzt werden. Ich werde dich herumführen. Die Küche wurde zu einer Art Eingangshalle umgebaut. Dort gibt es immer Kaffee, für jeden, der welchen will. Das Wohnzimmer liegt gegenüber der Küche und ist durch einen offenen Durchgang mit dem Flur verbunden. Dort wirst du arbeiten. Mein Deputy, Nate Brewer, wird dir zeigen, wo alle nötigen Sachen verstaut sind und wie das Aktenablagesystem funktioniert. Das obere Stockwerk ist zu einem Konferenzraum umgebaut worden für verschiedene Gemeindeanlässe."

Misty kam wieder zurück und betrachtete eine der Trophäen auf dem Kaminsims. „Wofür ist die?"

„Die habe ich vom Schülerrat der Highschool verliehen bekommen", erklärte er verlegen.

„Hier steht: ‚Für außerordentliche Führungsqualitäten im Dienste der Gemeinde'."

„Ich weiß, was da steht." Da sie auf eine Erklärung zu warten schien, tat er ihr widerstrebend den Gefallen. „Ich habe ein Programm ins Leben gerufen, mit dessen Hilfe die Schüler den älteren Menschen in der Gemeinde helfen. Sie erledigen kleinere Arbeiten und machen Besorgungen. Damit wollte ich den Kids eine Orientierung geben und den älteren Menschen zu ein wenig Gesellschaft verhelfen, das ist alles. Inzwischen wird die Teilnahme aber vom Gouverneur für die Qualifizierung für das staatliche Stipendium herangezogen."

„Das ist bemerkenswert."

Morgan verlagerte sein Gewicht und war entschlossen, ihre Neugier zu befriedigen, um sich endlich erfreulicheren Dingen zuzuwenden. „Ach was. Ich habe die Idee nur ins Leben gerufen. Die Schüler haben sie weiterentwickelt und ein tolles Programm daraus gemacht. Deshalb fand ich, dass der Gouverneur davon erfahren sollte."

Misty las die Inschrift im Sockel der Trophäe. „Hier steht, dass du außerdem geholfen hast, einen Stipendienfonds bereitzustellen."

Morgan rieb sich das Ohrläppchen. „Na ja, ich dachte einfach, es würde helfen ..."

Misty nahm seine Hand in ihre Hände. In ihren blauen Augen lag Amüsiertheit und noch etwas anderes. Morgan fürchtete sich fast davor, herauszufinden, was es war. „Nicht so bescheiden, Sheriff."

„Das bin ich nicht."

„Und verlegen brauchst du auch nicht zu sein."

Er setzte seine düsterste Miene auf. „Das ist doch albern. Wieso sollte ich verlegen sein? Dazu gibt es gar keinen Grund. Das gehört alles zu meinem Job."

Misty schüttelte leicht den Kopf. „Ich werde einfach nicht schlau aus dir."

Vorsichtig löste er seine Hand aus ihrer und schob sie ihren nackten Arm hinauf bis zu ihrem Hals. Ihre weiche, warme Haut zu berühren ließ sein Herz schneller schlagen. Eine Welle der Erregung durchflutete seinen Körper bei der Vorstellung, wie sie sich in sinnlicher Umarmung nackt aneinanderschmiegten und er jeden Zentimeter ihrer Haut erforschte.

Misty erschauerte unter seiner Berührung. „Es ist überhaupt nicht schwer, mich zu durchschauen", flüsterte er und zog sie sanft zu sich. „Ich bin nur der Mann, der dich begehrt."

„Das ist tatsächlich nicht schwer zu durchschauen", bestätigte sie mit heiserer Stimme. „Aber alles andere verwirrt mich."

„Alles andere ist unwichtig." Und dann küsste er sie.

Misty erkannte mit Schrecken, dass sie diesen großen, starken Mann wirklich mochte. Morgan war in fast allen Dingen so ritterlich und trug Verantwortung. In seiner Gegenwart gelang es ihr offenbar nicht, sich zu beherrschen. Er war einfach zu attraktiv und gut gebaut. Nur war das nicht alles. Darüber hinaus war er auch noch ein anständiger Mann.

Ein Mann, der seinen Job ernst nahm und für die Menschen da war. Nicht nur für die, die er zur Familie zählte, sondern für alle in der Gemeinde. Er fühlte sich für ihr Wohlergehen und ihre Sicherheit verantwortlich. Und das machte ihn für sie unwiderstehlich.

Sie spürte seine Lippen auf ihren, seine heiße Zunge, die

darüberstrich. Benommen krallte sie die Finger in sein Hemd und fühlte seine harten Muskeln und das Pochen seines Herzens. Dann teilte sie die Lippen für ihn.

Morgan stöhnte, als seine Zunge auf Mistys traf. Sie hatte noch nie vorher auf diese Weise geküsst, so sinnlich und hingebungsvoll. Vielleicht lag es daran, dass Morgan einzigartig war. Von ihm geküsst zu werden schien ihr aufregender zu sein als alles, was sie je getan hatte.

Unter ihren Fingern spürte sie das Spiel seiner Muskeln. Sie genoss ihre Wirkung auf ihn. Es gab ihr ein Gefühl der Macht, etwas, das kein Mann je zuvor in ihr ausgelöst hatte.

Als könnte er ihre Gedanken lesen, nahm er ihre andere Hand und legte sie ebenfalls auf seine Brust. „Ich liebe es, wenn du mich berührst."

Misty barg ihr Gesicht an seinem Hals und versuchte ruhig zu atmen. Doch sein Duft fachte ihr Verlangen erst recht an. Statt diesen Vorteil auszunutzen, legte Morgan die Arme um sie und wiegte sie sanft.

„Es ist beinah zu viel, nicht wahr?", flüsterte er.

Da sie kein Wort mehr herausbrachte, nickte sie nur. Ihr war zum Weinen zumute, und sie hasste sich dafür. Sie war nie eine Frau gewesen, die wegen jeder Kleinigkeit anfing zu weinen. Daher nahm sie an, dass es mit ihrer Schwangerschaft zusammenhing.

„Ich will, dass du weißt, wie sehr ich dich begehre."

Seine Worte gingen ihr durch und durch, doch ehe sie sich ganz in diesem erotischen Augenblick verlieren konnte, klopfte es an der Tür. Erschrocken wich sie zurück und schob Morgan von sich. „Grundgütiger! Ich bin zum ersten Mal in deinem Büro, und jetzt sieh dir an, was passiert ist!"

Morgan verzog das Gesicht und ging zur Tür. „Leider ist überhaupt nichts passiert", bemerkte er trocken und trat in den Flur hinaus. Misty huschte zur Tür und spähte hinaus. Als sie Howard und Jesse sah, die den Dreck von ihren Stiefeln klopften, trat sie ebenfalls in den Flur hinaus.

„Haben Sie Feierabend für heute?“, erkundigte sie sich.

Jesse schüttelte den Kopf. „Wir machen nur unsere Mittagspause. Ist das Ihr erster Tag?“

„Nein, Morgan wollte mir heute nur alles zeigen. Ich fange morgen an.“

Jesse wandte sich an Morgan. „Wie lange hat sie gekriegt?“

Misty verstand die Frage nicht. Morgan grinste nur und erwiderte: „Ich bin mir noch nicht sicher. Was meint ihr?“

„Ich fände es nicht schlecht, wenn sie lebenslänglich bekäme. Aber das wäre wohl nicht gerecht.“

Howard stimmte ihm zu. „Ich kann mir nicht vorstellen, was sie getan haben soll. Nicht, dass ich neugierig sein will. Aber dass sie hier ist …“

Misty runzelte verwirrt die Stirn. „Ich bin hier, weil Morgan jemanden braucht, der sich ums Telefon kümmert und Nachrichten entgegennimmt.“

Morgan wandte sich an die beiden Männer. „Habt ihr euer Essen mitgebracht?“

„Nee, wir gehen ins Restaurant. Ceily hat mir für heute Hackbraten versprochen.“

Morgan sah auf seine Uhr. „Ist das Restaurant denn schon geöffnet?“

„Sie lässt uns durch die Küche rein.“

„Fass die kleine Lady behutsam an, ja?“, ermahnte Howard Morgan.

„Ich sollte euch Jungs etwas erklären“, begann er.

Misty ahnte, dass er irgendetwas Dummes über ihre Beziehung von sich geben würde. Daher stieß sie ihn mit der Schulter an und erklärte: „Keine Sorge, ich werde schon mit ihm fertig.“

Die beiden alten Männer starrten sie ehrfürchtig an. Morgan gab einen Laut zwischen Lachen und Knurren von sich. „Malone …“

„Benimm dich, Morgan“, fuhr sie ihn an und warf ihm einen vielsagenden Blick zu, ehe sie sich mit einem gezwungenen Lächeln wieder an die Männer wandte. „Die beiden sind hungrig, also lass sie gehen.“

„Aber …“

Misty ignorierte ihn. „Nun geht schon, ihr seht ja fast verhungert aus. Jeder weiß doch, dass große, starke Männer viel essen müssen, um bei Kräften zu bleiben. Vor allem wenn sie so hart arbeiten müssen wie ihr.“

Jesse und Howard plusterten sich auf wie die Hähne.

Misty winkte ihnen nach, und nachdem Morgan die Tür hinter ihnen geschlossen hatte, meinte er amüsiert: „Du hast sie um den kleinen Finger gewickelt.“

„Sie sind wirklich süß.“

„So denken sie sicher auch über dich. Deshalb wollten sie auch herausfinden, wieso du hier bist.“

„Ist es denn so ungewöhnlich, dass du jemanden einstellst?“

„Um ehrlich zu sein, schon. Aber die beiden glauben nicht, dass du eingestellt bist.“

„Das verstehe ich nicht.“

„Ganz einfach: Sie glauben, du würdest hier ebenso wie sie deine Zeit absitzen, um Gemeindearbeit zu leisten.“

„Wie bitte?“, rief sie empört. „Wieso hast du das nicht klargestellt?“

„Das habe ich ja versucht. Aber du hattest es so eilig, ihnen zu erklären, dass du mit mir fertig wirst.“

Misty schlug die Hände vors Gesicht. „Die beiden laufen jetzt also herum und erzählen jedem, ich sei von dir verhaftet worden.“

Morgan nahm ihre Hände von ihrem Gesicht und küsste

sie auf die Nasenspitze. „Komm, ich zeige dir die Räume und erkläre dir deine Aufgaben. Danach gehen wir in Ceilys Restaurant und klären das Missverständnis auf."

„Ja?"

Er fuhr mit dem Daumen über ihre Unterlippe. „Glaub mir, niemand wird Zweifel daran haben, wieso ich dich in meiner Nähe behalte. Das verspreche ich dir. Also mach dir keine Sorgen."

Misty folgte ihm ins Büro, doch sein Versprechen und die Art, wie er es ihr gegeben hatte, hinterließen ein leeres Gefühl in ihrem Innern.

Morgan ging ihr immer mehr unter die Haut, und das beunruhigte sie.

8. KAPITEL

„Autsch!" Misty war unter den Schreibtisch gekrochen und hatte sich den Kopf gestoßen. „Bist du sicher, dass sie hier drunter verschwunden ist?"

Jordans Stimme klang ein wenig belegt. „Ja, sie ist dort unten."

In der hintersten Ecke, ganz an der Wand, entdeckte Misty einen zusammengerollten bunten Katzenschwanz. „Ah, ich sehe sie. Ein süßes kleines Ding."

„Ich habe sie gefunden und mit nach Hause genommen, um sie gesund zu pflegen. Deine Schwester hat sie ins Herz geschlossen. Normalerweise liegt sie bei Honey im Bett. Ich nehme an, sie weiß, dass heute ihr Impftag ist. Deswegen ist sie vor mir weggelaufen."

Misty konnte lediglich Jordans Beine sehen. Er war gerade dabei gewesen, die Katze zu jagen, um sie in seine Tierarztpraxis zu bringen, als sie im Flur zusammengestoßen waren. Die Katze war entwischt, während Jordan Misty aufgefangen hatte.

Sie hatte gehofft, das Haus vor Morgan verlassen zu können. Laut Honey hatte er sie gestern Abend gesucht und war wütend gewesen, weil er sie nirgends gefunden hatte. Doch sie war noch nicht bereit, ihm zu erzählen, wo sie gewesen war. Und ihm heute Morgen aus dem Weg zu gehen war die einzige Möglichkeit, etwas Zeit zu gewinnen.

„Gefällt dir dein neuer Job?", erkundigte sich Jordan, während sie weiter unter den Schreibtisch kroch.

„Ja, sehr." Misty streckte die Hand nach der kleinen Katze aus, die fauchte und sich noch ein Stück weiter zurückzog.

„Das ist gut. Morgan benimmt sich, nehme ich an?"

„Morgan ist, wie er ist. Er benimmt sich nie wirklich, das weißt du."

„Ja, ich weiß, was du meinst."

Morgan war der unverblümteste, dreisteste Mann, dem sie je begegnet war. Aber er brachte sie zum Lachen und machte ihr ständig ihre Weiblichkeit bewusst. Ein Blick von ihm genügte, um sie erschauern zu lassen.

Doch die ganze Woche über hatten sie sich knapp verpasst. Zwar arbeitete sie in seinem Büro, aber er war nur selten dort. Sie hatte keine Ahnung gehabt, wie viel beschäftigt er war. Nach Dienstschluss war es nicht besser. Wenn Morgan frei hatte, war Misty fort, und wenn sie frei hatte, wurde er weggerufen. Sein Plan, sie beide als Paar aussehen zu lassen, funktionierte bisher nicht. Sie gab es nur ungern zu, aber gerade darauf hatte sie sich gefreut. Außerdem vermisste sie ihn.

Jordan hustete plötzlich und meinte: „Tja, also, willst du nicht lieber wieder hochkommen?"

„Nein, ich habe sie fast. Sie hat sich zu einem kleinen Knäuel zusammengerollt."

„Warte, ich werde den Schreibtisch zur Seite rücken."

Misty war sicher, in Jordans Stimme unterdrücktes Lachen zu hören. Allerdings hörte sie ihn nur gedämpft, da der Großteil ihres Oberkörpers unter dem Schreibtisch war. „Lieber nicht, sonst rennt sie wieder davon. So kann sie nicht weg."

Jordan gab einen erstickten Laut von sich.

„Was?"

„Schon gut."

Misty versuchte die Katze zu locken. Eigentlich hatte sie längst fort sein wollen, bevor Morgan aufwachte. Mit ihm zu arbeiten machte mehr Spaß, als sie erwartet hatte. Es gefiel ihr, nach und nach jeden in der Stadt kennenzulernen, und es war deutlich, wie sehr alle den Sheriff verehrten. Er wurde mit Respekt und sogar ein wenig Ehrfurcht behandelt.

„Dein Arrangement mit Morgan funktioniert also?"

Misty fragte sich, welches er wohl meinte – die Arbeit oder

die Beziehung. „Ja, es läuft gut. Allerdings beklagt Morgan sich gerne.“

„Das macht er vermutlich, weil nicht alles so läuft, wie er es gern hätte“, meinte Jordan vorsichtig.

„Na ja, er möchte gern, dass alle ihn für einen grimmigen Bären halten. Aber Honey hat recht. In seinem Innern ist er ganz sanftmütig.“

Oben war ein ersticktes Lachen zu hören, dann ein dumpfer Schlag. Jordan fluchte leise.

„Mach dich nicht über mich lustig, Jordan. Du weißt, dass ich recht habe. Auch wenn ihr euch alle ständig gegenseitig auf den Arm nehmt, weißt du selbst, dass dein Bruder ein wunderbarer Mensch ist.“

„Du und Honey, ihr gebt euch da der gleichen Illusion hin“, entgegnete er. „Wenn ihr beide ihn weiterhin in den höchsten Tönen lobt, wird er bald den Ruf haben, lammfromm zu sein.“

Misty lachte. „So weit würde ich denn doch nicht gehen!“

Ihr Lachen erschreckte die Katze. Als sie versuchte wegzurennen, schnappte Misty sie und drückte sie an sich. „Ich habe sie!“ Sie begann rückwärts zu kriechen. Die Katze wehrte sich nicht. Stattdessen schnurrte sie laut, aus Begeisterung über die Aufmerksamkeit.

Misty hielt das kleine bunte Fellknäuel fest an die Brust gedrückt und kroch rückwärts, bis sie gegen ein Paar Schienbeine stieß. Erschrocken drehte sie sich um und sah zu Morgan hoch, der sie mit seiner finstersten Miene betrachtete. Jordan stand grinsend hinter ihm.

Aus irgendeinem Grund errötete Misty. Wie lange war er schon da? Was hatte sie eigentlich alles über ihn gesagt? „Du hättest mich ruhig warnen können“, wandte sie sich vorwurfsvoll an Jordan.

„Weswegen?“, fragte Jordan unschuldig.

Morgan umfasste Mistys Ellbogen. „Komm schon, Malone. Hör auf, meinen Bruder zu behelligen."

Aus der Art, wie Jordan sich die Schulter rieb, schloss sie, dass Morgan ihn schon auf seine Weise behelligt hatte. Nur hatte sie keine Ahnung, wieso. Jordan schien das allerdings nicht viel auszumachen. Er sah amüsiert aus. Verärgert wandte sie sich an Morgan. „Was willst du?"

„Wir müssen los."

Misty stand auf. „Ein paar Minuten Zeit haben wir noch."

„Tatsächlich? Und warum hast du dann versucht, so früh aus dem Haus zu kommen?"

In Jordans Gegenwart konnte sie es ihm schlecht erklären, daher gab sie Jordan die Katze und sagte: „Pass diesmal besser auf sie auf."

„Danke, Süße." Jordan gab ihr einen Kuss auf die Wange, grinste Morgan an und verschwand, wobei er beruhigend auf die Katze einredete.

Misty hatte den Verdacht, dass Jordan ihr den Kuss nur gegeben hatte, um Morgan zu provozieren. Und so, wie Morgan die Lippen zusammenpresste, hatte es auch funktioniert. Lange Sekunden starrten sie sich schweigend an. Schließlich sagte er: „Du bist mir die ganze Woche aus dem Weg gegangen."

„Das ist nicht wahr! Wir hatten nur unterschiedliche Arbeitszeiten."

„Obwohl du für mich arbeitest, hatte ich keine einzige Minute allein mit dir. Du bist mir eindeutig aus dem Weg gegangen."

„Es ist doch nicht meine Schuld, dass du ständig arbeitest."

„Gestern habe ich um sechs an deine Tür geklopft. Ich dachte, du würdest noch im Bett liegen. Aber du warst schon fort."

Misty fragte sich, was er getan hätte, wenn er sie noch

warm und verschlafen im Bett vorgefunden hätte, und die Vorstellung war keineswegs unangenehm. Sie räusperte sich. „Vielleicht war es ganz gut, dass ich nicht da war."

„Du fängst schon wieder mit deinen lüsternen Gedanken an. Ich wollte dich nur zum Frühstück einladen."

Sie verzog das Gesicht. „Falls du es vergessen hast, morgens ist es momentan ein bisschen hart für mich. Ich gehe gern zum See und sitze dort. Die frische Luft beruhigt meinen Magen."

Jetzt klang er eher besorgt als verärgert. „Das hatte ich tatsächlich vergessen. War die morgendliche Übelkeit schlimm in letzter Zeit?"

Wenn Morgan so sanft und besorgt war, fand sie ihn unwiderstehlich. Sie war sich gar nicht mehr sicher, ob sie ihm überhaupt noch widerstehen wollte. In den letzten Tagen hatte sie sich immer wieder vorgestellt, wie es wäre, mit ihm zusammen zu sein. Wenn sie in seiner Nähe war, konnte sie kaum den Blick von ihm abwenden, und wenn er weg war, kreisten all ihre Gedanken nur um ihn.

Misty bemerkte, dass er sie beobachtete, und hustete. „Es ist schon ein wenig besser geworden. Solange ich nichts esse, beruhigt sich mein Magen rasch wieder."

„Dann hast du das Frühstück also ausfallen lassen?"

„Morgens habe ich ohnehin nie viel gegessen."

„Aber beim Abendessen gestern warst du auch nicht. Dabei ist eine gesunde und ausreichende Ernährung während der Schwangerschaft besonders wichtig."

„Honey bemuttert mich schon genug. Du brauchst nicht auch noch damit anzufangen." Bevor er protestieren konnte, fügte sie hinzu: „Im Übrigen hungere ich nicht. Ich habe gestern Abend in der Stadt gegessen."

Er erstarrte. „Mit wem?"

Das war genau das Thema, das Misty hatte vermeiden wollen. Aber jetzt schien ihr keine andere Wahl mehr zu bleiben. Wütend ging sie an ihm vorbei den Flur hinunter. „Wenn du es unbedingt wissen musst: Ich war arbeiten."

Morgan lief ihr nach. „Du hattest um drei Uhr Feierabend. Ich habe doch gesehen, wie du gegangen bist."

„Das stimmt, ich habe das Büro um drei verlassen. Aber ich ging zum Restaurant."

„Um dich mit jemandem zu treffen?"

Langsam war sie mit ihrer Geduld am Ende. Unterstellte er ihr denn immer nur das Schlechteste? „Das geht dich nichts an." Dann blieb sie abrupt stehen und drehte sich um. „Nein, ich habe mich mit niemandem getroffen. Ich habe dort gearbeitet."

Er wirkte so verwirrt, dass sie fast gelacht hätte. „Du arbeitest im Restaurant? Seit wann?"

„Seit gestern. Ceily hat mich eingestellt." Seine Kinnlade klappte herunter, und sie setzte hinzu: „Bevor du fragst – ja, ich habe ihr von meiner Vorstrafe erzählt."

„Misty." Er sprach ihren Namen so zärtlich aus, dass es ihr die Kehle zuschnürte. Seine Hände umfassten ihre Ellbogen. „Daran hatte ich nicht gedacht."

„Unsinn. Du hattest schon wieder diesen Ausdruck im Gesicht."

„Welchen Ausdruck?"

„Diesen zweifelnden."

„Ich habe bloß versucht, es zu verstehen." Seine Mundwinkel hoben sich zu einem Lächeln. „Was hat Ceily denn dazu gesagt?"

„Ich habe ihr die Wahrheit gesagt, dass ich unschuldig bin, es jedoch nicht beweisen konnte und dass mich die ganze Geschichte viel Geld gekostet hat, sodass ich jetzt Geld zusammensparen muss. Sie hat mir geglaubt." Ceily war eine sehr attraktive, zierliche Frau mit langen goldbraunen Haaren und braunen Augen. Sie musste in Gabes Alter sein und war vom ersten Moment an sehr freundlich zu Misty gewesen. „Sie scheint mir nicht der Typ zu sein, der herumgeht und klatscht. Sie hat mich sogar davor gewarnt, Howard oder Jesse irgendwelche Geheimnisse anzuvertrauen. Sie sagt, die beiden sind schreckliche Klatschmäuler."

Morgan lachte. „Sie muss es ja wissen. Jesse ist ihr Grandpa."

„Das wusste ich nicht. Sie sehen sich nicht ähnlich."

„Wenn man bedenkt, dass Jesse alt und streitsüchtig ist und seine Enkelin jung und hübsch, überrascht es mich nicht, dass du keine Ähnlichkeit festgestellt hast. Aber du hast recht, was Ceily angeht, sie klatscht nicht. Du brauchst dir deswegen also keine Sorgen zu machen."

„Kennst du sie gut?"

Er zuckte die Schultern. „So gut wie jeden anderen hier auch. Ceily und Gabe gingen zusammen zur Schule, und sie war oft bei uns, als sie noch jünger waren. Die beiden waren Wasserratten. Möchtest du mir vielleicht erklären, wieso du zwei Jobs hast?"

„Ich wusste, dass du kein Verständnis dafür haben würdest", beklagte sie sich.

Er ließ sie los und ging auf dem Weg zu ihrem Zimmer neben ihr. „Wofür habe ich deiner Meinung nach kein Verständnis?"

„Die Arbeit, die ich für dich mache, ist kaum ein Halbtagsjob", erklärte sie. „Es sind nicht mal sechs Stunden pro Tag."

„Ich wollte nicht, dass du es übertreibst."

„So zerbrechlich bin ich nicht."

„Das würde ich niemals behaupten." Vor der Tür zu ihrem Zimmer blieb er stehen. „Niemand würde deine Kraft und Entschlossenheit anzweifeln. Wenn es also darum geht …"

„Es spricht doch nichts dagegen, dass ich abends im Restaurant arbeite, oder?", unterbrach sie ihn. „Ceily ist einverstanden, wenn ich um vier anfange. So bleibt mir Zeit, etwas zu essen und anschließend noch vier oder fünf Stunden zu arbeiten. Gestern Abend habe ich fünfzig Dollar Trinkgeld bekommen. Es ist ein guter Job."

Morgan stemmte die Hände in die Seiten, ging auf und ab und meinte grimmig: „Ich werde es dabei bewenden lassen."

„Wie außerordentlich großzügig von dir."

Er ging auf ihren Sarkasmus nicht ein. „Fährst du nun mit mir zur Arbeit?"

Sie bedauerte, sein Angebot ausschlagen zu müssen. „Das geht nicht. Ich muss heute nach der Arbeit wieder ins Restaurant. Daher brauche ich meinen Wagen, um nach Hause zu kommen."

„Ich hole dich ab, wenn du Feierabend hast."

„Das ist Unsinn, Morgan. Du weißt doch nie, wann du zu einem Einsatz gerufen wirst. Und ich will nicht, dass du deine Arbeit meinetwegen unterbrichst."

Er presste die Lippen zu einer schmalen Linie zusammen. „Na schön. Aber dann will ich dir heute Abend wenigstens mein Haus zeigen. Das hatte ich schon die ganze Zeit vor."

„Warum?", fragte sie erstaunt.

„Einfach um deine Meinung zu hören. Ich will wissen, ob es dir gefällt. Außer Honey hat es noch keine Frau gesehen."

Sie zögerte, da sie wusste, dass sie höchstwahrscheinlich mit Morgan im Bett landen würde, wenn sie mit ihm allein war. Sie hatte wirklich geglaubt, kein Mann würde sie mehr interessieren. Aber da hatte sie auch nicht mit einem Mann wie Morgan gerechnet. „Ich weiß nicht …"

Er umfasste ihr Gesicht. „Ich will dir nichts vormachen, Malone. Ich möchte etwas Zeit mit dir allein verbringen. Ich möchte mit dir reden können, ohne dass meine Brüder in der Nähe sind oder die Leute im Büro uns beobachten." Er betrachtete ihren Mund. „Und ich will dich wieder küssen. Wir haben uns die ganze Woche lang kaum gesehen. So wird uns nie jemand glauben, dass wir zusammen sind. Es gibt bereits Leute, die unsere Beziehung infrage stellen."

„Wer?"

„Das brauchst du nicht zu wissen", erwiderte er grimmig. „Jedenfalls habe ich dem Betreffenden deutlich klargemacht, dass du nicht mehr zu haben bist – so wie wir es abgesprochen haben."

„Aha." Morgan war in einer merkwürdigen Stimmung. Fast kam es Misty so vor, als sei er eifersüchtig.

„Es ist alles Nates Schuld. Er erzählt überall, dass wir kaum miteinander reden und uns nicht wie ein Paar benehmen."

„Nate, dein Deputy?"

„Ja." Misstrauisch fragte er: „Hat er schon mit dir geflirtet?"

Erschrocken schüttelte sie den Kopf. Sie hatte Nate gleich an ihrem ersten Arbeitstag kennengelernt. Er war ein gut aussehender junger Mann, nicht viel größer als sie, mit braunen Haaren und grünen Augen. In der Pause hatte er sie einmal zum Lunch eingeladen, aber sie hatte abgelehnt und stattdessen an ihrem Schreibtisch gegessen – einen Apfel und ein Erdnussbutter-Sandwich. Danach brachte Nate sich ebenfalls immer etwas mit und setzte sich zum Essen zu ihr. Morgan hatte in dieser Zeit meistens Termine wegen seiner Gemeindearbeit und aß unterwegs.

„Bist du sicher?"

Misty verzog das Gesicht. „Er ist doch noch ein Junge."

„Er ist zweiundzwanzig, also nur zwei Jahre jünger als du. Würdest du überhaupt merken, wenn er mit dir flirtet?"

„Das nehme ich an."

Morgan stützte sich mit einer Hand neben ihr an der Wand ab. „Aus irgendeinem Grund glaube ich, dass dir deine Wirkung auf Männer nicht bewusst ist."

„Möglicherweise liegt es daran, dass du bis jetzt der Einzige bist, der behauptet, ich hätte eine gewisse Wirkung auf ihn. Das macht dich zur Ausnahme, nicht zur Regel."

„Das kann nicht stimmen, da ich von mindestens einem weiteren Mann weiß, der es auf dich abgesehen hatte. Von allein bist du ja wohl nicht schwanger geworden."

„Kent war wie die meisten Männer. Er sagte die richtigen Dinge, um meine Aufmerksamkeit zu bekommen. Ich wollte glauben, dass ich ihm etwas bedeute. Aber er hat mich nie wirklich gewollt. Nicht so wie ..." Errötend verstummte sie.

Morgan grinste zufrieden. „Du meinst, wie ich?"

Wie konnte er erwarten, darauf eine Antwort zu bekommen? „Ich habe ihm nie wirklich etwas bedeutet."

„Offenbar war er ein Dummkopf."

„Wie dem auch sei, Männer flirten, weil es in ihrer Natur liegt. Es hat nichts zu bedeuten. Und es spielt keine Rolle, wer die Frau ist und wie sie aussieht."

„Es gibt flirten und flirten. Du kannst mir ruhig glauben, dass ich noch nie den Wagen einer Frau lahmgelegt oder sie in einen Pavillon gezerrt habe."

Misty lachte. „Nein, wahrscheinlich hat die Frau dich an einen ungestörten Ort gezerrt."

Morgans Gesicht näherte sich ihrem. „Lassen wir das, und vergessen wir Kent. Er ist kaum ein gutes Beispiel für die männliche Spezies. Einverstanden?"

„Einverstanden."

„Also: Kommt Nate öfter an deinem Schreibtisch vorbei und spricht mit dir? Hat er dich zum Essen eingeladen?"

Seine Nähe machte es ihr schwer, einen klaren Gedanken zu fassen. Sie spürte seinen Atem an ihrer Wange. „Ja und nein."

Er rieb seine Nase an ihr. „Was heißt das?"

„Ja, er spricht häufig mit mir und kommt öfter an meinen Schreibtisch. Aber das macht jeder, der das Büro des Sheriffs betritt. Und nein, zum Essen hat er mich nicht eingeladen. Er hat mich einmal gefragt, ob ich mit ihm zu Mittag esse, aber das kann man kaum als Einladung zu einem Rendezvous betrachten. Wahrscheinlich fühlt er sich beim Mittagessen nur allein, denn jetzt isst er mit mir im Büro."

„Sei nicht so naiv. Er flirtet mit dir."

„Nein, tut er nicht."

Morgan zog die Brauen zusammen. „Ich werde das beenden."

„Jesse und Howard sind auch ständig da, und jetzt behaupte nicht, dass sie ebenfalls flirten."

Er schob seine Mütze zurück und seufzte. „Es ist ein Wunder, dass noch nicht jedes männliche Wesen aus der Gegend um deinen Schreibtisch herumlungert. Von jetzt an werde ich mittags mit dir essen gehen."

„Morgan, das ist doch Unsinn!" Insgeheim gefiel ihr seine Eifersucht jedoch.

„Außerdem kann ich dann darauf achten, dass du auch vernünftig isst."

„Klar, das ist natürlich der wahre Grund." Dennoch gab sie nach. „Aber wenn du mich zum Essen einladen willst, habe ich nichts dagegen."

„Also abgemacht." Er wirkte beinah triumphierend. „Das wurde aber auch höchste Zeit."

„Sobald alle herausgefunden haben, dass ich schwanger bin, wird sämtliches Interesse ohnehin erlahmen – das von dir eingebildete ebenso wie jedes andere."

Morgan küsste ihre Braue und dann ihre Nase. „Verlass dich lieber nicht darauf. An meinem Verlangen nach dir hat es nichts geändert."

Er wollte sie gerade erneut küssen, und Misty wollte es geschehen lassen, als Sawyer aus seinem Zimmer kam.

„Ein kleines Rendezvous im Flur?"

Misty fragte sich, wieso sie mit Morgan ständig in solche peinlichen Situationen geriet. „Haben wir dich geweckt?"

„Nein", erwiderte Sawyer. „Ich habe frühe Termine heute Morgen. Die Flitterwochen sind vorbei, da ein Grippevirus die Runde macht."

„Tja, ich muss los", verkündete Misty. „Ich war eigentlich schon auf dem Weg hinaus." Damit schob sie sich eilig an Morgan und Sawyer vorbei.

Sawyer und Morgan gingen in die Küche, aus der ihnen der Duft von frischem Kaffee entgegenwehte. Morgan brauchte dringend eine Dosis Koffein, um munter zu werden. Dummerweise war Jordan noch da. Die Katze saß auf seinem Schoß.

„Du hast Misty angegafft, als ich hereinkam", warf er seinem Bruder vor.

Jordan ignorierte ihn und erklärte Sawyer: „Sie war unter den Schreibtisch gekrochen, um die Katze zu fangen." Mit einem boshaften Grinsen, zu Morgan gewandt, fügte er hinzu: „Ihr Po ist wirklich sexy."

Morgan kochte vor Wut. „Wage es nicht, ihn noch einmal anzusehen!"

„Wieso? Du siehst ja auch hin." Jordan kraulte die Katze und wandte sich wieder an Sawyer. „Ich wollte es dir gegenüber schon längst erwähnen. Ich glaube, mit Morgan stimmt etwas nicht. Er hat ständig diesen Glanz in den Augen. Und ich habe ihn tatsächlich lächeln gesehen."

Sawyer goss sich eine Tasse Kaffee ein und setzte sich. „Unmöglich. Morgan und lächeln? Das ist absurd."

Morgan wollte sich auf seinen Bruder stürzen, doch Jordan hob abwehrend eine Hand. „Bleib ruhig! Ich wollte sowieso gehen." Er stand auf, klemmte sich die Katze unter den Arm und nahm seinen Schlüssel, der neben der Tür hing. „Also, bis später, ihr beiden."

Nachdem er die Tür hinter sich geschlossen hatte, murmelte Morgan: „Endlich ist der Kerl weg."

„Sei nicht so griesgrämig", meinte Sawyer. „Ich habe es überlebt, also wirst du es auch überleben."

„Was überleben? Ich habe keine Ahnung, wovon du sprichst."

„Ich rede davon, sich zu verlieben." Bevor Morgan protestieren konnte, fügte er hinzu: „Verschon mich mit deinen Ausflüchten. Ich kenne sie alle, weil ich es mir auch nicht eingestehen wollte. Aber es nützt nichts."

Morgan hatte das Gefühl, als laste ein schweres Gewicht auf seiner Brust. Er ließ die Luft aus seinen Lungen entweichen und sagte: „Ich bin nicht verliebt."

„Nein? Wie würdest du es denn nennen? Lust?"

„Das geht nur mich etwas an."

„Da wäre Honey anderer Ansicht. Sie liebt ihre Schwester über alles. Bis jetzt hält Honey dich für einen ehrenhaften Gentleman. Falls du Misty wehtust, wirst du mit Honey den Ärger deines Lebens bekommen. Und ich warne dich lieber gleich, dass ich mich dann nicht einmischen kann."

„Ich sage dir dauernd, dass du deine Frau besser in den Griff kriegen musst."

„Da spricht ein echter Junggeselle."

„Abgesehen davon würde ich Misty niemals wehtun."

„Ach nein? Meinst du, eine Affäre mit ihr anzufangen könnte sie nicht verletzen? Sie hat genug durchgemacht. Wusstest du eigentlich, dass ihr Vater ihr nicht den geringsten Trost angeboten hat? Honey hat mir das alles erzählt. Sie braucht jetzt Stabilität, keine weiteren halbherzigen Geschichten."

Morgan leerte seinen Kaffee, verbrannte sich die Zunge und fluchte. „Sie will keine feste Beziehung, kapiert? Das hat sie mir selbst gesagt. Sie hat die Nase voll von Männern."

„Und du? Bist du kein Mann?"

„So meine ich das nicht. Was wir füreinander empfinden, das … das beruht auf Gegenseitigkeit. Sie will sich nur nicht allzu sehr auf etwas einlassen.“ Zögernd fügte Morgan hinzu: „Und ich auch nicht.“

„Ich dachte, du willst heiraten?“

„Ich will eine Frau wie Honey“, verkündete er, woraufhin Sawyer sich an seinem Kaffee verschluckte. Morgan reichte ihm eine Serviette. „Ich sagte, eine Frau wie sie, nicht Honey selbst. Ich will eine häusliche, liebevolle Frau …“

„Und das ist Misty nicht? Ist sie dir zu wild?“

„Das habe ich nicht behauptet. Aber sie will nicht heiraten. Das hat sie mir deutlich klargemacht.“

Plötzlich bekam Sawyer große Augen. „Großer Gott, du hast Angst!“

Morgan spürte, wie sich jeder Muskel in seinem Körper anspannte. „Versuchst du mit aller Macht, mich wütend zu machen?“

Sawyer winkte ab. „Du hast Angst, sie könnte dir einen Korb geben.“

„Du bist Hausarzt, kein Psychologe. Vergiss das nicht.“

Sawyer lachte laut. „Nicht zu fassen! Da laufen dir die Frauen nach, seit ich denken kann, und jetzt hast du dir eine geschnappt, vor der du Angst hast.“

„Honey wirst du mit blutiger Nase nicht mehr so gut gefallen.“ Da Sawyer seiner Drohung keine Beachtung schenkte und immer noch lachte, beschloss Morgan, das Thema zu wechseln. „Sie hat einen anderen Job angenommen.“

Sawyer stutzte. „Sie arbeitet nicht mehr für dich?“

„Doch, aber sie hat einen zweiten Job angenommen. Sollte sie das in ihrem Zustand?“

„Sie ist in guter körperlicher Verfassung“, erwiderte Sawyer. „Was für einen Job hat sie denn angenommen?“

„Sie arbeitet nach Feierabend noch vier bis fünf Stunden

im Restaurant. Ich finde, das ist zu viel."

Sawyer runzelte nachdenklich die Stirn. „Sie ist eine gesunde junge Frau, und ihre Schwangerschaft ist noch nicht weit vorangeschritten. Daher wird ihr die Arbeit wohl nicht schaden. Im späteren Verlauf der Schwangerschaft kann sie jedoch Rückenprobleme bekommen, wenn sie so lange steht."

„Vielleicht solltest du mal mit ihr reden", schlug Morgan vor. „Du bist schließlich Arzt. Auf dich wird sie hören."

„Ich bin nicht ihr Arzt, also geht es mich auch nichts an. Genau genommen, geht es dich auch nichts an."

„Bisher hat sie nichts von einem Arzt erzählt. Sollte sie nicht auch zusätzliche Vitamine nehmen?"

„Wieso fragst du sie nicht einfach selbst danach?", entgegnete Sawyer. „Die Vitamine kann ich ihr geben. Aber sie sollte sich regelmäßig von einem Frauenarzt untersuchen lassen. Da sie neu in der Gegend ist, könnte ich ihr jemanden empfehlen. Im wievielten Monat ist sie?"

„Sie sagte, im dritten. Wieso?"

Sawyer trank seinen Kaffee aus und stand auf. „Nur so." Er musterte seinen Bruder. „Ich muss mich an die Arbeit machen. Ist alles in Ordnung mit dir?"

Sofort verdüsterte sich Morgans Miene wieder. „Mir geht's gut, verdammt."

„Ich frage ja nur." Er wandte sich zum Gehen, zögerte jedoch noch. „Morgan? Denk wenigstens über das nach, was ich dir gesagt habe. Wenn du zu lange wartest, um die Dinge zu klären, könntest du alles vermasseln. Und ich möchte nicht wissen, wie unausstehlich du dann sein wirst."

9. KAPITEL

Auf dem Weg ins Büro wurde Morgan von einer Frau aufgehalten, deren Wagen voller Kinder war und einen platten Reifen hatte. Sie war auf dem Rückweg vom Supermarkt gewesen, als ihr Reifen platzte. Unglücklicherweise war ihr Ersatzreifen in keinem besseren Zustand. Er rief Misty an, erklärte ihr, weshalb er später kommen würde, und bat sie, seinen Vormittagstermin mit der Stadtverwaltung zu verschieben.

Sie klang ein wenig erschöpft, doch ihm blieb keine Zeit, den Grund dafür herauszufinden. Er verfrachtete die Frau samt Kindern, dem platten Reifen und dem nutzlosen Reservereifen in seinen Geländewagen und fuhr sie nach Hause. Die Kinder im Alter von eins bis zwölf hatten vor Aufregung, im Wagen des Sheriffs mitfahren zu dürfen, gekreischt und gebrüllt.

Nachdem er der Frau geholfen hatte, ihre Einkaufstüten ins Haus zu bringen, rief er Gabe an. Sie trafen sich in der Werkstatt, wo sie beide Reifen reparieren ließen. Dann fuhren sie zum Wagen der Frau zurück, montierten den Reifen wieder an, und anschließend fuhr Gabe den Wagen zum Haus der Frau, während Morgan mit dem Geländewagen folgte. Zum Schluss setzte Morgan seinen Bruder wieder an der Werkstatt ab.

Als Morgan endlich in sein Büro kam, war er verschwitzt und entnervt. Er freute sich darauf, Misty zu sehen – und geriet geradewegs ins Chaos.

Der Lärm empfing ihn schon, bevor er die Tür geöffnet hatte. Männliches Gelächter, Musik und lautes Gehämmer. Mit finsterem Gesicht stürmte Morgan zu dem kleinen Schreibtisch, an dem Misty arbeitete. Dort fand er sie auch, aber nicht im Sessel hinter dem Schreibtisch sitzend, sondern auf der Schreibtischkante, die nackten langen Beine an den Knöcheln übereinandergeschlagen. Casey war mit ein paar seiner Freunde ebenfalls da. Offenbar hatten sie die Musik mitgebracht, die jetzt aus dem tragbaren CD-Player dröhnte. Howard hatte Mistys Sessel neben den Schreibtisch geschoben und es sich darin bequem gemacht, während Jesse auf der Sessellehne saß. Nate stand vor Misty und tanzte, angefeuert von ihr.

Statt einer langen Hose trug sie Shorts, und die weiße Bluse war durch ein weites T-Shirt ersetzt worden. Sie war barfuß und leckte zu allem Überfluss auch noch Eis.

Morgan sah rot.

Bis jetzt hatte ihn niemand bemerkt, und er beobachtete die Szene schweigend, während er vor Wut kochte. Als Nate eine Drehung vollführte, schüttelte Misty den Kopf, leckte noch einmal an ihrem Eis und gab es Casey. Casey lachte und hielt es für sie fest.

Dann stellte Misty sich vor Nate und vollführte selbst einen Tanzschritt. Sie sah unglaublich sexy aus.

Morgan beobachtete die anderen Männer im Raum und erkannte an ihren Gesichtern, dass sie denselben Gedanken hatten wie er. Das brachte das Fass zum Überlaufen.

„Was, zum Teufel, geht hier vor?“, fragte er.

Erschrocken hielten alle inne. Nate zuckte zusammen, und Casey gab Misty rasch ihre Eistüte zurück. Jesse und Howard sprangen von ihren Plätzen auf. Das laute Hämmern ging weiter.

Morgan marschierte in den Raum, betrachtete Misty von Kopf bis Fuß und wandte sich dann an Casey. „Stell die verdammte Musik aus!“

Einer von Caseys Freunden gehorchte eilig. Nate trat vor. „Also, Morgan, wir haben nur …“

Morgan schnitt ihm mit einem scharfen Blick das Wort ab. Nate stammelte noch ein wenig vor sich hin und verstummte dann.

Misty platzte der Kragen, und sie baute sich vor Morgan

auf. „Hör auf, alle hier einzuschüchtern!“

Morgan starrte sie an, bewunderte aber insgeheim ihren Mut. Niemand sonst in diesem Raum hätte es gewagt, ihm die Stirn zu bieten. Ihre Haare waren zerzaust, auf ihrer Haut glänzte ein feiner Schweißfilm, ihre Augen funkelten. Sie sah aus, als hätte sie gerade Sex gehabt. Und sie wagte es, ihn vor allen anderen herauszufordern.

„Bezahle ich dich etwa dafür, Partys zu feiern, Malone?“

Ihre Augen verengten sich zu Schlitzen. „Wir haben keine Party gefeiert. Wenn du mal zuhören würdest …“

Das T-Shirt klebte an ihrer Haut, sodass sich darunter deutlich ihre Brüste abzeichneten. Der Anblick lenkte ihn ab. Außerdem brachten die Shorts ihre langen sexy Beine zur Geltung. Morgans Puls beschleunigte sich. „Angestellte des Sheriffbüros laufen nicht in diesem Aufzug herum.“

Misty zog die Brauen zusammen. „Ich musste mich umziehen.“

Sein Blick fiel auf die große Eistüte. Sie schmolz langsam und tropfte auf ihre Hand. „Und sie essen kein Eis während der Arbeitszeit.“

„Morgan …“ Sie sprach seinen Namen bedrohlich leise aus.

Er ignorierte es. „Ich bezahle dich für deine Arbeit, da kann ich ja wohl erwarten, dass du deine Pflichten ernst nimmst.“

Casey stöhnte. „Oh Mann!“

Morgan schenkte seinem Neffen keine Beachtung. Er war viel zu fasziniert davon, wie Mistys Augen sich zu einem satten Mitternachtsblau verdunkelten.

Sie trat dicht vor ihn und stellte sich auf Zehenspitzen. „Nur zu deiner Information, ich habe heute geschuftet bis zum Umfallen!“

Er musterte sie. „Wenigstens scheint aber noch alles dran zu sein.“

Misty schnappte nach Luft, während ein Raunen durch die übrigen Zuschauer ging. Misty drehte sich um, nahm einen Stapel Haftnotizen vom Schreibtisch und drückte ihm eine nach der anderen vor die Brust. „Das hier ist von deinen zahlreichen Freundinnen, die auf ein Date mit dir heute Abend hoffen!" Die Zettel trudelten zu Boden und landeten vor seinen Füßen. „Sie haben den ganzen Tag lang angerufen und die Leitung belegt!"

„Malone …"

„Und sie haben beharrlich verlangt, dass du sofort zurückrufst." Sie lächelte übertrieben freundlich. „Bevor ich gehe, werde ich ihnen allen persönlich mitteilen, dass du heute Abend frei bist!"

„Malone …"

„Und das hier", sagte sie und schleuderte ihm einen gelben Zettel ins Gesicht, „ist vom Klempner, weil die Toiletten verstopft waren und alles überschwemmt haben. Wenn Howard und Jesse mir nicht beim Aufwischen geholfen hätten, stünden wir noch immer zehn Zentimeter tief im Wasser."

Allmählich wurde ihm unbehaglich zumute. „Malone …"

„Und das Hämmern, das du hörst, kommt vom Monteur, der an der Klimaanlage arbeitet. Falls es dir entgangen sein sollte, hier drin sind fast dreißig Grad."

Deshalb sah Misty so erhitzt aus und nicht, weil sie sich amüsiert hatte. Er hob die Brauen, doch sie war noch nicht fertig. Morgan registrierte, dass Jesse und Howard unbemerkt aus dem Raum schlüpfen wollten. Caseys beiden Freunde hatten es bereits bis zur Tür geschafft. Nate stand regungslos neben Casey, der vor sich hin pfiff.

„Im Übrigen", fuhr Misty mit zornbebender Stimme fort, „ist dies meine erste Pause heute. Wegen der Überschwemmung konnte ich keine Mittagspause machen. Ohne Klimaanlage war es ohnehin zu heiß zum Essen. Daher hat Nate mir ein Eis geholt, damit ich die Zeit bis zum Abendessen überbrücken kann. Aber wieso nimmst du es nicht, da du ja der Ansicht bist, ich sollte hier kein Eis essen?"

Mit diesen Worten hob sie die Eistüte wie einen Dolch und drückte sie ihm, die Eiskugel voran, mitten auf die Brust. Der Kälteschock ließ ihn nach Luft schnappen. Dann verzog er das Gesicht, als er fühlte, wie das klebrige Eis unter seinen Kragen und in seine Brusthaare lief.

Casey hörte auf zu pfeifen. „Auweia. Jetzt ist der Teufel los."

Howard und Jesse flüchteten zur Tür hinaus und knallten sie hinter sich zu. Nate trat ebenfalls den Rückzug an.

Misty wollte ihm folgen, doch Morgan packte ihren Arm und zog sie zu sich. „Du bleibst schön hier." Mit einem leisen Plop fiel ein Klumpen Eiscreme zu Boden. Er zog Misty näher zu sich heran. Auch wenn er es nur ungern zugab, ihr Wutausbruch hatte ihn erregt.

Jeder Muskel in seinem Körper schien angespannt zu sein. Das Funkeln in ihren Augen erregte ihn ebenso wie ihre Brüste, die sich mit jedem Atemzug hoben und senkten. „Ich finde, wir sollten uns das Eis teilen."

Misty wollte sich losmachen, doch er hielt auch ihren anderen Arm fest. Sie starrte auf seine eisverschmierte Brust, und ihre Mundwinkel zuckten.

„Du findest das auch noch komisch?" Aber inzwischen musste er selbst ein Grinsen unterdrücken. Nein, mit Misty würde das Leben niemals langweilig werden.

„Ich finde, du hast nur bekommen, was du verdient hast." Mit ihren nackten Füßen rutschte sie auf dem Boden aus, als sie sich ihm entgegenstemmte. Ein weiterer Eisklumpen fiel zu Boden, und Misty lachte kurz auf. „Morgan, nein! Wage es nicht!"

Ihre Worte endeten in einem Aufschrei, als er sie gegen seine Brust drückte. „Kalt, was?"

Sie wand sich, um sich zu befreien, was jedoch nur dazu führte, dass ihre Brüste sich an seiner Brust rieben. Morgan stöhnte auf.

„Du …“, begann sie atemlos.

Morgan brachte sie mit einem Kuss zum Schweigen. Es war ein komischer Kuss, da sie sich so gegen ihn wehrte, wenn auch lachend, und die Eistüte zwischen ihnen langsam durch ihrer beider Körperwärme schmolz.

Casey räusperte sich.

Morgan sah auf. „Raus mit dir!“

Casey lachte. „Bin schon unterwegs!“

Morgan verfolgte, wie Casey seine gaffenden Freunde hinausschob und leise die Tür hinter sich schloss. Misty versuchte erneut, sich zu befreien, doch er ließ sie nicht los. „Oh nein, du bleibst. Ich habe ein paar Dinge mit dir zu klären.“

Da sie nicht freikam, hielt sie inne. „Und was?“

Er küsste sie und sagte: „Es tut mir leid.“

„Das sollte es auch.“

„Hm.“ Er küsste sie leidenschaftlicher und stürmischer. Erst als das Hämmern im Hintergrund aufhörte, löste Morgan sich von ihr.

Ebenso außer Atem wie er, meinte Misty: „Du hast gerade mein T-Shirt ruiniert. Was soll ich nun zur Arbeit anziehen?“

Morgan hielt ihr Gesicht in den Händen und fragte: „Wolltest du in diesem Aufzug ins Restaurant?“

„Ich bin ordentlich angezogen, also fang nicht schon wieder an.“

„Du wirst einen Aufstand verursachen.“

„Meine anderen Sachen hat die Überschwemmung ruiniert. Ich habe Casey angerufen, und er war so nett, mir diese Sachen zu bringen.“

„Ich werde nach Hause fahren und dir etwas anderes holen. Einverstanden?“ Da sie zögerte, schüttelte er sie sanft.

„Hab Erbarmen mit mir. Ich bin es nicht gewohnt, eifersüchtig zu sein, und ich werde einige Zeit brauchen, um mich daran zu gewöhnen."

„Warst du wirklich eifersüchtig?"

„Was glaubst du denn? Denkst du, es macht mir Spaß, mich zum Narren zu machen?"

„Na ja, du machst es oft genug", murmelte sie und fügte hinzu: „Du wirst einiges zu erklären haben, nachdem du mich vor allen beleidigt hast."

Er schluckte, da er sich noch immer ihres warmen, sinnlichen Körpers an seinem bewusst war. „Du wirst doch nicht kündigen, nur weil ich dich ein wenig angeschrien habe, oder?"

„Das kann ich nicht." Sie lächelte traurig. „Ich brauche den Job."

Morgan küsste sie erneut, diesmal zärtlich, da sie ihn an ihre Situation erinnert hatte. „Es tut mir leid."

„Dass du mich in Verlegenheit gebracht hast?"

„Ja, obwohl du mir nicht allzu verlegen vorgekommen bist. Eher wie eine Furie."

„Du hast recht. Zusätzlich zu allem anderen war ich nämlich auch eifersüchtig. Es waren immerhin acht Anrufe von Frauen, Morgan."

„Du warst eifersüchtig?"

Sie zog die Brauen zusammen. „Und verärgert. Du hast ziemlich hartnäckige Freundinnen."

Er machte ein unschuldiges Gesicht. „Schon möglich, dass ein paar von ihnen sehr hartnäckig sind."

„Schon möglich? Du weißt es nicht?"

Er biss sich auf die Lippe und lachte leise. „Das spielt jetzt keine Rolle mehr, das schwöre ich. Und jetzt sag mir, dass du mir verzeihst."

„Tut es dir leid, was du gesagt hast?"

„Ja. Und jetzt komm mit ins Bad, dann helfe ich dir, dich sauber zu machen.“ Er hielt inne. „Haben wir jetzt wieder fließendes Wasser?“

„Ja, aber ich kann mich auch ohne deine Hilfe sauber machen.“ Sie deutete auf die Zettel auf dem Boden. „Du hast noch genug Anrufe zu erledigen.“

Morgan sah, dass er auf den Notizzetteln herumgetreten war.

„Weißt du, Morgan, mir kommt da so ein Gedanke. Du willst, dass jeder Mann in der Gegend denkt, wir seien zusammen. Dazu führst du dich sogar wie ein Höhlenmensch auf. Aber es scheint eine ganze Menge Frauen zu geben, die überhaupt noch nichts davon wissen.“

„Ich war zu beschäftigt damit, mich um dich zu kümmern, dass ich überhaupt nicht an andere Frauen gedacht habe. Deshalb habe ich völlig vergessen, ihnen mitzuteilen, dass ich nicht mehr zu haben bin.“

„Bist du das nicht mehr?“, fragte sie ein wenig unsicher.

Morgan hob ihr Kinn. „Solange du mich willst, nicht.“

Einen Moment lang sah sie ihn an. Dann zog sie ihn für einen hungrigen Kuss zu sich herunter. Sie klammerte sich an seine Schultern, während ihre Zunge ein erotisches Spiel in seinem Mund entfachte. Eine Welle der Erregung durchflutete Morgan. Zum ersten Mal hatte sie die Initiative ergriffen, und er sehnte sich verzweifelt danach, ihr die Kleider abzustreifen und ihren nackten Körper zu liebkosen.

Ein Brummen und ein kalter Lufthauch informierten sie darüber, dass die Klimaanlage wieder funktionierte. Gerade noch rechtzeitig. Ein paar Sekunden länger, und Morgan wäre verglüht.

„Wirst du heute Nacht mit mir schlafen, Malone?“

Sie berührte seinen Mund, lächelte und nickte. „Ich glaube, das würde ich gern.“

Sein Herz schien einen Moment auszusetzen. Bevor er sie erneut in die Arme schließen konnte, wurde kurz an die Tür geklopft, und der Monteur trat ein.

„Alles erledigt." Er blieb abrupt stehen, als Morgan sich von Misty löste, und starrte auf das verschmierte Eis auf ihrer Kleidung.

Morgan grinste. „Lassen Sie mir die Rechnung hier."

10. KAPITEL

Der Regen hörte nicht mehr auf. Es goss in Strömen, und Morgan war erleichtert, als er sah, dass Mistys Wagen schon wie üblich vor der Küchentür parkte. Er hatte sich schreckliche Sorgen gemacht, weil sie bei dem heftigen Regen allein nach Hause gefahren war. Sie hatte den ganzen Tag gearbeitet und musste erschöpft sein. Er hatte gehofft, ihr nach Dienstschluss in seinem Wagen folgen und sie zu seinem Haus entführen zu können. Doch leider war er aufgehalten worden, und schließlich hatte das Gewitter eingesetzt.

Er parkte seinen Wagen neben ihrem. Normalerweise fuhr er den Geländewagen in die Garage, aber er wollte der Hintertür so nah wie möglich sein, damit Misty, wenn sie mit ihm zu seinem Haus fahren wollte, nicht so weit durch den Regen laufen musste.

Seufzend nahm er ein kleines Bündel vom Beifahrersitz, wickelte es in seinen Regenmantel und rannte zum Haus.

Noch bevor er die Küchentür erreicht hatte, wurde sie aufgerissen. Offenbar hatte jemand seine Ankunft bemerkt. Dummerweise war es aber nicht Misty – die allem Anschein nach in eine heftige Auseinandersetzung mit Sawyer verwickelt war. Honey war es, die ihm die Tür aufmachte.

Er küsste sie flüchtig auf die Wange und richtete seine Aufmerksamkeit auf den Streit.

„Wenn du das Geld nicht nimmst, kann ich nicht bleiben!“, rief Misty aufgebracht.

Sawyer warf die Arme in die Luft, entdeckte Morgan und atmete erleichtert auf. „Sie ist noch schlimmer als Honey, das schwöre ich.“

Morgan sah sich kurz in der Küche um und fragte dann: „Wo ist Jordan?“

„In seinen Räumen“, antwortete Sawyer. „Wieso?“

Behutsam wickelte Morgan sein Bündel aus. Ein winselnder Welpe mit wuscheligem Fell sah mit großen Augen in die Runde. „Kannst du mir ein Handtuch holen?“, bat Morgan Honey. „Ich habe den Kleinen unter der Vordertreppe der Turnhalle gefunden. Offenbar hat man ihn dort ausgesetzt.“

Sawyer nahm den Telefonhörer und rief Jordan an. Honey brachte Morgan ein Handtuch, und Misty kam ebenfalls näher, um den Welpen zu bestaunen.

Kurz darauf flog die Hintertür auf, und Gabe und Jordan, beide in Regenmänteln, kamen herein.

„Er sieht noch sehr jung aus“, meinte Gabe. „Was glaubst du, was es für eine Rasse ist?“

Jordan redete beruhigend auf das verängstigte Tier ein, während er es abtrocknete. „Es ist ein Mischling. Seinem Aussehen nach zu urteilen, steckt etwas Schäferhund mit drin und möglicherweise Bernhardiner. Er wird groß sein, wenn er mal ausgewachsen ist.“ Jordan untersuchte den Hals des Welpen und runzelte die Stirn über das zu enge, aus einem Seil bestehende Band, das an einigen Stellen das Fell weggescheuert hatte. „Ich brauche meine Tasche.“

„Ich hole sie“, sagte Gabe und zog sich die Kapuze seines Regenmantels wieder über den Kopf.

Misty begann Morgans nasses Hemd aufzuknöpfen, als würde sie das jeden Tag machen. „Du wirst dir eine Erkältung holen, wenn du dir keine trockenen Sachen anziehst.“

Sawyer nickte. „Ja, zieh dich um. Und nimm Misty mit. Vielleicht kannst du sie ja zur Vernunft bringen.“

Morgan stand still, während sie ihm das Hemd auszog. „Was hast du denn jetzt wieder gemacht, Malone?“

Sawyer ließ sie nicht antworten, sondern wedelte mit einigen Geldscheinen vor Morgans Nase herum. „Sie will dafür bezahlen, dass sie hier wohnt.“

Morgans Miene verfinsterte sich. „Ich dachte, das hätten wir längst geklärt."

Misty nahm seine Hand und zog ihn hinter sich her. „Ich will kein Schnorrer sein. Wenn ich bleibe, muss ich mich auch beteiligen. Ich habe fast jeden Tag hier gegessen ..."

Morgan ließ sich von ihr hinausführen, weg von den anderen. Doch sobald sie außer Sicht waren, drängte er Misty gegen die Wand und gab ihr einen leidenschaftlichen Kuss. „Du hast mir gefehlt", flüsterte er.

Sie schlang ihm die Arme um den Nacken und lächelte. „Ich habe mich schon gewundert. Ich dachte, du würdest viel früher nach Hause kommen."

„Ich musste einen Kurs halten. Eine Frau hat sich dabei verletzt. Und dann entdeckte ich den Welpen." Er stöhnte. „Das war vielleicht ein hektischer Tag." Er führte sie in sein Zimmer und schloss die Tür hinter sich. „Ich ziehe mich nur rasch um, dann fahren wir zum Haus."

„Was war das für ein Kurs?", wollte sie wissen, während er sich ein Handtuch schnappte.

„Ich unterrichte an zwei Freitagen im Monat ein paar Frauen in Selbstverteidigung. Vor allem die Frauen, die als Führerinnen in den Naturschutzgebieten in den Bergen arbeiten. Manchmal sind sie mit einem Mann allein dort oben. Daher müssen sie wissen, wie sie sich im Notfall verteidigen können."

„Und eine von ihnen hat sich heute verletzt?" Misty klang besorgt.

„Ja, aber nicht beim Training. Ich bin sehr vorsichtig mit ihnen. Außerdem benutzen wir die Turnmatten. Nein, sie rutschte beim Verlassen der Turnhalle auf den Eingangsstufen aus und verstauchte sich den Knöchel. Da sie nicht mehr fahren konnte, habe ich sie ins Krankenhaus gebracht. Anschließend musste ich ihren Mann abholen, weil sie nur einen Wagen haben, und der stand noch an der Turnhalle. Das einzig Gute dabei war, dass ich dadurch den Welpen entdeckt habe. Ich wollte der Frau gerade aufhelfen, als ich ihn winseln hörte."

„Dann hast du sie also beide mitgenommen und ihnen geholfen?"

„Na ja, das hätte doch jeder getan."

„Offenbar nicht, sonst wäre der kleine Hund nicht dort gelandet." Sie ging zu ihm und legte ihre Hand auf seine nackte Brust. „Ich glaube, du versuchst nicht nur, ständig die Kontrolle zu haben. Viel wichtiger ist es dir, dich um jeden zu kümmern."

Morgan kickte seine nassen Schuhe fort und gab ihr einen Kuss. Ihre Hand auf seiner nackten Haut machte ihn verrückt. „Lass mich nur schnell neue Sachen anziehen, damit wir von hier verschwinden können", sagte er mit vor Erregung heiserer Stimme.

Sie nickte und setzte sich auf die Bettkante. Wenn sie ahnen würde, welche Wirkung sie auf ihn hatte, hätte sie seine Selbstbeherrschung nicht auf die Probe gestellt. Morgan zog eine Schublade auf und nahm Jeans und Socken heraus. Er wollte gerade den Reißverschluss seiner Hose öffnen, als sie fragte: „Bin ich auch nur jemand, um den du dich kümmerst?"

Er hielt inne. „Wie meinst du das?"

Sie zuckte die Schultern und sah rasch zur Seite, als er den Reißverschluss seiner Hose herunterzog. „Anfangs wolltest du, dass ich verschwinde. Dann warst du der Meinung, ich sollte bleiben. Ich frage mich, ob du dich nur deshalb um mich sorgst, weil du gar nicht anders kannst, als anderen zu helfen."

„Wie kommst du denn darauf?"

„Gabe hat mir von der Frau mit dem platten Reifen erzählt. Er meinte, du würdest ständig anderen Leuten helfen."

„Gabe redet zu viel." Morgan schlüpfte in die trockenen

Jeans und setzte sich zu Misty aufs Bett, um sich Socken und Schuhe anzuziehen. Er spürte, wie sie ihn beobachtete, während er mit finsterem Gesicht das Handy einsteckte und sich ein schwarzes T-Shirt überzog. „Willst du noch immer mit in mein Haus kommen?"

Sie schaute auf ihre Hände herunter, und ihre seidigen dunklen Haare verbargen ihr Profil. Sie wirkte ein wenig nervös. „Wenn du es willst."

Morgan umfasste ihr Kinn und schob sanft ihren Kopf zurück, damit sie ihn ansah. „Was willst du?"

Sie biss sich auf die Lippe. „Mit dir zusammen sein."

Sein Herz schlug schneller. „Dann komm."

Er nahm sie bei der Hand und führte sie aus dem Zimmer. In ihrem weiten Sweatshirt und den Jeans sah sie sehr natürlich aus. Da sie Turnschuhe trug, würde er dafür sorgen müssen, dass sie keine nassen Füße bekam. Er freute sich schon darauf, sie in den Armen zu halten.

In der Küche waren alle um Jordan und den Welpen versammelt. „Ist er gesund?", erkundigte sich Morgan.

„Ja", bestätigte Jordan. „Er braucht nur ein wenig Pflege und Liebe."

Morgan nickte. Wenn er den Kerl erwischte, der das Hundebaby ausgesetzt hatte, würde er ihm eine saftige Strafe aufbrummen. „Ich werde ihn behalten. Ich hatte mir ohnehin überlegt, mir einen Hund anzuschaffen, wenn ich in das Haus ziehe."

Misty drückte seine Hand.

Als Jordan sah, dass Morgan zwei Regenmäntel vom Haken nahm, sagte er: „Ich kann ihn heute Nacht bei mir behalten, da du ja offenbar noch einmal durch den Regen willst."

„Misty hat das Haus noch nicht gesehen."

Die Brüder grinsten und tauschten wissende Blicke untereinander.

Sawyer gab Morgan das Geld, das Misty ihm zu geben versucht hatte. „Sorg dafür, dass sie es zurücknimmt."

Misty hob beide Hände. „Ich werde hier nicht mehr essen können, wenn ich mich nicht finanziell beteiligen darf. Es ist alles Trinkgeld. Ich kann es mir wirklich leisten."

Sawyer hob die Brauen. „Du hast jetzt schon so viel Trinkgeld verdient?"

„Laut Ceily sind die männlichen Gäste begeistert von ihr", meinte Morgan grimmig. „Ceily sagt, dass das Restaurant ihretwegen jeden Abend voll ist."

Misty sah ihn erstaunt an. „Du hast mit Ceily geredet? Wann?"

Er tippte ihr auf die Nasenspitze. „Bevor ich nach Hause gekommen bin. Sie wollte mir nur mitteilen, wie erfolgreich du bist und dass sie dich vielleicht bei mir abwirbt, damit du länger im Restaurant arbeiten kannst. Sie meinte, sie bräuchte nicht einmal selbst zu kommen, wenn du da bist und die Gäste anlockst."

Gabe lachte, Jordan biss sich auf die Lippe und Sawyer verdrehte die Augen. Morgan fand das alles überhaupt nicht komisch. „Ich habe ihr gesagt, dass du weiterhin für mich arbeiten wirst. Das ist doch richtig, oder?"

Sie kniff die Augen zusammen. „Wenn ihr mich meinen finanziellen Beitrag leisten lasst."

Sie war die störrischste Frau, die ihm je begegnet war. „Meistens bekommen wir das Essen geschenkt", erklärte er.

„Ach ja?" Sie klang äußerst skeptisch.

„Es ist wahr. Sawyer betreibt mit den weniger betuchten Patienten Tauschhandel. Er wird sogar häufiger mit Naturalien bezahlt als mit Geld. Deswegen haben wir auch ständig Massen an Desserts und Eintopfgerichten."

„Im Ernst? Das wusste ich nicht."

Sawyer legte den Arm um Honey und erklärte: „Ich kann

ihr auch Vitamine für Schwangere geben, damit sie nicht in die Apotheke muss. Aber natürlich will sie sie nicht annehmen."

„Es ist ihr peinlich, sie in der Stadt zu kaufen", pflichtete Honey ihm bei. „Weil dann jeder von ihrer Schwangerschaft weiß. Sorg dafür, dass sie die Vitamine annimmt, Morgan."

Morgan betrachtete Mistys regungslose Miene und lachte laut. Gab sich eigentlich jeder dem Irrglauben hin, er hätte die Kontrolle über diese Frau? Gerade mit ihm geriet sie am häufigsten aneinander.

Wohl wissend, dass es sie nur störrischer machen würde, erwiderte er: „Klar, ich werde mich darum kümmern." Bevor Misty protestieren konnte, gab er ihr einen Kuss, legte ihr den Mantel um die Schultern und hob sie auf die Arme.

„He, was soll das?", rief sie.

„Ich will nicht, dass du draußen nasse Füße bekommst."

„Oh."

Honey verhielt sich, als sei das alles normal. „Hier, Misty, ich habe euch beiden einen Korb mit Essen gepackt. Ich nehme nicht an, dass ihr schon zu Abend gegessen habt. Lasst euch Zeit. Morgans Haus wird dir gefallen. Vielleicht hat es ja aufgehört zu regnen, wenn ihr auf dem Rückweg seid."

Misty hielt den Korb in der einen Hand und hielt sich mit der anderen an seinem Nacken fest.

„Wartet nicht auf uns", verkündete Morgan, verließ die Küche und ging zu seinem Geländewagen. Es regnete jetzt so heftig, dass Morgan hoffte, Honey würde recht behalten. Bei diesem Wetter passierten leicht Unfälle, und er wollte heute nicht mehr gestört werden.

Als sie am Haus ankamen, sprang er heraus, um das Garagentor zu öffnen, und fuhr den Wagen hinein. „Ich werde noch einen elektrischen Garagenöffner installieren lassen, aber darum kann ich mich auch noch kümmern, wenn ich eingezogen bin."

Morgan führte sie ins Haus und schaltete das Licht ein. „Oh, Morgan!“, rief sie und lief staunend durch die modern und freundlich eingerichtete Küche.

„Komm, ich zeige dir alles.“ Er nahm ihr den Korb ab und stellte ihn auf den Küchentresen.

Bewundernd sah Misty sich um. „Es ist wunderschön. Alles wirkt so offen.“

„Ich mag keine kleinen Räume.“ Er verflocht seine Finger mit ihren und meinte leichthin: „Außerdem kann man die Kinder so leichter im Auge behalten. Deshalb gibt es offene Türbögen statt Türen. Außer natürlich bei den Schlafzimmern und den Bädern.“

Misty warf einen Blick ins Esszimmer. „Wie viele Kinder willst du denn haben?“

„Drei wären nicht schlecht. Was meinst du?“

Sie drückte seine Hand und erwiderte leise. „Ich werde mich erst mal um dieses Kind kümmern, bevor ich mir Gedanken über weitere mache.“

Am liebsten hätte er ihr gesagt, dass sie sich keine Sorgen zu machen brauchte und dass sie das Baby nicht allein großziehen musste. Aber er wollte nichts überstürzen. „Die Esszimmermöbel fehlen noch.“

Sie ging zum Fenster und sah hinaus. „Die Aussicht auf den See ist wundervoll. Das ganze Haus ist wundervoll. Gemütlich und dennoch elegant.“

„Freut mich, dass es dir gefällt.“

„Du könntest ein paar Pflanzen aufstellen, wie du es in deinem Büro getan hast.“

Morgan zögerte. „Die hat eine der Frauen mitgebracht, mit denen ich mich früher gelegentlich traf. Ich wäre nie darauf gekommen, mir Pflanzen anzuschaffen.“

Bei der Erwähnung einer Freundin kniff Misty die Augen zusammen. „Wie dem auch sei, ich kann mir das Haus gut mit vielen Pflanzen vorstellen. Was meinst du?“

„Vielleicht solltest du mir helfen, die richtigen auszusuchen.“

„Gern“, erwiderte sie lächelnd.

Morgan führte sie weiter und öffnete eine Tür. „Dies ist das Badezimmer.“

Misty spähte hinein und staunte erneut. „Das ist ja riesig!“

„Es fehlen noch Handtücher und solche Sachen, aber das hat keine Eile.“

„Ich könnte dir dabei auch helfen, wenn du möchtest.“

Morgan zog sie an sich und sah ihr in die Augen. Dann gab er ihr einen Kuss. „Danke“, sagte er heiser. Ein unbekanntes Gefühl breitete sich in ihm aus. Es basierte zwar auf sexuellem Verlangen, doch spielte noch etwas viel Komplizierteres mit hinein, aus dem er absolut nicht schlau wurde.

Misty betrachtete seinen Mund, atmete tief ein und fuhr sich mit der Zungenspitze über die Lippen. Morgan war verloren. Er drückte sie gegen die geflieste Wand des Badezimmers und presste glutvoll die Lippen auf ihren Mund. Sein Verlangen war fast unerträglich.

Misty bog sich ihm entgegen, und Morgan umfasste ihren sexy Po. „Oh, Malone …“

„Wirst du jemals meinen Vornamen benutzen?“, fragte sie atemlos.

„Malone passt zu dir. Es klingt mutig, sexy und ein wenig gefährlich.“

Sie ließ sich von ihm aus dem Badezimmer führen und meinte: „Gefährlich? Ich?“

Er legte ihr den Arm um die Schultern und bugsierte sie in sein Schlafzimmer. „Für meine Hormone schon.“ Gemeinsam traten sie vor die riesige Fensterfront, in die eine Terrassentür eingelassen war, und schauten in die Dunkelheit hinaus. „Siehst du die Lichter auf dem See?“

„Ja“, erwiderte Misty nachdenklich. „Als ich klein war, hatten wir ein Segelboot. Zwei Mal im Jahr segelte mein Dad mit uns. Aber meistens benutzte er die Yacht für seine Gäste oder Geschäftspartner.“

Morgan umarmte sie von hinten, legte eine Hand auf ihren Bauch und küsste sie auf die Schläfe. Misty drehte sich zu ihm um und sah ihm in die Augen.

„Ich muss dir etwas sagen“, erklärte sie und holte tief Luft. „Du bist etwas Besonderes für mich.“

Morgan küsste zärtlich ihren Hals.

„Ich möchte, dass du weißt, wie viel das alles mir bedeutet.“

Er hob den Kopf und sah sie an. Ihre Miene war viel zu ernst.

„Wahrscheinlich glaubst du, eine schwangere Frau müsste auch ziemlich erfahren sein.“

„Misty, ich habe nichts dergleichen …“

Sie legte ihm den Zeigefinger auf die Lippen. „Hör mir nur zu, ja?“ Er nickte widerstrebend, und sie fuhr fort: „Die Wahrheit ist, dass ich nicht allzu viel Erfahrung habe. Auf der Highschool war ich ziemlich neugierig, und wir experimentierten ein wenig. Die Beziehung dauerte nicht lange, aber es hat mir auch nicht das Herz gebrochen.“

Morgan zupfte zärtlich mit den Zähnen an ihrem Ohrläppchen.

„Und dann war da Kent. Ich habe nur ein paar Mal mit ihm geschlafen. Wir waren vorsichtig. Nur einmal war das Kondom …“

Er drückte sie fest an sich. „Das reicht. Ich brauche keine Auflistung deiner früheren Liebhaber. Es ist mir egal.“

Sie sah ihm ins Gesicht. „Aber darum geht es doch. Da gibt es nicht viel aufzulisten, weil ich noch nie jemanden so begehrt habe wie dich.“

Morgan erschauerte. „Du brauchst keine Angst zu haben, Liebes. Ich werde behutsam sein."

Sie drückte ihn leicht von sich. „Du verstehst nicht, Morgan."

Sanft zog er sie mit sich herunter auf den Boden, sodass sie von Angesicht zu Angesicht auf dem weichen Teppich knieten. Im gedämpften Licht erkannte er die Erregung in Mistys Augen. Er schob die Hände unter ihr Sweatshirt und streichelte ihre nackte Taille. „Dann erklär es mir."

Sie zögerte. Schließlich platzte sie heraus: „Ich will dich mit Haut und Haaren."

Ein heißer Schauer überlief ihn. Das war weitaus mehr, als er zu hoffen gewagt hatte.

„Du bist so offen, was Sex und deine Gefühle angeht", erklärte Misty, „dass ich keine Angst zu haben brauche, was du von mir denkst oder ob ich etwas falsch mache." Mit zitternder Hand berührte sie seine Wange. „Ich will all das tun, was ich mir in meinen Träumen ausgemalt habe."

Morgan schluckte hart und hatte Mühe, die richtigen Worte zu finden.

Aber das war gar nicht nötig, da Misty ihn hungrig küsste. Morgan ging begeistert auf das erotische Spiel ihrer Zunge ein. Er ließ sich auf den Rücken fallen und drückte sie an sich, während ihre Hände suchend und forschend über seinen Körper glitten.

Er dachte an all die Dinge, die er ihr hatte sagen wollen. Doch in diesem Moment schien ihm nichts davon mehr wichtig zu sein.

„Ich will dich schon so lange", hauchte sie zwischen den Küssen. „Es ist schrecklich, sich so sehr nach jemandem zu sehnen."

„Wem sagst du das." Er schob ihr das Sweatshirt hoch und zog es ihr über den Kopf. Sie hob die Arme, um es ihm leichter zu machen, und stöhnte auf, als seine starken Hände sich um ihre vollen Brüste schlossen. Mit den Daumen strich er über die bereits harten Knospen. Ein Schauer süßer Vorfreude überlief sie. „Das ist beinah beängstigend."

„Nein." Morgan zog sie für einen weiteren Kuss an sich, doch sie wich ihm aus.

„Ich will dir dein Hemd auch ausziehen." Er war so kräftig und muskulös, dass ihr das ohne seine Mithilfe nicht gelingen würde. Misty rutschte zur Seite und zerrte ihm das Hemd aus der Hose. Fasziniert beobachtete sie das Spiel seiner Bauchmuskeln, als er sich ein wenig aufrichtete. Zwar hatte sie seine Brust schon mehrmals gesehen, aber diesmal war es etwas anderes. Jetzt brauchte sie sich nicht mehr zurückzuhalten und konnte ihn berühren.

Ungeduldig fummelte sie am Knopf seiner Jeans.

„Langsam, Liebes."

„Nein, ich will es nicht langsam. Die ganze Zeit habe ich mir eingeredet, ich könnte das hier nicht. Bis mir klar wurde, dass ich niemals wieder einen Mann treffen werde, der die gleichen Gefühle in mir auslöst wie du."

„Das wirst du auch nicht." Morgan hielt ihre Hände fest und nahm sie von seinem Reißverschluss fort. „Küss mich noch einmal."

Nur zu gern gehorchte sie. Und während sie ihn küsste, rollte Morgan sie auf den Rücken.

„Ich möchte dir nicht wehtun, Malone."

Sie drückte ihn fest an sich und atmete tief seinen Duft ein. „Keine Angst, das wirst du nicht."

„Das Baby …"

Bei seinen Worten hielt sie abrupt inne. Morgan war über ihr und strahlte eine glühende, sinnliche Energie aus. Seine Haare waren zerzaust. In seinem Blick lagen so viel Besorgnis und Zärtlichkeit, dass Misty vor Rührung die Tränen in die

Augen stiegen. Sie berührte seine Wange, dann seine breite, muskulöse Brust. Mit einem Finger strich sie über eine seiner dunklen, flachen Brustwarzen und hörte, wie er scharf die Luft einsog. „Ich will dich nackt, Morgan. Ich weiß, dass du mir nicht wehtun würdest." Sie beobachtete, wie seine breiten Schultern sich anspannten. „Ich musste den ganzen Tag lang daran denken, und wenn ich es tun werde ..."

Sein Blick fing ihren. „Das wirst du."

„... dann will ich auch alles. Warum ein Risiko eingehen, wenn es nicht der Mühe wert ist?"

„Ich bin kein Risiko, Liebes."

Misty verschwieg ihm, dass er das größte Risiko war, das sie jemals eingegangen war. Sie liebte ihn so sehr. Durch ihn fühlte sie sich verletzlich und ein wenig traurig, weil sie ihn nicht schon vor Monaten kennengelernt hatte.

Doch dies war nicht der richtige Zeitpunkt für traurige Gedanken und Vorsicht. Jetzt wollte sie ihrem Verlangen freien Lauf lassen. „Ich hatte noch nie einen hervorragenden Liebhaber", neckte sie ihn und ließ die Hände zu seinen Hüften gleiten. „Ich will, dass du hervorragend bist."

Er strich ihr die Haare aus dem Gesicht. „Du verstehst es, jemanden unter Druck zu setzen."

„Fühlst du dich eingeschüchtert?"

Er schnaubte. Dann setzte er sich auf, zog Schuhe und Socken aus und legte sein Handy beiseite. „Du willst also alles von mir sehen?"

„Ja."

„Soll ich ein wenig Licht machen?"

Misty lachte. „Ohne Vorhänge vor den Fenstern? Wäre das nicht unklug? Was ist, wenn dich jemand von draußen nackt hier drin umherstolzieren sieht?"

Er grinste. „Ich stolziere nicht umher. Außerdem ist in einer Nacht wie dieser niemand dort draußen."

Sie gab vor, über sein Angebot nachzudenken. „Nein, lass das Licht aus." Im Dämmerlicht fühlte sie sich mutiger. Zumindest dieses erste Mal.

Morgan zuckte die Schultern. „Wie du willst."

„So ist es recht." Sie lachte und schnappte leise nach Luft, als er sich auf die Knie aufrichtete, um die Jeans samt Slip herunterzuziehen, und sich dann wieder setzte, um beides ganz abzustreifen. Fasziniert und von glühendem Verlangen erfasst, betrachtete sie den Beweis seiner Erregung. Sie konnte es kaum erwarten, ihn zu berühren und zu liebkosen.

„Und jetzt du", forderte Morgan sie mit vor Erregung heiserer Stimme auf.

Misty starrte seinen nackten Körper an. Seine Hüften waren ein wenig heller als seine übrige gebräunte Haut, unter der sich das Spiel seiner beeindruckenden Muskeln abzeichnete. Die dunklen Haare auf seiner Brust verjüngten sich auf seinem Bauch zu einem schmalen Streifen.

Misty fiel ein, dass sie nicht nur passiv sein wollte. Sie streifte ihre Turnschuhe ab und stützte sich auf die Ellbogen, während Morgan ihre Hose aufknöpfte und den Reißverschluss herunterzog. Er spreizte die Finger über ihrem Bauch, tauchte kurz in ihren Bauchnabel und schob die Hände in die offene Jeans, um ihren Po zu umfassen.

Misty streckte die Hand aus, und ihre Finger schlossen sich um seine pulsierende Härte. Morgan stöhnte auf. „Gefällt dir das?" Sie bewegte sanft die Finger. „Du musst mir schon ein wenig sagen, wie du es magst."

Er hatte ihr die Jeans bis zu den Knien heruntergezogen und hielt schwer atmend inne. „Fester."

Misty probierte es von Neuem. „So?"

Plötzlich packte Morgan ihr Handgelenk und nahm ihre Hand fort. „Tut mir leid, aber das halte ich nicht aus." Er küsste ihre Fingerknöchel und drückte ihre Hand neben ihrem Kopf auf den Teppich. „Jetzt bist du an der Reihe, also behalt deine wundervollen Hände eine Weile bei dir."

Misty nickte und hob die Hüften, sodass er ihr die Jeans ganz ausziehen konnte. Er beugte sich herunter und begann die Innenseite ihrer Schenkel zu küssen. Sie wand sich, nicht sicher, ob sie protestieren sollte oder nicht.

Morgan betrachtete sie. Misty fühlte sich entblößt und erregt zugleich. Behutsam spreizte er ihre Schenkel und kniete sich dazwischen. Er sah ihr in die Augen und umfasste ihre Brüste. Sein fester Bauch drückte sich an sie, und die Wärme seiner Haut steigerte ihre Sehnsucht noch.

Morgan rutschte tiefer. Seine Lippen schlossen sich um eine harte Knospe, während seine Zunge sie umspielte. Unwillkürlich bog Misty sich ihm aufseufzend entgegen. Morgan nutzte diese Bewegung und schob einen Arm unter sie, während er mit seinen erotischen Liebkosungen bei ihrer zweiten Brust fortfuhr.

„Ich könnte mich eine ganze Stunde lang nur deinen Brüsten widmen", flüsterte er.

Misty krallte die Finger in seine Haare. „Ich habe dir gesagt, dass ich auch ein paar Dinge tun möchte."

„Wir werden uns abwechseln."

Erneut schlossen sich seine Lippen um eine ihrer hoch aufgerichteten Brustspitzen. Er schien tatsächlich unersättlich zu sein. Jedes Mal, wenn er an der Knospe sog, durchlief Misty ein prickelnder Schauer. Als er sich endlich erhob, bedeckte sie ihre sensiblen, vom Spiel seiner Zunge feuchten Knospen mit den Händen, um die heftige Lust ein wenig zu dämpfen.

Es erregte Morgan noch mehr, zu sehen, wie sie sich selbst berührte, und er begann ihren Bauch zu küssen. „Ich kann nicht glauben, dass du tatsächlich ein Baby erwartest", sagte er leise. „Dein Bauch ist noch so flach."

Seine Worte lösten eine Explosion der Gefühle in ihr aus,

weil er sie und ihren Zustand so akzeptierte. „Ein bisschen mehr ist es schon." Es erstaunte sie, dass ihre Schwangerschaft ihn nicht im Mindesten abzustoßen schien. Kent war angewidert gewesen, doch Morgan schien fasziniert zu sein.

Zärtlich küsste er ihren Nabel, und im nächsten Moment spürte sie seinen warmen Atem am sensibelsten Punkt ihres Körpers. Dass er sie betrachtete, machte sie verlegen, und zugleich erregte es sie heftig. Misty ließ den Kopf auf den weichen Teppich sinken und bog sich ihm aufstöhnend entgegen, als er sie mit dem Mund und den Fingern zu liebkosen begann.

„Du bist wundervoll", flüsterte er, während er ein wahres Feuer der Lust in ihr entfachte. Ein Beben durchlief ihren Körper, als er behutsam mit dem Finger in sie eindrang.

Die pure Intensität ihrer Begierde bestürzte sie. „Morgan, bitte …" Sie glaubte, vor Wonne zu vergehen, und hätte ihre Lust am liebsten laut herausgeschrien. Nie zuvor hatte sie etwas so Überwältigendes erlebt.

Schließlich richtete Morgan sich auf und drängte sich zwischen ihre Beine. Er umfasste ihr Gesicht und sah ihr in die Augen. Sie wollte Morgan, wie sie noch nie zuvor jemanden gewollt hatte. Jetzt, sofort.

Er presste seine Lippen auf ihre und drang tief in sie ein. Einen Moment lang hielt er schwer atmend inne. Dann begann er sich zu bewegen, in einem langsamen, sich allmählich steigernden Rhythmus. Das Gefühl der Vereinigung war überwältigend. Mit jeder Sekunde stiegen sie höher auf der Spirale der Lust, bis ihre Leidenschaft sich schließlich gleichzeitig entlud.

Eine ganze Weile lagen sie atemlos nebeneinander. Dann küsste Morgan zärtlich ihren Hals. Misty wusste nicht, was sie erwartet hatte, doch dieses Glück, diese Zufriedenheit waren einzigartig.

„Das war einfach wundervoll", flüsterte sie und lächelte. „Du warst wundervoll."

Morgan stützte sich auf den Ellbogen und sah sie an. „Du bist also befriedigt?“

Sie biss sich auf die Lippe und schüttelte den Kopf. „Nein, niemals.“

Er stutzte, dann lachte er. „Ich hätte nicht gedacht, dass mir diese Antwort aus deinem Mund einmal gefallen würde.“

Sie berührte seine Lippen mit ihrem Zeigefinger. „Was hast du mit mir gemacht, Morgan? Das will ich auch mit dir tun.“

Morgan durchzuckte es heiß. „Schon als ich dich das erste Mal sah, wusste ich instinktiv, wie es mit dir sein würde.“

„Wirklich?“

„Ja“, erwiderte er mit einem lüsternen Grinsen. „Und ich will …“

Aber er kam nicht mehr dazu, ihr zu sagen, was er wollte, weil genau in diesem Moment sein Handy klingelte.

11. KAPITEL

Es war fast zwei Uhr morgens, als Morgan völlig erschöpft wieder nach Hause kam. Ein Unfall, in den drei Wagen verwickelt waren, hatte ihn aus Mistys Armen gerissen. Zum Glück war niemand ernsthaft verletzt gewesen, aber er ärgerte sich immer noch. Denn Misty und er hatten zwar miteinander geschlafen und gelacht, aber er hatte noch nicht die Gelegenheit bekommen, ihr zu sagen, dass er sie für immer wollte.

Sie hatte sich ebenfalls nicht zu ihren Gefühlen geäußert, mal abgesehen davon, dass es ihr gefallen hatte, mit ihm zu schlafen. Das war natürlich gut, aber es genügte ihm nicht.

Er streifte seine dreckigen Stiefel ab und ging durch das stille Haus in sein Zimmer. Seine nassen Kleider wanderten in den Wäschekorb, und eine heiße Dusche belebte zwar seine schmerzenden Muskeln, linderte jedoch nicht seine Kopfschmerzen. Er brauchte dringend Schlaf, doch als er die Decke zurückschlug, kam ihm die Vorstellung, allein in seinem großen Bett zu liegen, nicht besonders verlockend vor. Er dachte daran, wie Misty jetzt warm und zusammengerollt in ihrem Bett lag.

Fluchend zog er sich einen Slip über und schlich in Mistys Zimmer. Er hörte ihren leisen, gleichmäßigen Atem. Wahrscheinlich war sie ebenso erschöpft wie er. Einen Moment lang stand er unentschlossen vor ihrem Bett. Dann bewegte sie sich, öffnete die Augen und setzte sich auf.

„Morgan? Was ist los? Bist du gerade erst nach Hause gekommen?“

„Ja.“ Er hob sie aus dem Bett und trug sie hinaus.

„Wohin bringst du mich?“

„In mein Zimmer. Ich will dich halten, während ich schlafe.“

Sie gab einen zufriedenen Laut von sich und schmiegte sich

an ihn. Auf dem Flur ging eine Tür auf. Morgan drehte sich um und sah, wie Casey aus dem Badezimmer kam.

Casey blinzelte und wandte rasch den Blick ab. „Ich habe nichts gesehen."

„Sorg lieber auch dafür, dass du nichts erzählst."

Verschlafen winkte Casey ab.

Morgan legte Misty in sein Bett, streckte sich neben ihr aus und hielt sie in den Armen. Er wollte für den Rest seines Lebens neben ihr einschlafen.

Misty küsste seine Brust. „Jetzt bin ich wach."

„Sei still, und führe mich nicht in Versuchung. Es ist spät, und wir brauchen beide ein wenig Schlaf." Außerdem hatte er ihr einige wichtige Dinge zu sagen, bevor er das nächste Mal mit ihr schlief.

Er hielt den Atem an, da ihre Hand seinen Bauch hinunterglitt. „Benimm dich, Malone."

Sie setzte sich auf, zog ihr Nachthemd aus und legte sich wieder zu ihm. „Muss ich erst grob werden?"

Er streichelte ihren Rücken und ihren Po und gab auf. „Bloß nicht. Sei sanft mit mir. Ich hatte eine anstrengende Nacht."

Misty lachte und küsste ihn neckend. Doch seine Hände lagen auf ihrem Po, und als er anfing, sie mit seinen geschickten Fingern zu erforschen, stöhnte sie auf, und in der nächsten Stunde dachten sie beide nicht mehr an Schlaf.

Die Morgensonne blendete ihn, als er Mistys leises, schmerzerfülltes Stöhnen hörte. Sofort setzte Morgan sich auf. „Was ist los? Ist es wieder die morgendliche Übelkeit?"

Misty nickte. „So schlimm war es schon eine Weile nicht mehr. Aber gewöhnlich wache ich auch nicht mit einem haarigen Oberschenkel auf dem Bauch auf."

„Oh, verzeih mir." Morgan rutschte weg. „Beweg dich

nicht. Ich bin gleich wieder zurück." Er stand auf, zog sich seine Jeans an und lief in die Küche, wo Honey, Casey und Gabe bereits waren.

Sie begrüßten ihn grinsend und gaben ein paar Albernheiten von sich. Morgan brummte eine Begrüßung und machte Toast und Tee. Er sah zu Casey, der die Lippen schürzte und ihm so zu verstehen gab, dass er nichts ausgeplaudert hatte.

Nicht, dass es jetzt noch eine Rolle spielte. Die Welt würde schon bald genug erfahren, was er für diese Frau empfand.

„Was machst du da eigentlich?", wollte Gabe wissen, da jeder in der Familie wusste, dass Morgan kein Teetrinker war.

„Misty leidet an morgendlicher Übelkeit. Mom meinte, trockener Toast und Tee würden helfen."

„Aha."

Morgan stellte alles auf ein Tablett und verließ damit die Küche. Er hörte Gabe kichern und die anderen flüstern, aber es war ihm egal. Er würde Misty fragen, ob sie ihn heiraten wollte, also konnten sie ruhig tratschen, so viel sie wollten.

Misty lag noch immer im Bett, als er ins Zimmer zurückkam. „Ich habe hier etwas, das dir helfen wird. Toast und Tee."

„Ich hasse Tee."

„Keine Widerrede."

Nachdem sie beides probiert hatte, setzte sie sich vorsichtig auf. „Es wirkt tatsächlich", sagte sie lächelnd. „Du hast dich wohl schon um viele schwangere Frauen gekümmert, was?"

Zärtlich strich Morgan ihr die Haare aus dem Gesicht. Sie sah wundervoll aus am Morgen. „Nein, du bist die erste."

„Woher wusstest du dann, dass Tee und Toast helfen würden?"

„Ich habe meine Mutter gefragt."

Misty verschluckte sich fast am Tee. „Wie bitte?"

„Ich habe meine Mutter gefragt", wiederholte er. „Schließlich hat sie vier Kinder in die Welt gesetzt. Sie muss sich also mit dieser Art von Übelkeit auskennen. Übrigens lässt sie dich grüßen."

Misty winkelte die Knie an und legte den Kopf darauf. „Ich fasse es nicht!"

Morgan strich ihr erneut die Haare aus dem Gesicht. Er liebte ihr glänzendes, seidiges schwarzes Haar. Wahrscheinlich würden sie dunkelhaarige Kinder bekommen. Er fragte sich, ob deren Augen so dunkelblau wie seine oder so strahlend blau wie ihre sein würden. Aber das war völlig ohne Bedeutung. „Willst du mich heiraten, Misty?"

Erschrocken sah sie auf. „Wie bitte?"

„Ich habe dich gefragt, ob du mich heiraten willst."

„Warum?"

Morgan spürte, wie sein Gesicht heiß wurde. Er war seit der Grundschule nicht mehr errötet! „Was, zur Hölle, meinst du mit ‚warum'?"

Als würde sie mit einem Schwachsinnigen reden, fragte sie: „Warum willst du mich heiraten?"

Ein Klopfen an der Tür ersparte es ihm, auf der Suche nach einer Begründung vor sich hin zu stammeln. Er hatte nicht damit gerechnet, dass sie auf seinen Antrag mit dieser Frage reagieren würde. „Herein!", rief er, nachdem Misty das Laken unters Kinn gezogen hatte.

Gabe steckte den Kopf zur Tür herein. „Ein Anruf für dich, Morgan."

„Lass dir ausrichten, um was es geht."

„Der Anruf kommt von außerhalb. Ich denke, du wirst ihn selbst annehmen wollen."

Gabes Ton ließ ihn ahnen, wer der Anrufer war. Obwohl der Anruf ihn erleichterte, passte es ihm nicht, jetzt gestört zu werden. „Ich bin gleich wieder da."

Misty nickte mit ausdrucksloser Miene.

Zwanzig Minuten später wartete er im Flur vor dem Badezimmer, als Misty endlich frisch geduscht herauskam. „Willst du weg?"

„Ich muss in einer Stunde im Restaurant sein. Sagst du mir jetzt, wieso du mich heiraten willst?"

Es war zwar niemand außer ihnen im Flur, trotzdem hätte er lieber etwas mehr Privatsphäre mit ihr gehabt. Daher führte er sie in sein Zimmer. Er schloss die Tür hinter sich, lehnte sich von innen dagegen und betrachtete Misty. „Erinnerst du dich an eine Frau namens Victoria Markum?"

Misty wich zurück, bis sie gegen das Bett stieß. Langsam ließ sie sich auf die Matratze sinken. „Sie war die Freundin meines Chefs bei Vision Video."

„Genau. Ich habe jemanden engagiert, um sich mit ihr zu unterhalten."

„Du hast jemanden engagiert?", wiederholte sie verwirrt. „Aber wieso?"

„Um deine Unschuld zu beweisen."

„Ich weiß nicht, was ich sagen soll."

„Du könntest mich fragen, was ich herausgefunden habe."

„Na schön." Sie zögerte. „Deinem Benehmen nach zu urteilen, sind es gute Neuigkeiten."

„Allerdings. Wie du weißt, habe ich dir von Anfang an geglaubt, dass du das Geld nicht genommen hast. Also musste es jemand anderes getan haben. Ich fragte mich, ob Miss Markum es vielleicht getan haben könnte."

„Daran habe ich nie gedacht. Ich dachte immer, jemand sei in den Laden geschlichen und hätte die Kasse geöffnet, während ich auf der Toilette war. Victoria kam mir nicht wie eine Diebin vor. Dazu war sie viel zu snobistisch. Außerdem wollten die beiden doch heiraten, da hätte sie sich ja gewissermaßen selbst bestohlen."

Morgan nahm ihre Hände in seine. „Sie wollten tatsächlich heiraten. Jedenfalls wollte Miss Markum das. Wir fanden jedoch heraus, dass die beiden einen Streit hatten. Offenbar hatte er sich mit seinem Geld, das sie auf ihrem Sparkonto für ihn aufbewahrte, aus dem Staub gemacht. Daher war sie nur allzu bereit, mit uns zu reden. Wie sich herausstellte, hat nicht sie das Geld gestohlen, sondern er."

„Wie bitte?"

„Collins hat sich selbst bestohlen. Miss Markum mag ja ein Snob sein, aber sie kann ihre Aussage mit Fakten belegen. Jetzt müssen wir nur noch deinen Anwalt informieren, damit es wegen eines fehlerhaft geführten Prozesses zu einer neuen Verhandlung kommen kann."

„Aber das ist sicher nicht so einfach."

„Doch, ist es", versicherte er ihr. „Na ja, du musst noch einmal vor den Richter, aber diesmal werde ich an deiner Seite sein."

Sie starrte ihn völlig perplex an, und ihre Unterlippe begann zu zittern.

„He, nicht weinen", warnte er sie. „Das ertrage ich nicht."

Trotzdem kullerten ihr dicke Tränen über die Wangen. „Ich kann nicht glauben, dass du das für mich getan hast."

Er schloss sie in die Arme und küsste sie auf die Nase. „Ich will, dass du glücklich bist."

Sie drückte ihn fest an sich und bedeckte sein Gesicht mit Küssen.

„Damit wäre ein Problem erledigt", sagte er.

„Du bist wirklich ein erstaunlicher Mann."

„Das brauchst du mir nicht zu sagen", erwiderte er lachend. „Aber jetzt beantworte meine Frage. Wirst du mich heiraten?"

„Du hast mir immer noch nicht gesagt, wieso du mich heiraten willst."

„Weil du sexy und wunderschön bist."

Sie strahlte. „Das bist du auch. Aber das ist kein Grund,

sich lebenslang aneinander zu binden."

„Wir haben großartigen Sex."

„Ja, das war unglaublich. Ich hätte nie gedacht, dass es so sein könnte." Sie gab ihm einen Kuss und setzte hinzu: „Aber wir müssen nicht heiraten, um großartigen Sex zu haben."

Sein Magen zog sich zusammen. Sie sagte nicht ja, sondern widerlegte alle seine Gründe. „Du bist schwanger", versuchte er es noch einmal.

„Du bist nicht für das Baby verantwortlich."

„Wenn du mich heiratest, schon."

Sie berührte zärtlich seinen Mund. „Das sagst du nur, weil du dich für mich verantwortlich fühlst, so wie du jedem gegenüber empfindest. Aber du brauchst dich nicht um mich zu kümmern. Ich komme schon allein mit dem Baby zurecht."

„Nur zu deiner Information: Es ist mir egal, dass das Baby nicht von mir ist. Es ist dein Baby, das ist alles, was für mich zählt. Ich werde dir eine kleine Geschichte erzählen."

„Ich muss bald arbeiten."

„Hetz mich nicht." Morgan holte tief Luft und erklärte: „Casey ist nicht Sawyers leiblicher Sohn."

Misty hob verblüfft die Brauen. „Unsinn!"

„Doch, es stimmt. Wenn du alle Einzelheiten wissen willst, kannst du ja Honey fragen. Sawyer hat ihr sicher die ganze Geschichte erzählt."

„Aber sie hat nie ein Wort davon erwähnt."

„Wahrscheinlich weil es nicht wichtig ist. Weder für Sawyer noch für irgendeinen von uns. Wir lieben den Jungen alle sehr. Sawyer wusste von Anfang an, dass er nicht der leibliche Vater ist. Er war mit Caseys Mutter verheiratet, die das Baby nicht wollte. Also brachte Sawyer es mit nach Hause, und wir schlossen es alle sofort ins Herz. Es spielt keine Rolle, von wem ein Baby ist. Wichtig ist nur, dass es geliebt und behütet wird. Und das will ich mit dir gemeinsam tun, Misty."

Er schluckte, und seine Finger gruben sich in ihre Schultern. „Heirate mich."

Erneut traten ihr Tränen in die Augen. „Ich … ich kann nicht."

Morgan starrte sie fassungslos an. Misty löste sich von ihm und verließ das Zimmer. Eine ganze Weile saß er benommen da, und als er ihr endlich nachlief, war sie schon fort.

Honey fand ihre Schwester am See. Misty schaute zu ihr auf und schützte ihre Augen mit der Hand gegen die blendende Sonne. „He, was ist los?"

„Das wollte ich dich gerade fragen." Honey setzte sich neben Misty auf den Anlegesteg, zog ihre Sandaletten aus und ließ die Füße ins Wasser baumeln. „Morgan läuft schon den ganzen Tag grimmig herum. Wir gehen ihm alle aus dem Weg. Der Einzige, der keine Angst vor ihm hat, ist der Welpe."

Misty schaute auf den See hinaus und schwor sich, nicht zu weinen. „Er hängt an dem Hund, nicht wahr?"

„Erstaunlich, was? Weißt du, welchen Namen er sich für das kleine Fellknäuel ausgedacht hat? Godzilla. Dem Hund scheint das zu gefallen."

Misty zwang sich zu einem Lächeln.

„Also, jetzt erzähl, was los ist", forderte Honey sie auf. „Morgan ist jede freie Minute in seinem Haus, um es fertig zu bekommen. Morgen will er einziehen."

Misty wusste, dass er ihretwegen auszog. Aber was sollte sie tun? Einen Mann heiraten, der sie nicht liebte?

„Ich sehe nur ungern, dass er auszieht. Das Haus wird nicht mehr dasselbe sein ohne ihn."

Misty erwiderte darauf nichts. Was konnte sie auch schon dazu sagen? Sie hatte Morgan in den letzten zwei Tagen kaum gesehen. Selbst heute im Büro hatte er kaum von ihr Notiz genommen. Es war, als wäre nie etwas zwischen ihnen gewesen.

Misty ertrug diesen Gedanken nicht, daher beschloss sie, etwas zu tun, was sie schon längst hätte tun sollen. „Ich muss dir etwas gestehen."

Honey legte ihr den Arm um die Schulter. „Ich bin noch immer eine gute Zuhörerin."

„Du wirst wütend sein", warnte Misty sie.

„Das bezweifle ich."

Doch als Misty ihr alles von dem Diebstahl und ihrer Verurteilung berichtet hatte, war Honey aufgebracht. Nicht ihretwegen, sondern weil Mistys Chef sie des Diebstahls beschuldigt und der Richter ihr nicht geglaubt hatte. Doch Misty konnte sie beruhigen, da jetzt alles geklärt war.

„Und das hat Morgan für dich getan?"

Misty nickte. „Er ist ein wunderbarer Mensch."

„Das habe ich schon immer gewusst."

Misty seufzte. „Ich werde morgen abreisen. Vielleicht fahre ich noch heute Nacht. Mal sehen."

„Wohin willst du?", rief Honey erschrocken.

„Ich muss mich mit meinem Anwalt treffen. Es gibt noch ein paar Dinge zu klären wegen des neuen Verfahrens. Ceily und Nate habe ich schon Bescheid gesagt. Aber ich brachte es nicht fertig, mit Morgan zu sprechen. Die Dinge zwischen uns stehen momentan nicht zum Besten."

„Warum nicht?"

Misty holte tief Luft. „Er hat mich gebeten, ihn zu heiraten."

Honey war perplex. „Das ist doch wunderbar."

„Leider liebt Morgan mich nicht. Er kümmert sich gern um andere Menschen, und er glaubt, dass ich einen Mann brauche, weil ich schwanger bin. Du weißt selbst, was für altmodische Ansichten er hat. Aber das reicht nicht. Ich habe durch diese Geschichte viel gelernt, vor allem ist mir klar geworden, dass man sich nie mit Halbheiten zufriedengeben soll. Wenn da keine Liebe ist, ist da gar nichts."

„Und du glaubst wirklich, dass Morgan dich nicht liebt?"

Misty hob die Schultern. „Ich habe ihn gefragt, weshalb er mich heiraten will. Er hat mir eine Menge guter Gründe genannt, aber mit keinem Wort erwähnt, dass er mich liebt."

„Dann frag ihn."

„Das kann ich nicht!", rief Misty entsetzt. „Außerdem hat er von Anfang an klargemacht, dass er sich zu mir hingezogen fühlt und sonst nichts."

Honey planschte mit den Füßen und spritzte sie beide nass. „Unsinn. Er hat alles unternommen, damit du hierbleibst. Er hat sich sogar diese alberne Geschichte von eurem Arrangement ausgedacht."

„Du wusstest, dass es nur vorgeschoben war?"

Honey grinste. „Es war dir deutlich anzusehen."

Einen Moment lang überlegte sie, ob auch seine Brüder sie durchschaut hatten. „Das ist jetzt auch egal. Er wollte, dass ich hierbleibe, damit er sich um mich kümmern kann. Er kümmert sich um jeden." Misty sah ihre Schwester an. „Er ist der selbstloseste, fürsorglichste Mann, dem ich je begegnet bin. Deshalb passt es auch so gut zu ihm, dass er Sheriff ist. Er versucht nur, seine Sanftheit hinter einer rauen Schale zu verbergen."

Honey winkte ab. „Ich weiß. Trotzdem …"

„Nein. Wenn er mich lieben würde, hätte er es gesagt."

„Vielleicht ist er unsicherer und nervöser, als du denkst."

Misty fragte sich, wie Morgan reagieren würde, wenn sie ihm ihre Liebe gestand. Würde es ihn verlegen machen? Würde er lügen und behaupten, sie ebenfalls zu lieben, um ihr die Verlegenheit zu ersparen?

„Ich habe noch aus einem anderen Grund nach dir gesucht."

Honeys ernster Ton riss Misty aus ihren Überlegungen. „Was ist los?"

„Vater will uns besuchen. Er hat vor wenigen Minuten angerufen."

Damit hatte Misty am allerwenigsten gerechnet. „Soll das ein Witz sein?"

„Leider nein."

„Will er etwa herkommen? Nach Kentucky?"

„Das hat er gesagt. Ich soll ihm mitteilen, wann es uns passt."

Misty wäre nicht überrascht gewesen, wenn ihr Vater sie zu sich zitiert hätte. Aber ein Besuch? Das ergab keinen Sinn. Es sei denn … „Was wirft er uns denn jetzt wieder vor? Ist er wegen irgendetwas wütend?" Plötzlich kam ihr ein schrecklicher Gedanke. „Oh, mein Gott! Er hat erfahren, dass ich verhaftet wurde, oder?"

„Das glaube ich nicht. Er sagte mir, er wolle meinen Mann kennenlernen. Sawyer befürchtet, dass er sein Testament wieder zur Sprache bringt, und du kannst dir ja vorstellen, wie das ausgeht."

Misty nickte. Sein ganzes Leben lang hatte ihr Vater einen Sohn gewollt, der den Familiennamen weiterführte. Da ihre Mutter gestorben war, ohne ihm einen Sohn zu schenken, hatte er beschlossen, dass Honey als das älteste Kind einen Mann finden sollte, der die Rolle des männlichen Erben übernahm.

Sawyer hatte sich rundweg geweigert, irgendetwas von ihm anzunehmen, und seitdem war ihr Vater verärgert. Er war nicht einmal zur Hochzeit erschienen.

„Vater meint, er sei neugierig geworden, welcher Mann Geld und Macht unbesehen ablehnt. Als ich ihm sagte, er hätte ja zur Hochzeit kommen können, gestand er tatsächlich, dass er es bedauern würde, nicht da gewesen zu sein. Kannst du dir das vorstellen?"

„Nein."

Honeys Ton wurde sanfter. „Er sagte außerdem, er hätte sich Sorgen um dich gemacht."

„Seit wann?" Misty dachte mit Bitterkeit an ihr letztes Gespräch zurück. Er war sehr enttäuscht gewesen, dass sie schwanger war, und er hatte aus seiner Enttäuschung keinen Hehl gemacht.

„Willst du wissen, wie ich die Sache sehe?" Honey zog die Füße aus dem Wasser und stand auf. „Ich bin so glücklich, dass es mir nichts ausmacht, ihn anzuhören. Sawyer meint, nicht jeder sei fähig, seine Liebe so auszudrücken wie wir. Er erkundigte sich nach Vaters Erziehung, unseren Großeltern, und ich glaube, da ist was dran. Vater war immer so kalt und distanziert, wie seine Eltern es gewesen waren. Nach Moms Tod war er allein. Das ist sicher nicht leicht für ihn gewesen. Ich sage ja nicht, dass wir uns alle vor Liebe um den Hals fallen müssen." Sie erschauerte und lachte. „Das wäre nach all der Zeit auch zu abwegig. Aber ich würde wenigstens gern Frieden mit ihm schließen. Außerdem bekommt er einen Enkel von dir. Vielleicht sieht er jetzt vieles anders. Wie dem auch sei, ich will unserer Beziehung wenigstens eine Chance geben."

Damit ging Honey davon und ließ Misty mit ihren Gedanken zurück. Es stimmte, ihr Vater war nie der Typ gewesen, der einen umarmte oder gar etwas Nettes sagte. Aber was materielle Dinge anging, so hatte er dafür gesorgt, dass es ihnen an nichts fehlte. Allein die Tatsache, dass er Sawyer und die anderen Brüder kennenlernen wollte, zeigte, dass er eine Verständigung suchte. Nein, es würde sicher nicht schaden, ihn anzuhören.

Als sie zum Haus zurückging, lächelte sie, denn sie war gespannt, wie ihr Vater auf die Brüder reagieren würde. Sie waren überwältigend, beeindruckend und hielten mit ihrer Meinung nie hinterm Berg. Ja, ihr Vater würde eine Überraschung erleben.

Früh am nächsten Morgen starrte Morgan an die Decke seines Schlafzimmers. Ganz gleich, wie hart er arbeitete, in den letzten zwei Tagen hatte er keinen Schlaf gefunden. Inzwischen war er so müde, dass er kaum klar sehen konnte. Aber sobald er die Augen zumachte, dachte er unweigerlich an Misty.

Ein Gutes hatte sein Leiden gehabt: Das Haus war inzwischen fast fertig. Jetzt konnte er dort einziehen und behaglich wohnen – allein. Doch das wollte er nicht. Ohne Misty kam ihm das Haus unvollständig vor.

Morgan schloss die Augen und stöhnte verzweifelt.

Im nächsten Moment flog die Schlafzimmertür auf und knallte gegen die Wand. Sawyer kam ins Zimmer marschiert, schnappte sich Morgans Jeans und warf sie ihm zu. „Zieh dich an!"

Morgan gehorchte, ohne zu zögern. Schließlich kam es nicht oft vor, dass Sawyer ihn so kommandierte. „Was ist denn los?"

„Du hast es vermasselt. Das ist los."

Morgan hielt inne. „Wovon, zum Teufel, redest du?"

„Davon, dass Misty fort ist."

Morgans Herz zog sich schmerzhaft zusammen. „Fort? Wieso?", fragte er benommen.

„Was hast du erwartet, nachdem du nur noch trübselig durch die Gegend gelaufen bist und du sie ignoriert hast, als würde sie nicht existieren? Ich dachte, du liebst sie!"

Morgan sank auf die Bettkante. „Ich habe sie gebeten, mich zu heiraten. Aber sie hat mir einen Korb gegeben."

„Du musst sie falsch verstanden haben."

Sawyer und Morgan sahen beide zu Jordan, der im Türrahmen stand.

Morgan schüttelte den Kopf. „Nein. Ich habe sie gefragt, und sie sagte nein."

Jordan verschränkte die Arme vor der Brust und runzelte

die Stirn. „Ich weiß, dass du ihr etwas bedeutest."

Gabe kam herein. „Sie ist verrückt nach dir, wenn ihr mich fragt."

Morgan stand auf und knöpfte seine Hose zu. „Wenn das stimmt, wieso wollte sie mich dann nicht heiraten?"

Honey schubste Gabe aus dem Weg und schaute in die Runde. „Weil sie sagt, dass du sie nicht liebst."

„Was?"

„Sie meint, du würdest dich nur um sie kümmern wollen, doch das sei ohne Liebe sinnlos.".

Morgan fluchte so heftig, dass Gabe zurückwich und Jordan die Augen verdrehte. Sawyer nahm Honey schützend in den Arm. „Reiß dich zusammen, Morgan. Wirst du ihr nachfahren?"

„Wie? Wann ist sie denn weggefahren?"

Honey klopfte mit dem Fuß auf den Boden. „Vor ungefähr zwei Minuten."

Noch bevor sie zu Ende gesprochen hatte, rannte Morgan aus dem Zimmer und hinaus auf den Hof, wo er in seinen Wagen sprang. Vor dem Sheriffbüro holte er sie ein. Sie verlangsamte die Fahrt, als er das Blaulicht einschaltete, und fuhr rechts an den Straßenrand.

Unglücklicherweise kam Ceily gerade aus dem Restaurant, um das Essen vorzubereiten. Sie blieb stehen und beobachtete, wie Morgan aus seinem Geländewagen sprang und die Tür zuknallte. Nate war bereits im Büro und kam zusammen mit Jesse und Howard heraus, um zu sehen, was los war. Schließlich passierte es nicht oft, dass Morgan jemanden mit so großem Aufwand zum Anhalten zwang.

Als er um die Motorhaube seines Geländewagens herumgegangen war, war Misty bereits ausgestiegen. „Was ist passiert?" Sie musterte seine zerzausten Haare, seine nackte Brust und seine nackten Füße.

Ohne auf die rasch wachsende Zahl der Zuschauer zu achten, marschierte Morgan auf sie zu. „Wo, um alles in der Welt, wolltest du hin?"

Sie starrte ihn irritiert an. „Ich habe heute einen Termin mit meinem Anwalt."

Morgan stand im Begriff, seinem Zorn freien Lauf zu lassen, als ihm die Bedeutung ihrer Worte klar wurde. „Du verlässt uns nicht?"

„Wie kommst du denn darauf?"

Er nahm sich vor, Sawyer ordentlich durchzuschütteln. Aber vorher musste er noch ein paar Dinge klären. „Du hättest mir sagen müssen, dass du wegfährst."

„Ach ja? Wo du in letzter Zeit nicht mal das geringste Interesse an mir gezeigt hast?"

„Aber doch nur, weil ich dich gebeten habe, mich zu heiraten, und du mir einen Korb gegeben hast!"

Ein Raunen ging durch die Zuschauer.

„Hast du eigentlich eine Ahnung, wie viele Frauen ich schon gebeten habe, mich zu heiraten? Ja? Keine!"

„Na, da fühle ich mich aber geehrt." Misty bohrte ihm den Zeigefinger in die Brust. „Nur werde ich keinen Mann heiraten, der mich nicht liebt!"

„Wer, zum Teufel, sagt denn, dass ich dich nicht liebe?", rief er aufgebracht.

Misty hielt den Atem an. „Und wer sagt, dass du es tust?"

Morgan fuhr sich verzweifelt durch die Haare. Dann umfasste er ihre Schultern. „Verdammt, ich habe dich gebeten, mich zu heiraten! Wieso sollte ich das tun, wenn ich dich nicht liebe?"

„Genau! Wieso sollte er das tun?", rief Ceily vom Gehsteig.

Morgan sah zu den Umstehenden. „Habt ihr nichts Besseres zu tun?"

„Nein!“, lautete die einmütige Antwort.

Morgans Miene verfinsterte sich wieder einmal. „Nate, verhafte jeden, der nicht weitergeht.“

Nate war völlig verblüfft. „Äh …“

Misty lenkte Morgans Aufmerksamkeit wieder auf sich, indem sie leise sagte: „Du wolltest mir nur helfen, wie du der Frau mit dem platten Reifen geholfen hast und wie du den Schulkindern und den älteren Leuten hier hilfst.“

Morgan hob sie auf die Motorhaube ihres Wagens und stützte die Hände neben sie auf. Er stand so nah vor ihr, dass sich ihre Nasenspitzen fast berührten. „Hör mir zu. Ich habe weder den Hund gebeten, mich zu heiraten, noch Jesse oder Howard.“

„Das stimmt!“, rief Jesse.

Mistys Stimme wurde sanft. „Du sagtest, du würdest eine Frau suchen …“

„Ja, dich.“

„Aber …“, flüsterte sie unsicher, „… du hast gesagt, du willst drei Kinder.“

„Insgesamt.“ Lächelnd legte er ihr die Hand auf den Bauch und erwiderte leise, sodass niemand sonst ihn hören konnte: „Dieses und zwei weitere. Ich wollte damit nur andeuten, dass ich ein guter Vater sein werde.“

„Oh, Morgan.“ Mit Tränen in den Augen umfasste sie sein Gesicht. „Ich weiß längst, dass du ein ausgezeichneter Vater sein wirst.“

Er richtete sich auf und stemmte die Hände in die Seiten. „Fang jetzt nicht an zu weinen.“ Er holte tief Luft. „Ich kann es nicht ertragen, dich unglücklich zu sehen.“

Sie schniefte laut. „Ich bin glücklich.“

„Dann wirst du nicht weinen?“

„Nein“, versprach sie, während die erste Träne ihre Wange hinunterlief.

„Sag mir, dass du mich heiraten wirst."

Sie nickte. „Ja, ich werde dich heiraten."

Sie wollte ihm die Arme um den Hals schlingen, doch er hielt sie zurück. „Nicht so eilig, Malone. Ich habe dir gesagt, dass ich dich liebe. Hast du mir nicht auch etwas zu sagen?"

Unter den Anfeuerungsrufen der Zuschauer erklärte sie lächelnd und mit Tränen auf den Wangen: „Morgan Hudson, ich liebe dich so sehr, dass es wehtut."

Endlich schloss er sie in die Arme. Dann wandte er sich lachend an die Menge. „Ihr habt gehört, was sie gesagt hat. Betrachtet mich als verlobt." Er wandte sich wieder an Misty. „Meinst du, uns bleibt noch Zeit, nach Hause zu fahren, damit ich mich vernünftig anziehen kann, bevor wir deinen Anwalt treffen? Das macht sicher einen besseren Eindruck."

EPILOG

Morgan zog Misty auf seinen Schoß, nachdem ihr Vater abgereist war. „Nicht, Morgan!“, protestierte sie. „Ich bin schon zu dick!“

Drei Monate waren vergangen. Mistys Bauch war inzwischen kugelrund, doch sie war noch immer so sexy, dass er kaum die Hände von ihr lassen konnte. Er liebte sie mit jedem Tag mehr.

„Du siehst wundervoll aus, nicht dick“, meinte Honey und schmiegte sich an Sawyer.

Gabe lachte. „Falls ich mich auch mal auf die Suche mache wie ihr beide, müsst ihr mir Tipps geben, damit ich meine Schönheit finde.“

„Ich war nicht auf der Suche“, widersprach Sawyer. „Honey stürzte gewissermaßen in mein Leben.“ Honey stieß ihm den Ellbogen in die Rippen, was Sawyer zum Lachen brachte.

„Ich war auch nicht auf der Suche“, erklärte Morgan.

Misty schnappte nach Luft. „Na hör mal! Du hast mir selbst erzählt, dass du eine Frau suchtest.“

„Das habe ich nur so gesagt. Sawyer kam mir so gezähmt vor, da dachte ich, ich könnte es ja auch mal versuchen. Aber ich habe mir keine große Mühe dabei gegeben. Bis ich dich sah.“

Gabe nickte. „Wie ich sagte, sie sind beide umwerfend.“

„Das Aussehen spielt dabei keine Rolle, Gabe.“ Morgan hob Mistys Kinn und küsste sie. „Misty hat mich mit ihrer frechen Art verzaubert.“

Gabe verzog das Gesicht. „Jetzt hast du gut reden.“

„Deine Zeit kommt auch noch“, mischte Jordan sich ein.

„Aber erst nach dir!“

Casey ließ sich auf das Sofa fallen. „Dad, was meinst du? Soll ich Mr. Malone besuchen?“

Morgan verbarg ein Grinsen. Mr. Malone hatte alle überrascht. Sicher, der Mann war tatsächlich ziemlich steif und zugeknöpft. Aber er hatte sich immerhin Mühe gegeben, mit jedem Besuch ein wenig lockerer zu werden. Beim letzten Mal hatte er seine beiden Töchter sogar auf die Wange geküsst.

Statt Sawyer erneut sein Geld anzubieten, hatte er gefragt, ob er dem Baby einen Treuhandfonds einrichten dürfe. Zudem schien er einen Narren an Casey gefressen zu haben. Die Reife und die guten Manieren des Jungen hatten ihn beeindruckt, sodass er ihn einlud, ihn zu besuchen und sich sein Unternehmen anzusehen. Casey schien daran interessiert zu sein.

„Wir könnten alle mal hinfahren“, schlug Sawyer vor. „Wenn du danach noch für eine Weile bleiben willst, ist das wohl in Ordnung.“

„Klasse.“

Nachdem Casey gegangen war, machten Sawyer und Honey sich daran, das Abendessen vorzubereiten. Jordan musste ein paar Telefonate erledigen, und als Morgan seine Frau küsste, verließ auch Gabe pfeifend das Zimmer.

„Wollen wir nach Hause?“, fragte Morgan.

„Ich dachte, wir bleiben noch zum Abendessen“, erwiderte Misty.

„Wir kommen zum Essen wieder“, versprach Morgan und grinste lüstern. Dann hob er sie gegen ihren Protest auf die Arme.

„Ich bin doch schon viel zu schwer!“

„Weißt du eigentlich, dass du die Einzige bist, die ständig an meiner Stärke zweifelt?“

„Das stimmt nicht.“ Sie küsste sein Kinn. „Ich biete dir nur gern die Stirn.“

– ENDE –

Lori Foster

Ein Kuss für jedes „Ja“

Roman

Aus dem Amerikanischen von
Christian Trautmann

MIRA®

1. KAPITEL

Ist er nicht der erotischste Mann, den du je gesehen hast?“

„Hm. Und dem Himmel sei Dank für diese Hitzewelle. Ich liebe es, wenn er kein Hemd trägt.“ Ein wehmütiges Seufzen folgte. „Ich schwöre dir, ich könnte den ganzen Tag lang hier sitzen und ihn ansehen.“

Gabe Kasper stellte sich schlafend und musste ein Grinsen unterdrücken. Das Leben war schön. Hier lag er ausgestreckt in der warmen Sonne, während die Wellen sanft an den Anlegesteg schwappten. Er hielt eine Angel in der Hand, hatte den Schirm seiner Baseballmütze tief über die Augen gezogen, und eine Schar gut aussehender Frauen beobachtete ihn verliebt. Was für ein Leben! Mehr konnte man wirklich nicht verlangen.

„Er ist so wundervoll.“

„Und er sieht toll aus. Ich mag seinen Dreitagebart.“

Aha. Dabei hatte sein Bruder behauptet, die Bartstoppeln sähen anrüchig aus, und wollte ihn dazu überreden, sich zu rasieren. Manchmal konnte Jordan wirklich spießig sein.

„Ich mag die goldblonden Härchen auf seinem Körper.“

Fast hätte Gabe laut losgelacht. Er konnte es kaum erwarten, seinen Brüdern davon zu erzählen. Jetzt, wo die beiden ältesten verheiratet waren, bekamen Gabe und Jordan, die beiden Singles, umso mehr Aufmerksamkeit. Nicht, dass Gabe sich deswegen beklagte. Weibliche Bewunderung gehörte zu den Dingen, von denen er nie genug bekommen konnte.

„Ich muss dir gestehen, Rosemary, dass es mich nervös gemacht hat, als die ersten beiden Brüder heirateten. Ich habe zwei Tage lang geweint und hatte solche Angst, sie würden alle heiraten. Abgesehen davon, dass ich selbst einen von ihnen will, sind diese Brüder schließlich die größte Touristenattraktion hier in Buckhorn.“

Gabe biss sich auf die Lippe. Diesen kleinen Leckerbissen würde er bei seinem Bericht für sich behalten. Die Egos seiner Brüder – besonders Morgans – waren auch so schon groß genug. Nein, er würde nur die Komplimente über sich wiedergeben.

„Gabe ist der Hauptanziehungspunkt für meinen Bootsanleger. Wenn er hier sitzt, will niemand woanders Treibstoff oder Köder kaufen. Ich denke immer, ich sollte ihm eigentlich etwas dafür bezahlen."

„Ha! Du hoffst bloß, ihm etwas näherzukommen."

„Nein, ich will nur sichergehen, dass er seinen sexy Körper nicht auf einem anderen Anleger zur Schau stellt."

„Das wollen wir hoffen!"

Dieser Bemerkung folgte Gekicher, und Gabe seufzte. Er hatte nicht die Absicht, diesem Bootsanleger untreu zu werden. Schließlich ließ Rosemarys Dad ihn auf seinem Anleger faulenzen, seit er ein kleiner Junge war und zum ersten Mal festgestellt hatte, was für ein Vergnügen es war, Frauen in Bikinis zu sehen. Inzwischen war ihm dieser Ort fast zu einem zweiten Zuhause geworden. Und seit Rosemarys Dad gestorben war, empfand er es als Ehrensache, dort zu bleiben und gelegentlich auszuhelfen. Wichtig war nur, Rosemary von Heiratsgedanken abzuhalten.

„Eigentlich sind sie ja nur Halbbrüder. Vielleicht ist das der Grund, warum sie sich nicht ähnlich sehen."

„Aber sie sind alle auf ihre Art attraktiv und starke Persönlichkeiten. Mein Daddy sagte immer, es braucht schon eine außergewöhnliche Frau, um solche Jungs großzuziehen. Ich wünschte nur, sie würden nicht so weit draußen auf dem Land wohnen. Es ist gar nicht so einfach, sich jedes Mal einen Vorwand für einen Besuch einfallen zu lassen. Man kann ihnen ja leider nicht scheinbar zufällig über den Weg laufen, so wie den anderen Männern in der Stadt."

Gabe musste grinsen und wollte gerade aufhören, sich schlafend zu stellen, als er eine neue weibliche Stimme hörte.

„Entschuldigen Sie bitte, aber man sagte mir, ich würde Gabriel Kasper möglicherweise hier finden.“ Es war eher eine Feststellung, und sie klang recht scharf.

Die Frau kam nicht aus der Gegend, und ihre Stimme war weder sanft noch freundlich und hatte einen leichten Südstaatenakzent. Sie klang beinah ungeduldig.

Gabe entschloss sich, abzuwarten und herauszufinden, was die Frau wollte. Es war nicht ungewöhnlich, dass eine Frau ihn suchte, und fast jeder in der Gegend wusste, dass man ihn im Sommer häufig am See antraf. Er widerstand dem Wunsch, hinüberzuspähen, um zu sehen, wem die Stimme gehörte.

„Was wollen Sie denn von Gabe?“ Die misstrauische Frage kam von Rosemary. Gepriesen sei ihr Mut!, dachte Gabe und nahm sich vor, sie bald mal zum Essen einzuladen.

Es folgte ein kurzes Schweigen. Dann sagte die fremde Stimme: „Ich habe eine persönliche Angelegenheit mit ihm zu besprechen.“

Na fabelhaft, dachte Gabe. Das wird für Gesprächsstoff sorgen. Was für eine persönliche Angelegenheit konnte ihn mit einer Frau verbinden, die er gar nicht kannte?

„Na ja, er ist zwar hier, aber er entspannt sich gerade und wird nicht erfreut sein, wenn Sie ihn stören.“

„Ich weiß Ihre Warnung zu schätzen.“

Da Gabe daran gewöhnt war, die leisen Schritte von Turnschuhen oder nackten Füßen auf den Holzplanken des Anlegers zu hören, zuckte er beinah zusammen, als er das harte Klacken von hohen Absätzen vernahm. Er ignorierte es ebenso wie die Frau, die jetzt offenbar zögernd neben seinem Liegestuhl stehen blieb. Eine leichte Brise wehte einen schwachen weiblichen Duft zu ihm herüber. Es war kein Parfüm, eher Bodylotion oder Shampoo. Er atmete tief ein, rührte sich sonst jedoch nicht.

Er hörte, wie die Fremde sich räusperte. „Äh … entschuldigen Sie."

Sie klang jetzt nicht mehr so selbstsicher. Gabe wartete und fragte sich, ob sie ihn aufwecken würde. Er spürte ihr Zögern und ahnte, dass sie die Hand nach seiner nackten Schulter ausstreckte.

In diesem Moment wurde ihm die Angel fast aus den Händen gerissen.

„Was, zur Hölle …" Gabe sprang auf, und es gelang ihm kaum, die teure Angelrute festzuhalten. Er stemmte die Füße auf den Anlegesteg, während er mit dem Fisch am Haken kämpfte. „Verdammt, ist das ein großer Bursche!"

Rosemary, Darlene und Ceily rannten zu ihm.

„Ich hole den Käscher!", rief Rosemary.

Ceily, die normalerweise das Lokal in der Stadt führte, kreischte beim Anblick des großen hässlichen Karpfens, der aus dem Wasser sprang. Darlene presste sich an Gabes Rücken und schaute ihm über die Schulter.

Gabe schlitterte zur Seite des Stegs und die moosbewachsene Bootsrampe aus Beton hinunter. Breitbeinig stemmte er sich gegen den Boden, um das Gleichgewicht nicht zu verlieren, während er mit dem Fisch kämpfte. Rosemary, eine erfahrene Anglerin, eilte ihm, ohne zu zögern, zu Hilfe. Sie hielt den Käscher bereit. Als Gabe den Karpfen nah genug herangeholt hatte, fing sie ihn mit dem Netz ein. Der Fisch wog sicher gute fünfzehn Pfund, und Rosemary kämpfte mit ihm, während Gabe nach dem Käscher griff und gleichzeitig seine Angelrute festhielt.

Plötzlich verlor Rosemary den Halt. Gabe versuchte sie aufzufangen, was ihm aber nicht gelang. Zusammen fielen sie ins Wasser, planschend, fluchend und lachend. Die Angel wurde Gabe aus der Hand gerissen, und er hechtete ihr nach, wobei er vollständig nass wurde. Die anderen beiden Frauen sprangen ihnen zu Hilfe, und am Ende kämpften alle ausgelassen mit dem Fisch und der Angel.

Als die Schlacht vorüber war, hatte Gabe seinen Fisch und eine Frau auf dem Schoß. Rosemary hatte sich dort niedergelassen, während Darlene und Ceily sich kichernd an ihn klammerten. Gabe kannte alle drei seit der Grundschule. Es war also nicht das erste Mal, dass sie im Wasser tobten. Sie waren einander sehr vertraut, und das merkte man. Ein langer Algenfaden hing von Gabes Kopf, was die Frauen erneut zum Lachen brachte.

Gabe nahm den Fisch vom Haken, gab ihm einen Kuss und warf ihn zurück ins Wasser.

Auf dem Anlegesteg war das Klacken von hohen Absätzen zu hören.

Alle vier drehten sich zu der Frau um, die Gabe erst jetzt wieder einfiel. Er musste die Augen mit der Hand beschirmen, um sehen zu können. Das war nicht einfach mit drei Frauen, die sich an ihn klammerten.

Im Sonnenlicht sahen ihre langen Haare leuchtend rot aus. Außerdem hatte Gabe noch nie so viele Sommersprossen an einer Frau gesehen. Sie trug eine weiße Bluse, einen langen Jeansrock, blaue Pumps und Nylonstrümpfe. Nylonstrümpfe bei dieser Hitze? Gabe blinzelte. „Kann ich Ihnen helfen, Süße?"

Sie presste die Lippen zusammen und verschränkte die Arme vor der Brust. „Das glaube ich kaum. Ich suche Gabriel Kasper."

„Das dürfte ich sein."

„Aber ich suche nach Gabriel Kasper, dem Helden der Stadt."

Darlene grinste breit. „Das ist unser Gabe!"

„Der Unvergleichliche", fügte Ceily hinzu.

Gabe verdrehte die Augen. „Das ist Unsinn, und das wisst ihr."

Die Frauen widersprachen ihm alle gleichzeitig und versicherten ihm, wie heldenhaft und wundervoll und vieles mehr er war.

Die Rothaarige starrte ihn ungläubig an. „Soll das heißen, dass Sie derjenige sind, der die Schwimmer gerettet hat?"

Behutsam hob Gabe Rosemary von seinem Schoß und stand vorsichtig auf dem rutschigen Beton auf. Die Frauen waren jetzt still, und Gabe erkannte, wieso. Während sie mit ihren bunten Bikinis, den offenen Haaren und der sonnengebräunten Haut sexy aussahen, wirkte die Frau auf dem Anlegesteg wie die strenge Direktorin eines Mädcheninternats. Sie sah alle vier mit finsterer Miene an, als hätte sie sie bei einer Orgie im See erwischt statt beim ausgelassenen Herumtoben.

Gabe, ganz der Gentleman, half seinen alten Freundinnen, wieder auf den Steg zu klettern, und zog sich schließlich selbst hinauf. Er schüttelte sich wie ein Hund, sodass kalte Wassertropfen umherflogen. Die Fremde wich rasch zwei Schritte zurück.

Rosemary zupfte ihm die Algen aus den Haaren. Gabe wandte sich lächelnd an sie. „Danke, Süße. Hättet ihr Mädels etwas dagegen, wenn ich mich kurz unterhalte mit …" Er sah fragend zu der Rothaarigen.

„Elizabeth Parks", antwortete sie steif. Sie hielt einen Notizblock und einen Kugelschreiber umklammert. Um die Schulter hatte sie eine riesige Tasche hängen, die von Papieren überquoll.

„Ja, kann ich mich einen Moment mit Miss Parks unterhalten?" Er hegte den leisen Verdacht, dass Miss Parks eine weitere Reporterin war, und er hatte die Absicht, sie möglichst schnell abzuwimmeln. „Es wird nicht lange dauern."

„Klar, Gabe. Aber du schuldest uns was dafür, dass wir deinen Fisch gerettet haben."

„Das stimmt. Und ich verspreche, dass ich mir etwas Angemessenes einfallen lassen werde."

Erneut kichernd machten sich die Frauen mit einem sexy Hüftschwung auf den Weg. Zwei Boote legten an, daher würden die Frauen damit beschäftigt sein, Treibstoff, Köder oder sonstige Dinge an die Urlauber zu verkaufen.

Gabe wandte sich an die Rothaarige.

„Was kann ich für Sie tun?"

Jetzt, wo er nicht mehr von der Sonne geblendet wurde, registrierte er, dass sie die blauesten Augen besaß, die er je gesehen hatte. Sie hoben sich leuchtend ab von ihren hellroten Haaren und den zahlreichen Sommersprossen.

Sie öffnete ihre Tasche und nahm eine gefaltete Zeitung heraus, die sie ihm hinhielt. Mit einem noch immer leicht ungläubigen Unterton fragte sie: „Sind Sie das?"

Gabe brauchte gar nicht erst einen Blick auf die Zeitung zu werfen. Buckhorn, Kentucky, war eine kleine Stadt, in der selten etwas Außergewöhnliches geschah. Daher war es kein Wunder, dass die „Buckhorn Press" ausführlich darüber berichtet hatte, als er ein paar Schwimmer vor einem führerlosen Boot rettete. Es war nicht annähernd eine heldenhafte Tat gewesen, aber für die „Buckhorn Press" waren Menschenleben in Gefahr ein Knüller.

„Ja, das bin ich." Gabe setzte seine verspiegelte Sonnenbrille auf und strich sich mit beiden Händen die nassen Haare zurück. Dann setzte er sich seine Mütze mit dem Schirm nach hinten auf und sah die Frau wieder an. Dank der Sonnenbrille konnte er sie besser mustern, ohne dass sie es bemerkte.

Viel konnte er wegen der Kleidung, die sie trug, jedoch nicht erkennen. In dem dicken Jeansstoff und der Baumwolle musste sie schwitzen.

Sie räusperte sich. „Nun, wenn das wirklich stimmt, würde ich Sie gern interviewen."

Gabe bückte sich und nahm eine Dose Cola aus der Kühltasche neben seinem Liegestuhl. „Möchten Sie auch eine?"

„Nein danke." Sie wich hastig zurück, um ihm nicht zu nahe zu kommen. Das ärgerte ihn.

Nachdem Gabe die Dose aufgerissen und zur Hälfte geleert hatte, fragte er: „Für welche Zeitung arbeiten Sie?"

„Oh, ich bin kein ..."

„Ich bin nämlich nicht daran interessiert, noch einmal interviewt zu werden", unterbrach er sie. „Jede verdammte Zeitung im Umkreis von hundert Meilen hat diese blöde Geschichte aufgegriffen. Allmählich lassen mich die Leute, einschließlich meiner Brüder, wieder in Ruhe, und ich will nicht, dass diese alberne Sache wieder belebt wird."

Miss Parks deutete auf die Zeitung. „Sind Sie ins Wasser gesprungen und haben eine Frau mit ihren zwei Kindern aus dem See gerettet, nachdem ein betrunkener Mann aus seinem Boot gefallen war und es daraufhin führerlos umherraste, oder nicht?"

Gabe verzog das Gesicht. „Schon, aber ..."

„Niemand sonst half. Alle standen nur herum, während das führerlose Boot auf die unglücklichen Schwimmer zufuhr."

„Unglückliche Schwimmer?" Er schnaubte über ihre Wortwahl. „Jeder meiner Brüder hätte dasselbe getan ..."

„Und stimmt es, dass es Ihnen gelungen ist, in das Boot zu gelangen?" Sie sah von der Zeitung auf. „Ich würde mir übrigens gern erklären lassen, wie Sie das gemacht haben. Wie konnten Sie in das umherrasende Boot kommen, ohne von der Schraube zerstückelt zu werden. Hatten Sie gar keine Angst?"

Gabe starrte sie an. Selbst ihre Wimpern waren rötlich. Wenn die Sonne darauf schien, schimmerten die Spitzen golden. Sie kniff die Augen wegen der Sonne zusammen, was die Sommersprossen auf ihrer Nase noch mehr hervorhob. Abgesehen von den Sommersprossen war ihre Haut glatt und rein und …

Er nahm sich zusammen. „Hören Sie, Süße, ich sagte doch, dass ich ein Interview ablehne.“

Sie zog die Brauen zusammen. „Mein Name ist Miss Parks oder Elizabeth, vielen Dank.“ Nach dieser Rüge fügte sie hinzu: „Die anderen Helden wollten sich alle interviewen lassen. Warum Sie nicht?“ Sie stand da mit dem Kugelschreiber über dem Notizblock, als wollte sie jedes seiner Worte aufschreiben.

Gabe fluchte. Tiefgründige Äußerungen waren nicht gerade seine Stärke. Sie kosteten zu viel Mühe. „Welche anderen?“

„Die anderen Helden.“

Ihre langen Haare kringelten sich in der feuchten Luft. Hinten reichten sie ihr fast bis zum Po hinunter, vorn waren sie mit einer riesigen Spange zurückgesteckt. Kleine Löckchen klebten ihr an den Schläfen. Die längeren Haare drehten sich langsam auf wie Korkenzieherlocken. Das faszinierte Gabe.

Die Vorderseite ihrer weißen Bluse wurde allmählich ebenfalls feucht, sodass Gabe den schlichten weißen BH darunter erkennen konnte. Was brachte eine Frau dazu, während einer Hitzewelle an einem Ausflugssee in einem solchen Aufzug herumzulaufen?

„Na schön, eins nach dem anderen. Erstens, ich werde Ihnen kein Interview geben. Punkt. Zweitens, ich gebe zu, dass ich neugierig bin, was es mit den anderen Helden auf sich hat. Und drittens, möchten Sie nicht lieber in den Schatten gehen? Ihr Gesicht ist schon ganz rot.“

Ihre Gesichtsfarbe wurde noch intensiver. Ihre Haut schien förmlich zu glühen.

„Ich … ich werde immer rot", erklärte sie ein wenig verlegen. „Rothaarige haben eben eine empfindliche Haut."

„Und Ihre Haare sind wirklich außergewöhnlich rot, im Vergleich zu den meisten."

„Ja, dessen bin ich mir bewusst."

Sie wirkte nach wie vor leicht pikiert, als hätte er sie beleidigt. Dabei waren ihre roten Haare ja kein Geheimnis.

Gabe musste sich zusammennehmen, um nicht zu grinsen. „Was meinen Sie? Wollen Sie sich mit mir in den Schatten setzen? Dort drüben ist eine hübsche Ulme. Kommen Sie." Ohne auf ihre Zustimmung zu warten, nahm er seine Kühltasche, umfasste Elizabeths Arm und führte sie vom Anlegesteg über eine Befestigungsmauer aus grobem Stein und über den Rasen. Eine große Wurzel der Ulme ragte aus dem Boden und bot einen bequemen Sitzplatz.

Gabe drängte Elizabeth, sich zu setzen, da er befürchtete, sie könnte jeden Moment ohnmächtig werden. „Ruhen Sie sich einen Moment aus. Ich werde Ihnen eine Limonade geben."

Sie strich ihren Rock glatt und bedeckte so viel Haut wie möglich. Gleichzeitig balancierte sie den Notizblock und schob ihre schwere Tasche zurecht. „Nein danke. Wirklich, ich …"

Doch er hatte schon eine Dose geöffnet. „Hier, trinken Sie." Er drückte ihr die Dose in die Hand und wartete, bis sie gehorsam daran genippt hatte. „Geht es Ihnen besser?"

„Ja, danke."

Sie benahm sich so argwöhnisch, dass er unweigerlich neugierig wurde. Sie war nicht sein Typ – dazu war sie viel zu aufdringlich, zu steif und … rothaarig. Aber das bedeutete noch lange nicht, dass er sie in der Sonne schmoren lassen würde. Seine Mutter würde ihm das Fell über die Ohren ziehen, wenn sie annehmen müsste, dass er einer Lady gegenüber unhöflich wäre. Jeder Lady. Außerdem war sie auf ihre gezierte Art niedlich.

Gabe nahm sich eine Cola und setzte sich auf die Kühltasche. Er beobachtete Elizabeth, während sie trank. „Erzählen Sie mir von diesen Helden.“

Sie leckte sich vorsichtig die Lippen und stellte die Dose ins Gras, bevor sie Gabe ansah. „Ich schreibe an meiner Doktorarbeit. Bisher habe ich ungefähr ein halbes Dutzend Männer befragt, die kürzlich für heldenhafte Taten gelobt worden sind. Bis jetzt waren es alles ähnliche Charaktere. Aber Sie …“

„Im Ernst? Was für einen Charakter haben Helden?“

„Bevor ich Ihnen das verrate, würde ich Ihnen gern ein paar Fragen stellen. Ich möchte nicht, dass Ihre Antworten von denen der anderen beeinflusst sind.“

Gabe runzelte die Stirn und stützte die Ellbogen auf die Knie. „Glauben Sie, ich würde lügen?“

„Nein!“, versicherte sie ihm rasch. „Nicht bewusst. Aber damit meine Arbeit unverfälscht bleibt, führe ich die Interviews lieber alle auf die gleiche Weise.“

„Ich habe Ihnen doch schon gesagt, dass ich nicht interviewt werden möchte.“ Er musterte sie, bemerkte ihre Frustration und tippte darauf, dass seine mangelnde Kooperationsbereitschaft nicht dem typischen Verhalten eines Helden entsprach.

Nach einer Weile sagte sie: „Na schön. Kann ich Sie etwas ganz anderes fragen?“

„Kommt drauf an. Fragen Sie, dann werde ich sehen, ob ich antworten will.“

„Wieso haben Sie den Fisch wieder ins Wasser geworfen?“

Gabe sah über die Schulter zum See. „Den Fisch, den ich gerade gefangen habe?“

„Ja. Wieso angeln Sie, wenn Sie Ihren Fang am Ende gar nicht behalten?“

Er lachte leise. „Sie kommen nicht oft an den See, nicht wahr?“ Gabe schaute sie neugierig an.

„Ich bin nicht aus der Gegend. Ich bin nur hier …“

„Um mich zu interviewen?“

„Ganz recht.“ Sie trank einen weiteren Schluck Limonade und erklärte: „Ich habe eine Wohnung gemietet und bleibe den ganzen Monat, bis das Studium wieder beginnt. Bis dahin will ich sämtliche Recherchen beendet haben. Ich dachte, ich sei schon fertig, und wollte einen Kurzurlaub machen, als ich in der Zeitung von Ihnen las und mich entschied, noch ein weiteres Gespräch zu führen.“

„Sie arbeiten also in Ihren Ferien?“ Er schnaubte. Das war schlichtweg verrückt. Urlaub war zum Entspannen da, und die Vorstellung, dass jemand seinen Urlaub damit vergeudete, ihm auf die Nerven zu gehen, erschien ihm absurd.

„Sagen wir, ich hoffte, meinen Urlaub mit diesem Interview verbinden zu können. Ich konnte einfach nicht widerstehen. Ihre Situation erschien mir einzigartig, und jedes Mal, wenn Sie zitiert wurden, sprachen Sie von jemand anderem.“

„Ich erinnere mich.“ Die Leute, von denen er geredet hatte, waren viel interessanter als alles, was er über sich zu erzählen hatte.

„Sie redeten davon, wie mutig die beiden kleinen Kinder gewesen seien …“

„Es waren ja auch süße Kinder …“

„… und Sie hielten eine strenge Strafpredigt über Alkohol und Wassersport.“

„Dies ist sozusagen ein trockener See, was bedeutet, dass Alkohol nicht erlaubt ist. Dieser Trottel, der aus seinem Boot gefallen ist, hätte jemanden umbringen können.“

Die natürliche Sinnlichkeit ihres scheuen Blicks verblüffte ihn. Sie war bisher so förmlich gewesen, dass er damit nicht gerechnet hatte.

„Aber Sie sagen ständig, die Situation sei nicht gefährlich gewesen.“

„Das war sie auch nicht. Zumindest für mich nicht.“

Sie wirkte zufrieden und schrieb etwas auf ihren Block. Gabe beschloss, es genauer zu erklären, ehe sie irgendwelche falschen Vorstellungen bekam. „Na ja, ich bin schon wie ein Fisch geschwommen, als ich noch Windeln trug. Ich bin in diesem See geschwommen, noch bevor ich laufen konnte. Meine Brüder brachten mir mit knapp fünf Jahren das Wasserskifahren bei, und ich kenne mich sehr gut mit Booten aus. Es bestand überhaupt kein Risiko für mich, also kann man mich auch keinen Helden nennen.“

„Das behaupten Sie. Alle anderen scheinen da anderer Ansicht zu sein.“

„Süße, Sie kennen Buckhorn nicht. Diese Stadt ist so ruhig und friedlich, dass jedes kleinste Ereignis für Schlagzeilen sorgt. Einmal brach eine Kuh aus und marschierte auf den Kirchhof. Der Verkehr kam meilenweit zum Erliegen, weil alle gafften. Die Feuerwehr tauchte auf, zusammen mit meinem Bruder, der hier Sheriff ist, und die ‚Buckhorn Press‘ sandte alle ihre Starreporter, um über die Sache zu berichten.“

„Alle ihre Starreporter?“

Er grinste. „Ja, alle beide. So ist das hier. Der Gemeinderat versammelt sich, um darüber abzustimmen, ob man die Birnen der Straßenbeleuchtung auswechseln soll oder nicht. Und letztes Jahr, als Mrs. Rommens Kätzchen vermisst wurde, formierte sich ein Suchtrupp, der drei Tage lang den Ort durchkämmte, bis wir den kleinen Ausreißer gefunden hatten.“

Elizabeth schrieb hastig mit, was Gabe ärgerte. Schließlich sah sie auf. „Wir?“

Er legte den Kopf schief und musterte sie. Sie hatte ein hübsches Lächeln, wenn er es genau betrachtete, und hübsche volle Lippen. Seine Miene verfinsterte sich. „Miss Parks, Sie glauben doch nicht, dass ich mich vor meinen Bürgerpflichten drücke, oder? Besonders da die alte Dame ihren kleinen Kater so liebt."

Sie grinste erneut, sodass zwischen ihren zahlreichen Sommersprossen Grübchen entstanden, was ihren Mund noch anziehender machte. Dann begann sie wieder zu schreiben. Gabe beugte sich vor, um zu sehen, was genau sie aufs Papier kritzelte, doch sie presste den Block hastig an die Brust.

„Was machen Sie da?", fragte sie atemlos.

Gabe hob eine Braue. „Ich wollte nur mal sehen, was Sie für so bemerkenswert halten."

„Oh, tut mir leid." Sie ließ den Block sinken, doch der Schaden war bereits angerichtet. Die Vorderseite ihrer feuchten weißen Bluse war mit dunkler Kugelschreibertinte verschmiert.

Gabe trank einen Schluck Cola. „Sieht so aus, als müssten Sie sich sauber machen." Er stand auf. „Sie sollten wohl besser nach Hause fahren, um das zu tun."

Rasch stand sie ebenfalls auf. „Aber ich habe Ihnen ja noch gar nicht meine Fragen gestellt."

„Das werden Sie auch nicht. Ich will mich nicht interviewen lassen. Aber wenn Sie es so brennend interessiert – ich habe den Fisch freigelassen, weil es ein Karpfen war. Der schmeckt nicht besonders und ist mühsam zu säubern. Barsche sind eher nach meinem Geschmack. Was jedoch keine Rolle spielt, wenn man nur aus Spaß angelt, was ich gewöhnlich tue. Sie sollten es irgendwann mal versuchen." Er musterte sie. „Ein bisschen lockerer werden, meine ich. Das würde Ihnen guttun."

Er wandte sich zum Gehen. Sie folgte ihm und versuchte mit ihm Schritt zu halten. „Gabriel … Mr. Kasper."

„Nennen Sie mich ruhig Gabe. Es sei denn, Sie wollen mir weitere Fragen stellen." Er sprach, ohne sie anzusehen, denn er wollte weg, bevor ihm außer ihren Lippen noch mehr an ihr auffiel. Zum Beispiel wie reizvoll ihre gestärkte weiße Bluse wegen der Luftfeuchtigkeit an ihren Brüsten klebte. Er war sich nach wie vor nicht sicher, vermutete jedoch, dass sie unter all ihrer formellen Kleidung ganz hübsch gebaut war. Und solche Vermutungen konnten einen Mann schrecklich durcheinanderbringen.

Nur gehörte sie nicht zu der Sorte Frau, von der er sich durcheinanderbringen lassen wollte. Offenbar hatte sie einen genauen Zeitplan, wohingegen er keine Pläne machte, sondern einfach in den Tag hineinlebte.

„Gabe, es handelt sich wirklich nicht um ein langes Interview. Es besteht überhaupt kein Anlass für Ihre Scheu.“

Er musste lachen. Kopfschüttelnd trat er auf den Anlegesteg und sah sie an. „Scheu bin ich in meinem ganzen Leben noch nicht genannt worden. Ich bin einfach nicht an solchen Albernheiten interessiert.“ Er nahm Sonnenbrille und Mütze ab, legte beides auf seinen Liegestuhl und warf einen dick aufgepumpten Reifenschlauch in den See. „Ich werde mich jetzt ein wenig abkühlen. Sie können entweder aus Ihren Sachen steigen und mir Gesellschaft leisten, bevor die Hitze Sie umbringt, oder Sie suchen sich einen anderen Deppen, den Sie interviewen können. Aber mir stellen Sie keine weiteren Fragen.“ Bevor er sich endgültig abwandte, fügte er hinzu: „War nett, Sie kennenzulernen.“ Dann sprang er kopfüber ins Wasser.

Er war sicher, dass er sie nass gespritzt hatte, doch er drehte sich nicht um. Zuerst jedenfalls nicht.

Elizabeth stand eine lange Zeit da. Er war sich ihrer Gegenwart seltsam bewusst, während er auf den Reifenschlauch kletterte und es sich darauf bequem machte. Mit einem Auge spähte er zu ihr hinüber und sah sie in der Hitze schmoren. Dann warf sie ihm einen letzten finsteren Blick zu und marschierte davon.

Endlich. Lass sie gehen, sagte er sich.

Ihn einen Helden zu nennen – was für ein Unsinn. Seine Brüder waren echte Helden. Selbst diese Kinder, die ruhig geblieben waren und nicht gejammert hatten, konnte man kleine Helden nennen. Aber nicht ihn.

Er begann sich zu entspannen und tauchte seine Mütze ins kühle Wasser, um seine Haare nass zu machen. Träge ließ er die Arme im Wasser treiben. Erst als er sah, wie die Rothaarige bei Rosemary stehen blieb, war seine Aufmerksamkeit wieder geweckt. Sie deutete auf Gabe und zog ihren Notizblock aus der Tasche, als Rosemary anfing loszuplappern. Zu allem Überfluss kamen Ceily und Darlene näher und beteiligten sich.

Verdammt! Sie sammelte Klatsch über ihn!

Als er ihr gesagt hatte, sie solle jemand anderen befragen, hatte er damit jemanden gemeint, der nicht über ihn reden würde. Irgendwen, der nicht am See war, ja nicht einmal in Buckhorn!

Rosemarys Mund bewegte sich schnell, und Gabe konnte sich nur vorstellen, was gesagt wurde. Frustriert knirschte er mit den Zähnen.

Zwei Frauen in einem Boot am Anleger begannen mit ihm zu flirten, doch Gabe nahm es kaum wahr. Er starrte zu Rosemary und wünschte, sie würde den Mund halten. Andererseits wollte er wegen der ganzen Angelegenheit auch nicht allzu besorgt wirken. Wieso war die Rothaarige so penetrant? Er hatte ihr doch erklärt, dass er kein Held war und dass sie ihn für ihre Untersuchung, oder was immer sie durchführte, nicht brauchte. Konnte sie es nicht dabei bewenden lassen?

Eine der Frauen von dem vertäuten Boot – einem sehr schönen Boot, das mehr kostete als manches Haus – sprang ins Wasser und schwamm zu ihm. Gabe lächelte ihr abwesend zu.

Es lag in seiner Natur zu flirten. Er schien nichts dagegen tun zu können, und er war noch nie einer Frau begegnet, die etwas dagegen gehabt hätte. Diese Frau hatte ganz sicher nichts dagegen. Sie fasste sein Lächeln als Einladung auf.

Doch sobald er der Rothaarigen auch nur ein bisschen näher gekommen war, war sie erstarrt, als wäre er eine gefährliche Wasserschlange, die sie beißen wollte. Offenbar war sie lediglich an seinen Gedanken interessiert, an sonst nichts.

Eine seltsame Frau.

Sie verließ Rosemary mit einem freundlichen Winken. Gabe atmete erleichtert auf – bis sie ein paar Meter weiter erneut stehen blieb, und zwar diesmal bei Bear, dem Mechaniker, der für Rosemary an einem Bootsmotor arbeitete. Gabe half Bear regelmäßig, wenn er zu viel zu tun hatte. Doch erinnerte sich Bear jetzt daran? Gabe schnaubte verächtlich. Der alte stoppelbärtige Kerl musterte die Rothaarige wachsam, schaute zu Gabe, und ein Grinsen breitete sich auf seinem faltigen Gesicht aus. Im Nu huschte Elizabeths Stift wieder übers Papier.

„Verdammt." Geschickt kippte Gabe den Schlauch und glitt seitlich ins Wasser. Die plötzliche Kühle konnte seinen Zorn nicht dämpfen. Den Blick auf diese neugierige Frau gerichtet, schwamm er zum Anleger, wobei er den Schlauch hinter sich herzog. Kaum war er dort angekommen, war auch die Frau vom Boot dort.

„Sie wollen doch wohl nicht schon aufbrechen, wo ich gerade hier bin, oder?"

Gabe drehte sich um. Er hatte die Frau ganz vergessen, was ihn selbst erstaunte. Sie stand im hüfttiefen Wasser, und nach dem zu urteilen, was er sehen konnte, war sie kurvenreich gebaut, mit langen Beinen und langen blonden Haaren. Ihre üppigen Brüste quollen förmlich aus ihrem äußerst knappen Bikinioberteil. Eigentlich hätte sie seine ganze Aufmerksamkeit bekommen müssen. Stattdessen war er von einer verklemmten Rothaarigen mit Sommersprossen abgelenkt, die schon zusammenzuckte, sobald er sie nur ansah.

Gabe schaute zu Elizabeth Parks, und ihre Blicke trafen sich. Er hatte ihr klarmachen wollen, wie viel Neugier er tolerierte. Doch dann überlegte er es sich anders.

Offenbar war sie wütend. Ihre blauen Augen starrten ihn an, und sie hatte endlich aufgehört zu schreiben. Erst jetzt bemerkte Gabe, dass seine Schwimmgefährtin seinen Arm festhielt – was Elizabeth anscheinend heftig missbilligte. Erneut machte sie ein Gesicht wie eine Schulaufseherin und stand stocksteif da. Na ja, das war schon besser.

Mit einem strahlenden Lächeln wandte sich Gabe an die Blonde. Vielleicht erwies sich das Ganze noch als amüsant.

2. KAPITEL

Elizabeth kniff die Augen zusammen und beobachtete, wie Gabriel Kasper seinen Charme versprühte. Wollten sich eigentlich alle Frauen an ihn hängen? Rosemary, Darlene, Ceily und die sexy Badenixe? Sie schienen von überall her zu kommen, nur um ihn zu umgarnen. Kein Wunder, dass er ihr so ganz … anders als die anderen vorkam.

Die Männer, die sie bis jetzt interviewt hatte, waren stolz auf ihre Heldentaten gewesen. Keiner von ihnen hatte sich geweigert, sich von ihr befragen zu lassen. Und keiner hatte sie so demonstrativ ignoriert.

Gabriel Kasper war ihr ein Rätsel.

„Machen Sie sich nichts draus, Miss. Gabe kriegt immer jede Menge Aufmerksamkeit von den Mädels.“

Abrupt sah Elizabeth wieder zu Bear. Mit seinem grauen Bart hatte er tatsächlich etwas von einem Bären. „Wie bitte?“

Er deutete zum Anleger, wo Gabe und die Frau miteinander plauderten. Elizabeth verzog verächtlich den Mund. Es war abstoßend, wenn eine Frau sich so zur Schau stellte. Und dass Gabe sie auch noch dazu ermutigte … Schließlich hatte er als Vorbild eine gewisse Verantwortung.

„Benimmt er sich anders, seit er ein Held geworden ist?“ Im Verlauf ihrer Recherchen hatte Elizabeth herausgefunden, dass Menschen, die man zu Helden erklärt hatte, sich rasch dem Wirbel und dem gesteigerten Interesse an ihnen anpassten.

Bear lachte. „Nicht Gabe. Die Wahrheit ist, dass die Menschen in der Gegend ihn und seine Brüder schon immer bewundert haben. Ich glaube nicht, dass jemand daran gezweifelt hat, dass Gabe helfen würde, als er sah, was passiert war. Jeder seiner Brüder hätte dasselbe getan.“

„Er erwähnte seine Brüder. Können Sie mir etwas über sie erzählen?“

„Gern!“ Bear wischte sich mit einem zerfetzten Taschentuch das Gesicht ab und schob es anschließend zurück in die Gesäßtasche. „Der älteste Bruder, Sawyer, ist der einzige Arzt in der Stadt und ein sehr guter. Er ist seit etwa einem Jahr mit Honey verheiratet, einer wirklich lieben Frau. Leider hat er dadurch weniger Patienten. Anscheinend waren viele Frauen nicht wegen irgendwelcher Krankheiten in seine Praxis gekommen, sondern weil sie es auf ihn abgesehen hatten.“

Bear grinste, doch Elizabeth schüttelte nur den Kopf.

„Gleich nach Sawyer kommt Morgan, der Sheriff, dessen Miene stets so grimmig ist, als sei er aus einem Kaktus gekrochen. Dabei ist er ein richtig netter Kerl, solange man sich gut mit ihm stellt.“ Vertraulich flüsternd fügte er hinzu: „Und die Leute hier in der Gegend stellen sich mit ihm gut.“

„Reizend.“ Elizabeth versuchte sich diese beiden angesehenen Männer vorzustellen, die mit Gabe verwandt waren, der eher wie ein attraktiver Taugenichts auftrat. Doch es gelang ihr nicht.

„Morgan hat Honeys Schwester, Misty, geheiratet. Inzwischen macht er ein freundlicheres Gesicht – falls sie ihn nicht gerade wieder in Rage gebracht hat. Es scheint ihr Spaß zu machen, den Jungen auf die Palme zu bringen. Dann ist da noch Jordan, der beste Tierarzt im Bezirk Buckhorn. Er versteht es, mit Tieren umzugehen wie kein Zweiter. Er ist noch Junggeselle.“

Grundgütiger! Elizabeth konnte nur erstaunt blinzeln. Ein Arzt, ein Sheriff und ein Tierarzt. Das war wirklich eine beeindruckende Familie. „Womit verdient Gabe seinen Lebensunterhalt?“

Bear kratzte sich am Kinn und dachte nach. „Tja, Gabe ist der Jüngste und hat sich noch nicht entschieden, was er einmal machen will. Momentan ist er eine Art Mädchen für alles. Der Junge bringt mit seinen Händen alles zustande. Er ist …“

„Er hat keinen Job?“ Es war nicht ihre Absicht, so entsetzt zu klingen, doch Rosemary hatte ihr erzählt, dass Gabe siebenundzwanzig Jahre alt war, und Elizabeths Ansicht nach war man damit alt genug, um sich darüber im Klaren zu sein, was man im Leben erreichen wollte. „Nach dem, was Rosemary mir erzählt hat, hatte ich den Eindruck, dass er hier arbeitet.“

Eine kalte, nasse Hand legte sich auf ihre Schulter. Elizabeth erschrak und wirbelte herum. Vor ihr stand Gabe, mit einem nicht gerade freundlichen Grinsen im Gesicht und tropfnass. Seine neue Freundin war nirgends zu sehen.

Gabe nickte Bear zu, mehr oder weniger zum Zeichen dafür, dass er gehen konnte. Dann führte er Elizabeth ein paar Meter weiter weg.

„Nun, Miss Neugier, ich arbeite tatsächlich hier, bin jedoch nicht angestellt. Das ist ein Unterschied. Und von jetzt an würde ich es zu schätzen wissen, wenn Sie Ihre Fragen für sich behalten. Ich mag Leute nicht besonders, die in meinem Privatleben herumschnüffeln, besonders nachdem ich es ihnen bereits untersagt habe.“

Elizabeth schluckte. Keine noch so freundliche Maske konnte seine Verärgerung verbergen. Sie versuchte sich aus seinem Griff zu befreien, doch er ließ sie nicht los.

Erneut standen sie in der grellen Sonne, auf einem Schotterweg, der den sanften Hügel hinunterführte, von dem aus man früher die Boote ins Wasser geschoben hatte. Der weiße Schotter blendete. Elizabeth musste mit der einen Hand ihre Augen schützen, während sie in der anderen ihren Notizblock, den Stift und die Handtasche hielt. Gabe so direkt anzusehen ärgerte sie und machte sie zugleich verlegen. Er besaß eine unglaublich männliche Ausstrahlung, das war nicht zu bestreiten. Außerdem war er ein beeindruckender Anblick. Blonde Haare bedeckten seine muskulöse Brust und seinen flachen Bauch, wo sie sich um seinen Nabel ringelten. Seine Haut war tief gebräunt, seine Beine waren lang, seine Füße nackt. Die stechende Sonne schien ihm nichts auszumachen. Während sie ihn musterte, verschränkte er die Arme vor der Brust.

„Sagen Sie mir Bescheid, wenn Sie mit Ihrer Betrachtung fertig sind, damit ich Ihnen zu Ende erzählen kann, was ich von Ihrer Neugier halte."

Die Hitze, die sie durchströmte, hatte nichts mit der Sommersonne zu tun, sondern mit dem demütigenden Gefühl, ertappt worden zu sein.

„Tut mir leid. Es ist nur so, dass Sie nicht wie die anderen Männer aussehen."

Er seufzte dramatisch. „Gehe ich recht in der Annahme, dass wir wieder von den anderen angeblichen Helden reden?"

„Ja."

„Und wie sehen die aus?"

Sie räusperte sich. „Sie waren alle … ernster. Sie haben Karrieren, auf die sie stolz sind, und sie genossen es, ihre Geschichte zu erzählen."

„Ich habe Ihnen doch schon erklärt, dass ich keine Geschichte zu erzählen habe."

„Ihre Freunde sind da anderer Ansicht."

Er ließ die Arme sinken und sah Elizabeth finster an. Seltsamerweise bemerkte sie, dass er ihren Mund betrachtete, statt ihr in die Augen zu blicken. Das machte es leichter für sie, da es sie aus irgendeinem Grund beunruhigte, ihm direkt ins Gesicht zu sehen. Seine Augen waren so ausdrucksvoll, als würde er sie nicht einfach nur ansehen, sondern auch ihr Wesen durchschauen. Das war eine ungewohnte Erfahrung für sie.

Dass er jetzt ihren Mund betrachtete, machte sie auf andere Weise nervös, und ohne darüber nachzudenken, befeuchtete sie sich kurz mit der Zungenspitze die Lippen. Abrupt hob er den Blick und starrte sie mit zusammengekniffenen Augen an.

Elizabeth hielt für einen Moment den Atem an und fächelte ihrem glühenden Gesicht Luft zu.

Langsam entspannte er sich. Er schüttelte den Kopf und sagte: „Hören Sie, Lizzy ...“

„Nennen Sie mich nicht so. Mein Name ist Elizabeth.“

„Solange Sie meine Wünsche missachten, werde ich Ihre auch missachten. Außerdem passt Lizzy zu Ihnen. Es klingt wie ein geeigneter Name für eine Rothaarige.“

Am liebsten hätte Elizabeth ihn geohrfeigt. Aber da er offen gewesen war und so gut wie zugegeben hatte, dass er sie ärgern wollte, beschloss sie, ihm diesen Gefallen nicht zu tun. Da sie schwieg, fuhr er lächelnd fort: „Das ist doch alles albern. Ich bitte Sie also in aller Freundlichkeit, die Sache zu vergessen.“

„Das kann ich nicht. Ich habe festgestellt, dass Sie einen sehr guten Kontrast bilden zu den übrigen Männern in meiner Untersuchung. Sie sind ganz anders, und ich kann Sie als wichtigen Faktor in meiner Studie nicht guten Gewissens unberücksichtigt lassen. Damit die Studie genau ist, muss ich gründlich recherchieren.“

Er hob zornig eine Hand. „Das reicht. Dies sind doch Ihre Sommerferien, oder?“

„Ja“, antwortete sie misstrauisch.

„Wieso arbeiten Sie dann so hart? Wieso entspannen Sie sich nicht und amüsieren sich, bevor Sie wieder an die Uni gehen?“ Er musterte sie erneut von Kopf bis Fuß. „In Ihrer hochgeschlossenen Kleidung müssen Sie vor Hitze umkommen. Niemand zieht bei dieser Hitze so viele Sachen an.“

Ihre Schultern waren so angespannt, dass sie bereits schmerzten, und ihr Magen krampfte sich zusammen. Wie konnte er es wagen, sie auf einer so persönlichen Ebene anzugreifen? „Anscheinend doch. Ich betrachte mich jedenfalls als angemessen gekleidet.“

„Angemessen wofür?"

„Um einen Helden zu interviewen."

Er stöhnte und ließ den Kopf hängen. „Sie sind die störrischste Frau ..."

„Ich? Sie sind doch derjenige, der sich weigert, wenigstens ein paar einfache Fragen zu beantworten."

Sie hatten beide ihre Stimmen erhoben, und Gabe nahm seufzend ihren Arm, um sie noch ein Stück weiter den Schotterweg hinaufzuführen.

„Wohin gehen wir?"

„Wir erregen Aufmerksamkeit, und diese Art von Aufmerksamkeit gefällt mir nicht."

„Sie meinen, es handelt sich nicht um rein weibliche Aufmerksamkeit?", spottete sie.

„Ganz recht", erwiderte er grinsend.

„Gütiger Himmel!"

„Da wären wir. Setzen Sie sich."

Glücklicherweise handelte es sich diesmal nicht um eine Baumwurzel, auf die sie sich setzen sollte. Der Picknicktisch aus ungehobeltem Holz stand unter einem Baum. Zwar war er zum Teil mit trockenen Blättern bedeckt, doch wenigstens lag er im Schatten.

Kaum hatte Elizabeth sich gesetzt, legte Gabe auch schon los. „Na schön, wie viel ist nötig, damit Sie aufgeben?"

Er wollte mit ihr handeln? Erstaunt, aber auch hoffnungsvoll – denn sie wollte seine Geschichte unbedingt verwenden, da er die einzige Ausnahme von ihrer Heldentheorie war – wägte Elizabeth ihre Antwort ab. Schließlich sagte sie: „Wenn Sie mir wenigstens fünf Fragen beantworten würden ..."

„Ich werde Ihnen eine beantworten. Aber nicht umsonst."

Ihre Hoffnung starb sofort. „Wie viel? Ich habe zwar einen Job, aber der bringt kaum die Studiengebühren ein. Ich kann Ihnen also nicht viel bieten ..."

Sein entsetztes Gesicht verriet ihr, dass sie ihn missverstanden hatte. Er beugte sich vor und sagte: „Glauben Sie tatsächlich, ich würde Geld von Ihnen nehmen?"

Elizabeth versuchte zurückzuweichen. Doch das war nicht möglich, ohne hintenüberzukippen. „Sie … Sie haben selbst gesagt, dass Sie keinen festen Job haben."

„Falsch. Ich habe gesagt, dass ich hier nicht angestellt bin. Nur zu Ihrer Information, Rotschopf, ich habe mehr als mein Auskommen. Nicht, dass meine finanzielle Situation Sie irgendetwas anginge."

„Aber …"

„Wenn ich Ihnen eine Frage beantworten soll, müssen Sie lockerer werden. Und bevor Ihre blauen Augen wieder ganz groß werden, versichere ich Ihnen, dass ich nichts Verbotenes vorschlage."

„Was … was genau schlagen Sie denn vor?"

„Dass wir schwimmen gehen. Sie und ich."

In dem großen trüben See hinter ihr? Der See, aus dem er diesen enormen Fisch gezogen hatte – und wieder hineingeworfen hatte, sodass er da immer noch irgendwo war? Der See, in dem wer weiß was für Kreaturen leben konnten? Ganz zu schweigen davon, dass sie nicht einmal einen Badeanzug besaß. Mit verzweifelter Hoffnung fragte sie: „Ich verstehe nicht ganz."

„Ganz einfach, Lizzy. Ich will, dass Sie morgen hier sind, um dieselbe Zeit, aber im Badeanzug statt in dieser Rüstung. Sie sollen sich mit mir zusammen entspannen und schwimmen gehen. Und wenn Sie dann ein wenig lockerer sind, macht es mir vielleicht nicht mehr so viel aus, Ihnen eine Frage zu beantworten."

Um sicherzugehen, dass sie richtig verstanden hatte, bevor sie zustimmte, sagte sie: „Im Gegenzug werden Sie meine Fragen beantworten?"

„Nein, ich werde nur eine Frage beantworten. Und Sie dürfen sich sogar Notizen machen." Erneut betrachtete er ihren Mund. „Und wer weiß, wenn alles gut läuft, können wir unseren Deal vielleicht verlängern."

„Für eine weitere Frage?"

Er zuckte die Schultern, doch Elizabeth hatte den Verdacht, dass er nur bluffte. Irgendwie faszinierte er sie. Was für ein seltsames Benehmen für einen Helden!

Letztlich konnte sie nur eine Entscheidung treffen. Daher streckte sie die Hand aus, und nach einem kurzen Moment nahm Gabe sie.

Seine gebräunte Hand war so groß und heiß. Elizabeth schluckte, nahm ihren Mut zusammen und erklärte mit einem Lächeln, das fast schmerzte: „Abgemacht."

Sie trug noch immer ihre Rüstung.

Gabe runzelte die Stirn, stieg aus seinem Wagen und ging den Hügel hinunter. Dem langen Zopf nach zu urteilen, der fast bis auf den Anlegesteg reichte, war die Frau, die ihm den Rücken zugekehrt hatte, Elizabeth Parks. Und sie trug keinen Bikini. Er tröstete sich mit der Tatsache, dass sie wenigstens auf ihn wartete. In gewisser Hinsicht befriedigte das sein männliches Ego.

In dem Moment, als er den Steg betrat, drehte sie den Kopf. Erst jetzt bemerkte er, dass sie ihre Füße nicht im Wasser baumeln ließ, sondern im Schneidersitz dasaß. Sie trug flache Ballerinas und weiße Spitzensöckchen. Socken bei dieser Hitze? Er blieb stehen und fragte mit missbilligender Miene: „Wo ist Ihr Badeanzug?"

Ihre Miene war ebenfalls missbilligend. „Den trage ich unter meinem Kleid. Sie haben doch nicht geglaubt, ich würde darin hierherfahren, oder? Außerdem kommen Sie zu spät." Sie drehte sich wieder um, stützte die Ellbogen auf die Knie, das Kinn auf eine Faust und starrte auf den See hinaus.

Gabe kam langsam näher. Da er nicht wusste, womit er bei ihr zu rechnen hatte, sagte er nur: „Ich bin froh, dass Sie gewartet haben."

Sie schnaubte verächtlich. „Sie haben es schließlich zur Bedingung gemacht. Wenn ich Ihnen eine mickrige Frage stellen will, muss ich hier sein." Sie winkte ab. „Ich dachte mir einfach, dass Sie früher oder später auftauchen würden."

„Na ja, dann ziehen Sie jetzt Ihre Sachen aus, damit wir ins Wasser können. Es ist so heiß, dass selbst eine Eidechse Schatten sucht. Das Wasser wird angenehm sein."

Sie schien kein bisschen überzeugt zu sein. Sie sah ihn mit einem zugekniffenen Auge und gerümpfter Nase an. „Ich bin nicht gerade versessen darauf."

„Worauf?"

„Einen Badeanzug zu tragen. Ich bin nicht oft geschwommen, und dieser Anlegesteg ist ziemlich belebt …"

„Sie wollen ungestört sein?" Wieso faszinierte ihn diese Vorstellung? „Wir können mit einem Fischerboot zu einer kleinen Bucht rausfahren. Dort kommen höchstens mal ein paar Fischer vorbei oder gelegentlich jemand auf Wasserski. Aber die kommen nicht nah genug ans Ufer, um Sie genau sehen zu können." Er grinste schief. „Ihr Schamgefühl wird nicht verletzt werden."

Sie wurde rot. „Es ist nicht so, dass ich befürchte, viel Aufsehen zu erregen. Es ist nur, dass ich daran nicht gewöhnt bin, in der Öffentlichkeit halb nackt herumzulaufen."

So, wie sie sich von Kopf bis Fuß verhüllte, zweifelte er keine Sekunde daran. „Kein Problem. Die Bucht ist wirklich einsam. Ich schwimme ständig dort. Kommen Sie." Er reichte ihr seine Hand und versuchte nicht so aufgeregt zu wirken, wie er sich plötzlich fühlte. „Können Sie schwimmen?"

Elizabeth ignorierte seine Hand und stand allein auf. „Eigentlich nicht."

Er ließ die Hand sinken. „Dann brauchen Sie einen Schwimmgürtel. Im Boot ist einer. Haben Sie ein Handtuch?"

„Meine Sachen sind hier." Sie deutete auf einen Haufen, der aus einem riesigen bunten Badehandtuch, einem Schlapphut und einer Sonnenbrille mit blauen Gläsern bestand. Gabe sah den Notizblock daneben, und seine Miene verfinsterte sich.

Er hatte sich sein Handtuch um den Nacken gelegt. Die Sonnenbrille hatte er auf, und seine Mütze trug er wieder mit dem Schirm nach hinten. Er griff nach der Kühltasche, die er mitgebracht hatte. „Gehen wir."

Er führte Elizabeth zu einem kleinen Boot und half ihr beim Einsteigen, obwohl sie es zuerst allein versuchen wollte. Das Boot schwankte, sodass sie beinah das Gleichgewicht verlor. Sie wäre über Bord gefallen, wenn Gabe sie nicht festgehalten hätte.

Er musste unwillkürlich grinsen und warf ihre Sachen ins Boot. „Setzen Sie sich nach vorn, und binden Sie sich den Gürtel um. Wenn Sie ins Wasser fallen, wird er Sie am Untergehen hindern, bis ich Sie herausgefischt habe."

„Wie den Karpfen?"

Ihr neckendes Lächeln ließ ihn erschauern. „Nein, ich habe den Fisch geküsst und wieder zurück ins Wasser geworfen, weil es Glück bringt. Mit Ihnen würde ich das nicht machen."

Ihre Miene verriet ihre Verwirrung. Sollte sie sich ruhig fragen, ob er damit meinte, dass er sie nicht küssen oder sie nicht zurück ins Wasser werfen würde.

„Ist das Ihr Boot?", fragte sie.

„Nein, es gehört Rosemary. Aber ich kann es benutzen, wann ich will."

„Weil Sie für sie hier auf dem Anleger arbeiten?"

„Ist das die Frage, die Sie stellen wollten?"

„Wie bitte?"

„Die eine gestattete Frage. Wollen Sie etwas über meine Arbeit hier wissen?"

„Nein, ich mache nur Konversation.“

„Aha. Wissen Sie, was ich glaube? Ich glaube, Sie wollen mir ein paar Fragen unterjubeln, ohne dass ich es merke.“

Elizabeth biss sich auf die Unterlippe und wandte den Blick ab. Gabe musste laut lachen, da er sie so offensichtlich ertappt hatte.

Nach einer Weile fragte sie: „Wohin fahren wir?“

Sie saß ihm im Boot gegenüber, daher deutete er hinter sie, wo sich das Land erstreckte und die einzigen sichtbaren Lebewesen ein paar Kühe waren, die am Ufer grasten. Der künstlich angelegte See war lang und schmal wie ein Fluss, mit dichten Reihen von Ferienhäusern auf beiden Seiten. Hier und dort gab es noch Buchten, die nicht den Stadtplanern gehörten, sondern den Farmern. Auf dem Land, das Gabe und seinen Brüdern gehörte, befand sich eine solche Bucht, deren Wasser so flach war, dass sie fast vom Bootsverkehr abgeschnitten war. Aber sie war hervorragend zum Baden und Angeln geeignet, wofür die Brüder sie auch nutzten.

Daher weigerten sie sich auch, das Land zu verkaufen, ganz gleich, wie oft sie gefragt wurden und wie viel man ihnen bot. Gemeinsam besaßen sie viel Land, auf dem sich an zwei Stellen durch Abflüsse des Sees ein kleinerer See und ein Teich gebildet hatten. Eines Tages wollte Gabe dort ein Haus bauen.

„Fahren wir etwa dorthin?“, fragte Lizzy und unterbrach seine Gedanken.

Gabe hob eine Braue. „Es ist wirklich ungestört.“

„Sind die Kühe friedlich?“

„Das sind die meisten Rinder. Man sollte bloß nicht hinter ihnen gehen.“

„Weil sie auskeilen?“

Er musste sich zusammennehmen, um nicht über ihre ängstliche Stimme zu lachen. „Nein, man muss nur aufpassen, wohin man tritt.“

„Oh."

Gabe drosselte den Motor und lenkte das Boot in die Bucht. Jemand hatte in früheren Jahren einen kleinen Anlegesteg gebaut, der jedoch schon bessere Zeiten gesehen hatte. Er hatte ein wenig Schlagseite. Drei seiner Ecken ragten aus dem Wasser, eine lag moosbewachsen im Wasser. Aber er war gute zwei Quadratmeter groß und sank nicht, wenn man ihn betrat.

Gabe vertäute das Boot an einem Metallpflock neben dem Steg. Es war seltsam, doch sein Herz pochte bereits heftig – er hatte keine Ahnung, wieso, und er musste sich zwingen, ruhig zu sprechen.

Er sah zu Elizabeth. „Weiter geht's nicht. Sie können sich also jetzt ausziehen."

Sie sah ihn kurz an und wandte den Blick wieder ab. „Wollen Sie nicht schon mal ins Wasser gehen? Ich ... ich komme dann nach."

„Sind Sie je mit einem Boot gefahren?"

„Nein."

„Wissen Sie, wie man den Motor anwirft?"

Sie warf einen skeptischen Blick auf den Anlasser und schüttelte den Kopf. „Ich glaube nicht."

Er nickte. „Dann können Sie wenigstens keine Pläne schmieden, mich über Bord zu werfen und wegzufahren."

„Das würde ich nicht tun", erwiderte sie empört. Zögernd gestand sie: „Es ist nur, dass ich mir nicht überlegt habe, wie ich mich hier im Freien ausziehen soll."

„Während die Kühe und ich Ihnen dabei zusehen?"

„Genau."

„Na schön. Ich werde mich umdrehen. Aber machen Sie nicht zu lange. Sie können Ihre Sachen zusammengefaltet auf die Kühltasche legen, damit sie nicht nass werden." Damit drehte er sich um und sprang kopfüber ins Wasser. Er hörte sie kreischen, da das kleine Boot heftig schaukelte.

Der See war hier flach, sodass Gabe Sekunden später wieder auftauchte. Er konnte problemlos stehen, daher watete er zum Steg. Er hielt das Gesicht abgewandt und legte die Arme verschränkt auf das alte Holz. Er konnte hören, wie Elizabeth sich auszog.

„Das Wasser ist toll“, sagte er.

„Es ist so … grün.“

Gabe räusperte sich. „Das liegt am Moos.“ Wahrscheinlich hatte sie die Schuhe und diese albernen Spitzensöckchen bereits ausgezogen. Er bezweifelte, dass sie sich darüber im Klaren war, wie sexy diese Söckchen aussahen. Unwillkürlich stellte er sie sich mit nichts weiter als diesen Söckchen bekleidet vor. Allerdings blieb das Bild vage, da er keine Ahnung hatte, wie ihr Körper gebaut war. Dennoch erregte ihn die Vorstellung.

Trug sie nur das Kleid oder noch andere Sachen über ihrem Bikini? Gabe nahm sich zusammen. „Fertig?“

„Ah … ja.“

Er drehte sich um und starrte sie an. Sie stand da, die schlanken Arme vor dem Bauch verschränkt, die langen Beine fest zusammengepresst, die Schultern gestrafft. Sie trug keinen Bikini, sondern einen Badeanzug. Nicht, dass das eine Rolle spielte.

„Du liebe Zeit“, flüsterte er ehrfürchtig.

Elizabeth trat nervös von einem Bein auf das andere, sodass sich ihre Waden- und Schenkelmuskeln verführerisch bewegten.

Gabe wusste nicht, ob sie errötete oder nicht, da er den Blick nicht von ihrem Körper losreißen konnte. Ihr einteiliger Badeanzug war schlicht und von einem hellen Limonengrün. Und er bedeckte gerade so viel Haut, wie es der Anstand erforderte. Was er jedoch nicht bedeckte …

Der Anblick ihrer vollen, wohlgerundeten Brüste ließ ihn erschauern, und für einen kurzen Moment fragte er sich, ob sie echt oder künstlich vergrößert waren. Der Badeanzug saß wie eine zweite Haut, und Gabe starrte sie an, ohne ihr Unbehagen und ihre Unsicherheit zu bemerken.

Unter dem Stoff zeichneten sich ihre Brustspitzen ab, was seine Fantasie noch mehr beflügelte. Er wollte sehen, wie sie sich aufrichteten und sich seinem Mund entgegenreckten. Ein Schauer der Begierde erfasste ihn, denn jetzt konnte er sich leicht vorstellen, wie sie nackt aussah.

Elizabeth besaß den wohlgeformtesten Körper, den er je gesehen hatte, und die heftige Reaktion seines Körpers auf ihren Anblick kam überraschend und völlig unerwartet.

Wie er es erwartet hatte, schmückten die Sommersprossen nicht nur ihr Gesicht. Einige waren auf ihren Schultern zu sehen und sogar auf ihren Schenkeln. Sein Herz schlug schneller. Er hätte nicht gedacht, dass Sommersprossen so sexy sein konnten.

Eines war sicher: Er konnte froh sein, dass er sie hierhergebracht hatte, sodass nicht jeder Mann am See sie anstarrte.

Gabe räusperte sich erneut und sah ihr endlich ins Gesicht. Elizabeth hielt den Kopf gesenkt. Ihr langer Zopf hing ihr über die Schulter und reichte ihr fast bis zu den Hüften. „Lizzy?“

Sie schlang die Arme um sich. „Hm?“

Erst jetzt begriff er, wie unbehaglich sie sich fühlte, weil sie seinen Blicken ausgeliefert war. Er kam sich wie ein Idiot vor und bemühte sich um einen neckenden Tonfall, trotz seiner Angespanntheit. „Kommen Sie jetzt ins Wasser oder nicht?“

„Bleibt mir eine Wahl?“

„Nein.“

Langsam hob sie den Kopf und sah ihn an. „Ich hoffe, Sie sind es wert.“

Oh, er würde ihr schon zeigen, dass es der Mühe wert war – Moment mal. Was war denn das für ein Gedanke? Dafür hatte er sie nicht hierhergebracht. Er war mit ihr hierhergekommen, damit sie ihre unsinnigen Ideen vom Heldenmut vergaß.

Er setzte eine entschlossene Miene auf, doch seine lüsternen Gedanken kamen ihm immer weniger abwegig vor, je länger Elizabeth dort vor ihm stand. „Kommen Sie", forderte er sie auf. „Zögern Sie es nicht länger hinaus."

Als sie sich die Lippen mit der Zungenspitze befeuchtete, stöhnte Gabe auf. Er glaubte die Berührung ihrer kleinen Zunge spüren zu können.

Elizabeth betrachtete ihn misstrauisch. Dann sah sie zur einen Seite des Bootes, wieder zu ihm und befeuchtete sich erneut die Lippen. „Wie?"

Ohne darüber nachzudenken, watete er zum Boot und breitete einladend die Arme aus.

Sie schloss die Augen, murmelte ein leises Gebet und ließ sich fallen.

3. KAPITEL

Plötzlich lag Elizabeth in Gabes Armen. Natürlich war es nicht das erste Mal, dass er eine Frau in den Armen hielt. Dennoch fühlte es sich anders an als sonst. Elizabeth duftete wundervoll. Sie hatte die Finger in seine Haare gekrallt und die Arme um seinen Kopf geschlungen. Gabe konnte ihren festen Po an seinem rechten Unterarm spüren, mit dem er sie instinktiv an sich gedrückt hatte, damit sie nach ihrem Sprung nicht fiel. Sein linker Arm lag um ihre schmale Taille, seine Hand auf ihrem Rücken.

Bedeutsamer war jedoch die Tatsache, dass sein Gesicht zwischen ihren Brüsten lag. Sie fühlten sich tatsächlich echt an. Erschrocken von der sinnlichen Berührung ihres Körpers, stand er wie erstarrt da und wagte nicht einmal zu atmen. Sie hatte sich wie Efeu um ihn gerankt, doch ihr schien die Intimität ihrer Position nicht bewusst zu sein.

Ganz im Gegensatz zu Gabe.

Er bewegte sich ein kleines bisschen, sodass seine Hand ihren Po umfasste. Die Berührung ging ihm durch und durch. Elizabeth atmete schwer, allerdings nicht vor Erregung.

„Lizzy?“ Seine Stimme klang gedämpft, da sein Gesicht noch immer zwischen ihren üppigen Brüsten lag. Seine Hand streichelte ihren Po, als hätte sie einen eigenen Willen.

Sie schlang die Arme fester um ihn und legte die Beine um seine Hüften, in dem verzweifelten Versuch, ihm noch näher zu sein. Gabe sog scharf die Luft ein. Lange würde er den Anstand nicht mehr wahren können.

„Lizzy, haben Sie Angst vor dem Wasser?“, fragte er leise, um sie nicht zu erschrecken.

„Nein … Ja.“

Gabe konnte sich ein breites Grinsen nicht verkneifen. „Ganz ruhig. Hier drin ist nichts, weswegen Sie Angst haben müssten.“ Nur er, aber das brauchte sie nicht zu wissen.

„Ich bin nur noch nie in einem See geschwommen.“ Ihre Lippen befanden sich direkt oberhalb seines Ohrs. Sie klang atemlos, und ihre Stimme zitterte.

„Sie brauchen keine Angst zu haben“, versuchte er sie zu beruhigen. Und dann, weil er nicht widerstehen konnte, rieb er seine Nase an ihren Brüsten.

Elizabeth schrie auf, dass ihm die Ohren klingelten. Im nächsten Moment befreite sie sich aus seinen Armen und floh zum Anlegesteg. Ihre Rückenansicht, wie sie hastig den Steg hinaufkletterte, trug nicht gerade dazu bei, sein Verlangen zu dämpfen. Er hatte nur Augen für ihre weichen Rundungen, ihre langen Beine und die Sommersprossen. Im nassen Zustand zeigte ihr Badeanzug noch mehr als im trockenen.

Elizabeth saß jetzt auf dem Steg, die Arme um sich geschlungen, und starrte verängstigt aufs Wasser.

„Ich werde für mindestens eine Stunde taub sein“, beklagte er sich.

Elizabeths Zähne klapperten. „Irgendetwas hat mich berührt! Es hat mein Bein gestreift!“

Gabe hielt inne. Sie hatte also nicht wegen seiner Dreistigkeit geschrien? Ihrer entsetzten Miene nach zu urteilen, hatte sie von seinem erregten Zustand und seinem Vorhaben, ihre Brüste zu küssen, wahrscheinlich nicht einmal etwas bemerkt. „Wahrscheinlich war es nur ein Fisch“, erklärte er leicht verstimmt.

Sie schüttelte sich vor Grauen. „Was für ein Fisch?“

Er schaute sich um und spähte ins Wasser, das von ihrer Flucht aufgewühlt war. „Da.“ Er deutete auf einen kleinen silbrigen Fisch, der nach den Luftbläschen an der Wasseroberfläche schnappte.

Vorsichtig beugte sich Lizzy auf Hände und Knie gestützt vor, sodass ihre Brüste in dem nassen Badeanzug hin und her schwangen. „Ist das ein Junges?“

Gabes Blick war auf ihren Körper geheftet. Er biss die Zähne zusammen. „Nein. Es ist ein Bluegill. Die werden nicht viel größer." Ihr Blick traf seinen, sodass er ihren Körper nicht länger anstarren konnte. „Was haben Sie erwartet? Den weißen Hai?"

Sie errötete. Gabe fand, dass sie wundervoll aussah, wie sie da am Rand des Stegs kniete, den Po hochgereckt, die Wangen gerötet. Sie zog die Brauen zusammen. „Machen Sie sich etwa über mich lustig?"

„Nein." Er watete zu ihr und stützte sich auf die Unterarme. Auf keinen Fall konnte er sofort zu ihr hinauf auf den Anlegesteg, da seine nasse Shorts kaum seine Erregung verbergen würde. „Ich wusste ja nicht, dass Sie Angst vor Wasser haben. Sie hätten etwas sagen sollen."

Sie atmete tief durch und setzte sich, winkelte die Knie an und schlang die Arme darum. „Es war mir peinlich", gestand sie. „Ich bin nicht gern feige."

„Es hat nichts mit Feigheit zu tun, wenn man von Dingen verunsichert ist, die einem nicht vertraut sind."

„Werden Sie trotzdem meine Frage beantworten?"

Leicht verärgert, dass sie ihr Vorhaben nicht mal für eine Minute vergessen konnte, zuckte er nur die Schulter. „Bringen wir's hinter uns."

Ihre blauen Augen leuchteten, und sie ließ die Arme sinken, um sich zu ihm vorzubeugen. Erneut fiel sein Blick auf ihre Brüste.

Elizabeth lächelte. „Was haben Sie gedacht, als Sie ins Wasser sprangen, um diese Kinder zu retten?"

„Gedacht?"

„Ja. Sie sahen, dass sie in Schwierigkeiten stecken, und wollten helfen. Was haben Sie da gedacht? Wie Sie sie herausholen könnten? An die Gefahr? Dass Ihr eigenes Leben nicht wichtig ist?"

„Du meine Güte. So was habe ich bestimmt nicht gedacht.“ Er vergaß, dass er eigentlich im Wasser bleiben müsste, und zog sich zu ihr hinauf auf den Anlegesteg. Der Steg schwankte, und Elizabeth versuchte erschrocken das Gleichgewicht zu behalten. Wasser rann von seinem Körper, und er schüttelte die Haare wie ein nasser Hund. Lizzy klammerte sich an ihn, um nicht ins Wasser zu fallen, ließ ihn dann jedoch schnell wieder los.

„Also, was haben Sie gedacht?“

„Keine Ahnung. Ich habe gar nichts gedacht. Ich sah das Boot, die Kinder und reagierte einfach.“ Bevor sie dazu etwas sagen konnte, fügte er hinzu: „Jeder hätte dasselbe getan.“

„Niemand hat reagiert. Nur Sie.“

Er zuckte die Schultern. „Ich war schon im Wasser. Es gab keinen Grund, weswegen jemand anderes hätte hineinspringen sollen.“

„Sie haben schneller reagiert.“

„Vielleicht habe ich das Problem nur als Erster bemerkt.“

Als sie ihr Gewicht verlagerte, sah er erneut auf ihre Brüste. Allmählich kam er sich besessen vor. Er fragte sich, wie die Knospen wohl aussahen. Eher braunrosa oder pink?

Sie berührte seinen Arm. „Hatten Sie Angst?“

Verärgert über ihre Beharrlichkeit, ließ er sich zurücksinken und legte den Unterarm über die Augen. „Das ist eine neue Frage.“ Gabe überlegte, ob sie überhaupt registrierte, dass er ein Mann war. Seine Erregung musste deutlich sichtbar sein. Er hatte so unverblümt auf ihre Brüste gestarrt, und sie hatte es nicht bemerkt. Er schnaubte. Möglicherweise war es ihr egal. Vielleicht fand sie ihn so wenig anziehend, dass er nackt vor ihr stehen könnte, ohne dass sie sich etwas aus ihm machte.

Sie gab ihm einen leichten Klaps auf die Schulter. „Das ist nicht fair von Ihnen! Sie haben ja nicht einmal meine erste Frage richtig beantwortet.“

Er ließ den Arm ein Stück sinken. „Und Sie schwimmen nicht. Damit wären wir quitt."

Mit störrischer, entschlossener Miene wandte sie sich dem Wasser zu. Ihre Schultern strafften sich vor Angst und Abscheu.

Erstaunt begriff Gabe, dass sie ins Wasser springen würde. „Lizzy ..." Er legte ihr die Hand auf die Schulter.

„Wenn mich eine Schlange frisst, sind Sie schuld!" Sie tauchte einen Zeh ins Wasser.

Lächelnd hielt Gabe sie zurück. „Schon gut. Ich werde Ihre Frage beantworten."

Die Anspannung wich von ihr. „Wirklich?"

Er seufzte schwer. „Das ist immer noch besser, als diesen entsetzten Ausdruck auf Ihrem Gesicht zu sehen." Er tippte ihr auf die Nase, zum Zeichen dafür, dass er sie nur neckte.

Sie schenkte ihm keine Beachtung und murmelte nur: „Ich wünschte, ich hätte meinen Notizblock dabei."

Gabe kniete sich hin und zog das Boot an der Leine heran. Es kostete einige Anstrengung, doch er kam an ihre Tasche und reichte sie ihr. „Bitte sehr."

Ihr Lächeln machte ihn glücklich. „Danke."

Er nickte gentlemanlike. Sie nahm zwar seinen Körper nicht wahr, aber wenigstens wusste sie seine Manieren zu schätzen. „Gern geschehen. Auch wenn ich Ihnen nichts erzählen kann, was interessant genug wäre, um es aufzuschreiben."

Ihre konzentrierte Miene, mit der sie den Notizblock auspackte, verriet ihm, dass sie anderer Ansicht war. Gabe fand sie unwiderstehlich, wenn sie so ernst und aufrichtig war.

Nicht, dass ihn eine süße rothaarige Kratzbürste interessierte. Abgesehen davon, dass sie seine Lust weckte.

„Ich bin so weit", verkündete Elizabeth.

Gabe musste sich ständig daran erinnern, dass er kein Interesse an ihr hatte. Wie sie dort auf dem Anlegesteg hockte, bot sie einen verlockenden Anblick. Die langen Beine hatte sie seitlich züchtig angewinkelt. Die Sonne fing sich in ihren Haaren und ließ sie in verschiedenen Tönen leuchten, von Bernstein und Bronze bis zu Gold. Weiter unten war ihr Zopf dunkler vom Wasser und lag schwer auf ihrer Seite. Auf ihrer Haut hatte sich ein leichter Schweißfilm gebildet, und jede Brise trug ihren wundervollen Duft zu Gabe.

Ihm wurde allmählich heiß, und das lag nicht an der Sonne. Unwillkürlich fragte er sich, wie sie wohl reagieren würde, wenn er sie jetzt einfach an sich drückte. Würde sie wieder schreien? Er stöhnte, was sie dazu veranlasste, eine Braue zu heben. Beim letzten Mal hatte sie nicht seinetwegen geschrien. Nein, sie hatte seine Reaktion auf sie gar nicht bemerkt.

„Was ist los?“

Abgesehen davon, dass er sich zu dieser Frau hingezogen fühlte, was eigentlich nicht sein durfte und nicht auf Gegenseitigkeit beruhte? „Nichts“, antwortete er. Er ließ sich wieder auf die Holzplanken zurücksinken und verschränkte die Arme hinter dem Kopf. Da er so groß war, baumelten seine Füße im Wasser. „Mal überlegen. Was habe ich damals gedacht? Na ja, ich habe geflucht. Das weiß ich noch.“

Mit dem Stift über dem Papier fragte sie: „Was haben Sie gesagt?“

„Das kann ich in Gegenwart einer Lady nicht wiederholen.“

„Oh, ich verstehe.“

Rasch machte sie sich Notizen und weckte damit Gabes Neugier. Aber er wusste bereits, dass sie sie ihm nicht zeigen würde. „Die Sache ist die“, fuhr er fort, „dass ich mich nicht daran erinnern kann, irgendetwas gedacht zu haben. Ich sah die Kinder und die Frau, dann das Boot und bin einfach ins Wasser gesprungen. Ich wusste, dass sie in Gefahr waren und dass ich ihnen helfen könnte.“ Er zuckte die Schultern, ohne Elizabeth anzusehen. „Mehr war gar nicht dabei.“

„Ihr Heldenmut war also instinktiv, wie eine grundlegende Eigenschaft von Ihnen?“

„Es war kein Heldenmut. Aber es war sicher instinktives Handeln, dass ich ins Wasser gesprungen bin und tat, was ich konnte.“

„Haben Sie an die Gefahr für sich selbst gedacht?“

„Das ist schon wieder die nächste Frage. Ich habe Ihnen doch gesagt, dass ich nur eine beantworte.“

„Aber …“

„Wir könnten eine neue Abmachung treffen.“ Er schloss die Augen, während er das sagte, als spiele die Antwort für ihn keine Rolle. Die Stille war beinah greifbar. Gabe fühlte das sanfte Schaukeln des Stegs, als Elizabeth sich bewegte. War sie nervös? Verärgert?

Nach einer Weile sagte sie: „Einverstanden. Wie lautet die Abmachung?“

Er machte die Augen wieder auf und sah sie an. „Ich werde eine weitere Frage beantworten – für einen Kuss.“

„Einen Kuss?“, wiederholte sie perplex.

„Ja.“ Er deutete auf seinen Mund. „Hier hin, und zwar jetzt. Eine Frage, ein Kuss.“

Erneut verlagerte sie ihr Gewicht. Der See war ruhig. Die einzigen Geräusche waren ein gelegentliches Muhen der Kühe oder das sanfte Platschen eines Frosches in Ufernähe. Lizzy biss sich auf die Unterlippe und atmete tief durch, sodass ihre Brüste gegen den hautengen Badeanzug gepresst wurden.

Ihre blauen Augen verdunkelten sich. „Und was ist …“, flüsterte sie und stockte. Sie räusperte sich und fing noch einmal an: „Was ist, wenn ich Sie zwei Mal küsse?“ Wenigstens ist er heute rasiert, dachte Elizabeth, während sie Gabes Gesicht betrachtete und das Funkeln in seinen Augen registrierte. Sie stand von Kopf bis Fuß unter Anspannung und kämpfte gegen die Versuchung, den Blick von seinem Gesicht auf seinen schlanken, muskulösen Körper zu richten. Er war mit Abstand der attraktivste Mann, dem sie je begegnet war – und der nervigste. Da er beharrlich schwieg und sie nur ansah, wurde sie ungeduldig. „Nun?"

„Zwei Küsse, wie?", fragte er mit heiserer Stimme. Dann umspielte ein Lächeln seine Mundwinkel. „Zwei Küsse, zwei Fragen. Zehn Küsse, zehn Fragen. Aber bedenken Sie, Lizzy, dass ich auch nur ein Mann bin. Küsse sind alles, was ich eintauschen kann, ohne zu vergessen, dass ich ein Gentleman bin." Er wandte ihr den Kopf zu. „Oder ist das egal?"

Sie erstarrte. Deutete er damit an, ihre Küsse könnten ihn dazu bringen, die Kontrolle zu verlieren? Wohl kaum! Sie nahm all ihren Mut zusammen und meinte: „Wieso tun Sie das?"

„Was?"

Sie winkte ab. „Wieso treiben Sie dieses Spiel? Wieso mit Küssen handeln? Wieso überhaupt handeln? Ist es denn wirklich so schwer, ein paar Fragen zu beantworten?"

„Sie müssen ein wenig lockerer werden, Rotschopf. Es ist ein herrlicher Nachmittag, die Sonne ist warm, das Wasser erfrischend kühl. Wir zwei sind allein. Warum sollten wir uns nicht ein wenig vergnügen? Ist die Vorstellung, mich zu küssen, denn so abstoßend?"

Elizabeth holte tief Luft. Sie war für ihn also nur ein Vergnügen, eine Möglichkeit, sich die Zeit zu vertreiben. Dieser arrogante Idiot! Sie musste unbedingt in ihre Notizen einfließen lassen, dass manche Helden nicht immer perfektes Benehmen an den Tag legten und einige es sogar genossen, mit Frauen zu spielen.

Sie straffte die Schultern und weigerte sich, sich von ihm einschüchtern zu lassen. „Nein, absolut nicht."

Das einzige Problem war offenkundig ihre Gehemmtheit. Aber spielte ihre Zurückhaltung eine Rolle, angesichts all dessen, was sie von ihm lernen konnte? Mit plötzlicher Entschlossenheit verdrängte sie ihre Nervosität und verkündete: „Einverstanden, ein Kuss gegen eine Frage."

Sie wartete und wappnete sich innerlich gegen den sinnlichen Anschlag. Doch Gabe sah sie nur weiter an und rührte sich nicht. Skeptisch runzelte sie die Stirn. „Haben Sie Ihre Meinung geändert?", fragte sie schließlich, sowohl erleichtert als auch enttäuscht.

Gabe schüttelte langsam den Kopf und winkte sie mit dem Finger heran. „Komm her, Rotschopf. Du wirst mich küssen, nicht ich dich."

Etwas zog sich in ihr zusammen, doch es war kein unangenehmes Gefühl. Sie betrachtete seinen fantastischen Körper, der vor ihr ausgestreckt lag. Seine Schultern waren breit und muskulös, ebenso seine Arme. Die Unterseite seiner Arme war glatt und heller als die übrige Haut. Elizabeth hätte nie gedacht, dass sie die Achselhöhlen eines Mannes sexy finden könnte – allein die Vorstellung war albern –, aber sie hatte auch noch nie die von Gabriel Kasper gesehen. Die Haare unter seinen Achseln zu sehen war irgendwie zu intim, daher wandte sie den Blick davon ab.

Seine Brust war mit goldbraunen Härchen bedeckt und geformt wie die eines Athleten. Ihr Puls beschleunigte sich.

Sein Bauch war flach und muskulös, seine Hüften waren schmal und seine Schenkel … Ihre Augen weiteten sich.

Die nasse, an seinem Körper klebende Shorts verriet unmissverständlich seine Erregung. Fasziniert starrte sie ihn einen Moment lang an. Glutheiß durchströmte es sie, und die Röte schoss ihr in die Wangen.

Verlegen hob sie den Blick zu seinem Gesicht. Sein mutwilliges Grinsen verspottete sie. Er sagte kein Wort, doch ihr war klar, dass er nur auf ihren Rückzieher wartete.

Das war unmöglich. Jetzt nicht mehr, nachdem er sie so herausgefordert hatte. Trotzdem …

Elizabeth befeuchtete sich die Lippen und sagte mit heiserer Stimme: „Sind Sie sicher, dass wir das tun sollten?"

„Niemand wird es sehen. Seien Sie kein Feigling, Lizzy. Es ist doch nur ein Kuss."

Nur ein Kuss. Sie erinnerte sich daran, wie die Frauen am Anleger sich an ihn geklammert hatten, wie die Frauen in den vorbeifahrenden Booten ihm lüsterne Blicke zugeworfen hatten. Er war es gewohnt, Frauen zu küssen. Elizabeth hingegen hatte nicht einen Mann in ihrer Bekanntschaft, der so etwas jemals von ihr verlangt hätte. Kein Wunder, dass sie keine Ahnung hatte, wie es jetzt weitergehen sollte. Gewöhnlich lernte sie aus Büchern, was sie nicht verstand. Aber zu diesem Thema hatte sie nie recherchiert. Sie runzelte die Stirn. Gab es überhaupt Bücher, aus denen man das Küssen lernen konnte?

Sie betrachtete ihn wachsam. „Wollen Sie sich nicht aufsetzen?" Der Gedanke, sich über ihn zu beugen und ihm dadurch noch näher zu sein, machte sie schrecklich nervös.

„Nein. Ich liege bequem. Also hören Sie auf, Zeit zu schinden."

Er hatte recht. Je eher sie es hinter sich brachte, desto besser. Ohne sich noch mehr Zeit zum Nachdenken zu lassen, stützte sie sich daher mit einer Hand neben seinem Kopf ab, beugte sich zu ihm herunter und streifte seine Lippen mit ihren. Sofort richtete sie sich wieder auf, mied seinen Blick und nahm Kugelschreiber und Notizblock. Ihre Stimme zitterte leicht, doch sie achtete nicht darauf. „Also, hatten Sie Angst, als Sie ins Wasser zu dem führerlosen Boot sprangen?"

„Nein."

Sie wartete, bereit, sich Notizen zu machen. Doch er sagte nichts weiter. Elizabeth platzte der Kragen. Ihre Nerven waren zu angespannt für weitere Spielchen. „Das ist eine ziemlich kurze Antwort."

Er grinste schief. „Es war ja auch nur ein ganz kurzer Kuss."

Ihre Lippen prickelten noch immer von dem flüchtigen Kontakt mit seinen. Ein Schauer der Vorfreude überlief sie ... Nein! Es war Angst, keine Vorfreude. Sie musste gleichgültig bleiben. „Soll das heißen, wenn der Kuss länger gedauert hätte ..."

„Wieso versuchst du nicht, es herauszufinden?"

Du schaffst es, sagte sie sich. Schließlich war sie kein Feigling. Entschlossen straffte sie sich, legte Stift und Block beiseite, umfasste sein Gesicht und küsste ihn erneut.

Da sie wenig Erfahrung im Küssen besaß, wusste sie nicht, ob sie es richtig machte. Sie presste ihre Lippen auf seine, die sich fest und warm anfühlten. Sein wundervoller Duft weckte ein unerwartetes Verlangen in ihr. Ihr Kinn stieß gegen seines, ihre Nasen rieben sich aneinander, und ihre Handgelenke ruhten auf seinen nackten warmen Schultern. Elizabeth hörte auf, ihren Mund zu bewegen, und atmete nur noch tief ein.

Gabe stöhnte und lachte plötzlich, womit er sie so erschreckte, dass sie abrupt zurückzuckte und ihn verwirrt anstarrte.

Mit dem Anflug eines Lächelns strich er ihr über die Unterlippe. Seine Worte waren so sanft wie seine Berührung und ebenso betörend. „Du hast noch nicht oft geküsst, oder, Lizzy?"

Empörung wäre unangebracht; offenbar merkte er, dass sie unerfahren war. Warum sollte sie es dann leugnen oder deswegen verlegen sein? Er konnte sehen, wie sie aussah, hatte sogar den Namen gebraucht, mit dem sie schon in der Grundschule geneckt worden war: Rotschopf. Wahrscheinlich konnte er sich auch die anderen Namen denken – Sommersprossengesicht und Vogelscheuche. Und zweifellos wusste er, dass man sie auf der Highschool ignoriert hatte, als alle anderen Jungen hinter munteren Cheerleadern mit Gesichtern wie Models her gewesen waren.

Nicht, dass ihr das heute noch zu schaffen machte. Sie hatte wichtigere Dinge gefunden, auf die sie ihre Zeit verwendete. Mit einem Schulterzucken gestand sie: „Erbärmlich selten, um ehrlich zu sein.“ Und selbst das war noch eine Untertreibung.

Erstaunlicherweise lächelte er ohne eine Spur von Spott. Er stützte sich auf den Ellbogen, umfasste mit der anderen Hand ihren Nacken und zog sie zu sich heran. „Dann erlaube es mir.“

Mit der Zungenspitze fuhr er neckend und spielerisch über ihre Lippen. Sie hielt still, um ihn nicht zu unterbrechen.

Unendlich langsam wich er zurück, ohne die Hand von ihrem Nacken zu nehmen, und sah auf ihren Mund. „Du erwiderst den Kuss nicht, Lizzy.“

„Ich …“ Ihr war nicht klar gewesen, dass er das erwartete. „Tut mir leid.“

Erneut spürte sie seine Lippen und seine Zunge auf ihrem Mund, diesmal jedoch nicht mehr so sanft. Elizabeth gab sich dem Kuss hin und stützte sich auf seine Brust. Sie erschrak darüber, wie heiß seine muskulöse Brust sich unter ihren Handflächen anfühlte, während gleichzeitig die Glut seines Kusses sie immer mehr gefangen nahm. Diesmal ging sie auf das erotische Spiel seiner Zunge ein.

Elizabeth registrierte, wie Gabe sie langsam zu sich herunterzog, doch es war ihr egal. Sie wünschte sich nur, dass er sie immer weiter so küsste und diesen wundervollen, überwältigenden Aufruhr in ihrem Innern auslöste. Das gefiel ihr. Er gefiel ihr – wie er schmeckte, wie er sich anfühlte, wie er duftete.

Ihre Brüste wurden an ihn gepresst, doch es war kein unangenehmes Gefühl. Sie schnappte nach Luft, als sich ihre harten Knospen an ihm rieben.

Inzwischen hatte er sich zu beiden Seiten ihres Kopfes mit

den Ellbogen aufgestützt. Zögernd, da sie nicht wusste, wie weit sie gehen sollte, legte sie ihm eine Hand auf den Rücken, während die Intensität seines Kusses ihr Verlangen entfachte.

Fluchend löste Gabe sich von ihr, starrte sie einen Moment lang an, ehe er sich aufsetzte und ihr den Rücken zuwandte.

Elizabeth rang nach Atem und fragte sich, was passiert war. Ob sie etwas falsch gemacht hatte? Sie war noch ganz benommen, und ihr Herz schlug heftig.

Gabe fuhr sich durch die Haare und drehte ihr weiterhin den Rücken zu. Elizabeth konnte die gerade Linie seines Rückgrats sehen, die Bewegung seiner Muskeln, während er ebenfalls schnell und tief atmete. Da seine Aufmerksamkeit auf etwas anderes gerichtet war, verschlang sie ihn mit ihren Blicken. Seine gebräunte Haut ließ darauf schließen, wie viel Zeit er im Freien verbrachte. Seine Haut bildete einen faszinierenden Kontrast zu seinen blonden Haaren und den klaren blauen Augen. Seine nasse Shorts saß tief auf seinen schmalen Hüften, doch alles, was sie sehen konnte, war gebräunte Haut.

Er drehte sich unvermittelt um und durchbohrte sie mit seinem Blick, als hätte er gespürt, dass sie ihn betrachtete. „Stell deine verdammte Frage", knurrte er.

Noch immer außer Atem, versuchte Elizabeth zu sich zu kommen. In ihrem benommenen Zustand fiel ihr nur eine Erwiderung ein. „Bist du überall braun?"

Kaum hatte sie die Worte ausgesprochen, erkannte sie ihren Fehler. Gabe stutzte, warf den Kopf in den Nacken und lachte.

Verlegen wollte sie sich aufsetzen, doch Gabe drückte sie sanft wieder herunter. „Wo willst du denn hin?" Um seinen Mund lag ein amüsierter Zug.

Elizabeth versuchte zu denken. „Ich … ich wollte dich fragen …"

„Ich weiß, was du wolltest. Du wolltest mir die Shorts abstreifen, um meinen Po zu betrachten und so deine Neugier befriedigen zu können.“

Ja. „Nein, natürlich nicht!“ Seine Nähe machte es ihr unmöglich, einen klaren Gedanken zu fassen. Andererseits war alles an diesem Mann seit ihrer ersten Begegnung unmöglich gewesen.

„Lügnerin“, sagte er sanft und küsste sie wieder, aber nun langsam und zärtlich. Etwas schnürte Elizabeth die Brust zu, und es war nicht die Art, wie Gabe sie in den Armen hielt, sondern viel mehr die Erkenntnis all dessen, was ihr bisher im Leben entgangen war.

Der Kuss war nicht wild oder fordernd, aber trotzdem unglaublich sinnlich. Als Gabe den Kopf hob, betrachtete er ihr Dekolleté. Ein leichtes Beben durchlief ihn, als er mit einem Finger über den Ansatz ihrer Brüste strich. „Sind die echt, Süße?“

Elizabeth stockte der Atem, da noch nie zuvor ein Mann sie dort berührt hatte. „Wovon sprichst du?“, fragte sie benommen.

„Du bist so umwerfend sexy.“ Sein Finger tauchte tiefer in ihren Ausschnitt und beschleunigte ihren Herzschlag noch mehr. „Und deine Brüste sind so wundervoll … Ich habe mich einfach gefragt, ob Mutter Natur wirklich so großzügig war oder ob du Hilfe hattest.“

Sie starrte ihn an und war nicht in der Lage, einen klaren Gedanken zu fassen, solange er sie auf diese Weise berührte.

Grinsend fuhr er fort: „Vielleicht sollte ich es selbst herausfinden?“ Er spreizte die Finger unterhalb ihres Schlüsselbeins und riss sie so aus ihrer Trance.

Sie packte sein Handgelenk. „Sie sind echt!“ Verunsichert durch seine Aufmerksamkeit, murmelte sie: „Was für eine dumme Frage.“

Mit Leichtigkeit befreite Gabe sich aus ihrem Griff, umfasste ihren Kopf und strich ihr die Haare aus dem Gesicht. „Dann hast du anscheinend immer einen BH getragen."

Sie errötete heftig. „Selbstverständlich!"

Mit dem Daumen strich er über ihren Wangenknochen und ihren Mundwinkel. „Was für eine erstaunlich unschuldige kleine Lady." Er betrachtete ihren Mund.

„Gabe?"

„Noch einen Kuss", flüsterte er mit vor Erregung heiserer Stimme.

Sie wollte ihn daran erinnern, dass er ihr dafür eine Menge Fragen schuldete, doch als er sie küsste, vergaß sie es.

Er ließ die Hand hinunter zu ihrer Taille gleiten, formte ihre Figur nach, wie es schien, und als seine Hand auf die nackte Haut ihrer Oberschenkel traf, stöhnte er leise auf.

„Deine Haut ist so weich", sagte er und drückte heiße kleine Küsse auf ihren Hals. Überwältigt von den sinnlichen Empfindungen, die seine Liebkosungen in ihr auslösten, warf sie den Kopf zurück. Sein Griff an ihrem Oberschenkel wurde fester, und instinktiv spreizte sie die Beine, sodass er sich dazwischenschieben konnte.

Er drängte sich näher an sie, sodass sie ihn ganz nah an sich spürte. Elizabeth sog scharf die Luft ein. Nie zuvor hatte ein Mann so etwas mit ihr gemacht. Es war herrlich und überwältigend. Wie konnte eine so simple Sache so unglaublich erotisch sein?

Er küsste sie jetzt mit einer solchen Begierde, dass sie nicht mehr in der Lage war, einen klaren Gedanken zu fassen, sondern sich ganz auf die neuen, berauschenden Gefühle konzentrierte, die Gabe in ihr weckte.

Im nächsten Augenblick war er fort und saß aufrecht neben ihr.

Erschrocken starrte sie zu ihm hoch und fragte sich, was passiert war, dass er sich so plötzlich zurückgezogen hatte.

Noch während sie ihre Fassung wiederzugewinnen versuchte, zog er sie hoch, sodass sie ebenfalls aufrecht saß.

Sein Grinsen schien entschuldigend. Und dann hörte sie das Motorengeräusch. Gemeinsam schauten sie zum Eingang der Bucht.

Sekunden später kam ein kleines Fischerboot wie das, in dem sie hergekommen waren, in Sicht. Zwei ältere Männer mit albernen Hüten, an denen verschiedene Köder hingen, waren mit den langen Angelleinen beschäftigt, die sie hinter sich herzogen. Ihre Stimmen waren wegen des Motorengeräusches kaum hörbar.

Erstaunt sahen sie auf, als sie Gabe entdeckten. Beinah gleichzeitig fiel ihr Blick auf Elizabeth. Sie errötete erneut. Grundgütiger, konnten die beiden ihnen etwa ansehen, was sie und Gabe getan hatten? Würden sie es in ihrem Gesicht lesen können?

Gabe lehnte sich so weit vor, dass den Anglern der Blick auf Elizabeth verwehrt war. Er winkte den Männern zu, die zurückwinkten und weiter in ihre Richtung starrten, bis ihr Boot beinah auf Grund lief. Mit einem leisen Fluchen korrigierte der Mann im Heck des Bootes den Kurs, und allmählich verschwanden sie um die andere Seite der Bucht.

Gabe drehte sich zu Elizabeth um. Es fiel ihr nicht leicht, sich auf ihre eigentliche Aufgabe zu konzentrieren. Praktisch ihr ganzes Leben lang hatte sie sich mit dem Thema Heldenmut befasst und der Frage, wieso einige diesen Charakterzug besaßen und andere nicht. Heldenmut verlieh einem die Fähigkeit, sein Leben zu ändern. Fehlender Heldenmut konnte für immer ein Gefühl der Leere bewirken.

Elizabeth räusperte sich. „Tja, jetzt erwarte ich eine ganze Erklärung für meine Theorie."

Es war nicht ihre Absicht gewesen, kühl und distanziert zu klingen, denn sie war weit davon entfernt, so zu empfinden.

Sie wollte ihn nur an den ursprünglichen Grund ihres Zusammenseins erinnern.

Das sinnliche Funkeln verschwand aus seinen Augen, als sei es nie dort gewesen, und ein Muskel in seiner Wange zuckte. „Die wirst du kriegen."

4. KAPITEL

Am liebsten hätte Gabe sie geschüttelt. Noch nie hatte er mehr als seinen Spaß mit einer Frau haben wollen, mit ihr schlafen und lachen, sie necken. Lizzy jedoch machte ihn verrückt.

Fast wäre er hier auf diesem Anlegesteg, unter freiem Himmel, über sie hergefallen.

Und sie hätte es zugelassen.

„Ich brauche eine Abkühlung“, verkündete er und sprang kopfüber ins Wasser. Er tauchte bis zum Grund und tastete suchend nach Muscheln. Als er wieder auftauchte, lag Lizzy am Rand des Stegs und hielt ängstlich nach ihm Ausschau.

Er strich sich die nassen Haare aus dem Gesicht und schwamm zu ihr. „Hier“, sagte er und reichte ihr eine Muschel. Amüsiert beobachtete er, wie sie zurückwich. „Es ist nur eine Muschel. Der ganze Boden des Sees ist mit ihnen bedeckt. Ich ging einmal mit einem Mädchen, das Muscheln roh aß.“

Lizzy verzog angewidert das Gesicht und ließ die Muschel fallen.

Gabe lachte. „Ekelhaft, was? Ich brachte es danach nicht mehr fertig, sie zu küssen, weil ich ständig daran denken musste, was sie im Mund gehabt hatte. Hast du jemals eine lebende Muschel gesehen? Sie sind schleimig und grau.“

Lizzy hielt sich die Hand vor den Mund und starrte ihn wütend an. „Willst du im Wasser bleiben oder herauskommen und endlich meine Fragen beantworten?“

„Beantworte du mir zuerst eine.“ Er legte die Arme auf den Steg und sah grinsend zu ihr hoch. „Woher hast du diesen Badeanzug?“

Verwirrt schaute sie an sich herunter und zupfte unsicher an dem Stoff. „Na ja … ich habe bisher keinen besessen. Du wolltest unbedingt mit mir schwimmen, also musste ich mir gestern Abend einen kaufen. Aber ich wollte nicht viel dafür ausgeben, weil ich ihn ja höchstwahrscheinlich nur dieses eine Mal anziehe. Deshalb habe ich den billigsten genommen, den ich finden konnte."

„Den billigsten Einteiler?"

„Ich bin kein Typ für einen Bikini."

„Warum nicht? Du hast eine fantastische Figur." Er meinte es ernst, doch an der Art, wie sie sich abwandte, erkannte er, dass sie ihm nicht glaubte. Sein Herz zog sich zusammen. Mit sanfter Stimme fragte er: „Wann hast du dich das letzte Mal nackt gesehen?"

Erschrocken hob sie den Kopf. Ihre Wangen waren gerötet. Schließlich sagte sie mit Bitterkeit in der Stimme: „Wieso versuchst du, mich in Verlegenheit zu bringen? Macht es dir Spaß, wenn ich …"

„Was, Süße?" Seine Hand war nur wenige Zentimeter von ihrem Fuß entfernt. Er umfasste ihn und streichelte mit dem Daumen den Spann. „Wenn du so scheu bist? Das solltest du nicht sein. An diesem See gibt es keine Frau, die im Badeanzug besser aussieht als du."

Ihre Miene verdüsterte sich. „Ich weiß nicht, was du vorhast, Gabriel Kasper, aber ich bin nicht blind. Mir ist sehr wohl bewusst, wie ich aussehe, und wenn du nicht diese alberne Bedingung gestellt hättest, säße ich jetzt nicht hier in diesem lächerlichen Badeanzug!"

„Du hast dich doch amüsiert", erinnerte er sie und hielt sie fest, als sie ihren Fuß zurückziehen wollte.

„Das war nicht eingeplant." Sie gab sich erneut zugeknöpft. Gabes Puls beschleunigte sich angesichts dieser stummen Herausforderung. „Wie du schon ganz richtig vermutet hast, habe ich noch nicht sehr oft in meinem Leben geküsst. Ich habe es als eine Art … Erfahrungsbereicherung betrachtet."

Gabe grinste und fuhr fort, ihren Fuß zu streicheln. „Dann

ist also auch das so eine Art Lernprojekt für dich, was?“

Elizabeth zog abrupt den Fuß weg. Sie stützte sich mit beiden Händen auf den Steg und wollte aufstehen. Plötzlich schrie sie auf und hob einen Finger an den Mund.

Gabe beobachtete das Schauspiel neugierig. „Was machst du?“

„Ich verschwinde“, entgegnete sie barsch. Ihre Aufmerksamkeit galt ihrem Finger. „Mir ist inzwischen klar, dass du nicht die Absicht hast, eine meiner Fragen zu beantworten, und ich kann es mir nicht leisten, meine Zeit zu verschwenden.“

Er war also nur eine Zeitverschwendung? Von wegen! Sie würde ihre Meinung schon noch ändern. Er zog sich hinauf auf den Steg, der durch sein Gewicht ins Schaukeln geriet, wodurch Lizzy gegen ihn fiel. Sie war nach wie vor mit ihrem Finger beschäftigt.

„Ich werde deine verdammte Frage beantworten, also hör auf, so ein finsteres Gesicht zu machen.“

Sie warf ihm einen skeptischen Blick zu und zog die Brauen wieder zusammen.

„Was ist denn los mit dir? Hast du dir wehgetan?“ Er schaute ihr über die Schulter, aber Lizzy drückte die Hand an die Brust, als wollte sie sie vor ihm schützen.

„Dank dir habe ich einen Splitter im Finger. Und es tut weh.“

Gabe nahm mit sanfter Gewalt ihre Hand und untersuchte den verletzten Finger. In der Kuppe des Mittelfingers steckte ein grober Holzsplitter. „Verdammt, der ist groß.“

Sie versuchte ihre Hand zu befreien. Das versucht sie ständig, dachte er. Dauernd weicht sie vor mir zurück. Na ja, nicht dauernd. Als er sie geküsst hatte, hatte sie sich an ihn geschmiegt.

„Ich kann ihn herausholen.“

„Nein!“ Diesmal gelang es ihr, ihre Hand zu befreien. „Ich kümmere mich darum, wenn ich zu Hause bin. Können wir fahren?“

„Ich will noch nicht fahren. Du möchtest mir eine Frage stellen, und ich werde sie beantworten. Aber zuerst kümmere ich mich um den Splitter.“

„Gabe …“

„Stell dich nicht so an. Ich werde dir nicht wehtun.“

Sie schob das Kinn vor, presste die Lippen zusammen und hielt ihm die Hand hin. „Na schön, mach, was du willst.“

Ohne zu zögern, hob Gabe ihren Finger an seinen Mund. Er hörte, wie Lizzy nach Luft schnappte, spürte ihr Zittern. Mit der Zunge ertastete er das Ende des Splitters und zog ihn behutsam mit den Zähnen heraus. Lächelnd sah er sie an, die Hand noch immer dicht vor seinem Mund. „Na bitte. So schlimm war es doch gar nicht, oder?“

Es war, als seien sie durch ihre Blicke auf intime Weise miteinander verbunden. Das hatte Gabe noch nie zuvor erlebt. Er hob ihren Finger erneut, nahm ihn in den Mund und saugte zärtlich daran. Seufzend schloss Lizzy die Augen.

Himmel, das war erotisch. Sie war erotisch. Er fuhr mit ihrem Finger über seine Unterlippe und sagte: „Im Wasser fühle ich mich zu Hause. Es hat mir nie Angst gemacht.“ Erschrocken stellte er fest, wie heiser er klang. Lizzy machte die Augen wieder auf. Gabe streichelte ihren Finger mit der Zunge. „Ich fühle mich im Wasser ebenso wohl wie an Land. Besonders in diesem See. Ich habe nicht einmal daran gedacht, dass ich in Gefahr geraten könnte, weil es keine gab. Und deshalb hatte ich auch keine Angst.“

„Aha.“

Jetzt widmete er sich ihrem Daumen, an dem er ebenfalls so sanft saugte, wie er es mit ihren Brüsten tun würde. Die Vorstellung reizte ihn.

„Nachdem die Kinder und die Mutter in Sicherheit waren, hatte ich gar keine Zeit mehr, nachzudenken oder Angst zu haben. Ich habe nur reagiert.“

„Ich ... ich verstehe.“

Ihre Stimme war rau und sehr leise. Sie betrachtete ihn mit zusammengekniffenen Augen und schwankte leicht.

„Ich habe das Bootfahren schon als kleines Kind gelernt. Mit zehn habe ich bereits an Bootsmotoren herumgebastelt und wusste mit vierzehn schon mehr als die meisten erwachsenen Männer darüber.“ Er fuhr mit der Zunge über ihre Handfläche und ihr Handgelenk, an dem er ihren rasenden Puls spürte.

„Und da ich wusste, was ich tat, bestand auch keine Gefahr, und es gab keinen Grund, Angst zu haben.“

„Ich verstehe.“

Ihre Brüste hoben und senkten sich verführerisch mit jedem Atemzug.

„Deshalb bin ich auch kein Held“, fügte er hinzu und drückte sie erneut sanft auf den Steg herunter.

Kaum berührte ihr Rücken die Holzplanken, schoss sie auch schon hoch. Ihr Kopf traf sein Kinn mit voller Wucht. Wütend rieb sie sich den Kopf.

Nachdem er sichergestellt hatte, dass sein Kiefer nicht gebrochen war, fragte er: „Ist alles in Ordnung?“

„Deinetwegen habe ich eine Gehirnerschütterung.“

Er grinste. „Das ist nicht wahr.“ Dann sagte er: „Wieso wirst du eigentlich so nervös?“

„Ich muss alles aufschreiben, bevor ich es vergesse.“

Gabe verdrehte die Augen. „Dann bist du endlich zufrieden?“

„Ich bin zufrieden, was diese Frage betrifft. Aber ich habe noch so viele andere. Ist es wirklich so schwer, mir ein paar Antworten zu geben?“

Gabe legte ihr zärtlich die Hand unters Kinn. „Ich bin bereit, wenn du es bist."

„Was heißt das?"

„Das heißt, dass ich deine Fragen beantworten werde, wenn unsere Abmachung weiterhin gilt. Ein Kuss für jede Frage."

Elizabeth wandte sich ab und sah auf den See hinaus. „Weil es so wichtig für mich ist, werde ich zustimmen, wenn du es unbedingt willst. Aber was wir eben getan haben, das war mehr als küssen." Sie sah ihm wieder ins Gesicht. „Oder?"

Natürlich war das für ihn auch mehr gewesen! Aber das würde er ihr nicht verraten. Er hatte den Verdacht, dass sie ihn nicht wiedersehen wollte, wenn sie erfuhr, dass er um ein Haar die Kontrolle über sich verloren hätte. „Es ist keine große Sache, Lizzy. Du brauchst um deinen Ruf und deine Tugend nicht besorgt zu sein."

Sie wirkte gekränkt. „Wieso willst du unbedingt mit mir spielen?"

„Ich spiele nicht mit dir."

Offensichtlich glaubte sie ihm nicht. „Macht es dir Spaß, mich in Verlegenheit zu bringen? Gefällt es dir, zu wissen, wie neu das alles für mich ist?"

Für einen Moment war Gabe überrascht von diesen Vorwürfen. Schließlich sagte er: „Ich mag dich. Du bist anders als die Frauen, die ich hier in der Gegend kenne."

„Du meinst, ich bin seltsam?"

Er musste über ihr Misstrauen lachen. „Nein, so meinte ich das nicht. Die meisten Frauen hier kenne ich schon mein ganzes Leben. Sie gehen mit ihrer Sexualität völlig unbekümmert um."

„Ich weiß, ich bin seltsam."

„Das bist du wirklich nicht!" Er strich ihr eine Haarsträhne aus dem Gesicht. „Du bist widersprüchlich. Lieb und zugleich frech …"

„Was für eine sexistische Bemerkung!“

„Du faszinierst mich. Ich glaube, das beruht auf Gegenseitigkeit. So, wie du anscheinend herausfinden möchtest, was in mir vorgeht, will ich herausfinden, was in dir vorgeht. So einfach ist das.“

„Mir kommt es nicht einfach vor.“

„Weil du offenkundig nicht daran gewöhnt bist, dass Männer dir Aufmerksamkeit schenken. Warum eigentlich? Du musst … lass mich raten … ungefähr zweiundzwanzig sein, richtig?“

„Fast dreiundzwanzig.“

„Und trotzdem hast du keine Ahnung, wie man küsst. Welches Mädchen bringt denn heutzutage die Highschool, ganz zu schweigen das College, hinter sich, ohne je geküsst zu werden?“

Wütend starrte sie ihn an. „Rothaarige, sommersprossige, schlaksige Mädchen, die schüchtern und belesen sind.“

Gabe warf einen vielsagenden, prüfenden Blick auf ihren Körper. „Süße, du bist nicht schlaksig. Ganz und gar nicht.“

Sie wirkte verwirrt. „Wirklich?“

Ihre Unsicherheit rührte Gabe. „Hat deine Mutter dir nie gesagt, wie toll du dich entwickelt hast?“

„Meine Mutter starb, als ich zwölf war.“

Gabe legte ihr den Arm um die Schultern. „Freunde? Geschwister?“

„Ich bin Einzelkind. Und während meiner Schulzeit hatte ich nicht viele Freunde.“ Als würde sie eine schwere Sünde gestehen, fügte Elizabeth hinzu: „Bis vor Kurzem war ich sehr zurückhaltend.“

Gabe drückte sie sanft. „Stürmisch würde ich dich jetzt auch noch nicht nennen.“

„Ich weiß. Es fällt mir auch nicht leicht, diese Interviews zu führen. Aber sie sind wichtig für mich, also tue ich es.“ Ihre

Miene wurde spöttisch. „Die meisten waren kurz und einfach."

„Dann ist es ja gut, dass du mir begegnet bist, oder? Denn wenn jemand ein bisschen umgekrempelt werden sollte, dann du."

„Ich muss meine Doktorarbeit fertigstellen."

„Du hast den Rest der Sommerferien dafür Zeit, oder?"

Sie nickte misstrauisch.

„Warum profitieren wir nicht voneinander? Ich werde deine Fragen beantworten, und im Gegenzug lässt du dich von mir überzeugen, wie begehrenswert du in diesem Badeanzug aussiehst."

Sie sah zu Boden. „Wie denn?"

„Durch das, was wir bereits getan haben. Ich werde dich nicht drängen, weiterzugehen, als du willst. Darauf gebe ich dir mein Wort. Aber ich kann dir versprechen, dass es mehr Küsse geben wird." Er umfasste ihren Kopf. „Dagegen hast du doch nichts, oder?"

Sie überlegte. Mit leiser Stimme, die ihre Anspannung verriet, sagte sie schließlich: „Du müsstest schon ein wenig genauer werden."

Gabe dachte darüber nach, wie er seine Bedingungen so formulieren konnte, dass sie beruhigt war. „Gut, wie wäre es damit: Ich beantworte eine Frage, und du wirst ein wenig lockerer. Bevor du anfängst, mit mir darüber zu streiten, möchte ich als Erstes, dass du mit mir ins Autokino fährst. Warst du schon mal in einem Autokino?"

„Mit meinem Vater, als ich noch klein war. Ich wusste gar nicht, dass es so etwas noch gibt."

„Na dann wartet eine Überraschung auf dich." Und auf mich warten schreckliche Qualen, dachte er. „Wir fahren in den Nachbarbezirk, ins Dirty Dixie." Er lächelte. „Dort zeigen sie ziemlich scharfe Filme – das ist bestimmt auch wieder ein erstes Mal für dich."

Verwirrt nickte sie.

„Sehr gut. Wie ist es mit Freitag? Da hast du noch zwei Tage Zeit, dich an die Vorstellung zu gewöhnen.“ Und er hatte Zeit, sich besser in den Griff zu bekommen.

Erneut zögerte Elizabeth, und Gabe wartete gespannt. „Na schön. Wo wollen wir uns treffen?“

„Du gibst mir deine Adresse und Telefonnummer. Ich hole die Frauen, mit denen ich ein Date habe, immer ab.“

Sie zuckte in gespielter Gleichgültigkeit die Schultern und schrieb ihm ihre Adresse und Telefonnummer auf. Gabe nahm das Stück Papier, glitt vom Anlegesteg und watete zum Boot, um den Zettel in der Kühltasche zu verstauen.

„Ich habe den oberen Stock bei einer netten alleinstehenden Mutter gemietet. Sie hat zwei kleine Kinder und braucht unbedingt das Geld.“

Gabe wusste, dass sie aus Nervosität weiterredete. Er bedauerte, dass ihr Treffen schon vorbei war, doch ein Blick auf sein wasserdichtes Armband verriet ihm, dass es Zeit war aufzubrechen. „Wir sollten uns besser auf den Rückweg machen. Ich habe noch Arbeit zu erledigen.“

„Ich dachte, du hast keinen Job.“

Er grinste. „Versuchst du schon wieder, mir eine Frage unterzujubeln? Gut, ich will mal großzügig sein. Ich habe zwar keinen festen Job, aber mehr als genug Arbeit. Ich bin hier so eine Art Mädchen für alles, und um diese Jahreszeit will jeder irgendetwas repariert oder renoviert haben. Und mehr erfährst du nicht, also sieh mich nicht so an.“

„Spielverderber.“

Gabe schob das Boot zum Steg. „Da ich weiß, dass du Angst vor dem Wasser hast – was du mir gleich hättest sagen sollen –, werde ich so galant sein und das Boot festhalten, während du einsteigst.“

„Du erwartest nicht, dass ich noch mal ins Wasser gehe?“,

fragte sie hoffnungsvoll.

„Nein, aber ich glaube, wir werden dich nach und nach daran gewöhnen. Was für einen Sinn haben Ferien an einem See denn sonst, wenn man nicht baden geht? Für heute hast du jedoch genug."

Sie konnte ihre Erleichterung nicht ganz verbergen. „Danke." Mit übertriebener Vorsicht stieg sie vom Steg ins Boot.

Gabe ließ den Blick über ihre Figur wandern. Du liebe Zeit, es hatte ihn wirklich erwischt. Dabei konnte er nicht einmal genau sagen, wieso. Normalerweise hätte er sich zu einer Frau wie Elizabeth Parks überhaupt nicht hingezogen fühlen dürfen. Sie war viel zu schüchtern und unerfahren. Aber zugleich war sie auch amüsant und hatte den aufregendsten Körper, den er je gesehen hatte.

Im Stillen schalt er sich für seine launische Begierde. Er zog sich ins Boot, was Elizabeth einen kurzen Aufschrei entlockte. „Du kannst mir Freitagabend danken", erklärte er und fragte sich jetzt schon, ob er dann wohl die Finger von ihr lassen könnte. Zwei Tage schienen ihm nicht annähernd Zeit genug, um sich wieder in den Griff zu bekommen.

Gleichzeitig kamen sie ihm wie eine Ewigkeit vor.

Gabe fühlte die Sonne auf den Schultern, roch das frisch gemähte Gras und seufzte zufrieden. Vollkommen zufrieden würde er allerdings erst sein, wenn er eine gewisse Rothaarige aus seinen Gedanken verbannen könnte. Er steuerte den Aufsitzmäher gerade in die letzte zu mähende Rasenbahn, als er einen Wagen in die lange Auffahrt einbiegen sah. Gabe hielt an, und eine dunkle Vorahnung beschlich ihn. Der Wagen, ein kleiner roter Escort, sah dem Auto verdächtig ähnlich, mit dem Elizabeth am Anleger erschienen war.

Und tatsächlich – es waren unverkennbar ihre Haare, die in der Sonne leuchteten, als sie ausstieg.

Mit grimmiger Miene legte Gabe den Gang ein und fuhr Richtung Haus. Er registrierte das seltsame Herzklopfen und hoffte, sie irgendwie aufhalten zu können, bevor einer seiner Brüder sie sah. Oder, noch schlimmer, Honey und Misty.

Doch er hoffte vergeblich. Während er auf das Haus zufuhr, ging die Tür auf, und Honey stand da. Ihre langen blonden Haare wehten sanft in der Brise. Sie lächelte ihr einnehmendes Lächeln.

Entsetzt verfolgte Gabe, wie Honey Elizabeth ins Haus bat und sich die Tür hinter den beiden Frauen schloss. Der Aufsitzmäher war viel zu langsam, daher hielt Gabe, stellte den Motor ab und rannte das letzte Stück.

Als er ins Haus stürmte, war er außer Atem, und ihm rann der Schweiß nur so herunter. Drinnen war niemand zu sehen. Gabe rannte den Flur hinunter zum Wohnzimmer. Doch auch das war leer. Er blieb stehen und lauschte. Aus der Küche hörte er Gelächter und stürmte los. Er musste Elizabeth aufhalten, bevor sie zu viel erzählte oder mit ihren Fragen anfing.

Schlitternd kam er auf dem gefliesten Boden zum Stehen. Die Küche war voller Leute. Honey und ihre Schwester waren da, außerdem Amber, Mistys kleine Tochter, und Sawyer. Gabe starrte Elizabeth an, die am Tisch saß und ihm den Rücken zugekehrt hatte.

„Was ist hier los?“, verlangte er zu erfahren.

Alle schauten auf. Honey war die Erste, die sprach. „Gabe, ich wollte dich gerade holen.“

Misty schüttelte mitleidig den Kopf über ihn, und Amber krähte vergnügt, als sie seine Stimme hörte. Gabe ignorierte sie alle und starrte wütend seinen ältesten Bruder an.

Natürlich muss Elizabeth zur Mittagszeit auftauchen, sodass alle da sind, dachte Gabe grimmig. Normalerweise war Sawyer in seiner Praxis im hinteren Teil des Hauses, wo er Patienten behandelte. Zum Glück aß Jordan heute in der Stadt.

Das hatte Morgan früher auch getan, bis er Misty geheiratet hatte. Jetzt würde er allerdings jede Minute auftauchen. Gabe musste Elizabeth aus dem Haus bekommen, bevor sie zu viel über ihre Bekanntschaft erzählen konnte. Nur zu gut konnte er sich ausmalen, wie seine Brüder ihn aufziehen würden, sobald sie erfuhren, dass er an dieser kratzbürstigen kleinen Rothaarigen mit den Sommersprossen interessiert war.

Bei der bloßen Vorstellung glühten seine Wangen.

In diesem Moment drehte sich Elizabeth zu ihm um, und da wusste er, dass die Hitze in seinen Wangen nichts im Vergleich zu ihren war.

„Um Himmels willen, Lizzy, was ist passiert?"

Ihr Gesicht war von einem hellroten Sonnenbrand gezeichnet, ihre Nase rot, ihre Lippen schienen leicht geschwollen. Ohne einen weiteren Gedanken an seine verzückten Zuschauer kniete er sich vor sie und strich ihr sanft die Haare aus dem Gesicht. Du liebe Zeit, selbst ihre Ohren waren rot!

Sie befeuchtete sich die Lippen und schaute verlegen zu den anderen. „Es geht mir gut, Gabe", murmelte sie und versuchte ihn zum Aufstehen zu bewegen. „Kein Grund zur Aufregung."

Er achtete überhaupt nicht auf ihre Worte, da er viel zu sehr damit beschäftigt war, ihre gerötete Haut zu untersuchen. „Ich dachte, du seist gestern eingecremt gewesen."

„Das war ich auch", versicherte sie ihm und schien sich mit jeder Minute unbehaglicher zu fühlen. „Anscheinend war die Sonnencreme nicht stark genug oder wurde durch das Wasser abgewaschen."

Sawyer gab einen ungeduldigen Laut von sich, der Gabe die Tatsache zu Bewusstsein brachte, dass er vor Elizabeth kniete. Erschrocken stand er auf. Seine Besorgnis konnte er nicht verbergen. „Tut es weh?"

„Nein." Sie versuchte ein schwaches Lächeln und zuckte

zusammen. „Wirklich, es geht mir gut."

Sawyer drängte Gabe unsanft zur Seite. „Ich werde Ihnen eine Salbe geben. Vorerst bleiben Sie aus der Sonne und tragen sehr weite Kleidung." Hierbei warf er Gabe einen Blick zu. „Es sieht nicht so aus, als würden Sie Brandblasen bekommen, aber ich vermute, es wird in den nächsten Tagen noch sehr unangenehm sein."

Honey trat mit gefalteten, in kaltem Tee getränkten Küchentüchern zu ihnen. „Das wird helfen. Ich bin auch ein hellhäutiger Typ, und bei mir hat es immer geholfen."

Misty beugte sich vor und beobachtete, wie Honey die Küchentücher behutsam auf Elizabeths nackte Schultern legte. Erst jetzt registrierte Gabe, dass sie ein formloses, weites weißes Baumwollkleid trug, das ihr bis zu den Knöcheln reichte. Er betrachtete sie genauer und erkannte, dass sie keinen BH anhatte. Sein Herzschlag beschleunigte sich.

Sie hatte gesagt, dass sie immer einen BH trug, und ihre Brüste waren so fest und wohlgerundet, dass er ihr glaubte. Also musste der Sonnenbrand doch immerhin so schmerzhaft sein, dass sie jetzt keinen angezogen hatte.

Um sich abzulenken, sah er zu dem Baby, das mit den Armen herumfuchtelte und kleine Laute ausstieß, die wie eine Mischung aus Gurgeln und Glucksen klangen. Gabe lachte. „Tut mir leid, Kleine, aber ich bin zu verschwitzt, um dich auf den Arm zu nehmen."

Elizabeth beobachtete, wie er liebevoll den Fuß des Kindes kitzelte, und Gabe ahnte, dass sie das ebenfalls in ihre Notizen aufnehmen würde. Sofort machte er wieder ein grimmiges Gesicht.

Morgan betrat die Küche und ging sofort zu Misty. Er drückte sie an sich und gab ihr einen leidenschaftlichen Kuss. Dann drehte er sich um, hob Amber aus ihrem Sitz und schmiegte das Gesicht an ihre flaumigen schwarzen Haare. Amber quietschte vergnügt, als er sie in seine Armbeuge setzte.

Erst jetzt bemerkte Morgan Elizabeth. Er hob eine Braue. „Hallo!“

„Morgan, das ist Elizabeth Parks, eine Freundin von Gabe“, stellte Misty sie vor.

Morgan sah erstaunt zu seinem Bruder. „Sie sieht geröstet aus, Gabe. Offenbar habt ihr nicht auf die Sonne geachtet. Ihr hattet wohl andere Dinge im Kopf, wie?“

Gabe straffte die Schultern. „Du weißt genau, dass ich dich nicht schlagen kann, solange du das Baby auf dem Arm hast. Willst du es nicht wieder seiner Mutter geben?“

„Nein.“ Morgan küsste eines der winzigen Ohren des Babys und wandte sich grinsend an Elizabeth. „Freut mich, Sie kennenzulernen.“

Sie nickte. „Freut mich ebenfalls, Sheriff.“

„Leisten Sie uns zum Essen Gesellschaft?“

„Nein, bitte. Ich wollte Sie nicht stören.“ Nervös sah sie zu Gabe, während die anderen ihr versicherten, dass sie absolut nicht störte. „Ich hätte nur ein paar Fragen, falls Sie Zeit haben.“

Morgan zog sich einen Stuhl heran. „Fragen worüber?“

Bevor sie antworten konnte, trat Gabe vor. „Lizzy, ich würde dich gern unter vier Augen sprechen.“

Sie zögerte und wirkte schuldbewusst.

Sawyer drängte ihn erneut zur Seite. „Ich habe nur noch fünfzehn Minuten, bevor ich einen Patienten besuchen muss. So lange kannst du ja wohl noch warten, Gabe.“

Er wollte Nein sagen, aber das würde natürlich nur zu weiteren Spekulationen führen. Daher nahm er stattdessen die kühlenden Papiertücher von Honey und verteilte sie vorsichtig auf Elizabeths Schultern. Sein Blick fiel auf ihre Füße. Sie trug weiße Socken und Slipper.

„Deine Füße sind auch verbrannt, nehme ich an?“, fragte er.

„Ja, ein wenig“, antwortete sie schüchtern.

Gabe kniete sich vor sie, zog ihr behutsam die Slipper aus und streifte ihr noch vorsichtiger die Socken ab. Elizabeth protestierte, doch er achtete nicht auf sie. Morgan und Sawyer verfolgten das Geschehen amüsiert.

Elizabeths Füße waren klein und schmal. Und so rot, dass Gabe sie zum Trost am liebsten geküsst hätte. Stattdessen sah er warnend auf. „Du solltest zu Hause sein, statt herumzulaufen und deine verrückten Fragen zu stellen.“

Honey schnappte nach Luft. Morgan lachte schallend, sodass Amber vor Vergnügen zappelte. Misty gab Gabe einen Klaps auf die Schulter.

Sawyer war jedoch seiner Meinung. „Er hat recht. Kleidung zu tragen macht den Sonnenbrand nur schlimmer. Kühle Bäder, viel Aloe und Aspirin gegen die Schmerzen sind das Beste, was Sie momentan für sich tun können.“ Er sah tadelnd zu Gabe. „Wenn mein kleiner Bruder daran gedacht hätte, dass nicht jeder ein Sonnenanbeter mit einer Haut wie Leder ist wie er, wäre Ihnen das erspart geblieben.“

Gabe biss die Zähne zusammen. „Mir ist sehr wohl bewusst, wie empfindlich die Haut einer Frau ist. Ich dachte, sie hätte Sonnencreme benutzt. Außerdem waren wir gar nicht so lange in der Sonne.“

Elizabeth rutschte nervös auf ihrem Stuhl hin und her. „Gabe hat recht. Es ist mein Fehler, nicht seiner. Ich habe wohl nicht damit gerechnet, dass das Wasser die Sonne so stark reflektieren würde.“

„Ja, Wasser verstärkt die Wirkung der Sonne um ein Vielfaches“, stimmte Sawyer ihr zu, stemmte die Hände in die Hüften und erkundigte sich im besten Arztton: „Haben Sie sonst noch irgendwo Sonnenbrand?“

Elizabeth schüttelte den Kopf, sagte jedoch gleichzeitig: „Nur an den Beinen.“ Aber als Gabe ihren Rock hochheben wollte, schlug sie seine Hand weg.

Er grinste. „Tut mir leid. Ich wollte nur nachschauen, wie schlimm es ist."

„Es sind hauptsächlich die Knie, und du kannst mir ruhig glauben, Gabriel Kasper."

Morgan lehnte sich zurück und runzelte die Stirn. Alle im Raum beobachteten die beiden fasziniert. Als Gabe bewusst wurde, was er da tat, richtete er sich wieder auf. Wie, um alles in der Welt, war es denn bloß dazu gekommen, dass er vor ihr kniete?

Honey stellte eine Platte mit Sandwiches auf den Tisch und sagte: „Leisten Sie uns Gesellschaft, ja? Was möchten Sie trinken? Ich habe Tee, Limonade und …"

„Oh nein, wirklich. Ich wollte doch nicht ungelegen kommen." Elizabeth griff nach den Papiertüchern auf ihren Schultern. „Ich komme ein andermal wieder, falls Sie einem kurzen Interview zustimmen."

Gabe atmete erleichtert auf. „Gute Idee. Ich bringe dich zum Wagen."

Elizabeth hatte noch nicht einmal das erste Papiertuch von der Schulter genommen, als alle schon darauf beharrten, dass sie blieb. Diese neugierige Bande flehte sie geradezu darum an. Mir erwartungsvollen Blicken schauten sie sie an.

Na schön, sollen sie machen, was sie wollen, dachte Gabe. Aber das bedeutete ja nicht, dass er auch bleiben musste. „Ich gehe duschen", verkündete er, und das war offenbar allen recht. Zumindest flehte ihn niemand an, nicht zu gehen. Verärgert marschierte er hinaus. Kaum war er auf dem Korridor, hörte er Morgans unterdrücktes Lachen, und kurz darauf lachten alle schallend los.

Alle bis auf Elizabeth.

5. KAPITEL

Elizabeth biss sich auf die Lippe und war sich nicht sicher, was so lustig war. Sie hoffte nur, dass sie nicht über sie lachten. Mit einem freundlichen Lächeln wandte Honey sich an sie und erklärte: „Gabe ist manchmal einfach so amüsant."

Elizabeth hatte keine Ahnung, wie sie das meinte, und sie fragte nicht. Stattdessen räusperte sie sich und sagte: „Ich schreibe an einer Doktorarbeit über Helden. Ich arbeite schon eine Weile daran und hatte sie schon fast fertig, als ich von dem Vorfall mit dem Boot hier im letzten Sommer hörte und beschloss, Gabriel in die Untersuchungen mit einzubeziehen."

Morgan legte den Kopf schräg. „Welchen Vorfall mit einem Boot?"

Sie war perplex. Seine eigenen Brüder wussten nicht, was passiert war? Misty winkte ab. „Sie meint sicher die Frau und die beiden Kinder, die Gabe gerettet hat. Richtig?"

Elizabeth nickte.

„Das war kurz nach unserer Hochzeit. Damals achtete Morgan nicht besonders auf das, was um ihn herum vorging."

Morgan warf seiner Frau einen glühenden Blick zu. „Das ist deine Schuld, nicht meine. Kann ich etwas dafür, dass du mich so abgelenkt hast?"

Honey lachte. „Hört auf ihr beiden, sonst bringt ihr unseren Gast noch in Verlegenheit." Sie setzte sich auf den Schoß ihres Mannes, und Sawyer schlang die Arme um sie. „Gabe ist ein feiner Kerl. Wir necken ihn nur gern ein wenig."

„Sie erinnern sich also an den Vorfall?", fragte Elizabeth.

„Sicher." Honey lehnte sich bequem an die breite Brust ihres Mannes, der zu Elizabeths Erstaunen in dieser Haltung essen konnte, als sei er daran gewöhnt, seine Frau auf dem Schoß zu haben. Er verschlang drei Sandwiches, eines weniger als Morgan. Misty und Honey aßen ein halbes. Da sie darauf bestanden, biss Elizabeth auch von einem ab. Erst jetzt merkte sie, wie hungrig sie war.

Der Sonnenbrand hatte sie so sehr geplagt, dass sie unbedingt etwas tun wollte, um sich abzulenken. Ihre Haut juckte, spannte und brannte. Kleidung zu tragen war eine Qual – darin hatte Sawyer recht. Allerdings war sie es einfach nicht gewohnt, nackt herumzulaufen. Daher hatte sie beschlossen, mehr über Gabe herauszufinden, bevor sie gemeinsam ins Kino fuhren.

„Können Sie mir davon erzählen?“, bat Elizabeth nach einem langen Schluck Limonade. Mit den kühlenden Papiertüchern auf den Schultern und ohne die unbequemen Schuhe fühlte sie sich schon viel besser.

„Klar.“ Honey machte ein nachdenkliches Gesicht und wandte sich an Morgan. „Du hast den Fahrer des Bootes schließlich verhaftet, oder?“

„Der Narr war so betrunken, er hätte glatt jemanden umbringen können. Wenn es nach mir gegangen wäre, hätte er nicht nur seinen Sportbootschein verloren, sondern auch noch seinen Führerschein. Er bekam Fahrverbot auf dem See, eine saftige Geldstrafe und musste eine Woche im Gefängnis verbringen. Die arme Frau stand so unter Schock, dass Sawyer ihr ein Beruhigungsmittel geben musste.“

Sawyer nickte, doch klang er im Gegensatz zu Morgan bei der Erinnerung daran nicht aufgebracht. „Sie hatte Angst gehabt, eines ihrer Kinder könnte verletzt werden. Sie hatte fast einen Schock.“ Lächelnd fügte er hinzu: „Als ich dort ankam, fand ich Gabe mit einem der Kids im Arm. Das andere hatte sich an sein Bein geklammert, und die Frau war völlig außer sich. Der erleichterte Ausdruck auf seinem Gesicht, als er mich entdeckte, war unbezahlbar.“

Elizabeth nahm ihre Tasche vom Fußboden und holte Stift

und Notizblock daraus hervor. „Können Sie ihn mir beschreiben?“, fragte sie interessiert.

„Wen?“

„Den Ausdruck auf seinem Gesicht.“

Sawyer schien ihre Bitte zu erstaunen, doch er zuckte die Schultern. „Klar.“

Fünfzehn Minuten später stieß Gabe wieder zu den anderen. Seine zerzausten blonden Haare waren noch nass und hingen ihm in kleinen Kringeln in den Nacken. Er trug saubere Shorts. Elizabeth hatte sich bereits seitenweise Notizen gemacht, unterstützt durch sämtliche Familienmitglieder. Sie war begeistert, endlich jemanden gefunden zu haben, der mit ihr darin übereinstimmte, dass Gabes Tat wirklich heldenhaft gewesen war.

Sawyer brachte Elizabeth gerade eine große Tube Salbe gegen Sonnenbrand aus seiner Praxis. „Tragen Sie das ungefähr jede Stunde auf – oder wann immer Ihre Haut sich unangenehm anfühlt. Die Salbe besteht hauptsächlich aus Aloe. Sie können sie im Kühlschrank aufbewahren. Trinken Sie so viel Wasser wie möglich. Sie beruhigen Ihre Haut, indem Sie ihr Feuchtigkeit zuführen. Ach, und nehmen Sie kühle Bäder, statt zu duschen. Wenn es bis morgen Abend nicht besser sein sollte, rufen Sie mich an, ja?“

Elizabeth war der Rummel um sie peinlich. „Was bin ich Ihnen für die Salbe schuldig?“

„Nichts. Die stelle ich Gabe später in Rechnung.“

Da Gabe darüber grinste, nahm Elizabeth an, dass Sawyer scherzte. „Danke.“ Sie sah zu Gabe, wandte den Blick jedoch gleich wieder ab. „Danke für alles.“

Sawyer küsste seine Frau, seine Nichte und seine Schwägerin und machte sich wieder auf den Weg zur Arbeit. Misty, Honey, Gabe und alle anderen begleiteten sie zur Tür. Gabe war beunruhigend schweigsam, was Elizabeth für kein gutes Zeichen hielt. Als sie auf die Veranda trat, sagte Honey: „Misty und ich sind morgen zum Mittagessen in der Stadt. Hätten Sie Lust, uns Gesellschaft zu leisten? In dem Restaurant, in dem Misty halbtags arbeitet, gibt es freitagmittags einen hervorragenden Rinderschmorbraten. Anschließend können wir in die Bibliothek gehen. Dort sind alte Ausgaben der Lokalzeitung archiviert. Sie könnten Berichte aus erster Hand lesen über Gabes …", sie bedachte ihren Schwager mit einem mutwilligen Lächeln, „… kühne Heldentat."

Gabes Blick verriet, dass er auf Rache sann, doch Honey lachte nur und drückte ihn an sich.

„Ja, das wird sicher lustig", fügte Misty hinzu.

Obwohl Elizabeth wusste, dass Gabe dagegen war, stimmte sie zu. „Abgemacht. Vielen Dank." Sie hätte schwören können, dass sie hörte, wie Gabe mit den Zähnen knirschte.

„Wenn Sie wissen, wo das Restaurant ist, können wir uns dort um elf treffen", schlug Misty vor.

„Gern."

„Gut. Also bis dann."

Misty und Honey gingen ins Haus zurück, sodass Elizabeth plötzlich mit Gabe allein war. Er machte ein finsteres Gesicht.

Er ist selbst schuld, dachte sie und wollte sich nicht einschüchtern lassen. Daher hob sie das Kinn, warf ihm einen hochnäsigen Blick zu und ging zu ihrem Wagen. Gabe folgte ihr.

„Was machst du hier eigentlich, Rotschopf?"

„Ich habe bei jeder meiner Studien nach Möglichkeit die Familienmitglieder einbezogen", erklärte sie.

„Aber wir beide hatten eine Abmachung."

Sie blieb vor ihrem Wagen stehen und zuckte die Schultern. „Du hast mir nicht gesagt, dass ich nicht mit deiner Familie sprechen darf."

„Unsinn.“ Er kam näher und legte eine Hand auf das Wagendach, die andere auf den Türrahmen. „Du weißt ganz genau, dass ich nicht will, dass du herumschnüffelst. Deswegen habe ich mich ja bereit erklärt, deine Fragen selbst zu beantworten.“

Seine Nähe verursachte ihr Herzklopfen. Erinnerungen erwachten in ihr und lösten ein Kribbeln in ihrem Bauch aus. Sie starrte auf seinen Mund und schluckte. „Ich verstehe. Wenn du möchtest, dass der Rest unserer Abmachung hinfällig ist, werde ich nicht dagegen protestieren.“

„Welcher Rest?“

„Das Autokino und … dass ich lockerer werde und mich amüsiere.“ Aus Stolz setzte sie hinzu: „Ich fand das von Anfang an eine dumme Idee.“

Zärtlich legte er einen Finger unter ihr Kinn. „Oh nein, du wirst keinen Rückzieher machen.“

„Aber …“ Die Intensität seines Blickes ließ sie stocken. „Du bist wütend.“

„Allerdings. Und darüber werden wir uns morgen auch unterhalten. Im Kino. Falls du glaubst, ich würde dich jetzt aus unserer Abmachung entlassen, besonders nach all deinem Herumschnüffeln, hast du dich geirrt.“

Erleichterung breitete sich in ihr aus. „Na schön.“ Erneut erinnerte sie sich an den sinnlichen Kuss zwischen ihnen. „Gabe?“, fragte sie leise und bemerkte selbst das Verlangen, das in diesem einen Wort mitschwang.

Den Finger noch immer unter ihrem Kinn, beugte Gabe sich vor und küsste sie leidenschaftlich. Elizabeth klammerte sich an seine Schultern, obwohl er die Umarmung nicht erwiderte. Doch ihre Zungen trafen heiß und sinnlich aufeinander.

„Du meine Güte“, hauchte sie nur, als er sich schließlich von ihr löste.

Er grinste. „Genau.“ Seine Stimme klang heiser.

Elizabeth wurde bewusst, dass sie praktisch an ihm hing, und wich abrupt zurück. „Ich wollte nicht …“

Erneut umfasste er ihr Kinn, damit sie ihm ins Gesicht sah. „Glaub mir, ich hätte dich auch an mich gedrückt. Aber ich wollte dir nicht wehtun.“ Er senkte die Stimme und fragte: „Sind deine Beine auch verbrannt?“

Das Atmen fiel ihr schwer. „Ein wenig.“

„Und deine Arme?“

„Ja.“

Seine Lippen berührten beinah ihre. „Und deine Brüste?“

Sie erschauerte. „Nur …“ Sie räusperte sich. „Nur der Ansatz.“

„Soll ich dir beim Eincremen helfen?“

Ein sinnliches Prickeln überlief sie und machte sie benommen. „Nein! Ich komme schon allein zurecht.“

Seine Mundwinkel zuckten. „Spielverderberin.“

„Ich sollte jetzt besser gehen.“

„Na schön.“ Gabe richtete sich auf. „Aber glaub nicht, ich sei nicht mehr verärgert darüber, dass du hier einfach aufgetaucht bist. Doch darüber unterhalten wir uns, wenn ich dich zu unserem Kinobesuch abhole und wir ungestört sind.“

Er drehte sich abrupt um. Elizabeth sah über seine Schulter und bemerkte gerade noch, wie ein Vorhang zurückfiel und mehrere Köpfe hinter einem der Fenster verschwanden. Gabe fluchte.

„Spionieren sie dir nach?“, fragte Elizabeth ungläubig.

Zu ihrer Überraschung klang er verständnisvoll. „Ach, ich hätte dasselbe getan.“

„Wirklich?“

„Klar.“ Dann lachte er und rieb sich mit beiden Händen das Gesicht. „Tja, jetzt ist die Katze aus dem Sack. Das werde ich mir ständig anhören müssen.“ Er schüttelte den Kopf. „Vielleicht sollte ich es wie Morgan machen und mir ein eigenes Haus bauen, auch wenn Honey das bestimmt nicht gern sieht.“ Er deutete zu einem Hügel hinauf, der auf das Haupthaus blickte. „Siehst du das Haus dort oben? Das gehört Morgan. Er und Misty sind letztes Jahr dort eingezogen. Bis dahin wohnten wir alle zusammen hier im Haus. Morgan wohnte mit Sawyer und dessen Sohn, Casey, im Hauptgebäude. Hast du Casey schon kennengelernt? Nein? Er ist ein toller Junge.“

Sie nahm ihren Notizblock, um sich den Namen zu notieren, doch Gabe hielt seufzend ihr Handgelenk fest. „Vergiss, was ich gesagt habe. Lass Casey in Ruhe.“

„Aber du sagtest …“

„Du hast dich genug eingemischt, Rotschopf.“

Elizabeth nahm sich vor, den Namen aufzuschreiben, sobald sie nicht mehr in Gabes Nähe war. Um ihn abzulenken, sagte sie: „Erzähl mir, wie ihr hier wohnt.“

Er kniff die Augen zusammen, dann schüttelte er den Kopf. „Warum nicht? Das ist schließlich kein Geheimnis. Ich wohne im Keller. Ich habe einen eigenen Eingang, und es ist schöner als in den meisten Apartments. Jordan wohnt in den Räumen über der Garage.“

„Vier erwachsene Männer wohnen alle zusammen?“

„Ja.“ Gabe blinzelte in die Sonne. Plötzlich stutzte er. „Verdammt! Ich sollte lieber aufpassen, dass du aus der Sonne kommst. Sei vernünftig, und fahr nach Hause.“

„Aber …“

„Kein Aber. Ich erzähle dir die Familiengeschichte am Freitag. Nachdem ich dir erklärt habe, wie verärgert ich bin, dass du meine Familie unerlaubt ausgefragt hast.“

Elizabeth schnaubte. „Ich habe sie nicht unerlaubt ausgefragt. Honey hat mich eingeladen.“

„Ja, darauf wette ich.“

Elizabeth stieg vorsichtig in den Wagen und versuchte zu verhindern, dass sich ihre empfindliche Haut am Sitz rieb.

Gabe schloss die Tür für sie, beugte sich herunter und gab ihr einen kurzen Kuss. „Fahr vorsichtig. Und zieh dich aus, sobald du zu Hause bist."

„Gabe", meinte sie tadelnd, verlegen von seiner unverblümten Aufforderung. Sie fragte sich, ob sie sich jemals an ihn gewöhnen konnte.

Sie startete den Motor und legte den Rückwärtsgang ein. Gabe beugte sich noch einmal zum offenen Fenster herunter. „Elizabeth?" Sie wartete. Gabe betrachtete ihre Brüste in dem weiten Kleid und sagte leise: „Wenn du nackt bist, denk an mich, ja?" Er tippte ihr auf die Nasenspitze und schlenderte davon.

Elizabeth schaute ihm perplex und mit pochendem Herzen nach – und sie wusste jetzt schon, dass sie genau das tun würde, worum er sie gebeten hatte.

Gabe verfluchte sich den ganzen Weg über. Aber er musste einfach hinfahren. Er machte sich Sorgen, und das passierte zum ersten Mal. Aber schließlich war Elizabeths Sonnenbrand seine Schuld.

Er bog in die Auffahrt in der ruhigen Siedlung außerhalb von Buckhorn County und stellte den Motor ab. Das Haus war ein altes zweistöckiges Backsteingebäude mit alten Bäumen und einem gepflegten Rasen. Als er ausstieg, fragte Gabe sich, ob Elizabeth seinem Rat gefolgt war und sich ausgezogen hatte. War sie jetzt nackt? Lag sie womöglich in der Badewanne, um ihre Haut zu kühlen?

Er schob die Hände in die Taschen und ging die Außentreppe an der einen Seite des Gebäudes hinauf in den ersten Stock. Vor dem einzigen großen Fenster waren die Jalousien zugezogen. Das ist gut, dachte er, für den Fall, dass sie nackt ist.

Gabe klopfte. Niemand reagierte. Einen Moment lang überlegte er, wieder kehrtzumachen, falls Elizabeth schlafen sollte.

Aber es war noch früh, nicht mal neun Uhr, daher klopfte er erneut, diesmal energischer.

Ein gedämpftes Geräusch war auf der anderen Seite der Tür zu hören und dann Elizabeths Stimme. „Wer ist da?“

Sie klang zwar nicht, als hätte sie geschlafen, dafür aber wachsam. Vermutlich bekam sie nicht häufig Besuch, vor allem nicht abends.

Diese Schlussfolgerung löste eine eigenartige Zufriedenheit in ihm aus. „Ich bin es, Rotschopf. Mach auf.“

Weitere gedämpfte Geräusche waren zu hören, ehe sie endlich die Tür einen Spaltbreit öffnete. „Was, um alles in der Welt, machst du hier?“

Statt darauf zu antworten, sagte er: „Habe ich dich geweckt?“

„Nein. Ich war nur … Ist irgendetwas passiert?“

Er drückte gegen die Tür, sodass Elizabeth hastig zurückwich. „Ich wollte nur mal nach dir sehen.“ Gabe stutzte. Sie hatte ihre Haare hochgesteckt und trug lediglich ein Laken, das sie locker um sich gewickelt hatte und über ihren Brüsten mit der Hand zusammenhielt.

Gabe warf die Tür mit dem Absatz zu. Er wusste, er sollte etwas sagen, doch er konnte Elizabeth nur anstarren.

Sie räusperte sich. „Ich wollte mich gerade mit der Salbe einreiben, die dein Bruder mir gegeben hat. Sie hilft schon, nur hält die kühlende Wirkung nicht lange vor.“

Gabe warf einen Blick an ihr vorbei in die Kochnische. Auf dem Tisch standen eine Schüssel Wasser und die Salbentube. „Ich werde dir helfen“, verkündete er und bugsierte sie behutsam in die winzige Küche. Ihr Wohnzimmer war ebenfalls sehr klein. Die ganze Einrichtung bestand aus einem Sofa, einem Sessel und ein paar Regalen. In einem der Regale stand ein kleiner Fernseher, und drumherum standen einige Pflanzen. Außerdem gab es in dem spartanisch eingerichteten Zimmer nur noch Bücher und zwei Fotografien. Die Fotos würde er sich später ansehen. Jetzt wollte er ihr erst einmal helfen, dass sie sich besser fühlte.

„Setz dich", forderte er sie auf.

Elizabeth blieb stehen. „Ich kann mich sehr gut um mich selbst kümmern."

„Wieso solltest du, wenn ich dir helfen kann? Es ist sicher nicht leicht, an die Schultern zu kommen."

Sie verzog das Gesicht. „Ich werde mir etwas anziehen."

„Tu das nicht."

Benommen starrte sie ihn an.

„Bitte, Lizzy, setz dich, und lass mich dir helfen, ja? Dann fühle ich mich auch besser."

Nach kurzem Zögern gab sie mit einem Seufzer nach. „Na schön." Vorsichtig setzte sie sich auf den Stuhl. „Aber wenn du mir wehtust, werde ich wütend."

„Ich werde so sanft wie möglich sein." Er nahm die Tube und merkte, dass sie kalt war. Offenbar hatte Elizabeth sie im Kühlschrank aufbewahrt, wie Sawyer vorgeschlagen hatte. Er drückte einen großen Tropfen in seine Handfläche und begann, die Salbe sanft auf ihren roten Schultern zu verreiben. Sie ließ den Kopf nach vorn sinken und erschauerte.

„Kalt?"

„Das soll sie ja sein."

„Ich tue dir nicht weh, oder?" Ihre Haut war so empfindlich, auch ohne den Sonnenbrand.

„Nein."

In ihrer Stimme war ein Zittern, das ihn aufhorchen ließ. Seidig weiche Locken kamen ihm in ihrem Nacken in den Weg. Er hob die Haare mit einer Hand an, während er mit der anderen die Salbe verteilte. Elizabeths Hals war lang und sehr schmal, ihre Haare waren dort etwas heller. „Besser?"

„Hm. Ja."

Ihre Arme waren ebenfalls gerötet. Er hob einen hoch und sagte: „Leg deine Hand auf meinen Bauch.“

Erschrocken zog sie die Hand zurück, als hätte er vorgeschlagen, sie abzuhacken. Sie hielt den Arm schützend an sich gepresst.

Gabe lächelte. „Komm schon, Lizzy. Sei nicht so schüchtern. Ich will dich doch nur eincremen, und ich trage sogar ein Hemd. Es besteht überhaupt kein Grund, so ängstlich zu sein.“

„Ich bin nicht ängstlich! Ich bin es nur nicht gewohnt, so … so …“

„Einem Mann gegenüber so ungezwungen zu sein? Vergiss nicht, dass es noch keine Sünde ist, jemanden zu berühren.“ Behutsam nahm er erneut ihren Arm und legte ihre Hand auf seinen Bauch. „So schlimm ist es doch gar nicht, oder?“

„Nein“, räumte sie widerstrebend ein.

Gabe lachte, ließ sie los und nahm die Tube. „Und jetzt halt still.“ Er fühlte ihr Zittern, während er die Salbe auf ihrem Arm verrieb. Ihre Haut fühlte sich so sanft an, dass er sich unwillkürlich vorstellte, wie sie sich an anderen Stellen ihres wundervoll sinnlichen Körpers anfühlen würde. Zu seinem Entsetzen stellte er fest, dass sein Körper bereits heftig auf diese Berührung reagierte. Als das Laken auch noch zu rutschen begann, steigerte sich seine süße Qual. Zum Glück zog Elizabeth das Laken rasch wieder zurecht.

Seufzend ging Gabe auf die andere Seite, entschlossen, sich zusammenzunehmen. Schließlich war er kein Teenager mehr, sondern ein erwachsener, erfahrener Mann. Es gab absolut keinen Grund für diese Angespanntheit.

Mit rauer Stimme sagte er. „Du weißt ja jetzt, wie es geht.“

Sie wandte das Gesicht ab, streckte den Arm aber aus. Nervös meinte sie: „Ich muss zugeben, dass es mich ein wenig überrascht, dich ganz normal angezogen zu sehen. Ich fing schon an zu glauben, dass du gar keine Shirts oder lange Hosen besitzt.“

Er schaute auf sein T-Shirt und die verwaschene Jeans. Die alte Jeans saß wie eine zweite Haut an ihm, was bedeutete, dass Elizabeth wieder mal die Reaktion seines Körpers auf sie sehen konnte, sobald sie den Kopf drehte.

Aber natürlich schaute sie nicht hin, sondern hielt weiter das Gesicht abgewandt. „Bist du enttäuscht, dass ich vollständig bekleidet hergekommen bin?“

„Keineswegs“, erwiderte sie spröde.

Er glaubte ihr nicht ganz. Er fühlte deutlich die Spannung zwischen ihnen, und Elizabeth entging es sicher auch nicht. Dennoch bestritt sie jede Anziehung. Die meisten Frauen waren sehr direkt. Elizabeths Taktik war völlig ungewöhnlich … und faszinierend.

Sie drehte den Kopf noch weiter, bis ihr Kinn fast die Stuhllehne berührte. Fast hätte Gabe laut gelacht. Elizabeth Parks war die unterhaltsamste Frau, die er je kennengelernt hatte. Wahrscheinlich war es ganz gut, dass sie nicht lange hierbleiben würde, sonst würde er nach ihrer kratzbürstigen Art noch süchtig werden.

6. KAPITEL

Elizabeth wusste nicht recht, was sie davon halten sollte, als Gabe sich vor sie stellte. Sie war äußerst sensibilisiert durch die sanfte Art, wie er sie eingecremt hatte. Und nun starrte sie direkt auf seine Lenden.

Ihre Augen weiteten sich. Er war erregt! Also ging es ihr nicht allein so.

Gabe beugte sich über sie und umfasste die Sitzfläche des Stuhls mit seinen großen Händen. Erschrocken schrie sie auf, als er sie mitsamt dem Stuhl hochhob und so weit zurückstellte, dass er sich vor sie hinknien konnte. Deutlich nahm sie seinen angenehmen Duft wahr.

Leise flüsterte er ihr ins Ohr: „Ich creme dich zu Ende ein, und dann machen wir ein kleines Experiment. Einverstanden?“ Seine Lippen berührten ihre Schläfe.

„Was meinst du damit?“

Er setzte sich auf die Fersen und zupfte am Saum ihres Lakens. „Deine Beine sind auch verbrannt.“ Er fuhr mit der Hand von ihrem Knöchel bis zu ihren Knien hoch.

Elizabeth lehnte sich zurück und presste die Beine fest zusammen. Dummerweise teilte sich das Laken. Sie versuchte es über ihren Brüsten zusammenzuhalten und gleichzeitig Gabes Hand wegzustoßen. Doch er ließ sich nicht vertreiben.

„Ruhig, Lizzy, es ist alles in Ordnung.“ Er hielt inne, drängte sie nicht und wartete, dass sie sich wieder beruhigte und es entweder duldete oder ihn zurückwies.

„Du siehst mich an!“ Eigentlich wollte sie nicht, dass er aufhörte, doch konnte sie ihre Verlegenheit nicht überwinden.

„Nur deine Beine, Liebes. Außerdem habe ich sie schon gesehen.“

In gewisser Hinsicht hatte er recht. „Schon, aber jetzt ist es etwas anderes.“

„Weil du unter dem Laken nackt bist?" Er streichelte weiter sanft ihre Waden und hielt gelegentlich bei ihren Kniekehlen inne, um sie zärtlich zu erforschen.

Elizabeth hatte keine Ahnung gehabt, dass die Kniekehle eine erogene Zone sein konnte. Obwohl ihr Hals wie zugeschnürt war, brachte sie eine Antwort zustande. „Ja, weil ich unter dem Laken nackt bin."

„Tue ich dir weh, Lizzy?"

Sie schüttelte den Kopf.

„Magst du das?" Er begann von Neuem, sie zu streicheln.

Elizabeth nickte. Ja, sie mochte es. Sehr sogar.

„Entspann dich, Liebes. Ich werde nichts tun, was du nicht willst."

Sich entspannen war das Letzte, was sie jetzt konnte. Ihre Gedanken wirbelten durcheinander, als er nach der Tube griff und sich einen großen Klecks auf die Handfläche drückte. Sie war nicht ganz sicher, was er vorhatte. Doch seine Miene verriet ihr, dass es etwas Erotisches sein würde und dass sie es wahrscheinlich sehr genießen würde.

Sollte sie es zulassen? Aber wie konnte sie das nicht tun? Noch nie hatte ein Mann sie umworben. Schon gar kein Mann wie Gabe Kasper. Sie konnte ihre Doktorarbeit schreiben und sich gleichzeitig auf eine Affäre einlassen, die der Höhepunkt ihres ganzen Lebens sein könnte. Mach dir nichts vor, dachte sie. Es ist jetzt schon der Höhepunkt deines Lebens.

Sie schloss die Augen, hielt den Atem an und versuchte ihre Gedanken zu ordnen, als sie plötzlich seine Fingerspitzen an der Innenseite ihrer Schenkel spürte.

Unwillkürlich stöhnte sie auf.

„Sieh mich an, Lizzy." Als sie gehorchte, fuhr er fort: „Ich weiß nicht, was du an dir hast, aber du bringst mich um den Verstand." Er streichelte sie so sinnlich, dass ihr der Atem stockte. „Hast du jemals Baseball gespielt?"

Seine merkwürdige Frage irritierte sie. „Nein.“

„Gut. Ich werde dir Baseball beibringen. Allerdings nicht so, wie du vielleicht glaubst.“ Sachte küsste er ihr sonnenverbranntes Knie. „Auch wenn ich es gern anders hätte, probieren wir es heute Abend nur bis zum ersten Laufmal. Falls es dir nicht gefällt, sagst du stopp, und das war's. Falls es dir gefällt, dann gehen wir morgen im Autokino zum zweiten Laufmal. Hast du verstanden?“

Er presste weiter zärtliche kleine Küsse auf ihre Haut. Es war faszinierend, seinen Kopf dort zu sehen, wo kein Mann sie zuvor auch nur berührt hatte. Selbst in ihren wildesten Träumen hätte sie sich so etwas nicht ausmalen können.

„Ich glaube schon.“ Sie war noch immer heiser. Aber schließlich kniete vor ihr ein absolut umwerfender Mann und sah sie voller Begierde an, während er ihre Beine streichelte. „Ist das, was du jetzt tust, so was wie das erste Laufmal?“

Gabe schüttelte langsam den Kopf. „Nein, dies ist nur eine Folter für mich.“ Er grinste mutwillig. „Fürs Erste begnüge ich mich damit, dich fertig einzucremen. Du sollst dich so wohl wie möglich fühlen. Aber um uns beide ein wenig abzulenken, würde ich gern mehr über dich erfahren. Einverstanden?“

In diesem Moment hätte sie sich vermutlich mit allem einverstanden erklärt. Sie war gleichermaßen fasziniert, aufgeregt und neugierig. „Einverstanden.“

Gabes Beine befanden sich links und rechts von ihren, seine Brust war auf gleicher Höhe mit ihrem Schoß. Er drückte noch mehr Salbe in seine Handfläche und fuhr fort, sie mit sanften, elektrisierenden Bewegungen einzucremen.

„Verrate mir, wieso du dir Heldentum als Thema für deine Doktorarbeit ausgesucht hast.“

Oh nein. Das konnte sie nicht erklären. Noch nicht und nicht ihm. Sie räusperte sich und versuchte, nicht mehr auf seine liebkosenden Berührungen zu achten, um die richtigen

Worte zu finden. „Ich studiere Psychologie im Hauptfach. Die meisten Themen sind schon zu oft behandelt worden. Dieses Thema schien mir einzigartig zu sein."

„Ach ja? Aber wie bist du auf Heldentum gekommen?"

Sie biss sich auf die Lippe und überlegte, wie viel sie ihm erzählen konnte. „Ich war schon immer fasziniert von Geschichten über Menschen, die in einer Notsituation Unglaubliches geleistet haben."

„Wie es im Fall eines Adrenalinstoßes geschieht? Eine Frau, die ein Auto anhebt, um ihr eingeklemmtes Kind zu befreien? Ein Mann, der das Feuer ignoriert, um seine Frau aus dem brennenden Haus zu retten? Solche Sachen?"

„Ja." Jener Adrenalinstoß, der die Rettung eines wichtigen Menschen möglich macht. Ihre Kehle zog sich zusammen bei der Erinnerung daran, wie sie versagt hatte, wie sie nicht in der Lage gewesen war, überhaupt zu reagieren – außer wie ein Feigling.

„He?" Gabe war fertig mit ihren Beinen, und zu ihrem Erstaunen bedeckte er sie wieder vollständig mit dem Laken. Eine gewisse Enttäuschung breitete sich in ihr aus. „Ist alles in Ordnung mit dir, Kleines?"

Sein Gespür für Dinge, die unausgesprochen im Raum standen, war beängstigend, besonders da es sich um einen Teil von ihr handelte, den sie für immer verbergen wollte. Ohne darüber nachzudenken, was sie eigentlich tat oder wie er ihre Erwiderung auffassen würde, ging sie in die Defensive. „Mir gefallen deine Koseworte nicht besonders. Schon gar nicht ‚Kleines'. Das hört sich an, als würdest du mit einem Baby sprechen."

Statt beleidigt zu sein, wurden seine Züge sanft. „Da ist etwas, was du mir nicht sagst, Lizzy."

Panik erfasste sie. Sie würde es nicht ertragen können, wenn er in ihren privaten Angelegenheiten herumbohrte. Er verkörperte all das, was sie nicht war, und das akzeptierte sie. Nur wollte sie es nicht auch noch unter die Nase gerieben bekommen. „Ich dachte, du wolltest mir etwas über Baseball beibringen!"

Einer seiner Mundwinkel hob sich, obwohl sein Blick besorgt blieb. „Na schön." Er legte ihr einen Finger unters Kinn. „Baseball ist etwas, was man in der Highschool spielt. Ich glaube allerdings, dass du das irgendwie verpasst hast."

„Ich war sehr schüchtern in der Highschool", gestand sie.

„Du lebtest allein mit deinem Vater zusammen, richtig?"

„Ja. Aber wir standen uns sehr nah."

„Das ist gut. Nur ist das kein Ersatz für all den Unfug und die Experimente, die Teenager miteinander anstellen."

„Mein Vater ermutigte mich, öfter auszugehen", räumte sie ein. „Er war absolut bereit, mir moderne Kleidung und Musik und solche Sachen zu kaufen. Zu meinem sechzehnten Geburtstag schenkte er mir sogar ein wundervolles kleines Auto. Aber ich war nicht daran interessiert."

Das Reden fiel ihr von Minute zu Minute schwerer. Gabe hörte zwar zu, doch gleichzeitig liebkoste er sie mit seinen Blicken, und sie wusste, was er sah. Ihre Brustspitzen waren unter dem weißen Laken hoch aufgerichtet. Aber ihr gefiel die Art, wie er sie ansah, und sie wollte nicht, dass er aufhörte.

Mit einer Offenheit, die sie verblüffte, sagte Gabe plötzlich: „Ich werde deine Brüste berühren. Das ist das erste Laufmal. In Ordnung?"

Er wartete nicht auf ihre Zustimmung, sondern nahm noch mehr von der kühlenden Salbe, um sie auf ihre Brüste aufzutragen. Elizabeth war wie erstarrt und hielt den Atem an. Sie wagte nicht, sich zu bewegen, aus Angst, er könnte aufhören – oder weitermachen. Sie war erregt und zugleich wachsam. Wann immer sie sich ausgemalt hatte, mit einem Mann intim zu werden, hatten müßige Plaudereien wie diese nicht dazugehört. Sie hatte immer angenommen, es würde einfach so passieren. Sie hatte sich vorgestellt, von der Leidenschaft mitgerissen zu werden, und nicht, dass ein Mann sie neckte, ihr Dinge erklärte und um Erlaubnis fragte.

Gabes freie Hand umschloss ihr Handgelenk und löste behutsam ihre Finger vom Laken.

Elizabeth atmete tief ein. Das Laken rutschte herunter, aber nicht so weit, dass sie vollkommen nackt gewesen wäre. Gabe hob ihre Hand an seine Lippen und küsste ihre Handfläche. Dann legte er ihre Hand wieder in ihren Schoß.

Sie versuchte sich darauf einzustellen, doch als sie die Salbe auf ihrer Haut spürte, erschrak sie trotzdem. „Ruhig", flüsterte Gabe erneut. Sie spürte nichts mehr vom Sonnenbrand, als seine Finger tiefer und tiefer glitten. Mit der Seite seines Daumens streifte er eine ihrer aufgerichteten Knospen.

Er beugte sich vor, sodass sein Gesicht dicht vor ihrem war. „Ich gehöre wirklich geohrfeigt dafür, weil ich es zugelassen habe, dass du dir deine wundervolle Haut verbrennst."

Seine Lippen wanderten weiter über ihren Körper, hinunter bis zum Ansatz ihrer rechten Brust. Ein Schauer prickelnder Erregung überlief Elizabeth. Aber das war nicht die einzige Berührung, der sie sich bewusst war. Seine Haare, kühl und weich, streiften sie. Als sie den Beweis seiner Begierde an sich spürte, stöhnte sie leise auf.

Gabes Mund näherte sich ihrer Brustspitze. Aber noch berührte er sie dort nicht. „Ich mag es, wie du diese süßen kleinen Laute von dir gibst. Sie verraten mir so viel."

Seine Lippen strichen über ihre Haut und steigerten ihre Sensibilität. Elizabeth war solche erotischen Spiele nicht gewohnt. Jemanden so sehr zu begehren, dass ihr Körper vor Verlangen bebte, war ihr total neu. Ohne dass es eine bewusste Entscheidung war, schob sie ihre Finger in Gabes Haare und dirigierte seinen Kopf dorthin, wo sie ihn haben wollte.

Gabes Mund schloss sich um eine ihrer hoch aufgerichteten Brustspitzen unter dem Laken. Sie bog den Rücken durch, ballte die Fäuste und warf den Kopf in den Nacken. Es war bei Weitem das Überwältigendste, was sie je erlebt hatte. Ihre Sinne waren ganz auf jede Liebkosung durch seine Zunge konzentriert, und atemlos hauchte sie: „Es … es ist ganz anders, als ich dachte.“

„Ja?“ Seine Stimme war heiser vor Erregung. Er lehnte sich zurück, um ihre glänzenden Brüste zu betrachten.

Es war ihr egal. Er konnte sie ansehen, so viel er wollte. Hauptsache, er küsste sie noch einmal so. Elizabeth schüttelte den Kopf und achtete nicht darauf, wie sich einige Haare aus dem Knoten lösten. „Ja“, gestand sie. „Früher fantasierte ich davon, dass ein Mann eines Tages so etwas mit mir machen würde.“ Sie streichelte seine seidigen Haare. „Aber nicht so ein Mann wie du. Außerdem war dieses Gefühl in meiner Fantasie nie so … tief.“

Er stützte sich mit den Händen neben ihren Hüften auf. Seine langen Finger berührten ihren Po. „Was meinst du mit ‚tief‘?“

Elizabeth legte eine Hand auf ihren Bauch. „Ich fühle es hier drin.“

Gabe seufzte leise und widmete sich der anderen Knospe. Elizabeth ließ die Hände auf seine starken Schultern hinabgleiten und von dort zu seinen Oberarmen, um seinen ausgeprägten Bizeps zu erkunden. Seine Arme waren angespannt. Er lehnte sich von Neuem zurück und atmete schwer. Er betrachtete ihren Körper, nicht ihr Gesicht. „Was meinst du mit einem Mann wie mir?“

Elizabeth nahm sich zusammen und schluckte. „Ich dachte immer … ich hoffte, dass ich eines Tages mit einem Mann intim werden würde, aber ich nahm an, er würde dann eher so sein wie ich.“

„Was heißt das?"

Sie schüttelte den Kopf. „Langweilig, zurückhaltend. Reizlos."

Abrupt stand Gabe auf und starrte sie an. Erschrocken sah sie zu ihm hoch und fragte sich, was ihn zu dieser heftigen Reaktion veranlasst hatte.

Er nahm ihre Hand und legte sie zwischen seine Schenkel. „Weißt du, was das bedeutet?"

Sie nickte benommen. „Dass du erregt bist."

„Ganz recht. Meinst du vielleicht, eine reizlose Frau könnte mich erregen?"

Sie antwortete nicht.

Er bewegte ihre Hand, was seine Erregung noch steigerte. „Die Antwort lautet: nein. Aber ich habe noch eine Frage." Die Worte kamen zwischen zusammengepressten Zähnen hervor, denn inzwischen war Elizabeth nicht länger passiv. Ihre Hand hatte sich entspannt, und ihre Finger umschlossen durch den Stoff seiner Hose hindurch seine pulsierende Härte. Erstaunt wurde Gabe klar, dass er der erste Mann war, den sie auf diese Weise berührte.

Irgendwie schmeichelte ihm das.

Es fiel ihm nicht leicht, die Beherrschung zu wahren, doch zwei Atemzüge später sagte er: „Meinst du vielleicht, so etwas passiert mir oft?"

„Ja."

Gabe ließ ihr Handgelenk los und trat zurück. Gleichzeitig beugte Elizabeth sich jedoch vor, sodass der Kontakt nicht unterbrochen wurde. „Nun, da irrst du dich." Er schluckte hart, als er sah, wie sie sich auf unschuldige Art mit der Zungenspitze die Lippen befeuchtete, den Blick weiter auf seine Hose gerichtet. „Wenn du nicht sofort aufhörst damit, wirst du die Konsequenzen tragen müssen."

Er ballte die Fäuste und spannte die Oberschenkelmuskeln

an. Doch zum Glück ließ sie ihn los.

Sie schaute zu ihm auf. „Darf ich dich nicht mehr anfassen?“

„Nein. Nicht jetzt.“

„Wann denn?“

Er lachte erstickt. „Du beharrliche, neugierige kleine Hexe.“

„Willst du es nicht?“

„Ich will dich zu sehr.“

Erneut fuhr sie sich mit der Zunge über die Lippen, und sein Puls beschleunigte sich. „Dann …“

„Morgen“, versprach er ihr rasch, bevor ihre Fragen ihn um den Verstand bringen konnten. Die Gewissheit, dass sie ihn begehrte, dass er der erste Mann für sie sein und sie von ihm lernen würde, war ein unvergleichliches Aphrodisiakum. „Im Autokino. Dort werden wir bis zum zweiten Laufmal vorgehen.“

„Versprochen?“

Gabe rang um Fassung. „Ich sollte jetzt besser gehen.“

Sie stand so schnell auf, dass sie fast über das Laken gestolpert wäre. Zögernd berührte sie seine Brust. „Möchtest du nicht noch eine Weile bleiben, um zu reden?“

Er sollte Nein sagen und sich fernhalten von dieser Versuchung, doch das gelang ihm nicht. „Warum nicht? Wie wäre es, wenn du dir ein trockenes Laken holst? Ich mache uns inzwischen etwas zu trinken. Sawyer hat gesagt, du sollst viel Flüssigkeit zu dir nehmen.“

Sie schenkte ihm ein glückliches Lächeln. „Einverstanden.“

Gabe beobachtete die frechen Bewegungen ihres perfekt geformten Pos unter dem Laken und stöhnte innerlich. Sie war wirklich umwerfend sexy, und dass sie sich dessen nicht bewusst war, verstärkte die Wirkung noch.

Er fand zwei hohe Gläser im Küchenschrank und öffnete den kleinen Kühlschrank, in dem sich Orangensaft, Milch und eine Cola befanden. Er goss Orangensaft in die beiden Gläser und trug sie ins Wohnzimmer. Als er sie abstellte, fielen ihm erneut die Fotos im Regal auf. Er trat näher, um sie genauer betrachten zu können.

Eines zeigte eine viel jüngere Elizabeth. Ihre roten Haare verrieten, dass sie es war, obwohl sie auf dem Foto lange dünne Zöpfe und eine Zahnspange hatte. Gabe grinste und fand sie seltsamerweise süß. Eine ältere Frau mit ähnlicher Haarfarbe, aber eleganter Kurzhaarfrisur, lächelte in die Kamera, während sie Elizabeth an sich drückte. Das muss ihre Mutter sein, dachte Gabe, und Traurigkeit stieg in ihm auf. Kein Kind sollte in so jungen Jahren seine Mutter verlieren.

Das andere Foto zeigte ihren Vater, der auf einem schwarzen Stuhl saß. Elizabeth stand dahinter. Eine ihrer hellen Hände lag auf seiner Schulter; keiner von beiden lächelte. Ihr Vater sah müde, aber freundlich aus, und Elizabeths Miene verriet liebenswürdige Nachsicht, als würde sie sich nur ungern so fotografieren lassen. Auf diesem Bild war sie älter, wahrscheinlich siebzehn. Ihr jetziges Aussehen ließ sich allmählich erkennen, auch wenn die Sommersprossen noch deutlicher waren, die Augen größer, das Kinn zu störrisch. Die Jahre hatten ihre Züge sanfter und weiblicher gemacht.

Als Gabe die gerahmte Fotografie wieder ins Regal zurückstellte, fiel ihm ein Album auf. Neugierig und in der Annahme, weitere Fotos von ihr und ihrem Leben zu finden, nahm er es mit zum Sofa und machte es sich bequem. Eine gefaltete Kopie ihrer Kursnoten fiel heraus. Wie er schon vermutet hatte, war Elizabeth eine ausgezeichnete Studentin mit guten Noten in fast allen Fächern. Schon jetzt hatte sie als Kursbeste eine Anerkennung vom Dekan erhalten. Gabe schüttelte den Kopf und fragte sich, wie jemand das Leben so ernst nehmen konnte. Dann schlug er das Album auf.

Was er darin entdeckte, schockierte ihn zutiefst.

Es waren zahlreiche Artikel, die sich alle mit dem Tod ihrer Mutter beschäftigten. Offenbar stammten sie von Kleinstadtzeitungen. Er konnte ein Lied davon singen, nach dem Wirbel, den die Zeitungen um seine Rettungsaktion gemacht hatten.

Nur dass diese Artikel hier nicht sehr schmeichelhaft waren. Während er mit einem Ohr lauschte, ob Elizabeth zurückkam, begann er zu lesen.

Hilfe kam zu spät
Eleanor Parks starb Samstagabend in ihrem Wagen, nachdem sie von einem Sattelschlepper von der Straße gedrängt worden war. Der Wagen, der sich überschlagen hatte, war von der Straße aus nicht zu sehen, aber obwohl Elizabeth Parks ohne schwere Verletzungen entkam, hinderte der Schock sie daran, Hilfe zu holen. Die Ärzte vermuten, dass Mrs. Parks möglicherweise überlebt hätte, wenn rechtzeitig Hilfe eingetroffen wäre.

Entsetzt las Gabe Schlagzeile um Schlagzeile. Mit jedem Wort zog sich sein Herz mehr zusammen. Er konnte nur ahnen, was für Qualen Elizabeth durchgemacht hatte.

Die Schlagzeilen lauteten:

Tochter reagiert zu langsam – Mutter stirbt.
Unnötiger Tod – Schocktrauma.
Tochter vor Kummer verzweifelt – Einweisung ins Krankenhaus.
Vater nimmt Tochter in Zeiten des Leids in Schutz.

Wie musste es für eine Zwölfjährige gewesen sein, zu wissen, dass sie am Tod der eigenen Mutter schuld war? Sie hatte nicht nur den Menschen verloren, der ihr wahrscheinlich am nächsten stand, sondern war von unsensiblen Reportern und Ärzten dafür verantwortlich gemacht worden.

Vorsichtig legte Gabe das Album wieder unter die Fotos. Dann schob er die Hände in die Taschen und ging im Zimmer auf und ab. Das trieb Elizabeth also dazu, über Helden zu recherchieren. Er schüttelte den Kopf. Wie konnte eine intelligente Frau ihre Reaktionen als Zwölfjährige mit denen eines erwachsenen Mannes vergleichen? Das war lächerlich. Er wollte sie schütteln und zugleich beschützend in den Arm nehmen.

Als er hörte, wie Elizabeths Schlafzimmertür aufging, trat er von den Regalen zurück und drehte sich aufgewühlt zu ihr um.

Elizabeth trug jetzt einen weichen hellblauen Frotteebademantel und sah ihn erstaunt an. „Gabe? Was ist los?“

Seine Kehle war wie zugeschnürt, sodass er kaum schlucken konnte, geschweige denn sprechen. Zärtlich umrahmte er ihr Gesicht mit den Händen und küsste sie. Er hatte etwas sagen wollen, um sie zu beruhigen, doch als ihre Lippen sich teilten und ihre Hände seine Schultern suchten, entschied er sich anders.

Er würde Elizabeth helfen, diese unsinnigen Schuldgefühle zu überwinden. Er würde sie dazu bringen, sich so zu sehen, wie er sie sah – als sinnliche, begehrenswerte Frau voller Geheimnisse und Tiefe. Und er würde dafür sorgen, dass sie den Weg zu dieser Erkenntnis genoss.

7. KAPITEL

Elizabeth hatte das Gefühl zu schweben, während sie die Hauptstraße hinunterging und im Vorbeigehen die Leute grüßte. Sie hatte nicht viel Schlaf bekommen letzte Nacht, da sie von ihrem Verlangen nach Gabe zu aufgewühlt gewesen war. Außerdem hatte ihr der Sonnenbrand noch zu schaffen gemacht.

Gabe war gestern noch eine weitere Stunde geblieben. Doch statt einen neuen Verführungsversuch zu unternehmen, war er unglaublich sanft und besorgt um sie gewesen. Als er gegangen war, hatte ihr Körper von den zärtlichen Liebkosungen, Küssen und Komplimenten vibriert.

Er fand ihre Sommersprossen sexy. Er fand ihre roten Haare sexy. Sie hatte bereits beschlossen, dass es dumm wäre, ihn zurückzuweisen, falls er eine Beziehung wollte. Die Gefühle, die er in ihr geweckt hatte, waren viel zu herrlich, um sie zu ignorieren.

Als sie das kleine Lokal betrat, in dem sie sich mit Misty und Honey treffen wollte, drehten sich mehrere Männer nach ihr um. Sie sahen sie nicht so an wie Gabe, eher mit Neugier, weil sie ein neues Gesicht in der Stadt war. Elizabeth entdeckte die beiden Frauen, die sich im hinteren Teil des Lokals in einer halb privaten Tischnische mit der Kellnerin unterhielten. Sie alle hatten Elizabeth den Rücken zugekehrt. Sie ging auf den Tisch zu.

Als sie nur noch wenige Schritte von ihnen entfernt war, hörte sie Misty sagen: „Ich glaube, er ist von seinem Interesse selbst erstaunt. Schließlich entspricht sie so gar nicht dem Frauentyp, hinter dem er üblicherweise her ist. Daher weiß er nicht, was er davon halten soll.“

Honey lachte. „Seit seinem fünfzehnten Lebensjahr sind die Frauen eher hinter ihm her als umgekehrt.“

„Das ist wahr“, pflichtete die Kellnerin ihr bei. Elizabeth

erkannte in ihr eine der Frauen, die bei ihrer Ankunft mit Gabe am Anleger gewesen waren. „Gabe kann auf dem Anleger sitzen, und die Frauen fahren in ihren Booten vorbei, nur um einen Blick auf ihn zu werfen. Er macht sich nichts draus, weil er daran gewöhnt ist. Ich erinnere mich daran, wie er reagiert hat, als Elizabeth auftauchte. Er mochte sie überhaupt nicht, und sie schien ihn auch nicht besonders ausstehen zu können. Und ich vermute, darin besteht die Anziehung. Er ist es nicht gewohnt, dass eine Frau ihm mal nicht nachläuft."

„Ich hoffe nur, er tut ihr nicht weh. Gabe ist noch lange nicht so weit, sich auf etwas Festes einzulassen. Dummerweise verliebt sich jede Frau in ihn, mit der er zusammenkommt."

Misty stimmte ihrer Schwester zu. „Ja, er ist wirklich der geborene Herzensbrecher."

Elizabeth war wie angewurzelt stehen geblieben. Normalerweise belauschte sie keine fremden Gespräche. Es war ihr nur einfach nicht gelungen, sich bemerkbar zu machen.

Sich in Gabe verlieben? Ja, vielleicht war sie auf dem besten Weg dorthin. Wie dumm von ihr. Wie naiv von ihr, zu glauben, er könnte ernsthaft an mehr als einer kurzen Affäre interessiert sein. Wie die Frauen schon angedeutet hatten – er fand sie eigenartig, und deshalb stellte sie eine Herausforderung dar.

Die Unterschiede zwischen ihm und ihr waren ihr nie deutlicher zu Bewusstsein gekommen als in diesem Moment. Sie war so empfänglich für die Aufmerksamkeit eines Mannes, weil sie so unerfahren war. Nicht nur in sexueller Hinsicht, sondern ganz allgemein, was Beziehungen betraf. Hinzu kam, dass Gabe nicht irgendein Mann war. Er war daran gewöhnt, sich zu nehmen, was er von Frauen wollte. Dabei ging es ihm anscheinend nie um sich selbst, sondern um das gemeinsame Vergnügen. Er ging davon aus, dass Elizabeth das verstanden hatte und sie beide ihren Spaß haben konnten. Und so würde es auch sein. Dafür würde sie sorgen.

Elizabeth verschluckte sich fast an dem kurzen, trockenen Lachen, mit dem sie die Aufmerksamkeit der drei Frauen auf sich lenkte. Mit einem aufgesetzten Lächeln trat sie an den Tisch.

Die Kellnerin sah misstrauisch aus und deutete auf einen Stuhl. „Hallo, Elizabeth. Erinnern Sie sich an mich?“

Elizabeth lächelte erneut. „Sie sind Ceily, vom Anleger, richtig? Ja, ich erinnere mich an Sie. Ich wusste nicht, dass Sie hier arbeiten.“ Vorsichtig setzte sie sich und nickte den beiden Schwestern zu. Honey und Misty machten schuldbewusste Gesichter. Elizabeth beschloss, sie zu beruhigen, indem sie so tat, als hätte sie nichts von ihrer Unterhaltung mitbekommen. „Ich hoffe, ich bin nicht zu spät.“

„Absolut nicht“, versicherte Misty ihr. Ihr Baby saß neben ihr in einem Kindersitz. „Es macht Ihnen doch nichts aus, dass ich Amber mitgebracht habe, oder?“

„Wie könnte jemand etwas gegen einen so süßen kleinen Engel haben?“

Misty strahlte über das Kompliment. „Seltsamerweise sieht sie aus wie Morgan.“

Ceily schnaubte. „Ich hätte nie gedacht, dass ich den Tag erleben würde, an dem die Brüder mal heiraten.“

Honey stieß Elizabeth an und flüsterte für alle hörbar: „Nicht, dass Ceily sich beklagen will. Sie ist vermutlich die einzige Frau in Buckhorn, die unsere Männer nicht anhimmelt.“

Elizabeth fühlte sich mit angesprochen und errötete. Doch niemand bemerkte es, da Ceily heiser lachte. „Ich kenne die Brüder viel zu gut. Wir sind seit Ewigkeiten gute Freunde, und das will ich nicht zerstören, indem ich mit einem von ihnen etwas anfange.“

„Du bist eine sehr kluge Frau“, bemerkte Honey zwischen zwei Schlucken Eistee. „Ich glaube, für sie bist du eher wie eine kleine Schwester.“

Ceily biss sich auf die Lippe und murmelte: „Das würde ich nun auch nicht gerade behaupten.“ Doch offenbar war Elizabeth die Einzige, die es hörte.

Ceily nahm ihre Bestellungen entgegen und entfernte sich. Elizabeth sah ihr verstohlen nach und fragte sich, wie weit diese attraktive Frau sich mit den Brüdern eingelassen hatte.

Honey riss Elizabeth aus ihren Überlegungen. „Was macht der Sonnenbrand?“

„Der ist heute schon viel besser. Die Salbe hat Wunder gewirkt. Richten Sie Ihrem Mann bitte noch einmal meinen Dank aus.“

Honey winkte ab. „Sawyer hat Ihnen gern geholfen.“

Misty betrachtete Elizabeth genauer. „Sie sehen heute auch gar nicht mehr so rot aus.“

Elizabeth zwang sich zu einem Lachen und gestand: „Ich kann sogar wieder meinen BH tragen.“

„Autsch.“ Misty schien entsetzt von dieser Vorstellung. „Sind Sie sicher, dass Sie das sollten? Die verdammten Dinger drücken doch.“

Erst jetzt fiel Elizabeth auf, dass sie viel förmlicher gekleidet war als die beiden anderen Frauen, die bequeme weite T-Shirts, Baumwollshorts und Sandaletten trugen. Sie hingegen trug eine Bluse unter ihrem langen Trägerkleid, helle Socken und Ballerinas.

Sie nahm ihren Mut zusammen und fragte: „Kleiden sich alle hier so ungezwungen? Ich meine, würde es jemandem auffallen, wenn ich auch so etwas anziehe?“

Honey lachte laut. „Und ob! Gabe würde es auffallen. Allerdings habe ich den Verdacht, dass es gar keine Rolle spielt, was Sie anziehen. Sie würden ihm so oder so auffallen. Es war wirklich lustig, wie er gestern um Sie herumgestolpert ist.“

Misty biss sich auf die Unterlippe, um nicht ebenfalls zu lachen. „Gabe hat Sawyer und Morgan damit aufgezogen, als die beiden hinter uns her waren. Jetzt zahlen sie es ihm heim.“

„Aber wir sind nicht zusammen.“ Noch während sie es aussprach, fühlte Elizabeth, dass sie errötete. Sie hoffte, die Schwestern würden es ihrem Sonnenbrand zuschreiben und nicht ihrer Verlegenheit.

„Vielleicht jetzt noch nicht, aber Gabe arbeitet daran. Seit Sawyer und ich verheiratet sind, habe ich ihn ziemlich gut kennengelernt. Er hat viele Dates, aber er hat nie eine bestimmte Frau erwähnt. Sie hat er schon mehrmals erwähnt.“

Elizabeth wagte nicht, danach zu fragen, was er über sie gesagt hatte. Sie konnte es sich schon vorstellen. „Ich werde mir heute wohl Shorts kaufen.“

„Gute Idee. Dies ist ein Urlaubsort. Nur wenige Leute laufen nicht in Freizeitkleidung herum.“

Ceily kam mit Elizabeths Getränk und dem Essen wieder. Misty hatte einen riesigen Hamburger mit Pommes frites bestellt, während die anderen beiden sich mit einem Salat begnügten.

Misty verzog das Gesicht. „Ich schwöre euch, es liegt am Stillen. Früher habe ich nie so viel gegessen, aber jetzt habe ich ständig Hunger. Sawyer meint, ich verbrenne eben viele Kalorien.“

Honey grinste amüsiert. Doch dann platzte sie heraus: „Ich frage mich, ob es mir genauso ergehen wird.“

Misty, die gerade in den Hamburger gebissen hatte, hielt inne. Langsam ließ sie ihn wieder sinken und schluckte. „Bist du etwa …?“

Honey nickte aufgeregt, und Elizabeth erschrak regelrecht, als die beiden Frauen kreischend aufsprangen und sich über den Tisch hinweg umarmten.

„Wann?“, wollte Misty wissen.

„In ungefähr sechs Monaten. Ende Februar.“ Honey lehnte sich nach vorn. „Aber behalt es für dich. Niemand soll es wissen, bevor ich es Sawyer gesagt habe."

„Du hast es ihm noch nicht erzählt?"

„Ich weiß es doch selbst erst endgültig seit heute Morgen." Sie wandte sich an Elizabeth. „Wir haben eine Schwangerschaft nicht zu verhindern versucht, falls Sie verstehen, was ich meine. Deshalb wird es für ihn auch kein Schock sein. Aber er wird trotzdem einen ziemlichen Wirbel darum machen."

Elizabeth starrte sie an und hatte keine Ahnung, was sie sagen sollte. Sie war verblüfft, dass die Schwestern sie in so persönliche Angelegenheiten einbezogen. Sie hatte nie enge Freundinnen gehabt. Dafür war sie immer zu sehr Einzelgängerin gewesen.

Wie sich jedoch herausstellte, brauchte sie gar nichts zu sagen, da Honey und Misty sofort weiterplapperten, während sie aßen. Und Elizabeth hatte nicht die Absicht, sie zu unterbrechen.

Über eine Stunde lang unterhielten sie sich über ihre Männer und die anderen Brüder, und Elizabeth füllte Seite um Seite ihres Notizblocks. Bevor sie aufbrach, bedankte sie sich noch einmal bei den Frauen.

Misty hatte ihre inzwischen hellwache Tochter auf dem Arm und wiegte sie summend. Daher wandte sich Honey an Elizabeth und sagte: „Ich hoffe, wir waren Ihnen eine Hilfe. Aber was genau haben Sie vor? Ich weiß, dass Sie eine Doktorarbeit über Helden schreiben. Nur, warum?"

„Ich möchte als Therapeutin arbeiten. Zu oft versuchen gewöhnliche Menschen, sich an den echten Helden dieser Welt zu messen, und werden ihren eigenen Ansprüchen nicht gerecht. Das schadet dem Selbstwertgefühl. Ich möchte in der Lage sein, ihnen zu zeigen, dass es greifbare Unterschiede zwischen Helden und Durchschnittsmenschen gibt."

Bevor die Schwestern dazu weitere Fragen stellen konnten, erkundigte sie sich nach dem Weg zu Jordans Tierarztpraxis.

Er war der einzige Bruder, mit dem sie bisher noch nicht gesprochen hatte. Nach allem, was sie gehört hatte, war er in vieler Hinsicht anders als seine Brüder. Doch auch er brachte ein Frauenherz zum Schmelzen.

Elizabeth freute sich schon darauf, ihn gründlich zu befragen.

Gabe schlang von hinten die Arme um Ceily und gab ihr einen geräuschvollen Kuss auf den Nacken. „He, Puppe“, knurrte er gespielt lüstern.

Ceily ließ vor Schreck beinah das Tablett mit schmutzigem Geschirr fallen. Wütend drehte sie sich um. „Lass das, du verdammter Kerl! Deinetwegen hätte ich fast einen Herzinfarkt bekommen.“

„Leise.“ Gabe grinste. „Niemand soll wissen, dass ich hier bin.“

„Falls du deine neue Freundin suchst, die ist schon weg.“

Gabe fluchte, was Ceily offensichtlich amüsierte. „Weißt du, wohin sie gegangen ist?“

Sie stellte das Tablett auf die Spüle. „Kann schon sein.“

„Ceily …“

„Ich habe einen tropfenden Wasserhahn, der repariert werden müsste“, sagte sie über die Schulter. „Ich kann es dir erzählen, während du arbeitest.“

Gabe wollte keine Zeit vertrödeln. Trotzdem erklärte er sich einverstanden. Ceily war eine seiner besten Freundinnen und ein ausgezeichneter Spion. Obwohl sie nicht klatschte, schien sie ständig alles zu wissen, was in ihrem Lokal geredet wurde. „Na schön. Zeig mir den Wasserhahn.“

Fünf Minuten später lag Gabe ohne Hemd – um es nicht allzu dreckig zu machen – auf dem Rücken und untersuchte die Dichtung des Wasserhahns. Ceily brauchte dringend neue Rohre und Dichtungen. „Ich kann ihn fürs Erste reparieren.

Um eine größere Reparatur wirst du allerdings nicht herumkommen. Wann passt es dir?"

Ceily saß neben ihm auf einem Stuhl und machte eine kurze Pause, solange es im Lokal ruhig war. „Ich richte mich ganz nach dir."

Sekunden später schob Gabe sich unter der Spüle hervor und setzte sich auf. „Fertig. Also los, rede."

Zuerst überprüfte Ceily den Hahn und nickte. „Sie ist zu deinem Bruder Jordan gegangen. Aber sie wollte auch noch einkaufen." Ceily grinste mutwillig. „Sie wollte sich lockerer anziehen, so wie Misty und Honey."

Gabe stöhnte. Misty und Honey hatten bequemen Chic regelrecht zur Kunstform erhoben. Die Frauen sahen selbst in Shorts und T-Shirts sehr sexy aus. „Das überlebe ich nicht." Ceily lachte. Gabe stützte sich unnötigerweise auf ihrem Knie ab und stand auf. „Könntest du mir erklären, was daran so komisch ist?"

„Findest du es nicht amüsant, wenn der große Frauenheld Gabriel Kasper von einem zugeknöpften rothaarigen Mauerblümchen zur Strecke gebracht wird?"

Es gefiel ihm nicht, dass sich jemand über Elizabeth lustig machte. Andererseits wusste er, dass Ceily es nicht böse meinte. Sie war nur ebenso wie er erstaunt über sein Interesse an einer Frau, die so anders war als seine üblichen Freundinnen.

Ceily musterte ihn, während er sich schweigend über der Spüle die Hände wusch, und stieß einen Pfiff aus. „Na so was. Dich hat es tatsächlich erwischt, was?"

„Das ist ein blöder Ausdruck", knurrte er. „Sagen wir, ich bin fasziniert."

„Fasziniert, verknallt … es spielt keine Rolle, wie du es nennst. Fest steht, dich hat es voll erwischt." Sie verschränkte die Arme vor der Brust und lehnte sich an die Wand. „Willst du mir erzählen, wieso?"

Gabe zuckte die Schultern und trocknete sich die Hände an einem ausgefransten Geschirrhandtuch ab. „Lizzy ist anders.“

„Was du nicht sagst!“

Gabe schlug im Spaß mit dem Handtuch nach ihr. „Du bist ganz schön frech heute.“

„Es kommt eben nicht jeden Tag vor, dass ich Zeuge bin, wie der große Gabe zu Fall gebracht wird.“

„Ich bin nicht gefallen, sondern gesprungen.“

„So ist das also, was?“

Gabe lehnte sich gegen das Spülbecken und musterte Ceily. „Es ist wirklich eine merkwürdige Sache“, räumte er ein. „Zuerst mochte ich sie überhaupt nicht. Dann entdeckte ich nach und nach all diese kleinen Dinge an ihr und fand sie immer besser.“

„Ich mache dich nur ungern darauf aufmerksam, aber du neigst dazu, jede erwachsene Frau, die dir begegnet, zu begehren.“

„Aber nicht so.“ Er schüttelte den Kopf und dachte über die Unterschiede nach. „Du weißt ebenso gut wie ich, dass die meisten Frauen es mir sehr leicht gemacht haben.“

Sie warf ihm einen ironischen Blick zu. „Allerdings, das weiß ich aus eigener Erfahrung.“

Erschrocken sah Gabe auf. „He, damit meinte ich nicht dich.“ Er streichelte mit dem Finger ihre Wange. „Wir waren damals beide viel zu jung, um zu wissen, was wir taten.“

Ceily lächelte spöttisch. Trotz der Tatsache, dass sie einst ein wenig miteinander herumexperimentiert hatten, waren sie gute Freunde geworden. Und dafür war Gabe sehr dankbar.

„Soweit ich mich erinnere, wusstest du ganz genau, was du tatest“, neckte sie ihn. „Für mich war es jedenfalls schön, dass ich mein erstes Mal mit jemandem erleben durfte, dem ich vertraute und den ich mochte.“

Gabe stutzte. Ceily hatte diese kleine Episode seit vielen

Jahren nicht mehr erwähnt. Er würde auch nicht versuchen, ihr klarzumachen, wie ungeschickt er sich damals angestellt hatte. Wenn sie den richtigen Mann gefunden hatte, würde sie es selbst herausfinden. Neugierig, da sie das Thema aufgebracht hatte, fragte er: „Hast du jemandem davon erzählt?"

„Nein. Und ich weiß, dass du es auch nicht erzählt hast, also brauchst du nicht nervös zu werden. Außerdem bin ich nicht heimlich in dich verliebt. Es hat Spaß gemacht, aber ich will mehr."

Gabe stieß sich vom Spülbecken ab und nahm Ceily fest in den Arm. Sie war wirklich etwas Besonderes. „Ich weiß. Und das wirst du auch finden. Du hast das Beste verdient."

Sie erwiderte die Umarmung und meinte kokett: „Das finde ich auch." Dann schob sie ihn ein Stück von sich. „Wie dem auch sei, sämtliche Frauen aus der Gegend kommen angelaufen, sobald du nur den kleinen Finger krümmst."

„Nicht alle. Ein oder zwei Mal habe ich einen Korb bekommen", entgegnete Gabe.

Ceily runzelte die Stirn. „Moment mal. Willst du mir damit sagen, dass Elizabeth Parks zu diesen wenigen gehört?"

Gabe schob mit finsterer Miene die Hände in die Taschen. „Ich will dir gar nichts sagen über Elizabeth. Ich wollte damit nur andeuten, dass mich die meisten Frauen nur wegen meines Rufs wollen. Sie halten mich für gut aussehend und sexy …"

Ceily krümmte sich vor Lachen.

Gabe winkte ab. „Ach, mit dir kann man heute einfach nicht reden."

Er wollte an ihr vorbei, doch sie hielt ihn an den Gürtelschlaufen seiner Hose fest. Sie wurde zwei Schritte weit mitgezogen, bevor er endlich stehen blieb. Noch immer lachend sagte sie: „Warte! Ich will hören, was sie von dir will."

Gabe seufzte schwer. Ohne sich umzudrehen, gestand er: „Sie hält mich für einen Helden und möchte mehr über meinen Charakter und meine Familie erfahren. Sie sieht mich immer so merkwürdig aufgeregt und beinah ehrfürchtig an. Das hat nichts mit dem zu tun, was wir vielleicht miteinander machen oder ich mit ihr, sondern mit dem, was sie in mir sieht. So etwas habe ich noch bei keiner Frau erlebt. Und es ist der einzige Grund, weswegen ich sie interessiere. Wenn ich artig ihre Fragen beantworte, wird sie sich nur zu gern damit begnügen.“

Gestern Abend war sie jedoch dazu bereit gewesen, andere Dinge zu tun. Allerdings war sie nicht zu ihm gekommen, sondern er zu ihr. Er hatte die Initiative ergriffen. Dabei war es für ihn seit Jahren nicht mehr nötig gewesen, seine Verführungskünste spielen zu lassen.

Und selbst dabei hatte er das Gefühl gehabt, dass sie sich Notizen gemacht hätte, wenn er ihr Stift und Block in die Hand gedrückt hätte. Jetzt, wo er wusste, weshalb es ihr so wichtig war, fühlte er sich nicht nur körperlich zu ihr hingezogen. Jetzt empfand er etwas, das darüber hinausging.

Ceily ließ seine Gürtelschlaufen los und strich mit der Hand über seinen Rücken. „Armer Gabe. Du bist wirklich aufgeschmissen, was?“

„Ich werde dich noch übers Knie legen, Ceily.“

Sie lachte über diese alberne Drohung. „Nein, das wirst du nicht, weil ich dir nämlich einen wertvollen Rat geben kann.“

Langsam drehte er sich zu ihr um. „Ach ja?“

„Ja. Ich habe gehört, wie Elizabeth deinen Schwägerinnen erzählt hat, dass sie nicht mehr hier sein wird, sobald das Studium wieder beginnt. Sie ist eine sehr ehrgeizige junge Akademikerin und hat große Pläne für ihr Leben. Wenn du dir erhoffst, ein Teil dieser Pläne zu sein, legst du dich besser ins Zeug. Denn ich vermute, dass sie nicht mehr wiederkommt, wenn sie erst mal fort ist.“

8. KAPITEL

Als Gabe durch den Hintereingang zu Jordans Tierarztpraxis trat, fand er seinen Bruder und Elizabeth über den Untersuchungstisch gebeugt. Sie hatten ihm den Rücken zugekehrt, und Elizabeth stand dicht an Jordans Seite, der seinen Arm um sie gelegt hatte, während die beiden sich innig miteinander unterhielten.

„Störe ich?" Eigentlich hatte er diese Frage mit kühler Gleichgültigkeit stellen wollen. Doch er merkte selbst, wie herausfordernd es klang.

Jordan warf ihm einen Blick über die Schulter zu und grinste. „Komm her, Gabe. Sieh dir das an. Aber sei leise", fügte er hinzu.

Die Stimme seines Bruders hatte eine seltsam beruhigende Wirkung, und er setzte sie ein, wenn er ein ängstliches oder verletztes Tier behandelte. Sie war beinah hypnotisierend und, all den Frauen nach zu urteilen, äußerst sexy.

Gabe unterdrückte ein Knurren. Falls Jordan mit dieser Stimme Elizabeth umgarnt hatte, würde er ihn …

Auf dem Untersuchungstisch lag eine verwahrloste Katze, die ihre neugeborenen Kätzchen leckte. Gabe sah Elizabeths Gesicht und schmolz dahin.

Tränen glänzten in ihren leuchtenden blauen Augen und den langen Wimpern. Sie schenkte ihm ein zittriges Lächeln und schniefte, während sie die Katze hinter dem Rest ihres Ohres kraulte.

Leise erklärte Jordan: „Sie ist in einen Kampf mit dem Nachbarhund geraten und hat verloren. Sie war kaum hier, als sie auch schon geworfen hat. Acht Kätzchen." Jordan schüttelte den Kopf. „Du bist eine Kämpferin, was, altes Mädchen?" Jordan streichelte der Katze den Rücken und wurde mit einem Schnurren belohnt.

Elizabeth schniefte erneut. „Sie ist eine streunende Katze. Jordan meint, sie sei unterernährt, daher wussten wir nicht, ob die Jungen gesund zur Welt kommen würden.“ Sie warf Gabe einen besorgten Blick zu. „Sind sie nicht schrecklich klein?“

Gabe lächelte. „Junge Kätzchen sind meistens so winzig.“

„Und wie glibschig sie aussehen.“

Jordan lachte leise. „Sie wird sie im Nu sauber haben und es ihnen behaglich machen. Das Problem besteht jetzt darin, sie in einen Käfig zu bekommen. Ich bewege sie nur ungern, nachdem sie gerade geworfen hat. Aber ich kann sie mit ihren Jungen schlecht auf dem Tisch lassen.“

Elizabeth schien darüber nachzudenken. „Gehen die Käfige von oben oder von vorn auf?“

„Beides.“

„Dann könnten wir sie vielleicht mitsamt der Decke und allem in den Käfig tragen. Wenn Sie zwei Ecken nehmen und Gabe ebenfalls und ich aufpasse, dass keines der Kätzchen herausfällt … meinen Sie, das könnte funktionieren?“

Zu Gabes Ärger lächelte Jordan und gab ihr einen Kuss auf die Wange. „Das ist eine brillante Idee. Gabe, behalt die Truppe im Auge, während ich einen Käfig suche, der groß genug ist. Ich bin gleich wieder da.“

Gabe trat neben Elizabeth. „Du hast geweint.“ Jedes Mal, sobald er ihr nah war, fühlte er sich seltsam. Er kannte sich dann selbst nicht mehr, weil sie Gefühle in ihm weckte, die er bislang nicht gekannt hatte.

„Ich habe noch nie vorher gesehen, wie Katzenbabys auf die Welt kommen. Es ist erstaunlich.“

Gabe legte den Arm um sie und schmiegte sein Gesicht an ihr Ohr. „Hast du Jordan geholfen?“

Sie lachte leise. „Hauptsächlich habe ich versucht, ihm nicht im Weg zu stehen.“

Hinter ihnen meldete sich Jordan zu Wort. „Ohne sie hätte

ich es nicht geschafft. Sie hat das richtige Feingefühl. Kaum fing sie an, die alte Katze zu streicheln, entspannte sich das Tier. Ich befürchtete, sie betäuben zu müssen, doch Elizabeths Streicheln war besser als jede Spritze, die ich ihr hätte geben können."

Innerhalb weniger Minuten hatten sie es der Katze mit ihren Jungen in einem Käfig bequem gemacht, den sie in eine warme Ecke stellten, wo es ruhig war und die Sonne schien. Die Katze, erschöpft von der Geburt, döste ein.

„Wird sie wieder gesund werden?", fragte Gabe.

Elizabeth antwortete. „Jordan meint, die Verletzungen durch den Hund seien nicht so gravierend. Nachdem er mehrere Kratzer und einen nicht sehr schlimmen Biss gesäubert hat, bekam sie auch gleich ihre Jungen." Über sich selbst lachend, gestand Elizabeth: „Als sie zum ersten Mal so kläglich jaulte, dachte ich, sie würde sterben. Jordan erklärte mir, dass sie bloß ihre Wehen hat."

Jordan, der behutsam eine frische Decke um die Kätzchen zu legen versuchte, sagte: „Gabe, hast du nicht Lust, Lizzy den Rest meiner Tierklinik zu zeigen?"

Elizabeths Augen weiteten sich. „Könntest du das? Ich würde sie gern sehen."

Da Gabe ohnehin mit ihr allein sein wollte, stimmte er zu.

Alles an Elizabeth faszinierte ihn – ihre Sanftheit, ihre Sommersprossen, ihr Charakter, ihre Ehrfurcht beim Anblick eines kläffenden Welpen oder schlafenden Vogels. Sie war eine komplexe Persönlichkeit und doch in vielen Dingen absolut geradlinig. Als Gabe die Führung beendet hatte, war Jordan mit den Kätzchen fertig und umarmte Elizabeth ohne Zögern noch einmal.

Gabe zog finster die Brauen zusammen.

„Kommen Sie jederzeit wieder, Elizabeth." Jordan sah kurz zu Gabe. „Dann können wir uns weiter unterhalten."

„Gern. Vielen Dank.“

Gabe wollte nicht, dass sie bei Jordan war. Sie sollte bei keinem Mann sein außer bei ihm. Im Übrigen war er nicht sonderlich scharf darauf, dass sie mit allen möglichen Leuten über ihn sprach. Wer wusste, was sie alles zu hören bekäme!

Endlich löste sie sich von Jordan und wandte sich an beide Männer. „Ich muss mich beeilen. Ich habe noch einiges zu erledigen.“ Während sie das sagte, bewegte sie sich rückwärts zur Tür und behielt Gabe im Auge.

„Was musst du erledigen?“, fragte er misstrauisch.

„Ach, nur das Übliche.“ Sie griff nach dem Türknopf und öffnete die Tür. „Ich muss zur Bibliothek, zum Supermarkt ... Casey einen Besuch abstatten.“

Die letzten Worte waren gemurmelt, und es dauerte eine Sekunde, bis Gabe begriff. Dann verfinsterte sich seine Miene. „He, warte eine Minute!“

„Tut mir leid, ich muss los.“ Sie zögerte und rief: „Wir sehen uns heute Abend, Gabe!“

Doch bevor er sie festhalten konnte, war sie zur Tür hinaus, und Gabe blieb mit seinem lachenden Bruder zurück.

Elizabeth war das reinste Nervenbündel an diesem Abend. In einem geradezu kühnen Entschluss hatte sie ein etwas kürzeres Kleid angezogen, das knapp oberhalb ihres Knies endete und dessen Oberteil nicht ganz so züchtig war wie die Sachen, die sie sonst trug. Sie kam sich beinah verrucht vor.

Der Gedanke an Gabes Hände, die sich unter ihren Rock schoben, sozusagen auf der Suche nach dem zweiten Laufmal, oder die Knöpfe öffneten, um beim ersten Laufmal zu verweilen, löste einen Schauer prickelnder Vorfreude aus.

Nervös warf sie ihm einen Blick von der Seite zu. Er war still und in sich gekehrt und schaute konzentriert auf die Straße. Sie räusperte sich und sagte mutig: „Ist dir eigentlich klar, wie viele erste Male ich erlebt habe, seit wir uns kennengelernt haben?“

Er warf ihr einen kurzen Blick zu. „Was soll das heißen?“

Ich muss es ihm begreiflich machen, dachte sie. Er sollte sich nicht unter Druck gesetzt fühlen und einen Rückzieher machen, jetzt, wo sie sich gerade daran gewöhnt hatte, wie er sie umwarb. Seine Schwägerinnen waren besorgt gewesen, dass er ihr wehtun könnte. Vielleicht machte Gabe sich die gleichen Sorgen. Wenn sie ihm aber klarmachte, dass sie beide dasselbe wollten, nämlich einen angenehmen Zeitvertreib ohne weitere Verpflichtungen, dann würde er sich frei genug fühlen, ihr weiterhin seine wundervolle Aufmerksamkeit zu schenken.

Wundervoll war es wirklich. Er gab ihr das Gefühl, sexy zu sein, obwohl sie sich doch ihr ganzes Leben lang unscheinbar gefunden hatte. Durch ihn fühlte sie sich als Frau, obwohl sie ihre Sanftheit bisher eher als Schwäche betrachtet hatte. Und er weckte ihren sexuellen Appetit, ein Gefühl, das ihr ebenfalls völlig neu war.

„Ich mag deinen Bruder.“

Gabe sah sie mit zusammengezogenen Brauen an. „Welchen?“

„Na ja, alle. Aber ich meinte gerade Jordan. Er ist ganz anders als der Rest von euch.“

Gabe umklammerte das Lenkrad fester. „Ach ja? Inwiefern?“

„Ruhiger … gefühlsbetonter. Er geht so sanft mit den Tieren um. In seiner Nähe fühlte ich mich ganz entspannt. Das war zum Beispiel ein erstes Mal.“

Gabe knirschte mit den Zähnen. „In meiner Nähe bist du nicht entspannt?“

In seiner Gegenwart war sie so angespannt und glühte, dass sie glatt in Flammen aufgehen konnte. Aber das würde sie ihm natürlich nicht verraten. „Es ist einfach anders mit Jordan als mit dir. Und er ließ mich bei der Geburt der Kätzchen helfen. So etwas habe ich noch nie vorher gesehen. Und du? Hast du so etwas schon einmal miterlebt?“

„Klar.“ Gabe sah kurz zu ihr und richtete den Blick wieder auf die Straße. „Jordan schleppt ständig irgendwelche Tiere mit nach Hause. Wir alle mögen Tiere. In der Hinsicht unterscheidet er sich nicht von uns anderen.“

„Aber Jordan ist … ich weiß nicht. Zurückhaltender als ihr anderen. Weicher.“

„Ha! Lass dich von ihm bloß nicht zum Narren halten. Sicher, er ist zurückhaltender. Aber er ist ebenso ein Mann wie ich.“

„Gabe, ich wollte keinen Vergleich anstellen.“ Sie verstand seine Reaktion nicht. Es war ja fast so, als ob … Nein, Gabe konnte unmöglich auf seinen Bruder eifersüchtig sein. Sie beschloss, lieber das Thema zu wechseln. „Ich habe mich heute mit Honey und Misty zum Lunch getroffen.“

Gabe runzelte die Stirn. „War es nett?“

„Ja.“ Elizabeth strich den Rocksaum glatt. „Ich bin vorher kaum mit anderen Frauen zusammen gewesen. Es hat Spaß gemacht. Die Sachen, über die sie sich unterhalten haben …“

„Was für Sachen?“, unterbrach er sie seltsam grimmig.

Sie zuckte die Schultern. „Frauensachen.“ Sie hatte nicht die Absicht, ihm zu erzählen, dass Honey schwanger war. Womöglich würde das ihr freundschaftliches Verhältnis zu den beiden Frauen gefährden. Sobald Honey ihrem Mann die Neuigkeit mitgeteilt hatte, würde auch Gabe es erfahren. „Übers Shoppen, über Amber, über Männer. Solche Sachen.“

„Was habt ihr über Männer geredet?“

„Nichts Bestimmtes. Nur albernes Zeug. Das war auch ein erstes Mal für mich. Ich wusste gar nicht, wie herrlich es sein kann, mit anderen Frauen zu klatschen und zu plaudern. Deine Schwägerinnen sind so nett und haben mich sofort akzeptiert. Ich mag die beiden sehr."

Gabe hielt an einer roten Ampel und drehte sich zu Elizabeth. „Ich mag sie auch. Sehr sogar." Er legte den Kopf schräg und betrachtete sie nachdenklich. „Komm mal her."

Oh, wie er das sagte. Es war viel mehr als eine bloße Aufforderung, näher zu rücken. Die Glut in seinem Blick verriet es ebenso wie der raue Klang seiner Stimme. Elizabeth schaute auf den Sitz, wo seine Hand ruhte. Ein warmes Gefühl durchströmte sie, als sie zu ihm rutschte, so weit der Sicherheitsgurt es zuließ. Es war nah genug, um seine Wärme zu spüren, die Energie, die von ihm ausging, und seinen wundervollen Duft einzuatmen.

Sofort legte Gabe besitzergreifend die Hand auf ihren Oberschenkel. Elizabeth erschauerte.

„Was macht dein Sonnenbrand heute?", erkundigte er sich und streichelte sie sanft.

Elizabeth starrte auf die dunkle Hand auf ihrem Bein. „Er ist schon viel besser. Heute Morgen war die Haut noch ein wenig empfindlich, aber jetzt merke ich den Sonnenbrand kaum noch."

Er schob die Finger unter den Rock und streichelte ihre Haut mit langsamen, kreisenden Bewegungen. Elizabeths Atmung beschleunigte sich. „Und hier? Tut das weh?"

Sie schüttelte den Kopf, zu erschrocken und erregt zum Sprechen.

Die Ampel sprang auf Grün um, und Gabe gab Gas. Er lenkte mit einer Hand, während er die andere auf ihrem Oberschenkel ruhen ließ. „Erzähl mir, welche anderen ersten Male du erlebt hast."

Seine zärtliche Berührung war hypnotisierend. Unwillkürlich teilte sie die Beine ein kleines Stück, sodass seine Finger sich langsam an der sensiblen Innenseite ihres Schenkels hinaufbewegen konnten. „Im See zu schwimmen."

„Ach ja." Er grinste. „Meinst du, du hast irgendwann den Mut, es noch einmal zu versuchen?"

Anscheinend ist er so etwas gewöhnt, dachte sie, während er mühelos einhändig den Wagen lenkte und sie gleichzeitig mit der anderen erregte. Er war wirklich ein Experte in diesen Dingen.

„Ja." Sie würde alles versuchen, was Gabe wollte. Sie vertraute ihm.

„Noch weitere erste Male?"

„Na ja ... das hier vielleicht." Sie deutete auf seine Hand unter ihrem Rock, die langsam höher glitt. Elizabeth hatte Mühe, noch ruhig zu sprechen. „Das Küssen und Streicheln und die Art, wie du mit mir redest." Er sah sie an, und sie sagte: „Ich finde es toll, wie offen wir uns miteinander unterhalten. Das hat noch kein Mann mit mir getan."

„Du hast eben eine Menge Dummköpfe gekannt, Süße."

„Da hast du's. Und all diese Sachen wie das erste Laufmal und das Autokino. Es kommt mir vor, als würde ich die Welt erst jetzt richtig kennenlernen. Außerdem", fügte sie hinzu, „bist du mit Abstand der faszinierendste Held, den ich interviewt habe. Das ist also auch ein erstes Mal, nehme ich an." Sie hatte keine Ahnung, wie sie trotz ihrer Nervosität so viele Worte hatte aneinanderreihen können. Ihre Nerven lagen blank. Sie berührte seine Schulter. „Kann ich dich was fragen, Gabe?" Sie streichelte seine Schulter und drückte seinen Bizeps, der sich unter dem weichen Baumwollstoff seines T-Shirts anspannte. Gabe fühlte sich so gut an.

„Du kannst mich alles fragen, was du willst."

Zögernd erklärte sie: „Es ist eher eine Bitte."

Er nahm die Hand von ihrem Bein, lenkte den Wagen auf einen gekiesten Platz und reihte sich in die Warteschlange vor dem Drive-in-Schalter ein. Elizabeth schaute sich staunend um. Überall liefen Leute herum. Manche gingen zu einem rechteckigen Betongebäude, in dem sich vermutlich der Filmprojektor und ein Erfrischungsstand befanden. Andere lehnten sich in Wagenfenster und unterhielten sich mit den Leuten aus den Nachbarwagen. Manche saßen vor ihren Fahrzeugen und beobachteten, wie der Himmel dunkel wurde und die Sterne zum Vorschein kamen. Die Leinwand war riesig und stand vor lauter Reihen von Metallpfosten, an denen Lautsprecher angebracht waren. Elizabeth war fasziniert.

„Also, wie lautete deine Bitte?“, wollte Gabe wissen.

„Oh.“ Sie sah ihn wieder an. Da sie jedoch unmöglich die Frage stellen und ihm dabei ins Gesicht sehen konnte, schaute sie wieder auf den Platz. „Hast du etwas dagegen, wenn ich dich auch berühre? Ich meine, so wie mit dem ersten und zweiten Laufmal? Dich gestern Abend zu berühren war auch ein erstes Mal für mich. Ich hatte keine Ahnung, dass ein Mann sich so unterschiedlich anfühlen würde.“

Er schluckte und sackte ein wenig tiefer hinters Lenkrad. „Inwiefern unterschiedlich?“

Elizabeths Gesicht glühte. Ihr ganzer Körper glühte, um genau zu sein. Mit leiser, heiserer Stimme antwortete sie: „An manchen Stellen weich, an anderen hart. Ich … ich würde gern deine Brust berühren, unter deinem T-Shirt, und ich würde dich gern dort fühlen … in deiner Jeans.“

Gabe stöhnte und musste lachen. Einen Moment lang legte er die Stirn auf das Lenkrad. Dann drehte er den Kopf und sah sie an. „Bist du dir ganz sicher, dass du dir einen Film anschauen willst?“

Da sie nicht ganz verstand, warf sie einen Blick auf die Plakatwand, auf der die Filmtitel aufgeführt waren, die an diesem Abend gezeigt wurden. „Tonyas Rache“ klang nicht so toll. Vermutlich ein Actionfilm. Aber auch wenn er nicht besonders geistreich klang, war Elizabeth doch neugierig. „Ich möchte wenigstens ein bisschen davon sehen, da es auch ein erstes Mal für mich ist. Wieso fragst du?“

Gabe antwortete nicht gleich, da er zum Schalter vorfuhr und ein paar Dollarnoten hinhielt. Der Angestellte kannte Gabe offenbar, so wie er ihn begrüßte. Neugierig leuchtete er mit seiner Taschenlampe in den Wagen, musterte Elizabeth und gab Gabe zwinkernd das Wechselgeld. „Viel Spaß beim Film“, sagte er mit einem breiten Grinsen.

Gabe fluchte leise und parkte im hinteren Teil des Platzes. Überall hatten die Leute bereits Campingstühle aufgestellt, es sich auf Decken bequem gemacht oder auf den Ladeflächen ihrer Pick-ups. Gabe parkte so weit weg wie möglich von den anderen.

„Du willst nicht bleiben, oder?“ Elizabeth wollte ihn zu nichts drängen.

„Ich habe Zweifel bekommen.“

„Zweifel? Du meinst, du willst nicht …“

Mit einer plötzlichen Bewegung umfasste er ihren Nacken, zog sie an sich und küsste sie leidenschaftlich. „Ich will“, versicherte er ihr. „Aber ich wäre lieber in deinem Apartment, wo ich dich ausziehen und ganz ungestört lieben könnte.“

Elizabeths Herz pochte heftig. „Und du würdest mich dich berühren lassen?“

„Oh ja.“ Er küsste sie erneut, kurz und zärtlich diesmal. „Aber ich möchte nicht, dass dir ein erstes Mal entgeht, Süße. Jede amerikanische Frau sollte wenigstens einmal im Autokino gewesen sein. Besser spät als gar nicht.“

Elizabeth schmiegte die Nase an seinen warmen Hals und atmete tief seinen verlockenden Duft ein. Wie würde es wohl sein, diesen Duft die ganze Nacht um sich zu haben? Sie versuchte sich wieder auf die Unterhaltung zu konzentrieren. „Weil die Filme so gut sind?“

Gabe grinste zweideutig. „Nein, sondern weil erotische Neckereien im Autokino praktisch zur Tradition gehören. Man kann nicht ins Kino gehen, ohne wenigstens ein klein wenig intim zu werden. Das Licht ist gedämpft, der Film langweilig, die Atmosphäre knistert. Da ist es ganz normal, ein bisschen herumzuschmusen."

Elizabeth dachte darüber nach. Dann schob sie die Hände über seine Brust, hinauf zu seinen Schultern und legte sie um seinen Nacken. „Und was ist, wenn ich mehr will als nur ein klein wenig schmusen?"

„Dann werde ich das vielleicht den halben Film durchhalten. Vielleicht." Er umrahmte ihr Gesicht mit den Händen und fuhr mit den Daumen über ihre Wangenknochen. „Aber versprechen kann ich dir nichts, also sag nicht, ich hätte dich nicht gewarnt."

9. KAPITEL

Elizabeths glatte heiße Lippen auf seinem Hals zu spüren brachte Gabe fast um den Verstand. „Du schmeckst so gut", hauchte sie. „Schmeckst du überall so?"

Er spannte sich innerlich an. Natürlich wollte er ihr gern die Gelegenheit geben, ihn in aller Ruhe zu erforschen. Doch er war nicht sicher, ob er das überstehen würde. „Das kannst du später herausfinden", flüsterte er heiser.

Sie lehnte sich zurück und sah zur Leinwand. „Was?" Offenbar erwartete sie mit einer gewissen Aufgeregtheit die nächste Liebesszene. Gabe hatte keine Ahnung gehabt, dass Elizabeth für diesen billigen, minderwertigen Erotikfilm so empfänglich sein würde. Während sie gebannt zuschaute, legte er eine Hand unter ihre Brust und fühlte ihren raschen Herzschlag.

„Es wundert mich, dass wir den Film überhaupt sehen können, so beschlagen wie die Scheiben inzwischen sind", neckte er sie.

Sie grinste. „Ich habe davon schon in Büchern gelesen, dachte aber immer, es sei eine Übertreibung."

Er zog sie erneut an sich und senkte die Lippen auf ihren Mund. Sein leidenschaftlicher Kuss entfachte ihr Verlangen und ließ keinen Zweifel über seine Absichten. Ungeduldig zerrte Elizabeth an seinem T-Shirt und zog es aus seiner Jeans.

Gabe gehorchte ihrem Wunsch nur zu gern, schob Elizabeth ein wenig von sich und streifte sich das T-Shirt über den Kopf. Sofort war sie wieder nah bei ihm. Ihre Augen funkelten im halbdunklen Wagen, während ihre Hände begierig über seine warme Haut glitten. Ob absichtlich oder nicht, das vermochte er nicht zu sagen, doch fuhr sie mit den Daumen über seine flachen Brustwarzen. Er zuckte zusammen. Seine heftige Reaktion ließ sie erstaunt innehalten, ehe sie noch einmal mit den Fingern durch seine Brusthaare strich.

Gabe stöhnte, krallte die Finger in den Sitz und versuchte, die Kontrolle zu bewahren.

Ihre Lippen berührten seine rechte Brustwarze, er fühlte Elizabeths warmen Atem auf sich, dann ihre Zunge und war verloren.

„Tut mir leid“, presste er mühsam hervor. „Ich halte es nicht aus.“ Er sah ihre Enttäuschung, während er sie an den Schultern auf Abstand hielt. „Nicht hier, Liebes. Es ist einfach zu viel. Ich verstehe es selbst nicht, aber …“

Sie wirkte nicht überzeugt, daher nahm er ihre Hand und legte sie auf seine pulsierende Härte.

„Siehst du jetzt, was du mir antust?“ Seine Stimme klang heiser und angespannt. „Es ist verrückt. Ich habe so etwas schon viele Male im Autokino gemacht, aber noch nie war ich so kurz davor, völlig die Kontrolle über mich zu verlieren.“

„Wirklich?“

Anscheinend wusste sie tatsächlich nicht, wie anziehend sie war und welche Wirkung sie auf Männer hatte. „Ja. Tut mir leid, Süße, aber das ist die Wahrheit.“ Und zum ersten Mal in seinem Leben bereute er ein wenig seine sündige Vergangenheit. Elizabeth war so unschuldig und rein, dass er sich dagegen wie ein Schuft vorkam. „Meine Mutter hätte mich einschließen sollen oder so etwas“, meinte er. „Sawyer hat ihr das oft genug vorgeschlagen. Morgan hat es sogar ein paar Mal versucht. Aber ich war einfach immer ziemlich wild und wollte meinen Spaß haben.“

Er verstummte, als er merkte, wie gebannt sie jedes seiner Worte aufnahm. Du liebe Zeit, er hoffte nur, dass sie nichts davon für ihre Doktorarbeit verwendete!

Er schüttelte sie sanft und sagte: „Lizzy, hör mir zu. Du hast etwas an dir …“

Sie betrachtete ihn mitleidig. „Was? Sommersprossen? Ach

komm schon, Gabe. Ich habe noch nie gehört, dass Sommersprossen Lust wecken. Oder rote, viel zu lockige Haare …“

Gabe umfasste eine ihrer vollen Brüste. „Wie wäre es mit einem sexy Körper? Oder einem wundervollen Lächeln, das mir durch und durch geht? Oder mit zarter Haut, die ich unbedingt an meiner spüren möchte? Oder der Art, wie du redest, den Dingen, die du sagst, deiner Unschuld, deiner Frechheit und deiner …“

Sie legte ihm die Finger auf den Mund und schloss die Augen. Gabe fuhr mit der Zungenspitze zwischen ihren Ring- und Mittelfinger, woraufhin sie die Hand hastig wieder zurückzog.

„Ich will dich, Lizzy.“

Langsam öffnete sie die Augen wieder. „Und ich will dich.“ Sie atmete tief durch und fügte hinzu: „Wenigstens dieses eine Mal will ich all das kennenlernen, was ich nie zuvor empfunden habe. Einen Sommer lang möchte ich eine ganz neue Welt erkunden. Wenn ich wieder zurück an die Uni gehe und mein altes Leben wieder aufnehme, will ich dieses neue Wissen mitnehmen. Ich will nicht länger unerfahren sein. Ich will lockerer werden, genau wie du es neulich gesagt hast.“

Für Gabe waren ihre Worte wie ein Schlag in die Magengrube. Wenigstens dieses eine Mal … einen Sommer lang …

Verdammt, nein! So leicht würde er sie nicht aufgeben. Aber er wollte sie auch nicht verschrecken. Trotzdem, er musste sie so fest an sich binden, dass sie nicht einmal auf die Idee kam, ihn zu verlassen.

Er hatte keine Ahnung, was die Zukunft bereithielt. Doch zum ersten Mal im Leben freute er sich darauf. Ein Jahr? Wer wusste das schon? Dauerhafte Liebesbeziehungen waren nicht seine Stärke. Aber er hatte gesehen, wie es bei seinen beiden älteren Brüdern funktionierte, und das war immerhin auch ein Wunder. Eines wusste er jedoch sicher: Auch in einem Monat noch würde er Elizabeth begehren. Heute, morgen, vielleicht auf unbegrenzte Zeit. Er wollte die Chance haben, herauszufinden, was zwischen ihnen passierte.

Gabe hob den Pappbecher mit dem Popcorn auf, den er vorhin gekauft hatte, und stellte ihn auf Elizabeths Schoß. „Halt das mal fest."

„Gabe?"

Er nahm den Lautsprecher und hakte ihn draußen wieder an den Metallpfosten. Auch ohne den Lautsprecher hörte er das Stöhnen auf der Leinwand und sah hoch. Tonyas Rache war nicht sonderlich bösartig. Offenbar plante sie, ihre Widersacher körperlich und sexuell zu erschöpfen, um dann Rache zu nehmen – wie immer die aussehen mochte. Elizabeth verfolgte den Film gebannt.

Gabes Herz pochte, denn er malte sich aus, all diese Dinge mit ihr zu tun. „Schnall dich an."

Ohne den Blick von der Leinwand abzuwenden, gehorchte sie. Er startete den Wagen und fuhr aus dem Kino heraus. Sobald die Leinwand außer Sicht war, wandte sich Elizabeth an ihn. Er spürte förmlich ihre Neugier und ahnte, wie ihr Verstand arbeitete. Vermutlich dachte sie darüber nach, was sie im Film gesehen hatten, und fragte sich, ob sie beide solche Sachen auch tun würden.

„Oh ja, das werden wir", sagte Gabe und beantwortete damit ihre unausgesprochene Frage. Elizabeth fächelte sich Luft zu, schwieg ansonsten jedoch. Sie erreichten ihr Apartment in Rekordzeit, und nur eine Minute später hatten sie die Tür hinter sich abgeschlossen. Endlich konnten sie ihrem Verlangen freien Lauf lassen.

Elizabeth hielt den Atem an, als Gabes Hand an ihrer Seite herabglitt, über ihre Taille, ihre Hüfte und dann hinunter zu ihrer Kniekehle. Er zog ihr Bein hoch und legte es sich um die Hüfte. Dann presste er sich behutsam an sie.

Elizabeth stöhnte auf. Deutlich spürte sie seine Erregung

durch seine Jeans hindurch und fühlte seine Lippen an ihrem Hals. „Ich möchte dich lieben, Lizzy. Bitte." Er senkte seine Lippen auf ihren Mund, sodass sie keinen klaren Gedanken mehr fassen konnte.

Er schob seine Hand ihren nackten Schenkel hinauf zu ihrem Slip. Elizabeth konnte ihr Erschauern nicht verbergen, als er ihren Po umfasste, sie streichelte und schließlich die Hand in ihren Slip schob, um ihren intimsten Punkt zu liebkosen.

„Ganz ruhig", flüsterte er. „Du willst mich wirklich, ja?"

„Ja." Sie hatte das Gefühl zu fallen, obwohl sie mit dem Rücken fest an der Wand stand und Gabe sich eng an sie drückte.

„Ziehen wir das aus." Er ließ ihr Bein los und griff mit beiden Händen in den Bund ihres Slips unter ihrem Rock. Es hatte etwas Sündhaftes und Erregendes, wie er sich auf ein Knie niederließ und langsam ihren Slip herunterzog. „Steig heraus", sagte er.

Wie eine Schlafwandlerin hob Elizabeth erst das eine, dann das andere Bein. Ihre Sandaletten trug sie noch, doch Gabe bereitete es keine Probleme, ihr den Slip darüberzustreifen. Sie wartete darauf, dass er wieder aufstand. Als er es nicht tat, schaute sie zu ihm herunter.

Seine Augen leuchteten glutvoll. Er massierte die Innenseite ihrer Schenkel und sah kurz zu ihr auf, ohne zu lächeln. Stattdessen beugte er sich vor und küsste sie durch den Baumwollstoff ihres Kleides hindurch. Erschrocken schnappte sie nach Luft. Ihre Hände suchten instinktiv seinen Kopf, ihre Finger fuhren durch seine blonden Haare.

„Gabe?"

„Du duftest so wunderbar", sagte er und schmiegte das Gesicht an sie. Ihre Knie drohten nachzugeben, doch er umfasste mit beiden Händen ihren nackten Po und hielt sie auf diese Weise aufrecht. „So wunderbar."

„Ich … ich kann das nicht.“ Noch während sie diese Worte aussprach, krallte sie sich an seinen Haaren fest und führte seinen Kopf zum Zentrum ihrer Lust. Sie spürte seinen warmen Atem, den feuchten Druck seiner Zunge durch den Stoff hindurch und schrie auf.

Gabe fuhr hoch und küsste sie stürmisch. Elizabeth konnte nicht mehr atmen oder denken. Sie fühlte sich zügellos, und diesmal legte sie ihr Bein ohne seine Anweisung um seine Hüfte. Gabe streichelte ihre vollen Brüste und steigerte ihr Verlangen immer mehr.

Innerhalb weniger Sekunden hatte er ihr Kleid aufgeknöpft. Das Oberteil war jetzt so weit offen, dass er es ihr über die Schultern bis unter ihre Brüste schieben konnte. Die Träger des Kleides fesselten ihre Arme in Höhe der Ellbogen an ihre Seite. „Gabe?“ Sie versuchte sich zu befreien, um ihn zu berühren.

Dadurch hoben sich ihre Brüste, deren dunkelrosa Knospen bereits hart waren und sich aufgerichtet hatten. Gabe beugte sich herunter und begann verführerisch an einer der Brustspitzen zu saugen. Zärtlich knabberte er daran und umspielte sie mit der Zunge.

Elizabeth stöhnte auf und bog sich ihm vor Verlangen entgegen. Gabe widmete sich der zweiten Knospe, während er eine Hand unter ihr Kleid schob und ihren sensibelsten Punkt suchte. Die pure Intensität ihrer Begierde bestürzte sie. Seine Finger, die in die weichen Haare zwischen ihren Schenkeln glitten, bereiteten ihr süße, sinnliche Qualen.

Sie presste den Kopf gegen die Wand und spürte, wie sich eine seltsame Anspannung in ihrem Körper ausbreitete.

„Wir werden es langsam angehen“, versprach er. Seine Worte waren so rau und leise, dass sie ihn kaum verstand. Und dann fühlte sie, wie er mit der Fingerspitze das Zentrum ihrer lustvollen Empfindungen reizte. Sie sog scharf die Luft ein und wollte zurückweichen, denn das Gefühl war zu überwältigend. Doch es gab keine Möglichkeit zu entkommen.

„Hab keine Angst.“ Langsam fuhr er mit der Zunge um eine ihrer Knospen und flüsterte: „Vertrau mir, Lizzy.“

Das konnte sie nicht. Dazu war das, was sie empfand, zu intensiv, zu einzigartig. Sie war benommen vor Begierde, und immer wieder durchströmten sie prickelnde Schauer der Erregung. Sie versuchte Gabe zu sagen, dass sie sich überwältigt fühlte, doch ihre Worte ergaben keinen Sinn, und er achtete ohnehin nicht auf sie. Er achtete mehr auf ihren Körper als auf das, was sie ihm zu sagen hatte. Seine Fingerspitze fühlte sich rau und zugleich äußerst sanft an, und allmählich brachte er sie mit seinen stimulierenden Bewegungen um den Verstand.

Der Höhepunkt kam überraschend und raubte ihr den Atem. Sie stöhnte auf und erlebte eine nicht enden wollende Ekstase. Sie schwankte, doch Gabe hielt sie fest, ohne die Liebkosung zu unterbrechen. Er trieb sie weiter und weiter, während er an ihrer harten Brustspitze saugte. Er schob den linken Unterarm unter ihren Po und hielt sie auf den Beinen, da ihre Knie nachzugeben drohten.

Als Elizabeth schließlich erschöpft gegen ihn sank, lockerte er die Umarmung und wiegte sie sanft in seinen Armen. Eine Hand lag jedoch noch auf ihrem Po und streichelte sie zärtlich.

Gabe küsste beide Brüste, ihren Hals, ihr Kinn. Dann legte er seine Stirn an ihre und flüsterte: „Das war unglaublich, Lizzy.“

Wenn sie die Kraft gehabt hätte, hätte sie gelacht. Gabe war ein Meister der Untertreibung. Langsam öffnete sie die Augen und sah die Glut in seinem Blick.

Sanft presste er seine Lippen auf ihre. „Du bist wirklich einzigartig“, flüsterte er.

Sie konnte sich weder bewegen, noch brachte sie ein Wort heraus. Noch immer durchlief ein leichtes Beben ihren Körper, noch immer war sie benommen von der Intensität der Empfindungen, die er in ihr ausgelöst hatte. Was sie getan hatten, war schon fast ein Liebesakt gewesen.

„Hat es dir die Sprache verschlagen?“, fragte er und strich ihr die Haare aus dem Gesicht.

„Ich …“ Sie schluckte hart. „Ich weiß nicht, was ich sagen soll.“

„Wie wäre es mit ‚Gabe, ich will dich‘?“ Sein Blick glitt liebevoll über ihr Gesicht, seine Finger ruhten zärtlich auf ihrer Schläfe. Elizabeth bemerkte, dass seine Hände zitterten.

„Gabe, ich will dich.“

Das Lächeln, in das sie sich längst verliebt hatte, erschien auf seinem Gesicht. „Dem Himmel sei Dank. Denn ich würde es keine Minute länger aushalten.“

„Oh.“ Die Dinge, die er sagte und wie er sie sagte, erstaunten sie immer wieder aufs Neue. Noch während sie über seine Worte nachdachte, hob er sie auf die Arme und ging mit ihr Richtung Schlafzimmer. Elizabeth hielt sich an ihm fest, bezaubert von dieser ritterlichen Geste. Ähnlich wie bei den beschlagenen Wagenfenstern hatte sie geglaubt, dass auch das nur in Büchern existierte.

„Macht dir dein Sonnenbrand zu schaffen?“, erkundigte er sich. Offenbar bereitete es ihm nicht die geringste Mühe, sie zu tragen.

Sie seufzte, angetan von seiner Kraft. „Was für ein Sonnenbrand?“

Gabe lachte. Statt sie auf das Bett zu legen, stellte er sie davor auf die Füße, griff unvermittelt nach dem Saum ihres Kleides und zog es ihr kurzerhand über den Kopf. Einen Moment lang blieben ihre Arme in den Ärmeln stecken, was ihr peinlich war. Doch Gabe ließ sich davon nicht im Geringsten irritieren. Er befreite sie aus ihrer Kleidung, trat zurück und betrachtete Elizabeth.

Ihr erster Gedanke war, dass sie noch ihre Sandaletten trug. Der zweite, dass sein Blick beinah wie eine körperliche Berührung war, die ihre Lust von Neuem entfachte.

Wortlos kickte Gabe seine Schuhe fort, ohne ihren Körper aus den Augen zu lassen. Er knöpfte seine Jeans auf, öffnete den Reißverschluss und zog sich Jeans und Boxershorts gleichzeitig herunter. Elizabeth bekam die Gelegenheit, ihn ganz in Ruhe zu betrachten. Gabe stand regungslos vor ihr, bis auf die Tatsache, dass er den rechten Arm ausstreckte und mit den Fingerknöcheln über ihre Brustknospen strich.

Er schluckte, während sie ihn weiter betrachtete. „Erlöse mich von meinen Qualen. Bitte.“

Seine Hüften waren sehr schmal im Vergleich zu seiner breiten Brust. Sein Bauch war flach und hart, sein Nabel umgeben von goldbraunen, weichen Härchen. Seine Schultern waren gerade, die Beine lang, muskulös und behaart. Sein Becken … Elizabeth nahm ihren Mut zusammen und umfasste den Beweis seiner Begierde. Gabe gab einen erstickten Laut von sich und ballte die Fäuste. Jeder Muskel seines Körpers schien sich anzuspannen. Fasziniert beobachtete Elizabeth seine Reaktion auf ihre Berührung.

„Du spielst mit dem Feuer, Süße“, brachte er mit gepresster Stimme hervor.

„Du bist wunderschön“, hauchte sie und schreckte leicht zurück, als er die Hände nach ihr ausstreckte.

„Komm her, Elizabeth. Ich möchte dich in meinen Armen halten.“

Sie trat auf ihn zu, und er hob sie auf die Arme, um sie aufs Bett zu legen. Auf einen Ellbogen gestützt, begann er erneut ihren Körper zu erforschen.

„Ich liebe diese kleinen sexy Sommersprossen.“ Er fuhr

mit der Hand um ihre Brüste, knapp unterhalb der hoch aufgerichteten Spitzen, und glitt dann tiefer zu ihrem Bauchnabel. Er tauchte den kleinen Finger hinein, ehe er ihre Hüften und Oberschenkel streichelte. Behutsam schob er die Hand zwischen ihre Beine, und sie stöhnte auf, da sie genau wusste, was für wunderbare Empfindungen er in ihr entfachen konnte. „Und deine leuchtend roten Haare", flüsterte er. „Solche Haare habe ich noch nie zuvor gesehen."

Elizabeth wand sich und bog sich ihm entgegen, als er mit dem Finger in sie eindrang.

Ihre Blicke trafen sich. „Habe ich dir wehgetan?", fragte er mit vor Erregung heiserer Stimme.

Sie schüttelte den Kopf. „Nein, bitte, Gabe." Sie spreizte die Finger beider Hände auf seiner muskulösen Brust, genoss die Wärme seiner Haut und fühlte das kräftige Pochen seines Herzens. Sie liebte es, seine flachen Brustwarzen zu berühren und zu hören, wie er scharf die Luft einsog.

Ihr Verlangen wuchs mit jeder Sekunde. Elizabeth gab sich ganz den sinnlichen Empfindungen hin, die unablässig auf sie einströmten, während er mit seinen zart streichelnden Fingern ein wahres Feuer der Lust in ihr entfachte.

„Ich kann nicht mehr länger warten", flüsterte er schließlich.

Gut, dachte sie, denn auch sie glaubte inzwischen, es keine Sekunde länger aushalten zu können. Gabe griff nach seiner Jeans und nahm ein Kondom aus der Tasche. Neugierig streichelte sie ihn, während er sich das Kondom überstreifte. Dann war er über ihr und drängte behutsam ein Knie zwischen ihre Schenkel.

„Sieh mich an, Lizzy."

Sie gehorchte, fasziniert von dem wilden Verlangen, das sich in seinen Augen widerspiegelte. Mit einer einzigen Bewegung drang er tief in sie ein. Elizabeth schrie auf, nicht vor

Schmerz, sondern überwältigt von unglaublicher Lust. Sie hob ihm die Hüften entgegen, um die Vereinigung so intensiv wie möglich zu spüren.

Gabe schob beide Hände unter ihren Po, hob sie leicht an und begann sich in einem allmählich schneller werdenden Rhythmus zu bewegen. „Leg deine Beine um mich, Liebes“, bat er sie.

Das tat sie, kreuzte die Knöchel auf seinem Rücken und drückte ihn an sich. Seine behaarte Brust strich über ihre vollen Brüste. Wellen pulsierender Lust durchströmten sie. Ihr Puls raste, und sie bäumte sich wild auf. Sie war gefangen in einem Strudel erotischer Empfindungen, denen sie sich mit jeder Faser ihres Körpers hingab.

Gabe hielt für einen kurzen Moment schwer atmend inne, ehe er mit seinen Bewegungen von Neuem begann, ungestümer und schneller diesmal, bis ein Beben ihn durchlief und auch er den Höhepunkt erreichte. Elizabeth klammerte sich an ihn, presste die Hände an seinen schweißbedeckten Rücken, ließ sie über die angespannten Schultermuskeln gleiten und von dort hinauf durch seine Haare.

Erschöpft ließ Gabe sich auf sie sinken, noch immer umklammert von ihren Beinen. Nach einigen Minuten, das Gesicht an ihren Hals geschmiegt, murmelte er: „Tut mir leid.“

Elizabeth küsste ihn auf die Schulter. „Was?“

„Dass es so schnell ging.“ Er stützte sich auf und betrachtete sie. In seinem Blick lag eine tiefe Zärtlichkeit. „Ich werde es wiedergutmachen, wenn du mir ein bisschen Zeit lässt.“

Elizabeth lächelte und streichelte sein Gesicht. „Mir geht es gut.“

„Ich will, dass es dir besser als gut geht.“ Er küsste sie langsam und intensiv. Der Kuss ließ keinen Zweifel daran, wie seine Worte zu verstehen waren. Nach einer Weile setzte er sich auf, um ein weiteres Kondom zu holen. Ohne viele Worte trug er sie ins Badezimmer, wo sie beide in eine Wanne mit kühlem Wasser stiegen. Gabe entfachte ihre Begierde mit der Art, wie er sie wusch, streichelte, neckte. Danach schien er unersättlich zu sein.

Nach zwei weiteren Höhepunkten und einigen neuen Erfahrungen konnte Elizabeth kaum noch die Augen offenhalten. Doch als Gabe es sich mit ihr wieder im Bett bequem machte, besaß sie noch genügend Weitsicht, um ihn zu fragen, ob er die ganze Nacht bleiben würde.

„Ja“, lautete seine Antwort. Er drückte sie an sich und barg ihren Kopf an seiner Schulter.

„Solltest du nicht jemandem Bescheid sagen, damit sich niemand Sorgen macht?“

„Ich bin siebenundzwanzig Jahre alt, Liebes. Ich brauche meinen Brüdern in solchen Dingen keine Rechenschaft abzulegen.“

„Was ist mit Honey? Wird sie sich nicht Sorgen machen?“

Er hielt inne und fluchte leise. „Bleib, wo du bist.“ Nackt ging er in die Küche, wo sich Elizabeths einziges Telefon befand. Ein paar Sekunden später hörte sie ihn sagen: „Ich komme heute Nacht nicht nach Hause.“

Es folgte eine Pause. „Na ja, ich dachte, Honey würde sich vielleicht …“ Er lachte. „Das habe ich fast vermutet. Also bis morgen.“

Er kam zum Bett zurück und legte sich wieder neben sie. „Du hattest recht. Sawyer meinte, sie hätte sich tatsächlich Sorgen gemacht.“ Er gab ihr noch einen Kuss auf die Stirn und war innerhalb der nächsten Sekunden fest eingeschlafen.

Elizabeth streichelte seine Brust und fragte sich, wie oft er wohl die Nacht mit Frauen verbracht hatte, ob ihm dies irgendetwas bedeutete und ob sie das Recht hatte, darauf zu hoffen, dass er bei ihr sein würde, wann immer es ging.

Es dauerte eine ganze Weile, bis sie endlich auch einschlief.

Doch an Gabe zu denken und daran, wie stark und unabhängig und fähig er war, hatte lediglich zur Folge, dass ihre Träume von ihren eigenen Unzulänglichkeiten beherrscht waren.

Und irgendwann mitten in der Nacht kehrten die Albträume zurück.

10. KAPITEL

Im Gegensatz zu dem, was man von ihm behauptete, übernachtete Gabe nur selten bei einer Frau. Da er mit seinen Brüdern und seinem Neffen Casey zusammenwohnte, hatte er stets darauf geachtet, in diesen Dingen diskret zu sein. Dass Elizabeth jetzt an seiner Seite lag, war eine einzigartige und wunderbare Erfahrung.

Irgendwann in der Nacht wachte er auf, da Elizabeth etwas im Schlaf murmelte. Gabe betrachtete sie und sprach beruhigend auf sie ein. Plötzlich ballte sie ihre Hand, die an seiner Brust lag, zur Faust und warf den Kopf hin und her.

Er runzelte die Stirn und stützte sich auf den Ellbogen. Im schwachen Mondlicht, das durch die Gardinen hereinfiel, konnte er kaum ihre Gesichtszüge erkennen. Er sah, wie sich ihr Mund bewegte und sie stumm weinte. Dann begann sie zu wimmern, leise zuerst, doch schließlich lauter werdend.

„Lizzy?" Gabe hielt sie in den Armen und streichelte sie. „Es ist nur ein Traum, Liebling. Wach auf!"

Leise schluchzend öffnete sie die Augen und starrte ihn an. Einen Moment lang wirkte sie verwirrt und benommen. Gabe barg ihr Gesicht an seinem Hals. „Ist ja gut, Liebes. Es ist alles in Ordnung."

Lange Minuten vergingen, bis sie allmählich ruhiger wurde und nur noch gelegentlich schniefte. Gabe küsste ihre Schläfe und löste sich ein wenig von ihr, verzichtete jedoch darauf, das Licht einzuschalten. „Bleib, wo du bist, Liebes. Ich werde dir einen feuchten Waschlappen holen."

Innerhalb von fünfzehn Sekunden war er wieder aus dem Badezimmer zurück. Als er ins Schlafzimmer kam, saß Elizabeth aufrecht im Bett und putzte sich die Nase. Sie hatte die Knie angezogen und die Decke um sich gewickelt.

Das Erste, was sie sagte, war: „Es tut mir leid."

„Das braucht es nicht." Gabe legte sich wieder zu ihr ins Bett und ignorierte, dass sie vor ihm zurückzuweichen versuchte. Er umfasste ihr Kinn und wusch ihr mit dem feuchten Waschlappen zärtlich das Gesicht ab. „Es gibt nichts, was dir leidtun müsste. Jeder hat hin und wieder mal Albträume."

Langes Schweigen folgte seinen Worten. Schließlich sagte Elizabeth: „Es war kein Traum."

Gabe lehnte sich gegen das Kopfteil des Bettes, reichte ihr den Waschlappen, den sie sich auf die geschwollenen Augen drückte, und wartete geduldig.

Nach einer Weile erklärte sie: „Es ist mir ein bisschen peinlich."

„Das braucht es nicht zu sein." Seine Stimme war sanft, aber fest. „Ich bin so froh, dass ich in diesem Moment bei dir war." Er legte ihr den Arm um die Schulter, und sie ließ es geschehen. „Du bedeutest mir etwas, Lizzy. Wirst du mir das glauben?"

Sie nickte, sagte jedoch: „Ich weiß nicht."

Er streichelte ihren nackten Arm und fragte: „Kommt es dir so unwahrscheinlich vor, dass du jemandem etwas bedeutest?"

„Wenn es jemand wie du ist, ja."

„Und bei jemandem, der nicht ist wie ich?"

Eine Anspannung erfasste sie. „Es ... gibt Dinge, die du über mich nicht weißt."

Gabe drückte sie fester an sich und machte sich auf ihre Reaktion gefasst. „Du meinst die schreckliche Art, auf die deine Mutter ums Leben gekommen ist?"

Wie erwartet, erschrak sie und wollte zurückweichen. „Was weißt du darüber?"

„Ich habe die Artikel gelesen, die du aufbewahrt hast."

„Wie konntest du es wagen!" Sie versuchte sich aus seiner Umarmung zu befreien, doch Gabe ließ sie nicht los.

„Hör auf, dich zu wehren, Liebes. Ich werde dich nicht loslassen." Wahrscheinlich nie mehr. Nach ein paar Sekunden versteifte sie sich. Gabe spürte ihren Schmerz und ihren Kummer. Doch er wollte, dass sie es hinter sich lassen konnte, und dazu sah er keine andere Möglichkeit, als nicht nachzugeben. Er drückte ihren Kopf an seine Schulter. „Deshalb willst du unbedingt diesen Unsinn über Heldenmut verstehen, stimmt's?"

Sie schluchzte erneut. „Du … du kannst das nicht verstehen. Du bist nicht so wie ich. Du hast die Möglichkeit gesehen, zu helfen, und hast entsprechend gehandelt. Ich aber … ich habe meine Mutter sterben lassen." Sie krallte die Finger in seine Schulter und grub die Nägel in seine Haut. Doch Gabe hätte gern jeden Schmerz erduldet, um ihr zu helfen. „Oh, Gott, ich habe sie sterben lassen!"

Gabe schmiegte das Gesicht an ihren Nacken und wiegte sie, während sie weitersprach.

„Wir hatten einen Autounfall … ich suchte gerade einen anderen Sender im Radio, in der Hoffnung, einen Song zu finden, bei dem Mom und ich mitsingen konnten. Das taten wir die ganze Zeit. Wir alberten herum und hatten unseren Spaß. Es regnete und war dunkel. Mom sagte, ich solle das Radio ausschalten, und das wollte ich gerade, als der Wagen ins Rutschen kam."

In ihrer Stimme schwang noch immer das Entsetzen mit, und sie klang, als sei sie weit weg in der Erinnerung. Gabe fragte sich, wie oft und wie vielen Leuten gegenüber sie schon dieses Schuldeingeständnis gemacht hatte. Die Vorstellung, wie sie als Zwölfjährige, linkisch und scheu, erlitten hatte, was kein Kind erleiden sollte, zerriss ihm fast das Herz.

„Der Wagen kam von der Straße ab und prallte gegen einen Baum. Moms Tür war zerdrückt, die Windschutzscheibe zersplittert. Sie blutete. Ich dachte, sie sei tot, und schrie und schrie. Ich kletterte aus dem Wagen und kroch benommen durch den Matsch. Zu benommen und zu dumm, um zu tun, was ich hätte tun sollen.“

„Oh, Lizzy.“ Gabe küsste sie auf die Schläfe und flüsterte tröstende Worte. Doch sie schien ihn gar nicht zu hören.

„Das nächste Telefon war nur zwei Meilen weit entfernt. Wenn ich versucht hätte, Hilfe zu holen … sie hätte überlebt, wenn ich nicht starr vor Schreck gewesen wäre, wenn ich nicht nur geweint und auf Hilfe gewartet hätte, obwohl ich selbst doch kaum verletzt war.“ Sie ballte die Faust und schlug gegen seine Schulter. „Sie war in diesem Wagen eingeklemmt und bewusstlos, und sie verblutete. Ich habe sie sterben lassen.“ Erneut brach sie in Tränen aus, die seinen Hals benetzten. „Als endlich ein Wagen kam und uns fand, war es zu spät.“

Gabe hielt sie weiter fest an sich gedrückt und schaltete die Nachttischlampe ein. Elizabeth zuckte geblendet zurück. Ihr verweintes Gesicht schmerzte ihn. Trotzdem umfasste er ihr Kinn und zwang sie, ihn anzusehen. „Du warst damals gerade mal zwölf Jahre alt! Du warst noch ein Kind. Wie, zur Hölle, kannst du die Taten eines Kindes mit denen eines erwachsenen Mannes vergleichen?“

Seine Aufgebrachtheit verblüffte sie. „Ich habe versagt.“

„Du hattest einen Schock!“

„Wenn ich nur reagiert hätte …“

„Nein, Lizzy. Es gibt kein Zurück. Niemand kann die Zeit zurückdrehen. Wir können nur das Beste aus jedem neuen Tag machen. Du bist so eine intelligente Frau. Wieso begreifst du nicht, dass du damals noch ein Kind warst?“

„Du … du hast gesagt, du hättest die Artikel gelesen.“

„Und ich weiß auch, wie die Medien Dinge verdrehen können, um die beste Geschichte zu bekommen. Ein Toter an sich bedeutet ihnen wenig, denn jeden Tag sterben Leute und manche unter entsetzlicheren Umständen als andere. Aber ein vom Tod der Mutter traumatisiertes Mädchen, nun, das ist für die Zeitungsleser interessant. Du warst selbst ein Opfer. Sie haben dich für ihre Schlagzeilen benutzt. Das ist alles."

„Ich habe sie sterben lassen", sagte sie, doch sie klang bereits weniger überzeugt. Fast war es, als wollte sie ihm verzweifelt glauben.

„Nein." Gabe drückte sie an sich und küsste sie. „Das weißt du doch gar nicht. Es war dunkel, und es regnete. Und selbst wenn du trotz des durch den Anblick deiner schwer verletzten Mutter ausgelösten Schocks in der Lage gewesen wärst, zum nächstgelegenen Telefon zu rennen, gibt es keine Garantie, dass du wirklich rechtzeitig hättest Hilfe herbeirufen können."

Elizabeth griff nach einem weiteren Taschentuch. Nachdem sie sich die Augen abgetupft und die Nase geputzt hatte, gestand sie in einem heiseren Flüstern: „Das hat mein Vater auch gesagt. Aber nachts hörte ich ihn weinen und sah, wie traurig er ohne meine Mutter war."

Gabe streichelte ihre tränenüberströmten Wangen. „Er hatte doch noch dich." Er hoffte so sehr, seine Worte würden zu ihr durchdringen. „Ich weiß, dass er dafür dankbar gewesen sein muss."

Sie schniefte und lächelte zaghaft. „Ja. Das hat er mir auch gesagt. Mein Vater ist wundervoll."

Gabe war erleichtert, dass wenigstens ihr Vater ihr nicht die Schuld gegeben hatte. Offenbar war der Mann überwältigt von Kummer gewesen. Gabe konnte sich nicht einmal annähernd vorstellen, wie er reagieren würde, wenn Lizzy etwas zustieße. Wenn er sie jemals verlieren sollte, dann würde er …

Er erstarrte, geschockt von der Ungeheuerlichkeit seiner Gedanken. Er liebte Lizzy! Ja, so war es, ohne dass er es sich genau erklären konnte. Aber wozu auch? Er kannte sie jetzt und wusste, dass sie etwas Besonderes war. Wie konnte er sie nicht lieben?

Er berührte ihren Mundwinkel mit dem Daumen und spürte, wie erneut Verlangen in ihm erwachte. „Du bist ein wundervoller Mensch, Liebes. Also hast du auch einen wundervollen Dad verdient.“

Ihre Augen und ihre Nase waren rot vom Weinen, und dennoch fand Gabe, dass sie der schönste Mensch war, den er je gesehen hatte. Die Decke rutschte ein Stück herunter, und sein Blick fiel auf ihre vollen Brüste, die blassen Sommersprossen und eine aufreizende Knospe.

Doch er hielt seine Begierde im Zaum und konzentrierte sich wieder ganz auf ihren Kummer. „Wirst du mir glauben, dass dich keine Schuld trifft?“

Sie biss sich auf die Lippe. Schließlich seufzte sie. „Ich werde dir glauben, dass du mir nicht die Schuld gibst. Aber die Tatsachen bleiben. Einige Menschen verfügen über Heldenmut, andere sind in Notsituationen nutzlos. Ich fürchte, ich gehöre zur zweiten Kategorie.“

Gabe umfasste ihre Hüften und zog sie herunter, sodass sie flach auf dem Rücken lag. Er schob die Decke zur Seite und betrachtete ihren sinnlichen Körper. „Nur wenige Menschen erhalten die Gelegenheit, herauszufinden, ob sie über Heldenmut verfügen oder nicht.“ Sanft legte er seine Hand auf ihren flachen Bauch. „Ich persönlich glaube nicht, dass man sich danach beurteilen sollte, was man als verängstigtes, schüchternes und verletztes zwölfjähriges Kind getan hat.“

Sie schaute auf seinen Mund, was sein Verlangen noch größer machte. „Deshalb beschäftige ich mich ja auch so sehr damit. Ich will anderen Heranwachsenden helfen, ihre eigenen Grenzen zu begreifen. Sie sollen wissen, dass man ihnen das Fehlen von gewissen Eigenschaften nicht vorwerfen kann. Wir sind alle unterschiedlich.“

„Du willst nicht, dass andere das Gleiche in ihrer Jugend durchmachen müssen wie du, richtig?"

Erneut füllten sich ihre wunderschönen Augen mit Tränen. „Ja."

„Ich liebe dich, Lizzy."

Erschrocken starrte sie ihn an. Ihre Miene verriet Ungläubigkeit. Gabe musste lachen. Eigentlich hatte er damit gar nicht herausplatzen wollen, und jetzt kam er sich ein wenig dumm vor.

Elizabeth war all das, was er nicht war. Sie war ernsthaft, fleißig, fürsorglich und engagiert. Sie hatte ein Ziel im Leben, während er sich stets damit begnügt hatte, sich dem Müßiggang hinzugeben, jeder Verantwortung und festen Bindung aus dem Weg zu gehen und seine Freiheit in vollen Zügen zu genießen.

In dem Versuch, sein Geständnis auf die leichte Schulter zu nehmen – auch wenn er es nicht zurücknehmen wollte –, sagte er: „Keine Sorge. Ich werde nicht anfangen, dir Gedichte zu schreiben, oder dich anflehen, mit mir durchzubrennen."

Sie blinzelte und errötete. Gabe grinste und küsste sie auf die Stirn. Ja, er liebte sie. Er fühlte sich, als könnte er zerspringen vor Liebe.

„Habe ich dich sprachlos gemacht, Liebes?"

Sie schluckte hart. „Ja." Dann sagte sie: „War das dein Ernst, Gabe?"

„Absolut." Er umfasste ihre Brust und fuhr langsam mit dem Daumen über die Knospe, bis sie sich verhärtete. „Wie könnte ich dich nicht lieben? Ich habe noch nie jemanden wie dich kennengelernt. Du bringst mich zum Lachen, du erregst mich und verwirrst mich."

Sie presste die Lippen zusammen, um nicht zu lachen. „Wie romantisch."

Gabe drängte sich sanft zwischen ihre langen, schlanken

Beine. „Ich begehre dich so sehr“, gestand er mit tiefer Stimme und presste sich, um seine Worte zu unterstreichen, herausfordernd an sie. „Wie romantisch soll ich deiner Meinung nach sein?“

Elizabeth legte die Arme um seinen Hals und lächelte. „Danke, Gabe.“

„Wofür?“

„Dafür, dass ich mich schon viel besser fühle.“ Sie streichelte seinen Nacken und legte die Beine um seine Hüften. „Dafür, dass du jetzt bei mir bist und mir sagst, dass du mich liebst.“

Er wollte ihr versichern, dass dies nicht einfach nur so dahingesagt war, um sie zu trösten. Doch dann entschied er sich anders. Elizabeth hatte mit keinem Wort angedeutet, dass sie seine Gefühle erwiderte, und er brauchte Zeit, um in Ruhe über alles nachzudenken. Daher antwortete er nur: „Gern geschehen.“ Und dann küsste er sie, um ihr auch ohne Worte zu zeigen, dass sie füreinander bestimmt waren.

Gabe hatte das Gefühl, als stünde sein Leben auf Messers Schneide. Er brauchte Elizabeth, aber er hatte keine Ahnung, ob er sie dazu bringen konnte, ihn ebenfalls zu brauchen.

Sawyer stand hinter ihm und warf einen langen Schatten auf die Holzplanken des Stegs. Ohne sich umzudrehen, fragte Gabe: „Ist irgendetwas?“

„Ja. Ich wollte wissen, wieso du alle Nägel krumm haust.“

Gabe sah auf den dritten Nagel, den er bei dem Versuch, einen neuen Bootsanleger für Morgan zu bauen, verbogen hatte. Normalerweise erledigte er Arbeiten wie diese im Schlaf. Ein Nagel, ein Schlag. Im Lauf der Jahre hatte er so viele Anleger gebaut, dass er es eigentlich blind hätte können müssen. Doch diesmal hatte er sich bereits zwei Mal auf den Daumen geschlagen und vermasselte auch ansonsten alles.

Frustriert schleuderte er den Hammer ans Ufer und stapfte aus dem Wasser, wobei er Schlamm aufwirbelte und Elritzen aufscheuchte. Sawyer reichte ihm ein Glas Eistee.

„Von Honey?"

„Ja." Sawyer streckte sich zufrieden und träge. „Sie wollte ihn dir selbst bringen, aber ich dachte mir, du willst dich vielleicht momentan nicht von ihr bemuttern lassen, da du schon die ganze Woche mürrisch bist."

Gabe knurrte etwas und leerte das Glas in einem Zug. Ein paar Tropfen liefen an seinem Mund vorbei und trafen auf seine erhitzte Brust. „Danke."

Sawyer setzte sich ins trockene Gras und zupfte an einer Pusteblume. Er trug nichts außer Jeans. Seit Honey ihm von ihrer Schwangerschaft erzählt hatte, schien ein neuer, ganz besonderer Glanz auf ihrer Liebe zu liegen. Sawyer ließ seine Frau kaum noch aus den Augen, und Honey genoss diese Aufmerksamkeit ihres Mannes. Es war amüsant – und sehr ärgerlich. Denn während Gabe mit ansah, wie ihre Liebe täglich stärker wurde, verging für ihn die Zeit, in der Gewissheit, dass Elizabeth bald wieder an die Universität zurückkehren würde. Dreieinhalb Wochen waren vergangen, und er war mit ihrer Beziehung noch immer nicht viel weiter gekommen. Nicht ein einziges Mal hatte sie ihm gesagt, was sie für ihn empfand, obwohl ihr intimes Verhältnis so intensiv geworden war, dass Gabe sie überhaupt nicht mehr aus seinem Kopf verbannen konnte. Ihm blieb noch eine Woche. Eine einzige lausige Woche.

Und diese Tatsache versetzte ihn in eine grimmige Stimmung.

Fluchend schaute er zu den Wolken hinauf und entschied, dass er Sawyers Besuch ebenso gut nutzen konnte. Denn offenbar hatte Sawyer das im Sinn gehabt, als er ihn aufsuchte. Gabe sah seinen ältesten Bruder an und erklärte finster: „Ich bin verliebt."

Sawyer grinste zufrieden. „Das habe ich mir schon gedacht. In Elizabeth Parks?"

„Ja." Gabe rieb sich den Nacken und warf einen Blick auf den halb fertigen Anleger. „Ich sollte Feierabend machen für heute. Ich bin sowieso nicht richtig bei der Sache."

„Morgan wird sicher dafür Verständnis haben. Es ist ihm nicht eilig mit dem Anleger, und wir haben genug Platz, um das Boot erst mal beim Haus unterzubringen. Außerdem war er selbst in düsterer Stimmung, bevor Misty ihn von seinem Elend erlöst hat."

„Aber genau das ist es ja." Gabe sank neben seinen Bruder ins Gras und streckte sich in der Sonne aus. Das Gras war warm unter seinem Rücken, und neben seinem rechten Ohr summte eine Biene. „Bei meinem Elend ist kein Ende in Sicht. Lizzy geht wieder zurück ans College. Mir bleiben nur noch ein paar Tage mit ihr."

„Hast du ihr gesagt, dass du sie liebst?"

„Ja. Sie fühlte sich geschmeichelt." Gabe verzog das Gesicht und legte den Unterarm über die Augen. „Ist das zu fassen?"

Das folgende Schweigen bewies, dass Sawyer tatsächlich erstaunt war und mit dieser Antwort nicht gerechnet hatte. „Du kennst sie doch erst ein paar Wochen."

„Ich habe sie fast vom ersten Moment an geliebt." Gabe nahm den Arm von den Augen und sah seinen Bruder an. „Es war wirklich merkwürdig. Kaum hatte sie sich vorgestellt, ging sie mir nicht mehr aus dem Kopf. Und das gefällt mir. Die Vorstellung, dass sie zurück aufs College geht, macht mich wahnsinnig. Jetzt weiß sie ja, wie sexy und verlockend sie ist und dass jede Menge Männer es auf sie abgesehen haben werden. Ihr war das vorher nicht bewusst. Sie hielt sich für zu unscheinbar. Sie war wirklich zu still und angespannt. Aber jetzt …"

„Jetzt hast du sie verdorben?"

Gabe musste unwillkürlich grinsen. „So ungefähr. Sie kann so leidenschaftlich sein. Das ist eine der Eigenschaften, die ich am meisten an ihr liebe."

Elizabeth war die beste Sexpartnerin, die er je gehabt hatte. Sie war offen und wild, im Geben wie im Nehmen. Gabe erschauerte bei der Erinnerung daran. Ebenso wichtig war ihm jedoch, wenn sie sich nach dem Liebesspiel ruhig miteinander unterhielten. Er erzählte ihr Geschichten von seiner Mutter, und Elizabeth erzählte ihm von ihrer Kindheit vor dem Unfall. Ihre Mütter waren offenbar völlig gegensätzlich gewesen, jedoch liebevoll und hingebungsvoll ihren Kindern gegenüber.

Elizabeth hatte mehrmals geweint, während sie über ihre Mutter sprach, doch es waren bittersüße Tränen der Erinnerung gewesen, keine der Reue oder Schuld. Gabe hoffte aufrichtig, dass sie die belastende Vorstellung überwand, sie könnte irgendwie für den Tod ihrer Mutter verantwortlich sein. Er konnte es nicht ertragen, dass sie diese Schuld mit sich herumtrug.

„Wie lange geht Elizabeth noch aufs College?", erkundigte sich Sawyer.

„Das kommt darauf an." Gabe setzte sich auf, kreuzte die Unterarme über den Knien und schaute hinaus auf die Oberfläche des Sees. Es hatte ihn stets traurig gestimmt, wenn der Sommer zu Ende ging, aber nie so sehr wie jetzt. Denn diesmal bedeutete es, dass Elizabeth ihn verlassen würde.

„Worauf kommt es an?", drängte Sawyer ihn.

„Was sie zu tun beschließt. Sie könnte leicht mit diesem Semester ihr Studium abschließen. Aber wie ich sie kenne, wird sie bestimmt noch weiterstudieren wollen. Sie ist so intelligent und entschlossen, so viel wie möglich zu lernen."

„Es gibt Colleges in der Nähe, die sie besuchen könnte."

„Davon hat sie bisher nichts gesagt." Gabe brauchte einen

Moment, um die Worte zu formen, doch schließlich sagte er: „Ich will ihr nicht im Weg sein und sie dazu bringen, meinetwegen ihre Pläne zu ändern, wo ich nicht mal welche habe. Ich habe mein ganzes bisheriges Leben damit verbracht, herumzutrödeln, und sie ist so ernsthaft." Er sah zu seinem Bruder und fragte: „Welches Recht habe ich, ihr Leben durcheinanderzubringen, wenn ich mir über meines noch gar nicht klar bin?"

Sawyer schwieg eine Weile. Gerade als Gabe mit einer Dosis Mitgefühl rechnete, gab Sawyer einen missbilligenden Laut von sich und schüttelte den Kopf. „Das ist der blödeste melodramatische Unfug, den ich je gehört habe. Du willst ihr nicht im Weg sein? Herrje, Gabe, wie kann man einer Frau im Weg sein, indem man sie liebt?"

„Aber sie hat Pläne."

„Du nicht? Ach ja, stimmt ja. Du sagst, du hättest dein ganzes Leben herumgetrödelt. Dann warst du es also nicht, der Ceily nach dem Feuer beim Wiederaufbau ihres Restaurants geholfen hat? Und du warst es auch nicht, der sich für Rosemary so ins Zeug gelegt hat, als ihr Dad krank war und sie Hilfe beim Bootsanleger brauchte? Ich bezweifle, dass es irgendjemanden in der Stadt gibt, für den du noch nichts gebaut, repariert oder renoviert hast."

Gabe zuckte die Schultern. „Das sind belanglose Sachen. Du weißt, ich arbeite gern mit meinen Händen, und es macht mir nichts aus, anderen zu helfen. Aber es ist nicht wie ein echter Job. Ich sehe es noch genau vor mir, was für ein Gesicht Elizabeth gemacht hat, als sie herausfand, dass ich keine Arbeit habe. Und zu Recht."

„Ich verstehe. Nur weil du kein Büro in der Stadt hast, mit einem Schild an der Tür, hast du keine richtige Arbeit?"

Gabe runzelte die Stirn, nicht sicher, worauf Sawyer hinauswollte. „Du weißt, dass ich keine habe."

„Der Punkt ist doch, dass du mit deinen Gelegenheitsarbeiten fast so viel verdienst wie ich und deine Arbeit sehr gut machst. Wenn es dich so stört, dann miete dir doch ein Büro in der Stadt, schalte Anzeigen, und schon …", Sawyer schnippte mit den Fingern, „… bist du ein selbstständiger Handwerker. Aber du solltest es nicht aus den falschen Gründen machen. Glaub nicht, dass Elizabeth es etwas bedeuten würde, denn so oberflächlich scheint sie mir nicht zu sein."

„Das ist sie auch nicht!"

„Ich habe eine Frage an dich."

„Langsam gehst du mir auf die Nerven, Sawyer."

„Hast du Elizabeth gesagt, dass du eure Beziehung über den Sommer hinaus fortführen willst? Oder glaubt sie an deinen schlechten Ruf und denkt, dass du nur ein Sommerabenteuer willst?"

Das dumpfe Geräusch von großen Hundepfoten im Gras und heftiges Hecheln kündigten an, dass sie Gesellschaft bekamen. Seinem riesigen, gutmütigen Hund folgte Morgan.

„Lass mich raten!", rief er Gabe zu. „Sawyer gibt dir auch Ratschläge für dein Liebesleben, richtig?"

„Wieso auch?" Der temperamentvolle Godzilla warf Gabe fast um. Er hatte noch nicht begriffen, dass er zu groß war, um den Leuten auf den Schoß zu klettern. Gabe wich der nassen Hundezunge aus und fragte: „Sawyer hat dir Ratschläge gegeben?"

„Allerdings." Morgan warf einen Stock in den See, und Godzilla sprang begeistert hinterher. Die drei Männer sahen ihm nach und stöhnten, als ihnen klar wurde, dass er sie nass spritzen würde, wenn er sich schüttelte. „Der Hund kennt überhaupt keine Angst."

Gabe verzog das Gesicht. „Das muss er von dir haben."

Morgan richtete seine Aufmerksamkeit wieder auf Gabe. „Sawyer hält sich für einen Frauenexperten, weil Honey ständig mit diesem zufriedenen Lächeln im Gesicht herumläuft."

Sawyer grinste. „Nur weil Misty dir die Hölle heiß macht …“

„Sie ärgert mich einfach gern.“ Morgan lachte. „Sie meint, ich sei ein wilder Kerl, wenn sie mich auf die Palme gebracht hat.“

„Du bist immer ein wilder Kerl“, murmelte Gabe und ging in Deckung, als Godzilla aus dem Wasser kam und Morgan den Stock brachte. Morgan trug zwar seine Uniform, aber ohne den Hut, und sein Hemd war offen. Er warf den Stock erneut, diesmal aber Richtung Haus.

„Wie lautet die Antwort, Gabe?“, drängte Sawyer ihn. „Weiß das kleine rothaarige Wunder, dass du etwas Dauerhaftes willst?“ An Morgan gewandt, erklärte er: „Er hat ihr gesagt, dass er sie liebt.“

Morgan hob eine Braue. „Tatsächlich?“

Am liebsten hätte Gabe ihnen beiden eins auf die Nase gegeben. Stattdessen sagte er einfach die Wahrheit. „Sie hat nicht gesagt, dass sie meine Gefühle erwidert.“

„Hm.“ Morgan und Sawyer schienen gemeinsam nachzudenken, bis Morgans Handy klingelte. „Sheriff Hudson“, meldete er sich. Dann grinste er, und sein Ton wechselte von offiziell zu intim. „Hallo, Baby. Nein, ich versuche gerade, Gabes Liebesleben in Ordnung zu bringen. Offenbar baut er meinen Anleger sonst nicht fertig.“ Morgan lauschte und sagte dann: „Okay, ich werde es ihm ausrichten.“ Zu Gabes und Sawyers Belustigung machte er ein Kussgeräusch ins Telefon. Dann klappte er es zu und hängte es wieder an den Gürtel. „Das war Misty.“

Sawyer lachte. „Darauf wäre ich nie gekommen.“

„Gabe, deine Freundin ist offenbar zu Jordan gefahren. Nur hat Jordan Misty gesagt, dass er einen Hausbesuch machen muss, wegen einer verletzten Färse, und daher eine Weile nicht in seiner Klinik ist. Jordan bittet dich, hinzufahren und ihn zu entschuldigen.“

Sawyer sah zu Gabe. „Wieso ist Elizabeth bei Jordan?“

Missmutig stand Gabe auf. „Lizzy hat die verrückte Vorstellung, dass Jordan irgendwie einfühlsamer ist als wir."

Morgan und Sawyer tauschten Blicke und brachen in Gelächter aus. Gabe ignorierte die beiden und schnappte sich sein schmutziges und verschwitztes T-Shirt, bevor Godzilla drauftreten konnte. Dann setzte er sich auf einen Felsen und zog seine Turnschuhe an.

Sawyer wischte sich die Augen. „Elizabeth kennt Jordan nicht besonders gut, was?"

„Falls du meinst, ob sie ihn schon mal wütend erlebt hat, lautet die Antwort Nein. Vermutlich kann sie sich nicht vorstellen, dass er überhaupt wütend wird."

„Jordan weiß diese Seite an sich eben zu verbergen", meinte Morgan. „Die meisten Frauen merken nicht, dass er nur nach außen zivilisiert ist."

„Solange man seine Tiere und die Menschen, die ihm wichtig sind, in Ruhe lässt, ist auch alles in Ordnung. Aber wenn er mal in Rage gerät …" Sawyer schüttelte den Kopf bei der Vorstellung, wozu sein Bruder fähig war, wenn man ihn provozierte.

Gabe zog sich sein T-Shirt über und verkündete: „Ich werde Elizabeth bitten, uns eine Chance zu geben. Ich werde ihr sagen, wie die Dinge stehen."

„Viel Glück!", rief Sawyer ihm nach.

„Ich habe nicht gedacht, dass ich den Tag noch mal erlebe, an dem Gabe Probleme mit einer Frau hat", meinte Morgan laut genug, dass Gabe es noch hörte.

Gabe hoffte inständig, dass dies nicht der Tag war, denn er wusste absolut nicht mehr, was er ohne Elizabeth Parks machen sollte.

Gabe fand Elizabeth vor Jordans Klinik, wo sie auf und ab ging. Sie hatte die Hände gefaltet und sah ängstlich aus. Ohne zu wissen, was passiert war, sprang er aus dem Wagen und lief zu ihr. Sobald sie ihn erblickt hatte, wirkte sie sehr erleichtert.

Sie kam auf ihn zu. „Gabe, irgendetwas stimmt nicht!“

Gabe wollte ihr die Hände auf die Schultern legen, doch sie lief zur Tür der Klinik. „Hör doch, die Tiere. So viel Lärm machen sie sonst nicht.“

Gabe hörte die Hunde winseln und die Katzen miauen. Er runzelte die Stirn. „Bei Jordan sind sie immer ruhig. Aber Jordan ist jetzt nicht hier.“

Elizabeth schlug die Hände vor den Mund. „Da stimmt etwas nicht. Ich weiß es.“

Gabe dachte nur zwei Sekunden über ihre Besorgnis nach. „Na schön, du wartest hier. Ich gehe rein.“

„Aber wie?“

Statt zu antworten, hob Gabe einen Stein auf und klopfte das Glas aus einer Scheibe. Das Geheul und Gefauche wurde lauter, als das Fenster offen war – und dann nahmen sie den Rauch wahr.

„Oh, Gott!“ Gabe riss sich das T-Shirt vom Leib, umwickelte seine Hand damit und entfernte vorsichtig das zerbrochene Glas. „Beeil dich, Lizzy. Ich gehe rein und öffne die Tür. Nimm das Handy in meinem Wagen, und ruf Morgan an. Er wird Hilfe schicken. Schnell.“

Elizabeth lief los, und Gabe kletterte vorsichtig durch das Fenster. Der Qualm war noch nicht besonders dicht, doch es roch scharf nach verbranntem Kunststoff und Papier. Gabe lief zur Tür, entriegelte sie und machte sie weit auf. Er hatte keine Gelegenheit, nach dem Brandherd zu suchen, da die vielen Tiere seine Aufmerksamkeit forderten. Er schnappte sich den erstbesten Käfig und schleppte ihn nach draußen.

Inzwischen war Elizabeth zurück. „Morgan ist unterwegs. Was soll ich tun?“

„Trag die Käfige, die ich herausbringe, vom Haus weg.“

„Aber es sind zu viele!“

„Tu es. Wir haben jetzt keine Zeit zu diskutieren." Gabe wusste nicht, wie krank die Tiere waren und ob man die Käfige öffnen konnte. Er rannte wieder ins Haus und trug zwei weitere Käfige hinaus. Fast wäre er über Elizabeth gestolpert, die einen großen leeren Käfig über die Schwelle schleppte. „Was machst du da?", wollte Gabe wissen.

Ohne zu antworten, lief sie ins Haus. Sie öffnete drei Käfige mit Katzen und trug die Tiere hinaus. Ihre Bemühungen brachten ihr ein paar Kratzer ein, doch der leere Käfig, den sie hinausgebracht hatte, füllte sich rasch. Während Gabe weiter arbeitete, beobachtete er, wie sie Gang um Gang machte und gelegentlich einen leeren Käfig aufstellte. Die Tiere, zusammengepfercht in einen Käfig, verletzten sich vielleicht in der Aufregung gegenseitig, aber sie würden nicht sterben.

Der Qualm wurde dichter und erfüllte die Luft, während die Tiere ihrer Angst geräuschvoll Ausdruck verliehen. Nach wie vor hatte Gabe keinerlei Anzeichen eines Feuers gesehen. Aber das war wegen des Qualms auch kaum möglich. Außerdem kostete es ihn schon Mühe genug, nur zu atmen. Als er versuchte, einen älteren Schäferhund zu befreien, stolperte er über einen Stapel Futter und stürzte. Er stieß mit dem Kopf gegen die Kante eines Metallkäfigs und blieb benommen liegen.

„Gabe!"

Wie aus weiter Ferne hörte er Elizabeths Stimme. Panik erfasste ihn. War sie verletzt? Er versuchte sich aufzurappeln, doch um ihn herum drehte sich alles. Und dann war sie bei ihm und stützte seinen Kopf. Sie hustete mehrmals, bevor sie sprechen konnte. „Gabe, du musst aufstehen."

Sie weinte, und das konnte er nicht ertragen. „Lizzy?"

„Bitte, Gabe. Bitte." Sie zerrte an ihm, bis ihm seine wackligen Beine gehorchten und er sich schwer an Elizabeth lehnte. Etwas Warmes rann ihm ins rechte Auge, und er fragte sich vage, was das war, ehe er sich wieder auf Elizabeths Forderung, sich zu bewegen, konzentrierte. Er kam nur langsam voran, und der Qualm war jetzt so dicht, dass er überhaupt nichts mehr sehen konnte.

Dann füllte plötzlich frische Luft seine Lungen, und er ließ sich zu Boden sinken. Elizabeth kniete über ihm und berührte mit ihren zarten Händen sein Gesicht. „Oh, mein Gott, du blutest!“

„Die Tiere ...“, stöhnte Gabe.

Elizabeth wischte sein Gesicht mit dem Saum ihres Kleides ab. „Das ist eine üble Wunde.“

„Es geht schon“, erwiderte er.

Sie lief fort und war innerhalb weniger Sekunden wieder bei ihm. „Hier, drück das gegen deinen Kopf. Schaffst du das?“ Sie gab ihm ein Stück weichen Stoff, und er registrierte, dass es Verbandsmull war. Er presste ihn fest an den Kopf, um die Blutung zu stillen.

„Wage nicht, dich zu bewegen, Gabriel Kasper.“ Ihre Stimme klang belegt vom Rauch, vielleicht aber auch vor Sorge. „Und wehe, du bist ernsthaft verletzt.“ Er sah, wie sie sich mit der rußverschmierten Hand Tränen aus dem Gesicht wischte, und er versuchte ihr zuzulächeln, doch sein Kopf hämmerte schmerzhaft. „Wenn du ernsthaft verletzt bist, werde ich dir das nie verzeihen.“

Bevor er sie beruhigen konnte, war sie schon wieder fort. Erneut stieg Panik in ihm auf. Grundgütiger, sie war zurück in die Klinik gelaufen! Gabe nahm seine ganze Kraft zusammen, um aufzustehen. Doch dann hörte er die Sirenen und wusste, dass Morgan mit der Feuerwehr kam. Er würde sich um alles kümmern. Trotzdem musste Gabe ihr helfen ...

Morgans große Hände legten sich auf seine Schultern. „Nicht bewegen, Gabe.“

„Ich habe mir nur den Kopf an einem dieser blöden Käfige gestoßen.“

Morgan drückte ihn herunter. „Nicht bewegen, habe ich gesagt, du störrischer Narr!" Morgan wandte sich an jemand anderen: „Lauf los. Ich werde mich um meinen Bruder kümmern. Hol die Tiere heraus."

„Lizzy?" Allmählich wurde Gabes Kopf wieder klarer, auch wenn er noch schmerzhaft pochte. Die heulenden Sirenen machten es nicht besser, weder für die verängstigten Tiere noch für seinen Kopf. Er sah zu Morgan hoch. „Hol Lizzy!"

„Ist sie da drin?" Morgan sprang auf. Doch in diesem Moment kam Elizabeth zur Tür hinausgetorkelt, gestützt von zwei Feuerwehrleuten. Sie war rußgeschwärzt und hielt einen Karton mit miauenden Kätzchen auf dem Arm. „Da ist sie schon."

Morgan ging zu ihr und nahm ihr den Karton mit den Kätzchen ab. „Sawyer war direkt hinter mir. Er wird Gabe wieder zusammenflicken."

Gabe beobachtete, wie Elizabeth sich einen Moment erschöpft an Morgan lehnte. Dann richtete sie sich wieder auf und eilte zu Gabe.

„He, schon gut, Liebes. Mit mir ist alles in Ordnung. Ich habe mir nur den Kopf gestoßen." Er setzte sich auf und zog sie an sich. „Morgan, schalt endlich die verdammten Sirenen ab!"

Morgan rief einige Befehle, und ein Feuerwehrmann lief los, um zu erledigen, was er verlangte. Sobald Stille herrschte, berührte Gabe Elizabeths geschwärztes Gesicht. „Ist mit dir alles in Ordnung?"

Sie hörte ihm nicht zu. Stattdessen entdeckte sie Sawyer und lief zu ihm. Sie zerrte ihn praktisch hinter sich her zu Gabe. Er hatte Jordan dabei, der geschockt wirkte.

„Was, um alles in der Welt, ist passiert?" Sawyer öffnete seine Tasche und begann, Gabes Gesicht abzutupfen. Zu Elizabeth gewandt, sagte er: „Er blutet stark, aber wenn er sonst keine Verletzungen hat, ist er bald wieder in Ordnung.“

Gabe hatte Mitleid mit Jordan. „Ich komme zurecht, Jordan. Geh, und kümmere dich um die Tiere.“

Sawyer nickte Jordan bestätigend zu. „Ich werde ihn mit ein paar Stichen nähen müssen, aber das ist wohl alles.“

„Dem Himmel sei Dank.“ Jordan, noch immer völlig geschockt, lief zum Eingang der Klinik.

Anderthalb Stunden später hatte sich die Lage beruhigt. Der Qualm hatte viel Schaden angerichtet in der Klinik, aber nur wenig war verbrannt. Es hatte keiner großen Untersuchung bedurft, um herauszufinden, dass ein Tierhalter bei seinem Besuch in der Klinik offenbar eine Zigarette in den Mülleimer auf der Toilette geworfen hatte. Der Mülleimer war aus Metall, sodass, abgesehen von den angesengten Wänden und dem Fußboden der Toilette, der Schaden hauptsächlich auf den Rauch zurückging. Es würde einige Arbeit kosten, um alles wieder sauber zu bekommen und den Gestank loszuwerden. Dabei war in der Klinik das Rauchen strikt verboten. Gabe hatte seinen Bruder selten so aufgebracht gesehen.

Gabe lehnte mit bandagiertem Kopf an einem Baum und verfolgte das Geschehen frustriert, weil Sawyer ihm untersagt hatte zu helfen. Gemeinsam mit Jordan hatte Elizabeth sämtliche Tiere durchgezählt und auf die überdachten Ladeflächen der Pick-ups verfrachtet. Zum Glück hatte keines der Tiere eine ernsthafte Rauchvergiftung erlitten. Sie waren alle verängstigt, und Jordan musste seine hypnotisierende Stimme einsetzen, um sie zu beruhigen.

Elizabeth kam immer wieder zu Gabe, und jedes Mal erklärte er ihr, dass es ihm gut gehe. Dann lief sie wieder los, um Jordan zu helfen. Mittlerweile musste sie erschöpft sein. Trotzdem machte sie weiter. Gabe war unendlich stolz auf sie.

Als könnte sie seine Gedanken lesen, drehte sie sich zu

ihm um und eilte zu ihm. „Brauchst du etwas zu trinken?" Sie kniete vor ihm und strich ihm die Haare aus der Stirn.

Gabe nahm ihre Hand und hob sie an den Mund. „Hm, du schmeckst wie Kohle."

Sie grinste. „Wahrscheinlich rieche ich auch so." Sie schaute zu Jordan. „Sawyer meinte, man sollte die Tiere in eurer Garage unterbringen, bis die Klinik gereinigt ist. Das wird ein paar Tage dauern. Der arme Jordan! Er sieht geknickt aus."

„Das kann ich verstehen." Dann sagte Gabe: „Du hast mir schreckliche Angst eingejagt, als du ohne mich wieder in das Gebäude gelaufen bist. Ich dachte, es würde bis auf die Grundmauern niederbrennen. Ich musste ständig daran denken, dass du verletzt werden könntest."

„Ich war vorsichtig."

„Aber wenn du nun auch gestolpert wärst, so wie ich? Wie wärst du dann aus dem Haus gekommen?"

Ihre Miene entspannte sich. Sie beugte sich vor und küsste ihn zärtlich. „Ich wollte nicht, dass du dir Sorgen machst."

„Ich liebe dich." Seit ihrem Albtraum hatte er ihr das nicht mehr gesagt. Doch jetzt konnte er die Worte nicht länger zurückhalten. Ihre Augen weiteten sich. „Was?", fragte er und klang ein wenig sarkastisch. „Hast du etwa gedacht, ich hätte beim ersten Mal gelogen?"

„Oh, Gabe." Ihre Augen füllten sich mit Tränen. Gespannt wartete er auf ihre Reaktion.

Jordan tauchte auf und zog Elizabeth hoch. „Ich war so mit allem beschäftigt, dass ich mich noch gar nicht bedankt habe."

Eifersüchtig verfolgte Gabe, wie Jordan ihr einen Kuss gab. Sie errötete.

„Ein paar Tage lang wird es viel Arbeit geben", erklärte Jordan und drückte sie an sich. „Aber wenigstens wurden alle Tiere gerettet."

Endlich löste sich Elizabeth von ihm und lächelte. „Gabe ist der wahre …“ Plötzlich stutzte sie und hielt sich eine Hand vor den Mund.

Jordan runzelte die Stirn. „Ein wahrer was? Held? Ich würde sagen, das seid ihr beide. Es ist dir nicht nur gelungen, alle dreiundzwanzig Tiere zu retten, sondern auch meinen kleinen Bruder. Dazu gehört eine Menge Mut. Ich will dir nur sagen, wie dankbar ich dafür bin.“

Nachdem Jordan davongegangen war, zog Gabe Elizabeth wieder zu sich herunter. Sie war stumm, ihre Miene ausdruckslos. Gabe küsste sie aufs Ohr. „Was ist das für ein Gefühl, eine Heldin zu sein? Wirst du deine eigenen Erfahrungen in deine Doktorarbeit einfließen lassen?“

Sie blinzelte verwirrt. „Aber ich habe …“

„Was?“ Er strich ihr eine lange, lockige Strähne aus dem Gesicht. „Hast du dein Leben etwa nicht für die Tiere riskiert? Hast du nicht instinktiv getan, was getan werden musste?“

„Aber …“ Sie holte tief Luft. „Ich hatte solche Angst.“

„Um dich?“

Nachdenklich erwiderte sie: „Anfangs nicht. Ich hatte Angst um dich und die armen Tiere. Jetzt liegen meine Nerven blank.“ Sie streckte die Hand aus, um es ihm zu zeigen, und Gabe nahm sie in seine Hand.

„Eine solche Reaktion ist ganz normal, wenn man so etwas durchgemacht hat. Meinst du, nach dem Vorfall mit dem Boot haben mir nicht die Knie gezittert?“

„Du hast gesagt, du hättest keine Angst gehabt.“

„Ich war verdammt wütend auf den Kerl, der aus seinem Boot gefallen ist. Vor Wut boxte ich ein Loch in meine Wand, das ich wieder reparieren musste.“ Er grinste schief. „Das alles sind Reaktionen auf solche Extremsituationen. Angst, Wut … ich habe sogar schon erlebt, wie Leute hysterisch gelacht haben und nicht mehr aufhören konnten. Du zitterst. Ich werde wütend. Wir sind uns ähnlich und doch ganz verschieden. Und was du heute getan hast, ist nicht weniger bedeutsam als das, was ich vor einem Jahr gemacht habe."

Sie schien einen langen Moment darüber nachzudenken. Gabe genoss es, sie in den Armen zu halten. Schließlich sagte sie, ohne ihn anzusehen: „Ich will kein Feigling sein."

„Das bist du nicht."

Sie biss sich auf die Unterlippe. „Hat dir die Zeit mit mir gefallen?"

Sein Herz begann zu pochen. Gabe ließ es sich jedoch nicht anmerken. „Ich habe dir schon gesagt, dass ich dich liebe. Also hat es mir auch gefallen, mit dir zusammen zu sein."

Sie nickte langsam und schmiegte sich enger an ihn. „Wie viele Frauen hast du geliebt?"

Er wickelte sich eine rote Locke um den Finger. „Hm, mal überlegen. Da wäre meine Mutter. Und jetzt Honey und Misty."

Sie boxte ihn in die Rippen. „Du weißt genau, was ich meine."

„Nur dich, Liebes."

„Du hast noch nie einer Frau gesagt, dass du sie liebst?"

„Nein, obwohl viele Frauen das zu mir gesagt haben."

Erstaunt sah sie ihn an. „Wirklich?"

Gabe tippte ihr auf die Nasenspitze. „Ja. Nur die Frau, von der ich es gern hören würde, hat es nicht gesagt."

Sie schluckte hart. „Was hältst du davon, wenn ich das Studium beende und für immer hierher zurückkomme?"

„Überlegst du, das zu tun?"

„Da du mich liebst und ich dich liebe, wäre es sinnvoll."

Er atmete schwer aus. „Du kleine Hexe!" Er lachte und drückte sie an sich. Dann zuckte er zusammen, weil sein Kopf wieder anfing zu hämmern. „Wieso hast du es mir nicht schon vorher gesagt?"

„Ich war mir nicht sicher, ob ich das nur geträumt habe oder ob du mich wirklich haben willst. Ich war mir nicht sicher, ob ich vielleicht zu viel in unsere Beziehung hineininterpretiere. Schließlich habe ich in diesen Dingen keine Erfahrung. Aber ich weiß, dass ich dich liebe. Ich kann kaum an etwas anderes denken als an dich.“

Gabe ging aufs Ganze. „Du weißt, dass du mich jetzt heiraten musst.“ Er machte ein ernstes Gesicht. „Du kannst einem Mann nicht sagen, dass du ihn liebst, und ihn dann nicht heiraten.“

Elizabeth strahlte. „Zuerst muss ich mein Semester beenden. Aber das wird nicht lange dauern.“

„Ich kann warten. Ich will nicht, dass du meinetwegen etwas aufgibst.“ Er schüttelte den Kopf. „Das nehme ich zurück. Ich will, dass du deine Schuldgefühle aufgibst. Und deine freien Wochenenden, denn wann immer du frei hast, werde ich dich besuchen. Und natürlich will ich, dass du jeglichen Gedanken an andere Männer aufgibst, oder …“

Sie berührte sein Gesicht. „Einverstanden.“

Gabe grinste breit. „Wie schön, eine Frau zu haben, die ihrem Mann zustimmt.“

EPILOG

„Hör auf, so ein grimmiges Gesicht zu machen." Gabe starrte Jordan finster und mit geballten Fäusten an. „Ich kann es nicht fassen, dass du sie mir vor der Nase weggeschnappt hast."

„Sie ist freiwillig zu mir gekommen. Außerdem brauche ich sie."

„Ich auch!"

Jordan zuckte gleichgültig die Schultern. „Du kannst jeden bekommen, der deine Anrufe entgegennimmt. Aber Elizabeth hat das gewisse Etwas. Die Tiere lieben sie. Manchmal sogar mehr als mich. Und das tut weh."

Gabe warf seiner Frau einen Blick zu. Sie war ganz in Weiß gekleidet, und ihre wunderschönen roten Locken hingen ihr bis auf den Rücken hinunter. Er wollte die Hochzeit hinter sich bringen, um sie endlich wieder für sich allein zu haben.

„Na gut, dann wird sie eben deine Assistentin", gab er zögernd nach. „Ich werde schon jemand anderes finden." Gabe hatte Sawyers Rat befolgt und ein kleines Unternehmen in der Stadt eröffnet. Er hatte mehr zu tun, als er bewältigen konnte, doch es machte ihm Spaß, daher beklagte er sich nicht. Allerdings hatte er gedacht, Elizabeth würde bei ihm arbeiten. Sie hatte sich jedoch dafür entschieden, Jordans Angebot anzunehmen, und Gabe musste zugeben, dass sie tatsächlich sehr gut mit Tieren umgehen konnte.

Sie war etwas so Besonderes, dass ihm das Herz schon überfloss, wenn er sie nur ansah.

„Wie großzügig", murmelte Jordan trocken. „Ich wusste ja nicht, dass du die Neigung hast, dich wie ein Höhlenmensch zu gebärden."

„Ich auch nicht, bis ich Lizzy kennengelernt habe."

„Sie hat eine fantastische Note für ihre Doktorarbeit bekommen. Hat sie dir erzählt, dass man ihr vorgeschlagen hat, sie als Buch zu veröffentlichen?“

Gabes Miene verfinsterte sich. „Sie ist meine Frau. Natürlich hat sie mir davon erzählt.“

Jordan lachte, dann hob er rasch beide Hände. „Schon gut, schon gut. Krieg dich wieder ein. Tut mir leid, dass ich es erwähnt habe.“

Zum Glück hat sie meinen Namen nicht genannt, dachte Gabe, verstimmt von der augenblicklichen Popularität von „Das Geheimnis der Helden“. Er schnaubte. Was für ein blödes Thema. Aber offenbar dachte nicht jeder so; inzwischen hatte Elizabeth mehrere Anrufe von Männern bekommen, die sich von ihr interviewen lassen wollten. Am liebsten hätte Gabe sie irgendwo versteckt. Doch mitzuerleben, wie sie aufblühte, war ein ausgesprochenes Vergnügen. Also nahm er all die Männer in Kauf, die sie verliebt ansahen, und hielt seine Eifersucht im Zaum.

Schließlich hatte sie ihn geheiratet.

Jordan stieß ihn mit der Schulter an. „Sie wird gleich den Brautstrauß werfen. Ich kann mich immer wieder darüber amüsieren, wie die Frauen sich darum balgen.“

Um es seinem Bruder ein wenig heimzuzahlen, bemerkte Gabe: „Mir sind all die Frauen aufgefallen, die dich begutachten. Du wirst der Nächste sein.“

Jordan runzelte die Stirn und leerte sein Glas. „Das kannst du vorerst vergessen. Ich liebe mein Junggesellendasein.“

„Du hast einfach noch nicht die richtige Frau getroffen. Wenn das erst passiert, ist es um dich geschehen, ehe du weißt, wie dir geschieht.“

Jordan wollte schon etwas erwidern, als plötzlich alle Frauen anfingen zu rufen. Elizabeth hatte den Brautstrauß geworfen, aber schlecht gezielt – denn er flog in einem merkwürdigen Bogen direkt auf Jordan zu.

Er war so überrascht, dass er fast sein Glas hätte fallen lassen, als der Strauß auf seine Brust prallte. Es gelang ihm jedoch, beides festzuhalten, sodass er schließlich mit dem Glas in der einen und den Blumen in der anderen Hand dastand.

Gabe lachte, Elizabeth hielt sich kichernd die Hand vor den Mund, und Jordan, der eine Horde Frauen auf sich zustürmen sah, murmelte nur: „Oh verdammt!“

Gabe zwinkerte seiner Frau zu und sagte leise zu Jordan: „Am besten, du fliehst.“

Und genau das tat er.

Gabe lächelte, als Elizabeth auf ihn zukam. Sie sah wunderschön und sexy aus. Er küsste sie und meinte: „Das war aber gemein, was du mit meinem Bruder gemacht hast.“

Sie grinste mutwillig. „Ich finde, es wird höchste Zeit, dass dein Bruder unter die Haube kommt.“

„Der arme Kerl.“

„Wieso?“, fragte Elizabeth erstaunt.

Gabe hob sie auf die Arme, sodass ihr zartes Brautkleid hochrutschte und jeder der Anwesenden einen Blick auf ihre langen, schlanken Beine werfen konnte. Um sie herum brandete der Applaus der Hochzeitsgäste auf, und Gabe flüsterte: „Weil die schönste, klügste und erotischste Frau schon vergeben ist – an mich.“

Elizabeth lachte. „Du unverbesserlicher Schmeichler!“

Er trug sie zum Ausgang und drehte sich noch einmal um. Jordan stand mit dem Rücken zur Wand, umringt von lauter Frauen. Gabe schüttelte den Kopf. Er wünschte, sein Bruder würde ebenso wie er die große Liebe finden.

Die Frauen jedenfalls sahen entschlossen genug aus, dafür zu sorgen, dass Jordan glücklich wurde.

– ENDE –

Lori Foster

Für Emma & ewig

Leseprobe

ISBN: 978-3-89941-776-0
Erscheinungstermin: Oktober 2010

PROLOG

Das Familienpicknick hatte den ganzen Tag gedauert, und Casey hatte das Gefühl, alles erledigt zu haben, was zu erledigen gewesen war. Es hatte sich sogar mehr ergeben als erwartet – zum Beispiel seine momentane missliche Situation.

Eigentlich hatte er nicht vorgehabt, sich mit Emma Clark zusammenzutun. Aber sie hatte nur wenige Freunde – und gar keine Freundinnen –, und deshalb hatte er sie einfach verteidigt, als sie von den anderen aufgezogen worden war.

Und so kam es, dass er nun, obwohl jedes weibliche Wesen der Stadt hinter ihm her war, ausgerechnet mit dem Mädchen heimlich hinter der Garage saß, dem er auf jeden Fall aus dem Weg hatte gehen wollen. Wenigstens konnte sie hier niemand zusammen sehen. Sie waren ganz allein.

Wie sollte ein Junge mit so einer Situation umgehen?

Sein Vater und seine Onkel waren die begehrtesten Junggesellen von Buckhorn, Kentucky, gewesen. Es hatte Casey einen Riesenspaß gemacht, in ihrem reinen Männerhaushalt aufzuwachsen und seinem Dad und dessen Brüdern dabei zuzusehen, wie sie mit der geballten weiblichen Bewunderung umgingen. Casey war stolz auf ihre Beliebtheit gewesen und hatte sich über den Trubel immer amüsiert. Und je älter er geworden war, desto mehr hatte er von der Situation profitiert, denn nun wurde auch er angehimmelt. Doch so viel er auch von den Männern gelernt hatte – wie man mit jemandem wie Emma fertig wurde, hatte ihm keiner gezeigt.

Wie sein Vater und seine Onkel liebte und respektierte Casey die Frauen und natürlich ganz besonders seine Großmutter, seine neue Stiefmutter und seine Tanten. Aber die waren auch alle ganz anders als Emma.

Und genau das machte ihm Sorgen.

Emma war … nun ja, ihr Ruf konnte durchaus mit dem seines Onkels Gabe konkurrieren. Und der galt als absoluter Weiberheld. Er hatte schon früh angefangen. Doch soweit Casey gehört hatte, hatte Emma noch früher angefangen.

Schon mit siebzehn war sie so abgebrüht, als wäre sie doppelt so alt. Ihr billig blond gefärbtes Haar und auffälliges Makeup verrieten jedem, dass sie auf ein schnelles Abenteuer aus war.

Und in letzter Zeit hatte sie Casey für dieses Abenteuer auserkoren. Doch es war ihm gelungen, ihr zu widerstehen.

Jedenfalls bis jetzt.

Denn in diesem Augenblick ließ Emma ihre kleine, zarte Hand über seine Brust wandern. Sein Herz fing heftig an zu pochen, und er bekam eine Erektion. Damit sie nichts davon mitbekam, versuchte er, ihre Hand abzuschütteln. „Lass uns zu den anderen zurückgehen."

Doch ihr heißer junger Körper fesselte ihn mehr, als ihm lieb war. Er hätte nie alleine mit ihr irgendwohin gehen dürfen. Dank seiner Stiefmutter und deren Vater hatte er eine glänzende berufliche Zukunft in Aussicht, auch wenn zunächst ein mehrjähriges Studium vor ihm lag. Und er wollte nicht, dass Emma ihm mit ihren unwiderstehlichen Kurven und der unverhohlenen Sinnlichkeit in die Quere kam.

„Nein." Sie streichelte seine nackte Brust. Doch bevor sie

sich am Reißverschluss seiner Jeans zu schaffen machen konnte, packte Casey ihre Hand. Er mochte und begehrte sie mehr, als es gut für ihn war. Ehrlich gesagt, war er total verrückt nach ihr, auch wenn er ihr das nie gezeigt hatte. Denn in seinen Zukunftsplänen kam Emma nun mal nicht vor. Unmöglich.

Sie führte ein ganz anderes Leben als er, und es wäre viel zu kompliziert, diese beiden Lebensstile vereinen zu wollen.

Sein Verstand hatte das begriffen, sein Körper leider nicht.

Diesmal würde es ihm schwerer fallen als sonst, sich von ihr loszueisen.

„Emma", protestierte er und hoffte, sie würde das Zittern in seiner Stimme nicht bemerken. Beinahe verfluchte er sich dafür, dass er eben zu ihrer Verteidigung geeilt war. Sie schien sich dafür auf ihre Art bedanken zu wollen, und es fiel ihm wirklich schwer, ihrem Drängen zu widerstehen. Dabei hatte er das Gefühl, dass sie eher einen guten Freund als eine weitere Eroberung brauchte. Und überhaupt, er würde eine Frau niemals mit einem anderen teilen – was man bei Emma aber anscheinend musste.

„Du bist wohl noch Jungfrau?", spottete sie und rückte nicht einen Zentimeter von ihm ab. Casey musste über ihren Trick lachen. Immerhin wusste sie, was sie wollte. Aber das wusste er auch.

Er strich ihr mit dem Finger über die zarte Wange und sagte: „Das geht dich gar nichts an."

Erstaunt sah sie ihn mit ihren unglaublichen braunen Augen an, in denen sich das Mondlicht spiegelte. Ihre geballte Weiblichkeit machte ihn schwindelig. Sie schüttelte den Kopf. „Du bist der einzige Mann, den ich kenne, der das nicht sofort bestreitet."

„Ich habe es weder bestritten noch bestätigt."

„Ich weiß", flüsterte sie und klang immer noch verwundert. „Aber die meisten Jungs würden eher lügen, bevor das Mädchen denken könnte …"

„Was?“ Casey nahm ihr Gesicht in beide Hände und küsste sie, obwohl er das eigentlich gar nicht wollte. Verdammt, gegen sie und gleichzeitig gegen sich selbst anzukämpfen war aber auch echt schwer. „Es ist mir egal, was man über mich denkt, Emma. Das solltest du inzwischen mitbekommen haben. Und außerdem spielt es keine Rolle, was ich getan habe und mit wem.“

„Ja, da hast du recht“, pflichtete sie ihm bei. Plötzlich klang sie traurig, und das brach ihm beinahe das Herz. „Aber was ich getan habe, spielt immer eine Rolle.“

Er dachte an die vielen Männer, mit denen sie vermutlich zusammen gewesen war, und an ihren schlechten Ruf. Das machte ihn irgendwie wütend. Zu viele Typen hatten damit geprahlt, sie gehabt zu haben. Viel zu viele. Auch er würde sie gerne besitzen, weigerte sich aber immer noch standhaft, diesem Wunsch nachzugeben, und wiederholte stattdessen laut, was er gerade gedacht hatte: „Ich teile nicht.“

„Casey“, sagte sie und sah ihn von der Seite an. In ihrer Miene schimmerte so etwas wie Hoffnung. „Was, wenn ich dir verspreche, nicht …“

„Lass gut sein.“ Er konnte es nicht ertragen, wenn sie ihn anflehte oder ihm Versprechen gab, die sie ohnehin nicht halten konnte und die er auch gar nicht haben wollte. „Emma, mach es nicht schwieriger, als es schon ist. Die Sommerferien sind fast vorbei, und danach gehe ich auf die Uni. Das weißt du doch. Ich werde nicht hier sein, also brauchen wir das Thema gar nicht zu diskutieren.“

Ihre Augen füllten sich mit Tränen, was ihm in der Seele wehtat. Mit einer Hand klammerte sie sich an sein Hemd. „Ich gehe auch weg, Casey“, sagte sie mit gebrochener Stimme und ein wenig atemlos.

Emma ging weg? Das überraschte ihn. So sanft wie möglich wischte er ihr die Tränen ab und küsste – er konnte nicht anders – ihre Stirn. „Und wo willst du hin, Em?“ Sie hatte die Schule noch nicht abgeschlossen, hatte keine echten Chancen, keine Perspektiven – zumindest nicht, soweit ihm bekannt war. Okay, bei ihr zu Hause lief es nicht gut. Das wusste er und hatte sich auch schon Gedanken darüber gemacht. Er wollte …

Nein, das durfte er nicht einmal denken.

„Ist doch egal“, sagte sie. „Ich wollte nur, dass du es weißt.“

Das hörte sich gar nicht gut an, aber er wusste auch nicht, was er darauf erwidern sollte. Er sah, dass ihr Mund zitterte, und atmete ihren süßen, verführerischen Duft ein. Anders als alle anderen Mädchen, die er kannte, benutzte Emma kein Parfüm. Aber das brauchte sie auch nicht.

Ihre warme Hand berührte seine Wange. „Du bist alles, was im Moment für mich zählt, Case. Du und die Tatsache, dass wir uns vielleicht nie wiedersehen.“

Tapfer nahm sie seine Hand und legte sie auf ihre Brust. Casey erschauerte. Sie war so verdammt zart.

Seine Zurückhaltung bröckelte – er gab auf. Mit einem gemurmelten Fluch zog er sie an sich und küsste sie voller Leidenschaft. Sie öffnete den Mund und erwiderte seinen Kuss. Es hat nichts zu bedeuten, versicherte er sich, während er seine Hand um ihre pralle Brust legte und mit dem Finger über die erregte Brustspitze strich.

Sie stieß ein schnurrendes Stöhnen aus, krallte ihre Finger fest in seine Schultern und drückte ihre Hüften näher an seine, ließ ihn fast verrückt werden, als sie seine Erektion streifte.

Überwältigt und frustriert zugleich gab Casey seiner Begierde nach. Er war verflucht, wenn er es jetzt tat, und genauso, wenn er es nicht tat. Und immer konnte man Emma eben nicht widerstehen.

Doch es würde nichts an seinem Entschluss ändern. Und das teilte er ihr auch leise mit, doch ihre Antwort war nur ein Stöhnen.

Zwei Monate später

Casey lehnte sich in seinem Sessel zurück und beobachtete die Situation mit einem milden Lächeln. Diese Familientreffen waren mittlerweile eine regelmäßige Veranstaltung geworden, jetzt, wo alle verheiratet waren und eigene Familien hatten. Er vermisste es, mit allen unter einem Dach zu wohnen, aber sie kamen ja zum Glück oft zu Besuch. Und es war offensichtlich, dass sein Vater und seine Onkel alle die perfekte Frau für sich gefunden hatten.

Das Mädchen neben Casey räusperte sich. Es fühlte sich unwohl in der ausgelassenen Menge seiner Familie. Es war ihm egal, denn er würde das Mädchen vermutlich sowieso nicht wiedersehen. Donna war zwar schön, sexy und darauf bedacht, ihm zu gefallen – aber sie war nicht die Richtige für ihn. Okay, er war gerade erst neunzehn, und es war bescheuert, darüber nachzudenken. Trotzdem fragte er sich manchmal, ob auch er jemals die perfekte Frau finden würde.

Vor seinem geistigen Auge tauchte das Bild von einem Paar brauner Augen auf, deren Blick gefüllt war mit sexueller Neugierde – und Traurigkeit ob seiner Zurückweisung. Mit einem nagenden Unbehagen, das vermutlich nicht so schnell wieder verschwinden würde, dachte er, dass er die perfekte Frau vielleicht schon gefunden hatte. Aber er hatte sie abgewiesen.

Dann hörte er, wie seine Tante sich mit Donna unterhielt, und riss sich von seinen Träumereien los. Nein, Donna war sicher nicht perfekt, aber sie verursachte ihm auch keine schlaflosen Nächte. Und das war gut so. Denn egal, was passieren würde, egal, was er im Moment empfand, er würde sich durch nichts von seinem Plan abbringen lassen. Er beschloss, nicht weiter über die Frauen und die Zukunft nachzudenken, sondern einfach den Abend mit seiner Familie zu genießen.

Es war schon spät, als die Familienzusammenkunft sich

aufgelöst hatte und Casey endlich zu Hause war. Vorher hatte er Donna zu Hause abgesetzt. Er zog sich gerade sein Hemd aus, als es an der Haustür hämmerte. Auf dem Flur begegnete ihm sein Vater Sawyer, und sie sahen einander fragend an. Sawyer war Arzt, und daher kam es schon mal vor, dass Patienten ihn auch zu später Stunde noch aufsuchten. Aber die Grundregel war, dass sie sich vorher telefonisch anmeldeten – außer es handelte sich um einen Notfall. Auch Caseys Stiefmutter Honey lief jetzt herbei. Rasch knotete sie sich den Bademantel zu.

Als Sawyer die Tür öffnete, standen dort Emma und ihr Vater, Dell Clark. Er war außer sich vor Wut und hielt den Oberarm seiner Tochter fest umklammert. Sein hageres Gesicht war gerötet, seine Augen waren blutunterlaufen, und die Sehnen an seinem Hals traten deutlich hervor.

Caseys erster erstaunter Gedanke war, dass sie offensichtlich doch nicht die Stadt verlassen hatte, obwohl er sie seit zwei Monaten nicht mehr gesehen hatte. Sie war also immer noch hier in Buckhorn.

Dann blickte er in ihr böse zugerichtetes Gesicht und wurde wütend.

Er hatte sich geirrt. Seine Pläne würden sich wohl doch ändern.

Und zwar grundsätzlich.

1. KAPITEL

Wütend und unsicher, was er tun sollte, machte Casey einen Schritt nach vorn. Bevor er jedoch Dell zu nahe kam, packte Sawyer ihn am Arm und hielt ihn fest. „Bleib locker, Casey."

Emma hielt sich eine zitternde Hand vor den Mund und weinte, obwohl sie versuchte, es nicht zu tun. Als sie sich nur einen Zentimeter von ihrem Vater wegbewegen wollte, verstärkte dieser seinen Griff. Sie sah niemanden an und ließ die schmalen Schultern beschämt hängen – und vermutlich auch wegen der Schmerzen.

Ihr Anblick tat Casey im Herzen weh. Er war kurz davor, auszurasten. Emmas braune Augen, die normalerweise warm und sexy strahlten, waren niedergeschlagen, verschmiert vom zerlaufenen Make-up und geschwollen vom Weinen. Auf ihrer Wange war ein blauer Fleck zu sehen.

Casey war so sauer wie noch nie zuvor in seinem Leben. Er hatte das Gefühl, gleich zu platzen. Jede Nacht hatte er davon geträumt, Emma wiederzutreffen, und jede Nacht hatte er es sich wieder ausgeredet.

Aber niemals hätte er gedacht, sie in diesem Zustand wiederzusehen.

Sein Blick verschwamm, als er Emma schniefen hörte und sah, wie sie sich die Augen wischte.

Unnötig grob schob ihr Vater sie vorwärts, und sie stolperte auf die breite Veranda. Sie richtete sich auf und wandte Casey den Rücken zu. Ohne ein Wort zu sagen, klammerte sie sich am Geländer fest und starrte in den mondbeschienenen Garten. Trotz der nächtlichen Geräuschkulisse von Wind, Grillen und raschelnden Blättern war ihr keuchender Atem deutlich zu hören.

„Wissen Sie, was Ihr verdammter Sohn getan hat Hudson?", schrie Dell wütend.

Casey spürte, dass Sawyer ihn ansah, doch er ignorierte den fragenden Blick und ging stattdessen zu Emma hinüber und zog sie schützend an sich. Es war ihm egal, weshalb sie hier war. Er wollte sie einfach nur im Arm halten und ihr sagen, dass alles gut werden würde.

Doch Emma wich vor ihm zurück und flüsterte immer wieder eine gebrochene Entschuldigung. Sie schlang die Arme eng um ihren Oberkörper. Casey merkte, dass es frisch war und Emma nur Jeans und T-Shirt trug, während ihr Vater eine Jacke anhatte. Offensichtlich hatte er ihr nicht einmal Zeit gelassen, sich etwas Warmes überzuziehen. Wie doof, dass er sein Hemd schon ausgezogen hatte. Er überlegte, was er tun könnte, war jedoch zu keinem klaren Gedanken fähig. Wie festgewachsen stand er da und starrte sie an.

Dabei brauchte sie seine Hilfe.

Dies schien in diesem Moment auch Honey zu dämmern. „Warum gehen wir denn nicht alle hinein und reden da weiter?"

Bei diesem Vorschlag nahm Emma einen erschrockenen Gesichtsausdruck an und wich noch weiter zurück. „Nein! Das ist nicht …"

„Sei still!", herrschte ihr Vater sie wütend an und streckte wieder die Hand nach ihr aus.

Da stellte sich Casey ihm bedrohlich in den Weg. „Wagen Sie es ja nicht!" Er würde nicht zulassen, dass Dell sie noch einmal anfasste.

Mit vor Wut fleckigem Gesicht schrie ihr Vater ihn an: „Meinst du, du hast das Recht, irgendetwas zu sagen, Junge – nach dem, was du ihr angetan hast?"

Ohne den Blick von dem Mann abzuwenden, sagte Casey: „Honey, nimmst du Emma bitte mit rein?"

Honey sah ihren Mann an, und er nickte. Casey hatte keinen Zweifel daran gehabt, wie sein Vater reagieren würde. Er hatte noch nie in seinem Leben um die Unterstützung seines Vaters bangen müssen.

Und niemals war er ihm dafür so dankbar gewesen wie in diesem Moment.

Wieder versuchte Emma zurückzuweichen, sich zu verstecken. Doch Casey sah sie an und fühlte sich so eins mit ihr, dass er fast ihren zitternden Atem spüren konnte. „Geh bitte ins Haus, Emma."

Sie biss sich auf die Lippe. Große Tränen rollten über ihre Wangen und blieben in ihren langen Wimpern hängen. Ihre Mundwinkel zitterten. „Casey, ich …"

„Alles in Ordnung." Er versuchte, möglichst sanft und tröstend zu klingen, doch das fiel ihm nicht leicht – denn er sah den Schmerz in ihren Augen und spürte ihre Qualen. „Wir unterhalten uns gleich."

Beruhigend auf sie einredend, legte Honey einen Arm um Emma, die ihr widerwillig ins Haus folgte. Hinter ihnen fiel die Tür leise ins Schloss.

Nachdem seine Tochter weg war, wurde Dell noch wütender. Er machte zwei Schritte auf Casey zu. „Du wirst mehr tun als mit ihr reden. Du wirst sie heiraten."

Casey warf ihm einen kühlen, verachtenden Blick zu. Es machte ihn krank, dass man eine Frau so mies behandeln konnte, noch dazu seine eigene Tochter! Emma brauchte mehr als sonst jemand Liebe und Verständnis. Und trotzdem warf ihr eigener Vater sie hinaus und erniedrigte sie absichtlich.

„Sie haben Sie hergebracht", knurrte Casey. „Sie haben Sie zu uns gebracht, zu mir. Was Emma und ich also jetzt machen werden, ist unsere Sache. Gehen Sie nach Hause, und lassen Sie uns verdammt noch mal in Frieden!"

Obwohl er wusste, dass das alles noch schlimmer machen würde, hätte er Dell am liebsten verprügelt. Das wäre kein großes Ding, denn er war größer und stärker als der Mann – und noch dazu rasend vor Wut. Also versuchte er, Dell zu provozieren und eine Reaktion herauszufordern.

Und die erfolgte mit einem Hagel aus Beschimpfungen und Schlägen, denn der ältere Mann warf sich plötzlich auf ihn. Immer noch lächelnd und voller Vorfreude auf den Kampf, stellte sich Casey ihm entgegen.

Doch leider bekam Sawyer Dell am Kragen zu fassen, noch bevor Casey zum ersten Schlag ausholen konnte.

Sawyer selbst war einen Meter neunzig groß und durchtrainiert – kein Mann, mit dem man sich gerne anlegte. Er knallte Dell gegen die Hauswand und hielt ihn dort fest, indem er ihm seinen Unterarm quer über den Hals legte. Dann beugte er sich so nahe zu ihm, dass ihre Nasenspitzen sich beinahe berührten.

„Sie kommen auf meinen Grund und Boden", sagte er ganz ruhig und sah dabei so gefährlich aus, wie Casey ihn noch nie gesehen hatte, „behandeln Ihre eigene Tochter wie Abfall, und jetzt bedrohen Sie auch noch meinen Sohn?" Er drückte Dell noch ein wenig fester gegen die Wand. „Wenn Sie nicht wollen, dass ich Ihnen jeden einzelnen Knochen im Leib breche, wozu ich größte Lust hätte, würde ich vorschlagen, Sie zügeln Ihr Temperament!"

Dells Gesicht war rot angelaufen, im Klammergriff des Arztes bekam er keine Luft mehr. Er brachte ein schwaches Nicken zustande. Als Sawyer ihn losließ, sank er in die Knie und rang nach Atem. Das dauerte eine Weile. Und als er dann sprach, war Casey froh, dass Emma im Haus war und ihn nicht hören konnte.

Immer noch keuchend wandte Dell sich an Sawyer und Casey. „Schön, dass Sie sich solche Sorgen um Emma machen. Sie können sie haben!" Und dann spuckte er aus. In seinem Gesicht spiegelten sich Wut und Schmerz. „Sie und Ihr Sohn können sich gerne um sie kümmern, aber glauben Sie ja nicht, Sie könnten sie wieder zurück nach Hause schicken!"

„Zu Ihnen?" Casey verzog den Mund. „Auf keinen Fall."

Irgendetwas im Blick des Mannes verstand er nicht. Die Wut war immer noch da, kein Zweifel. Aber irgendwie sah Dell auch ... verzweifelt aus. Und gleichzeitig sogar ein bisschen erleichtert. „Schwörst du das?"

Er hätte diesem Arschloch zumindest eine verpassen sollen, dachte Casey. Er nickte und presste zwischen zusammengebissenen Zähnen heraus: „Wenn Sie versprechen, sich von ihr fernzuhalten."

Mit einem wütenden Blick ging Dell um Sawyer herum und stampfte von der Veranda. Im Garten blieb er noch einmal stehen, straffte die Schultern und holte tief Luft. Eine lange Zeit geschah gar nichts. Casey beobachtete ihn misstrauisch. Um Emmas willen hoffte er, dass ihr Vater seine Meinung ändern, dass er wenigstens eine Spur Mitleid oder Sorge zeigen würde.

Dell drehte sich um und sah Casey an. Zweimal öffnete er den Mund, um etwas zu sagen, doch es kam kein Wort über seine Lippen. Schließlich schüttelte er nur den Kopf, ging, ohne sich noch einmal umzudrehen, zu seinem schrottreifen Wagen, startete den Motor und fuhr mit quietschenden Reifen davon.

Casey stand noch immer schwer atmend an derselben Stelle, die Hände zu Fäusten geballt. Sein ganzer Körper vibrierte vor Anspannung. Erst jetzt wurde ihm das Ausmaß der Situation bewusst. Er schloss die Augen und versuchte zu denken.

Verdammt, was hatte er nur getan?

Sawyer legte ihm seine Hand in den Nacken, eine Geste, die zugleich tröstend und unterstützend war. Einige Sekunden unangenehmen Schweigens verrannen.

„Was willst du zuerst tun, Case?" Sawyers Stimme klang

tonlos, sein Murmeln verschwand beinahe in der Nacht. „Mit mir oder mit Emma sprechen?"

Casey sah seinen Vater an, den er mehr als jeden anderen Menschen auf der Welt liebte und respektierte. Er schluckte. „Mit Emma."

Sawyer nickte, und sie gingen gemeinsam zur Haustür. Casey hoffte, dass er ein paar Antworten erhalten würde, bevor der Morgen dämmerte. Denn im Augenblick hatte er ehrlich gesagt keine Ahnung, was überhaupt los war.

Emma hörte, wie die Haustür auf- und wieder zuging. Sie schloss die Augen vor Scham und vor Angst.

Und komischerweise auch vor Erleichterung.

Sie musste wieder weinen, die Tränen brannten heiß auf ihren Wangen und auf ihrem Hals. Was hatte sie getan? Welche Wahl hatte man ihr gelassen?

Honey berührte ihren Arm. Voll mütterlicher Wärme sagte sie: „Trink deine heiße Schokolade. Alles wird gut, Emma, du wirst schon sehen."

Tief in ihrer Seele berührt, wischte Emma sich die Tränen ab. Sie kam sich wie ein kleines Kind vor, obwohl sie vermutlich eher aussah wie eine billige Prostituierte. Ihr Make-up war völlig zerlaufen, Nase und Augen waren rot vom Weinen, ihre Haare durcheinander und ihr T-Shirt schmutzig.

Obwohl es hier bei den Hudsons warm und gemütlich war, ließ eine innere Kälte sie frösteln. Sie konnte sich nicht vorstellen, dass ihr jemals wieder warm werden würde.

Schuldbewusst schlang sie die Arme um sich und wünschte, einfach verschwinden zu können. Sie gehörte nicht hierher, in dieses Haus, zu diesen freundlichen, achtbaren Leuten. Doch sie konnte nicht davonlaufen. Sie selbst hatte sich in diese Lage gebracht und musste das durchstehen. Und sie musste sich erklären.

Zumindest das war sie Casey schuldig.

In diesem Augenblick kam er, immer noch barfuß und ohne Hemd, in die Küche. Vor dem Tisch blieb er stehen und verschränkte die muskulösen Arme vor der Brust. In seinen hellbraunen Augen las sie Mitleid und auch Verwirrung, und als er sie ansah, nahmen seine Augen einen bernsteinfarbenen Ton an.

Ihr Magen krampfte sich zusammen, und sie blickte erschrocken zur Seite.

Hinter Casey stand sein Vater Sawyer. Honey saß neben ihr, und so fühlte sie sich nun umzingelt, umgeben von der Sorge und Neugier dieser Familie, eingeklemmt inmitten ihrer Freundlichkeit.

Wieder kamen ihr diese verdammten Tränen, und sie begann zu zittern. Sie würde sich nie verzeihen, wenn sie jetzt wie ein Baby losheulte.

Mit ernster Miene sagte Casey zu ihr: „Wir zwei müssen reden, Emma."

Sie sah ihn durch einen Tränenschleier an.

Sawyer runzelte die Stirn. „Casey …"

„Nur ein paar Minuten, Dad. Ich verspreche es."

Honey warf Sawyer einen mahnenden Blick zu und tätschelte Emma ermutigend die Schulter. „Geht rüber ins Wohnzimmer. In der Zwischenzeit machen Sawyer und ich ein paar Sandwiches und kommen dann nach."

Emma stand auf, ohne den Blick zu heben. Sie wollte niemanden ansehen, und sie wollte auch nicht Caseys dargebotene Hand nehmen. Als sie versuchte, um ihn herumzugehen, fing er sie jedoch ab und schlang seine Finger um ihre. Seine Hand war groß und warm, stark und fest. Beruhigend.

Normalerweise fühlte sie sich in seiner Nähe geborgen. Doch im Moment nicht.

Als sie im Wohnzimmer waren, setzte sich Casey zu ihrem Erstaunen hin und zog sie auf seinen Schoß. Das hatte noch nie jemand getan. Emma war so erschrocken, dass sie sofort wieder aufsprang, doch Casey schlang beide Arme um sie und zog sie so nah an sich heran, dass sie ihren Kopf an seine Schulter lehnen musste. Ihr Zittern wurde wieder stärker.

Sanft streichelte ihr Casey mit einer Hand über den Rücken. „Em. Sag mir, was los ist."

Sie klammerte sich an ihn. „Es tut mir so furchtbar leid, Casey. Wirklich."

Er strich ihr das Haar aus dem Gesicht und griff nach einer Packung Taschentücher, die auf dem Tisch lag, und hielt sie ihr hin. Emma putzte sich die Nase, doch es nützte nichts. Die Tränen wollten einfach nicht aufhören zu fließen. „Ich wollte dich nicht da reinziehen, Casey. Das musst du mir glauben."

Er blieb ruhig, als hätte sie nicht gerade eben sein ganzes Leben auf den Kopf gestellt, und fragte: „In was reinziehen?"

So war Casey: immer ruhig, gelassen, so reif und selbstsicher. Darum hatte sie, ohne groß nachzudenken, einfach seinen Namen genannt, und jetzt … Emma nahm sich noch drei Taschentücher. Jetzt musste sie vorsichtig sein. „Ich habe meinen Eltern gesagt, ich wäre schwanger."

Casey sagte gar nichts. Sein Schweigen hing schwer in der Luft, unterbrochen nur von ihrem Schluchzen und Schniefen. Er saß da, groß, stolz, stark – neben ihm wirkte sie wie ein verstörtes Kind.

In diesem Augenblick hasste Emma sich.

Er begann, sie wieder zu streicheln. „Und ich schätze, das hat sie nicht gerade gefreut?"

Ihr Lachen endete in einem jämmerlichen Wimmern. „Ich wusste einfach nicht, was ich sonst hätte tun sollen."

„Also kamst du zu mir?"

Er war nicht halb so wütend, wie sie erwartet hatte. Aber gerade weil er so anders war als jeder andere junge Mann, den sie kannte, wusste sie auch nicht, was von ihm zu erwarten war. Irgendwie hatte er einfach alles im Griff, sein Leben, sein Temperament, seine Zukunft.

„Es ist nicht so, wie du denkst." So schwierig hatte sie es sich nicht vorgestellt. Auf der stummen Fahrt hierher, neben ihrem wütenden Vater, hatte sie sich ausgemalt, was sie sagen würde, hatte versucht, Entscheidungen zu treffen. Doch das war das Schlimmste, was sie je in ihrem Leben getan hatte.

„Nein?" Er berührte behutsam den blauen Fleck auf ihrer Wange.

Konnte er nicht einfach weitersprechen? Oder sie anschreien und vielleicht hinauswerfen? Seine Gelassenheit zerstörte ihr letztes bisschen Selbstkontrolle. „Nein." Sie schüttelte den Kopf und entzog sich seiner Berührung. Sie musste ein-, zweimal tief Luft holen, bevor sie mit überzeugender Stimme sprechen konnte. „Ich brauche und will nichts von dir, Casey."

Sein eindringlicher Blick grub sich in ihrem fest. Sie versuchte wegzuschauen.

Sanft, aber bestimmt drehte Casey ihr Gesicht wieder in seine Richtung. „Was machst du dann hier, Em?"

„Ich ..." *Ich musste weg.* Wieder holte sie tief Luft und versuchte, sich zusammenzureißen. Die letzten Stunden waren ihr endlos vorgekommen, doch noch immer war diese schreckliche Nacht nicht vorbei. „Ich musste einfach weg von zu Hause, und mir fiel niemand anderer ein, zu dem ich hätte gehen können."

Ein Pochen an der Tür ließ sie erschrocken hochfahren. Sawyer und Honey kamen mit zwei Tabletts herein. Auf Sawyers Tablett waren Teller mit Sandwiches, auf Honeys Tassen mit heißer Schokolade.

Emma stöhnte. Das war ja wie in den Fernsehserien aus den 60er-Jahren, so anheimelnd und idyllisch. Diese Familie konnte wohl nichts erschüttern, nicht einmal ein Besuch von der Schlampe aus der Nachbarschaft, die eine Bombe platzen ließ, die jeden anderen völlig aus der Bahn geworfen hätte.

Wie eine Schraubzwinge legte sich der Neid um sie, denn sie wusste, sie würde nie zu einer solchen Familie gehören. Jemand wie sie war dort unerwünscht.

Sogar in ihrer eigenen Familie war sie unerwünscht.

Sawyer blickte sie mit einem gespannten, aber freundlichen Lächeln an. „Wir sollten uns alle mal unterhalten, denke ich."

Er stellte das Tablett auf den Couchtisch und setzte sich in einen Sessel, Honey ebenfalls. Keinen von beiden schien es zu stören, dass Casey sie auf dem Schoß hatte und in seinen starken Armen hielt. Als Emma klar wurde, wie das aussah, sprang sie sofort auf. Doch bevor sie aus seiner Reichweite verschwinden konnte, packte Casey sie am Handgelenk. Sein Griff war nicht brutal wie der ihres Vaters, sondern sanft und warm.

Seine Hand verhieß Geborgenheit, nicht Zurückweisung.

Er stand auf und stellte sich neben sie, und sie hatte den Verdacht, er wollte vor seinen Eltern so etwas wie Gemeinsamkeit demonstrieren. Jetzt sah er seinen Vater direkt an, ganz ohne eine Spur von Unsicherheit oder Verlegenheit. „Emma ist schwanger."

Sawyer biss die Zähne zusammen, und Honey sah auf ihre Hände. Ihr war ihre Bestürzung anzusehen. Als Emma anhob, etwas zu sagen, drückte Casey ihre Hand, also schwieg sie. Sie verstand, was er nun tun wollte, und diesmal drückte Liebe ihr das Herz zusammen, nicht Eifersucht auf das, was er hatte und sie nicht.

Es gab keinen besseren Mann auf der Welt als Casey Hudson. In diesem Moment wusste Emma, dass sie ihn niemals vergessen würde, ganz egal, wie es mit ihrem Leben weiterging.

Ganz langsam, mit bewussten und unmissverständlichen Gesten, entzog sie sich Casey, bis sie schließlich ein paar Schritte entfernt von ihm stand.

Es fiel ihr nicht leicht, doch sie zwang sich dazu, seine Eltern anzuschauen. Und ihr Blick schwankte nicht. Was sie jetzt zu sagen hatte, war einfach zu wichtig. „Casey hat mich niemals berührt."

Sawyer setzte sich kerzengerade hin und sah sie verwundert an. Honeys Blick hetzte zwischen ihnen beiden hin und her.

„Emma …" Casey ging einen Schritt auf sie zu.

Sie hob die Hand, um ihn aufzuhalten. Sein Edelmut, sein Wille, sich zu opfern, erstaunten sie. Dafür liebte sie ihn noch mehr. Sie lächelte ihn an, ihr erstes echtes Lächeln seit Wochen. Die Zeit des Heulens und Zähneknirschens und Dummseins war vorbei. Das war sie dieser Familie schuldig, allen voran Casey. „Casey, als ich meinen Eltern sagte, ich wäre schwanger, habe ich gelogen."

„Aber …"

Sie kam sich komisch vor und zuckte hilflos mit den Schultern. „Es tut mir leid." Ihre zitternde Stimme war kaum zu verstehen. Sie räusperte sich. Sie wollte ihn anflehen, sie nicht zu hassen. „Ich weiß, dass das nicht richtig war. Aber ich musste ihnen etwas erzählen, damit ich weg konnte. Und etwas anderes fiel mir nicht ein."

Sawyer stand auf. Er sah wütend aus, aber Emma hatte das Gefühl, als gälte seine Wut nicht ihr. Dennoch wich sie vor ihm zurück. Als sie jedoch Caseys ratlose Miene sah, blieb sie stehen und zwang sich, ruhig zu bleiben.

Sawyer legte ihr sanft eine Hand unters Kinn und betrachtete den Bluterguss auf ihrer Wange, sah sich dann auch sorgfältig den Rest ihres Gesichts an. Er war eine eindrucksvolle, stattliche Erscheinung. Sie hatte ihn immer heimlich bewundert. Als er jetzt so dicht vor ihr stand und Casey gleich daneben, wäre sie fast ohnmächtig geworden.

„Was ist mit deinem Gesicht passiert, Emma?" Sawyers

Ton ließ keinen Spielraum für Ausreden. Er erwartete eine ehrliche Antwort.

Doch die konnte sie ihm nicht geben.

Emma berührte die Stelle und zuckte zusammen. „Nichts. Ich … Ich bin nur hingefallen.“

Casey schnaubte verächtlich.

Sie blickte ihn besorgt an, konnte seinem stechenden Blick jedoch nicht lange standhalten. Diese Familie hatte es nicht verdient, dass man sie anlog, aber genauso wenig hatte sie es verdient, in Emmas Probleme hineingezogen zu werden. Denn wenn sie wüssten, was wirklich los war, würden sie sie nicht einfach gehen lassen. Aber sie hatte ihnen schon genug zugemutet. Von jetzt ab würde sie ihr Leben in ihre eigenen Hände nehmen. Sie hatte keine andere Wahl.

Sawyer berührte sie wieder am Kinn, diesmal, um ihre Aufmerksamkeit auf sich zu lenken. „Wenn du es zulässt, können wir dir helfen.“

Wollte jetzt plötzlich jeder beweisen, wie edelmütig er war? Emma wischte sich noch einmal mit ihrem verknitterten Taschentuch über die Augen und fragte sich, wie sie es ihnen erklären konnte, ohne zu viel zu verraten. Sie schämte sich so. Seufzend sagte sie: „Dr. Hudson, es tut mir sehr leid …“

Da packte Casey sie am Ellbogen und wirbelte sie herum. „Jetzt hör endlich auf, dich dauernd zu entschuldigen!“, fuhr er sie an. „Das ist nicht nötig.“

Emma wich zurück. „Ich bin hier reingeplatzt …“

„Dein Vater hat dich hierhergebracht“, korrigierte Casey sie. Seine braunen Augen glänzten jetzt beinahe golden, und er hatte einen entschlossenen Gesichtsausdruck. „Du bist nicht verantwortlich für das, was dein Vater tut.“

„Aber … Diesmal schon“, erklärte sie leise, und dabei entging ihr nicht die Reaktion seiner Eltern. „Denn ich habe ja behauptet, ich wäre schwanger … und zwar von dir.“

Schnell drehte sie sich zu Sawyer und Honey um und erklärte hektisch: „Casey hat mich nicht angefasst, das schwöre ich Ihnen. Das würde er niemals tun. Er ist besser als die anderen Jungs. Aber mir war klar, wenn ich einen anderen Namen genannt hätte …“ Sie verstummte, wusste nicht, was sie weiter sagen sollte. Sie war schon mit so vielen Jungs zusammen gewesen. Und trotzdem hatte sie den Namen des einzigen genannt, der sie nicht gewollt hatte.

Casey hatte die Hände in die Hüften gestemmt und sah zu Boden. Als er sprach, war seine Stimme eine Mischung aus Knurren und Sarkasmus. „Weil keiner deiner anderen Kerle dich in Schutz genommen und dich verteidigt hätte.“

Emma wurden die Knie weich. Er hatte sie durchschaut, doch wenigstens musste sie nun nichts mehr erklären. „Ich habe deine Integrität gegen dich verwandt“, gab sie zu, „und dafür entschuldige ich mich.“ Sie rieb sich nervös die Hände und sah Sawyer an. „Jeder in Buckhorn weiß, dass Sie und Ihre Brüder gute Menschen sind. Ich dachte, Sie würden mir vielleicht helfen, also benutzte ich Caseys guten Namen. Das war nicht richtig von mir, und ich verstehe, wenn Sie mich dafür hassen. Aber ich wusste mir einfach keinen anderen Ausweg.“

„Emma“, murmelte Honey voller Mitleid, „niemand hasst dich.“

Ungeduldig schüttelte Sawyer den Kopf. „Wovor musstest du fliehen, Emma? Das möchte ich von dir wissen.“

Und Honey fügte hinzu: „Du bist hier herzlich willkommen.“

„Oh nein.“ Erschrocken darüber, was man offensichtlich vermutete, schüttelte Emma den Kopf. „Keine Sorge, ich werde Ihnen nicht länger zur Last fallen.“ Irgendwie hatte sie alles noch viel komplizierter gemacht, stellte sie fest. „Und ich habe nicht die Absicht, Ihnen irgendetwas anzuhängen.“

Alle drei sahen sie verständnislos an.

Wieder begann sie zu zittern. Niemals in ihrem Leben hatte sie sich so klein und schäbig gefühlt wie in diesem Moment. Wenn sie sich mit dieser Familie verglich, wurde ihr regelrecht schlecht. Am liebsten wäre sie davongerannt.

Bald ist es so weit, versprach sie sich selbst. Sehr bald schon. „Ich habe ein bisschen Geld gespart, und ich kann mir Arbeit suchen. Gleich morgen früh fahre ich nach Ohio."

„Und was willst du in Ohio?", fragte Casey. Er wirkte jetzt gar nicht mehr gelassen, sondern sah aus, als wolle er gleich explodieren.

Ein neues Leben beginnen, wollte sie sagen, doch stattdessen log sie wieder. „Da … wohnt eine Kusine von mir. Sie hat gesagt, sie kann mir einen Job besorgen und ich kann bei ihr wohnen."

Mit besorgter Miene sah Honey erst Sawyer und Casey an, dann fragte sie Emma: „Und was ist das für ein Job?"

Was für ein Job? Emma blinzelte überrascht. Diese Frage hatte sie nicht erwartet, sondern eher, dass man froh wäre, wenn sie wieder verschwand. Natürlich hatte sie damit gerechnet, dass man ihr anbieten würde, über Nacht zu bleiben – sonst wäre sie ja gar nicht erst hierhergekommen. Aber sie hatte auch gedacht, dass man sie nur zu gerne wieder ziehen lassen würde, wenn sie ein konkretes Ziel für ihre weitere Reise angäbe.

Denk nach, ermahnte sie sich. Schließlich murmelte sie: „Ehrlich gesagt, habe ich keine Ahnung. Aber sie hat gesagt, es wäre genau das Richtige für mich. Ich gehe davon aus, dass es … etwas Vernünftiges ist."

Allen war klar, dass sie sie anlog – das spürte Emma. Sie machte ein paar Schritte auf das Telefon zu. „Ich … ich rufe dann mal ein Taxi." Rasch sah sie zu Casey hinüber und wünschte sich im selben Moment, sie hätte es nicht getan. Seit sie ihn kannte, hatte sie ihn noch nie so wütend gesehen.

„Sobald … sobald ich mich eingewöhnt habe, melde ich mich. In Ordnung?“

Casey verschränkte wieder die Arme vor der Brust. „Nicht nötig.“

Sie verließ der Mut. Am liebsten hätte sie sich in Luft aufgelöst. „Ich verstehe.“ Warum sollte er auch je wieder von ihr hören wollen? Sie hatte sich ihm so oft angeboten – und jedes Mal hatte er sie zurückgewiesen. Und trotzdem platzte sie immer wieder in sein Leben.

„Du verstehst offensichtlich gar nichts, Emma“, sagte Casey jetzt und ging auf sie zu. „Du gehst nirgendwo hin.“

Sein Ton machte ihr Angst. Sie konnte seinem Blick nicht entkommen, musste ihn ansehen, konnte nicht denken. „Natürlich gehe ich.“

„Nein.“ Jetzt kam auch Sawyer auf sie zu und streckte beschwichtigend eine Hand aus. Trotzdem wuchs Emmas Panik. „Casey hat recht. Es ist mitten in der Nacht, und du siehst erschöpft aus. Du solltest etwas schlafen. Morgen früh unterhalten wir uns noch mal und entscheiden dann, was das Beste ist.“

„Nein …“ Sie schüttelte den Kopf, völlig überfordert mit dieser Reaktion.

„Doch.“ Mit freundlicher Miene, aber dennoch unerbittlich nahm Sawyer ihren Arm. „Und jetzt isst du erst mal was und trinkst einen heißen Kakao. Danach gehst du unter die warme Dusche und dann ins Bett.“

Emma steckte in der Zwickmühle. Sie ließ sich aufs Sofa sinken. Warum warfen sie sie nicht hinaus? Nach allem, was sie ihnen angetan und ihnen erzählt hatte?

Ihr eigener Vater hatte trotz oder gerade wegen ihrer vermeintlichen Schwangerschaft sofort die Gelegenheit ergriffen, sie loszuwerden. Und ihre Mutter … Nein. Darüber wollte *und konnte* sie im Moment gar nicht nachdenken.

Honey lächelte sie an. „Mach dir nicht so viele Gedanken, Emma. Jetzt ist alles in Ordnung."

„Nichts ist in Ordnung." Warum kapierten sie das nicht?

Doch Honeys freundliches Lächeln blieb. „Mir ging es genauso, als ich das erste Mal hier war. Aber diese Menschen nehmen dich ernst, das kann ich dir versprechen. Wir meinen es alle ernst. Wir wollen einfach nicht, dass du weggehst, wenn es dir nicht gut geht."

Nun war Emma vollends verwirrt. Wie sollte sie damit bloß umgehen?

Casey setzte sich neben sie und hielt ihr ein Sandwich mit Erdnussbutter und Marmelade hin. Emma starrte es an und war sich sicher, dass sie keinen einzigen Bissen herunterbekommen würde, ohne ihn wieder auszuspucken. Sie musste etwas tun. Sie musste von hier verschwinden, bevor all dieses Verständnis und die Gastfreundschaft sie vollends einlullten.

Auf keinen Fall wollte sie jemandem zur Last fallen.

Mit entschlossener Miene schob sie das Sandwich beiseite. „Wenn ich darf, würde ich nur gern kurz unter die Dusche gehen. Ich sehe bestimmt schrecklich aus."

Mit den Fingerspitzen wischte Casey ihr eine kleine Träne ab, die sie nicht bemerkt hatte. Er zögerte, nickte dann aber. „Okay. Du schläfst heute Nacht in meinem Zimmer."

Sie starrte ihn ungläubig an. Casey grinste und zwickte sie dann ins Kinn. „Ich schlafe natürlich auf der Couch."

Ihre törichte Vermutung war ihr peinlich. Als sie rot wurde, grinste Casey noch mehr. Sie konnte es nicht fassen, wie er sie vor seinen Eltern so hochnehmen konnte.

„Du könntest auch Morgans altes Zimmer haben, aber Honey hat es gerade frisch gestrichen, und es ist noch total durcheinander."

Morgan war sein Onkel und der Sheriff der Stadt. Die meisten Leute hatten Angst vor dem imposanten Mann, doch zu Emma war er immer freundlich gewesen, selbst wenn sie Ärger machte, wie zum Beispiel die Schule zu schwänzen oder zu später Stunde noch unterwegs zu sein. Morgan hatte vor Kurzem geheiratet und war in ein eigenes Haus gezogen.

„Ich gehe auf die Couch." Emma fand, das wäre einfacher, doch Casey wollte davon nichts hören.

„Du nimmst mein Bett."

Sein Vater und seine Stiefmutter stimmten ihm zu. Emma hatte einfach keine Chance gegen die drei. Die Erschöpfung siegte, und so nickte sie bloß. „In Ordnung." Sicher wäre es seltsam, in Caseys Zimmer zu schlafen, noch dazu in seinem Bett. Ein bisschen freute sie sich heimlich darauf. „Vielen Dank."

Casey zeigte ihr das Badezimmer. Dann besorgte er ein langes T-Shirt, das sie als Nachthemd benutzen konnte. Sie nahm es und presste es an sich. Es war groß und weich und roch wunderbar nach Casey. *Wenn ich ihn selbst schon nicht haben kann, dann wenigstens das*, dachte sie.

Das Badezimmer war größer als ihr Zimmer bei ihren Eltern. Es war sauber und elegant eingerichtet – zum Neidischwerden. Sie schwor sich, dass auch sie eines Tages ein solches Haus besitzen würde. Vielleicht nicht ganz so groß, aber genauso hübsch und einladend und mit einer so wunderbaren Atmosphäre. Irgendwie würde ihr das schon gelingen.

Da es ewig dauern würde, bis ihre langen Haare trocken wären, machte sie sich gar nicht erst die Mühe, sie zu waschen. Sie musste verschwinden, sobald die Gelegenheit günstig war, aber sie wollte nicht mit nassen Haaren rausgehen. Also kämmte sie nur sorgfältig die vielen Knötchen heraus und zähmte ihre Haarpracht dann mit einem Gummiband zu einem Pferdeschwanz. Unter der Dusche kehrten ihre Lebensgeister zurück, und sie kam sich nicht mehr ganz so bescheuert vor.

Nachdem sie sich abgetrocknet und ihr Schlafshirt angezogen hatte, betrachtete Emma sich im Spiegel und verfluchte sich dafür, dass sie ein solches Heulbaby war. Casey würde niemals so herumjammern. Wenn sich in seinem Leben eine Katastrophe ereignete, würde er bestimmt ganz besonnen reagieren und tun, was getan werden musste.

Und genau so würde sie es jetzt auch machen.

Ohne Make-up fielen ihre rote Nase und ihre verheulten Augen noch mehr auf, und auch der Bluterguss auf ihrer Wange war deutlich zu erkennen. Trotz allem, was geschehen war, hatte sie eine Riesenangst davor, wegzugehen – und auch davor, zu bleiben.

Sie zog das T-Shirt an die Nase und atmete mit geschlossenen Augen Caseys Duft ein, versuchte, sich zu sammeln.

Als sie aus dem Bad kam, warteten die anderen schon auf sie. Sie kam sich wie ein Ereignis vor. Normalerweise kümmerte sich niemand um sie. Und irgendwie war ihr das auch lieber als dieses Verhätscheltwerden. Hier waren alle so … nett.

Sawyer gab ihr eine Kühlkompresse, die sie auf ihre geschwollenen Augen legen sollte, dazu noch zwei Tabletten, damit sie besser schlafen konnte.

Honey schwirrte um sie herum wie eine Mutterglucke. Sie forderte Emma auf, sich ruhig etwas zu essen zu holen, wenn sie nachts Hunger bekäme, und wenn sie noch etwas bräuchte, würde ein Wort genügen.

Doch Emma würde lieber sterben, als die Familie noch mehr zu beanspruchen. Sie konnte sehr leise sein, wenn es nötig war – das hatte sie sehr früh gelernt. Wie ein Gespenst konnte sie zur Tür hinein- und hinausschweben, ohne dass man sie hörte. Und heute Nacht wollte sie auf keinen Fall jemanden wecken.

Bevor sie und Sawyer sich zurückzogen, gab Honey Emma

einen Kuss auf die Stirn. Dann ließen sie Casey mit ihr allein, sodass er ihr in Ruhe gute Nacht sagen konnte. Emma wunderte sich erneut darüber, wie sehr sie ihr vertrauten. Sie durfte allein mit ihm im Zimmer bleiben – und das, obwohl sie ja jetzt Emmas wahren Charakter kannten. Sie belog und benutzte die Menschen.

Dann stellte Emma fest, dass gar nicht *sie* es war, der die beiden vertrauten. Sie vertrauten Casey – und das zu Recht.

Er saß auf der Bettkante und sah sie an. Dann lächelte er.

Emma erinnerte sich daran, wie oft sie versucht hatte, Casey so nahe zu kommen. Das letzte Mal, nach dem Familienpicknick, war es ihr beinahe gelungen. Doch schließlich war Casey mal wieder zu willensstark und zu moralisch gewesen, um sich richtig auf sie einzulassen. An jenem Abend hatte sie sich entschlossen, die Finger von ihm zu lassen, und sie hatte sich auch eigentlich daran gehalten. Seitdem hatte sie ihn kaum noch gesehen.

Jetzt saß er direkt neben ihr auf seinem Bett. Sie sah dieses furchtbare Mitleid in seinen Augen. Das tat ihr so leid, dass es beinahe unerträglich war. Sie würde dafür sorgen, dass er sie nie wieder so ansehen müsste.

„Geht es dir jetzt besser, Em?“

„Alles gut“, schwindelte sie und hoffte, dass es demnächst wirklich so sein würde. „Ich wünschte nur, ich hätte euch da nicht mit reingezogen.“ Nur leider war ihr keine andere Lösung eingefallen.

Anstatt ihr zu antworten, streichelte Casey ihren Kopf. „Ich habe dich noch nie mit Pferdeschwanz gesehen.“

Ihr Herz tat einen Sprung, ihr stockte der Atem. Hilflos betrachtete sie ihre Hände. „Weil es bescheuert aussieht. Aber da ich heute Abend sowieso furchtbar aussehe, spielt das auch keine Rolle mehr.“

Casey lachte leise, als wenn sie nicht mitten in der Nacht in sein Haus eingefallen wäre und ihn und seine gesamte Familie ins Chaos gestürzt hätte. „Es sieht überhaupt nicht bescheuert aus! Ich finde es eigentlich ganz süß." Dann überraschte er sie ein zweites Mal und küsste sie sanft auf die Stirn. „Falls du mich brauchst oder einfach nur reden willst: Ich bin draußen auf der Couch."

Emma sagte nichts.

„Versprich es mir, Em", forderte er sie mit dieser Entschlossenheit auf, die sie so bewunderte. „Wenn du mich brauchst, weckst du mich. Okay?"

„Ja, klar." Nicht in einer Million Jahren.

Casey setzte sich aufrecht hin. Er sah nicht überzeugt aus. „Na gut. Ich weiß, das wird nicht einfach sein, aber versuch, dir keine Sorgen zu machen. Ich bin mir sicher, dass wir eine Lösung finden werden."

Wir. Das klang immer so, als wollten sie ihr wirklich helfen. Dabei hatte sie sich unter einem miesen Vorwand in das Leben der Familie Hudson gedrängt. Gut, dass sie ab morgen früh nichts mehr mit ihr zu schaffen haben müssten. „Casey? Vielen Dank für alles."

„Ich habe nichts gemacht, Em."

Sie hob seine warme, große Hand und küsste sie. Liebe überwältigte sie. „Du bist der beste Mensch, den ich je getroffen habe."

Morgenrot erleuchtete das Zimmer, als Honey Casey am nächsten Morgen wachrüttelte. Er stützte sich auf einen Ellbogen und versuchte, zu sich zu kommen. Gerade noch hatte er sich in einem düsteren, aber tief erotischen Traum befunden. Mit Emma.

Sein Vater stand hinter Honey, und Casey war schlagartig klar, dass etwas nicht stimmte. „Was ist los?"

„Emma ist besser als ich", stellte Honey fest.

Casey runzelte die Stirn. „Was meinst du?"

„Keiner von uns hat sie gehört, als sie verschwunden ist."

Mit grimmiger Miene sagte Sawyer: „Sie hat dir eine Nachricht hinterlassen."

Casey schleuderte die Decke weg und schoss aus dem Bett. Sein Herz schien ihm aus der Brust springen zu wollen, als er hinüber in sein Schlafzimmer lief. Er war voller Sorge und von einer seltsamen Panik erfüllt.

Sie konnte nicht weg sein.

Mitten in seinem Zimmer blieb er stehen. Die Bettdecke lag ordentlich zusammengelegt auf dem leeren Bett, und auf dem Kopfkissen ruhte ein in der Hälfte gefaltetes Blatt Papier.

In Erwartung einer furchtbaren Nachricht ließ sich Casey aufs Bett fallen und nahm den Zettel. Honey und Sawyer blieben in der Tür stehen und warteten.

Lieber Casey,
ich weiß, du hast mir verboten, es noch mal zu sagen, aber es tut mir alles so leid. Nicht nur, dass ich gestern Abend einfach so in dein Leben geplatzt bin, sondern auch, dass ich dich benutzt und damit möglicherweise alle deine Pläne auf den Kopf gestellt habe. Das war egoistisch von mir. Eine Zeitlang dachte ich, dass ich dich mehr wollte als alles andere.

An dieser Stelle hatte sie einen Smiley gemalt. Ihr Versuch, lustig zu sein, würgte ihn regelrecht. Doch er schluckte und blieb stark.

Aber das wäre dir gegenüber unfair gewesen.
Ich entschuldige mich auch dafür, dass ich das Geld genommen habe, das auf der Kommode lag.

Casey sah hinüber zur Kommode. An das Geld hatte er überhaupt nicht gedacht, es waren wohl um die hundert Dollar gewesen. Damit würde sie nicht weit kommen. Die Emotionen überrollten ihn, sodass er kaum noch Luft bekam.

Ich habe auch noch eigenes Geld, denn ich habe lange gespart. Sobald ich mein neues Leben begonnen habe, werde ich dir das Geld zurückzahlen, das verspreche ich dir. Ich brauchte es, um aus Buckhorn wegzukommen. Ich dachte, es wäre besser, mir dein Geld zu leihen und noch heute Nacht zu gehen, als euch noch länger zur Last zu fallen.

Hatte er ihr nicht mindestens ein Dutzend Mal gesagt, sie wäre keine Last für ihn? Nein. Er hatte ihr gesagt, sie sollte sich nicht dauernd entschuldigen, aber er hatte ihr nicht gesagt, sie solle dableiben und er würde ihr helfen. Er hatte ihr auch nie gesagt, dass er sie mochte.

Ich wünsche dir ein schönes Leben, Casey. Ich werde dich niemals vergessen.
In Liebe,
Emma Clark

Casey zerknüllte den Brief in der Hand. Er wollte auf etwas oder jemanden einschlagen. Er wollte explodieren vor Wut. Ihm war, als hätte man ihm das Herz herausgerissen. Eine ganze Weile konnte er nichts sagen, zu groß war der Kloß in seinem Hals.

Seufzend setzte sich sein Vater neben ihn. „Ich rufe Morgan an. Vielleicht kann er sie aufspüren."

Als Sheriff hatte Morgan Möglichkeiten, die normale Menschen nicht hatten. Casey sah seinen Vater an und versuchte, seine Selbstkontrolle zurückzuerlangen. „Wir wissen ja nicht einmal, wo sie hinwill."

„Nach Ohio, zu ihrer Kusine, hat sie gesagt", warf Honey ein. „Aber den Namen dieser Kusine hat sie nicht genannt."

„Ich rufe Dell an." Sawyer gab Casey einen aufmunternden Klaps auf die Schulter. „Er wird es wissen."

Doch eine halbe Stunde später, nachdem Sawyer die Unterhaltung mit Emmas erstaunlicherweise fassungslosem Vater beendet hatte, wurden Caseys schlimmste Befürchtungen bestätigt. Emma hatte gar keine Kusine in Ohio. Soweit Dell wusste, kannte sie überhaupt niemanden in Ohio – weder Verwandte noch Freunde. Irgendwann im Verlauf des Gesprächs hatte Dell begonnen, Casey die Schuld für die Probleme seiner Tochter zu geben, denn schließlich hätte er sie geschwängert. Er war sogar so weit gegangen, zu verlangen, dass man ihm seinen Verlust ersetzen müsste. Seine Frau sei krank, und jetzt wäre auch noch seine Tochter verschwunden.

Casey empfand eine gewisse Erleichterung darüber, dass Emma den Fängen ihres gefühllosen Vaters entronnen war. Wenn er nur wüsste, wo sie war! Dann könnte er sie zurückholen.

Weder er noch sein Vater hatten sich bemüßigt gefühlt, Dell Clark aufzuklären. Hätte Emma gewollt, dass er die Wahrheit wüsste, hätte sie es ihm selbst gesagt. Irgendwann würde es Dell schon dämmern, dass es gar keine Schwangerschaft gab und Emma das nur als Ausrede benutzt hatte, um von ihm hinausgeworfen zu werden – besser gesagt, um zu fliehen.

Aber wovor genau?

Casey hoffte, sie wäre noch nicht allzu weit gekommen und man würde sie bald finden. Verdammt! Er wollte sich wirklich um sie kümmern, so bescheuert das auch sein mochte.

Doch ein paar Stunden nachdem Sawyer die Suchmeldung bei Morgan eingereicht hatte, musste er seinem Sohn schlechte Nachrichten überbringen.

Casey stand gerade draußen am Zaun und starrte auf die schier endlose Wildblumenwiese. Er hatte mit seiner Melancholie die Pferde gelangweilt, die nun anderswo ihr Gras rupften. Die Sonne brannte heiß auf ihn herab, das Gras duftete süß, und der Himmel war von einem unvorstellbaren Blau.

„Case?"

Als er die Stimme seines Vaters hörte, schrak Casey auf und drehte sich um. Er bekam es mit der Angst zu tun, als er seine Miene sah. „Was ist passiert?"

Schnell schüttelte Sawyer den Kopf. „Es ist nichts passiert. Aber Morgan hat bei der Highway Patrol nachgefragt … Keiner hat Emma gesehen. Es gibt niemanden, auf den ihre Beschreibung passt. Sie ist wie vom Erdboden verschluckt. Es tut mir leid, Case."

Casey ballte die Hände zu Fäusten und wiederholte laut die Worte, die seit dem Morgen in seinem Kopf widerhallten: „Sie wird schon wieder auftauchen."

„Das hoffe ich auch, aber … Gestern Abend ist auch noch etwas anderes passiert." Sawyer stemmte die Hände in die Hüften und sah seinen Sohn mit ernster Miene an. „Letzte Nacht ist Ceilys Diner abgebrannt."

Langsam ließ sich Casey gegen den hölzernen Zaunpfosten sinken. „Und Ceily …?"

„Sie war nicht da. Es ereignete sich mitten in der Nacht, vermutlich als Folge eines Einbruchs." Sawyer zögerte kurz. „Morgan ermittelt wegen Brandstiftung."

„Brandstiftung? Aber das hieße ja …"

„Ja. Jemand wollte ihr absichtlich schaden."

Zusätzlich zu seiner Sorge um Emma war das nur schwer zu verkraften. Ceily wurde von allen in der Stadt geliebt, ihr Diner war ein Wahrzeichen. Und sie war eine gute Freundin.

„Das Seltsame ist", fügte Sawyer hinzu, „dass das Feuer von einem anonymen Anrufer gemeldet wurde, den man bisher noch nicht identifizieren konnte. Als Morgan zum Brandort kam, war das Feuer bereits außer Kontrolle. Das Gebäude steht zwar noch, doch der Innenraum ist vollkommen hinüber. Auch alles, was nicht verbrannt ist, ist nicht mehr zu gebrauchen."

Casey war wie betäubt. So etwas wie Brandstiftung kam in Buckhorn eigentlich nicht vor.

Und er wurde normalerweise auch nicht von Mädchen beschuldigt, sie geschwängert zu haben, noch dazu, wenn es gar nicht stimmte. „Ist Morgan okay?"

„Seine Stimme ist etwas angekratzt von dem vielen Rauch, aber ansonsten ist er in Ordnung. Ceily ist wie vor den Kopf geschlagen. Ich habe schon mit ihr gesprochen und ihr Hilfe zugesagt, aber es wird noch eine ganze Weile dauern, bis der Schaden behoben ist und sie ihr Lokal wieder öffnen kann."

In diesem Moment gesellte sich Honey zu ihnen. Sie war barfuß, und ihr langes blondes Haar flatterte im Wind. Instinktiv legte sein Vater den Arm um sie, küsste sie auf die Schläfe und murmelte: „Ich habe es ihm gerade gesagt."

Honey nickte. „Es tut mir leid, Casey. Momentan hat Morgan mit den Ermittlungen alle Hände voll zu tun."

„Das heißt, er will keine Zeit damit verschwenden, nach Emma zu suchen."

Honey nahm seinen Vorwurf gelassen. „Du weißt, dass das nicht stimmt." Sie streichelte seine Schulter. „Er hat getan, was er konnte, aber nach dem, was sie in ihrem Abschiedsbrief schreibt, gibt es keinen Grund, weiter nach ihr zu suchen."

Sawyer rieb sich den Nacken. „Ich weiß, wie du dich fühlst, Casey. Ich finde es auch nicht toll, dass sie ganz alleine unterwegs ist. Ich habe noch nie ein emotional so labiles Mädchen gesehen. Dell will sie nicht als vermisst melden, also sind Morgan die Hände gebunden. Sie wird schon wiederkommen, wenn sie so weit ist. Und in der Zwischenzeit können wir nicht viel mehr tun als warten."

Wieder streichelte Honey Casey tröstend. „Vielleicht nimmt sie mit dir Kontakt auf. Sawyer hat recht. Lass uns abwarten – und hoffen."

Casey drehte sich wieder zur Blumenwiese um, und Honey und Sawyer ließen ihn mit seinen Gedanken und Sorgen allein. Ja, dachte er, sie wird sich melden. Das musste sie einfach. Denn zwischen ihnen war etwas, nichts Sexuelles, sondern ... etwas ganz Besonderes.

Das spürte er. Also spürte sie es sicher auch.

Doch die Tage vergingen ohne eine Nachricht von Emma.

Das Feuer im Diner war das Thema in der Stadt, und die Tatsache, dass Emma verschwunden war, interessierte kaum jemanden. Sie hatte keine wirklichen Freunde in der Gegend gehabt. Die Jungs hatten sie nur benutzt, die Mädchen sie beneidet, und in sämtlichen Schulen galt sie als hoffnungsloser Fall. Es war klar, dass nicht gerade viele Leute sie vermissten.

In den folgenden Wochen kehrte die Stadt wieder zur Normalität zurück, doch eine gewisse Anspannung und Nervosität blieben – vor allem da die Person, die in Ceilys Diner eingebrochen war und das Feuer gelegt hatte, nicht ausfindig gemacht wurde. Auch Casey ging irgendwann wieder zur Tagesordnung über, war aber weiterhin verletzt und wütend. Auf sich und auf Emma.

Drei Monate später kam ein Brief für ihn. Er enthielt das Geld, das Emma ihm gestohlen hatte, und sogar ein paar Dollar mehr. In einer kurzen Notiz teilte Emma ihm mit, dieser Überschuss seien die Zinsen. Natürlich gab es keine Absenderadresse. Sie hatte unterschrieben mit: *Vielen Dank für alles. Emma Clark.*

Frustriert fragte sich Casey, ob sie wohl mit Vor- und Zunamen unterschrieben hatte, weil sie meinte, er könnte sie vergessen haben wie alle anderen.

Der Brief mit dem Geld bedeutete immerhin, dass sie am Leben war und es ihr gut ging. Casey versuchte sich einzureden, dass das alles war, was er wollte: sie in Sicherheit wissen. Mehr als Sympathie und eine Prise Lust hatte er sowieso nie für sie gefühlt.

Doch das konnte er selbst nicht glauben. Die Wahrheit brannte in ihm wie Säure, denn nichts hatte ihn jemals so getroffen wie die Tatsache, dass Emma ihn mit voller Absicht verlassen hatte.

Er wollte nie wieder im Leben so verletzt werden.

Da sie nicht zurückkehren wollte, ihm nicht vertrauen wollte, *ihn* nicht wollte, konnte er ihr nicht helfen. Aber er konnte sein Leben wieder aufnehmen.

Da er nichts Besseres vorhatte, finge er wie geplant mit dem Studium an. Auch wenn er wusste, dass es nicht Emmas Absicht gewesen war, hatte sie sein Leben für immer verändert. Verdammt, er wollte sie zurück, auch wenn er doch immer so getan hatte, als ob er sie gar nicht wollte.

Sie vergessen? Eher würde die Hölle zufrieren, als dass das passierte.

Lori Foster
Für Emma & ewig

Band-Nr. 25475
8,95 € (D)
ISBN: 978-3-89941-776-0

MIRA - Home
http://www.mira-taschenbuch.de/
MIRA TASCHENBUCH
AUTOREN
MIRA BESTSELLERLISTE
PRESSE
NEWSLETTER
NEU IM JULI
PROGRAMM FRÜHLING / SOMMER 2008
TASCHENBUCH GESAMTPROGRAMM
SONDER-EDITIONEN
Liebesreise nach Afrika
Mit MIRA weiter erfolgreich auf Liebesreise!
Großes Format: 14 x 20,5 cm Je nur 8,95 € (D)
Die Hexerin 1
MIRA FANTASY
DIE NEUE HORROR-REIHE VON JASON DARK!
Liebesmärchen in New York
Die neue Romanze von Nora Roberts
NEUERSCHEINUNGEN
Das gesamte Taschenbuchprogramm übersichtlich nach Kategorien!
Immer aktuell: Neuerscheinungen und Vorschau auf separaten Seiten!
MIRA TASCHENBUCH

Lori Foster
Sexy[3]
Band-Nr. 25383
8,95 € (D)
ISBN: 978-3-89941-620-6
480 Seiten

Susan Andersen
Lady Sunshine und
Mister Moon
Band-Nr. 25446
8,95 € (D)
ISBN: 978-3-89941-732-6
384 Seiten

Jill Shalvis
Liebe kommt vor dem Fall
Band-Nr. 25442
8,95 € (D)
ISBN: 978-3-89941-725-8
480 Seiten

Nora Roberts
Tanz ins große Glück
Band-Nr. 25448
7,95 € (D)
ISBN: 978-3-89941-734-0
256 Seiten

Suzanne Brockmann
Operation Heartbreaker 1:
Joe – Liebe Top Secret
Band-Nr. 25400
7,95 € (D)
ISBN: 978-3-89941-655-8
320 Seiten

Suzanne Brockmann
Operation Heartbreaker 2:
Für immer – Blue
Band-Nr. 25465
7,95 € (D)
ISBN: 978-3-89941-682-4
304 Seiten

Suzanne Brockmann
Operation Heartbreaker 3:
Für einen Kuss von Frisco
Band-Nr. 25439
7,95 € (D)
ISBN: 978-3-89941-722-7
304 Seiten

Suzanne Brockmann
Operation Heartbreaker 4:
Cowboy – Riskanter Einsatz
Band-Nr. 25454
7,95 € (D)
ISBN: 978-3-89941-741-8
320 Seiten